Foudroyés

L'AUTRICE

Tracy Wolff, déjà citée dans les listes des best-sellers du *New York Times* et de *USA Today*, est fan de vampires, de dragons et de toutes les créatures nocturnes. Précédemment professeure d'anglais, elle consacre désormais son temps à l'écriture d'histoires romantiques aux héros torturés et aux héroïnes pas piquées des hannetons. Elle a écrit plus de soixante livres depuis son domicile à Austin, Texas, où elle vit avec sa famille.

De la même autrice chez Pocket Jeunesse :

Assoiffés
Foudroyés
Convoités
Prisonniers

TRACY WOLFF

Foudroyés

Traduit de l'anglais (États-Unis)
par Aylin Manço

POCKET JEUNESSE
PKJ·

Directeur de collection :
Xavier d'Almeida

Titre original :
Crush
Publié pour la première fois en 2020
par Entangled publishing, Parker, Colorado, USA

Loi n° 49956 du 16 juillet 1949 sur les publications
destinées à la jeunesse : janvier 2022

ISBN 978-2-266-31612-5
Dépôt légal : janvier 2022

À Elizabeth Pelletier et Emily Sylvan Kim,
les deux femmes les plus impressionnantes du métier.
J'ai tellement de chance de partager cette aventure avec vous.

1

SALE RÉVEIL

Être la seule élève humaine d'un lycée pour créatures magiques, c'est compliqué. J'ai parfois l'impression d'être un jouet en caoutchouc qu'une horde de chiens enragés se disputent. Mais de temps en temps, et je dis bien de temps en temps… ça peut être assez cool.

Pas aujourd'hui, cela dit.

Je suis en chemin vers mon cours de littérature, et je me sens bizarre. Si bizarre que je me surprends à serrer les sangles de mon sac à dos comme si c'étaient celles d'un parachute.

Maintenant que j'y pense, je suis glacée jusqu'aux os.

Et mes mains sont douloureuses et enflées, comme si j'avais mené un combat de boxe contre un mur en pierre (et que j'avais perdu par K.-O.).

Pour couronner le tout, tout le monde, absolument tout le monde, me dévisage et ce ne sont pas des regards admiratifs.

Je devrais être habituée. Quand t'es la petite copine d'un prince vampire, c'est le tarif. Mais non, je n'arrive pas à m'y faire. D'ailleurs, aujourd'hui, c'est pire que d'habitude. Chaque vampire, sorcière, dragon et loup que je croise s'arrête net, les yeux écarquillés et la bouche ouverte.

Franchement, ce ne serait pas plutôt à moi d'être ébahie ? Eux savent depuis toujours que les humains existent, tandis que ça fait seulement une semaine que j'ai découvert que mon lycée était peuplé de monstres. Des monstres partout : dans ma chambre, dans ma classe et même dans mes bras. C'est le monde à l'envers !

— Grace ?

Je me retourne avec un sourire en reconnaissant la voix de Mekhi. Son teint hâlé a pris une pâleur de mort. On le croirait face à un fantôme.

— Ah, te voilà ! je m'exclame. J'avais peur de devoir lire *Hamlet* toute seule aujourd'hui.

— *Hamlet* ? répète-t-il d'une voix rauque.

Les mains tremblantes, il sort son téléphone de sa poche.

— *Hamlet*, ouais. Tu sais, la pièce qu'on étudie en cours de littérature ?

Il me regarde avec tant d'intensité... Je me balance d'un pied sur l'autre, mal à l'aise. Ça ne lui ressemble pas, ce comportement. J'insiste :

— On n'était pas censés jouer une scène, aujourd'hui ?

— Mais ce n'est plus *Hamlet* qu'on...

Il s'interrompt au milieu de sa phrase pour envoyer un message instantané. À la tête qu'il fait, je devine que c'est un message de la plus haute importance.

— Hé, ça va ? je lui demande en approchant. T'as pas l'air en forme.

— *Moi*, j'ai pas l'air en forme ?

Il lâche un rire qui ressemble à un aboiement puis se recoiffe d'une main mal assurée.

— Grace, tu...

— Mademoiselle Foster ?

Quelqu'un m'appelle à l'autre bout du couloir.

— Mademoiselle Foster ? Est-ce que ça va ?

Mekhi et moi nous retournons : M. Badar, notre professeur d'astronomie, s'avance à grands pas vers nous.

— Je vais bien, je réponds en reculant un peu. J'espère juste arriver en cours avant la sonnerie.

Il s'arrête devant nous, affolé. Qu'est-ce qui lui prend ?

— Il faut qu'on aille trouver votre oncle, déclare-t-il en m'attrapant par le bras.

D'autorité, il m'entraîne dans la direction d'où je viens. Sa voix est pressante, alors je ne proteste pas. Mekhi s'esquive précipitamment pour nous laisser passer, ce qui finit de me convaincre de suivre le professeur.

Mon malaise va grandissant. Les élèves qu'on croise s'arrêtent pour nous regarder, ce qui semble rendre M. Badar encore plus nerveux.

— S'il vous plaît, est-ce que vous pouvez m'expliquer ce qui se passe ? je lui demande tandis que la cohue se scinde pour faciliter notre passage.

Ce n'est pas la première fois que tout le monde s'écarte sur mon chemin : quand on sort avec Jaxon Vega, on finit par s'habituer à de tels phénomènes. Mais c'est la première fois que ça m'arrive en son absence.

M. Badar me fixe comme si une deuxième tête venait de me pousser.

— Vous ne savez pas ? me demande-t-il d'une voix paniquée qui ne fait rien pour apaiser mon anxiété.

Il a la même expression que Mekhi il y a deux minutes.

La même expression que Cam, quand nous le voyons sortir du laboratoire de chimie. Et que Gwen. Et Flint.

— Grace ! s'écrie ce dernier en bondissant à notre rencontre. Oh mon Dieu, Grace ! T'es revenue !

— Ce n'est pas le moment, monsieur Montgomery, le réprimande le professeur.

Il claque des dents dans sa direction. À la taille de ses canines, je déduis que M. Badar est un loup-garou. Logique de s'intéresser à l'astronomie quand on passe ses nuits à hurler à la lune.

Pour la première fois, je me demande ce qui a bien pu arriver ce matin. Est-ce que Jaxon et Cole, le chef de meute, se sont de nouveau battus ? Ou Jaxon et un autre loup ? Quinn, peut-être ? Ou Marc ?

— Attends, Grace, proteste Flint en tendant le bras vers moi.

M. Badar lui bloque le passage.

— J'ai dit non, Flint. Allez en cours !

Les poings serrés, Flint dévoile ses crocs qui brillent à la lueur des lustres. Finalement, il renonce à intervenir et nous laisse passer sans un mot de plus… comme le reste des élèves dans le couloir.

Quelques-uns esquissent un mouvement vers moi mais le professeur les arrête d'un grognement. Tout le monde préfère garder ses distances.

— On y est presque.

— Où ça ? je l'interroge d'une voix rauque.

— Au bureau de votre oncle. Ça fait longtemps qu'il vous attend.

Comment ça ? Je l'ai vu hier !

Je suis de plus en plus mal à l'aise. Un frisson d'angoisse m'envahit.

Il y a un problème.

Il y a un *gros* problème.

Nous bifurquons, et cette fois je reconnais le couloir tapissé qui mène au bureau d'Oncle Finn. Je fouille mes poches à la recherche de mon téléphone. Il faut que je parle à Jaxon. *Lui* me dira ce qui se passe.

Parce qu'il ne peut pas simplement s'agir de Cole. Ni même de Lia. Ou bien de…

Mes pensées s'écrasent soudain contre un mur. Une muraille mentale couverte de barbelés. Elle a beau ne pas être réelle, le choc est douloureux. Je me fige un instant puis, une fois remise de ma surprise, j'essaie de passer au travers avec mon esprit. D'aller jusqu'au bout de ce fil de pensée.

Et c'est là que je m'en rends compte : je n'ai aucun souvenir de mon réveil ce matin. Ni du petit déjeuner. Ni d'avoir parlé à Macy, ou de m'être habillée. En fait, je n'ai aucun souvenir de toute la matinée.

— Mais enfin qu'est-ce qui se passe ?

J'ai dû poser la question à voix haute, parce que M. Badar me répond :

— Foster vous expliquera.

Mon portable n'est pas dans sa poche habituelle, ni dans aucune autre. Comment est-ce possible ? Je ne l'oublie jamais, d'habitude.

Mon malaise se mue en peur, puis ma peur en panique. Je n'y comprends plus rien ! Malgré tout, je fais de mon mieux pour garder mon calme et ne pas dévoiler aux élèves qui m'épient à quel point je suis perturbée.

Je suis M. Badar comme une somnambule.

Nous voilà arrivés devant la porte du bureau du directeur du lycée Katmere. Sans frapper, M. Badar ouvre le battant à la volée et me pousse dans le hall d'accueil.

— Une minute, dit Mme Haversham, la secrétaire de mon oncle. Je suis à vous dans un…

En nous voyant, elle écarquille les yeux de surprise derrière ses lunettes en demi-lune puis se lève si brusquement que son fauteuil tombe à la renverse.

— Finn, venez ! Tout de suite ! crie-t-elle en me serrant contre elle. Je suis tellement heureuse de te voir ! Tellement, tellement heureuse !

Je n'y comprends rien. Mme Haversham est sympa, mais nous ne sommes pas proches au point de nous faire des câlins.

Je lui rends néanmoins son étreinte et la tapote dans le dos. J'ai beau être un peu gênée, c'est une attention touchante. En plus, ses cheveux sentent bon.

— Je suis contente de vous voir aussi, je lui souffle en tentant d'échapper à sa prise.

Elle s'accroche, me serre si fort que j'ai du mal à respirer.

— Finn ! hurle-t-elle encore, sa bouche à deux centimètres de mon oreille. Finn, c'est…

La porte du bureau de mon oncle s'ouvre enfin.

— Gladys, je vous ai déjà dit d'utiliser l'intercom…

Mme Haversham me libère de son étreinte parfumée au chèvrefeuille.

— Salut, je lance avec un sourire. Désolée de te déranger.

Mon oncle ouvre et referme la bouche sans répondre.

J'ai l'impression d'avoir du verre pilé dans l'estomac. J'ai beau ne pas me souvenir de ma matinée, j'ai maintenant une certitude : il y a un problème. Un gros.

2

J'AI RATÉ QUELQUE CHOSE ?

Avant que je ne puisse poser la moindre question, Oncle Finn s'écrie :

— Grace ! Oh mon Dieu, Grace ! Grace ! Tu es revenue !

Revenue ? Je ne suis allée nulle part. Qu'est-ce qu'ils ont tous ? On dirait qu'ils ne s'attendaient pas à me revoir.

Je fouille ma mémoire et me heurte de nouveau à ce mur dans mes pensées. Ça ne me fait pas aussi mal que la première fois, peut-être parce que je m'y attendais, mais c'est loin d'être agréable.

Oncle Finn m'étreint comme Mme Haversham avant lui. Je me laisse couler contre lui et hume son odeur boisée si familière, si réconfortante…

Puis il s'écarte pour scruter mon visage.

— Je n'arrive pas à y croire. Tu nous as tellement manqué.

— Je vous ai manqué, je répète. Comment ça, je vous ai manqué ? Pourquoi est-ce que tout le monde me regarde comme si j'étais un fantôme ?

Le reflet de ma panique palpite quelques instants dans les yeux de mon oncle puis il se reprend et son visage devient totalement inexpressif, ce qui n'est pas beaucoup plus rassurant.

— Viens, Grace, m'enjoint-il en passant un bras autour de mes épaules. Allons discuter dans mon bureau. Merci de me l'avoir amenée, Raj.

Après un dernier hochement de tête, M. Badar sort.

— Pouvez-vous joindre Jaxon Vega et lui demander de venir le plus vite possible ? lance Oncle Finn à Mme Haversham. Et vérifiez l'heure à laquelle ma fille aura fini ses contrôles, s'il vous plaît.

La secrétaire opine. À cet instant, la porte que M. Badar vient de refermer s'ouvre si fort que le battant claque contre le mur.

Mon corps entier frémit. Je n'ai pas besoin de me retourner pour savoir qui vient d'entrer.

Jaxon.

Il est furieux.

— Grace.

Le sol tremble sous mes pieds tandis que nos regards se croisent.

— Tout va bien, Jaxon. Je vais bien.

Ça ne lui suffit pas. Il traverse la pièce et me prend dans ses bras.

Il veut vraiment qu'on s'embrasse ici, devant mon oncle ?

À l'instant où nos corps se touchent, mes réticences s'envolent et toute la tension en moi disparaît. J'ai l'impression d'avoir passé la matinée en apnée et de pouvoir enfin reprendre mon souffle.

Jaxon doit ressentir la même chose ; il inspire profondément et me serre plus fort contre lui. Il frissonne. Sous nos pieds, le sol vibre toujours.

— Je vais bien, je répète en lui rendant son étreinte.

Pourquoi est-il si bouleversé ? Et pourquoi Oncle Finn est-il à ce point choqué de me voir ? La panique que je contenais jusque-là à grand-peine me submerge.

— Je ne comprends rien, je balbutie en plongeant mon regard dans celui de Jaxon. Qu'est-ce qui se passe ?

— Tout ira bien maintenant, déclare-t-il d'une voix ferme.

Son regard sombre ne cille pas face au mien, il est si intense que j'ai du mal à le soutenir, alors je me détourne et presse mon visage contre sa poitrine.

Même si son cœur bat vite, trop vite, son contact me rassure. Il sent bon : les agrumes, l'eau fraîche et la cannelle. C'est si familier. Si sexy.

C'est Jaxon.

Il est à moi.

Je me blottis contre lui en soupirant. J'ai, de fait, la sensation qu'il m'a manqué, or on ne s'est pas quittés d'une semelle depuis que je suis sortie de l'infirmerie !

Depuis qu'il m'a dit qu'il m'aimait.

— Grace, répète-t-il à mi-voix, comme une prière. Mon amour.

— Mon amour, je répète, le plus bas possible pour que Finn ne l'entende pas.

Tout à coup, quelque chose explose au fond de moi. C'est puissant et ça me secoue corps et âme.

Non !

Arrête !

Pas avec lui !

3

APPELEZ-MOI LA BELLE AU BOIS DORMANT

Sans réfléchir, je repousse Jaxon.

Un grondement grave lui échappe mais il ne me retient pas. Son regard bouleversé et ébranlé me brise le cœur.

— Qu'est-ce que c'était ? je chuchote.

— De quoi parles-tu ?

Alors il n'a rien entendu ? Il n'a pas senti ?

— Je ne sais pas. Pardon. Je ne voulais pas…

Il s'éloigne pour me laisser respirer.

— Ne t'en fais pas, Grace. Tu es secouée, c'est normal.

Secouée ? À cause de ce que Lia m'a fait subir ? Maintenant que je le regarde plus attentivement, lui aussi m'a l'air perturbé. Il est plus mince que jamais, ce qui fait ressortir ses pommettes saillantes. Ses cheveux sont plus longs que dans mon souvenir, si longs qu'ils cachent totalement sa cicatrice, et ses cernes sont si foncés qu'on dirait des bleus.

Il est toujours aussi beau, mais c'est une beauté transformée, douloureuse.

Plus je l'observe, plus ça m'effraie. Comment peut-il avoir changé à ce point en une journée ? Il a dû se passer quelque chose de sérieux… dont je ne parviens pas à me souvenir.

— Jaxon, dis-moi ce qui se passe.

Il ne répond pas tout de suite, alors je me tourne vers mon oncle :

— Mais dites-le-moi ! Je vois bien qu'il y a un problème, je le sens ! J'ai des trous de mémoire, et...

— Des trous de mémoire, me reprend mon oncle en s'approchant. Comment ça ?

— Je ne me souviens pas de ce que j'ai mangé ce matin. En fait je n'ai aucun souvenir de ma matinée ! Ni de ma soirée d'hier !

Oncle Finn et Jaxon échangent un regard inquiet.

— Arrêtez de faire comme si j'étais pas là ! je proteste. Dites-moi à quoi vous pensez !

— Ne le prends pas comme ça, tempère Oncle Finn en levant la main. On essaie comme toi de comprendre. Venez tous les deux dans mon bureau, on va discuter.

Il se tourne vers Mme Haversham.

— Pouvez-vous appeler Marise ? Dites-lui que Grace est là et demandez-lui de venir au plus vite.

Elle hoche la tête.

— Bien sûr. Je m'en occupe.

— Marise ? Pourquoi est-ce qu'on a besoin de Marise ?

Cette idée me donne mal au ventre. En plus d'être infirmière, Marise est aussi une vampire ; la dernière fois qu'elle m'a administré un traitement, je suis restée alitée un bon bout de temps.

— Je vais bien, je leur assure.

Mais il me suffit de jeter un coup d'œil à mes mains pour m'apercevoir que je suis loin du compte : elles sont boursouflées et couvertes de sang.

— T'as pas l'air si bien que ça, constate mon oncle en nous faisant entrer dans son bureau. Je veux juste qu'elle t'examine. Par sécurité.

Nous nous installons autour de son bureau en acajou. J'ai un million de questions à lui poser, mais il me devance :

— Ça va te paraître bizarre, mais est-ce que tu sais quel mois nous sommes, Grace ?

— Quel *mois* ?

Une pierre me tombe dans l'estomac

— Euh… novembre ?

Au regard que partagent Jaxon et Finn, je comprends que ce n'est pas la réponse qu'ils attendaient.

L'anxiété me comprime la poitrine et un mal de crâne me bat aux tempes, mais pas question de faire une crise d'angoisse. Je m'accroche à mes accoudoirs et je fais l'inventaire des objets qui m'entourent. C'est une technique que la mère de Heather, ma meilleure amie, m'a apprise après la mort de mes parents. Elle m'aide à contenir mon anxiété.

Bureau. Horloge. Plante. Baguette. Ordinateur. Livre. Stylo. Dossiers. Encore un livre. Encore un stylo.

Le temps que j'arrive au bout de ma liste, mon pouls et ma respiration sont presque revenus à la normale.

— Quel mois sommes-nous, alors ? je demande en me tournant vers Jaxon.

Depuis mon arrivée à Katmere, il a toujours été honnête avec moi, même dans les pires moments. J'ai besoin de sa franchise.

— Dis-moi. Je peux encaisser, dis-moi juste la vérité, j'ajoute en lui prenant la main. Je t'en prie, Jaxon…

À contrecœur, il murmure :

— Tu as disparu pendant quatre mois.

— Quatre mois ? (Une onde de choc me traverse.) *Quatre mois ??!* Mais c'est impossible !

— Nous sommes en mars, confirme Oncle Finn de sa voix la plus douce. Je sais que ça paraît impossible, mais c'est la vérité.

— Mars… Quel jour exactement ?

— Le 5 mars, dit Jaxon d'une voix sombre.

— Le 5 mars.

Une profonde terreur s'insinue en moi. Je me sens nue, vide et vulnérable. Quatre mois de ma vie sont passés à la trappe. Le tiers de mon année de terminale !

— Mais… Je ne comprends pas… Comment ?

— Grace… Grace.

Jaxon me serre la main.

— Ne t'en fais pas. On va se débrouiller. Ça va aller.

— Non, ça ne va pas ! Comment veux-tu que ça aille ? (Ma voix s'éraille. J'essaie laborieusement de retrouver mon calme.) Comment est-ce possible ?

Mon oncle me presse gentiment l'épaule.

— Respire, Grace. Voilà… (Il me sourit.) Encore… Inspire et souffle lentement.

Je lui obéis. Oncle Finn remue les lèvres tandis que j'exhale. Est-il en train de me lancer un sort pour m'aider à me calmer ? Si c'est le cas, ça ne fonctionne pas très bien.

— OK, quand tu te sens prête, continue-t-il avec un regard doux, raconte-moi ton dernier souvenir.

Mon dernier souvenir.

Mon dernier souvenir…

Ça ne devrait pas être si difficile de répondre, mais ma mémoire est tout embrumée. Comme si mes pensées flottaient sous l'eau et que je n'en distinguais que de vagues contours.

— Je me souviens de Lia. De tout ce qu'elle m'a fait. Et je me souviens de l'infirmerie. Et… et du bonhomme de neige.

Ce souvenir me réchauffe. Je lève les yeux vers Jaxon, qui me rend mon sourire ; mais ses yeux restent inquiets.

— Je me rappelle que Flint s'est excusé d'avoir essayé de me tuer. Et je me rappelle…

Je ne parviens pas à continuer, trop troublée par le souvenir des canines de mon amoureux traçant leur chemin le long de ma nuque et sur mon épaule avant de plonger dans ma chair.

— Jaxon. Je me souviens de Jaxon.

Mon oncle s'éclaircit la gorge.

— Et quoi d'autre ?

— Je ne sais pas. C'est si…

Une image me revient tout à coup. Une image très précise. Je me tourne vers Jaxon.

— On marchait dans le couloir. Tu me racontais une blague. Celle sur…

Non ! Ce souvenir aussi me file entre les doigts. Je me débats pour le rattraper, le retenir…

— Sur les pirates. La devinette sur les pirates.

Soudain, je me fige. Une image glaçante fait irruption dans ma tête.

— Hudson ! Lia a réussi. Elle l'a ramené ! Il était là !

Je regarde tour à tour Oncle Finn et Jaxon.

— Est-ce qu'il est vivant ? je balbutie, terrifiée. Est-ce qu'il est ici, à Katmere ?

— C'est la question que nous voulions te poser, répond Oncle Finn d'un air sombre.

4

MON SECRET BEAUTÉ ? LES SACRIFICES HUMAINS

— Me poser la question à moi ? Mais je n'en sais rien !

Un nouveau souvenir me revient. Je me tourne de nouveau vers Jaxon et son expression horrifiée me confirme que nous pensons à la même chose.

— Je me suis interposée.

Ses yeux s'assombrissent encore.

— Oui.

— Il avait un couteau.

— Une épée, me corrige mon oncle.

— C'est vrai…

Je ferme les yeux. Tout me revient.

Le couloir bondé.

Hudson qui surgit, l'épée brandie.

Moi qui bondis entre Jaxon et lui, parce que Jaxon est le garçon que j'aime. Celui que je protégerai quoi qu'il arrive.

L'épée qui s'abat sur nous.

Et puis… plus rien. Je ne me souviens de rien d'autre.

Non. Ce n'est pas possible.

— Oh, non.

— Du calme, Grace, souffle mon oncle en s'approchant de moi.

Je me dérobe.

— Est-ce que je suis morte ? C'est pour ça que je ne me souviens de rien ? C'est pour ça que tout le monde me regardait dans le couloir ? Hein ? Je suis morte ?

Je me mets à faire les cent pas, nerveuse.

— Mais je suis là, avec vous ! Et vous pouvez me voir ! Est-ce que je suis un fantôme ? C'est ça ?

Je fais volte-face pour me placer devant Jaxon.

— Dis-moi que je suis un fantôme. Pitié, dis-moi que tu n'as pas fait comme Lia, que tu n'as pas sacrifié quelqu'un dans cet horrible donjon pour me ressusciter ! Jure-moi que je ne dois pas ma survie à un rituel de magie noire !

— Houla ! doucement, s'écrie Jaxon en m'attrapant par les épaules. Grace, tu...

— Je te préviens, t'as pas intérêt à avoir joué les Docteurs Frankenstein avec moi !

Je suis en proie à la panique, et je ne parviens pas à me calmer. L'horreur et le dégoût m'accablent.

Il passe une main dans ses longs cheveux noirs.

— Je n'ai rien fait de tout ça.

— Alors je suis bien un fantôme ?

Je contemple mes doigts ensanglantés.

— Si je suis morte, pourquoi est-ce que je saigne ?

Doucement mais fermement, il m'attire à lui et me force à le regarder.

— Tu n'es pas un fantôme. Tu n'es pas morte. Et je n'ai pas usé de magie noire pour te ramener.

Ça prend quelques secondes, mais la sincérité de sa voix finit par me convaincre.

— Promis ?

Il rit.

— Promis. Je ne dis pas que je ne le ferais pas, hein. Ces derniers mois, j'ai beaucoup pensé à Lia. Je la comprends mieux, maintenant. Mais je n'en ai pas eu besoin.

Je pèse chacun de ses mots et tente de les réconcilier avec mon souvenir. J'ai bien senti une épée s'abattre sur ma nuque, pourtant…

— T'en as pas eu besoin parce qu'il y a un autre moyen de réveiller les morts ? Ou parce que… ?

— Parce que tu n'es pas morte. Hudson ne t'a pas tuée.

— Oh.

Je m'attendais à beaucoup de choses, mais pas à ça.

— Alors… J'étais dans le coma ?

— Non, intervient mon oncle. Tu n'étais pas non plus dans le coma.

— Alors quoi ? Parce que j'ai beau avoir des trous de mémoire, je me souviens très bien de ce psychopathe attaquant son frère avec une épée, et de moi qui me suis…

— Interposée, gronde Jaxon.

J'avais saisi qu'il était bouleversé, et je réalise maintenant qu'il est furieux. Contre moi.

— Tu aurais fait la même chose pour moi, je proteste. Ne dis pas le contraire.

— Évidemment ! Mais c'est toute la différence : je suis un…

— Un garçon ?

Il lève les yeux au ciel.

— Je suis un vampire.

— Et ça change quoi ? Cette épée t'aurait tué pareil, non ?

— Oui, peut-être…

— C'est bien ce que je pensais. Alors, quoi ? Ah ! je sais : tu es un garçon et c'est aux garçons de se sacrifier, je grogne, pleine de dédain. Bon, mais alors j'étais où, durant ces quatre mois ?

— Cent vingt et un jours et un peu plus de trois heures, précise-t-il.

Le tourment que ces mots lui causent est évident. J'en ai mal, pour lui, pour nous.

Il serre les poings et les mâchoires. Il a l'air prêt à en découdre, si seulement il pouvait arranger les choses en se battant avec quelqu'un.

Je lui caresse le dos et les épaules pour le réconforter avant de me tourner à nouveau vers mon oncle.

Tout ce que je veux savoir, c'est pourquoi j'ai perdu ces quatre derniers mois, comment c'est arrivé, et si ça risque de se reproduire.

5

LA MODE EST AUX GARGOUILLES

— Mon dernier souvenir, c'est donc l'attaque de Hudson. Que s'est-il passé après ? Est-ce que son coup m'a atteinte ?

Je regarde alternativement Jaxon et mon oncle. Ils serrent les dents tous les deux, comme s'ils répugnaient à m'annoncer la suite.

— Oui et non, répond mon oncle. Oui, l'épée t'a touchée, mais non, elle ne t'a pas blessée parce que… parce que tu t'es changée en pierre.

J'ai dû mal entendre.

— Pardon, je ne comprends pas. Comment ça, je…

— Tu t'es changée en pierre, confirme Jaxon. Tu t'es changée en pierre dans mes bras. Tu es restée pétrifiée durant cent vingt et un jours.

— « En pierre » ?

Je saisis le sens de chaque mot mais pas celui de la phrase entière.

— Ton corps n'était plus composé de chair, m'explique mon oncle, mais de pierre.

— Je suis devenue une *statue* ?

— Non, pas une statue…

Mon oncle hésite. Il tente de déterminer ce qu'il peut me révéler sans que je pète totalement les plombs.

J'ai beau comprendre ses réticences, ça m'agace au dernier degré.

— Arrêtez de tourner autour du pot ! Je me sentirai mieux quand vous m'aurez tout dit, croyez-moi. J'étais quoi, alors, si je n'étais pas une statue ?

Mon oncle hésite toujours. C'est Jaxon qui cède.

— Une gargouille. Tu es une gargouille, Grace.

— Une… une gargouille ?

— Une gargouille, confirme mon oncle en jetant une œillade courroucée à Jaxon.

— Vous plaisantez ! Une gargouille, comme celles sur les façades des cathédrales ?

— Oui, fait Jaxon, sans parvenir à retenir un sourire. Une garg…

— Tais-toi. Si tu répètes ce mot encore une fois, je vais devenir folle.

Je leur tourne le dos pour faire face au mur.

— Laissez-moi une minute. Juste un moment pour…

Quoi ? L'accepter ? Le nier ? Éclater en sanglots ? *Hurler ?*

J'ai bien envie de hurler, mais ça ne ferait que décupler l'inquiétude de Jaxon et Oncle Finn, alors…

Alors je me contente de respirer. Je n'ai aucune idée de la façon dont je devrais réagir.

J'aimerais tant que ce soit une farce, qu'ils avouent enfin qu'ils se fichent de moi… Mais jamais ils ne me mentiraient sur un sujet aussi grave. En plus, je sens au fond de moi comme une créature minuscule, apeurée et recroquevillée sur elle-même… Une créature qui s'est détendue pile à l'instant où le mot a été prononcé. Comme si elle était en moi depuis toujours et qu'elle attendait que…

Que je comprenne.

Que j'y croie.

Une gargouille, alors. Soit. Ça pourrait être pire : cette épée aurait très bien pu me décapiter.

Le front posé sur le mur frais, j'inspire profondément en me répétant le mot « gargouille » en boucle. Je ne sais pas quoi en penser.

Une gargouille. Une créature avec des ailes, des canines acérées et… des cornes ? Discrètement, je passe une main dans mes cheveux pour vérifier.

Non, pas de cornes. Rien que mes boucles brunes éternellement désordonnées. Pas de canines pointues non plus, je le constate en passant ma langue sur mes dents de devant. En fait, je n'ai pas du tout l'impression d'avoir changé.

— Hé, Grace, dit Jaxon en posant une main dans mon dos. Ça va aller, tu sais.

Bien sûr. Rien de grave. Franchement, les gargouilles sont super à la mode, non ?

Je ravale mon sarcasme.

— Je suis sérieux, insiste-t-il. Ça ira. C'est incroyablement cool d'être une gargouille !

C'est ça, oui. Des géantes de pierre. Tellement cool.

— Je sais, je souffle.

— Tu sais ?

Il s'approche de moi pour coller sa joue contre la mienne.

— Parce que t'as pas l'air convaincue.

Je sens son souffle sur ma peau. Il est si proche… Pendant quelques secondes bénies, je ferme les yeux et m'imagine que nous sommes de retour quatre mois plus tôt, dans sa chambre, occupés à nous embrasser. À imaginer notre avenir. J'essaie de me remémorer la sensation que j'avais quand tout me semblait sous contrôle.

Quelle blague. Je ne me suis jamais sentie aussi perdue de ma vie, même pendant les jours qui ont suivi la mort de mes parents. Au moins, à ce moment-là, j'étais toujours humaine… Ou du moins, c'est ce que je croyais. Maintenant, je suis une gargouille… et je n'ai pas la moindre idée de ce que ça signifie. Comment ai-je pu passer quatre mois de ma vie prise dans la roche ?

Et surtout : pourquoi ? Un réflexe de survie, sans doute. Mais si longtemps ? Pourquoi ai-je mis tant de temps à revenir vers Jaxon ?

Je me creuse la tête pour trouver une réponse. Là où devraient se trouver mes souvenirs, il n'y a que du vide.

Je serre les poings, réveillant la douleur lancinante dans mes doigts. Je les examine : d'où viennent toutes ces blessures ? On dirait que j'ai escaladé la roche à mains nues pour arriver ici. D'ailleurs, c'est peut-être le cas ? À moins que j'aie fait pire ? Hélas ! je n'en ai absolument aucune idée.

Et je n'ai pas non plus la réponse à la question la plus importante de toutes.

Je me tourne vers mon oncle.

— Qu'est-il arrivé à Hudson ?

6

LA ROULETTE RUSSE (VERSION VAMPIRE)

Oncle Finn semble vieillir de dix ans d'un coup. Ses yeux s'assombrissent et ses épaules s'affaissent.

— On ne sait pas. Il a voulu tuer Jaxon, et puis…

— Il a disparu. Avec toi, complète Jaxon en serrant ma main dans la sienne.

— Elle n'avait pas disparu, le reprend Oncle Finn. Elle était… hors de portée. Durant un moment.

Jaxon ne proteste pas, mais il n'a pas l'air d'accord.

— Tu ne te rappelles vraiment rien ? me demande-t-il.

— Rien du tout.

— C'est étrange, dit mon oncle. On a fait venir tous les experts en gargouilles du monde ; ils n'étaient pas tous d'accord entre eux, mais aucun n'a évoqué l'amnésie.

Il a beau parler d'un ton apaisant, ses mots me rendent nerveuse.

— Ça veut dire que j'ai un problème ?

— Tu n'as *pas* de problème, gronde Jaxon. Tu es parfaite.

— Bien sûr que tu es parfaite, approuve Oncle Finn. Je suis désolé de ne pas pouvoir t'aider. On n'avait pas prévu… cette possibilité.

— Tu n'y peux rien. Seulement, j'aurais voulu que…

Mes pensées se heurtent au même mur que tout à l'heure. J'essaie d'appuyer dessus, sans pour autant parvenir à le faire céder.

— Ne force pas, me recommande Jaxon en mettant son bras sur mes épaules.

Je me laisse aller contre lui. C'est agréable, mais ça ne fait pas disparaître la peur et la frustration.

— Il *faut* que je force. Sinon, on ne comprendra jamais ce qui est arrivé à Hudson.

Malgré la chaleur ambiante, je meurs de froid. Je me frictionne les bras. Oncle Finn le remarque et marmonne une incantation en secouant sa baguette. Cinq secondes plus tard, une couverture s'enroule autour de Jaxon et moi.

— C'est mieux ?

— Beaucoup mieux, je fais en serrant la couverture.

Oncle Finn s'assied à son bureau.

— Pour être honnête, Grace, on avait peur que Hudson soit avec toi. Tout comme on avait peur qu'il n'y soit pas.

Ces mots restent suspendus dans les airs, pleins de sous-entendus.

— Peut-être qu'il était avec moi…

L'idée d'être restée pendant quatre mois avec Hudson me serre la gorge. Je ravale ma salive.

— S'il était avec moi, est-ce que ça veut dire… que je l'aurais ramené ? Où est-il maintenant ?

Jaxon et Oncle Finn me contemplent avec une expression qui me glace jusqu'à l'os. Si Hudson est revenu, alors Jaxon est en péril, ainsi que le monde entier.

J'en ai mal au ventre. Non. Ce n'est pas possible. Je ne peux pas être responsable du retour de Hudson, le prince vampire génocidaire. Je ne peux pas être celle qui lui a permis de mener à bien son plan machiavélique, de lever une armée de vampires pour anéantir le reste du monde.

— Non, tu ne l'as pas ramené, m'assure Jaxon. Je te connais, jamais tu ne serais revenue si tu savais que ça ramènerait aussi mon frère.

— Oui, je suis d'accord, confirme Oncle Finn. Partons du principe qu'il n'est pas là. Que tu es revenue seule parce que tu savais que ce ne serait pas un danger. Si on suit cette logique, Hudson a disparu et tu ne dois pas t'inquiéter.

Il semble pourtant inquiet, lui. Peu importe à quel point nous souhaitons croire à la disparition de Hudson, leur réflexion ne tient pas debout. Ils en parlent comme s'il était évident que j'étais revenue de mon propre chef.

Or nous n'en savons rien. Peut-être que je n'ai pas choisi de revenir, tout comme je n'ai pas choisi de me changer en gargouille. Peut-être ai-je été forcée à reprendre forme humaine.

Mais alors, où est Hudson ?

Mort ? Toujours pris dans la pierre ?

Ou bien ici, parmi nous, caché dans le lycée Katmere, guettant patiemment l'occasion de se venger de Jaxon ?

Aucune de ces hypothèses ne me réjouit, mais la dernière est de loin la pire. Je décide de l'oublier pour l'instant : inutile de céder à la panique. Dans le doute, mieux vaut accepter l'hypothèse d'Oncle Finn.

— D'accord. Partons du principe que, si j'avais bien le contrôle sur Hudson, je ne l'aurais pas laissé s'échapper. Et ensuite ?

— Maintenant, il faut que tu te reposes. Marise devrait arriver d'ici à quelques minutes pour t'examiner. Si elle confirme que tu es en bonne santé, je propose que nous laissions les choses suivre leur cours. On verra si des souvenirs te reviennent durant les jours qui suivent.

En attendant, il faut que tu reprennes des forces et le cours d'une vie normale.

— Une vie normale ? répète Jaxon, dubitatif.

— Oui, réplique mon oncle, une pointe d'acier dans la voix. Grace a besoin d'un retour à la normale.

Il semble avoir oublié que la norme pour moi, depuis mon arrivée dans ce lycée, c'est de me faire poursuivre par des vampires psychopathes. D'abord Lia, puis Hudson. Déprimant, je sais…

Si je découvrais mon histoire dans un livre, je trouverais tous ces rebondissements exagérés. Mais je ne suis pas dans un livre. C'est ma vie, et c'est bien pire.

— Ce dont Grace a besoin, proteste Jaxon, c'est de se sentir en sécurité. Et elle n'y parviendra pas tant que Hudson est libre.

— Non, ce dont Grace a besoin, c'est s'occuper. Ça la rassurera et lui fera du bien…

— Ce qui me ferait du bien, je les coupe, agacée, c'est que mon oncle et mon copain arrêtent de parler de moi comme si je n'étais pas là ! Vous savez, j'ai un cerveau en bon état de marche et j'apprécie d'avoir voix au chapitre quand il s'agit de ma propre existence.

Ils rougissent tous les deux, gênés d'être pris en flagrant délit de machisme. J'ai beau n'être ni une vampire ni une sorcière, je ne vais pas laisser les hommes de ma vie prendre à ma place les décisions qui me concernent. Surtout qu'ils seraient du genre à m'envelopper dans du coton et me mettre sous cloche.

— Tu as raison, dit mon oncle, soudain radouci. Que veux-tu faire, alors, Grace ?

Je réfléchis une minute.

— Je veux que tout revienne à la normale. Enfin, aussi normal que ça puisse l'être quand on partage la chambre d'une sorcière et qu'on sort avec un vampire. Je veux également comprendre ce qui s'est passé avec Hudson. Parce qu'il ne s'agit pas seulement de moi : s'il est de retour, *personne* ne sera en sécurité.

— C'est toi qui m'importes, souffle Jaxon. Pas les autres.

Très romantique, mais il faut bien que quelqu'un se dévoue pour démêler cet imbroglio et je suis la mieux placée pour le faire, malgré mon trou de mémoire.

Je serre les poings ; un nouvel éclair de douleur me traverse les doigts.

Ai-je laissé Hudson ligoté quelque part, hors d'état de nuire ?

Ou est-il parvenu à s'échapper ? Est-ce pour ça que mes mains sont blessées ? Parce que j'ai essayé de le retenir ?

Ou bien (et c'est ce qui m'inquiète le plus) a-t-il utilisé son pouvoir de persuasion pour me convaincre de le libérer ? Et si oui, est-ce pour ça que ma mémoire a été effacée ?

Ai-je cédé à ce monstre ? L'idée me terrifie.

Jaxon s'est tant battu pour le neutraliser. Il a tout sacrifié, même l'affection de sa mère, pour contrecarrer les plans de son frère. Pour l'empêcher de détruire le monde.

Comment pourrais-je vivre en sachant que c'est moi qui l'ai ramené d'entre les morts ? Que c'est moi qui l'ai lâché sur Katmere ? Sur le monde entier ?

Comment pourrais-je me pardonner de lui avoir offert une seconde chance de s'en prendre au garçon que j'aime ?

— On doit le retrouver, je déclare d'une voix rauque. Avant qu'il ne fasse du mal à qui que ce soit.

Et il faut que je recouvre la mémoire de ces quatre derniers mois avant qu'il ne soit trop tard.

7

CE QUE TU IGNORES PEUT TE TUER

Marise m'ausculte durant quelques minutes qui me paraissent interminables, puis Oncle Finn laisse enfin Jaxon m'emmener. Vu la façon dont l'infirmière et les deux hommes me traitent, ils prennent tous ma santé très au sérieux. C'est rassurant. Marise a même vérifié si j'avais des lésions cérébrales qui pourraient expliquer mon amnésie.

Mais non : si on exclut mes mains éraflées, je vais très bien et je suis même apte à retourner en cours. Apparemment, rien de tel que de se changer en pierre quelques mois pour se refaire une santé.

Tandis que Jaxon et moi nous dirigeons vers ma chambre, je repasse dans mon esprit les mots de Marise qui s'est justifiée de ne pas en savoir plus sur les gargouilles :

« Tu sais, tu es la première gargouille à exister depuis un millénaire. »

Fantastique. Qui n'aimerait pas être le seul spécimen au monde d'une espèce jusque-là éteinte ?

Je ne sais pas quoi faire de cette information, alors je la range tout au fond de ma tête, pour plus tard.

Soudain, je réalise que Jaxon ne me ramène pas à ma chambre mais à la sienne. Je le retiens par la main.

— Attends, j'ai besoin de prendre une douche et d'avaler une barre de céréales avant les cours.

— Les cours ? s'exclame-t-il, étonné. Tu ne préfères pas te reposer, aujourd'hui ?

— Je me suis déjà « reposée » pendant quatre mois, je pense que je ferais mieux d'aller en classe pour rattraper mon retard. Je suis censée passer mon bac cette année. J'ai déjà dû rater plein de contrôles…

— T'en fais pas, Grace, tout est prévu, me rassure-t-il en serrant ma main dans la sienne. On s'est arrangés, ton oncle et moi, il a préparé un programme de rattrapage avec tous tes profs. Tu vas devoir prendre rendez-vous avec chacun pour en discuter.

Je me jette à son cou, ravie de cette nouvelle.

— Oh ! c'est génial. Merci de ton aide !

Il m'enlace.

— Ne me remercie pas, c'est normal. Je suis là pour ça.

Nous bifurquons en direction de ma chambre.

— Mme Haversham a dû finaliser ton emploi du temps. Il a changé au semestre dernier, et…

— Et je n'étais pas là pour le recevoir.

Pas question de marcher sur des œufs avec moi. Désormais, j'affronterai les problèmes en face. Plus vite je m'en accommoderai, plus vite tout reviendra à la normale.

J'ai une liste de questions longue comme le bras au sujet des gargouilles. Dès demain, je les poserai à Jaxon et Macy et j'apprendrai à vivre avec ma nouvelle nature. Je n'ai pas de cornes, et c'est déjà un grand soulagement.

Je tends les lèvres vers Jaxon mais, plutôt que de m'embrasser, il secoue la tête. Ça me vexe un peu, jusqu'à ce que je remarque que tous les élèves autour de nous nous dévisagent.

Les nouvelles vont vite : j'ai réapparu il y a moins d'une heure, mais tout le monde est déjà au courant, et me voilà devenue le point de mire de tout le lycée.

— Ne t'en fais pas, me souffle Jaxon. Une fois qu'ils t'auront tous vue, ils se désintéresseront.

Il a raison. Ce sera comme à mon arrivée au lycée : au bout de quelques jours, plus personne ne faisait attention à moi. Tant mieux, parce que je ne suis pas à l'aise avec la notoriété.

Nous nous hâtons d'arriver à ma chambre. Jaxon est tout proche, son long corps ferme pressé contre le mien. J'aimerais tant qu'il pose ses lèvres sur les miennes…

Vu l'allure à laquelle il marche, il doit être aussi impatient que moi. Nous voilà enfin devant ma porte. J'ai les mains qui tremblent et le cœur qui s'emballe.

Heureusement que Macy n'a pas verrouillé la porte, parce que Jaxon aurait été capable de l'enfoncer. Il me pousse à l'intérieur, sifflant d'agacement quand le rideau de perles de Macy lui balance une décharge d'électricité statique.

— Tu t'es fait mal ? je demande en refermant la porte.

Jaxon me plaque contre le battant sans répondre.

— Tu m'as manqué.

— Toi aussi, j'ai le temps de répondre avant qu'il m'embrasse.

8

MOI J'AI BESOIN D'AMOUUUUUR

Je n'avais pas réalisé.

Je n'avais pas compris à quel point ça m'avait manqué, à quel point *il* m'avait manqué.

Son corps contre le mien.

Ses paumes sur mes joues, ses doigts emmêlés dans mes cheveux.

Sa bouche qui dévore la mienne, et la façon dont le contact de ses lèvres, de ses dents et de sa langue m'électrise. J'ai envie de lui. J'ai besoin de lui.

Jaxon. Toujours Jaxon.

À la tension de son corps contre le mien, je sens qu'il brûle de la même émotion que moi. Toutefois, son toucher reste léger. Il me caresse les cheveux d'une main douce et me tient avec tendresse, sans brusquerie ni possessivité.

— Mon amour, je souffle contre ses lèvres.

Il tremble en se détachant de moi. Je gémis de déception, tente de le retenir. Il frissonne de nouveau et niche sa tête dans le creux de mon cou. Il me respire, me hume à grandes goulées, comme s'il essayait d'aspirer mon essence.

J'aimerais faire pareil, moi aussi.

Je laisse glisser mes mains jusqu'à sa taille. Il a perdu du poids en mon absence.

— Je suis désolée.

Il secoue la tête en m'attirant à lui et couvre ma nuque de baisers.

— Non, ne t'excuse pas. C'est ma faute : je n'ai pas su te protéger.

— Ce n'est la faute de personne, je dis en renversant la tête pour lui laisser l'accès à ma gorge. Personne n'y peut rien.

Des larmes brûlantes me montent aux yeux. Je cligne des paupières mais c'est trop tard, Jaxon les a repérées. Ses mains déjà tendres se font plus douces encore. Il me caresse le bras, l'épaule, la joue…

— Ça va aller, Grace. Je te promets.

— Ça va déjà, je réponds en ravalant ma salive. Je suis avec toi.

— Oui, confirme-t-il en m'embrassant derrière l'oreille. Enfin !

J'ai les jambes en coton, mais Jaxon me maintient debout comme il sait si bien le faire.

— Je t'aime, souffle-t-il en m'effleurant la clavicule de sa canine.

À ces mots, tout en moi se fige. Mon souffle, mon sang, mon désir… C'est comme si tout disparaissait d'un coup. Jaxon doit s'en rendre compte. Il lève la tête, soudain inquiet. J'ai l'impression d'avoir fait quelque chose de mal.

— Grace ? demande-t-il en s'écartant pour me laisser la place de respirer. Ça va ?

— Ouais. Ouais, c'est juste…

Je ne sais pas quoi dire. J'ai envie de l'embrasser. Vraiment. Mais un sentiment étrange enfle en moi, une sensation contraire.

— Juste quoi ?

Il n'est pas agacé ni fâché. Simplement, il veut s'assurer que tout va bien.

Je me sens d'autant plus coupable.

— Je veux… Enfin, non… Je me sens…

À cet instant, mon estomac gronde. Le visage de Jaxon s'illumine.

— Je suis bête ! Tu es affamée ! J'aurais dû attendre que tu aies avalé quelque chose avant de…

— Non, c'était bien ! J'en avais envie.

Je serre sa main, soulagée d'avoir trouvé une explication à cet étrange sentiment de vide. Ma mère disait toujours qu'on se comporte bizarrement quand on manque de sucre. Après n'avoir rien avalé pendant quatre mois, mon taux de glycémie doit être au plus bas.

— Je vais juste piquer une barre de céréales à Macy avant d'aller en cours. Tu ne devrais pas être en classe, d'ailleurs ?

— Si, confirme-t-il, un peu penaud.

Il est déçu, je le vois. Je ne comprends pas pourquoi je l'ai repoussé comme ça tout à l'heure.

Je pourrais me pencher vers lui, faire en sorte que mes cheveux effleurent son bras, et il saurait que tout va bien entre nous. Ou mieux : je pourrais lui faire un câlin. Mais je n'en ai pas envie, alors je me contente de lui sourire.

— À plus tard ?

Il me renvoie mon sourire.

— Oui. Bien sûr.

— Oh, et je ne sais pas où est mon téléphone, alors il vaut mieux qu'on se retrouve ici.

Il opine et, après un dernier signe de la main, sort de ma chambre.

J'admire sa démarche tandis qu'il s'éloigne. Il a l'air si assuré et puissant, il ne craint rien ni personne. Ça ne devrait pas me plaire autant, cette allure d'homme fort, et pourtant… Et puis, il faut dire que son pantalon d'uniforme met particulièrement en valeur une certaine partie de son anatomie.

Il se tourne une dernière fois vers moi juste avant de disparaître. Il sourit jusqu'aux oreilles, ce qui lui dessine des rides d'expression au coin des yeux et adoucit son visage. Ça lui va si bien.

Son sourire s'étiole un peu quand il croise mon regard, comme s'il était gêné d'être pris en flagrant délit de bonheur. Trop tard, j'ai tout vu ! Maintenant que je sais à quoi il ressemble quand il rayonne, je ne veux plus jamais le voir autrement.

L'anxiété dans mon ventre s'atténue peu à peu. Je lui souffle le baiser que je ne suis pas parvenue à lui donner tout à l'heure. Jaxon me répond d'un clin d'œil.

Je referme la porte et me déshabille en riant pour prendre une douche. Mon Jaxon est un million de fois plus charmant que celui que le reste du monde connaît.

Malgré tout, l'eau chaude de la douche ne me réchauffe pas complètement. Si jamais j'ai vraiment ramené Hudson parmi nous, alors toute la joie de Jaxon disparaîtra par ma faute.

Et ça, il n'en est pas question.

9

UNE HALLUCINATION DUE À UN EXCÈS D'OPTIMISME

Après trois shampooings et deux savonnages énergiques, je suis une femme neuve. Une femme qui ne se changera pas en pierre à la moindre provocation, j'en fais la promesse. Je m'enroule dans une serviette (rose vif, merci Macy) et vérifie l'heure.

Sauf que je n'ai plus de téléphone. Zut.

On n'a pas d'horloge, non plus. Aucun moyen de se repérer dans le temps. C'est donc d'assez mauvaise humeur que je m'hydrate le visage et me sèche les cheveux.

Il va falloir que je récupère un téléphone. J'avais toute ma vie, dans mon portable, et il faut absolument que j'écrive à Heather. Elle doit être si inquiète ! Qu'est-ce qu'elle doit penser ? Que je l'ignore depuis quatre mois ?

Heureusement, mon sac de cours n'a pas bougé, lui, et mes uniformes sont toujours suspendus dans l'armoire.

Je refais les bandages autour de mes doigts, choisis une jupe noire et un polo pourpre, enfile une paire de bas et mes bottines et applique une couche de gloss ainsi qu'un peu de mascara. Une fois prête, je sors de la chambre.

Quelle heure est-il exactement ? Jaxon doit m'avoir laissée vers midi. Je devrais donc avoir amplement le temps d'arriver à mon cours de treize heures, architecture mystique.

Je ne sais pas du tout de quoi il s'agit, mais ça m'intrigue. Peut-être vais-je en apprendre plus sur le château dans lequel je vis ?

Ce château fait de pierre, tout comme moi... En repoussant cette pensée, je traverse le couloir qui dessert les chambres. Comme d'habitude, la porte décorée de chauves-souris me fait sourire.

Quand je suis arrivée, je croyais que c'était la chambre d'un fan de Batman. Maintenant que je sais que c'est l'œuvre de Mekhi, le meilleur ami de Jaxon, je trouve ça d'autant plus drôle.

Je descends les escaliers quatre à quatre, la main sur la rampe cirée. J'ai tellement hâte d'aller en cours que je ne remarque pas qu'il manque une marche à l'escalier et manque de tomber dans le trou.

Je parviens tout juste à me rattraper. Après avoir retrouvé mon équilibre, je remarque que les bords du trou sont calcinés, comme s'il avait été percé par un lance-flammes. Quelqu'un a dû perdre son sang-froid ici. Sûrement un dragon. Ou une sorcière ? Ils sont les seuls à pouvoir lancer d'aussi grosses boules de feu. Le bon côté de toute cette histoire de gargouille, c'est qu'au moins la pierre, ce n'est pas inflammable.

Les premières notes de « Sympathy for the Devil » des Rolling Stones résonnent dans le couloir (c'est mon oncle qui choisit les sonneries) juste au moment où j'entre en classe. Avant que je ne puisse repérer une place libre, Flint me saute dessus, tout sourires.

— Alors comme ça la Nouvelle est de retour ?

— Tu le sais déjà, tu m'as vue ce matin.

— J'ai cru que tu étais une hallucination due à un excès d'optimisme, contre-t-il en me serrant si fort contre lui que mes pieds quittent le sol. Maintenant, je suis sûr que tu es bien de retour.

— Comment ça ? je demande quand il me dépose enfin.

Son corps est bien chaud et je suis si frigorifiée que je suis tentée de me blottir contre lui pour me réchauffer. Je me retiens : il s'agit tout de même du gars qui a essayé de me tuer au début de l'année. Je me souviens parfaitement de son expression tandis qu'il m'étranglait dans les tunnels sous l'école.

Il m'adresse un clin d'œil.

— Parce que jamais personne ne viendrait à ce cours s'il pouvait l'éviter.

10

J'EN AI PLEIN LE DOS

— Super, je réplique en levant les yeux au ciel. Encore un cours mortel. C'est tout ce qu'il me fallait.

— Hé, je préfère être honnête ! D'ailleurs, tu veux un autre conseil ?

— Comment pourrais-je refuser ?

Cette fois, quand Flint sourit, le blanc éclatant de ses dents pointues contraste avec le brun doré de sa peau. Je ne comprends pas comment j'ai pu mettre autant de temps à deviner qu'il était un dragon.

De sa démarche à son regard, tout en lui respire le feu. Sans oublier l'énorme anneau qu'il porte à l'annulaire droit. Je ne l'ai jamais vu sans ce bijou (ou en tout cas, pas dans sa forme humaine). La gigantesque émeraude enchâssée dans l'anneau en argent est gravée d'un motif de dragon.

— Je vais passer outre ton manque d'enthousiasme et te faire tout de même profiter de mes précieuses lumières. Parce que je suis un gentil garçon.

— Gentil et loyal, je persifle, sans beaucoup de conviction.

C'est difficile de rester fâchée contre Flint. Tout de même, je continue :

— Pardon, je voulais dire meurtrier, pas loyal. Je confonds toujours ces deux mots.

Flint rougit. Il se penche vers moi.

— Ne t'en fais pas, ça m'arrive aussi de m'y tromper.

Je le défie du regard.

— Je suis au courant.

— Je sais.

Malgré sa mine triste, il ne se défend pas. Il n'essaie pas de me convaincre de lui faire confiance.

— Je te recommande de t'installer loin du prof, dit-il avec un signe du menton vers la rangée du fond.

— Pourquoi ça ?

Il lève les mains en souriant.

— Assieds-toi devant, si tu ne me crois pas. Fais-toi ta propre expérience.

La sonnerie retentit. Un instant plus tard, les élèves entrent en classe et se bousculent vers le fond de la salle.

Flint ne me faisait pas marcher. C'était un vrai conseil. Dommage que je ne l'aie pas cru : toutes les places à l'arrière sont prises, maintenant.

Bon, l'avant de la classe ne peut pas être *si* horrible. Je choisis une chaise de la seconde rangée, contre le mur.

Avant que je ne puisse m'y asseoir, un bras ceint de bracelets étincelants me bloque le passage.

— Grace ! Enfin !

Gwen, l'amie de Macy, me fait signe de m'installer près d'elle.

— Bienvenue, s'écrie-t-elle tandis que je me glisse à son côté. Macy va tellement péter les plombs ! Tu l'as vue ?

D'un geste impatient, elle rabat une longue mèche de cheveux noirs derrière son oreille. La mèche retombe aussitôt, alors elle fouille son sac pour en retirer une pince à cheveux en cristal.

— Non, je ne l'ai pas encore vue. A priori elle était en contrôle ce matin, donc elle n'est pas au courant que je…

Je m'arrête là, parce que je ne suis pas sûre de la façon de terminer cette phrase.

Que je suis revenue ?

Que je suis à nouveau humaine ?

Que je ne suis plus une gargouille ?

Argh. Quel bazar, cette affaire.

Gwen me sourit gentiment avant de murmurer quelque chose en chinois. À son visage, je vois bien que c'est une phrase spéciale. Un sort ou une bénédiction ?

— Qu'est-ce que ça veut dire ?

L'arrivée de M. Damasen, le professeur d'architecture, l'empêche de répondre tout de suite. C'est un homme titanesque. Deux mètres dix au bas mot, avec de longs cheveux roux noués en catogan et des yeux d'or qui semblent tout voir.

D'instinct, je me redresse sur mon siège. Tout le monde fait pareil autour de moi. À part Flint, qui s'affale sur son banc, aussi détendu que s'il était à la plage.

M. Damasen concentre son attention sur lui et ses pupilles se mettent à tournoyer en spirale dans ses yeux. Oh ! là, là ! ça m'effraie toujours autant de voir quelqu'un utiliser la magie… Sans se départir de son rictus de dragon, Flint le salue d'une main.

Et là, surprise : plutôt que de lui arracher les yeux pour le punir, le prof secoue la tête, agacé, puis se tourne vers les autres élèves.

— C'est un proverbe chinois que ma mère me répétait quand j'étais petite et que j'avais du mal avec mes pouvoirs, répond Gwen en me tapotant la main. Ça veut dire : « Si le ciel crée une personne, la terre lui trouvera une utilité. » (Ses bracelets s'entrechoquent.) Ne sois pas trop dure avec toi-même. Tu vas trouver ton équilibre. Laisse-toi le temps.

Ses mots sonnent juste. Si juste que ça me fait un peu peur : suis-je si transparente ?

— Comment tu sais que…

Elle sourit.

— Je suis une empathe et une guérisseuse. C'est ma spécialité, de savoir. Dis-toi bien que c'est normal d'être perturbée. Respire un coup. Tu trouveras vite tes marques.

— La méthode Coué, en somme ? je rigole.

— Exactement.

— Miss Zhou, intervient M. Damasen de sa voix de tonnerre. Allez-vous me rendre votre devoir ? Ou bien ça ne vous intéresse pas d'obtenir des points en plus ?

— Excusez-moi, monsieur Damasen, dit-elle en sortant un dossier orange de son sac. Le voici.

— Désolée, je souffle.

Avec un clin d'œil, elle se lève et va ajouter son devoir à la pile sur le bureau du prof.

— Quant à vous, mademoiselle Foster, bienvenue parmi nous !

La voix de M. Damasen est si forte que je sursaute. Il se tient juste devant moi, un manuel de cours à la main.

— Voici votre livre.

Je saisis prudemment le volume en faisant de mon mieux pour éloigner mes oreilles de sa bouche au cas où il aurait autre chose à dire. Je comprends maintenant l'avertissement de Flint. Si seulement j'avais des bouchons d'oreilles sur moi…

À peine ai-je refermé mes doigts sur le livre qu'il reprend :

— Mais vous faites votre retour le jour du contrôle final du trimestre, pour lequel vous n'êtes évidemment pas préparée. Je vais donc vous demander de venir me voir à mon bureau une fois que tout le monde se sera mis au travail.

Vous aussi, monsieur Montgomery. J'ai un projet à vous confier.

— Flint ? Mais il ne fait pas le contrôle, lui non plus ?

— Non, répond Flint, la mine triomphante. Le major de la classe est toujours exempté de contrôle. Je suis donc prêt à satisfaire tous tes besoins.

Le sourire qu'il arbore en prononçant le mot « besoins » est tout bonnement diabolique.

Lorsque M. Damasen a fini de distribuer les sujets, je m'avance vers son bureau, Flint sur les talons. Il est si proche que je sens son souffle dans ma nuque, mais je refuse de me laisser troubler.

Avec un grognement, le prof nous tend une enveloppe jaune. Puis, avec ce qu'il doit prendre pour un murmure (mais qui s'approche en réalité plutôt d'un cri), il explique :

— J'aimerais que vous preniez des photos de tous les lieux de l'école listés ici. J'en ai besoin comme référence pour mon article de mai dans le magazine *Aventures géantes*.

Il m'adresse un regard inquisiteur.

— Votre oncle m'a assuré que ça ne vous poserait pas de problème.

Typique d'Oncle Finn : il arrange toujours tout dans mon dos.

— Non, monsieur Damasen, je serais ravie de vous aider.

Ai-je vraiment le choix ?

— Des questions ? me relance-t-il de sa voix de stentor.

Au moins cent, mais aucune qui soit pertinente pour cette mission. Non, ce qui m'interroge vraiment, c'est comment il peut s'attendre à ce que je passe la prochaine heure et demie en compagnie d'un garçon qui, il y a peu, voulait ma mort.

11

CŒUR DE PIERRE

— Tu es vraiment d'accord ? me demande Flint une fois dans le couloir.

Là, il est sérieux. Mortellement sérieux.

Je ne sais pas quoi répondre. Je sais bien que Flint ne s'en prendra plus à moi ; avec Lia morte et Hudson disparu, il n'a plus aucune raison de le faire. D'un autre côté, je ne tiens pas à m'isoler dans les recoins du château avec lui. Seul un âne trébuche deux fois sur la même pierre…

— Ça ira, je dis après un long silence. Allez, plus vite on s'y met, plus vite on aura fini.

— Super, répond-il en me montrant la liste. Par où veux-tu commencer ?

— Tu connais mieux l'école que moi. Choisis.

Il lit la feuille en silence. Je sais que je ne devrais pas avoir envie de redevenir son amie, mais… ça ne me plaît pas d'être aussi froide. Je préférais quand Flint et moi nous taquinions mutuellement. Là, plus les minutes passent, plus ça devient gênant.

Le garçon avec lequel je m'amusais à faire rôtir des chamallows me manque. Tout comme le garçon qui a conjuré une fleur pour me l'offrir. Ou celui qui me portait dans l'escalier.

Pourtant, je sais bien que ce garçon aimable n'a jamais réellement existé : ce n'était qu'une façade. Derrière, il complotait ma mort.

Flint me jette des petits coups d'œil par-dessus son papier. Le silence s'étire, fragile et tendu comme une corde d'équilibriste. J'ai envie de disparaître sous terre.

À son attitude, je devine que c'est pareil pour lui. Il a l'air plus petit et moins assuré que d'habitude.

— Les tunnels font partie de la liste, lâche-t-il.

Les mots flottent entre nous.

— Oui, j'ai vu.

Il se racle la gorge.

— J'irai seul, si tu préfères. Tu pourras photographier quelque chose d'autre pendant que...

— Non, je ne peux pas. J'ai perdu mon téléphone quand...

J'agite les mains au lieu de finir ma phrase. *Quand je suis devenue une gargouille.*

— Ah.

À nouveau, il s'éclaircit la gorge.

— Je peux quand même y aller ? Tu m'attends ici et puis on fera le reste du château ensemble.

Je secoue la tête.

— Non, je ne veux pas t'y obliger.

— Tu ne m'obliges à rien, c'est moi qui ai proposé.

— Ouais, mais je ne t'ai rien demandé. Et puis, il n'y a que moi qui serai notée sur ce travail, alors ce serait injuste.

— Peut-être, mais il n'y a que moi qui me suis conduit en parfait connard, donc je comprends tout à fait que tu ne veuilles pas retourner là-bas en ma compagnie.

Il a beau reconnaître sa culpabilité, son ton de reproche me met mal à l'aise. Certes, il pensait ne pas avoir le choix, persuadé qu'il fallait à tout prix me tuer pour éviter une guerre entre les dragons et les vampires, mais tout de même…

— Tu sais quoi ? C'est vrai, t'as été un connard. Au-delà du connard, en fait. Tu veux voir les cicatrices que tes serres m'ont laissées ? Alors, désolée, mais t'as pas le droit de me regarder avec tes yeux de chien battu comme si c'était moi qui t'avais trahi. N'inversons pas les rôles.

Son visage se crispe.

— Tu crois que je n'en suis pas conscient ? Tu sais très bien que j'ai passé quatre mois à ruminer ma culpabilité !

— Non, je n'en sais rien. Je n'ai aucune idée de ce qui s'est passé pendant tout ce temps, parce que j'étais une putain de STATUE !

À ce mot, ses épaules s'affaissent et le feu qui l'habitait semble s'éteindre.

— C'est vrai. Et ça craint. Je suis désolé.

— Ouais, ça craint. Je pensais que tu étais mon ami…

— J'étais ton ami. Je le suis toujours, si tu veux bien. Je sais que les excuses ne suffisent pas mais… Je te promets que je ne te ferai plus jamais de mal.

C'est le ton de sa voix qui me convainc plus que ses mots. Il tient à notre amitié. Je lui manque autant qu'il me manque, c'est clair.

Eh oui, malgré tout ce qu'il m'a infligé, il me manque. Alors, tout en sachant que c'est sûrement une bêtise, plutôt que de l'envoyer au diable, je déclare :

— D'accord. Mais si tu essaies encore une fois de me tuer, t'as intérêt à y parvenir. Sinon, je te préviens, c'est moi qui te massacre.

Son visage se fend d'un gigantesque sourire.

— Ça marche. Si je tente à nouveau de te tuer, tu pourras essayer de me rendre la pareille.

— « Essayer » ? Crois-moi, tu n'auras pas la moindre chance d'en réchapper.

Il mime l'horreur, une main sur la poitrine.

— Houla, t'as l'air sûre de toi ! Je voudrais pas t'avoir comme ennemie.

— Ouais, ne me cherche pas.

Son sourire s'élargit encore.

— Je n'oserais jamais. Tu sais, j'étais là quand tu t'es changée en pierre. J'ai vu ce que t'as fait à Hudson. Tu es devenue sacrément effrayante, comme fille.

— J'ai *toujours* été effrayante. T'étais juste trop occupé à fomenter mon assassinat pour t'en rendre compte.

C'est dur de regarder de haut quelqu'un de si grand, mais je fais de mon mieux. Flint écarquille les yeux.

— Je vois ça. Et ça me plaît.

— T'emballe pas... Notre amitié est toujours en phase d'essai. Alors t'as intérêt à te tenir à carreau.

Les mains sur les hanches, il opine. Je soutiens son regard pendant plusieurs secondes puis hoche la tête à mon tour. Et là, enfin, je m'autorise à lui sourire.

— Bon, maintenant que c'est réglé, on peut se mettre à notre projet ? Ou tu préfères rester là à parler de nos sentiments toute la journée ?

— Hé ! c'est moi ou t'es devenue un cœur de pierre depuis que t'es une gargouille ?

— Hé ! je raille, c'est moi où t'es vraiment tout feu tout flammes depuis que t'es un dragon ?

— Ça, c'est juste ma personnalité, bébé. Rien à voir avec mon dragon.

Je lève les yeux au ciel.

— Il me semble que ton dragon pète autant les flammes que toi, *bébé*.

Flint fait mine de se pâmer et j'en profite pour lui chiper la feuille. Si je ne force pas un peu les choses, on y sera encore demain.

En parcourant la liste, je m'aperçois qu'il y a un problème.

— Attends, Flint, certains endroits sont super hauts ! Comment le prof veut-il qu'on s'approche suffisamment pour les photographier ?

— Je suis un dragon, me rappelle-t-il avec un clin d'œil.

Oh non. Pas question.

— Désolée, mais notre relation de confiance n'est pas assez solide pour que je vole sur ton dos.

Il se marre.

— Rabat-joie, va. D'accord, on ne photographiera que les sujets faciles aujourd'hui. Mais un de ces jours, tu viendras voler avec moi.

En réalité, j'ai déjà volé avec lui… et ce n'est pas un bon souvenir. Je ne le mentionne pas. Notre trêve est encore fragile.

— T'auras du mal à me convaincre.

— Mais j'y arriverai, dit-il avec une courbette.

Et je ne peux pas m'empêcher de rire. Qu'il est bête, des fois !

Je lui flanque une bourrade et… Waouh ! c'est peut-être lui la gargouille, en fait. Il ne bouge pas d'un poil, comme s'il était fait de granit.

— Allez, passe-moi ton portable et allons-y, espèce d'idiot.

Flint me tend son téléphone.

Quand je me retourne, je tombe nez à nez avec Jaxon qui nous dévisage, le regard noir et glacé.

12

VAMPIRE CONTRE DRAGON

— T'as déjà fini les cours ? me demande Jaxon.

Je vois bien qu'il se retient de ne pas hurler.

— Ah, euh, non, je réponds en m'éloignant de Flint.

Pas parce que Jaxon est fâché, mais parce que ça ne me plairait pas à moi non plus si je le surprenais à prendre ses aises avec une dragonne charmante au détour d'un couloir. Quand bien même ce ne serait qu'une amie.

— C'est juste qu'il y a un contrôle aujourd'hui… Flint est dispensé, alors il doit m'aider pour mon projet de rattrapage.

Flint appuie sa large carrure contre le mur et croise les bras, insolent. Jaxon me fixe toujours.

— Ah, chouette ! s'exclame-t-il avec un sourire qui sonne faux. Ça te fait moins de cours à rattraper, du coup ?

Il est furieux ou je suis parano ?

— Oui ! J'espère que tous les profs seront aussi cool que M. Damasen.

— Damasen ? s'écrie-t-il avec un rire surpris. C'est la première fois que j'entends quelqu'un dire qu'il est cool !

— C'est exactement ce que je lui ai dit ! intervient Flint. Ce type est un monstre.

Jaxon ne lui répond pas. Il ne le regarde même pas. C'est gênant.

— Ben moi il m'a plu, je proteste. Il parle fort mais à part ça, je ne vois pas où est le problème.

— C'est un géant.

— C'est vrai qu'il est immense... Je n'ai jamais vu personne d'aussi imposant.

— Parce que c'est un *géant*, répète Jaxon, et cette fois je pige.

— Attends. Quand tu dis « géant », tu ne veux pas seulement dire qu'il est grand ?

— C'est un géant, répète encore Jaxon, et le froid dans ses yeux laisse place à de l'amusement.

— Un géant, comme dans *Jack et le haricot magique* ?

— Plutôt un géant du genre de ceux qui mangent les bébés.

— Vraiment ?

Je secoue la tête, incrédule. Encore une révélation.

— Oui, vraiment, Grace, renchérit Flint. Damasen est un géant. Il y a une pile d'ossements d'élèves fauteurs de troubles dans ses appartements.

— *Quoi ?*

— Ne t'en fais pas, il ne s'en prend pas aux élèves brillants. Tu devrais t'en sortir.

Face à mon air horrifié, Flint craque. Un fou rire fait éclater l'expression grave qu'il affichait jusque-là.

— Tu devrais voir ta tête !

Il jette un coup d'œil furtif à Jaxon, comme s'il voulait partager son amusement, mais ce dernier l'ignore.

— Mais t'es horrible, comme mec ! je proteste en lui flanquant un coup de coude. Tu m'as menti, alors ? Est-ce que Damasen est réellement un géant ?

Je me tourne vers Jaxon.

— Oui, Damasen est un géant, confirme ce dernier. Mais non, il n'est pas cannibale.

Enfin, il daigne croiser le regard de Flint.

— Ou en tout cas, plus depuis quelque temps.

— Plus depuis quelque temps ? je m'étouffe, avant de repérer l'étincelle malicieuse dans ses yeux. Oh ! là, là ! mais vous êtes impossibles ! Arrêtez de me faire marcher !

— Je pensais que c'était mon rôle en tant que petit copain, répond Jaxon, le sourire aux lèvres.

— De me faire peur ?

— Mais non ! De te taquiner.

Il attrape une de mes boucles entre ses doigts.

— Il marque son territoire, Grace, explique Flint en passant un bras autour de mes épaules avec une moue provocante. Ça ne lui a pas plu d'entendre que tu voulais me monter dessus.

— Flint ! Tu dis n'importe quoi, je proteste avant de me tourner vers Jaxon. Il voulait m'emmener voler, c'est tout. À dos de dragon.

Flint hausse les sourcils.

— Elle veut chevaucher mon dragon, mec.

— Flint ! je m'écrie, rouge betterave. Arrête !

Avant que je ne puisse dire un mot de plus, Jaxon réagit, rapide comme l'éclair… et envoie son poing en plein dans les dents de Flint.

13

L'EFFET DE SURPRISE

Pendant quelques secondes, tout avance au ralenti. La tête de Flint bascule en arrière et heurte le mur. Jaxon plisse les yeux, aux aguets : comment va réagir son ex-meilleur ami ?

Et moi, je me tiens entre les deux, sans parvenir à me décider.

Est-ce que je dois crier contre Jaxon ? Ou contre Flint ? Ou disparaître et les laisser s'entretuer ? Cette explosion de testostérone me donne la nausée.

Avant que je me décide à intervenir, Flint se redresse. Je retiens mon souffle. Va-t-il riposter ? Non, il se contente de frotter sa lèvre inférieure tout en fusillant Jaxon du regard. Il y a un éclat dans ses yeux que je ne sais pas comment interpréter.

— T'as changé, Vega, dit-il enfin. Tu ne te reposais pas sur l'effet de surprise, avant.

Jaxon hausse les sourcils.

— Ce serait une surprise si tu ne t'y attendais pas, Montgomery. Or, tu m'as délibérément provoqué.

Flint rit, il ne baisse pas les yeux. Jaxon non plus. Je suis médusée par leur affrontement. J'ai l'impression qu'il y a un truc que je ne pige pas. Enfin, peu importe : s'ils veulent se battre comme des gorilles en rut, je ne vais pas m'y opposer. Je ne vais pas les encourager non plus.

— Vous savez quoi ? Je vous laisse régler ça entre vous pendant que je termine mon devoir. Je te rendrai ton téléphone plus tard, Flint.

Et je tourne les talons, ce qui sort enfin Jaxon de sa transe. Il me court après et m'attrape par la taille.

— Tu n'es pas obligée d'emprunter son téléphone, tu sais !

Exaspérée, je me tourne vers lui et le défie du regard.

— Je fais ce que je veux, Jaxon ! J'ai le droit d'emprunter son téléphone. Et même de « chevaucher son dragon », si j'en ai envie ! Quoi que je fasse, c'est mon choix.

Jaxon soupire.

— Ce n'est pas ce que je voulais dire. Peut-être que tu préfères utiliser le tien, de téléphone ?

Il farfouille dans son sac de cours pour en sortir un portable. Je l'examine, les sourcils froncés.

— Ce n'est pas mon portable. Le mien a une coque avec des motifs de coquillages, et…

C'est là que je comprends.

— Attends, tu m'as acheté un téléphone ?

Il opine.

— Mais quand ? On est au milieu de nulle part, je t'ai laissé il y a moins d'une heure et tu avais un contrôle ! Comment c'est possible ?

Il hausse les épaules.

— Je connais bien l'établissement. Je sais où trouver ce dont j'ai besoin.

— Tu aurais pu me montrer comment faire. Je me le serais acheté moi-même.

— Ça me fait plaisir de t'en offrir un. C'est comme un cadeau de bienvenue.

— C'est toi, mon cadeau de bienvenue, je murmure en l'attirant à moi pour respirer son odeur si apaisante d'agrumes et d'eau fraîche. Et je ne veux pas que tu te sentes obligé de m'acheter des choses. Parce que t'es pas obligé. D'accord ?

Il sourit, un peu étonné.

— Ben oui, je sais.

Pour éviter que Flint ne nous entende, Jaxon m'entraîne dans une alcôve.

— Pourquoi est-ce que c'est si important pour toi ? Ce n'est qu'un téléphone.

En fait, je le réalise soudain, Jaxon et moi nous connaissons très mal. Je réponds en pesant mes mots :

— Je n'ai pas été élevée avec autant d'argent que toi. Déjà, le collier que tu m'as offert, c'était beaucoup, alors...

J'examine le téléphone.

— ... alors le dernier iPhone... Je ne veux pas que tu penses que je suis avec toi pour ton argent.

— Houla, dit Jaxon, les yeux écarquillés. Il y aurait beaucoup à répondre à cette dernière phrase. Mais d'abord...

Il glisse l'iPhone dans ma poche et me prend le portable de Flint des mains, puis se penche hors de l'alcôve, dans le couloir.

— Attention, Montgomery !

Quand Flint se tourne vers nous, il ajoute :

— Réflexe !

Son lancer est élégant, parfaitement maîtrisé. Flint rattrape son téléphone, puis lui fait un doigt, ce qui amuse Jaxon.

Je ne comprendrai jamais rien aux garçons.

Quand il reporte son attention vers moi, Jaxon rit encore. Il est si différent du garçon que j'ai rencontré il y a quatre mois. Celui qui ne riait jamais, ne souriait jamais, ne s'amusait jamais. Celui qui cachait son cœur battant et sa cicatrice derrière ses cheveux trop longs. Il a tellement changé.

Même si je sais que ce n'est pas seulement grâce à moi, je suis heureuse d'avoir eu mon rôle à jouer dans cette transformation.

— Bon, donc, reprenons, dit-il en m'entraînant à sa suite. D'abord, et je sais que c'est une remarque de privilégié : je ne m'inquiète jamais pour l'argent. J'ai vécu longtemps, j'en ai plein, et c'est comme ça. Et puis, tu sais, je suis très raisonnable avec les cadeaux.

Je sors le téléphone à mille dollars qu'il vient de glisser dans ma poche.

— T'appelles ça être raisonnable ?

Il fait la moue.

— Ben, oui. Je t'offrirais le monde, si tu me laissais faire.

J'ai envie de plaisanter, de lui dire que c'est lui, mon monde, mais il a l'air si sérieux que je me ravise. Il s'accroche à ma main comme à une bouée de sauvetage.

— Jaxon…

— Oui ?

— Rien.

Il sourit. J'ai du mal à reprendre mon souffle.

— Allez, viens, lâche-t-il enfin. Allons prendre quelques photos avant la sonnerie.

— Ah oui, les photos…

— Cache ta joie, grommelle-t-il. Elles doivent être importantes, non ? Si t'étais prête à chevaucher Flint pour les faire…

— Quoi ?

Je sursaute, prête à protester.

Il se marre.

— Oh ! Jaxon, arrête de me provoquer...

— Te provoquer ? Je ne me permettrais pas, voyons.

— Espèce de…

Je fais mine de m'éloigner, mais il me retient en me serrant fort contre lui. Je lui flanque mon coude dans le ventre, ce qui n'a d'autre effet que de le faire rire.

— Espèce de quoi ? s'esclaffe-t-il.

— Je ne sais même pas. Je ne sais pas quoi faire de toi !

— Bien sûr que si.

Il se penche pour m'embrasser. Soudain, c'est ce qu'il y a de plus simple au monde.

Je l'aime, il m'aime et j'adore l'embrasser. Malheureusement, tandis que ma bouche s'approche de la sienne, mon corps me trahit. Je me raidis. Mon cœur s'emballe, et pas d'une manière romantique.

J'essaie de ne rien laisser paraître mais Jaxon est trop sensible pour ne pas le remarquer. Il dévie sa course et dépose un léger bisou sur ma joue.

— Pardon, je souffle.

Je ne sais pas ce que j'ai. Qu'est-ce qui me force à tenir Jaxon à distance comme ça ?

— Ne t'en fais pas. Il faut que tu te remettes de tes émotions. J'attendrai.

— Mais tu ne devrais pas avoir à attendre…

Il pose une main sur ma joue.

— Tu viens de passer cent vingt et un jours prise dans la roche pour me protéger. Pour nous protéger tous. Le moins que je puisse faire, c'est attendre que tu sois prête. Si tu ne m'en crois pas capable, c'est que tu ne sais pas à quel point je t'aime.

Son regard est si intense.

— J'ai déjà passé l'éternité à t'attendre, Grace. Je peux patienter encore un peu.

Je me penche vers lui pour l'embrasser, et la douceur entre nous se mue en une sensation plus intense.

J'ai les mains moites.

14

DES BÊTISES

Ma respiration s'emballe.

Ce qui m'inquiète, ce n'est pas de savoir quand je serai prête à embrasser à nouveau Jaxon mais si je le serai un jour. Je sais qu'il est disposé à attendre, mais plus le temps passe, moins je suis sûre de retrouver mon chemin jusqu'au garçon qui a volé mon cœur.

C'est quoi, mon problème ? Avant ma transformation, j'entendais parfois une voix qui m'avertissait des dangers ou me donnait des conseils quand j'étais perdue. Je croyais que ce n'était que mon subconscient qui me répétait des choses que j'avais entendues et oubliées. Maintenant, je me demande si ce n'était pas ma gargouille. Flint m'a expliqué que son dragon et lui étaient liés, mais qu'ils n'étaient pas tout à fait la même personne. Que son dragon avait parfois des pensées et opinions différentes des siennes.

En moi, la colère bout. Je suis furieuse contre ma gargouille. Et aussi contre Lia et Hudson. Contre mon destin.

J'ouvre la bouche pour... pour dire quoi, exactement ? Comment expliquer le tourbillon de sentiments qui gronde en moi ?

Jaxon secoue la tête.

— Ce n'est pas grave.

— Si, c'est...

— Non, me coupe-t-il fermement. Ça ne fait que quatre heures que tu es de retour. Sois patiente avec toi-même.

La sonnerie nous interrompt. Des élèves envahissent le couloir. Ils nous contournent de loin tout en me dévisageant. Des commentaires s'échangent à voix basse.

Jaxon s'écarte à contrecœur de moi.

— C'est quoi, ton prochain cours ? demande-t-il en lâchant ma main.

— Arts plastiques. Je voulais aller chercher mon manteau dans ma chambre parce que je veux prendre les sentiers extérieurs pour aller au studio.

— Oui, bien sûr.

Un éclat de compréhension traverse son regard.

— Quand tu voudras repasser par les tunnels, préviens-moi. Je t'accompagnerai.

J'aimerais le rassurer, lui dire que ce n'est rien, mais ce serait faux.

Je ne veux pas retourner seule à l'endroit où une vampire hystérique a voulu me sacrifier pour les beaux yeux de son petit copain génocidaire.

J'embrasse Jaxon sur la joue.

— Merci.

Un hurlement strident nous fait sursauter.

— AHHHHHHH !!!! GRAAAAAAAAAACE !!!

Je reconnaîtrais cette voix entre mille. En souriant d'avance, je m'éloigne de Jaxon… et Macy se jette sur moi. Elle s'accroche à moi comme un singe à une branche et braille :

— Tu es là ! Tu es vraiment là !! Je voulais le voir pour le croire ! Je t'ai cherchée *partout* !

Avec un clin d'œil, Jaxon s'esquive en me faisant signe qu'il m'appellera plus tard.

Macy est si excitée qu'elle sautille sur place. Elle aussi m'a manqué. Tellement manqué.

— Comment tu vas ? Comment tu te sens ? Ça a l'air d'aller. T'as bonne mine. T'as cours de quoi, là ? Tu peux sécher ? J'ai un pot de glace à la cerise qui t'attend dans mon congélateur, si tu veux. Je l'ai acheté il y a des semaines en prévision de ton retour.

— Toi aussi tu m'as manqué, je dis quand elle me laisse enfin en placer une.

Elle m'a posé tant de questions que je ne sais pas à laquelle répondre en premier. Alors je change de sujet.

— T'as changé de coiffure, non ?

— Quoi ? Ah, oui.

Elle sourit en ébouriffant son carré rose vif.

— Joli, hein ? Je l'ai fait en ton honneur.

Je vois... Elle est donc toujours convaincue que le rose vif est ma couleur préférée.

— Ça te va fabuleusement bien.

C'est vrai : Macy peut tout oser en matière de look.

— Bon, c'est quoi, ton cours suivant ? dit-elle en me tirant par la main vers le grand escalier. Parce que je pense que tu devrais sécher et venir avec moi.

— Et toi, t'as pas cours ?

— Si, mais c'est juste des révisions. Rien d'important. Je préfère passer du temps avec ma cousine préférée.

— Ta cousine préférée n'a pas trop envie de sécher son cours d'arts plastiques. J'aimerais bien demander à la prof si je peux faire un projet pour rattraper les cours que j'ai manqués, histoire de ne pas redoubler ma terminale.

— Selon moi, tu ne devrais pas avoir à le faire. Je veux dire, t'as sauvé le monde, non ? Ça devrait suffire à valider ton année.

J'éclate de rire.

— J'ai pas vraiment sauvé le monde, Macy.

— Tu nous as débarrassés de Hudson. Ça revient au même.

Mon ventre se contracte. Si seulement... La vérité, c'est qu'on ne sait pas où est Hudson. Peut-être qu'il est mort. Peut-être qu'il est occupé à planifier son retour. Ou peut-être encore qu'il est entre deux, piégé dans les limbes… Tant qu'on ne le saura pas, je ne suis pas trop sûre d'avoir « sauvé le monde ».

Il se peut même que j'aie aggravé la situation.

— En vérité, je n'ai aucune idée de l'endroit où se trouve Hudson, j'avoue piteusement.

Macy écarquille les yeux mais se reprend très vite.

— Il n'est pas ici, et ça me suffit, m'assure-t-elle malgré un enthousiasme clairement refroidi. Alors, qu'est-ce que t'en dis ? On se fait un goûter à la crème glacée ?

Un coup d'œil au portable que Jaxon vient de m'offrir m'apprend qu'il ne me reste que quinze minutes avant mon prochain cours. Même si l'offre de Macy est tentante, je tiens à y assister.

— Voilà ce que je te propose, je dis en fourrant mon téléphone dans ma poche. On va en cours, et on se retrouve en fin de journée pour s'empiffrer de glace ?

Elle lève un sourcil.

— T'as pas intérêt à me laisser tomber pour aller traîner avec le prince des ténèbres…

— Je vais dire à Jaxon que tu l'as appelé comme ça, je glousse.

— Te gêne pas. Tant que tu es là tout à l'heure, tout me va. J'ai des milliers de questions à te poser sur les gargouilles.

Je soupire.

— Bienvenue au club.

— Ah oui... Papa m'a dit pour ton amnésie. (Elle grimace.) Bon alors, tu me raconteras comment c'était de retrouver ton promis, continue-t-elle, les yeux rêveurs. Tu sais, t'as beaucoup de chance d'avoir rencontré Jaxon si jeune. La plupart d'entre nous attendent bien plus longtemps.

Mon *promis*. Le mot explose en moi, éclairant jusqu'aux profondeurs les plus sombres de mon esprit. Je n'y ai pas pensé depuis mon retour, mais maintenant que Macy l'évoque… J'ai tant de questions à ce sujet ! Cette histoire de promis m'a toujours paru si abstraite. Je venais à peine d'apprendre l'existence du concept quand je me suis transformée en gargouille. Je vais devoir me pencher sur le sujet, mais pas maintenant.

— Faut vraiment que j'y aille, je déclare en enlaçant Macy une dernière fois. Sinon je vais être en retard.

— Bon, d'accord. Rendez-vous dans la chambre à cinq heures tapantes. Et ne laisse pas Jaxon te convaincre de faire des bêtises d'ici là.

— Des bêtises ?

— Tu vois très bien ce que je veux dire, insiste-t-elle en haussant les sourcils. Mais si tu insistes, je peux te faire un dessin. Ne laisse pas Jaxon t'emmener au sommet de sa tour pour…

— C'est bon, c'est bon !

Elle a parlé beaucoup trop fort. Autour de nous, des élèves ricanent.

— Je file en cours. Ciao.

Tout en montant à notre chambre pour récupérer mon manteau, je me demande tristement si Jaxon pourra encore faire des « bêtises » avec moi. Ma gargouille a l'air tout à fait contre cette idée.

15

À LA RECHERCHE D'UN FOU MEURTRIER

Le cours d'arts plastiques se passe super bien ; Mme Kaufman accepte tout de suite de me dispenser des deux premiers devoirs du semestre. Je m'attelle au troisième. Le sujet : peindre un autoportrait de notre moi intérieur. Ça tombe bien : j'ai toujours utilisé la peinture pour comprendre le monde, et en ce moment, c'est ce qui se passe en moi que j'ai besoin de piger.

D'ordinaire, je prendrais un moment pour composer mon tableau et décider où placer les sources de lumière mais aujourd'hui, après avoir passé une heure sur des croquis insatisfaisants, je décide de me lancer sans filet. J'attrape un pinceau et laisse mon inconscient prendre la barre. Quand je reviens à moi, la toile est couverte d'un fond plein de spirales bleu nuit. Ça ressemble un peu à du Van Gogh, un peu à du Kandinsky, et pas du tout à du Grace Foster.

Je soupire. Peut-être que c'est approprié : après tout, sortir avec un vampire et me changer en gargouille, ça ne me ressemble pas non plus.

Pendant que les couleurs sèchent, je sors mon ordinateur portable de mon sac et y branche mon nouveau téléphone pour le charger. À peine l'ai-je allumé que des dizaines de messages envahissent l'écran.

Ils viennent tous de Heather. Je les parcours en vitesse. À force de ne recevoir aucune réponse, les « Hello, ça va ? » se sont transformés en messages de plus en plus inquiets, avant de s'arrêter avec un ultime : « Bon, j'espère que si tu ne réponds pas, c'est parce que tu es trop occupée dans ton nouveau lycée hyper cool. Je suis là si tu as besoin de parler. Et ce serait super que tu me fasses signe, juste pour être sûre que tu es bien vivante. »

Je suis la pire amie du monde. Les mains tremblantes, je lui réponds enfin.

Moi : Je suis tellement tellement tellement désolée.

Moi : C'est une longue histoire, mais j'ai perdu mon téléphone et tout ferme en Alaska l'hiver.

Moi : Je viens seulement d'en récupérer un. On s'appelle cette semaine ?

Qu'est-ce que je peux lui dire d'autre à part : « Je suis la pire meilleure amie du monde, pardonne-moi » ? Je ne peux évidemment pas lui révéler la vérité. J'ai si peur de la perdre… J'espère qu'elle répondra.

Je range mon téléphone et retourne à ma peinture. Maintenant que je la regarde de nouveau, j'ai l'impression qu'elle représente une pièce. Un intérieur sombre.

Après le cours, je retourne à ma chambre. Dans les couloirs, on continue à me dévisager, mais j'ai décidé de faire avec. Je souffle un baiser à un groupe de sorcières occupées à persifler à mon sujet.

C'est à elles d'être gênées. Moi, je n'ai rien fait de mal.

J'entre dans la chambre avec une demi-heure d'avance sur l'horaire prévu. Je me dis que je vais pouvoir profiter de ce temps pour réfléchir à la situation avec Hudson, mais à la seconde où j'ouvre la porte, Macy m'accueille avec une explosion de confettis.

En riant, je secoue la tête pour les faire tomber de mes cheveux. Je suis bonne pour en retrouver dans mes boucles pendant trois semaines. Macy a revêtu un pyjama arc-en-ciel et débarrassé son bureau pour y installer un buffet de crème glacée à la cerise, de M&M's, de canettes de Dr Pepper et de bonbons à la réglisse.

— En l'honneur de ton retour, explique-t-elle avec un sourire avant de lancer ma chanson préférée de Harry Styles, « Watermelon Sugar », sur son téléphone. On danse ?

Elle est si enthousiaste que je me laisse entraîner. Cette chanson me rappelle ma première soirée à Katmere. Ça me semble si récent et si loin tout à la fois.

À la fin de la chanson, je m'écroule sur mon lit.

— T'avises pas de faire la sieste, me dit Macy. Tu m'avais promis qu'on ferait des masques. J'ai envie de tester une nouvelle crème.

Elle m'attrape par la main pour m'entraîner vers l'évier.

— Allez. T'en as bien besoin après avoir passé quatre mois prise dans la roche.

— Comment ça ? je m'exclame, subitement horrifiée. C'est mauvais pour la peau d'être une gargouille ?

Macy fronce les sourcils.

— Qu'est-ce qui te fait dire ça ?

— J'ai visité pas mal de cathédrales gothiques. Les gargouilles sont toujours pleines de pustules et tout…

— Ouais, mais toi t'as pas l'air d'un monstre du tout quand t'es en gargouille.

— Vraiment ? J'ai pas de cornes, de griffes, de trucs comme ça ?

— Ah si, t'as des cornes, mais elles sont super mignonnes.

— Quoi ?

Jaxon m'a vue *avec des cornes* ? Quelle horreur !

— Tu m'as vue, toi aussi ?

Je ne sais pas trop pourquoi, mais ça ne me plaît pas du tout. Est-ce qu'on m'a exhibée dans un couloir ? Est-ce que tout le lycée se balade avec des photos de moi en gargouille sur son portable ?

— Bien sûr que je t'ai vue. T'as passé trois mois au fond de la bibliothèque. Avant ça, tu étais dans le bureau de mon père.

Je soupire de soulagement. La réserve de la bibliothèque et le bureau du directeur. Ça va, ça reste discret.

— Je ressemblais à quoi ?

— Ben, à une gargouille. Attends, ni mon père ni Jaxon ne t'ont montré à quoi tu ressemblais ?

— Euh, tu veux dire que tu as des photos ?

— Évidemment. T'étais tellement belle ! Ma cousine l'incroyable gargouille.

Elle sort son téléphone.

— Tu veux voir ?

Mon estomac se contracte. Je ne sais pas si j'ai hâte ou peur de découvrir cet aspect de moi-même. Sérieusement, quoi… J'ai *des cornes* !

— Oui, s'il te plaît.

Elle me passe son téléphone. Les yeux fermés, j'inspire, compte jusqu'à cinq et souffle.

Quand je me sens enfin prête à découvrir à quoi je ressemble quand je suis un monstre, je rouvre les yeux.

16

COUCOU, TU VEUX VOIR MES CORNES ?

Mon cœur manque d'exploser à la vue de la photo. Je suis vraiment une gargouille. Jusque-là, je le savais, mais au fond de moi je n'y croyais pas tout à fait.

Cette fois, pas de doute. C'est bien moi à l'écran.

La bonne nouvelle, c'est que je suis loin d'être aussi hideuse que je le craignais, ouf.

En fait, je n'ai pas du tout l'air d'un monstre. Je ressemble à... Eh bien, je me ressemble. J'ai les mêmes boucles désordonnées, le même petit gabarit. C'est bien moi. Juste couleur gris granit et avec quelques ajouts : deux courtes cornes qui rebiquent sur ma tête, deux ailes dans le dos et de fines griffes au bout des doigts.

Autre soulagement, je n'ai *pas* de queue. Merci l'univers. Les cornes, je peux faire avec.

— Tu vois ? T'es incroyable, non ? dit Macy.

— J'ai l'air d'une statue. Non, je *suis* une statue. À part me changer en pierre et attendre que mon ennemi se lasse, je ne vois pas trop en quoi ça pourrait m'aider dans une bagarre.

Macy ouvre une canette de Dr Pepper.

— Je suis sûre que les gargouilles ont des pouvoirs fantastiques, dit-elle en faisant léviter une seconde canette jusqu'à moi.

— Pas sûre. Toi, tu peux faire des trucs cool, comme faire léviter des canettes ou te maquiller par magie. Tandis que moi…

— Toi, t'as sauvé le monde.

— N'exagérons rien.

— Tu as tout oublié, et tu n'as donc aucun moyen de savoir si j'exagère. Les gargouilles, c'est vraiment super important dans notre monde.

— Tu n'en sais rien. Marise dit qu'on en a pas vu depuis un millénaire.

— Justement. Tu es unique ! Tu ne trouves pas ça génial ?

Non, pas vraiment. Je n'ai jamais aimé être au centre de l'attention.

— Je ne sais pas si c'est génial, non…

— Bien sûr que si. C'est ce que tout le monde pense, en tout cas.

— Tu veux dire, ton père et toi ?

— Non, tout le monde. Tous ceux qui t'ont vue…

Elle s'arrête brusquement, soudain absorbée par sa boisson. Malheureusement pour elle, elle en a trop dit.

— Combien de personnes m'ont vue, Macy ? Je croyais que j'étais dans le bureau de ton père, puis tout au fond de la bibliothèque ?

— Oui, mais il faut que tu comprennes que ça a duré *quatre mois* ! Jaxon et Papa étaient fous d'inquiétude.

— Je croyais que c'était génial, d'être une gargouille ?

— D'en être une, oui, mais d'être bloquée sous sa forme de pierre, bof. Ils ont tout essayé pour te ramener, ils ont consulté tous les experts du monde, lesquels ont tous voulu t'examiner parce qu'ils n'arrivaient pas à croire que tu étais vraiment une gargouille. Ils pensaient qu'une sirène t'avait jeté un sort, ou un truc comme ça. Ensuite, quand ils en ont eu la confirmation… ben, tout le monde voulait te voir.

Je me mets à faire les cent pas.

— Et quoi, ils ont tous pris l'avion pour l'Alaska ?

— En gros, oui. Je crois que tu ne saisis pas l'ampleur de l'événement. Les experts dont je te parle seraient allés jusqu'au bout de l'univers pour te voir. Et Jaxon et mon père auraient fait n'importe quoi pour t'aider.

Ça, je comprends. Même si ça me fait tout drôle de savoir qu'autant de personnes m'ont examinée pendant que j'étais inconsciente, et que Jaxon et mon oncle les y ont encouragées.

Moi aussi, si mes parents avaient survécu après leur accident et qu'ils étaient plongés dans le coma, je ferais n'importe quoi pour les en sortir.

Tout de même, je me sens un peu… exposée ? envahie dans mon intimité ?

Je me laisse tomber sur mon lit.

— Grace ?

Macy s'assied à côté de moi, inquiète.

— Ça va ? Je sais que ça fait beaucoup à avaler d'un coup. Mais ce qui t'arrive est une chance, je t'assure.

— Et ma mémoire ? je chuchote, la gorge nouée. Et si elle ne revient jamais ? Après tout, j'étais faite de roche. Peut-être que si je ne me souviens de rien, c'est qu'il n'y a rien que je pourrais me rappeler.

— Je ne crois pas.

— Moi non plus. C'est bien le problème.

J'aimerais ajouter quelque chose, mais je ne sais pas bien quoi. Je commence cinq ou six phrases dans ma tête et me ravise chaque fois. Rien de ce que je pourrais dire ne semble convenir.

Macy pose sa main sur la mienne.

— Écoute, chaque chose en son temps. Reprends tes habitudes, et puis on verra. OK ?

J'opine, la gorge un peu moins serrée qu'avant.

— OK.

— Parfait, dit-elle avec un sourire mutin. Alors on se les fait, ces masques ? Je dois te raconter tous les ragots que t'as manqués. Et toi, tu dois me raconter ce que ça fait d'avoir trouvé ton promis !

17

DROIT DEVANT

Je n'arrive pas à dormir.

Peut-être parce que je n'ai fait que ça pendant quatre mois ? Ou alors c'est à cause des événements de la journée ? Probablement un peu des deux.

Perdre la mémoire, c'est troublant. Tout aussi troublant que de découvrir que le garçon que tu aimes, ton promis, est aussi la personne avec qui tu vas passer le restant de ta vie.

Macy était super enthousiaste à ce sujet, elle n'arrêtait pas de me répéter à quel point j'ai de la chance d'avoir trouvé Jaxon si jeune. Au moins, moi, je n'ai pas eu à me taper des salauds comme Cam en attendant, selon elle. (Ils se sont séparés pendant que j'étais une statue, et pas en bons termes.) Et je n'aurai jamais à m'inquiéter de ne pas parvenir à trouver mon promis, ce qui arrive, apparemment. À l'entendre, avoir trouvé son promis est la meilleure chose qui aurait pu m'arriver, mieux encore que de redevenir humaine ou retrouver mes souvenirs.

Les promis, c'est pour toujours. Rien d'autre, ou presque, n'est éternel.

Et c'est vrai que j'ai de la chance. Je le sais. J'aime Jaxon. Je l'ai aimé au premier regard. Mais était-ce délibéré ? Ou est-ce que je suis prisonnière du lien de promesse qui s'est mis en place à notre premier contact, devant la table d'échecs ? A-t-on été promis l'un à l'autre avant même de se connaître et de s'apprécier ?

Je ravale ma salive. A-t-on eu le choix ?

Il ne m'a rien dit. Il a su dès qu'il m'a touchée, et il ne m'a rien dit. Je refuse d'y penser.

À la place, je me concentre sur ce lien de promesse. Je saisis le concept : j'ai lu assez de romans fantastiques pour me faire une idée. Mais il y a un pas entre la théorie et la mise en pratique.

C'est beaucoup demander.

Et ça m'empêche de dormir.

J'attrape mon téléphone. Heather m'a répondu : elle propose qu'on s'appelle la semaine prochaine, je lui réponds et lui donne rendez-vous. Ensuite, je consulte les actualités : j'en ai raté un paquet ! Au bout d'un moment, les gros titres cessent de me distraire et je pose mon téléphone pour fixer le plafond.

Je ne vais tout de même pas rester couchée toute la nuit les yeux grands ouverts à me torturer au sujet des gargouilles, des trous de mémoire et de mon promis !

Je pourrais regarder la télé mais je ne veux pas déranger Macy. Il est presque deux heures et elle a un contrôle demain matin. Je n'ai qu'une seule solution : sortir d'ici.

Je roule hors de mon lit le plus silencieusement possible, enfile un sweat et mes Vans à motifs pâquerettes.

J'hésite un peu devant la porte de la chambre... La dernière fois que je me suis baladée en pleine nuit, j'ai failli me faire enfermer dehors. Hors de question que ça arrive de nouveau. Jaxon a beau être mon promis, je ne peux pas m'attendre à ce qu'il vole à ma rescousse toutes les nuits.

D'autant plus qu'il ne serait pas ravi de me trouver éveillée, vu que j'ai prétexté l'épuisement pour décliner de passer la soirée avec lui.

Enfin, je m'inquiète sûrement pour rien : aujourd'hui, plus personne n'a de raison de me tuer. Et tout le monde sait que je suis la promise de Jaxon. Après ce qu'il a fait subir à Cole pour l'exemple, aucun élève n'osera m'approcher.

Sans oublier que je suis une gargouille. Si quelqu'un essaie de s'en prendre à moi, je me changerai en pierre. Simple, mais efficace. Bon, évidemment, je ne sais pas comment m'y prendre pour déclencher la métamorphose mais… Enfin, je verrai bien le moment venu.

Sans me laisser le temps de changer d'avis, je sors de la chambre et me dirige vers… Je ne sais pas trop, en fait. Mes pieds avancent tout seuls. Après quelques minutes, je me retrouve dans l'étroit corridor qui mène aux tunnels.

Qu'est-ce qui me prend ? Cet après-midi, j'ai refusé d'y aller avec Flint, et maintenant je m'y rends seule ?

Le fait est que je ne suis pas suffisamment couverte pour sortir, et j'ai vraiment envie de continuer mon travail d'arts plastiques. Pour me rendre au studio, je vais devoir affronter seule le lieu où Lia est presque parvenue à me tuer.

Allez, ce ne sont que quelques tunnels. Un pied après l'autre, regard droit devant, je marche vite. Malgré mon cœur qui bat la chamade, je refuse de ralentir.

Quand j'arrive aux oubliettes où une porte dérobée est dissimulée, je m'arrête pour regarder autour de moi. Seule, la nuit, cet endroit est encore plus flippant qu'en journée.

C'est une rangée de cinq cellules, chacune équipée d'un portique en acier, lequel est fermé d'un épais verrou de métal. Aucune clef en vue. Il n'y a donc aucune chance que quelqu'un s'enferme à l'intérieur par accident… ou se fasse enfermer exprès.

Les pierres des murs des cellules font la taille d'un pied de dragon (ou en tout cas, d'un pied de Flint, qui est le seul dragon que j'aie jamais vu). Je me demande ce qui explique leur taille titanesque. Elles me font peur, avec leur surface sombre et craquelée.

Contrairement au reste de la pièce, les menottes et les chaînes attachées au mur sont en parfait état. Elles brillent d'un éclat argenté, sans aucune trace de rouille ou d'usure. Sans blague, de quand datent-elles ? Pourquoi le lycée dirigé par mon oncle est-il doté de fers capables de retenir un dinosaure enragé ? Ou un dragon. Voire un vampire ou un loup-garou.

Plus j'y pense, plus ça m'inquiète. Je m'ébroue ; si j'y réfléchis trop longtemps, je vais me sauver dans ma chambre. J'entre dans la cinquième cellule, celle qui dissimule le passage vers les tunnels.

À l'instant où mes doigts effleurent le cadenas, celui-ci cliquette et s'ouvre.

Je suis pourtant persuadée qu'il était verrouillé.

Malgré la panique qui monte, je fourre le cadenas dans la poche de mon sweat – pas question de cadenasser la porte derrière moi – et me penche sur le clavier électronique pour taper le code que Flint m'a appris il y a quatre mois.

Dès que j'ai pressé le dernier numéro, la porte s'ouvre. Je décide de ne pas m'attarder sur le fait que tous les chandeliers et lustres du tunnel sont allumés. Tant mieux, sinon je serais obligée de marcher dans le noir. Car il n'y a ni interrupteur ni néons électriques à disposition.

Les lustres sont d'autant plus inquiétants que je sais maintenant qu'ils sont faits de véritables ossements humains.

L'espace d'un instant, j'hésite à faire demi-tour. À retourner dans ma chambre. Peut-être qu'il vaut finalement mieux passer la nuit à fixer le plafond que de traverser les catacombes de Katmere seule. D'un autre côté, seule, c'est bien aussi : la dernière fois, deux de mes accompagnateurs ont tenté de me tuer.

Et puis, j'ai vraiment envie de peindre. Besoin, même ! Je peux presque sentir le pinceau dans ma main et l'odeur de l'acrylique séchant sur ma toile.

Allez, c'est le moment ou jamais de surmonter mon traumatisme.

Je sors mon téléphone et lance ma playlist spécial bonne humeur. Plus facile de se détendre quand un groupe de pop chante à tue-tête que « cette soirée va être une bonne soirée ».

Je me mets à courir en rythme. Vite, super vite, de plus en plus vite, sans prêter attention à mes poumons au bord de l'implosion.

Je ne ralentis qu'en atteignant la côte qui mène à la salle d'arts plastiques. Je pousse la porte et manque de m'étaler à l'intérieur du placard. Après m'être rattrapée de justesse, j'active l'interrupteur et referme la porte à clef. Mme Kaufman nous demande de la laisser toujours ouverte au cas où d'autres étudiants seraient inspirés. Ça se voit qu'elle n'a pas échappé de justesse à une tentative de sacrifice humain. Moi, je préfère fermer derrière moi. Si quelqu'un veut entrer, il n'aura qu'à frapper. Et jurer qu'il n'a aucune mauvaise intention à mon égard. S'il parvient à me convaincre, je le laisserai entrer.

Parano, moi ? Peut-être. C'est pour le moins légitime.

Une fois que j'ai retrouvé mon souffle, je rassemble le matériel dont j'ai besoin et entre dans la salle. Je sais ce que je veux faire sur ma toile. Je vois parfaitement ce à quoi je voudrais qu'elle ressemble.

Avec un peu de chance, les monstres de Katmere me laisseront tranquille le temps que je la termine.

18

EN SOUVENIR DE MA MÉMOIRE PERDUE

— Grace, debout. Tu vas rater le petit déj'.

— Sommeil, je marmonne en recouvrant ma tête de mon oreiller.

— Je sais, mais il faut que tu te lèves. Les cours commencent dans quarante minutes et t'as pas encore pris ta douche.

— Pas besoin, je grogne.

— Graaaaaaace, insiste Macy en essayant de m'arracher ma couverture rose vif.

Elle peut toujours essayer. Je la tiens fermement.

Elle tente alors un autre angle d'approche.

— Allez, t'as promis à Jaxon qu'on le retrouverait dans la cafétéria d'ici cinq minutes. *Lève-toi.*

J'émerge enfin et Macy en profite pour subtiliser ma couverture. De l'air froid s'abat sur mon visage tandis que j'ouvre péniblement les yeux.

— Dire que c'est moi qui ai du mal à me lever d'habitude ! fait remarquer Macy en riant.

Je parviens à attraper un coin de la couverture.

— Rends-la-moi…

— Hors de question. Tu as histoire de la sorcellerie et la prof ne tolère pas les retards. Bouge.

Je m'assieds, prête à supplier. Mais avant que je ne puisse le faire, Macy m'attrape par les épaules.

— Euh... Grace, ça va ?

Elle semble soudain bord des larmes. Elle me frictionne les bras, affolée.

Sa panique finit de me réveiller.

— Quoi ? je demande en baissant les yeux.

Et je me fige : je suis vêtue de mon sweat violet… et il est couvert de sang.

— Ahhhh ! je hurle, bondissant hors du lit. Mon Dieu !

— Ne bouge pas, je dois t'examiner, dit-elle en me rattrapant pour m'immobiliser.

Elle me retire mon sweat-shirt.

— Où est-ce que tu as mal ?

— Je ne sais pas.

En fait, je n'ai mal nulle part. Pas vraiment, en tout cas. Alors, qu'est-ce qui a pu provoquer cette hémorragie ?

Sous mon sweat, mon tee-shirt est parfaitement propre.

— Ce n'est pas mon sang.

— Ce n'est pas ton sang, confirme Macy.

— Le sang de qui, alors ? je chuchote en partageant un regard horrifié avec ma cousine.

— C'est à toi de me le dire, non ?

Je réfléchis en me palpant le torse et les bras. N'ai-je vraiment aucune blessure ?

— Je n'en ai aucune idée.

— Tu ne sais pas comment tu t'es retrouvée recouverte de *sang* ? insiste Macy, incrédule.

Je ravale ma salive.

— Non. Je n'en ai strictement aucune idée.

J'ai beau fouiller ma mémoire, je n'ai aucun souvenir d'être rentrée de la salle d'arts plastiques cette nuit. Ce n'est même pas que je me heurte à un mur, non, c'est juste… vide.

Et terrifiant.

— Qu'est-ce qu'on fait ? demande Macy d'une petite voix.

— J'allais te poser la même question.

Elle me regarde comme si j'avais trois têtes.

— Mais je n'en sais rien ! Comment veux-tu que je sache ?

— Ben j'imagine que… Enfin…

J'écarte mes cheveux de mon visage, puis me fige en constatant qu'ils sont pleins de sang, eux aussi. Tout comme mes avant-bras.

Pas de panique, Grace. Respire, ça va aller.

— Qu'est-ce que vous faites, d'habitude, quand il se passe quelque chose comme ça, dans ce lycée ?

Macy se mordille la lèvre.

— Désolée, mais… rien de tel n'arrive ici d'habitude. Pas quand tu n'es pas là, en tout cas.

Je plisse les yeux.

— Tu es sérieuse ?

À cet instant, mon téléphone se met à vibrer longuement. Plein de messages arrivent à la fois.

Je reste immobile.

— Tu ne vas pas les lire ? demande Macy.

— Si, si.

Je ne fais pas le moindre mouvement.

— Tu veux que je les lise pour toi ? propose-t-elle après trois sonneries supplémentaires.

— Je ne sais pas.

Elle soupire sans rien ajouter. Elle doit avoir aussi peur que moi de découvrir ce que racontent les messages. Il va bien falloir, pourtant.

— D'accord, lis-les, s'il te plaît. Je ne veux pas…

Salir mon téléphone, je mime en levant mes mains ensanglantées.

J'aimerais aller me débarbouiller, mais j'ai regardé suffisamment de séries policières dans ma vie pour savoir que je ne dois pas détruire les preuves. Ça me rendrait encore plus suspecte que je ne le suis déjà ; c'est un coup à finir en prison, avec la chance que j'ai.

Je sais que je devrais me sentir coupable vis-à-vis de ma victime, mais je n'y arrive pas. Si quelqu'un m'a attaquée dans les tunnels, j'ai forcément agi en légitime défense.

Je grogne. Voilà que je pense en avocate, et on n'est même pas encore au tribunal.

— Oh non, souffle Macy. Les messages sont de Jaxon et…

— Quoi ? je m'exclame. C'est *lui* que j'ai blessé ?

— Non, il va bien.

Je suis si soulagée que j'en ai le vertige. Malgré tout, Macy reste grave.

— Quoi ? je la relance quand le silence devient trop lourd. Qu'est-ce qui s'est passé ?

Elle évite mon regard et relit les messages, comme si elle voulait être sûre d'avoir bien compris.

— Il s'excuse d'avoir raté le petit déj'. Il est dans le bureau de mon père.

— Mais pourquoi ?

Macy lève la tête, avec une expression hantée.

— Cole a été attaqué cette nuit. Il devrait s'en remettre, mais… il a perdu beaucoup de sang. Quelqu'un l'a mordu.

19

DU SANG DE LOUP SUR LES MAINS

— Cole ?

À la mention du chef de meute des loups-garous, je porte par réflexe les mains à ma gorge.

— Cole, confirme Macy sombrement.

— C'est impossible, je souffle en examinant mes mains ensanglantées. Je n'aurais pas fait ça.

Jusqu'à cet instant, je nourrissais encore l'espoir que Jaxon soit responsable. Une morsure amoureuse qui aurait mal tourné. Je serais montée dans sa chambre, il m'aurait mordue, la situation nous aurait échappé…

Pourtant, je sais bien que Jaxon ne serait jamais aussi imprudent avec mon sang. Et jamais il ne m'en prendrait assez pour me faire défaillir… J'ai l'impression de sortir du coma, là ! Tout de même, j'aurais préféré ça plutôt que de me réveiller couverte du sang de quelqu'un d'autre. Un sang que j'ai fait couler moi-même, apparemment.

— Je sais bien que jamais tu ne t'en serais prise à Cole, me rassure Macy.

Elle n'a pas l'air plus convaincue que moi. Je ne sais pas pourquoi j'ai décidé d'attaquer le chef de meute, ni comment j'ai fait pour gagner la bagarre, mais je ne peux pas nier que c'est une sacrée coïncidence de se retrouver couverte de sang le matin qui suit une agression. La première nuit après mon retour, qui plus est.

Il faut que je l'accepte : le plus probable, c'est que je suis coupable.

Je n'ai jamais été douée pour me mentir à moi-même.

— Il faut qu'on appelle ton père. Et qu'on lui raconte.

Macy hésite quelques instants. Puis :

— Oui, tu as raison. Mais qu'est-ce qu'on va dire ? C'est grave !

— Tu crois que je ne m'en rends pas compte ? C'est justement parce que c'est grave qu'il faut le lui dire !

Je tourne en rond dans la chambre pour mieux réfléchir.

— Grace, tu n'es pas capable de maîtriser un loup-garou. Surtout pas le chef de meute ! Ça n'a pas de sens.

— Je sais bien. Et puis, pourquoi je m'en prendrais à lui ? Et pourquoi est-ce que je ne me souviens de rien ?

Je m'avance vers le lavabo de la salle de bains. Au diable les preuves, je ne supporte plus la vue de ce sang.

— Alors soyons logique, continue Macy. De quoi te souviens-tu ? Tu te rappelles avoir quitté la chambre ?

— Oui, je dis en me frottant les avant-bras au savon. Je n'arrivais pas à dormir. Je suis sortie vers deux heures.

Un coup d'œil dans le miroir m'apprend que j'ai aussi du sang sur les joues. Ça devrait n'être qu'un détail, mais il me donne envie de hurler. Ravalant mon horreur, je me frictionne le visage encore et encore. Je me sens… souillée. Pour toujours.

Tandis que je me rince, je raconte mon expédition nocturne à Macy.

— Je t'assure, Mace, tout ce dont je me souviens, c'est d'avoir avancé dans mon projet d'art. Je suis allée au studio, j'ai pris de la peinture grise, verte et bleue dans le placard et j'ai peint pendant des heures.

Une idée subite me vient.

— Attends, est-ce que Jaxon t'a dit *où* l'agression a eu lieu ?

Si Cole m'a suivie dans le studio pour m'attaquer, alors ce n'est pas vraiment ma faute, si ?

Cela dit, ça ne résout pas la question de la manière dont je me suis débrouillée pour vaincre un loup-garou et m'en tirer sans égratignure. Mon seul pouvoir, c'est de me transformer en pierre et, même si ça peut être utile en cas d'attaque inopinée (à condition que mon assaillant n'ait pas de marteau-piqueur sous la main), ce n'est pas une stratégie offensive.

Franchement, je suis aussi dangereuse qu'un nain de jardin. Comment aurais-je pu vider Cole de son sang ?

— Non, il n'a pas dit, répond Macy en me tendant mon téléphone. Demande-lui ?

— Je lui poserai la question de vive voix, je réplique en me déshabillant. Après une douche.

Macy acquiesce d'un air morne.

— D'accord. Lave-toi, moi, je me brosse les dents, puis on ira voir mon père.

— Tu n'es pas obligée de m'accompagner, tu sais...

En réalité, je n'ai aucune envie d'affronter ça seule. Macy lève les yeux au ciel.

— Bien sûr que si. Une pour toutes et toutes pour une, non ?

Son regard est si décidé que je renonce à protester. Macy est toujours en train de se préparer quand je sors de la douche. Je ramasse mes vêtements ensanglantés et les fourre dans un sac pour les emmener. C'est une chose de partager mes soupçons avec Oncle Finn, c'en est une autre de défiler en portant les indices de ma culpabilité dans toute l'école. J'attrape mes affaires de classe aussi, au cas où.

En sortant de la chambre, je me dirige vers l'escalier principal mais Macy me retient et m'indique de tourner à gauche. Nous traversons deux couloirs avant d'arriver devant un tableau que je déteste. C'est une représentation de la chasse aux sorcières de Salem : dix-neuf femmes pendues devant un village en proie aux flammes.

À ma surprise, Macy murmure quelques syllabes et tapote la peinture du bout de sa baguette.

— Ça va être le bazar dans les salles communes, explique-t-elle. Je préfère qu'on prenne un raccourci.

Une porte apparaît à la place du tableau.

20

MAUVAIS KARMA

La porte est jaune vif et recouverte d'autocollants arc-en-ciel. Non seulement ça jure avec l'atmosphère gothique de Katmere, mais ça identifie très clairement ma cousine comme la propriétaire de ce passage secret.

Macy y pose sa main et murmure une incantation qui doit être un sésame. Le battant s'ouvre.

— Entre vite, on pourrait nous voir, me souffle-t-elle avec un geste de la main.

Je pénètre dans le tunnel et la porte se referme derrière nous, nous plongeant dans le noir complet. Je sors mon téléphone pour nous éclairer, mais Macy prononce une nouvelle incantation et des bougies s'allument le long du mur.

Plus je découvre les pouvoirs de ma cousine, plus elle m'impressionne. Le tunnel est maintenant nimbé d'une douce lumière. C'est très… cosy. Sans blague : c'est le passage secret de Macy, évidemment qu'il est chaleureux et accueillant plutôt que sombre et humide. Les pierres noires du mur sont émaillées de cristaux et de pierres précieuses de toutes les couleurs : du quartz rose poli, des aigues-marines, des émeraudes, des cristaux de lune, ainsi que de l'ambre, des opales, des rubis, des tourmalines…

Qui a construit ce passage dérobé ? Qui l'a agrémenté d'autant de pierres précieuses ? Des dragons, peut-être ? Ils sont connus pour amasser les trésors.

Des autocollants constellent les murs : des grands, des petits, des colorés, des noir et blanc... Ils me rappellent ceux qui m'avaient tant plu dans la bibliothèque. Je me demande si Macy est responsable de la déco là-bas aussi, ou si Amka et elle ont simplement les mêmes goûts.

Si je n'étais pas sur le point d'être renvoyée de Katmere et jetée en prison pour tentative de meurtre, je m'arrêterais pour lire les stickers.

Je me contente d'en déchiffrer quelques-uns au vol.

« Du balai ! » proclame l'un d'eux au-dessus d'une image de sorcière chevauchant un balai volant.

« Mauvais karma », dit un autre orné d'une boule de cristal.

Et mon préféré : « Sorcière, sorcière, prends garde à ton derrière ! » par-dessus une sorcière soulevant ses jupons.

Un rire m'échappe. Macy sourit.

— Ça va aller, Grace. Mon père trouvera une solution.

— J'espère.

Manquerait plus qu'après m'être éveillée dans la peau d'une gargouille, je découvre que je suis un monstre sanguinaire, incontrôlable et amnésique…

Peut-être que Hudson est bien mort, finalement ? Peut-être que c'est *moi* qui l'ai tué ? Tout le monde semble persuadé que jamais je ne serais revenue à Katmere s'il y avait le moindre risque que ce vampire soit toujours une menace. Je croyais donc qu'il était enfermé quelque part, ou bien qu'il m'avait échappé et que j'étais revenue pour aider à le retrouver.

Maintenant, je n'en suis plus si sûre : si je suis capable de vider un loup-garou de son sang, qu'est-ce que j'ai bien pu faire au garçon qui voulait assassiner mon promis ?

Peut-être que c'est pour ça que je ne me souviens de rien. Peut-être que commettre un meurtre m'a tellement traumatisée que j'ai tout refoulé ?

Le couloir débouche sur un escalier en spirale.

— On y est presque.

Génial.

Il est donc temps de faire face aux conséquences de mes actes.

C'est le moment de prendre conscience de l'horrible monstre que je suis devenue.

— Voilà, dit Macy en s'arrêtant devant une porte zébrée de rayures arc-en-ciel. T'es prête ?

Je frissonne.

— Non. Carrément pas.

— Je sais.

Elle m'enlace.

— Courage. On va mettre tout ça au clair.

Avec un brave petit sourire, elle ouvre la porte.

— Ça ne peut pas être si horrible que ça.

Et nous pénétrons dans le bureau du directeur dans lequel se trouvent Jaxon et Oncle Finn, qui nous dévisagent, éberlués.

21

NE TOURNE JAMAIS LE DOS À TES ENNEMIS, SURTOUT S'ILS PISSENT LE SANG

Jaxon fronce les sourcils.

— Grace ? Qu'est-ce que tu fais là ? Je t'ai dit de ne pas t'inquiéter, je m'occupe de tout.

— Il y a quelque chose que tu ne sais pas, je souffle en secouant la tête.

— Comment ça ? Non, Foster est parfaitement conscient que je n'ai rien à voir avec ce qui est arrivé à Cole.

J'inspire profondément.

— Effectivement, tu n'as rien à voir avec ça. Je crois que c'est moi qui l'ai attaqué.

Pendant de longues secondes, Jaxon et mon oncle me fixent en silence. Comme s'ils saisissaient chacun des mots que je viens de prononcer sans pour autant en comprendre le sens global.

Je finis par perdre patience. Sans attendre qu'ils répondent, je leur raconte toute l'histoire, depuis ma balade nocturne à mes vêtements trempés de sang, que je sors du sac pour les leur montrer.

— Est-ce que tu vas bien ? demande Jaxon quand j'ai fini. Tu n'es pas blessée ? Tu es sûre qu'il ne t'a pas mordue ?

L'idée m'inquiète.

— Pourquoi ? Qu'est-ce qu'il se passerait s'il me mordait ?

Pour le coup, ce serait vraiment le bazar si Cole me contaminait. Je ne sais même pas comment on pourrait m'appeler. Une louve-garouille ? Une louve-gargou ? Je ne veux pas être une louve-gargou.

— Rien, intervient Oncle Finn d'une voix apaisante. Ça ne marche pas comme ça. Tu ne vas pas te transformer en loup-garou.

— Comment ça marche, alors ? Et tant qu'on y est, comment j'ai fait pour gagner une bagarre contre Cole ? Et pourquoi je ne m'en souviens pas ? Tout ça n'a aucun sens !

— Je ne sais pas, soupire mon oncle en passant une main dans ses cheveux couleur sable.

Je n'y comprends rien.

— Mais tu es le directeur d'un lycée rempli de créatures magiques ! Tu dois forcément comprendre !

— Non, parce que je n'ai jamais rien vu de semblable à ce que tu viens de raconter. Et je n'ai jamais connu de gargouille. Je n'ai pas plus d'expérience que toi en la matière. Nous en savons très peu.

— Je vois ça.

Je ne veux pas être insolente, mais je suis si fatiguée... Je me sens démunie. Je ne peux pas aller me coucher chaque nuit en redoutant d'agresser quelqu'un dans mon sommeil.

— Qu'est-ce qu'on va faire, alors, Papa ? demande Macy. Pour que ça n'arrive plus ?

Je croise les bras, inquiète.

— Est-ce que tu vas appeler la police ? Je ne voulais pas le blesser. Honnêtement, je n'ai pas pu le faire exprès. Je ne sais même pas *pourquoi* j'ai…

— Personne ne va appeler la police, me répond fermement Jaxon. Ce n'est pas comme ça qu'on règle les problèmes ici. Et tu n'es pas responsable de ce que tu as fait pendant que tu étais inconsciente. N'est-ce pas, Foster ?

— Bien sûr. On va te surveiller pour que ça n'arrive plus, pour commencer. La priorité, c'est d'empêcher la situation de se représenter.

— D'un autre côté, avec tout ce que Cole t'a fait subir au semestre dernier, j'ai du mal à avoir pitié de lui..., intervient Macy.

Jaxon ricane.

— J'aurais dû le tuer quand j'en avais l'occasion. On n'en serait pas là.

— Jaxon ! je gronde. Ne dis pas ça. C'est horrible de dire ça.

— Horrible, approuve ma cousine, mais vrai.

Je la fusille du regard. Elle hausse les épaules, pas plus gênée que ça.

Je me tourne vers mon oncle.

— Comment va Cole ? Est-ce qu'il va s'en sortir ?

— Oui, ça ira. On lui a fait une transfusion ce matin. Il va se reposer aujourd'hui à l'infirmerie et demain il sera sur pied. C'est ça qui est bien, avec les créatures magiques. On se remet très vite, surtout avec l'aide de nos guérisseuses.

Je soupire de soulagement en m'affaissant contre Jaxon.

— Est-ce qu'il a raconté sa version des faits ? Il doit savoir que c'est moi qui l'ai attaqué, non ?

— Il dit qu'il n'a pas vu son agresseur, répond mon oncle.

— Ce qui est un mensonge flagrant, complète Jaxon.

— On n'en sait rien. Et s'il ne sait pas que c'est Grace, je préfère qu'on n'ébruite pas l'affaire. Pas tant qu'on n'aura pas compris ce qui lui arrive.

— Il ne dit rien parce qu'il a honte de s'être fait tabasser par une fille, c'est tout, grogne Jaxon.

— Hé !

— C'est sa réflexion, pas la mienne, se justifie rapidement mon petit ami. Moi, j'ai vu ce que tu as fait à Lia et à Hudson. Jamais je ne m'attaquerais à toi. Mais Cole ne pense pas comme ça, parce que si le chef de meute admettait qu'il s'est fait dominer aussi facilement, ça enverrait le signal à tous les autres loups que sa place est à prendre. Qu'ils peuvent tenter leur chance.

Oncle Finn approuve à contrecœur.

— Ce n'est pas faux. Et depuis sa bagarre contre Jaxon en novembre dernier, sa place est déjà précaire.

— Ça veut dire que tu dois être prudente, m'explique Macy. Parce que s'il sait que c'était toi, alors il sait que tu as mis en danger sa position et il t'en veut. Il va se venger. Pas ouvertement, parce qu'il a peur de Jaxon, mais il va tenter quelque chose, c'est sûr.

— C'est un lâche, crache Jaxon.

Sans nier, Oncle Finn croise mon regard.

— C'est sa lâcheté qui le rend si dangereux. Il est malin, rusé et patient. Je pourrais lui parler, mais si je le faisais, il saurait que tu m'as tout raconté. Il se demanderait si d'autres personnes sont au courant. Et combien de temps il lui reste avant que le lycée tout entier le découvre.

— Vous croyez vraiment qu'il va s'en prendre à moi ?

— Pas s'il a une once de bon sens, réplique Jaxon.

Je vois dans ses yeux qu'il n'y croit pas.

— Oh, il va tenter sa chance, c'est évident, déclare Oncle Finn, l'air défait. La seule question, c'est quand.

Je ne sais pas quoi répondre. Tout ce que je sais, c'est que je suis lessivée.

Je viens à peine de me débarrasser d'un fou meurtrier et voilà qu'un autre prend sa place. D'accord, celui-ci, je l'ai provoqué… Mais même ça, je ne comprends pas. Pour moi, ce qui s'est passé au semestre dernier est oublié. À moins que ma gargouille ne voie les choses autrement ? Cette pensée m'effraie.

Quand est-ce que je vais me sentir à nouveau normale ? J'ai l'impression d'être enfermée dans une version absurde de *Hunger Games*.

Mes poignets me font mal. Je les frotte pour les soulager, puis réalise que je suis en train de masser les cicatrices laissées par les liens de Lia. Sous le regard attentif de Jaxon, Macy et mon oncle.

Je m'interromps, mais c'est trop tard : ils ont tout vu.

Jaxon m'attire à lui pour me rassurer.

— Cole a déjà prouvé qu'il était prêt à tuer, reprend Macy, quand sa réputation n'était même pas menacée. Alors, maintenant que sa place est en jeu, il est dangereux. On doit se tenir prêts à l'affronter.

— On le sera, souffle Jaxon, ses yeux d'obsidienne plongés dans les miens. S'il tente quoi que ce soit, je…

— Non, je m'en occuperai, coupe mon oncle. Je lui ai donné une seconde chance au semestre dernier. Mais s'il cause à nouveau des problèmes, il est viré.

— Et moi ? je demande.

Un début de migraine fait battre mes tempes.

— Quoi, toi ? répond-il sans comprendre.

— J'ai causé des problèmes, non ? J'ai attaqué Cole sans raison. Tu dis que tu vas le virer s'il se venge. Et moi ? Qu'est-ce qui va m'arriver ?

22

LA FAMILLE AVANT TOUT

— Rien, grogne Jaxon. Il ne va rien t'arriver. Ce qui s'est passé n'est pas ta faute.

— Tu n'en sais rien, je réponds en m'arrachant à son étreinte. On ne sait pas pourquoi j'ai attaqué Cole.

— C'est vrai, tempère Oncle Finn. Mais ce qui est certain, c'est qu'on ne fera rien tant qu'on n'aura pas compris ce qui t'arrive.

Il m'entoure les épaules d'un bras protecteur.

— Je n'ai pas pour habitude de virer les élèves qui ont du mal à s'habituer à leurs pouvoirs, Grace. Ni même ceux qui agissent mal pour de bonnes raisons. C'est pour ça que Flint est toujours ici. Et Jaxon. Et c'est aussi pour ça que Katmere a les meilleures guérisseuses du monde. Pour qu'on puisse réparer les erreurs.

— Mais on ne sait pas si c'était une erreur…

— Avais-tu prévu de faire du mal à Cole quand tu as quitté ta chambre ?

— Non.

— As-tu décidé de le faire quand tu étais dans la classe d'arts ?

— Non, bien sûr que non !

Je m'arrête et fouille ma mémoire pour être sûre.

— En tout cas, je ne m'en souviens pas.

— Très bien, alors mon hypothèse est que ce qui est arrivé à Cole est un accident dû à tes nouveaux pouvoirs. J'ai déjà appelé des experts en gargouilles pour leur demander leur avis sur ton amnésie. Au vu de la situation actuelle, je vais voir si je peux en convaincre un de venir jusqu'ici pour que tu puisses le consulter directement.

Il m'adresse un sourire rassurant.

— Je te promets qu'on va tirer cette histoire au clair.

Oncle Finn a toujours pris soin de moi. Il se démène pour m'aider. J'ai les yeux qui piquent un peu.

Ça ne remplace pas mes parents, mais ça fait du bien. Je me sens moins seule au monde que je ne l'étais en arrivant ici.

— Merci… À vous tous. Je ne sais pas ce que je ferais sans vous.

— Tant mieux, parce que t'es coincée ici, dit Macy en m'enlaçant. Avec nous.

La première sonnerie de la journée retentit soudain.

— Bon, ça suffit comme ça, grogne Oncle Finn d'un ton bourru qui ne parvient pas tout à fait à cacher son émotion. Allez en cours. Et pour l'amour de Merlin, essayez de vous tenir à carreau.

— Quel rabat-joie, souffle Jaxon en passant près de moi pour gagner la sortie. C'est si ennuyeux de vivre sans problèmes…

Je lui emboîte le pas.

— Je préfère de loin vivre une vie ennuyeuse si ça me permet de ne plus jamais me réveiller couverte de sang de loup-garou. Pas toi ?

— N'oublie pas que tu parles à un vampire, réplique-t-il, narquois.

Sa bouche est si proche de mon oreille que ça me donne des frissons. Je m'appuie contre lui et, l'espace d'un instant, nous nous contentons d'apprécier la présence physique de l'autre. Ça ne dure pas longtemps : quand il se penche pour m'embrasser, je me fige. Comme si j'étais en pierre. Je fais comme si de rien n'était. Sans succès : Jaxon voit tout.

Combien de temps faudra-t-il à ma gargouille pour accepter que mon promis est un vampire ? Et d'ailleurs, pourquoi est-ce que ça pose un problème ?

Cette fois, je ne cherche même pas à inventer une excuse. Avec un sourire triste, je me contente d'articuler un « pardon » silencieux. Jaxon secoue la tête pour me signifier de ne pas m'inquiéter, mais je vois bien que je l'ai blessé. Il pose un baiser sur mon front.

— Je peux t'accompagner jusqu'à ton cours ?

— Bien sûr.

Je passe un bras autour de sa taille et nous slalomons entre les élèves à la poursuite de Macy et sa tignasse rose.

Elle est déjà loin devant nous, occupée à discuter avec Gwen et une autre sorcière. J'entremêle mes doigts à ceux de Jaxon. Ce n'est pas parce que je n'arrive pas à l'embrasser que je ne l'aime pas. Je veux qu'il le sache.

Il se laisse faire et, en levant la tête, je m'aperçois qu'il affiche un énorme sourire. Grâce à moi.

Moi, Grace Foster, l'unique fille au monde capable de faire sourire Jaxon Vega, le très ténébreux prince des vampires.

— Où est-ce qu'on va ? demande-t-il quand nous débouchons dans le hall principal.

— Je ne sais pas trop. Mon emploi du temps a changé : avant j'avais chimie, mais maintenant c'est physique du vol. Je me demande pourquoi.

— Tu te demandes pourquoi ? répète Jaxon d'un air taquin. Vraiment ?

— Ben oui. Pas toi ?

— Écoute, je ne suis pas sûr, mais je crois que ça a quelque chose avoir avec la magnifique paire d'ailes de ton alter ego.

— Mon alter ego ? je reprends en écarquillant les yeux. Aaaahhh. Tu veux dire que « physique du vol », c'est un cours pour apprendre à voler ?

— Ben oui. À quoi tu t'attendais ?

— Je ne sais pas trop. Un cours d'aéronautique ?

— À Katmere, si tu prends un cours de vol, c'est pour apprendre à voler.

— Euh… Mais…

Alors comme ça, je suis en chemin vers ma première leçon de vol. C'est complètement dingue.

— Tiens, au fait : j'ai une nouvelle blague à te raconter.

— Génial, je m'exclame. Balance. Je suis tout à toi.

Son regard s'embrume soudain et je réalise que si j'étais vraiment tout à lui, il en profiterait autrement qu'en me racontant des blagues pourries.

Son expression est si intense qu'une chaleur incertaine m'envahit.

L'espace d'un instant, j'ai l'impression qu'il va agir, trouver le moyen d'exprimer le désir qui nous submerge. Mais non : le moment passe.

Je ne sais pas si je suis soulagée ou déçue. Les deux, en fait. En tout cas, quand Jaxon recule d'un pas, je ne proteste pas.

Comme si de rien n'était, il reprend, tout sourires :

— Que fait une gargouille quand on la surprend ?

Je lève les yeux au ciel.

— Sérieux, une blague de gargouille ?

— Quoi, c'est trop tôt pour en rire ?

Il a l'air si content de lui que je ne peux pas m'empêcher de glousser.

— Non, vas-y.

— Que fait une gargouille quand on la surprend ?

— J'ai un peu peur de la réponse.

— Rien. Elle reste de marbre.

— Pfff… C'est tellement mauvais…

Un sourire dément lui fend le visage.

— N'est-ce pas ? T'en veux une autre ?

— Pas vraiment, pour être honnête…

— Si, si, tu en veux une autre. Alors : que disent les gargouilles quand elles ont froid ?

— Je ne veux pas savoir.

— Qu'il gèle à pierre fendre !

— OK. Jaxon, ça suffit. C'est mauvais.

— Très mauvais, renchérit-il.

— J'ai créé un monstre. Un monstre d'humour.

À cette remarque, Jaxon redevient sérieux.

— Non, Grace. J'ai toujours été un monstre. Au contraire, tu m'as rendu plus humain.

Mon cœur se serre à ces mots.

C'est vrai : Jaxon est devenu plus humain. C'est moi qui me suis changée en monstre.

23

DISNEY NE M'AVAIT PAS DU TOUT PRÉPARÉE À ÇA

Malgré tout, la réplique de Jaxon me touche en plein cœur : chaque fois que j'y repense au cours de cette journée, je fonds. Et je suis d'autant plus déterminée à trouver un moyen d'être à nouveau proche de lui. De l'aimer pleinement.

C'est pour ça que je décide de sauter le déjeuner (de toute façon, Jaxon et Macy sont tous les deux occupés à réviser) et de passer cette heure à la bibliothèque pour faire des recherches sur les gargouilles.

Des recherches sur moi-même.

C'est urgent : mes connaissances à ce sujet sont très limitées. J'ai essayé Google hier soir, mais je ne suis tombée que sur des pages traitant d'architecture. Rien sur ma tendance à agresser des gens dans mon sommeil.

Je devrais peut-être prendre rendez-vous avec M. Damasen. Lui doit en connaître un rayon sur le sujet. Au moins, il ne risque pas de me répéter que la fonction première des gargouilles est de servir de gouttière.

Moi, tout ce que je sais de ces créatures provient d'un exposé sur Notre-Dame de Paris auquel j'ai assisté en cours d'arts plastiques et du dessin animé Disney que j'ai vu petite. D'ailleurs, maintenant que j'y pense, ma mère avait paniqué en apprenant que j'avais vu ce film. Est-ce qu'elle et mon père savaient déjà, à l'époque ?

Mes parents m'ont-ils réellement caché une information aussi essentielle ? Je ne me sens pas d'attaque à y réfléchir. Être une gargouille est déjà suffisamment perturbant.

Je me compose un grand sourire et avance droit vers le comptoir d'accueil. Amka m'y attend avec un sourire aussi large que le mien ; sincère, celui-ci.

— Grace ! Je suis si heureuse de te revoir !

Elle m'attrape par la main.

— Comment vas-tu ?

Je m'apprête à répondre que tout va bien, merci, mais sa chaleur me pousse à être honnête. Je hausse les épaules.

— Je suis là.

Pour le moment, je ne peux rien affirmer de plus. Son expression s'adoucit encore.

— Oui, tu es là. Et on est tous tellement soulagés.

C'est la meilleure réponse qu'elle aurait pu me faire.

— Moi aussi, je souffle. Et toi, comment vas-tu ?

— Très bien ! Je prépare la bibliothèque pour le tournoi de Ludares. Les équipes aiment bien se réunir ici pour préparer le grand jour.

— Ludares ? je demande avant de remarquer une énorme table recouverte d'artefacts magiques. C'est quoi, tout ça ?

— À l'origine, ce tournoi était une épreuve à passer pour gagner le droit de siéger au sein du Cercle, l'organisation qui gouverne les créatures magiques. Comme aucun membre n'est mort depuis mille ans, il n'y a pas de place en jeu. Donc pour l'instant, c'est juste une compétition sportive. Bon, évidemment, la vraie version de Ludares est bien plus dangereuse que celle à laquelle on joue ici, mais c'est tout de même une bonne occasion de promouvoir l'entente entre les différentes factions de Katmere.

Les yeux d'Amka brillent quand elle ajoute :

— C'est un moment fort de l'année.

— Comment on y joue ?

— Tu ne me croiras pas si je t'explique comme ça. Il faut le voir pour le croire.

— Ça a l'air trop cool ! J'ai hâte d'y assister !

— D'y assister ? s'esclaffe Amka. Mais, ma grande, tu devrais y prendre part !

— Moi ? Non, je ne ferais pas le poids face à des vampires et des dragons. C'est à peine si je sais me transformer en pierre… Pas très utile en cas de bagarre.

— Ne sois pas si dure avec toi-même, Grace, les gargouilles ont plein de compétences.

— Ah ouais ? je la presse, soudain excitée. Comme quoi ?

— Tu le sauras bien assez tôt.

Amka tourne sur elle-même pour m'indiquer une table en bois où sont empilés une quarantaine d'épais volumes ainsi qu'un ordinateur portable. Un fauteuil douillet est installé en face.

— J'ai rassemblé tous les livres qu'on a sur le sujet. Les deux piles devant l'ordi sont celles que tu devrais regarder en premier. Ensuite tu pourras consulter le reste des ouvrages, qui sont plus pointus. Ça t'apportera déjà quelques réponses. Après ça, tu pourras utiliser le portable pour te connecter aux bases de données du monde magique. Si tu as des questions de méthodologie, tu peux m'interroger, mais je pense que tu vas t'en sortir, c'est assez simple.

Je ne pleure pas souvent d'habitude. Pourtant, ma gorge se serre pour la troisième fois aujourd'hui. Je ne peux pas m'en empêcher. Tout le monde est si gentil avec moi…

— Merci. J'apprécie beaucoup.

— Je suis là pour toi, Grace. Entre bibliophiles, il faut se serrer les coudes.

— C'est sûr !

Elle sort une canette de Dr Pepper du petit frigo caché sous son bureau et me la tend.

— Tiens. La recherche, ça donne soif.

Les mains tremblantes, j'accepte son cadeau.

— Merci beaucoup ! Je ne sais même pas quoi dire.

— Alors ne dis rien, répond-elle avec un clin d'œil. Et mets-toi au travail.

— Oui, m'dame, je réplique avec un sourire avant d'aller m'installer à la table qu'elle m'a préparée.

Je frissonne à l'idée de me plonger dans les livres, mais tempère mon impatience et commence par sortir un carnet et mon stylo préféré pour prendre des notes.

Puis je sors mes écouteurs, lance ma playlist du moment et ouvre le paquet de M&Ms que je viens d'acheter dans la salle commune. Enfin, je m'installe dans le fauteuil… et j'ouvre un livre. J'espère y trouver les réponses que je cherche.

Un sort contre l'amnésie ne serait pas de refus…

24

SE FAIRE OUBLIER

— Grace. Graaaace, réveille-toi.

Une voix familière perce la brume de sommeil qui m'enveloppe.

— Allez, Grace, réveille-toi, répète-t-elle en me tapant l'épaule.

Je me roule en boule.

— Je ne sais pas quoi faire.

Cette fois, je reconnais Macy. À qui parle-t-elle ? En fait, je m'en fiche. Tout ce que je veux, c'est dormir.

— Attends, laisse-moi essayer.

Oncle Finn se penche sur moi.

— Hé, Grace, il faut que tu te lèves, d'accord ? Ouvre les yeux. Allez.

Je l'ignore et me recroqueville encore plus. Quand il passe une main dans mes cheveux, je grogne et cherche mon oreiller pour me cacher dessous. Mais je n'en trouve pas… Je n'ai pas d'oreiller sous la tête.

C'est bizarre, tout de même. Presque assez pour me réveiller. Quelqu'un me secoue à nouveau, plus rudement cette fois, et j'entrouvre les yeux juste assez pour voir Macy, mon oncle et Amka qui me dévisagent, inquiets.

Qu'est-ce ils font dans notre chambre ? Non, en fait, je m'en fiche. Je veux juste qu'ils sortent pour pouvoir me rendormir.

— Voilà, Grace, on y est presque, dit mon oncle. Allez, est-ce que tu peux t'asseoir ? Laisse-nous voir ta frimousse, d'accord ? Courage, ma belle. Reviens-nous.

— Je suis épuisée, je gémis d'une voix plaintive. Je veux juste…

Je m'arrête brusquement. J'ai mal à la gorge. Elle est si sèche : chaque mot me fait l'effet d'une lame de rasoir.

Je hais les matins. Surtout quand trois personnes s'associent pour me tirer du sommeil.

Je ferme de nouveau les yeux mais, cette fois, mon oncle perd patience. Il me secoue trop fermement pour que je me replie sur moi-même.

— Grace.

Sa voix est plus ferme, plus autoritaire.

— Grace, il faut que tu te reprennes. Maintenant.

Je soupire et roule sur moi-même pour lui faire face.

— Qu'est-ce qui se passe ? Qu'est-ce que tu veux ?

Une porte s'ouvre ; quelqu'un se précipite dans la pièce.

— Qu'est-ce qui s'est passé ? Est-ce qu'elle va bien ? Je suis venu dès que j'ai vu le message de Macy !

C'est Jaxon. Son inquiétude manifeste me réveille pour de bon. Je m'assieds et parviens enfin à ouvrir les yeux.

Mes lèvres sont sèches à se craqueler.

— Je peux avoir de l'eau ? je croasse.

— Bien sûr !

Macy s'empresse de sortir une bouteille de son sac et me la tend. Je prends une longue gorgée, puis une autre, puis encore une autre, jusqu'à ce que ma gorge s'apaise.

L'eau fraîche a le mérite de faire redémarrer mon cerveau. Je pose mon regard embrumé sur Jaxon.

— Pourquoi vous êtes tous dans ma chambre ?

Un silence gêné s'installe. Ils se regardent tous les quatre.

— Quoi ?

Macy soupire.

— Tu n'es pas dans notre chambre, Grace.

— Dans la chambre de qui, alors ? je souffle en regardant autour de moi.

L'affolement me saisit. Macy a raison. Nous ne sommes pas dans notre chambre. Ni dans celle de Jaxon. En fait, nous ne sommes pas du tout dans une chambre, mais plutôt dans le donjon le plus cliché du monde.

— Où sommes-nous ?

Amka devance Jaxon et Oncle Finn et s'accroupit à mes côtés (je réalise ainsi que je suis couchée par terre).

— Où penses-tu te trouver, Grace ?

— Je n'en sais rien.

Je regarde encore autour de moi, dans l'espoir de repérer un indice. Non seulement je ne sais pas où je suis, mais en plus je n'ai aucune idée de la façon dont je me suis retrouvée là.

J'en ai ma claque de me réveiller n'importe où.

Je me rappelle m'être installée dans la bibliothèque avec une boisson et des M&Ms. Et après ça… Rien. C'est le vide.

— Est-ce que j'ai encore agressé quelqu'un ? je m'écrie.

— Non, tout le monde va bien.

Amka pose une main sur mon épaule, un geste qu'elle veut rassurant mais qui m'agace.

— Arrête ça. N'essaie pas de me calmer.

Je me tourne vers Jaxon.

— Ne me mens pas, s'il te plaît. Est-ce que j'ai fait du mal à quelqu'un ?

— Non, m'assure-t-il d'un ton véhément. Tu n'as blessé personne, je te le jure. C'est pour toi qu'on s'inquiète.

— Pourquoi ?

J'ai beau croire Jaxon, j'examine mes mains et mes vêtements pour être sûre.

Aucune trace de sang en vue, ouf. En revanche, la manche de mon blazer est déchirée. Terrifiant, quand on considère qu'il fait moins trente dehors. Et que je ne garde aucun souvenir de ce qui a pu abîmer ma veste ainsi.

Je ravale ma terreur et essaie d'inspirer calmement. Ça va aller. Je vais mettre ça au clair. C'est déjà beaucoup d'avoir perdu quatre mois, alors pas question d'y ajouter des amnésies temporaires. Je refuse que ça devienne la norme dans ma vie.

— Où sommes-nous ? je demande pour la seconde fois.

Il y a une boule de cristal non loin. Je n'en ai jamais vu en vrai, que ce soit à Katmere ou ailleurs. Je n'ai jamais non plus côtoyé une aussi impressionnante collection de bougies et d'encens.

— Tu es dans la tour d'incantation, m'annonce Macy.

— La tour d'incantation ?

— C'est à l'opposé de ma chambre, m'explique Jaxon pour m'aider à me repérer.

— Ah. La petite tour du côté de l'étang ?

Je passe une main dans mes boucles.

— Je pensais que c'était la chambre de quelqu'un.

— Non, dit Macy avec un sourire. Ton petit copain est le seul à avoir droit à une tour. Les sorcières et sorciers du lycée se partagent celle-ci.

Les sorcières. Évidemment. J'aurais dû m'en douter. Le sol est orné d'un gigantesque pentagramme avec un cercle d'incantation autour.

Ah, non. Ça me rappelle de trop mauvais souvenirs, après ce qui m'est arrivé avec Lia. Je recule de plusieurs pas pour sortir du cercle. Je ne veux pas rester au milieu de toutes ces bougies.

Les autres me suivent. Mon oncle et Amka sont anxieux, Macy semble plutôt curieuse et Jaxon… Eh bien, Jaxon affiche un petit sourire. Il a compris ce qui m'effraie.

Vu tout ce qu'il a partagé avec moi ce jour-là, je me demande pourquoi il ne s'enfuit pas, lui aussi.

— Grace ? m'interroge Macy. Tu vas où ?

— Je voudrais sortir du… euh… Ce cercle est vraiment énorme !

— Oui, il fait la taille de la pièce, presque, répond Oncle Finn, un peu confus. Nous avons beaucoup de sorcières, et il faut qu'elles aient la place de travailler. Pourquoi ?

Macy comprend enfin.

— Oh non, ma chérie, le cercle n'est pas actif. Tu ne dois pas t'inquiéter. Personne ne te fera de mal. Et de toute façon, on ne fait que de la magie blanche.

— Je sais bien, mais…

— Peut-être que tu préférerais qu'on sorte de cette pièce ? propose Amka.

— Oui, s'il vous plaît.

— Allons-y, alors, ordonne Oncle Finn d'un ton bienveillant. On a quelque chose à te montrer dans la bibliothèque, de toute façon.

— La bibliothèque ? Tu veux parler des livres qu'Amka a préparés pour moi ? Je les ai vus tout à l'heure. Je vais les lire.

— Non, ce n'est pas ça. Viens, on en parlera là-bas.

Je m'apprête à demander plus de détails, mais son expression sombre m'arrête.

Avant Katmere, je n'aurais jamais imaginé avoir peur d'entrer dans une bibliothèque. Il faut un début à tout.

25

TROUBLANTS TROUS BLANCS

À peine sommes-nous sortis de la tour que Jaxon m'arrête.

— Qu'est-ce qu'il y a ? je demande, autant par curiosité que pour retarder le moment où nous entrerons dans la bibliothèque.

Sans répondre, il baisse la tête sur le côté et fronce les sourcils, comme s'il essayait d'entendre quelque chose. Quelques secondes plus tard, Mekhi se matérialise devant moi, une veste noire à la main. Je la reconnais : c'est celle de Jaxon.

Mekhi s'incline avec un sourire narquois.

— Votre Majesté ?

Et il me tend la veste. Pour la première fois depuis mon réveil, je souris. Au moins, Mekhi me traite normalement. Il a le même sourire que d'habitude, un sourire que je ne peux pas m'empêcher de lui renvoyer.

Je fais une petite révérence en minaudant :

— Mon fidèle chevalier.

— Vous me raconterez plus tard, conclut-il, je dois filer en classe. Salut, Grace !

Et il disparaît. Décidément, je ne m'habitue pas à la vélocité des vampires.

— T'étais pas obligé de demander à Mekhi de venir jusqu'ici, je reproche à Jaxon en enlevant mon blazer déchiré pour enfiler sa veste.

Son odeur m'emplit les narines.

— Je sais, mais j'aime prendre soin de toi.

Que dire ? Je meurs d'envie de presser mes lèvres contre les siennes, mais je sais que ma gargouille ne me le permettra pas. C'est si frustrant.

Pourquoi suis-je parvenue à l'embrasser à mon tout premier réveil ? Ça me fait mal, et ça doit le blesser affreusement.

Je dois me contenter de soutenir son regard pour lui communiquer à quel point je l'aime.

— Viens, on y va, dit-il enfin d'un ton bourru.

Il me tend la main pour descendre l'escalier.

— Tu sais ce qu'Oncle Finn veut me montrer dans la bibliothèque ? je l'interroge quand on arrive au bon étage.

— Non. J'ai reçu un message affolé de Macy quand elle a remarqué ta disparition, donc les gars et moi t'avons cherchée partout. Foster aussi. Puis ils m'ont prévenu qu'ils t'avaient trouvée dans la tour. C'est tout ce que je sais.

— Je ne comprends pas, je souffle avec un frisson. J'étais à la bibliothèque et je faisais des recherches sur les gargouilles ce midi. Je ne me souviens de rien d'autre. Après m'être assise, c'est le blanc.

— Il est cinq heures.

— J'étais à la bibliothèque ! Est-ce qu'Amka m'a vue partir ?

— Probablement, mais je n'en sais rien. Elle a appelé ton oncle et Macy, pas moi.

Manifestement, il pense que tout le monde devrait le tenir au courant de tout ce qui me concerne, ce qui m'agace un peu : après tout, je ne lui appartiens pas. D'un autre côté, si les rôles étaient inversés… Je voudrais qu'on me prévienne s'il lui arrivait malheur, c'est sûr.

Il me tient la porte de la bibliothèque. Nous entrons pour découvrir un présentoir de verre vide au centre de la pièce. Il contenait clairement un objet de valeur, mais maintenant ne s'y trouve plus qu'un coussin violet.

— C'est ce que tu voulais me montrer ? je demande à mon oncle. Je ne sais pas ce qui a pu arriver, tout était à sa place tout à l'heure.

Si quelqu'un avait essayé de voler le contenu du présentoir en ma présence, je l'aurais vu. J'étais installée à proximité. Sans parler d'Amka, qui se trouvait à l'accueil.

— Tu peux nous dire ce dont tu te souviens de ta visite ici, Grace ? me questionne cette dernière, sous le regard inquisiteur de mon oncle.

— Pas grand-chose, pour être honnête. On s'est parlé, et je me suis installée. C'est tout. Il y a eu autre chose ?

— Tu ne te souviens pas d'avoir lu ?

— Juste de m'être assise, mais pas d'avoir ouvert un livre ni pris des notes. Tu m'as vue faire ?

— Oui, tu as pris énormément de notes.

Elle sort mon cahier de son bureau et me le tend.

Je le feuillette : elle a raison, le cahier est noirci d'informations sur les gargouilles dont je ne me souviens pas.

— J'ai fait tout ça en cinq heures ? je m'exclame, surprise.

En plus, mes notes ont l'air plus détaillées que ce que je fais d'habitude. J'ai une assez bonne mémoire (si l'on excepte mes amnésies récentes), alors je me contente en général de ne noter que les points principaux.

— En une heure et demie, en fait, corrige Amka. Vers 13 h 30, j'ai eu un mal de crâne subit et, je suis sortie pour aller chercher une aspirine. Tu m'as dit que tu avançais bien, alors je t'ai laissée. Quand je suis revenue, tu avais disparu. Et quelqu'un avait volé l'athamé de Morrigan.

— Attendez, vous pensez que c'est moi qui ai fait ça ? je m'écrie, horrifiée. Vous pensez que j'ai volé le…

— L'athamé, complète Macy. C'est une lame à double tranchant qu'on utilise pour les cérémonies. Celle-ci est dans notre famille depuis des siècles.

Je devrais être furieuse qu'ils me soupçonnent mais en vérité, je les comprends. Après tout, je n'ai aucun alibi à leur fournir.

— On ne pense pas que c'est toi, intervient Finn d'un ton apaisant. Mais on pense que quelque chose en toi provoque ces événements. Donc on cherche à comprendre.

— Mais vous êtes sûrs ? je demande d'une voix plus aiguë que je ne le voudrais. Vraiment, vous êtes sûrs que c'est moi qui l'ai pris ?

Je n'ai pas envie d'y croire. Quel genre de pouvoirs possède la gargouille au fond de moi ? Et pourquoi les utilise-t-elle à des fins maléfiques ?

Jaxon me prend par la taille et pose son menton sur mon épaule.

— Tout va bien, me murmure-t-il. Ne t'en fais pas.

J'ai bien du mal à m'en convaincre.

— C'est pour ça qu'on t'a amenée ici, continue mon oncle. On a une caméra dans la bibliothèque, et on voulait regarder de nouveau la vidéo tous ensemble.

— Personne ne t'en veut, Grace, m'assure Macy. On sait bien que tu n'aurais pas volé de ton plein gré.

Mes genoux se dérobent sous moi. Il y a une *vidéo* ? Alors c'est certain, c'est moi, la responsable ?

J'espérais naïvement qu'il existe une autre explication à tout ça. Que quelqu'un d'autre ait attaqué Cole, que je n'aie rien volé.

Maintenant que je suis convaincue que c'est moi, je suis terrifiée. Pas seulement de mes amnésies, mais surtout de la perte de contrôle qui les accompagne.

Je pourrais tuer quelqu'un sans m'en souvenir.

Ma respiration devient saccadée. Je compte jusqu'à dix... puis vingt. Mon cœur bat trop vite, j'ai des vertiges. Sans rien remarquer, mon oncle pianote sur le clavier de l'ordinateur d'Amka et tourne l'écran vers nous.

— Tout va bien, répète Jaxon, alors que rien ne va. Je te promets, Grace, ça va aller.

— J'espère, je marmonne, tandis qu'Oncle Finn lance la vidéo. Sinon je vais finir en prison. Ou pire.

La peur au ventre, je me vois à l'écran, occupée à commettre des actes dont je n'ai aucun souvenir.

Selon l'heure indiquée au bas de l'image, je me suis levée de ma table à 13 h 30 exactement. Je me suis avancée vers Amka et je lui ai parlé. Elle a opiné avec une expression étrange et, moins d'une minute plus tard, elle s'est levée. Plutôt que de sortir comme elle l'a prétendu tout à l'heure, elle a marché vers le présentoir de l'athamé.

— Le présentoir est protégé par un sort de sécurité, nous explique mon oncle.

Pourtant, à 13 h 37, Amka l'a ouvert sans aucune difficulté. Elle est ensuite sortie de la bibliothèque sans le refermer.

— Qu'est-ce qui vient de se passer ? je demande, mon regard allant d'Amka à Jaxon à mon oncle. Est-ce que j'ai utilisé un pouvoir de gargouille ?

Amka fait non de la tête. Nous continuons de regarder l'écran où je me lève pour me saisir de l'athamé, attraper mon blazer et sortir de la pièce.

— Je ne me souviens pas d'avoir déverrouillé le présentoir, précise Amka.

— Hudson, déclare Jaxon d'une voix basse et, est-ce possible ? un peu effrayée.

— Quoi, Hudson ? demande mon oncle.

— Il faisait ça quand on était petits. Il a besoin de parler directement à sa victime pour y arriver, mais s'il avait un contact direct, il pouvait… juste avec sa voix.

— Il pouvait quoi ? je couine, la peur me lacérant l'estomac. De quoi Hudson était-il capable, Jaxon ?

— Il pouvait persuader n'importe qui de faire n'importe quoi, souffle Jaxon.

26

LA BOMBE HUMAINE, TU LA TIENS DANS TA MAIN

Les mots de Jaxon flottent dans les airs pendant quelques secondes. C'est comme s'il avait invoqué Hudson, comme si son frère se tenait là, avec nous. J'en frissonne d'horreur.

— Mais qu'est-ce que ça veut dire ? Est-ce que Hudson est là, parmi nous ? Est-ce que je l'ai ramené ? Est-ce qu'il m'a persuadée, moi aussi ?

— Il est ici, c'est sûr, déclare Oncle Finn.

— Pourquoi est-ce qu'on ne le voit pas ? Où se cache-t-il ?

Mon regard saute de l'expression triste de mon oncle à la mine furieuse de Jaxon, en passant par la compassion d'Amka et la détresse que Macy tente de cacher. J'ai un poids dans l'estomac qui s'alourdit à chaque seconde. Je ne peux plus nier la vérité, même si elle me désespère.

— Non, je dis en secouant la tête, prise de panique, de dégoût et d'horreur. Non, ce n'est pas possible…

— Ne t'en fais pas, dit Jaxon en m'attrapant le bras. Tout va bien.

— Tout va mal, oui ! Tout va extrêmement mal !

— Respire, me recommande mon oncle. On va arranger ça.

— Arranger ça ? je ricane, hystérique.

— On a des solutions, intervient Amka pour me calmer. Avant de céder à la panique, on peut essayer de…

— Sans vouloir être impolie, Amka, je suis déjà au-delà de la panique.

Cette fois, même en avalant un camion entier de Xanax, je n'échapperai pas à la crise d'angoisse.

— Tout va bien, souffle Macy en s'avançant pour me prendre la main, mais je me dérobe.

J'ai besoin d'un moment pour respirer. Heureusement, tout le monde garde ses distances. Ça me laisse le temps de faire les exercices que j'ai appris pour calmer l'angoisse.

Quand j'ai fini, je ne peux pas dire que j'aille bien – dans la situation actuelle, impossible d'aller bien – mais je ne risque plus de m'évanouir.

Maintenant, il faut que je réfléchisse.

Que je trouve une solution.

Que nous trouvions une solution, en fait, parce que je vois bien que je ne suis pas seule. Jaxon, Macy, mon oncle et même Amka ne me laisseront pas tomber. Et je leur en suis reconnaissante, parce que je n'ai aucune idée de ce que je dois faire.

— Bon, je dis quand je retrouve l'usage de la parole. J'ai un service à vous demander.

— Tout ce que tu veux, me dit Jaxon en me prenant la main.

À son contact, je réalise à quel point j'ai froid. Sa peau me paraît brûlante.

— Est-ce que tu peux le dire à voix haute ? je demande.

— Dire quoi ?

Il serre ma main et, malgré sa question, je vois bien qu'il a compris.

— J'ai besoin que quelqu'un prononce les mots. S'il te plaît.

Jaxon prend un air possédé. En temps normal, je ferais mon possible pour le réconforter mais là je ne suis pas en état.

— Jaxon, je murmure d'un ton suppliant. Je t'en prie.

Il hoche la tête, raide comme un automate.

— La raison pour laquelle on ne retrouve pas Hudson, commence-t-il d'une voix aussi tranchante que des éclats de verre, c'est qu'il est ici. Il a toujours été ici.

J'attends le choc. J'attends d'entendre ce que je ne voulais surtout pas entendre et que je l'ai pourtant supplié de dire.

— La raison pour laquelle on ne l'a pas retrouvé, c'est qu'il est caché en toi, Grace.

27

LE DIABLE AU CORPS

J'avais beau m'attendre à cette révélation, elle me fait l'effet d'une explosion. Nucléaire. Genre Tchernobyl.

Je ne peux pas avoir le frère maléfique de Jaxon en moi.

Qui prend le contrôle quand ça lui chante.

Qui efface mes souvenirs.

C'est impossible.

Et pourtant…

— Ça ira, Grace, dit mon oncle. Dès que nous serons dans mon bureau, je passerai quelques appels et je trouverai quelqu'un pour nous aider à t'en débarrasser.

— Et moi je vais commencer mes recherches, ajoute Macy. Comme disait Amka, il y a des sorts qui pourraient nous aider. On peut contacter des clans de sorcières pour leur demander une assistance. On trouvera un moyen de bannir Hudson de ton esprit, je te le promets !

Je les entends à peine. Est-ce que je peux sentir en mon for intérieur Hudson qui met ses sales pattes sur mon cerveau, sur mon cœur ?

J'essaie sans y parvenir. Je ne trouve aucune pensée, aucun sentiment étranger. Rien qui sorte de l'ordinaire.

Tandis que je tente d'accepter ce cauchemar, cet horrible viol de mon esprit, la conversation fait rage autour de moi. Jaxon, Oncle Finn, Amka et Macy ont tous leur opinion sur le problème le plus intime que j'aie jamais connu. Quelqu'un d'autre vit en moi et m'utilise comme une marionnette, bon sang !

— Et moi ? je m'écrie, n'y tenant plus.

— On va te guérir, m'assure Oncle Finn. Je te le promets.

— Ce n'est pas ce que je veux dire. Je veux dire qu'est-ce que je peux faire, *moi* ? Vous êtes tous en train de chercher une solution mais moi, qu'est-ce que je peux faire pour me sauver ?

Ils se figent et échangent des regards, pas trop sûrs d'avoir bien compris. Ce qui est bien la preuve qu'il y a un problème, non ?

— Grace chérie, il n'y a rien que tu puisses faire pour l'instant.

Mon oncle s'adresse à moi avec la voix qu'il prendrait pour apaiser une patiente de psychiatrie. Pourtant, je suis calme. La détermination a chassé la panique.

— Alors trouvez-moi quelque chose à faire, parce qu'il est hors de question que j'attende que vous régliez le problème pour moi.

Peut-être que mes mots sont trop durs. En temps normal, jamais je ne leur parlerais comme ça. Mais dans cette situation, ça me paraît approprié.

Il faut qu'ils m'écoutent. Je ne veux pas rester sur la touche une seconde de plus. Je ne veux plus qu'on me cache quoi que ce soit pour m'épargner. Plus maintenant.

— Je veux savoir comment je peux me débarrasser de Hudson. Et comme ça risque de prendre du temps, je veux aussi que vous m'appreniez à le bloquer en attendant. Que vous me montriez comment l'empêcher de m'utiliser pour nuire, que ce soit à Cole, à Amka, et surtout à Jaxon.

— Hudson ne peut pas t'utiliser contre moi..., commence Jaxon.

— Si, il l'a déjà fait. Pourquoi penses-tu que je n'arrive pas à t'embrasser en ce moment ? Pourquoi est-ce que je te repousse tout le temps ? C'est à cause de lui, évidemment.

À son regard, je devine qu'il est en train de se repasser nos interactions de ces deux derniers jours pour essayer de déterminer ce qui venait de moi et ce qui venait de Hudson. Je ne peux pas le lui reprocher, je viens de faire pareil... et ça ne me plaît pas du tout.

— Bien. Une chose est sûre : je ne veux plus jamais me réveiller couverte du sang de quelqu'un d'autre. Ou au milieu d'un cercle d'incantation avec mes vêtements déchirés. Et je ne veux pas laisser un meurtrier m'utiliser comme arme.

Mes mains ont beau trembler, j'ai l'esprit clair. Je suis sûre de moi.

— Donc, soit vous m'aidez à reprendre le contrôle, soit je m'installe dans cette bibliothèque et je lis tous les livres que je trouve jusqu'à comprendre comment je peux me retransformer en gargouille.

Jaxon ouvre la bouche. Je secoue la tête pour le faire taire.

— Pour l'éternité, s'il le faut. Ce n'est pas ce que je veux, mais je le ferai si c'est nécessaire. Je refuse d'être une marionnette entre ses mains.

C'est à cause de tous ces non-dits que j'ai frôlé la mort. C'est pour ça que Flint et Jaxon ont failli y rester. S'ils m'avaient dit la vérité dès le début, j'aurais été plus prudente à Katmere. Je n'aurais pas fait confiance à Lia.

Je ne me serais peut-être pas retrouvée au fond de ces tunnels, Jaxon ne se serait pas mis en danger pour me sauver, et Hudson ne serait pas revenu s'installer dans mon esprit.

Ça me rend malade. J'ai envie de pleurer. De hurler.

Je veux qu'il s'en aille. Qu'il disparaisse.

Mais en attendant, la priorité est de protéger les gens qui m'entourent coûte que coûte.

Amka, Macy, mon oncle et Jaxon me dévisagent avec respect et réticence à la fois. Il est temps de leur poser la question qui me torture depuis cinq minutes.

— Est-ce qu'il y a un moyen de le bloquer ? Ou est-ce que je vais devoir me retransformer en gargouille ?

Quelque chose bat dans ma poitrine. Les prémices d'un hurlement de rage, d'agonie, de terreur. Un hurlement qui ne vient pas de moi.

28

CE QUE VEULENT LES FEMMES ? PRENDRE LE CONTRÔLE

— Je vais t'emmener voir la Sangsue, annonce subitement Jaxon.

— La Sangsue ?

Voilà un nom qui inspire confiance… Déjà que je vis dans un monde où les hémorragies et les luttes mortelles sont affaires courantes… Quel genre de monstre peut bien y être surnommé la Sangsue ?

— La Sangsue ? répète Oncle Finn, sceptique lui aussi. Tu es sûr de toi ?

— Non, répond Jaxon. Je pense que c'est une très mauvaise idée. Mais pas plus que de laisser Grace redevenir une gargouille pour l'éternité.

Son visage exprime l'inquiétude, l'amour et une peur discrète, qu'il s'emploie très fort à cacher.

— Je ne sais pas si la Sangsue trouvera un moyen d'empêcher Hudson de prendre le dessus dans ton esprit. Cela dit, je ne vois pas qui d'autre en serait capable.

— Qui est-ce ?

— Une Ancienne, explique Jaxon. Une vampire aussi vieille que le monde, ou presque. Elle vit dans une caverne pas très loin d'ici.

Au regard qu'échangent Amka et mon oncle, je devine que ce n'est pas tout. Macy n'a pas l'air perturbée, sans doute parce qu'elle est aussi ignorante que moi.

— Elle est horrifiante, dit Amka après quelques instants. Terrifiante. Mais si quelqu'un peut t'aider, c'est elle.

Horrifiante ? Terrifiante ? Une des vampires les plus anciennes et puissantes au monde ? Quelqu'un qui rend Jaxon lui-même nerveux ? Hum ! ça fait rêver.

— Tu la connais ? je lui demande. Enfin, est-ce qu'elle va écouter ce qu'on a à dire ? Ou est-ce qu'elle va nous tuer tout de suite ?

— Elle est brutale mais pas folle, répond Jaxon. Et, oui, je la connais bien. C'est elle qui m'a élevée.

Il n'ajoute rien, comme si avoir vécu son enfance avec la vampire la plus dangereuse de l'univers était on ne peut plus normal. Circulez, il n'y a rien à voir.

Il ne me dit pas tout. Et j'ai peur que ce qu'il me cache ne soit terrible.

Malgré tout, si cette Sangsue peut m'aider à combattre Hudson, et si elle peut m'en apprendre plus sur l'enfance de Jaxon... alors je suis partante.

— Allons-y, je déclare. C'est loin ?

— Il faut compter quelques heures de route. On peut y aller tout de suite, si tu veux.

— Maintenant ? s'étonne Oncle Finn. Tu ne préfères pas attendre que le soleil se lève ?

— Pour laisser à Hudson une autre occasion de prendre le pouvoir sur moi ? Non merci.

De toute façon, je suis bien trop traumatisée pour espérer dormir – j'ai l'impression que le sommeil m'a abandonnée à jamais. Alors Hudson vit dans mon esprit ? Est-ce qu'il entend mes pensées en ce moment même ? Ou est-ce qu'il n'a que le pouvoir de diriger mon corps ?

Enfin, « que »... C'est déjà bien trop.

Je n'arrive pas à croire que ce soit ça, ma vie, maintenant. Il y a cinq mois, j'étais à San Diego en train de me demander à quelle université m'inscrire. Aujourd'hui, non seulement je n'ai toujours pas pris ma décision (d'ailleurs, est-ce que les universités acceptent les gargouilles ?) mais en plus je dois composer avec des loups-garous maléfiques et un vampire psychopathe qui a élu domicile dans ma tête.

Si je n'avais pas aussi rencontré Jaxon, je vous dirais que j'ai perdu au change.

— Est-ce qu'il faut qu'on l'appelle pour la prévenir de notre venue ? Est-ce qu'elle a le téléphone dans sa... euh... caverne ?

Jaxon sourit.

— Elle n'en a pas besoin. Et elle saura qu'on arrive bien avant qu'on y soit, ne t'en fais pas.

OK, donc elle prédit l'avenir aussi ? Géant.

— Super, je souffle sans grand enthousiasme. Je vais me changer et on se retrouve dans quinze minutes à la sortie ?

— Ça marche. Couvre-toi, on va rester dans le froid pendant un bon moment.

Un bon moment. Vu que la Sangsue vit dans une caverne, il veut probablement dire « toute la nuit ». Ça aussi, c'est bizarre : Jaxon aurait grandi *dans une grotte* ? Ou bien est-ce que la Sangsue a déménagé récemment ?

— Laisse-lui au moins une demi-heure, proteste faiblement mon oncle.

— Plus vite on part, plus vite on sera arrivés, Oncle Finn.

— Je préférerais que tu manges un bout avant.

À son regard ferme, je devine qu'il ne cédera pas sur ce point.

— Il n'y a pas de fast-food au milieu des montagnes alaskaines, et la Sangsue n'aura pas de quoi te nourrir. Mange une tartine et emporte un en-cas au cas où vous passeriez la nuit là-bas.

Je n'avais pas pensé à tout ça, trop obnubilée par la présence de Hudson, Hudson, Hudson dans ma boîte crânienne. Oncle Finn fait bien de me rappeler à l'ordre : j'ai sauté le déjeuner et mon estomac crie famine.

— Merci, je souffle en l'embrassant sur la joue.

Il me tapote le dos.

— Sois prudente, d'accord ? Et laisse Jaxon parler à la Sangsue. Il la connaît mieux que personne.

J'opine, mais je ne peux pas m'empêcher de réfléchir aux conséquences de ce qu'on vient de me révéler : Jaxon a grandi avec une vampire connue pour sa cruauté.

— Viens, Grace, propose Macy. Je vais t'aider à t'habiller.

Elle m'entraîne vers la sortie. Je fais signe à Jaxon. « Trente minutes », j'articule silencieusement.

Il hoche la tête, pas ravi. Ce que je comprends : moi aussi, la présence de Hudson me terrifie. Je suis à deux doigts de craquer et Jaxon doit ressentir la même chose, sauf qu'en plus il se sent coupable, comme toujours quand je suis impliquée.

29

ON A VU PLUS SEXY QUE LE BONHOMME MICHELIN

— J'adore ton manteau, déclare Jaxon sans parvenir à retenir un sourire.

Je porte six couches pour me protéger du froid. L'une d'entre elles est rose vif et pourrait probablement être repérée à dix kilomètres à la ronde par un prédateur. Je n'ai pas eu le courage de dire non quand Macy l'a sortie de mon armoire.

— Commence pas, je grogne, tout en cherchant une contre-attaque.

Évidemment, lui est parfait, habillé de pied en cap en combinaison noire. Ça lui va bien. Vraiment bien. Contrairement à moi, il ne ressemble pas à un Teletubbies échappé du studio.

Nous sortons du lycée. Je cherche la motoneige des yeux, mais elle n'est nulle part. Je fronce les sourcils, ma bouche bien cachée derrière ma double écharpe.

— Viens, me presse Jaxon. La température va encore chuter d'au moins dix degrés, je ne veux pas que tu restes dehors plus longtemps que nécessaire.

— Mais, et la motoneige ? On ne va pas y aller à pied, tout de même ?

— La motoneige nous ralentirait.

— Comment ça ?

— On n'a pas besoin de motoneige. On va se dissoudre.

— Se dissoudre ?

Je ne comprends pas ce qu'il veut dire mais ça ne m'inquiète pas trop. Vu la situation actuelle, peu importe ce que Jaxon a prévu, ça ne peut pas être pire.

Il m'explique que la dissolution est un pouvoir de vampire qui permet d'aller très vite d'un endroit à l'autre. Eh bien, soit. Tant qu'on arrive à destination et que la Sangsue nous aide à progresser sur le cas Hudson, je veux bien y aller à la nage.

— Comment ça marche, concrètement ?

— Je te prends dans mes bras. Et tu t'accroches.

OK, c'est pas si mal. C'est même un peu romantique.

Jaxon me prend dans ses bras comme si j'étais sa jeune épouse. Une fois que je suis bien installée, il me fait un clin d'œil.

— Prête ? Accroche-toi.

J'enroule mes bras autour de son cou. Il me sourit. Et se met à courir.

Enfin, courir… On dirait plutôt qu'il disparaît d'un endroit et réapparaît à un autre, puis disparaît de nouveau. Le tout trop vite pour que je puisse avoir des repères.

C'est à la fois incroyable, terrifiant et génial. Je m'accroche à lui de toutes mes forces. J'ai peur de ce qui se passerait si je le lâchais.

Il se dissout encore et encore. Une sensation aussi étrange que délicieuse.

Après un court moment, Jaxon me dépose. J'ai les jambes en coton.

— On est arrivés ?

Il se contente d'un sourire. Je suis un peu jalouse qu'il n'ait pas à se couvrir le visage comme moi, mais ravie de pouvoir lire ses expressions.

— Non, je voulais juste te montrer la vue. Et je me disais que tu apprécierais de faire une pause.

— Une pause ? Mais on est partis il y a seulement quelques minutes…

Il se marre.

— Ça fait une heure et demie, Grace. On a parcouru plus de quatre cents kilomètres.

— Quatre cents ? Tu veux dire qu'on va à…

— Trois cents kilomètres-heure, oui. Se dissoudre, c'est plus qu'un mouvement. C'est comme voler, mais sans corps. Tous les vampires s'y entraînent dès leur plus jeune âge. J'ai toujours été doué pour ça.

Il a l'air d'un gamin, si fier de lui.

— C'est… incroyable.

Un livre que j'ai lu au collège me vient à l'esprit : *Fahrenheit 451* de Ray Bradbury. Dans ce roman, des gens conduisent des voitures à plus de deux cents kilomètres-heure sur l'autoroute. Et le gouvernement les y encourage, parce que ça les empêche de réfléchir. Tant qu'ils se concentrent sur la route, ils oublient le reste.

C'est un peu ce que je ressentais tandis que Jaxon se dissolvait. Tout a disparu, à part mon instinct de survie. Je sais que Bradbury essayait de nous prévenir des dangers de la vitesse, mais c'était si agréable…

Et Jaxon ? Est-il lui aussi incapable de réfléchir quand il se dissout, ou bien est-ce que les vampires sont habitués à faire deux choses à la fois ? Il a l'air si heureux que je préfère ne pas poser la question. Je ne voudrais pas gâcher le moment.

Nous nous retournons et je découvre un paysage à couper le souffle. Des sommets gigantesques partout, une quantité incroyable de neige. Nous sommes les seuls humains à des centaines de kilomètres à la ronde, seuls dans ce paradis blanc.

C'est fou. Autour de nous, le crépuscule répand ses lueurs violettes.

Pas encore d'aurores boréales, mais déjà quelques étoiles. Leur vision sur cet horizon infini m'aide à remettre mes problèmes en perspective. Ici, je ne suis rien qu'un grain de poussière. Est-ce que c'est ça, l'immortalité ? la puissance ? de ne pas se sentir insignifiant devant tant de grandeur ? Jaxon peut conquérir toutes ces montagnes en quelques minutes. Mais surtout, il vivra aussi longtemps qu'elles.

Je ne peux même pas m'imaginer ce que ça fait.

On reste là longtemps, suffisamment pour que j'arrive à me détendre dans les bras de Jaxon.

Puis le soleil se couche et le froid s'infiltre dans mes vêtements.

Dès que je me mets à frissonner, Jaxon s'écarte à contrecœur. Je le comprends si bien : moi aussi j'aimerais passer l'éternité ici, avec lui, dans les montagnes, en paix, sereins.

Il n'y aura pas de paix tant que Hudson sera avec nous, me rappelle une voix dans ma tête. Est-ce ma gargouille, encore ? Peut-être. Ou bien Hudson ? Non, ce serait absurde qu'il me mette en garde contre lui-même.

Voilà encore une question à élucider. Enfin, si ma vie me laisse le temps de terminer mes recherches. Ce qui me rappelle qu'il faudra que je lise les notes prises par Hudson quand je rentrerai à Katmere. L'idée me donne des frissons : qu'a-t-il cherché, exactement, dans ces livres ?

— Il faut qu'on y aille, dit Jaxon en ouvrant mon sac pour en tirer une gourde. Mais bois, d'abord. À cette altitude, la déshydratation ne pardonne pas.

— Même chez les gargouilles ?

— Même chez les gargouilles, confirme-t-il sur un ton taquin.

Je bois, mais plus parce que le regard de Jaxon m'y oblige que par véritable soif.

— Je peux avoir une barre de céréales, aussi ? je demande en lui tendant la gourde.

— Bien sûr, dit-il en farfouillant dans le sac.

— Encore combien de temps avant d'arriver ?

Jaxon me reprend dans ses bras.

— Ça dépend.

— De quoi ?

— Des ours. On risque d'en croiser.

— Des ours ? je couine. Mais ils ne sont pas en pleine hibernation ?

— Mmh, on est quand même en mars.

— Ce qui signifie ?

Il ne répond pas. Je lui flanque une tape sur l'épaule.

— Jaxon, répond !

— Ça signifie qu'on verra, chuchote-t-il avec un sourire narquois.

Et puis il se dissout, et je n'arrive plus à penser. Il n'y a plus que lui et moi en train de voler. Lui, moi, et peut-être des ours.

Je n'ai pas signé pour ça.

30

ÇA MANGE QUOI, UNE SANGSUE ?

Quand Jaxon s'arrête de nouveau, je vérifie l'heure sur mon portable : une nouvelle heure vient de s'écouler. Selon mes estimations, on a dû parcourir près de mille kilomètres.

— On y est, m'annonce Jaxon, la voix tendue.

Je cherche autour de moi la caverne de glace qu'il m'a décrite. En vain : des montagnes enneigées s'étendent à perte de vue. Cela dit, je ne suis pas une experte en grotte. Peut-être qu'elle est bien cachée ?

— Est-ce qu'il y a des choses que je dois savoir avant d'entrer ? je demande tandis qu'il me prend la main pour m'entraîner vers la montagne la plus proche.

— Tellement, soupire-t-il. Je ne sais même pas par où commencer.

Je glousse, puis ravale mon rire quand je comprends qu'il ne plaisante pas. Mon ventre se serre.

— Un petit résumé, peut-être ? Juste une introduction ?

Nous nous arrêtons devant deux énormes monceaux de neige. Il se frictionne la cuisse de sa main gantée, plus nerveux que jamais.

— Je peux essayer. Bon, ne t'approche pas. N'essaie surtout pas de lui serrer la main. Ne…

Au loin, un hurlement de loup l'interrompt. Il passe une main sur son visage.

— Ça ne va jamais marcher.

— Tu n'en sais rien, je proteste.

Il croise mon regard. Des flammes argentées dansent au fond de ses yeux, éclairant les parois d'un puits de désespoir où tourbillonnent des émotions que je ne parviens pas à identifier.

— Tu réalises que la Sangsue est un vampire, Grace ?

— Bien sûr que oui, je lui assure, sans comprendre où il veut en venir.

— Si elle n'a pas mangé depuis longtemps, reprend-il, la bouche tordue en une affreuse grimace, il y aura de la nourriture chez elle.

— De la nourriture ? Tu veux dire un humain ?

Il avale sa salive.

— Oui, un humain. Et je veux que tu saches que je ne suis pas comme elle. Je ne me nourris pas d'êtres humains et je…

— Jaxon, tout va bien.

Je comprends, maintenant : me présenter à cette femme qui l'a élevé le rend nerveux. Il a peur de ce que je penserai d'elle… et donc de lui.

L'idée qu'un gaillard aussi sûr de lui redoute mon opinion me plaît autant qu'elle m'inquiète.

— Parfois elle attire des randonneurs jusqu'ici, continue-t-il. Et parfois ce sont d'autres créatures magiques qui lui apportent des « cadeaux » en échange de services.

Il plonge son regard dans le mien.

— Mais pas moi. Jamais.

— Quoi qu'on trouve à l'intérieur, ça ne changera pas l'opinion que j'ai de toi, je souffle en entourant sa taille de mes bras. Je te le promets.

Il me serre contre lui.

— Tant mieux. Parce qu'elle est née il y a plus de dix mille ans. Elle ne risque pas de changer ses habitudes maintenant.

Il me lâche, recule d'un pas.

— Bon, c'est moi qui parle. Réponds si elle te pose une question, évidemment, mais à part ça, laisse-moi faire. Elle n'aime pas trop les inconnus. Et surtout, surtout, ne la touche pas.

Ses avertissements sont de plus en plus bizarres.

— Pourquoi est-ce que j'essaierais de la toucher ?

— Garde tes distances, c'est tout ce que je dis. Elle est un peu… asociale.

— Pas très surprenant, vu qu'elle a décidé de s'installer dans le coin le plus reculé d'Alaska.

— Tout le monde n'a pas le luxe de choisir où vivre, réplique-t-il sur la défensive.

C'est étrange comme remarque, mais il n'a pas l'air de vouloir donner de détails. Je n'insiste pas.

— Autre chose ?

— Rien que je puisse t'expliquer rapidement. Et ça se refroidit. Viens, entrons avant que tu ne gèles sur place.

C'est vrai que je claque des dents. Je suis Jaxon sans discuter.

J'avais beau me croire prête à tout, ce qui se passe ensuite me sidère : d'un geste de la main, il fait léviter plusieurs tonnes de neige, révélant l'entrée d'une grotte dans le flanc de la montagne.

Il envoie valdinguer la neige derrière nous puis effectue une série de gestes compliqués. Ses doigts bougent si vite qu'ils paraissent flous, mais je n'ose pas poser de questions pour ne pas le déconcentrer.

— J'ai neutralisé les sorts de protection, explique-t-il en m'entraînant à l'intérieur.

— Ceux qui servent à éloigner les promeneurs qui s'aventureraient jusqu'ici ?

— Non. Ceux qui servent à éloigner mon père.

Jaxon serre la mâchoire. Il n'en dira pas plus à ce sujet.

De toute façon, il me faut toute ma concentration pour ne pas glisser sur le chemin de roche gelé. Jaxon ne lâche pas ma main : il me rattrape chaque fois que je perds l'équilibre.

Dans son autre main, il a allumé la lampe de son téléphone pour illuminer notre trajet. Nous devons nous arrêter plusieurs fois, le temps que je me repère, ce qui m'arrange bien : ça me permet d'admirer l'endroit. Cette caverne est sublime. Partout où je regarde se trouvent de magnifiques formations de pierre ou de glace. Sculptées par des années d'érosion, elles semblent suffisamment acérées pour tuer quelqu'un.

Nous arrivons à un carrefour. Jaxon m'entraîne à droite.

Une autre fourche. Jaxon prend à gauche, cette fois. Nous traversons d'autres sorts de protection que Jaxon défait, puis le chemin devient plus plat. Enfin, nous débouchons dans une immense caverne éclairée par tant de lanternes que leur lueur m'éblouit.

— Où sommes-nous ? je demande, soufflée par la magnificence de l'endroit.

Cette caverne haute et pleine de stalactites est une merveille de la nature.

J'ai l'impression de rêver… Enfin, jusqu'à ce que j'aperçoive les chaînes et menottes suspendues dans un coin du plafond, juste au-dessus de quelques seaux pleins de sang. Tout de suite, ça enlève un peu au charme de l'endroit.

Surprenant mon regard horrifié, Jaxon avance d'un pas pour bloquer ma ligne de vue. Je ne proteste pas : j'en ai suffisamment aperçu pour hanter mes cauchemars pendant un long moment.

Sans commentaire, il m'entraîne vers une grande arche.

— Prête ?

Je hoche la tête. Que voulez-vous que je fasse d'autre ? Jaxon pose un bras ferme sur mes épaules, et nous pénétrons dans l'antre de la Sangsue.

31

TOUS PRÊTS POUR L'ÈRE GLACIAIRE !

Je ne sais pas ce que je m'attendais à trouver au fin fond de cette caverne glacée. Pas la salle de séjour proprette dans laquelle on vient de débarquer, en tout cas.

C'est une très belle pièce aux murs couverts de cristaux de glace et de pierres semi-précieuses… et d'un tableau expressionniste représentant un champ de coquelicots en touches rouges, bleues, vertes et dorées.

Cette peinture me fascine autant que le Klimt que j'ai découvert à Katmere. Parce qu'elle est sublime, bien sûr, mais aussi parce que… Oui : plus je m'approche, plus je suis convaincue qu'il s'agit d'un original de Monet.

Quand on a vécu pendant des millénaires, ça ne doit pas être trop compliqué de mettre la main sur un chef-d'œuvre pareil, j'imagine ? Peut-être se l'est-elle procuré avant que Monet ne devienne célèbre ?

Le reste de la pièce ressemble à un salon. Un salon très luxueux, certes, mais un salon ordinaire. Une gigantesque cheminée en pierre occupe l'un des murs. Les autres sont recouverts de rayonnages regorgeant de livres aux reliures colorées. Au sol s'étend un tapis aussi bariolé et vaste qu'un champ de fleurs. Dessus, deux fauteuils du même rouge que les coquelicots de Monet font face à un sofa jaune d'or. Une table basse en verre les sépare.

Une dame est blottie sur le sofa. Avec ses boucles grises et ses lunettes de lecture, elle a l'air d'une charmante grand-mère. Elle a couvert ses épaules d'un caftan bleu qui contraste joliment avec sa peau hâlée.

À notre approche, elle referme le livre qu'elle était en train de lire et le pose sur la table basse.

— Quatre visites en quatre mois ! s'exclame-t-elle avec un sourire. Tu me gâtes, Jaxon.

Sa voix, douce et calme, lui ressemble. J'ai l'impression qu'on s'est fichu de moi. C'est *elle*, la vampire la plus dangereuse du monde ? C'est *elle* que Jaxon appelle la Sangsue ? Elle ressemble plus à une gentille mamie qui passe son temps à tricoter des écharpes pour ses petits-enfants qu'à un monstre qui vide ses victimes de leur sang avant de les dévorer.

Cependant, lorsque Jaxon s'avance vers elle, c'est avec la nuque courbée. Je ne l'ai jamais vu se comporter avec autant de déférence.

— Gâtée, toi ? souffle-t-il en s'arrêtant à une distance respectueuse.

Il s'est délibérément placé entre elle et moi pour lui boucher la vue.

— Tu as repeint ? J'aime bien les nouvelles couleurs.

— J'avais envie de changement. C'est le printemps, après tout, répond-elle avec un sourire rusé. Tout change au printemps, à part les vieux vampires comme moi.

— Tu es vénérable, mais tu n'es pas vieille, réplique Jaxon d'un ton sincère.

Il a beau ne pas lui faire confiance, il l'admire, ça s'entend dans sa voix.

— Tu as toujours été si charmant…

Elle se lève et croise pour la première fois mon regard.

— N'est-ce pas, Grace ?

J'opine mais garde le silence, comme Jaxon me l'a demandé.

Malgré son apparence inoffensive, ses yeux verts luisent d'une perspicacité agrémentée d'un soupçon de convoitise tandis qu'elle me détaille. Pour compléter le tableau, ses canines brillent à la lueur du feu. Le tout me donne l'impression d'être un moucheron pris dans la toile d'une araignée.

— Tu m'as amené ta promise, dit-elle en haussant un sourcil, la voix pleine de sous-entendus.

— Oui.

— Eh bien, laisse-moi la regarder, pour la peine.

Et elle s'avance, posant une main sur le bras de Jaxon pour le forcer à faire un pas de côté.

Il ne bouge pas, ce qui la fait rire. Un rire étincelant qui rebondit sur les parois glacées du salon.

— Je te reconnais bien là. Toujours protecteur. Mais dans ce cas-ci, je te promets que tu peux te détendre. Je ne lui ferai pas de mal.

À nouveau, elle tente de le pousser de côté. À nouveau, il lui résiste.

Cette fois, elle semble s'en agacer et le regard qu'elle lui lance me fait frissonner. J'essaie de contenir ma peur, convaincue qu'elle est capable de la sentir. Quand elle se tourne vers moi, je ne détourne pas les yeux.

Ça lui plaît autant que l'entêtement de Jaxon l'irrite. Alors je m'avance en souriant.

— Je m'appelle Grace.

L'avertissement de Jaxon résonne encore à mes oreilles, et je décide donc de ne pas tendre la main. Je me contente d'ajouter :

— Enchantée de vous rencontrer.

Malgré le feulement d'avertissement que pousse Jaxon, elle me sourit, ravie.

— Enchantée également, Grace. Je suis heureuse que tout se soit… arrangé pour toi.

Surprise, je consulte Jaxon du regard. Sans se détourner de la femme qui l'a élevé, il répond à ma question muette :

— Elle sait que tu es une gargouille. Je suis venu la voir deux fois pendant que tu étais prise dans la pierre.

— Il s'est démené pour trouver un moyen de te libérer, renchérit la Sangsue. Malheureusement, je ne m'y connais pas beaucoup en gargouilles. Même si j'ai essayé de les étudier, il y a longtemps… Sans succès.

Je savais déjà qu'il a remué ciel et terre pendant ces quatre mois, pourtant ça me réchauffe le cœur d'entendre cette femme qu'il respecte tant le confirmer.

— Merci d'avoir essayé de m'aider en tout cas.

— Je n'ai pas pu faire grand-chose, malheureusement. Au grand dam de ton promis. Je lui ai proposé de t'amener ici, mais… Je suis contente de te rencontrer enfin.

Elle recule de quelques pas et, d'un geste, nous invite à nous asseoir dans les fauteuils rouges. Elle prend place en face, dans le sofa.

— Évidemment que je comptais te présenter Grace, déclare Jaxon.

À ces mots, l'expression de notre interlocutrice se radoucit. Quoi qu'elle ait pu faire de terrible dans sa vie, elle ressent une affection sincère pour Jaxon, et ça me rassure. Jamais elle ne lui ferait de mal.

Elle se penche pour poser sa main sur la sienne.

— Je sais.

À son tour, Jaxon se détend. Il aime cette femme, ça se voit. Il l'aime, mais il refuse de lui faire confiance.

Quelle étrange relation ! Je ne peux pas m'empêcher d'être un peu désolée pour eux. Et curieuse. Moi, j'ai toujours eu une confiance aveugle en mes parents. Enfin, avant leur mort. Et même après tout ce que j'ai découvert – que mon père était un sorcier, que ma mère et lui savaient probablement que j'étais une gargouille –, même en sachant désormais tout ce qu'ils m'ont caché, je reste persuadée qu'ils ne m'auraient jamais fait de mal.

La mère de Jaxon, au contraire, l'a blessé si fort qu'il en porte encore la marque. Son frère a tenté de le tuer. Et cette femme, sa tutrice, dont l'affection pour lui est pourtant évidente, le rend si nerveux qu'il semble sur le point d'exploser.

Le silence s'éternise jusqu'à ce que Jaxon annonce :

— Je m'excuse de te demander ça dès votre première rencontre, mais nous avons besoin de ton aide.

— Je sais, répond-elle en nous dévisageant à tour de rôle. Et je ferai mon possible. Mais je dois vous prévenir : tout ce qu'on peut tenter est extrêmement risqué.

32

LA RÉALITÉ DE CERTAINS EST LA FOLIE DES AUTRES

Je croise le regard de Jaxon, en proie à la panique. Il me caresse le dos de la main pour m'apaiser, puis se tourne vers la Sangsue pour lui raconter nos mésaventures. Quand il a fini, la femme m'observe en silence pendant de longues secondes, puis me propose d'aller faire un tour avec elle.

À nouveau, je consulte Jaxon du regard – pas pour avoir sa permission, juste pour être sûre que je ne prends pas le risque de finir dans un recoin sombre vidée de mon sang. Il hoche la tête avec réticence.

Ça non plus, ce n'est pas rassurant, mais je vais devoir m'en contenter.

La Sangsue sourit quand je me lève et me fait signe d'approcher.

— Ne t'en fais pas, Grace, nous n'irons pas loin. Je réfléchis mieux quand je marche.

La vampire millénaire me guide sous une autre voûte, vers une pièce sombre. À l'instant où nous entrons, tout autour de nous s'illumine. Le soleil brille, il y a du sable scintillant sous mes bottes de neige. Au loin, je peux voir et entendre l'océan gronder.

— Comment avez-vous…

Je m'arrête pour fixer la couleur familière de l'océan Pacifique. Ce n'est pas n'importe quel rivage. C'est Jodal Cove, la petite baie d'où je viens. Je la reconnais aux creux remplis d'eau que la marée a laissés derrière elle en se retirant. Le rythme du ressac m'est aussi familier que celui de ma propre respiration.

— Comment… ? je demande en clignant des yeux pour masquer mes larmes.

Cette illusion est un cadeau inestimable. Hors de question de pleurer : ça m'en brouillerait la vue.

— Comment avez-vous su ?

Elle hausse les épaules.

— J'en sais beaucoup sur toi. Et je suis capable de bien des merveilles. Viens, allons marcher au bord de l'eau.

— D'accord.

J'ai beau savoir que cet océan n'est qu'une illusion, il me paraît réel. Pendant quelques minutes, nous marchons en silence sur la plage.

— Si tu veux récupérer ton corps et ton esprit, ma chère…

Elle laisse sa phrase en suspens et contemple l'océan pendant une petite éternité. Quand elle se tourne enfin vers moi, des lueurs vert électrique tournoient dans ses yeux.

— Tu vas devoir offrir quelque chose en échange. Et c'est probablement un sacrifice que tu n'es pas prête à faire.

Je ravale ma salive.

— Comment ça ?

Elle me tapote la main.

— Tu apprendras ça un jour prochain. Pour l'instant, si tu allais profiter de l'eau ? Elle est très bonne.

Je baisse les yeux : il suffirait que je fasse un pas de côté pour que les vaguelettes me lèchent les pieds.

— L'eau ? Mais elle n'est pas réelle…

— Réelle ? La réalité dépend de chacun. Allez, touche-la donc.

Je me penche pour y tremper mes doigts et pousse une exclamation de surprise en sentant l'onde les lécher.

— Mais comment est-ce possible ?

Malgré moi, la sensation me touche en plein cœur. Tous ces moments passés à la plage avec Heather ou mes parents ne reviennent en mémoire.

— Une bonne illusion peut tromper pendant un moment, m'explique la Sangsue. Mais une *vraie* illusion rend toute distinction avec le réel impossible.

Elle agite une main et, en un instant, nous nous retrouvons au milieu du désert. Il n'y a plus que du sable là où se trouvait l'océan.

J'ai envie de protester, de la supplier de me restituer la plage… De me ramener à mon endroit préféré au monde. Mais je me retiens. À la place, je plonge ma main dans le sable, pour voir.

Je parviens à en ramasser une poignée. Quand j'écarte les doigts, il s'écoule dans les airs. Quelques grains restent collés à ma peau humide. Je frotte ma paume contre mon pantalon de ski pour m'en débarrasser.

— Je n'y comprends rien.

— Tu ne comprends pas ce que tu vois parce que tu n'y crois pas.

— Comment voulez-vous que j'y croie ? Ce n'est pas *réel.*

— C'est réel si tu décides que ça l'est, Grace.

Avec un autre signe de la main, elle déclenche une tempête de sable. Des grains s'abattent sur mon visage, si fort et si dru que j'ai du mal à respirer.

— Ça suffit, je siffle entre deux quintes de toux.

— Ça suffit ? répète-t-elle d'une voix aussi froide que les montagnes où elle a décidé de vivre. Vraiment ? As-tu compris ce que j'essaie de t'expliquer ?

Non. Absolument pas. Mais j'ai peur de me retrouver enfouie sous des tonnes de sable si je le lui avoue, alors je hoche la tête.

Son regard soutient le mien, et dans ses yeux verts je perçois une note pressante, l'envie de changer ma perception du monde. De me faire reconnaître qu'il y a des phénomènes auxquels on doit croire avant de pouvoir les comprendre.

En d'autres termes, il faut que j'aie la foi. Après tout ce qui m'est arrivé, je ne sais pas si j'en suis capable. D'un autre côté… Soit j'y crois, soit je laisse la tempête m'emporter. Et je ne parle pas des bourrasques de sable qui tournoient autour de nous, mais bien de Hudson et de sa sombre influence.

Non. Je n'ai pas le choix. Alors je ferme les yeux et me force à m'ouvrir à ce que me dit la Sangsue. Je laisse ses paroles tourbillonner et s'installer en moi. Former une nouvelle réalité.

À cet instant, l'illusion qui nous entoure disparaît, remplacée par quelque chose de plus réel. J'ai l'impression d'arriver à bon port après un long voyage.

Une voix résonne dans ma tête, et ce n'est pas celle à laquelle je suis habituée, que j'assimile à ma gargouille. Non, cette voix-ci est basse et narquoise, ainsi que très, très familière.

— *Eh bien, il était temps.*

— Non. Oh non, oh non ! je m'exclame, paniquée. Est-ce que vous l'avez entendu ? Par pitié, dites-moi que vous l'avez entendu.

— Tout va bien, Grace, répond la Sangsue.

Et le monde autour de moi vire au noir.

33

CE N'EST PAS MOI QUI ME JETTE À L'EAU. C'EST L'EAU QUI SE JETTE SUR MOI

Ça ne va pas. Du tout.

C'est la première pensée qui me vient en rouvrant les yeux. J'ai mal à la tête. Et je crois que je vais vomir.

Je suis couchée sur un lit dans une chambre faiblement éclairée. Ce qui n'a aucun sens : mon dernier souvenir, c'est ma conversation avec la Sangsue dans sa grotte. Quelqu'un d'autre venait de parler dans ma tête. Avec un accent britannique.

Hudson. J'ouvre les yeux et me relève d'un coup. Grosse erreur : la salle se met à tourner autour de moi. Submergée par la nausée, je me force à respirer et à parer au plus urgent. Hudson. Qu'a-t-il fait, cette fois ?

A-t-il repris le contrôle de mon corps ?

Fait du mal à Jaxon et à la Sangsue ? Est-ce pour ça qu'ils ont disparu ?

A-t-il utilisé *mon corps* pour les attaquer ? Ai-je agressé mon propre petit ami ?

Je baisse les yeux à la recherche d'éventuelles traces de sang sur mes mains. Après mon réveil d'hier, je risque d'avoir ce réflexe chaque matin qu'il me reste à vivre.

Du fond du cœur, Hudson, merci pour ce nouveau traumatisme.

— *Désolé, je ne pensais pas qu'il saignerait autant. C'était juste une petite morsure. Et il la méritait.*

Oh non. Ce n'était pas seulement mon imagination. Zut. Je ferme les yeux et me recouche dans l'espoir fou de me rendormir. Peut-être que tout ça n'est qu'un rêve ?

— Arrête de me parler, j'ordonne à tout hasard.

— Maintenant que tu peux enfin m'entendre ? Pas question. T'as pas idée de l'ennui que c'est d'être coincé ici à t'écouter te pâmer devant mon idiot de petit frère. Franchement, ça me rend malade.

— T'as qu'à dégager, alors.

— Qu'est-ce que tu penses que j'essaie de faire ? réplique Hudson d'un ton exaspéré. Et ça ne t'a pas plu du tout, alors que c'était ton idée ! T'es un peu soupe au lait, Grace, sans vouloir te vexer.

Qu'est-ce qui m'arrive ? Qu'il prenne possession de mon corps, c'était déjà horrible, mais cette voix désincarnée qui résonne dans ma tête ? La voix d'un psychopathe à l'accent britannique ? C'est pire que tout.

— Hé, mais tu vas me vexer ! Je ne suis pas désincarné. Pas tout à fait, en tout cas.

— Je remarque que tu ne nies pas être un psychopathe.

— Parce que je sais reconnaître une cause perdue. Tu devrais apprendre, toi aussi, ça t'éviterait de te retrouver à l'infirmerie tous les deux jours.

Il n'a pas tout à fait tort, ce qui le rend d'autant plus agaçant.

— Cette conversation ne mène nulle part, je grogne.

— Grace, dit-il doucement. Ouvre les yeux.

Je ne veux pas. Je ne sais même pas pourquoi, mais je ne veux pas.

Pourtant, je ne parviens pas à m'en empêcher. C'est un genre de pulsion, comme la fois où je me suis cassé une dent au collège et que je ne pouvais pas me retenir d'y passer ma langue, même si ça faisait mal.

— OK, donc je suis un mal de dent, maintenant ? proteste Hudson. Merci bien.

— Si t'étais un mal de dent, j'irais te faire disparaître chez le dentiste. Sans anesthésie, même.

— T'es franchement méchante. Est-ce que j'ai le droit de te dire que ça me plaît ? Ou est-ce que tu vas me prendre pour un maso ?

Sérieusement ? Je peux m'habituer à cette voix dans ma tête, je peux même m'habituer à l'idée que ce soit Hudson qui me parle. Mais s'il flirte avec moi… Non, ça me donne envie de vomir.

Rien que pour le faire taire quelques secondes, je cède et ouvre les yeux.

Une décision que je regrette immédiatement. Parce que, bon Dieu, il est juste là, appuyé contre un mur, ses longues jambes croisées aux chevilles, arborant un odieux sourire. Son visage est si beau qu'il en devient horrible. Il a les mêmes pommettes hautes et le même menton décidé que Jaxon, mais la ressemblance s'arrête là. Les yeux de Jaxon sont du même noir qu'une nuit sans étoiles ; ceux de son frère évoquent le bleu d'un ciel infini. Ses sourcils épais sont de la même teinte brun-doré que ses cheveux courts. Les yeux plissés, il observe ma réaction.

Jaxon a beau exsuder la puissance par tous ses pores, Hudson m'effraie encore plus. Si Jaxon est une épée, son frère, ce garçon qui me jauge pour repérer la moindre de mes faiblesses, est un scalpel de chirurgien. Il sait où frapper pour causer le plus de souffrance… et il attaque en silence.

J'en frissonne d'effroi.

Sans rire, s'il se retournait maintenant, je ne serais pas surprise de voir qu'il y a écrit « Grand Méchant » au dos de son tee-shirt. Il a la tête de l'emploi. Il *est* le mal.

J'en suis à ce point de mes réflexions quand je remarque son pantalon de toile noir. Du Gucci. Évidemment. Le diable s'habille en Gucci.

— C'est un Versace, s'indigne-t-il.

— On s'en fiche. Depuis quand t'es là ?

— Depuis ton réveil… Où veux-tu que je sois ? Je ne sais pas si tu es au courant, mais on est spirituellement liés, toi et moi.

— J'ai remarqué, merci.

— Alors pourquoi poser cette question idiote ?

— J'arrêterai de poser des questions idiotes quand tu cesseras de prendre contrôle de mon corps pour tuer des gens.

— Je t'ai déjà dit que je voulais juste le mordre, pas le tuer, réplique-t-il en haussant un sourcil parfait. Mais tu as du répondant, ma parole ! Je me demande si Jaxon est capable de suivre.

— Ça ne te regarde pas, ce dont Jaxon est capable.

— Je vais prendre ça pour un non.

Plutôt que de l'enlaidir, son sourire rend son visage encore plus attrayant.

— Oh, s'attendrit-il, tu trouves que j'ai un visage attrayant ?

Il me présente son meilleur profil.

— Qu'est-ce que tu préfères chez moi ? Mes pommettes hautes ou mon menton volontaire ?

— T'étais pas censé entendre tout ça !

— Je suis dans ta tête, Grace. J'entends tout, que tu le veuilles ou non.

— Tu n'es pas dans ma tête. Je te vois juste là, et je vois tes lèvres bouger. Mais attends, tu entends *tout* ?

Il lève un doigt.

— Premièrement, il n'y a que toi qui peux me voir. C'est ton esprit qui projette mon image. Et deuxièmement…

Avec un gigantesque sourire, il lève un second doigt.

— Deuxièmement, oui : j'entends tout.

Je baisse la tête pour lui cacher mes joues cramoisies.

— Je ne sais pas quoi dire…

Hudson me fait un clin d'œil.

— T'en fais pas, va. J'ai l'habitude de laisser les filles sans voix.

— Tu vas vraiment continuer comme ça ?

— Continuer comme quoi ? demande-t-il innocemment.

— Continuer à commenter la moindre de mes pensées, même quand ce n'est pas à toi que je m'adresse ?

Il se marre.

— Vois ça comme un encouragement.

Je me laisse tomber sur le lit, défaite.

— Un encouragement à quoi ?

Il fait mine d'examiner ses ongles.

— Je ne sais pas… À me sortir de ta tête, peut-être ?

— Crois-moi, je n'ai pas besoin que tu m'y encourages. Je ne rêve que de ça.

Je me prépare à recevoir une réplique sarcastique en pleine poire, mais rien ne vient. Plutôt que de répondre, il fait apparaître une balle au creux de sa main et se met à la lancer et à la rattraper d'un même geste.

Encore et encore. Et encore. Au début, je suis ravie de ce silence. Enfin, du calme ! Et puis ça dure, et plus ça dure, plus ça m'inquiète. En fait, c'est bien pire d'ignorer ce que

Hudson pense que de l'entendre parler en continu. Je me demande s'il est occupé à imaginer un moyen pour me tuer. En tout cas, c'est ce que moi je suis en train de faire à son sujet.

Cette pensée capte son attention.

— Tu vois que t'es méchante ? dit-il d'un ton égal.

Et il relance la balle en l'air.

— Je préfère être méchante qu'être un salopard.

— Tout le monde se conduit parfois comme un salopard, répond-il avec une sincérité qui me surprend. La seule différence, c'est que certains sont suffisamment honnêtes pour ne pas se le cacher. C'est de ceux qui dissimulent leurs saloperies qu'il faut se méfier.

— On dirait un avertissement...

— C'en est un. Tu n'es plus une simple petite humaine. Tu es une gargouille. Et tu peux me croire sur parole : il ne faut plus faire confiance à personne. Le monde entier en a après les gargouilles.

— Toi compris ?

— Moi compris, opine-t-il d'un ton las. Mais je suis loin d'être le seul.

Je ne sais pas quoi répondre à ça. Est-ce qu'il cherche à me déstabiliser ? Ou est-ce qu'il dit vrai ? Avant que je ne puisse y réfléchir, il s'écarte du mur. Plutôt que de s'avancer vers moi, il recule et se fond dans l'ombre.

— Quand on parle du loup, chuchote-t-il dans mon cerveau.

— Quoi ? Qu'est-ce que tu veux dire ?

Il secoue la tête sans répondre.

La balle qu'il a lancée en l'air n'a jamais atterri.

34

CETTE GROTTE EST TROP PETITE POUR NOUS DEUX

— Grace, tu es réveillée ?

La voix de la Sangsue me semble venir de très loin.

— Oui ! je réponds. Pardon, c'est Hudson…

— Hudson ? Comment ça, Hudson ? me demande-t-elle en se penchant vers moi.

C'est là que je remarque enfin ce que me cachait l'ombre : des barreaux. Des barreaux de prison. Pire encore : c'est moi qui suis enfermée.

Je me redresse d'un coup et fouille la pénombre du regard jusqu'à trouver Jaxon.

— Qu'est-ce qui se passe ? je lui demande. Pourquoi est-ce que je suis en cage ?

— Tout va bien, souffle-t-il d'une voix apaisante.

— Hein ? Vous n'avez pas le droit de m'enfermer. Sors-moi de là !

J'ai le réflexe de m'accrocher aux barreaux, mais je me retiens au dernier moment : le métal est légèrement luminescent, et ça ne me dit rien qui vaille…

— On ne peut pas te libérer. Pas tout de suite.

— Et pourquoi ça ?

Je commence à me demander s'il n'y avait pas une part de vérité dans l'avertissement de Hudson, moi qui pensais qu'il voulait juste me faire marcher.

— J'adore te faire marcher, Grace, intervient Hudson, dissimulé dans l'ombre, mais je n'ai pas pour habitude d'inquiéter les gens sans raison.

— Arrête de me parler ! je hurle. Tu vois bien que ça ne cause que des problèmes !

Jaxon et la Sangsue échangent un regard surpris.

— À qui tu parles ? demande Jaxon.

— Ils ne peuvent pas m'entendre, me rappelle Hudson.

Je serre les dents.

— Tout va bien, réitère la Sangsue. Je sais que Hudson est là, avec toi. Et c'est moi qui t'ai endormie. Quand je me suis rendu compte de l'emprise qu'il a sur toi, j'ai voulu te préserver.

Comment peut-elle être au courant de tout ? D'un autre côté, quand on a vécu aussi longtemps qu'elle, c'est peut-être normal d'être omnisciente ?

— Oh ! là, là ! soupire Hudson en émergeant de sa cachette pour faire les cent pas près de mon lit. À l'entendre, je suis le gourou d'une secte. Je ne t'ai jamais forcée à quoi que ce soit, pourtant.

Je me tourne vers lui, choquée.

— Tu veux dire, à part voler l'athamé et tenter d'assassiner Cole ? Et les trous de mémoire à répétition, on en parle ?

— Cole le méritait. Et on ne voulait pas l'*assassiner*.

Derrière les barreaux, la Sangsue attrape Jaxon par le bras pour lui parler à l'oreille. Super. Encore des messes basses.

J'en profite pour siffler en direction de Hudson :

— Ouais, t'as raison. *On* n'a rien fait. *Je* n'ai rien fait. C'est *toi* qui es responsable de tout.

Il s'appuie contre le mur glacé.

— Oui, bon, ce sont des détails. Concentre-toi plutôt sur la Sangsue. Tu ne peux pas lui faire confiance. Je t'avais prévenue.

Je manque de m'étouffer d'indignation.

— Tu m'as prévenue *après* qu'elle m'a mise en cage ! Et en plus, c'est à cause de toi qu'elle m'a enfermée ! Tout est ta faute !

Il agite la main, exaspéré.

— Ça va, je connais la chanson…

— Quelle chanson ?

— Des gens bien plus puissants que toi se sont déjà mis en quatre pour absoudre mon petit frère de toutes ses fautes. Je ne devrais pas être surpris que tu sois tombée dans le panneau, toi aussi.

— Je n'essaie pas d'absoudre Jaxon, je chuchote furieusement. Je veux juste sortir de cette foutue cage ! Et d'abord, comment t'as fait pour revenir d'entre les morts sans ton corps et t'installer dans mon esprit ?

Il secoue la tête et jette un œil à Jaxon, toujours en pleine conversation avec sa tutrice.

— Non, je suis revenu avec un corps. Je me rappelle bien, même si j'ai oublié d'autres trucs. Mon dernier souvenir, c'est que mon frère a essayé de me tuer. Alors je me suis dissous vers lui pour sauver ma peau. Et je crois que, quand tu t'es changée en pierre, tu as pris mon corps encore dissous avec toi.

Il ouvre grand les bras, comme si ça expliquait tout.

— Et voilà.

Même si je répugne à l'admettre, je crois que ce n'est pas loin de la vérité. C'est crédible, en tout cas. Je n'ai pas pu me changer sciemment en gargouille : je ne savais même pas que j'en étais capable ! Et s'il s'est dissous en moi au moment de ma métamorphose, alors… ça a dû perturber ma transformation. Ou sa dissolution. Dans tous les cas, c'est peut-être ma faute, s'il est coincé dans ma tête.

Ce n'est pas du tout ce que je voulais entendre.

Je me tourne vers la Sangsue.

— Qu'est-ce que je dois faire pour que vous me laissiez sortir d'ici ?

La Sangsue et Jaxon reviennent devant les barreaux de ma cage. Jaxon a l'air très inquiet. J'ai envie de le serrer contre moi, de lui chuchoter de ne pas s'en faire, que tout ira bien.

— Il t'a enfermée et toi tu veux le rassurer, grommelle Hudson. On en revient à ce que je disais tout à l'heure.

— Je vais t'apprendre à ériger un mur entre Hudson et toi, me répond enfin la Sangsue. Il faut que tu saches comment le bloquer, Grace. Tu ne peux pas lui faire confiance.

— Je sais bien.

— Vraiment ? Parce que je ne pense pas que tu puisses comprendre sans l'avoir connu. Sans l'avoir vu agir de près. Tu ne me croiras peut-être pas, mais à force de le côtoyer, tu risques d'éprouver de la sympathie pour lui.

— Non, jamais je…

— Oh si. Tu verras. Tu ne peux pas le laisser gagner ta confiance. Tu dois rester sur tes gardes à tout moment. Il n'y a pas plus dangereux que Hudson Vega ! Personne d'autre n'est capable de ce dont il est capable. Il te dira tout ce que tu veux entendre, tout ce que tu as besoin d'entendre, il te mentira, et quand tu baisseras la garde, il te tuera. Ou pire, il tuera tous ceux qui te sont chers, juste parce qu'il en est capable.

Hudson cesse soudain de faire les cent pas pour observer ma réaction. Son visage est de marbre ; seuls ses yeux paraissent vivants, emplis d'une tempête bleue qui m'atteint en plein cœur.

— Ça n'arrivera pas, je vous le promets, j'assure à la Sangsue, cachant mon trouble. Comment est-ce que je peux le bloquer ?

— Je vais te montrer, si tu veux bien.

— Bien sûr que je veux bien ! C'est pour ça qu'on est venus, non ? Pour que vous m'appreniez à me débarrasser de lui ! Ce que je ne comprends pas, c'est pourquoi vous m'avez enfermée. (Je me tourne vers Jaxon.) Et pourquoi tu l'as laissée faire.

— Je n'ai pas…

— Il n'avait pas le choix, le coupe-t-elle. Et toi non plus. C'était déjà très dangereux que Hudson puisse contrôler ton corps, mais maintenant qu'il te parle, il faut absolument qu'on trouve un moyen de mettre des barrières entre lui et toi avant qu'il ne soit trop tard. La cage, c'est pour l'enfermer lui, pas toi.

Je ne peux pas m'empêcher de noter que la cage les protège *eux* de Hudson, mais pas moi. Enfin, j'ai d'autres questions plus urgentes :

— Comment ça, trop tard ?

— Plus on attend, plus il y a de chances que la prochaine fois qu'il prend le contrôle… (Elle s'arrête, lance un regard à Jaxon avant de revenir à moi.) La prochaine fois, tu risques de ne pas en revenir.

Son avertissement me fait l'effet d'une gifle.

— Non, je chuchote, la gorge serrée d'horreur. Non, c'est impossible…

— Bien sûr que non ! s'écrie Hudson. Tu penses vraiment que je choisirais de passer le reste de ma vie dans le corps d'une midinette fan de Jaxon Vega ?

— Si, c'est possible, insiste la Sangsue. Et plus on attend, plus tu auras du mal à le chasser, surtout s'il décide de rester.

Hudson passe une main dans ses mèches soyeuses.

— Crois-moi, Grace, ça ne sera pas un problème. Je souhaite autant que toi mettre un terme à cette situation.

— Qu'est-ce qui se passera s'il décide de rester ?

La Sangsue me jauge pendant quelques secondes, comme pour déterminer si je suis capable d'encaisser la réponse.

— D'abord, il te contrôlera de plus en plus souvent, et de plus en plus longtemps. Et quand il te laissera émerger, il te faudra de plus en plus de temps pour te souvenir de qui tu es et reprendre le cours de ta vie… Jusqu'à ce que ça te paraisse plus facile de le laisser faire. Alors, un jour, tu t'abandonneras complètement à lui.

— Je ne te ferais jamais ça ! proteste Hudson, l'air aussi paniqué que moi à cette idée. Il faut que tu me fasses confiance ! Ne construis pas le mur. Ne la laisse pas m'enfermer !

Je me tourne pour le regarder dans les yeux. Il se fige et nous nous dévisageons un long moment. À quoi songe-t-il ? Je n'en sais rien, alors que lui entend la moindre de mes pensées.

J'aimerais pouvoir te faire confiance, mais c'est impossible. Tu le sais.

Il s'adosse au mur.

— Je sais.

Je crois qu'il a parlé dans ma tête, parce que je n'ai pas vu ses lèvres bouger.

— Ne l'écoute pas, me presse Jaxon. Il ne fait que mentir. Tu ne peux pas lui faire confiance. Tu ne peux pas !

Il s'arrête d'un coup, les mains serrées sur sa poitrine.

— Grace, arrête-le ! m'ordonne la Sangsue.

— Arrêter qui ?

Jaxon trébuche, tombe à genoux.

— Tu lui fais mal ! Tu es en train de le tuer ! me répond-elle d'une voix rauque.

C'est là que je prends conscience que j'ai le bras tendu vers Jaxon, et le corps traversé d'une puissance inouïe. Avec un cri, je baisse la main, mais Jaxon se tient toujours la poitrine, son visage tordu en un masque de douleur.

— Arrête ! je crie à Hudson.

Il ne réagit pas.

— Arrête, je t'en supplie. Ne lui fais pas de mal. Ne me force pas à lui faire du mal !

D'un coup, le flot de puissance qui me traversait se tarit.

— Jaxon, je chuchote alors qu'il laisse retomber ses bras. Ça va ?

— Tu es lâche, crache-t-il avec une expression si pleine de dédain qu'elle me fait mal.

Mais je comprends que c'est à Hudson qu'il s'adresse, pas à moi.

— Tu l'utilises, alors qu'elle n'a même pas encore appris à contrôler ses pouvoirs. Tu la forces à faire ton sale boulot ! C'est pathétique.

— Va te faire foutre ! crie Hudson. Tu ne connais pas ma vie. Tu ne sais rien de moi !

Il me paraît différent du garçon auquel je parlais jusque-là. Quand il crie comme ça, je parviens à croire que c'est bien lui qui a commis les atrocités dont Jaxon m'a parlé.

Je ne répète pas ce qu'il a dit à Jaxon. Après ce qu'il m'a fait subir, hors de question de reconnaître encore sa présence.

— Comment a-t-il pu traverser la cage ? demande Jaxon à la Sangsue. Je pensais que vous aviez enfermé Grace pour le neutraliser.

— Je ne suis pas sûre mais je pense que c'est par le biais du lien de promesse entre vous. Même la magie qui anime ces barreaux ne peut le couper entièrement.

— Et le mur que vous allez m'apprendre à ériger, ça l'arrêtera ? je gémis. Ça protégera Jaxon ?

— Oui, ça l'arrêtera. Pour une semaine, au moins, voire deux. Et j'espère que ça te laissera le temps de le bannir entièrement.

— Ne l'écoute pas, Grace, s'écrie Hudson. Tu ne peux pas lui faire confiance.

Peut-être, mais je ne peux pas te faire confiance à toi non plus. Alors je vais choisir de la laisser m'aider.

— Ce n'était pas censé se passer comme ça. Pourquoi est-ce que tu ne me crois pas ?

Parce que t'es un putain de psychopathe et que j'en ai marre d'être à tes ordres.

— Je suis prête, j'annonce à la Sangsue. Montrez-moi comment ériger le mur.

35

COMMENT SE DÉBARRASSER D'UN PSYCHOPATHE ?

— Chaque créature paranormale trouve un moyen différent de se construire un bouclier, déclare la Sangsue après quelques secondes. Elles font ça naturellement, selon ce qui leur vient quand elles prennent conscience de leur pouvoir. Si la situation était moins pressante, c'est comme ça que tu apprendrais, toi aussi. Tu te construirais ton propre bouclier, un dispositif qui te permettrait de ne pas blesser ceux qui t'entourent.

— Je n'ai pas de pouvoir, je réponds, un peu perdue. À part celui de me transformer en pierre. On m'a dit que je pourrais voler, mais je n'y crois pas trop.

Un fin sourire se dessine sur ses lèvres.

— Tu es bien plus puissante que tu ne le crois, Grace. Il te faut juste du temps pour le découvrir.

Si elle le dit… Enfin, si ça permet d'empêcher Hudson de s'en prendre à Jaxon ou à qui que ce soit d'autre, je peux tout entendre.

— Donc, pour construire le mur, ou le bouclier, ou peu importe, je dois apprendre à utiliser mes pouvoirs ?

— Non, pas dans ce cas-ci. Ici, le but n'est pas de contrôler tes pouvoirs, mais bien de te séparer de Hudson. Il ne s'agit donc pas d'un bouclier, mais bien d'un mur.

— Un mur à l'intérieur de moi.

— C'est ça. Il ne tiendra pas éternellement ; comme tu viens de le voir, Hudson est très puissant, il parviendra à le briser à l'usure. Toutefois, ça te fera gagner un peu de temps.

Je m'adresse à Jaxon :

— Du temps qu'on passera à quoi ?

— On va rassembler tout ce dont on a besoin pour jeter un sort qui te débarrassera de Hudson une bonne fois pour toutes.

— Il y a un sort pour ça ? je m'écrie avec soulagement. Mais allons-y alors ! Jetons-le tout de suite !

— Waouh ! quel enthousiasme ! ironise Hudson.

Je l'ignore. Il ne vaut pas la peine qu'on lui parle, avec tout ce qu'il m'a fait subir.

— On ne peut pas, m'explique la Sangsue. La magie a toujours un prix. Et ce sort est particulièrement coûteux.

— Coûteux ? De quoi a-t-on besoin pour le lancer, exactement ?

Un œil de crapaud, une aile de chauve-souris, comme dans les contes ? Enfin, je dis ça, mais mes connaissances en sorcellerie se résument à *Harry Potter* et *Buffy*, donc…

— Et où est-ce qu'on va trouver les ingrédients nécessaires ?

— Quand tu avais… disparu et que je cherchais un moyen de t'aider, j'ai trouvé le sort que Lia a lancé pour ramener Hudson d'entre les morts, raconte Jaxon. Elle avait tous les artefacts nécessaires, mais ils n'étaient pas assez puissants. Pour nous, ce sera différent, parce qu'on ne doit pas le ramener d'entre les morts, juste l'aider à se reformer après sa dissolution.

— Lia n'avait pas assez de puissance à elle seule, donc elle a utilisé ma magie, c'est ça ?

C'est pour ça que j'ai failli mourir. Si on doit tenter le même sort, j'aime autant qu'on trouve les artefacts les plus puissants possible, histoire de ne risquer la vie de personne. À part celle de Hudson, à la limite.

— Personnellement, je vote pour la méthode de Lia, interjette Hudson.

— Voilà qui n'étonne personne, je réplique sans réfléchir.

Et puis je m'en veux d'avoir cédé à sa provocation. Il veut de l'attention, c'est tout. Très content de lui, il m'adresse un sourire suffisant.

— Lia a toujours été totalement déraisonnable au sujet de Hudson, grommelle Jaxon. Même avant sa mort.

Il me faut un moment avant de réaliser qu'il répond à mon dernier commentaire. Il n'a pas compris que je l'adressais à son frère.

— Mais bon, reprend-il, ses informations étaient solides. Pour jeter le sort, il faut se procurer quatre artefacts puissants.

Quatre artefacts. Ça doit être faisable, non ?

— Quatre pour le ramener sous sa forme de vampire, précise la Sangsue. Cinq pour le priver de ses pouvoirs et le changer en humain.

Encore mieux.

— D'accord, alors récupérons les cinq objets nécessaires !

— Hé, attendez un peu, proteste Hudson, perdant soudain de sa superbe. Quatre suffiront. Vous devez juste me ramener.

Peut-être, mais si on récupère les cinq, tu ne pourras plus jamais faire de mal à personne.

— Vous n'avez pas le droit de me faire subir ça !

Tu viens d'utiliser tes pouvoirs pour blesser mon petit copain et en plus tu vis dans ma tête... J'ai tous les droits, Hudson.

Je suis tout de même curieuse.

— Pourquoi cinq objets, exactement ?

La Sangsue plisse les yeux, clairement pas ravie d'être questionnée.

— Si vous voulez bien m'expliquer, j'ajoute, un peu nerveuse.

— Priver une créature paranormale de ses pouvoirs requiert l'accord des cinq factions dirigeantes. A contrario, si on souhaite simplement la ramener d'entre les morts, il suffit d'avoir de la puissance. Une puissance énorme, qu'on peut trouver dans des artefacts magiques.

— Chaque faction possède des objets dotés de leurs pouvoirs, complète Jaxon, et il nous en faudra au moins quatre pour rassembler suffisamment de puissance.

Il hausse les sourcils, soudain inquiet.

— Mais comment pourra-t-on récupérer un objet de chaque faction ? Grace est la seule gargouille au monde.

— Les quatre objets nécessaires pour ramener Hudson, reprend la Sangsue, sont : la canine d'un loup chef de meute ; la pierre de lune d'un puissant magicien ; la pierre de sang d'un vampire de naissance ; et un os de dragon. Combinés, ça devrait être suffisant.

Ses yeux se mettent à briller de leur lueur verte.

— Mais pour priver Hudson de ses pouvoirs, il vous faudra trouver la pierre de cœur d'une Bête Invincible.

Sans remarquer le brusque changement de son mentor, Jaxon continue :

— Je crois qu'on peut trouver certains de ces objets au lycée. Pour les autres, il faudra se bouger un peu.

— Je peux vous procurer une pierre de sang, promet la Sangsue.

— Vraiment ? Mais elles sont si rares…

— Je me débrouillerai. Certaines personnes me doivent des services.

— Ce n'est pas une vraie réponse, ça…

Elle le défie d'un regard vert glacé que Jaxon soutient sans ciller.

— Ça risque de durer un moment, déclare Hudson en levant les yeux au ciel. Tu ne veux pas qu'on en profite pour s'échapper ?

— Pour me retrouver coincée dans les montagnes alaskaines avec toi et mourir de froid ? je réplique. Non merci.

Il se marre.

— Tu ne peux pas avoir le beurre et l'argent du beurre.

— Pourtant, il me semble que tu t'en sors bien, non ? T'as même le sourire de la crémière.

— Non, là, tu te trompes, lâche-t-il sombrement.

Si sombrement que je me demande s'il me cache quelque chose. Je le dévisage, mais son expression est aussi lisse que la neige au-dehors.

Cela dit, il a raison : le combat de regards entre Jaxon et la Sangsue risque de durer quelques siècles. Ils sont tellement têtus, tous les deux…

Je décide de briser le silence gênant qui s'est installé dans la grotte.

— Alors, ce mur ? On le construit ? Parce que je suis plus que prête à me débarrasser de Hudson Vega.

36

L'ESSENTIEL DU PARFAIT PETIT EXORCISTE

— Tu as déjà commencé avant que je ne t'endorme, m'apprend la Sangsue. D'instinct. Tu as posé les fondations.

— Les fondations ? Comment vous le savez ? Et comment est-ce que je le termine, ce mur mystique ?

— J'ai compris que tu avais déjà commencé quand tu t'es mise à entendre la voix de Hudson. Tant qu'il pouvait prendre le contrôle de ton corps à sa guise, il n'avait pas besoin de s'adresser à toi. Ce n'est que lorsque sa liberté a été réduite qu'il a eu besoin de s'exprimer.

Hudson lève les bras, indigné.

— C'est faux ! J'essaie d'attirer ton attention depuis le début. C'est juste que tu n'écoutais pas, avant que Mme Yoda ici présente ne t'apprenne à croire aux illusions.

— Attendez, je m'exclame avec horreur. Vous voulez dire que je continuerai de l'entendre même après avoir érigé le mur ?

L'idée me donne mal au ventre.

— Je pensais que l'objectif était justement de m'en débarrasser !

— Non, l'objectif est de l'empêcher de prendre le contrôle. Le mur le retiendra pour un moment. Mais maintenant qu'il a trouvé le moyen de se faire entendre… (La Sangsue secoue tristement la tête.) Je crois qu'on ne pourra rien faire pour l'empêcher de te parler.

Jaxon serre les poings à cette annonce mais il garde le silence.

— C'est de pire en pire, je soupire.

— Parce que tu penses que, pour moi, c'est une partie de plaisir ? s'exclame Hudson. Au moins, toi, les deux premiers jours, tu étais tranquille. Moi, j'ai enduré chacune de tes pensées et crois-moi, elles n'étaient pas toutes brillantes. Sans parler des heures passées à tomber en pâmoison devant mon petit frère !

— Alors sors de là ! je lui crie. Qu'est-ce que t'attends ?

La Sangsue et Jaxon peuvent m'entendre mais je m'en fiche : savoir que Hudson a accès à *toutes* mes pensées, y compris celles qui concernent Jaxon, me révulse.

— Qu'est-ce que tu imagines ? Que je me suis attaqué au chef de meute des loups-garous juste pour le plaisir ? Crois-moi, j'ai d'autres moyens de me distraire, même quand je suis enfermé avec toi. Je ne demande que ça, de partir.

Il continue à se plaindre du calvaire que c'est de vivre dans ma tête, mais je cesse d'écouter, obnubilée par ce qu'il vient de révéler sur sa bagarre avec Cole. Ça n'a pas de sens. Sauf si…

— Jaxon ? Tu peux me répéter la liste des cinq objets dont on a besoin pour chasser Hudson de mon esprit ?

— Quatre objets, me coupe Hudson. Vous n'avez besoin que de quatre objets. Tu sais compter jusqu'à quatre, tout de même ?

— C'est vilain de faire des colères, je lui lance sans me détourner de Jaxon.

— Ouais, ben, l'ignorance, c'est pas joli non plus, et pourtant ça n'a pas l'air de t'arrêter.

— Peut-être qu'on pourrait aussi te coudre la bouche pour te faire taire ? je réplique avec un sourire mielleux. Je suis sûre qu'il existe un sort pour ça.

Il lève les yeux au ciel.

— Et c'est moi qui suis colérique ?

Jaxon regarde avec curiosité l'endroit de la caverne auquel je m'adresse, là où se tient son frère qu'il ne peut pas voir. Puis il me répond :

— D'abord, une pierre de sang. C'est un cristal qui se forme à partir de gouttes de sang de vampire placées à très haute pression. Un peu comme un diamant.

Un diamant de sang. Rien que ça.

— Et j'imagine qu'on n'en trouve pas à tous les coins de rue ?

— Effectivement, il en existe très peu. Leur fabrication est particulièrement compliquée. Ma famille en a plusieurs, dans les couronnes de mes parents notamment, mais elles sont surveillées de très près, donc…

— Comme je te l'ai dit, ne t'inquiète pas pour ça, je t'en obtiendrai une, le coupe la Sangsue. Nous sommes des vampires, après tout. Obtenir une pierre de sang est le cadet de vos soucis.

— Et c'est quoi, le pire de nos soucis, alors ?

Je préfère entendre les mauvaises nouvelles en premier. Et qu'on me tienne au courant de toute la situation d'un coup, plutôt que de me donner les infos au compte-gouttes.

— L'os de dragon, disent Hudson et Jaxon en même temps.

— Un os de dragon, je répète, confuse. Vous voulez dire un véritable os d'un véritable dragon ?

— Un véritable os d'un véritable dragon, confirme Hudson d'un ton égal. Mieux vaut aussi qu'il soit véritablement décédé, parce que la plupart des dragons bien vivants préfèrent garder leurs os.

— Et où peut-on trouver un os de dragon *décédé* ?

Un peu étonné de la précision, Jaxon répond en même temps que Hudson :

— Au cimetière des dragons.

— Le cimetière des dragons ? Ça a l'air d'être un endroit charmant.

— Tu ne crois pas si bien dire, confirme Hudson. Je réfléchis depuis le début à un moyen de s'y introduire et d'en sortir indemne. Ça risque d'être un désastre.

— OK, OK, je tempère. Un problème à la fois.

Et puis je comprends quelque chose :

— Attends, Hudson, donc tu sais *réellement* ce dont on a besoin pour le sort ?

— Bien vu, Sherlock, s'exclame-t-il, faussement impressionné. Ça ne t'ennuie pas si je t'appelle Sherlock ?

— Je ne comprends pas pourquoi tu tiens à être insupportable en permanence.

— Mais je croyais que tu aimais les garçons insupportables ! Tu sors avec Jaxon, tout de même !

— Ton frère n'est pas insupportable !

— Dit la fille qui le connaît depuis moins de deux semaines.

Je ne réponds pas. Au fond de moi, je ne peux pas m'empêcher de penser qu'il n'a pas tort : je ne connais pas si bien Jaxon. Mais ce n'est pas le moment d'analyser ma relation amoureuse.

— Un os de dragon mort et une pierre de sang de vampire, je reprends. On a déjà piqué la canine du chef de meute. Et l'athamé d'un puissant sorcier, grâce à Hudson, même si je ne sais pas pourquoi il a choisi ça. Ce n'était pas censé être aussi une pierre, l'artefact sorcier ?

Jaxon écarquille les yeux.

— Alors tu penses que Hudson... qu'il t'a possédée pour...

Il s'arrête, comme si cette pensée était trop énorme pour qu'il la prononce à voix haute.

— J'en ai l'impression, oui.

— Mais pourquoi s'en être pris aussi fort à Cole, alors ? Le sort nécessite une dent, pas des litres de sang !

— Parce que ce garçon a un problème de comportement, comme je le disais, grogne Hudson. Et il t'en veut, apparemment.

— Hudson dit que Cole a résisté et que le sang c'était un accident, je dis, le défendant malgré moi. C'est vrai que Cole et moi n'avons pas eu la meilleure relation du monde depuis mon arrivée à Katmere.

— C'est le moins qu'on puisse dire, confirme Jaxon. Est-ce qu'il méritait vraiment ce que Hudson lui a fait, cela dit ?

— Encore des détails, râle son frère. Vous vous concentrez toujours sur des détails.

Néanmoins, je repère une étincelle de satisfaction dans ses yeux. Ça me rappelle l'expression de Jaxon après qu'il a presque vidé Cole de son sang, lui aussi. Ils seraient furieux que je le leur fasse remarquer, mais je trouve que les deux frères ont beaucoup en commun.

Jaxon a l'air si tendu que j'ai peur qu'il provoque un tremblement de terre. Je tente de détourner son attention.

— Alors, est-ce que l'athamé peut nous être utile ?

— En vérité, non. Je ne sais pas pourquoi il l'a pris. Le quatrième artefact à récupérer est un talisman appartenant aux sept clans de sorciers.

— Au centre de la garde de l'athamé se trouve justement ce talisman, réplique Hudson avec condescendance. De rien, les amis.

— Et tu vas nous dire exactement comment récupérer cette pierre.

— Bien sûr, Grace, c'est si gentiment demandé…

Je répète ce qu'il vient de me révéler à Jaxon qui est de plus en plus excédé par l'idée que je mène une conversation parallèle avec son frère.

— Le cinquième artefact se trouve non loin du pôle Nord, m'explique-t-il avec un rictus de provocation destiné, j'en suis sûre, à Hudson.

Quoi qu'il arrive, il est bien décidé à transformer son frère en humain. Et après toutes les atrocités que celui-ci a commises, ce serait mérité.

— Le pôle Nord ? Mais il n'y a rien là-bas... Je veux dire, à part l'atelier du Père Noël.

Jaxon et la Sangsue haussent tous deux les sourcils, et je me reprends :

— OK, d'accord, pas le moment de rigoler.

— Moi, j'ai trouvé ça drôle, me rassure Hudson. Et tu serais trop mignonne déguisée en elfe, avec des grelots.

— Je te demande pardon ?

Est-ce qu'il se moque de ma taille ? Ou bien est-ce qu'il me drague ? Dans les deux cas, ça ne va pas se passer comme ça.

Pour une fois, Hudson garde le silence.

— La Bête Invincible se trouve au pôle Nord, m'explique la Sangsue.

Il y a une nuance étrange dans sa voix, qui me file la chair de poule. Pourquoi ? Son visage est impassible, ses yeux ne sont que deux flaques lisses et vertes. Je me fais sûrement des idées.

— Invincible ? je répète. Alors comment est-ce qu'on va… la neutraliser ?

— Ça va être très, très dur. Mais c'est le seul moyen de parvenir à confisquer les pouvoirs de Hudson.

À ma surprise, ce dernier ne lance pas de remarque sarcastique. Il se contente de fixer la Sangsue de son regard acéré.

Je suis tellement absorbée par lui que je n'entends pas la question que Jaxon me pose.

— Excuse-moi ?

— Je te demandais si tu voulais essayer de construire le mur.

Je réponds avant que Hudson ne puisse réagir.

— Oui ! Tout de suite !

Une pensée désagréable me vient : si Hudson savait déjà comment sortir de mon esprit, s'il avait déjà commencé à prendre contrôle de mon corps pour rassembler les artefacts… alors qu'avait-il prévu de faire une fois libre ? Tous nous tuer ?

— Tout le monde n'est pas aussi méchant que toi, souffle Hudson avant de disparaître dans l'ombre.

37

DE BEAUX RÊVES ?

Finalement, construire un mur mental n'est pas si compliqué que ça. Il s'agit juste de placer des briques autour de mon esprit. De plus, la Sangsue avait raison : sans m'en rendre compte, j'avais déjà commencé. Il ne me restait qu'à ajouter quelques mètres de hauteur au mur et à cimenter le tout par la seule force de ma volonté.

Après plusieurs heures, la Sangsue, satisfaite de la solidité de mon ouvrage, me libère de ma cage.

Je cours me jeter dans les bras de Jaxon, impatiente de retourner au lycée et de reprendre le contrôle de ma vie.

Malheureusement, il va falloir encore patienter : Jaxon a déjà sorti le pique-nique fourni par Oncle Finn.

— Merci infiniment, je dis tout en dévorant les sandwichs à la dinde et les chips qu'il me présente, le tout arrosé d'un thermos d'eau fraîche. Je crois que c'est mon nouveau plat préféré.

Il lève un sourcil.

— Et ton ancien plat préféré, c'était quoi ?

— Les tacos. Je viens de San Diego, n'oublie pas.

Maintenant que je suis repue, je me sens un peu mieux disposée par rapport à la femme qui m'a gardée enfermée toute une nuit. Un tout petit peu.

Je me force à sourire.

— Merci pour votre aide.

D'un signe, elle indique la sortie de la grotte.

— Je crois qu'il est temps que vous me laissiez.

Nous voilà congédiés. Ce n'est pas pour me déplaire : je ne tiens pas à côtoyer plus que nécessaire cette vampire millénaire à la vie pleine de terrifiants secrets.

Le voyage du retour ne m'enthousiasme pas autant que l'aller : je suis épuisée, et en plus Hudson n'arrête pas de parler dans ma tête. Dur de me concentrer sur ce que Jaxon raconte. Pour l'instant, je donne le change, mais il va falloir que je trouve un moyen d'être présente pour mon amoureux malgré la voix de Hudson. Je ne tiens pas à devoir arbitrer vingt-quatre heures sur vingt-quatre une bataille entre deux vampires pleins de testostérone.

Le temps qu'on arrive, je ne tiens plus debout. Dieu merci, Hudson a l'air de s'être assoupi. Je crois que Jaxon aimerait m'emmener dans sa chambre, mais moi j'ai juste envie de retrouver mon lit et de dormir douze heures. Enfin… (je vérifie l'heure) seulement huit, si je veux me lever à temps pour les cours demain.

D'ailleurs, Jaxon non plus n'a pas l'air en forme. Ses cernes sont aussi profonds que lorsqu'il a débarqué dans le bureau d'Oncle Finn juste après mon retour. Je ne sais pas comment j'ai pu croire un jour que sa puissance était infinie.

Il m'accompagne tout de même à ma chambre. Devant la porte, je me mets sur la pointe des pieds pour l'enlacer.

Ça semble le surprendre. Il est vrai que ces derniers temps, je me dérobe à chaque tentative de rapprochement de sa part. Après une seconde ou deux, il m'entoure de ses bras et me serre si fort que mes pieds quittent le sol. La tête enfouie dans le creux de mon cou, il inspire profondément. Je fais pareil. Même après toutes ces heures dehors, son odeur est incroyable. Il sent les agrumes, l'eau fraîche et *Jaxon*.

Et puis, soudain, il n'est plus là. Il est à plusieurs mètres de distance, dans le couloir, s'éloignant à reculons. Dans ses yeux, un feu sombre qui me coupe le souffle.

— Va dormir, m'ordonne-t-il. On se retrouve pour le petit déj' demain.

Je force mon cerveau engourdi à formuler une question.

— À quelle heure ?

— Quand tu veux. Écris-moi quand tu seras debout.

J'entre dans ma chambre, ferme doucement la porte derrière moi.

— T'es de retour ! s'exclame Macy en sautant au bas de son lit. C'était comment ? Est-ce que la Sangsue est aussi effrayante qu'on le dit ? Est-ce que Jaxon n'a vraiment pas peur d'elle ? Est-ce qu'elle t'a débarrassée de Hudson ? Et est-ce qu'elle a…

Elle s'arrête, avisant mon expression.

— Hé, ça va ?

— Oui, ça va. Évidemment, pourquoi ça n'irait pas ?

— Ben…

Elle m'attrape par les épaules et me tourne vers le miroir.

— Regarde-toi.

— Oh…

J'ai les joues rouges, les cheveux ébouriffés et mes cernes me donnent un air fiévreux.

— Non, ça va. Je suis juste crevée.

Je me dirige vers mon armoire pour me débarrasser de ma tenue de neige.

— Alors, Hudson est parti ? demande Macy d'une petite voix.

— Non, je lâche en m'effondrant sur mon lit en collant et sous-pull.

J'ai besoin d'une douche mais je n'ai pas l'énergie d'en prendre une. Tout ce dont je suis capable, c'est de rester prostrée à essayer de me convaincre que ces deux derniers jours, voire ces quatre derniers mois, n'ont été qu'un long cauchemar dont je vais me réveiller.

— Comment ça ? s'exclame Macy, les yeux écarquillés. Tu veux dire qu'il est toujours en toi ?

— Beurk. Ne dis plus jamais ça, je marmonne en me frottant les yeux. Mais oui, il est toujours dans ma tête. La Sangsue m'a montré comment l'empêcher de prendre le contrôle, mais il est toujours là.

— Comment tu le sais ? S'il ne peut plus te posséder ?

— Il a un nouveau truc. Il parle.

Macy ouvre grand les yeux.

— Il te…

— Il me parle, oui. Il me parle tout le temps.

— Il te *parle* ? Mais… il dit quoi ?

— Là, il dort, mais dès qu'il sera réveillé, il aura sûrement plein de commentaires à faire.

— À quel sujet ?

— Tous les sujets du monde. Il a un avis sur tout. Et il est sacrément mégalo.

Macy s'esclaffe malgré elle.

— Oui, comme tous les vampires.

Je passe en revue les vampires de ma connaissance : Jaxon, Lia, Mekhi, les membres de l'Ordre… Elle n'a pas tort.

— Alors, reprend Macy, un peu hésitante. Euh… Ça te fait quoi d'avoir quelqu'un d'aussi horrible dans ta tête ? Même s'il ne peut plus te forcer à faire quoi que ce soit, c'est tout de même un peu…

Je n'ai pas l'énergie d'en discuter avec ma cousine. D'ailleurs, je ne l'aurai peut-être jamais. Après la mort de mes parents, la mère de Heather m'a dit que j'aurais sûrement besoin de temps avant de pouvoir parler de mon traumatisme. Là, c'est pareil. Perdre le contrôle, héberger une autre personne dans ma tête… Un meurtrier, qui plus est ! Je ne veux même pas y songer. Non, je vais continuer à avancer sans m'y arrêter. Quitte à mentir.

— C'est pas cool, évidemment. Je me sens un peu nauséeuse. Mais ça va.

— Qu'est-ce que tu comptes faire ?

— À part pleurer et manger un pot entier de glace à la cerise ?

— Deux pots, si tu veux ! Mais ouais, à part ça ?

Je lui raconte le sort dont Jaxon a parlé et liste les cinq artefacts nécessaires.

— Mais alors, c'est Hudson qui t'a forcée à voler l'athamé ? Il veut s'échapper, lui aussi ?

— C'est ce qu'il dit, en tout cas. Lui préférerait qu'on se contente de quatre artefacts : il ne tient pas à être changé en humain.

— Mais on ne peut pas le laisser sortir s'il a toujours ses pouvoirs ! s'alarme Macy.

— Je sais bien… Seulement j'ai envie de me débarrasser de lui au plus vite.

— J'imagine.

Elle se glisse près de moi et me serre dans ses bras.

— Ne t'en fais pas. Dès demain, on cherchera un moyen de récupérer les trois objets qui manquent. Et on demandera l'aide de Flint. Il pourra sûrement nous assister pour l'os de dragon.

— Mais non, je balbutie, tu ne dois pas…

— Je ne dois pas quoi ?

— Tu ne dois pas faire ça avec moi. Ça va être dangereux, et je ne veux pas qu'il t'arrive quelque chose.

— Tu te fiches de moi ? s'exclame Macy. Tu penses vraiment que je vais te laisser y aller seule ?

— Je ne serai pas seule. Il y a Jaxon…

— Jaxon a beau être surpuissant, ça ne suffira pas, dit-elle en agitant les bras avec emphase. Il ne pourra pas vaincre une Bête Invincible. Pourquoi crois-tu qu'on les appelle comme ça ? On me raconte des histoires à leur sujet depuis que je suis gamine… Pour être honnête, je n'y croyais pas, je pensais que c'était une invention, comme les monstres sous le lit, mais si elles sont réelles alors… alors tu auras besoin de mon aide pour en terrasser une !

— Macy…

Mes pensées sont désordonnées et j'ai la gorge nouée. Finalement, j'arrive à souffler :

— Merci.

Elle sourit.

— Avec plaisir.

Puis elle tapote mon oreiller.

— Allez, reposons-nous un peu. Une longue journée nous attend demain, si je comprends bien.

Elle comprend parfaitement. Je ferme les yeux à peine la tête posée sur mon oreiller. Tout en m'endormant, je crois entendre Hudson me murmurer :

— Fais de beaux rêves, Grace.

38

SOUS L'AILE D'UN DRAGON

— Hé, la Nouvelle ! Attends-moi !

Je m'arrête dans le couloir en levant les yeux au ciel.

— Flint, je suis arrivée il y a quatre mois. Quand est-ce que tu vas cesser de m'appeler comme ça ?

— Jamais, réplique-t-il avec un sourire taquin. Dis, j'ai un cadeau pour toi.

Il secoue un paquet de gâteaux bien haut au-dessus de ma tête. Je l'attrape. Je me suis réveillée trop tard pour le petit déjeuner ce matin et j'ai faim !

J'ouvre le paquet tandis que nous slalomons entre les élèves. Ce sont des Granys aux céréales et aux fruits des bois, mes préférés. Il me connaît si bien.

— Donc, le frère maléfique de Jaxon habite dans ta tête, commence Flint d'un ton prudent. (Il remarque mon air surpris.) Macy m'a raconté.

Ma cousine a-t-elle prévenu tout le lycée ? Les élèves de Katmere me dévisagent comme une bête sauvage depuis mon réveil : parce que je suis hantée par l'esprit d'un psychopathe ou simplement parce que je suis une gargouille ? Difficile à dire.

En tout cas, ça m'oppresse.

— Du calme, me souffle Flint en posant une main dans mon dos. Excuse-moi, je ne voulais pas t'inquiéter. Macy me l'a dit pour t'éviter d'avoir à le faire. Elle n'en a parlé à personne d'autre, je te promets.

Je me rappelle soudain ce que Macy m'a raconté il y a des mois : le frère de Flint est mort au cours de l'affrontement entre Hudson et Jaxon. Quelle imbécile ! Il doit être aussi inquiet que moi à l'idée que Hudson soit de retour. Macy aura voulu le prévenir pour qu'il ait le temps de digérer la nouvelle.

— Ne t'en fais pas, je le rassure tandis que nous entrons dans la salle de classe. On l'a mis hors d'état de nuire.

— Tu en es bien certaine ?

Je n'ai jamais vu Flint aussi nerveux, même durant l'affrontement contre Lia.

— Tu ne l'as pas connu, Grace. Tu ne sais pas ce dont quelqu'un d'aussi puissant et maléfique que Hudson Vega est capable.

Il a beau avoir parlé à voix basse, plusieurs personnes sursautent et se retournent en entendant le nom de Hudson.

— Puissant et maléfique, hein ?

Hudson se laisse tomber dans un siège près de Flint. Il s'étire en bâillant :

— Ça me plaît.

Évidemment que ça te plaît, je pense. *Ça en dit long sur toi.*

— Tu n'en sais rien, réplique-t-il en roulant des épaules. J'ai dormi combien de temps, au fait ? Je me sens merveilleusement bien.

Je lève un sourcil. *Pas moi. Tes ronflements m'ont réveillée.*

— Impossible, s'écrie-t-il avec indignation. Je ne ronfle *jamais.*

Je ne peux retenir un rire.

C'est ce que tu crois.

— Grace, qu'est-ce qui se passe ? me demande Flint alors que le Dr Veracruz entre dans la salle. Pourquoi est-ce que tu fixes un siège vide ?

— Désolée. Quelqu'un m'a distraite.

Ça l'embrouille encore plus.

— Qui ça ?

Avec un soupir, je décide de lui dire la vérité.

— Hudson. Il est assis juste à côté de toi.

Flint se relève d'un bond.

— Comment ?!

Des élèves se tournent vers lui avec des sourires amusés.

— Mais je ne le vois pas !

— Évidemment que tu ne le vois pas, je siffle. Assieds-toi.

Il ne fait pas un mouvement. Je le tire par la main.

— Je t'assure, tout va bien. C'est mon esprit qui projette son fantôme sur ce siège.

— Je ne suis pas un fantôme, proteste Hudson.

Flint est sceptique, mais il finit par se rasseoir.

— Comment est-ce que tu peux supporter d'avoir *ça* dans ta tête ?

— Oh là, Montgomery, lâche Hudson. Surtout, fais comme si je n'étais pas là.

Tu veux bien la fermer ? je crie en pensée, sans lâcher Flint des yeux.

— Crois-moi, il n'est désormais pas plus dangereux qu'un chihuahua en laisse.

— Un chihuahua ? renifle Hudson, méprisant. Eh bien, merci, Grace. Je suis flatté.

Et si tu continues comme ça, je trouverai un moyen de te museler, je songe en le fusillant du regard.

— Ah, voilà la Grace que je connais, remarque-t-il en souriant. Tu devrais avoir plus confiance en toi, tu sais ? T'es vraiment impitoyable.

Flint me touche le bras pour attirer mon attention.

— Comment tu peux en être sûre ? murmure-t-il, ignorant l'expression agacée du prof qui a commencé son cours. Qu'il n'est pas une menace, je veux dire.

— Parce qu'il n'a aucun pouvoir, à part celui de me faire mourir d'ennui avec ses monologues. Et puis Macy t'a sûrement expliqué qu'on a un plan pour se débarrasser de lui et le rendre humain ?

— C'est un mauvais plan, crache Hudson.

— Oui, elle m'a dit, et je veux participer, déclare Flint.

Cette fois, le Dr Veracruz en a assez. Il se dirige vers nous, le bruit de ses pas résonnant dans la classe silencieuse comme autant de détonations.

— Participer à quoi ? je poursuis malgré tout.

— À l'exécution de votre plan pour neutraliser Hudson, évidemment.

— Pas question, s'écrie Hudson, de plus en plus alarmé. Je ne veux pas avoir affaire à M. Haleine de Feu pendant qu'on mène l'enquête.

Je souris à Flint.

— C'est une super idée. Je suis ravie de pouvoir compter sur toi. Merci.

— C'est une idée pourrie, grommelle Hudson en se carrant bien au fond de son siège, les bras croisés. Dragonneau a très mauvais caractère.

On croirait un gamin de trois ans en train de bouder.

Renonçant à nous faire des remontrances, le prof retourne au tableau pour y écrire les dates importantes du cours d'aujourd'hui. Flint se concentre sur ses notes, et je me tourne vers Hudson.

C'est un peu cliché, non ? De dire que les dragons ont mauvais caractère ?

— J'ai pas dit que tous les dragons avaient mauvais caractère, rétorque-t-il. Juste celui-ci en particulier.

Bizarrement, cet aveu semble l'embarrasser.

— Je connais sa famille, se justifie-t-il.

— Mademoiselle Foster !

Le cri du Dr Veracruz me fait sursauter.

— Oui, monsieur ?

— Est-ce que vous allez répondre à ma question, ou ce siège vide que vous contemplez vous en empêche ?

Je rougis violemment.

— Je n'étais pas…

Je n'étais pas quoi ? Occupée à contempler un siège vide ? En train de me chamailler avec une voix dans ma tête ?

Non, si je réponds ça, tout le monde va me prendre pour une folle.

— Je ne suis pas qu'une voix dans ta tête ! s'énerve Hudson.

— Alors, Miss Foster ? On peut savoir ce qui est tellement plus passionnant que mon cours ?

La voix du Dr Veracruz est aussi coupante qu'une lame de guillotine.

— Excusez-moi, je balbutie. Excusez-moi, ça n'arrivera plus.

Il me fusille du regard pendant de longues secondes. Puis, plutôt que de retourner au tableau comme je l'espérais, il demande :

— Pour compenser votre manque d'attention, voulez-vous bien me dire qui étaient les vrais ennemis des sorcières de Salem ?

— Les vrais ennemis des sorcières, je répète à mi-voix.

Je n'en ai aucune idée. Tout ce que j'ai appris dans mon ancien lycée, c'est qu'il n'y a jamais eu de sorcières à Salem, parce que les sorcières n'existent pas, alors...

— Euh, les vrais ennemis des sorcières de Salem étaient... euh...

J'essaie de gagner du temps, espérant qu'un éclair d'inspiration divine m'empêche de sombrer dans le ridicule devant la classe entière. Malheureusement pour moi, rien ne vient.

— Dis-lui que contrairement à ce qu'on croit, les vrais instigateurs des procès de Salem n'étaient pas les puritains, intervient Hudson.

Quoi ? Mais bien sûr que si.

— Bien sûr que non. Les procès des sorcières de Salem ont été fomentés par des vampires en manque de pouvoir. Les victimes n'étaient que des pions dans un complot sur lequel beaucoup de gens, dont mon père, comptaient pour provoquer la Troisième Grande Guerre. Heureusement pour tout le monde, leur plan a échoué.

39

LE PRODIGIEUX PROCÈS DES SORCIÈRES DE SALEM

L'histoire alternative de Hudson me laisse plus que perplexe, mais le Dr Veracruz se tient devant moi, l'air prêt à me transformer en grosse limace gluante si je ne réponds pas rapidement, alors je fonce.

Je répète ce qu'il m'a expliqué à l'exclusion de la mention de son père. Vu l'expression étonnée du prof, Hudson disait vrai.

Le reste du cours passe très vite. Hudson est super bavard ce matin et comme, veinarde que je suis, je suis son unique public, je profite de toutes ses remarques.

Quand la sonnerie retentit, je rassemble mes affaires en vitesse, impatiente d'aller en cours de physique du vol. Flint est dans le cours avancé qui a lieu juste à côté du mien, alors nous nous y rendons ensemble.

— On est vraiment obligés de passer la journée avec Dragonneau ? râle Hudson. Faudra que tu m'expliques pourquoi tu l'apprécies tant.

— Oh, je ne sais pas, peut-être parce qu'il te déteste autant que je te déteste ? je rétorque à voix haute, au grand amusement de Flint qui m'observe engueuler le vide.

— Crois-moi, vous n'êtes pas les seuls dans ce club.

— Ce qui en dit long sur toi.

— N'importe quoi ! Les gens sont étroits d'esprit, c'est tout.

— Étroits d'esprit ? Parce qu'ils ont refusé de suivre ton plan de conquête du monde ? Tu m'en diras tant…

Flint lâche un rire appréciatif.

— Ouvre les yeux, gronde Hudson. Le monde serait bien meilleur si je le dominais.

— On t'a déjà dit que t'étais arrogant ?

— Ce serait arrogant si ce n'était pas vrai, répond-il en faisant un signe de tête vers les escaliers qui mènent à la chambre de Jaxon.

Que répondre à ça ? Je me tourne vers Flint.

— C'est quoi ce cours, au fait ? Juste un cours de théorie ? Ou bien de la vraie pratique ?

— La plupart d'entre nous apprennent à voler avant d'arriver ici, m'explique Flint. Donc c'est plus de la théorie : on apprend pourquoi on peut voler plutôt que comment. C'est pas mal de physique et de biologie. On étudie les différentes formes d'ailes, on en dissèque, et tout et tout…

— Tu veux dire que toutes les ailes ne sont pas pareilles ? Je pensais que c'était comme la peau, les cheveux ou les yeux : disponibles en coloris différents, mais fondamentalement identiques.

Ma question surprend Flint.

— Bien sûr que non, elles sont toutes différentes. Les ailes de dragon doivent supporter des créatures de plus d'une tonne, tandis que les ailes de fée portent le poids d'un colibri. Et ce n'est pas seulement une question de taille, mais aussi de style de vol.

— De style ? Voler c'est voler, non ?

— Pas du tout. Les fées sont capables de vol stationnaire ; les dragons, non. Les dragons peuvent aller bien plus vite et bien plus loin, tandis que les fées sont plus précises : leurs ailes battent plus vite, alors elles peuvent manœuvrer et faire des figures, comme des virages en épingle ; les dragons, eux, doivent ralentir avant de pouvoir virer.

— D'accord... Au fait, tu veux bien…

— Tu veux que je t'apprenne à voler, devine Flint avec un sourire. Avec plaisir ! On va tellement se marrer ! Et puis, il y a toujours cette série de photos pour Damasen à terminer.

— Mince ! j'avais totalement oublié. D'autres choses en tête. On pourrait s'en occuper ce week-end ?

— Pas de souci. Tu me dis quand t'es dispo.

— Super, merci ! Et merci aussi pour les cours de vol, j'ai hâte.

J'ai toujours du mal à croire que je pourrais *voler.* Moi. Voler de mes propres ailes de gargouille. Évidemment, quand on m'a annoncé que j'avais des ailes, je me suis doutée qu'elles ne servaient pas qu'à faire joli, mais maintenant que Flint va me donner des leçons… ça paraît d'autant plus réel. Et flippant !

— Ce n'était pas ce que je voulais te demander, en fait, je reprends.

— Ah bon ?

— T'as mentionné les fées. Je voulais savoir s'il y avait encore d'autres espèces magiques qui existent ? Des espèces qu'on ne voit pas à Katmere, dont je ne connais pas l'existence ?

— Plein, dit-il avec un sourire. Plus que dans tes rêves les plus fous.

— Oh.

Il hausse les sourcils.

— Ça n'a pas l'air de te plaire.

— Si, si ! Enfin, je ne sais pas… Qu'est-ce qu'il y a d'autres, comme créatures ? Pourquoi est-ce qu'elles ne sont pas à Katmere ?

— Parce que les profs de Katmere sont spécialisés en enseignement de dragons, vampires, sorcières et lycanthropes. Il y a d'autres lycées avec d'autres spécialités.

— Par exemple ?

— À Hawaï, il y a un lycée spécial pour les créatures aquatiques comme les sirènes, les tritons, les selkies et les néréides.

— Sans rire ?

Flint secoue la tête, amusé.

— Sans rire. T'as l'air ébahie.

— Je le suis.

— À Vegas, il y a le lycée céraléen, intervient Hudson. C'est un établissement pour succubes.

De toutes les créatures mythiques, ce sont les succubes qui te viennent en premier ? Une espèce connue principalement pour son appétit sexuel ?

— Oh, ça va, répond-il d'un air ingénu, je voulais juste t'informer. C'est toi qui as posé la question, après tout.

Je lève les yeux au ciel. Flint me regarde comme si j'avais un sérieux problème.

— T'as quelque chose dans l'œil, Grace ?

— Un grain de poussière, je crois, je prétends en me frottant la paupière. Ah voilà, il est parti.

— Moi, un grain de poussière ? s'indigne Hudson. Sympa…

En fait, je te comparerais plutôt à une conjonctivite carabinée.

Il s'esclaffe. Pour un mec aussi insupportable, il a un rire charmant.

Nous progressons dans le couloir, et je suis si occupée à me disputer mentalement avec Hudson que je ne remarque pas Jaxon qui m'attend devant la classe. Je manque de lui rentrer dedans.

— Ça va ? me demande-t-il au moment précis où Flint s'exclame :

— Attention !

— Tout va bien, je leur dis, un peu vexée.

J'aimerais bien les voir jongler entre plusieurs conversations à la fois, dont une se déroulant intégralement dans leur esprit.

— Soyons honnêtes cinq minutes, Grace, déclare Hudson. Ce sont tous les deux des sportifs sans cerveau. Ils seraient incapables de s'en sortir, à ta place.

C'est si idiot comme remarque que je ne suis même pas agacée.

T'es juste jaloux parce que toi t'as zéro muscle, en ce moment.

— Ouais, t'as vu juste, c'est ça qui me rend jaloux.

Le ton qu'il a employé me fait froncer les sourcils. Avant que je ne puisse creuser, Flint annonce :

— Je dois aller en cours, mais retrouve-moi tout à l'heure pour ta première leçon de vol. T'en auras besoin pour participer au Ludares.

Je lui fais un signe d'adieu, puis enlace Jaxon.

— Désolée de t'avoir raté au petit déj' ! J'étais tellement crevée que je me suis réveillée au dernier moment.

Il sourit.

— C'est pour ça que je suis venu te voir. Tu veux bien me retrouver à la bibliothèque après ton cours d'arts plastiques ? Je dois rattraper mon examen d'hier sur le temps de midi, mais après les cours on pourrait faire des recherches sur la Bête Invincible.

— Oh, c'est mignon, grince Hudson. Jaxon chéri veut faire une séance de devoirs en couple. Tellement romantique !

— Laisse ton frère tranquille, je réplique.

Jaxon regarde derrière lui, dans la direction dans laquelle je viens de crier. Le couloir est vide.

— Hudson, j'explique avec un haussement d'épaules.

Jaxon plisse les paupières.

Hudson s'adosse au mur à côté d'une gigantesque tapisserie représentant une armée de dragons en armure qui s'attaque à un village. Elle est terrifiante et magnifique, et je me promets mentalement de l'examiner de plus près après mon cours.

— J'ai une meilleure idée, suggère Hudson en croisant les bras. Pourquoi est-ce que tu ne laisserais pas mon frère seul un moment ? Ça me donne la nausée de vous regarder vous faire les yeux doux.

— Il faut un corps pour avoir la nausée, je rétorque.

— Figure-toi que vous êtes si écœurants que je parviens à faire sans.

Je refuse de me laisser provoquer. À la place, je me concentre sur Jaxon. Il n'a pas l'air ravi.

— Excuse-moi, je souffle, penaude. Ton frère est bavard.

— C'est le moins qu'on puisse dire.

Une question surgit soudain :

— Hé, je voulais savoir… Pourquoi est-ce qu'il a un accent britannique et pas toi ?

— Parce que nos parents sont britanniques.

J'attends la suite, qui ne vient pas. En fait, ce n'est pas nécessaire. J'ai compris. Jaxon a si peu fréquenté ses parents qu'il ne partage même pas leur accent. Ça me fend le cœur.

— Ouin ouin… Pleurons donc sur le sort du garçon qui n'a pas été élevé par les deux pires parents de la planète.

Je change de sujet sans prêter attention à Hudson.

— Avec plaisir pour ce soir ! À six heures dans la bibliothèque, ça t'irait ?

— C'est parfait, acquiesce Jaxon.

Il se penche pour m'embrasser, mais Hudson pousse un tel hoquet de dégoût que ça me déconcentre. Jaxon soupire et dépose un baiser sur mon front.

— À tout à l'heure, alors.

— D'accord.

Dès qu'il est hors de portée d'oreille, je laisse libre cours à ma colère.

— Sérieusement ? T'étais obligé de faire semblant de vomir ?

— Ouaip, réplique-t-il avec un flegme tout britannique. Totalement obligé. T'as pas idée.

— T'es ridicule, tu sais ça ?

Pendant quelques secondes, il semble hésiter entre plusieurs réactions : vexé, amusé, intrigué.

— Ridicule ? Non, personne ne m'a jamais dit ça.

— Sûrement parce que personne ne te connaît vraiment.

À ma surprise, il ne se défend pas mais murmure d'une voix pensive :

— T'as peut-être raison.

Que répondre ? Je n'en ai aucune idée et, vu la longueur du silence qui suit, lui non plus. C'est la première fois que nous restons aussi longtemps silencieux (à part quand l'un de nous deux dort).

Je tourne les talons pour me diriger vers la salle de cours, laissant Hudson derrière moi.

Je risque de ne pas faire d'étincelles en physique de vol, alors, prudente, je m'installe au fond de la classe. Hudson ne me suit pas. Pour une fois, il fait ce que je lui ai demandé : il me laisse tranquille.

Dommage.

40

L'INSTINCT DE SURVIE, C'EST DÉMODÉ

— Il faut absolument que tu participes !

Je sursaute au son de la voix de Hudson. Le cours est presque terminé.

— Merci de m'avoir gardé un siège.

En vérité, je n'avais aucune envie de me faire remarquer à cause de ces mois de retard. C'est pour ça que je me suis assise au dernier rang, pas parce que les sièges de part et d'autre du mien étaient libres.

— Participer à quoi ? je marmonne.

Je continue à prendre des notes sans m'arrêter pour écouter sa réponse. Je ne comprends rien à ce que le prof raconte. Il pourrait tout aussi bien parler mandarin.

— Au tournoi de Ludares. C'est génial, comme sport, même si c'est surtout une excuse pour laisser les élèves se défouler les uns sur les autres, répond-il en haussant les sourcils. Tout le monde adore cette compétition, à Katmere. Surtout les lycanthropes et les dragons.

— Évidemment. Qui n'aimerait pas risquer sa peau pour un jeu idiot ? J'ai bien vu que l'instinct de survie n'était pas très en vogue dans ce lycée.

Il rit.

— T'as tout compris.

J'ai perdu le fil de ce que raconte M. Marquez. Je prends quelques photos du tableau pour essayer de les déchiffrer plus tard. Peut-être que Flint pourra m'aider.

— Ou bien tu peux me demander de l'aide, remarque Hudson, sardonique. J'ai beau être un « psychopathe » (il mime des guillemets), j'avais 19 de moyenne dans ce cours.

— T'as pris le cours de physique du vol ? Toi aussi, tu peux voler ? Comme Jaxon ?

Il lève les yeux au ciel.

— Mon frère n'est pas Superman, hein. Il ne sait pas voler.

— Tu vois bien ce que je veux dire. Quand il… quand il lévite, ou je sais pas quoi. Tu n'appelles pas ça voler ?

— Il a le pouvoir de télékinésie, c'est tout. Il flotte. Comme un dirigeable.

Un reniflement amusé m'échappe. C'est une comparaison insultante mais l'image est drôle. Jaxon Vega et le *Hindenburg*, même combat.

Hudson esquisse un sourire rusé.

— C'est une bonne blague, hein ?

— C'est une remarque stupide et tu le sais très bien. Ton frère est *merveilleux*.

— On le saura…

C'est l'heure du déjeuner. En temps normal, je partirais à la recherche de Macy, mais aujourd'hui, la perspective d'affronter le réfectoire m'épuise.

Tout le monde va me regarder, me juger et me mépriser.

C'est l'angoisse. La solution serait peut-être d'entrer dans le réfectoire, de monter sur une table et d'annoncer à tout le monde que, oui, les rumeurs disent vrai, je suis responsable du retour de Hudson. Et que, oui, je peux me transformer en statue.

Je le ferais, si je n'étais pas si fatiguée. J'ai l'impression d'être au bord de l'évanouissement en permanence.

Je reste quelques secondes immobile dans le couloir. Hudson croise mon regard. Apparemment, lui non plus n'a pas la moindre idée de ce que je devrais faire. Son incertitude me perturbe plus que je ne le voudrais. Enfin, je m'ébroue et pars dans la direction inverse.

J'achète des biscuits à un distributeur et me dirige vers la salle d'arts plastiques pour continuer mon tableau. Avec un peu de chance, quelques heures de travail créatif auront raison de mon humeur maussade.

Le reste de l'après-midi passe sans événement notable, si ce n'est l'incessant bavardage de Hudson. Il a des opinions sur des sujets auxquels aucune personne normale n'a jamais songé.

Par exemple, il pense que la prof d'arts ressemble à un flamant avec sa robe rose. Or, il n'a pas tort. Impossible de me concentrer après avoir remarqué la similitude.

Il est également convaincu que T.S. Eliot ne devrait pas être étudié en cours de littérature britannique parce qu'il est né dans le Missouri. J'ai dû endurer un argumentaire d'une heure à ce sujet.

En ce moment même, il s'offusque de la couleur que j'ai choisie.

— Je suis dans ta tête, Grace. Je sais que tu n'es pas aveugle. Tu dois bien savoir que cette nuance de noir est affreuse, non ?

Je considère la couleur en question, puis décide d'y ajouter un peu de bleu. Parce que j'en ai envie, mais aussi parce que je sais que ça l'énervera encore plus. Après quatre heures à supporter ses diatribes, je suis prête à tout pour l'agacer. Vengeance.

— C'est subtil comme teinte. Ça me plaît.

J'en étale une touche sur ma toile : ce n'est pas encore tout à fait le résultat escompté, alors j'ajoute un tout petit peu de bleu nuit.

Hudson lève les mains en signe d'abandon.

— D'accord, fais ce que tu veux. Tu es impossible.

Je suis seule dans la salle. J'ai tout le loisir de répliquer sans qu'on me prenne pour une folle.

— *Je* suis impossible ? Ce n'est pas moi qui fais un caca nerveux à cause d'une nuance de couleur !

— Je ne fais pas de caca nerveux.

Il a beau allonger ses jambes devant lui pour se donner une contenance, j'entends bien que je l'ai vexé : le retour de son accent britannique le trahit.

— J'essaie juste de t'aider à améliorer ton œuvre. Mes critiques sont basées sur ma longue expérience d'amateur d'art, et…

— Je te préviens, je rugis, si tu répètes encore une fois que tu es super vieux, je…

— Je ne suis pas vieux ! Je suis juste plus âgé que toi. Les vampires sont immortels, donc ça n'a pas de sens de nous placer sur la même échelle de temps que les humains.

— Tu ne veux pas admettre que t'es vieux, c'est tout.

Je sais bien que chatouiller un dragon qui dort, c'est risquer de se faire carboniser la tête, mais je n'arrive pas à m'en empêcher. Il le mérite.

D'habitude il a toujours le dessus dans nos disputes, alors maintenant que j'ai trouvé un point sensible, j'en profite. J'ai bien le droit d'être un peu cruelle, moi aussi.

— D'accord, tu sais quoi ? Utilise ce noir autant que tu veux. Il n'a aucun éclat et va gâcher ton tableau, mais c'est ton problème.

— Excuse-moi, tu peux répéter ? je m'écrie, la main en pavillon autour de mon oreille.

— Je dis que ce noir est fade.

— Non, pas ça. Tu as dit que c'était mon tableau. À moi. Tu peux répéter cette partie-là ?

— Peu importe, grogne-t-il. Je voulais t'aider, c'est tout.

— Typique des garçons. Toujours à vouloir « aider » même quand personne n'a rien demandé.

— J'ai dit que tu pouvais faire ce que tu voulais !

Enfin, il se tait. Suis-je allée trop loin ?

Je lui jette un coup d'œil. Tout comme moi, il se retient de sourire. C'est absurde : je donnerais n'importe quoi pour l'éjecter de ma tête, mais en attendant j'avoue que c'est vraiment amusant de me chamailler avec lui.

J'attrape alors le rouge le plus foncé de ma palette et en ajoute quelques gouttes dans mon noir.

— Mais tu te fous de moi ? Tu veux me rendre aveugle ou quoi ?

Gagné. Encore un point pour moi.

Ce qui fait sept pour Grace, contre sept millions pour Hudson, mais quand même.

C'est là que je me souviens d'une question que je voulais lui poser.

— Au fait, j'oubliais : vu qu'on est en train de bosser sur le sort qui te sortira de ma tête, tu pourrais nous dire où t'as mis la dent de loup-garou et l'athamé ?

— Dans ton armoire. L'étagère du dessus, tout à droite. Elles sont dans un sac.

— Tu les as cachées dans mon armoire ?

— Oui. Je ne voulais pas que tu les trouves par hasard et paniques.

— Tu as bien fait, j'admets malgré moi.

Tout en ignorant les remarques intempestives de Hudson, je continue à peindre. Je ne sais pas trop où je vais avec ce tableau, à part qu'il y a une pulsion en moi que je dois absolument coucher sur la toile. Peut-être un souvenir de ces quatre mois passés enfermée dans la pierre ? Quelque chose d'important ? À moins que je m'imagine ça parce que je suis perturbée d'avoir perdu toute une partie de ma vie…

Ouais, Grace, tu te fais sûrement des idées.

Je recule d'un pas pour admirer mon travail.

J'ai fini de peindre le fond. Il me plaît, même si ça ne ressemble pas à mon style habituel. Une petite voix me murmure que c'est parfait, que c'est exactement ce que je devais peindre.

Une petite voix qui n'est pas Hudson. Qui n'a rien à voir avec lui. Une petite voix cachée dans un endroit bien plus profond et bien plus intime que lui. Peut-être que si je passe suffisamment de temps sur ce tableau, je parviendrai à mieux l'entendre.

Tandis que je nettoie mes pinceaux, un message fait vibrer mon téléphone. J'ai les mains si sales que j'hésite à le lire.

Quand je m'y résous, je pousse un cri d'effroi. Le message vient de Jaxon ; j'ai presque une heure et demie de retard à notre rendez-vous.

41

FAUT CROIRE QUE LE DIABLE S'HABILLE EN ARMANI

Jaxon m'a envoyé toute une série de messages depuis l'heure de notre rendez-vous.

Jaxon : En retard ? Je nous ai préparé une table à l'arrière de la bibli, près des salles d'étude
Jaxon : Hé, tu sais pourquoi les vampires se mettent vite en colère ?
Jaxon : Parce qu'ils ont le tempérament sanguin
Jaxon : Sorry, pas pu résister
Jaxon : Ça va ? Tu t'es endormie ?
Jaxon : Je ne sais pas si tu peins ou si tu fais une sieste, mais j'ai fait des découvertes intéressantes
Jaxon : Écris-moi quand tu verras ce message, juste pour me dire si tu vas bien
Jaxon : Tu me manques

Je me sens horrible. Comment ai-je pu oublier notre rendez-vous ? J'avais hâte de le voir mais, absorbée par ma peinture, j'ai oublié. Peut-être que je suis tellement débordée qu'inconsciemment je rechignais à faire des recherches sur la façon de vaincre une Bête Invincible ? Dans tous les cas, ça n'excuse pas de lui avoir posé un lapin.

— Oh, mon frérot s'en remettra, m'assure Hudson. Tu ferais mieux de continuer à peindre. Tu es à fond.

— Même si j'ai utilisé le mauvais noir ? je marmonne en répondant à Jaxon que je m'excuse et que j'arrive.

— Désolé, mais le noir Armani ne ressemble pas du tout à ça.

Cette dernière déclaration a l'air de lui arracher la gorge. Ce serait drôle si je n'étais pas aussi pressée.

Je balance mon téléphone dans mon sac et nettoie ma table aussi vite que possible. Pas évident, vu le bazar que j'ai mis en mélangeant mes couleurs.

— Qui a parlé d'Armani ?

— C'est juste que…

Pour la première fois depuis que je le connais, Hudson paraît totalement défait. Pour me retenir de lui demander ce qui ne va pas, je me rappelle fermement que nous ne sommes pas amis. Ce n'est qu'un mec qui squatte mon cerveau. Un mec pas sympa du tout, qui plus est. Je ne lui dois rien.

J'accélère le nettoyage pour essayer d'arriver à la bibliothèque avant que Jaxon ne renonce totalement à ma venue. Contrairement à son habitude, Hudson garde le silence. Cette histoire de noir Armani l'a vraiment perturbé. Tant mieux, comme ça je peux me concentrer.

J'ai presque fini de ranger quand la porte de la salle s'ouvre et laisse entrer une bourrasque d'air froid. Je me retourne vivement et me retrouve face à Jaxon, qui m'observe avec un tout petit sourire et son habituel regard insondable.

— Je suis tellement désolée ! je crie en me précipitant vers lui. Je peignais et j'ai pas vu l'heure passer. Je ne voulais pas…

— T'en fais pas.

Son sourire s'élargit tandis qu'il me scrute de haut en bas. Mon tablier est couvert de peinture.

— Ça te va bien, ce look.

À mon tour, je l'observe : il porte un jean délavé et un tee-shirt noir bien ajusté.

— Je te retourne le compliment !

— Ah ouais ?

Il me prend dans ses bras. Je sens une chaleur monter en moi, réconfortante et excitante à la fois.

— Tu sens si bon, j'ajoute en pressant mon nez dans le creux de son épaule.

C'est la vérité : son odeur fraîche et claire est totalement envoûtante.

— Toi aussi, souffle-t-il en m'éraflant le cou du bout de ses canines.

— Dites-moi que vous n'êtes pas sérieux, bâille Hudson. Dites-moi que vos conversations sont plus trépidantes que ça en temps normal.

Tu ne veux pas faire une sieste ? je feule tout en m'écartant de Jaxon.

— T'es prête ? me demande ce dernier.

— Oui, juste une minute pour tout remettre en place.

J'enlève mon tablier et le plie avant de le placer dans mon casier, puis je range les boîtes de peinture dans l'armoire.

Cinq minutes plus tard, nous traversons les tunnels. Ils n'ont plus rien d'effrayant quand je suis en compagnie de Jaxon. Il me fait part de ce qu'il a découvert dans les bases de données du monde magique.

— J'ai surtout passé du temps à essayer de comprendre ce qu'était la Bête Invincible. À quelle espèce elle appartient, m'explique-t-il tandis que nous passons par la rotonde au lustre fait d'ossements. Toutes les versions divergent, comme s'il s'agissait d'une légende et pas d'un vrai monstre. Impossible de savoir à quoi on aura affaire. La seule certitude, c'est que presque personne n'en est revenu vivant. Et les rares survivants ne s'accordent pas sur ce qu'ils ont vu.

— Il n'y a aucun point commun dans leurs récits ? je demande en essayant de ne pas penser au fait que nous sommes en train de passer à l'endroit où l'ex-petite amie de Hudson a essayé de nous tuer, Jaxon et moi.

Je pourrais demander à Hudson s'il se souvient de ce soir-là. Non, mauvaise idée : il risque de vouloir jeter un œil à la scène du crime, et je n'ai aucune envie d'y retourner avec lui.

— Je ne me souviens de rien, me dit doucement Hudson en marchant à côté de nous.

Il me devance d'un pas, donc je ne vois pas son expression.

— Je ne lui ai pas demandé de faire ça, si c'est ce que tu penses, ajoute-t-il en effleurant les pierres de la paroi.

Je n'ai pas d'opinion à ce sujet, je réponds, même si ce n'est pas tout à fait vrai. C'est difficile de ne pas avoir peur de Hudson, et encore plus difficile de ne pas lui en vouloir. Même s'il n'était pas directement impliqué, c'est à cause de lui et de son pouvoir de persuasion que Lia a décidé de le ramener.

— Si, ils ont quelques points communs, dit Jaxon en resserrant sa prise sur mon épaule.

Il doit sentir mon malaise. Je me sens mal de l'inquiéter, alors je ravale mon angoisse.

— Comment ça ? Et est-ce que tu sais où on pourra trouver la Bête ?

Près du pôle Nord, m'a-t-il dit la première fois qu'on en a parlé. J'aurais préféré qu'elle se trouve dans un endroit chaud, par exemple en Grèce ou en Égypte, à Los Angeles ou à Miami. Quelque part où on pourrait aller à la plage. Le voyage jusqu'à la Sangsue m'a dégoûtée de la neige pour un moment.

— C'est justement un des points communs. Tout le monde est d'accord pour dire qu'elle vit près du cercle arctique. Tout le monde déconseille également d'aller lui rendre visite.

— Je comprends… La perspective d'un voyage au pôle Nord est déjà suffisamment pénible sans y ajouter en plus une rencontre avec un monstre sanguinaire. T'es sûr qu'elle ne passe pas le printemps à Tahiti ?

Il lui faut quelques secondes pour comprendre que je plaisante.

— Non. Je suis désolé. Promis, quand on aura notre diplôme, je t'emmène en vacances au soleil.

— Je risque de te prendre au mot, je te préviens. Pas question de passer le reste de ma vie en Alaska.

— Rien ne nous y oblige. Je sais que tu comptais aller à l'université avant que tes parents meurent et que tu te retrouves ici. C'est toujours possible, si tu en as envie.

— Je ne suis pas sûre de le vouloir, à vrai dire.

C'est bizarre d'avoir cette hésitation à trois mois de la fin de ma terminale, mais la mort de mes parents a tout changé. Mes projets de l'époque me semblent très lointains.

— Qu'est-ce que tu veux faire, toi ? je lui demande.

Ma seule certitude, c'est que je veux être avec mon promis.

— Je n'avais pas de projets précis. Quand on est immortel, on a le luxe de pouvoir prendre son temps.

— Surtout quand on est un prince âgé de deux siècles, j'imagine ?

Note pour plus tard : lui demander comment, exactement, les vampires vieillissent. Je sais qu'il est né il y a plusieurs siècles, mais je sais aussi qu'il a dix-huit ans en années humaines. Est-ce que ça signifie qu'il a passé cent ans dans ses langes à sucer son pouce ? J'espère que non.

Hudson ricane. Il a entendu mes pensées. L'image de Hudson adulte avec une couche m'apparaît, et je ne peux pas m'empêcher de sourire.

Il se retourne, un sourcil levé.

— Je ne savais pas que c'était un de vos fantasmes, Miss Foster.

Je me sens devenir écarlate. Heureusement, Jaxon ne le remarque pas.

— Je ne sais pas encore ce qu'on fera mais on a toute la vie pour décider, dit-il en me pressant l'épaule.

— T'as appris quoi d'autre au sujet du monstre ? je le presse en montant l'escalier qui mène à la bibliothèque.

Nous traversons une salle commune. Quelques élèves se retournent sur notre passage, mais ils sont moins nombreux à le faire que ces derniers jours. Peut-être qu'ils s'habituent peu à peu à côtoyer une gargouille ? Peut-être même que je vais finir par m'y habituer, moi aussi ?

— Je sais qu'il est grand. Gigantesque, même. Haut comme un immeuble de vingt ou trente étages. Je sais aussi qu'il est très vieux.

— Encourageant, je raille. J'ai toujours rêvé de me battre contre un monstre sans âge et grand comme une montagne.

— C'est ta chance, alors ! Mais il n'est pas tout à fait aussi grand qu'une montagne. Disons plutôt une colline.

Nous arrivons enfin à la bibliothèque. Lorsque Jaxon ouvre la porte, je constate que tout est noir à l'intérieur.

— Oh, zut ! Amka a dû fermer quand tu es venu me chercher. Je suis vraiment désolée...

— Mais non, relax, dit-il en m'embrassant rapidement. J'ai tout prévu.

Jaxon me tient la porte, et Hudson me fait une courbette de majordome. En entrant, je réalise que Jaxon ne m'attendait pas seulement pour faire des recherches. Non, il avait prévu une vraie soirée romantique. Il y a une table ronde au milieu de la salle, joliment dressée avec une nappe et un vase contenant le plus beau bouquet que j'aie jamais vu.

— Eh bien, eh bien, eh bien, déclare Hudson, les mains dans les poches. Tout ça pour moi ? Dis à Jaxon que je suis touché mais qu'il ne fallait pas…

42

AUCUNE ENVIE QUE DEUX VAMPIRES SANGUINAIRES SE BATTENT POUR MOI

— Oh, Jaxon... C'est pour moi, tout ça ?

Je m'avance vers la table avec des papillons dans le ventre. Des chandelles, des verres d'eau pétillante agrémentée de glaçons et des fleurs. Des fleurs magnifiques.

— Elles sont sublimes.

— Je suis content qu'elles te plaisent.

Je hume les boutons blancs, violets et lavande.

— Je les adore ! Elles sentent terriblement bon.

— Je les ai choisies pour leur parfum. Ce n'est qu'une petite attention.

Je fonds. Une petite attention ? Non, c'est un énorme cadeau.

Premièrement, il m'a organisé un dîner aux chandelles. Rien que pour moi.

Deuxièmement, il m'a cueilli des fleurs. Lui-même. Au beau milieu de l'Alaska !

Troisièmement, il a fait tout ça alors que c'est la première fois en plusieurs siècles qu'il s'autorise à aimer quelqu'un.

Comment voulez-vous que je lui résiste ? Il passe son temps à me prouver encore et encore qu'il ferait tout pour moi.

— Calme-toi, c'est que des fleurs, marmonne Hudson en attrapant un livre qui traîne à l'accueil. Pas un voyage à Paris…

Je l'ignore. La soirée ne fait que commencer, j'aurai bien assez le temps de me disputer avec lui plus tard.

— C'est tellement gentil ! je déclare, autant à Jaxon qu'à Hudson, en serrant mon amoureux contre moi. Et je suis désolée d'avoir oublié. Je me sens nulle.

— Mais non !

Il replace une de mes boucles derrière mon oreille en me souriant doucement.

— Ces derniers jours ont été compliqués. Et il y a un micro-ondes derrière le bureau d'Amka. On peut réchauffer ton repas facilement.

Mon estomac se rappelle à mon bon souvenir. J'ai très peu mangé aujourd'hui.

— Qu'est-ce que tu m'as préparé ?

Le grondement de mon ventre fait rire Jaxon.

— Assieds-toi et tu verras.

Il m'escorte à table et je découvre qu'il ne s'est pas contenté de bougies et de fleurs : il m'a aussi déniché des tacos qui ressemblent comme deux gouttes d'eau à ceux de mon restau préféré à San Diego.

— Comment tu t'es débrouillé ?

— Je ne vais pas te dévoiler tous mes secrets.

— Peut-être, mais t'as intérêt à partager celui-ci avec moi.

J'attrape un taco et mords dedans. C'est délicieux, familier et réconfortant.

— Parce que j'en veux d'autres, j'ajoute en avalant une deuxième bouchée.

C'est si bon de goûter ce repas de mon ancienne vie que je ne fais même pas semblant de me modérer.

— Ou alors, tu me gardes sous la main, et je t'en apporte quand tu veux, propose Jaxon en s'asseyant.

— Ça se négocie.

Nous échangeons un sourire, et ma respiration s'emballe. Pour les bonnes raisons cette fois. Enfin, jusqu'à ce que Hudson nous interrompe avec un rire incrédule.

— De la viande ? Il t'offre de la viande ? C'est ça, son cadeau ? ricane-t-il tandis que Jaxon s'éloigne pour mettre de la musique.

Je le fusille du regard.

— C'est des tacos, pas seulement de la viande.

— D'accord, mais il y a de la viande dedans. Vrai ou faux ?

Il tourne autour de moi comme s'il était un avocat en train de m'interroger. Avec sa chemise immaculée et son pantalon de costume, on s'y croirait.

— Oui, et alors ? J'adore les tacos !

— Et moi, j'adore le sang humain, mais c'est pas pour ça que je serais heureux qu'on m'en offre.

Hudson attrape le dossier de ma chaise.

— Cela dit, c'est tant mieux si tes attentes sont modestes, me souffle-t-il à l'oreille. Sinon, Jaxon chéri risquerait de te décevoir...

— Arrête de l'appeler Jaxon chéri !

Je dois me retenir de ne pas crier : c'est précisément ce qu'il veut. Je ravale mes répliques mordantes et me concentre sur Jaxon, occupé à régler son iPod.

« I Knew I Love You » de Savage Garden résonne dans les enceintes. Jaxon se retourne pour m'adresser un regard brûlant. Mon cœur soupire.

Je vois dans ses yeux qu'il sait exactement ce que je ressens… et que ça lui plaît. Ça lui plaît beaucoup.

— Sérieusement, il va falloir que tu me dises où tu as trouvé ces tacos, j'insiste quand il se rassied près de moi.

J'en reprends une bouchée. Les moqueries de Hudson ne parviendront jamais à me gâcher mon plaisir.

— Parce que j'en veux encore. Dès demain.

— Ça peut s'arranger.

— Vraiment ?

Il secoue la tête avec un sourire amusé.

— Grace, je ferais tout pour te rendre heureuse. Je ne peux pas t'emmener à Tahiti avant la fin de l'année mais je peux tout à fait te servir des tacos tous les jours, si c'est ce que tu veux.

— Ce n'est pas de tacos dont j'ai besoin, je fais en lui prenant la main. Ce qu'il me faut, c'est toi.

— Moi aussi, j'ai besoin de toi, répond-il en me faisant signe de continuer à manger.

Il change de sujet tandis que j'entame mon second taco.

— Parle-moi de ton projet d'art. J'ai tellement hâte de le découvrir !

— Moi aussi, je ricane.

— Comment ça ?

— D'habitude, je sais ce que je vais peindre, mais là je ne sais pas du tout vers quoi je vais. Je sais juste que j'y travaille comme si ma vie en dépendait. C'est bizarre, non ?

— Les génies sont toujours bizarres, répond-il en haussant les épaules. Tout le monde sait ça. Laisse-toi aller et on verra bien.

— C'est ce que je me dis aussi. Au pire, ce sera un tableau raté.

— Il ne sera pas raté.

— Comment tu peux le savoir ?

— Je le sais. Je te connais.

C'est exactement ce que j'avais besoin d'entendre. Cette réponse si simple me fait fondre.

— Tu es beaucoup trop charmant, tu sais ? je souffle avec un sourire.

Il se penche pour m'embrasser. Hudson mime un haut-le-cœur. Encore. Cette fois, je ne parviens pas à me retenir de le fusiller du regard.

— Hudson te parle ? demande Jaxon, l'air contrarié.

— Il me parle tout le temps. Sérieusement, il est incapable de la fermer.

— T'es de plus en plus méchante, dis donc, ronchonne Hudson.

— C'est à force d'être collée à toi, je rétorque avant de rougir violemment. Enfin, je veux dire…

— Je sais ce que tu veux dire, ricane Hudson.

Une lueur rusée est apparue au fond de ses yeux bleus. Je ne sais pas pourquoi, mais elle me rend nerveuse.

— Mon frère a le chic pour gâcher les moments romantiques, râle Jaxon en débarrassant la table.

— Merci, répond Hudson. Je fais de mon mieux.

— Tu ne veux pas te taire cinq minutes ? je m'écrie en suivant Jaxon.

— Pas question ! Ce serait d'un ennui…

Il traverse la bibliothèque, se perche sur une étagère, les jambes dans le vide, et soulève la gargouille qu'Amka a placée là pour la serrer contre lui.

— Et si je reste silencieux, il n'y aura personne pour vous montrer l'inconvenance de votre conduite.

— Je suis désolée, je m'exclame en enlaçant Jaxon. Tu avais préparé une soirée spéciale et Hudson gâche tout… Je me sens coupable.

— Ne t'en fais pas, me rassure-t-il m'embrassant sur la tempe. Mais puisque notre rendez-vous ne se passe pas comme prévu, on pourrait en profiter pour faire quelque chose d'utile ?

— Qu'est-ce que tu suggères ?

— On pourrait faire des recherches sur les gargouilles ? C'est ce que tu faisais avant que ça se passe mal avec Hudson l'autre jour, non ?

— J'essayais de l'aider, gronde Hudson, c'est tout.

— Excellente idée, je réponds à Jaxon.

Il m'invite à me rasseoir tandis qu'il va rassembler les bouquins qu'Amka avait sortis pour moi.

J'en profite pour réprimander Hudson.

— T'essayais de m'aider en prenant contrôle de mon corps ?

— T'es encore en colère à cause de ça ? soupire-t-il. Pourtant, tu sais pourquoi j'avais besoin de l'athamé… Ça m'apprendra à t'aider, tiens.

— À m'aider ? Tu faisais tout ça pour toi et rien que pour toi !

— T'en as pas marre de me faire passer pour le grand méchant ?

— Et toi, t'en as pas marre *d'être* le grand méchant ?

Jaxon est de retour. Il dépose trois livres devant moi. J'attrape le premier, impatiente. *Les créatures magiques, de la plus grande à la plus petite.*

Plutôt que de s'installer à mes côtés, Jaxon s'avance vers l'étagère où est assis Hudson pour y prendre un livre. L'espace d'une seconde, l'illusion est parfaite : on dirait que Hudson va lui donner un coup de pied en plein visage.

N'essaie même pas, j'articule silencieusement.

Hudson hausse les sourcils.

— Heureusement que t'es là pour le protéger.

Je plisse les yeux. *Face à un meurtrier ? Oui, heureusement.*

— T'es au courant que c'est Jaxon qui m'a tué, et pas l'inverse ?

Il saute au bas de son étagère en secouant la tête.

— J'en ai marre. J'ai des trucs plus importants que ça à faire.

Et il s'éloigne dans la pénombre du fond de la bibliothèque. Au bout de quelques secondes, je me rends compte qu'il suit le même chemin que moi, lors de ma première visite. De gargouille en gargouille. C'est le chemin qui m'a menée droit vers Lia…

43

MÊME LES PSYCHOPATHES ONT LEURS LIMITES

Les mots de Hudson résonnent dans ma tête. Quels trucs plus importants à faire ?

— Qu'est-ce que tu veux dire ?

Hudson ne répond pas.

— Je suis sérieuse, Hudson. Dis-moi ce que tu prépares.

Il ne répond toujours pas, le salaud.

Je crie en direction des ombres dans lesquelles Hudson s'est fondu.

— T'as pas le droit de dire des choses comme ça et ensuite de… disparaître !

Jaxon s'assied près de moi avec un soupir.

— Peut-être qu'on devrait reporter nos recherches ?

— Et pourquoi ? je m'exclame, furieuse.

Mon ton le fait ciller, mais il me répond d'une voix douce :

— Parce que tu as l'air un peu trop… occupée… à engueuler mon frère.

Ma colère s'envole d'un coup. Ce n'est pas la faute de Jaxon si son frère est un idiot prêt à tout pour parvenir à ses fins.

— Non, bien sûr que non… Pardon. C'est une super idée, les recherches sur les gargouilles.

— Tu es sûre ? Parce que si t'as besoin de temps, je comprends.

— J'ai besoin d'être avec toi, je lui assure en essayant d'oublier l'exaspération que je ressens vis-à-vis de Hudson. Des recherches sur les gargouilles et la méthode pour extirper ton horrible frère de ma tête, c'est parfait.

— Évidemment que c'est parfait. On parle de se débarrasser de mon frère, après tout, renchérit Jaxon avec un sourire en coin.

— Exactement ! Commence par me dire ce que tu sais sur les gargouilles, je propose en sortant mon cahier de mon sac. Elles ont sans doute des caractéristiques connues de tous, dans le monde magique, non ? Je veux dire, comme le fait que les vampires ne peuvent pas entrer quelque part sans y être invités, ou que les dragons aiment amasser de l'or… (Je m'arrête et j'hésite.) En fait, je ne sais même pas si c'est vrai, cette histoire à propos des dragons.

— Ah si, c'est tout à fait vrai, confirme Jaxon avec un sourire.

Sourire qui s'étiole tandis qu'il réfléchit, le regard dans le vide.

— On raconte beaucoup d'histoires sur les gargouilles. Moi, je suis trop jeune pour en avoir rencontré. Mon père les a toutes tuées avant ma naissance.

Cette déclaration me fait l'effet d'une bombe à retardement : après quelques secondes de calme, elle explose en moi.

— Ton père a exterminé les gargouilles ? je répète d'une voix tremblante.

— Oui.

Je ne l'ai jamais vu aussi honteux.

— Comment il a fait ?

Comment a-t-il fait pour les tuer *toutes*, voulais-je dire, mais Jaxon prend ma question au sens littéral.

— Les gargouilles peuvent mourir. Pas facilement, mais elles le peuvent. Il a tué le roi des gargouilles avec sa morsure éternelle, évidemment.

Sa morsure éternelle ? L'idée me fait frissonner.

— Qu'est-ce que c'est, une morsure éternelle ?

— C'est le don de mon père, soupire Jaxon. Il peut tuer n'importe qui d'une seule morsure. Personne n'y a jamais survécu.

Note à moi-même : toujours garder mes distances avec le roi des vampires.

— Et les autres ? Il les a exterminées lui-même ?

— Pas lui, ses armées, répond Jaxon avec un rire sans joie. Faut croire que j'ai le génocide dans le sang.

Le mot génocide me heurte comme un coup de poing. Hudson, le vampire génocidaire. Comment a-t-il pu ? Quelle horrible personne, absolument dépravée, maléfique…

— Oh, ça suffit, crie soudain Hudson.

Il est de retour dans l'allée principale. Et il est furieux, si furieux que ça me contamine. Sa colère immense m'envahit. Je sens que je pourrais y sombrer, qu'elle pourrait abattre le mur que j'ai eu tant de mal à construire entre nous.

— Hudson ? je gémis. Hudson, tu…

Il m'interrompt, avec un accent britannique à couper au couteau.

— Je ne te permets pas, espèce d'enfoiré. Tu m'accuses sans savoir et j'en ai plus qu'assez de te regarder te pavaner comme le putain de bâtard que tu es !

Le mur en moi tremble sur ses fondations. Il se fissure. Je tente désespérément de calmer Hudson.

— Hudson, respire. Hé, Hudson…

Sans me prêter attention, il tourne autour de notre table en hurlant des insultes à Jaxon – qui ne l'entend pas le traiter d'attardé à face de rat.

Pourtant, il se lève, les poings serrés, les yeux fous d'inquiétude. Il a compris que quelque chose n'allait pas, je suis en train de poursuivre Hudson… Jaxon cherche visiblement un moyen de se battre contre son frère sans me blesser. Ce qui est impossible, bien sûr.

Je lève une main pour lui faire signe de se rasseoir, de se calmer. Il ne faut surtout pas qu'il énerve Hudson davantage.

À contrecœur, Jaxon desserre les poings. Maintenant que je sais qu'il ne tentera rien, je m'avance vers son frère.

— Hudson. Hudson, regarde-moi.

Je pose une main sur son épaule.

— Allez, respire un coup et regarde-moi, d'accord ?

Hudson fait volte-face. Le regard qu'il me lance est si plein de fureur et de trahison que je chancelle.

Je ne sais pas si c'est parce que j'ai eu un mouvement de recul ou parce qu'il devine mon trouble, mais il se calme un peu. Il ne s'excuse pas, ne s'explique pas, mais il cesse de hurler et il n'a plus l'air de vouloir démolir la bibliothèque ou son frère. À la place, il se laisse tomber dans un fauteuil, devant une fenêtre, dos à moi.

Je me retourne. Le regard de Jaxon me hérisse. Pas parce que je pense qu'il pourrait me faire du mal, mais parce qu'il me paraît si distant que j'en perds mes moyens.

— Je suis désolée, je souffle. Je ne voulais pas te blesser. C'est juste que je n'arrive pas à l'ignorer quand il hurle de colère dans ma tête. J'aimerais bien mais je n'y arrive pas. Je voudrais tant qu'il disparaisse mais… Il est là. Je te promets que je fais de mon mieux.

À ces mots, son regard se réchauffe.

— Je sais, dit-il en me tirant par la main pour me rapprocher de lui. J'aimerais tant pouvoir t'aider.

— Ce n'est pas ta responsabilité.

— Je suis ton promis, réplique-t-il, vexé. Évidemment que c'est ma responsabilité.

— Non, c'est à moi de m'occuper de tout ça, je chuchote en me mettant sur la pointe des pieds pour l'embrasser sur les lèvres. Toi, ton boulot, c'est de me soutenir.

Un rire étonné lui échappe.

— C'est bien la première fois qu'on me demande ça.

— Sans blague. Et ça te plaît ?

Il réfléchit quelques instants.

— Non, pas vraiment.

Je fais mine d'être étonnée. Il rit.

— Bon, alors, tu veux entendre ce que je sais sur les gargouilles ?

— Avec plaisir !

Nous nous rasseyons dans nos sièges et reprenons les livres que nous lisions avant la crise de colère de Hudson.

— Comme je disais, les gargouilles sont des créatures très anciennes, même si elles ne sont pas aussi vieilles que les vampires. Personne ne sait comment elles sont apparues…

Il reste songeur un instant.

— Ou en tout cas, moi, je n'en ai aucune idée. Tout ce que je sais, c'est qu'elles étaient présentes pendant la Seconde Grande Guerre, mais pas pendant la première. Il existe de nombreuses légendes racontant leurs origines. Ma préférée prétend que les sorcières ont conjuré les gargouilles pour se protéger, elles et les humains, d'une nouvelle grande guerre. Certaines sources mentionnent un usage de magie noire, mais je n'y crois pas. Je pense qu'elles ont supplié une puissance supérieure de les aider, et que c'est pour ça que les gargouilles ont toujours eu un rôle protecteur.

Protecteur. Le mot résonne en moi, dans mes os, à travers mes veines. Oui. Je suis une protectrice. Rien qu'à l'entendre, je sais que c'est vrai.

— Qu'est-ce qu'on protège, exactement ? je demande, les tempes battantes.

— La magie, me dit Jaxon. Et toutes les factions qui la pratiquent.

— Pas seulement les sorcières, alors ?

— Non. Les gargouilles maintiennent l'équilibre entre les différentes créatures, qu'elles soient des vampires ou des lycanthropes, des sorcières ou des dragons. Ou des sirènes, ou des selkies. En bref, tout ce qui n'est pas humain… et tout ce qui l'est, aussi.

— Alors pourquoi est-ce que ton père les a tuées ? Si elles étaient responsables de l'équilibre, pourquoi vouloir s'en débarrasser ?

— Pour accumuler plus de pouvoir. Ma mère et lui voulaient gagner en puissance, et ce n'était pas possible sous la surveillance des gargouilles. Mais maintenant qu'elles ont disparu, ils sont à la tête du Cercle, et…

— Amka m'a aussi parlé de ce Cercle ! De quoi s'agit-il ?

— Le Cercle est l'entité qui gouverne les créatures paranormales du monde entier. Mes parents y occupent les positions les plus hautes. Ils les ont occupées après que mon père a détruit les gargouilles.

— Après qu'il les a exterminées, renchérit Hudson de sa place devant la fenêtre. Il a convaincu ses alliés que les humains préparaient une nouvelle guerre et il a utilisé les procès de Salem comme preuve. Puis il a prétendu que les gargouilles se rangeraient du côté des humains.

— Alors il les a toutes tuées pour éviter une guerre qui n'aurait de toute façon jamais eu lieu ? je murmure, horrifiée.

Jaxon tourne une page de son livre.

— C'est ce que certaines personnes croient, oui.

— Non, il les a tuées parce qu'il est maléfique, égoïste, lâche et assoiffé de pouvoir, me corrige Hudson. Il croit réellement à ce qu'il raconte. Il pense qu'il est le seul à pouvoir sauver les vampires.

La façon dont Hudson décrit leur père m'effraie. Pourtant, lui aussi désirait éliminer les autres espèces de la surface de la planète… Comment peut-il reprocher à son père d'avoir voulu commettre les mêmes crimes ?

— Je n'ai rien à voir avec mon père ! gronde Hudson. Rien du tout !

Je n'ose pas le contredire, mais pour ce qui me concerne, je ne vois pas la différence. Ils s'en sont pris à des factions différentes, c'est vrai, mais à part ça, c'était pareil. Ils ont exterminé des innocents pour accroître leur pouvoir.

Je ferais mieux de garder ça à l'esprit. Hudson est dangereux et il ne sera pas toujours enfermé dans ma tête. Qui sait ce dont il sera capable une fois libéré ?

Jaxon doit avoir la même idée.

— Quoi qu'il arrive, me dit-il, on ne peut pas laisser mon frère s'échapper avec ses pouvoirs intacts. Mon père a exterminé le peuple des gargouilles. Hudson pourrait bien faire pire.

44

DEUX TÊTES NE VALENT PAS MIEUX QU'UNE

Je m'attends à ce que Hudson explose, mais il ne pipe mot. D'ailleurs, il est tellement silencieux qu'on pourrait le croire endormi si son pied ne tapotait pas nerveusement le sol.

Pourquoi ne réagit-il pas à ce que Jaxon a dit ? Parce qu'il sait que tout est vrai ? Parce qu'il a honte ? Parce qu'il s'est déjà suffisamment énervé pour la journée ?

J'ai beau ne le connaître que depuis quelques jours, je sais que ça ne lui ressemble pas, lui qui a toujours réponse à tout.

Une tristesse étrange m'envahit, et je me sens épuisée. Je lutte pour ne pas bâiller. Jaxon devine ma fatigue.

— Allez, nos recherches peuvent attendre demain. Je te ramène à ta chambre.

Je n'ai pas assez d'énergie pour protester.

— On ne doit pas ranger avant de partir ? je demande tout de même en indiquant les chandelles allumées sur la table.

— Je peux te raccompagner et revenir ranger après, répond-il en m'entraînant vers la porte.

— Allons, ne sois pas bête. Ça ne prendra que quelques minutes.

De fait, en cinq minutes, tout est à sa place et nous quittons la bibliothèque. Jaxon porte l'énorme vase de fleurs qu'il m'a offert.

Devant ma chambre, Jaxon dépose le vase au sol. Il aimerait m'embrasser comme il l'a fait la veille, c'est évident, mais Hudson n'est pas endormi. Il ne me parle plus mais il voit tout ce qui se passe. Je ne veux pas embrasser son frère devant lui, alors qu'il entend chacune de mes pensées.

Je n'ai aucune envie qu'il sache à quoi je pense quand Jaxon m'embrasse. C'est intime, ça ne regarde que moi.

Je pose une main sur le bras de Jaxon pour l'arrêter.

— Je préfère que tu me laisses ici.

— On se voit demain, alors ? On peut petit-déjeuner vers dix heures, puis passer la matinée à la bibliothèque ?

— Avec plaisir. Ce serait un samedi matin idéal.

— Parfait, alors.

Il me tend les fleurs. Plutôt que de les prendre, je me pends à son cou et pose un baiser furtif sur ses lèvres.

— Merci pour cette soirée géniale.

— Vraiment ?

Il a l'air à la fois gêné et ravi. C'est adorable.

— Vraiment. Tu es…

Je ne trouve pas les mots. Jaxon s'appuie au mur pour attendre la suite. Même avec un grand sourire un peu niais et ce vase dans les mains, il est incroyablement sexy.

— Je suis quoi ?

— Tu es un charmant petit canard, je m'esclaffe.

Il rit à son tour.

— Ce n'était pas forcément ce que j'attendais, mais ça me va.

Il me donne les fleurs puis m'embrasse sur la joue.

— Avec toi, tout me va.

Mon cœur fond.

— Tant mieux. Parce que c'est pareil pour moi.

Jaxon m'ouvre la porte et j'entre avec l'impression de flotter sur un nuage.

Macy n'est pas là. Elle a dû sortir avec ses amies sorcières. Je pose les fleurs sur mon bureau et m'écroule sur mon lit. Après quelques minutes, je lance ma playlist favorite et attrape le livre qui traîne sur ma table de nuit. Je l'avais commencé avant de me transformer en gargouille et je ne me souviens plus de rien.

Après trois minutes, je renonce. Je pourrais peut-être regarder une série sur Netflix ? Non, rien ne me tente. Je tourne en rond dans ma chambre.

Il n'y a rien à faire, et ça fait très longtemps que je ne me suis pas retrouvée seule dans cette pièce. Je me sens embarrassée, comme si je n'étais pas au bon endroit. Bizarre. Depuis que je suis arrivée à Katmere, j'ai toujours voulu être seule. Maintenant que je le suis enfin, ça me pèse.

Je décide d'aller prendre une douche. Juste avant d'entrer dans la salle de bains, pyjama à la main, je réalise que j'ai oublié un détail. Hier soir, quand je me suis douchée, Hudson était endormi. Ce soir, il est éveillé.

Il n'a pas décroché un mot depuis qu'il a crié contre Jaxon dans la bibliothèque. Présentement, il est vautré sur le lit de Macy avec un bouquin. Je tends le cou pour lire le titre. *Crime et châtiment* de Dostoïevski. Est-ce qu'il s'identifie à Raskolnikov, le personnage principal, qui commet des meurtres pour arriver à ses fins ?

J'hésite. J'ai besoin de me laver les cheveux, mais il est hors de question de me déshabiller et de prendre une douche devant lui, même s'il est occupé à lire. Si je me vois nue, lui me verra aussi.

— Je ne te ferai pas ça.

Ça fait si longtemps que Hudson ne m'a pas adressé la parole que je sursaute. Il est toujours étendu sur le lit de Macy, chevilles croisées et bras derrière la tête. Son livre est couché sur sa poitrine.

J'ai mille questions à lui poser. J'aimerais savoir pourquoi il a explosé comme ça, déjà…

— Tu ne feras pas quoi ?

— Je ne te regarderai pas pendant que tu te déshabilles ou que tu prends ta douche. Ne t'en fais pas pour ça.

— Ouais, mais est-ce que tu auras vraiment le choix ? Tu es dans ma tête. Tu vois tout ce que je vois.

— Je peux fermer les yeux et de me concentrer sur mes propres pensées pour ne pas voir les tiennes. Je ferai de mon mieux. Va prendre ta douche. Tu n'as rien de pervers à craindre de ma part.

— C'est ça que t'as fait dans la bibliothèque ? À la fin ? Tu t'es concentré sur tes propres pensées ?

Je ne sais pas pourquoi j'insiste… J'ai envie de savoir pourquoi il s'est tant énervé.

— Non, dit-il au bout de quelques instants. J'étais toujours là, j'ai juste…

— Quoi ?

— Je ne sais pas. J'avais besoin de réfléchir.

— Je comprends.

Il me sourit, et pour une fois ce n'est pas un sourire railleur. Il n'est pas joyeux non plus. Juste… un peu triste.

— Vraiment ?

Je ne sais pas quoi répondre à ça. C'est une bonne question. J'essaie, pour la première fois, de me mettre à la place de Hudson. Enfermé dans la tête d'une fille qu'il connaît à peine, une fille qui ne l'aime pas du tout, en attendant qu'elle trouve un moyen de l'expulser tout en lui arrachant ses pouvoirs.

Moi qui me sens tellement bizarre d'avoir découvert ma nature de gargouille, je comprends à quel point ça doit être affreux de savoir qu'à sa libération, il ne sera plus un vampire. Il aura perdu son essence même.

Soudain, ça me paraît terrible de lui enlever ça, cet élément essentiel de son identité. Mais quelle serait l'alternative ? Le libérer en espérant qu'il n'utilise pas ses pouvoirs pour déclencher une nouvelle guerre mondiale ?

Son comportement depuis son apparition n'inspire pas confiance…

— T'as raison, remarque-t-il.

— De quoi ?

Il se tourne dans le lit pour me présenter son dos.

— Tu n'as aucune idée de ce que je ressens.

C'est aussi vrai que blessant. Je reste silencieuse pendant de longues secondes. Finalement, je décide qu'il y a aucune bonne réponse à lui donner. En revanche, c'est le moment idéal pour une douche : vu son humeur, Hudson ne risque pas de trahir sa parole.

— *Je ne trahirai pas ma parole, peu importe mon humeur.*

Cette remarque se glisse dans mon esprit, si doucement qu'il me faut un instant pour comprendre qu'elle vient de lui.

Et je ne peux pas m'empêcher de répondre que je le sais. Parce qu'au fond de moi, c'est vrai, je le sais.

Ce n'est qu'en me rinçant les cheveux que je comprends ce qui m'est arrivé quand je suis revenue dans ma chambre. Ce n'était pas que je m'ennuyais ou que je ne savais pas quoi faire de moi-même qui me gênait.

Non, c'était l'absence de Hudson qui me chamboulait.

C'est insensé, mais en quelques jours seulement, je me suis habituée à lui. À ses remarques incessantes et ridicules, à ses opinions sur tout, à sa façon de me forcer à admettre ce que je pense réellement.

J'ai beau le détester, lui et tout ce qu'il représente, je me suis attachée à sa présence. Et je commence à ne plus le considérer seulement comme un ennemi, même si je ne suis pas suffisamment naïve pour le considérer comme un ami.

Je m'attends à ce qu'il réagisse à cette dernière pensée, mais rien ne vient. Parce que Hudson tient sa promesse : il me laisse mon intimité.

Ce qui me perturbe d'autant plus.

Je sors de la douche et m'essuie si vite que mon pyjama colle encore à mes cuisses humides quand je me brosse les dents.

Lorsque je me glisse sous la couverture, je jette un coup d'œil au lit de Macy et constate que Hudson a disparu. Tout est si silencieux. Il a dû s'endormir. Tant mieux, parce que j'ai besoin de réfléchir sans qu'il m'écoute.

La vérité, c'est que je ne peux pas rester sans rien faire en attendant qu'il agisse. Je sens déjà que le mur que j'ai placé entre nous se fissure. Que fera-t-il une fois qu'il se sera effondré ?

C'est décidé : ce week-end, je dois me lancer dans la recherche des artefacts dont on a besoin pour le chasser de mon esprit. Jaxon a bien fait de me rappeler à quel point il est dangereux et sournois. Ajoutons à ça les faiblesses du mur… Oui, il pourrait parvenir à s'échapper d'ici à quelques jours, plutôt que quelques semaines.

Or, quand ça arrivera, nous serons tous en danger.

45

LAISSE TES PROBLÈMES SUR LE PAILLASSON

Le hurlement de l'alarme me réveille. La lumière du soleil se déverse par l'unique fenêtre de ma chambre.

— Éteins ton réveil, geint Macy. Par pitié, éteins-le.

Je fais taire mon téléphone et sors du lit. Il est neuf heures et quart et je dois être dans le réfectoire dans quarante-cinq minutes. Ça ne devrait pas être si pénible de me lever, mais j'ai eu du mal à m'endormir et je me sens groggy.

Le plus silencieusement possible, je me dirige vers la salle de bains pour me débarbouiller et me brosser les dents. Macy se retourne.

— Tu vas où ?

— Petit-déjeuner avec Jaxon. On a prévu de faire des recherches à la bibliothèque ensuite.

J'avise ses yeux ensommeillés.

— Tu te souviens qu'un vampire me squatte le cerveau et fait tout son possible pour abattre le mur que j'ai construit pour le retenir, quand même ?

Macy gémit dans son oreiller pendant une bonne minute, puis repousse ses couvertures et s'assied.

J'éclate de rire en découvrant sa tête de zombie. Elle grogne.

Ses cheveux roses sont dressés sur sa tête comme une crête et son maquillage a coulé. On dirait un raton laveur. Un adorable raton laveur, mais tout de même.

— Pourquoi est-ce que tu te lèves ? je demande en ouvrant mon armoire. Tu ferais mieux de te rendormir. T'en as besoin, on dirait.

— T'as pas idée. Il y avait une fête chez les loups hier soir, et ça a un peu dégénéré. (Elle m'indique son visage.) D'où mon look de vieille marâtre.

— T'es dure… Et ça ne me dit pas pourquoi tu te lèves au lieu de récupérer.

— Parce que je viens avec toi, andouille.

— Quoi ? Non, ce n'est pas nécessaire. On va passer la journée à lire des vieux grimoires.

— Je suis super forte en lecture de vieux grimoires, proteste Macy en se levant. Et je suis bonne en recherches, même quand je n'utilise pas de sort pour m'aider. Donc je vais bosser avec vous. Jusqu'à quatorze heures, en tout cas. Après je dois retrouver Gwen.

— Il y a des sorts qui aident à faire des recherches ? je demande, fascinée.

Elle lève les yeux au ciel.

— Il y a des sorts pour tout.

— Tout ?

Mais elle a déjà refermé la porte de la salle de bains derrière elle. Quelques instants plus tard, je l'entends faire couler la douche.

— Oui, tout, répond Hudson. Les sorcières ont l'esprit pratique. Pourquoi travailler dur s'il existe une solution plus simple ?

Il est assis par terre près de la porte, les bras autour des genoux. Son jean est usé et déchiré, ce qui ne l'empêche pas de lui aller à merveille, tout comme son tee-shirt blanc tout simple. C'est la première fois que je le vois dans une tenue aussi décontractée.

— Et les vampires ? je demande, à moitié par curiosité, à moitié pour ne pas penser au fait que je le trouve hyper mignon habillé comme ça. Ils ont l'esprit pratique, eux aussi ?

Il ricane.

— Seulement quand il s'agit de trouver un humain à mordre.

— T'es horrible ! je m'écrie en essayant en vain de me retenir de rire.

— La vérité est souvent horrible, réplique-t-il en se frottant nerveusement les cuisses. T'as dû t'en rendre compte, non ?

Cette conviction en dit long sur Hudson. Ses manières sont plus brusques que d'habitude. Qu'est-ce qui s'est passé cette nuit pour qu'il soit si amer ? Je pourrais le lui demander, mais je n'ai pas envie de rompre la fragile trêve entre nous juste avant de retrouver Jaxon.

— Je dois me changer…

Il me fait signe de faire ce que je veux et bascule la tête en arrière, les paupières closes.

— Merci.

Pas de réponse.

J'examine les tenues que Macy a choisies pour moi à mon arrivée, puis me décide finalement pour des vêtements de mon ancienne vie : un débardeur turquoise et un pantalon de yoga noir. Puis, parce qu'on est tout de même en Alaska, j'enfile mon gilet préféré par-dessus le débardeur. Il est doux et usé. En le passant sur mes épaules, j'ai l'impression de redevenir moi-même.

C'est agréable.

— J'ai fini, je souffle à Hudson, qui opine sans ouvrir les yeux.

Ça me laisse tout le loisir de l'observer sans être interrompue par ses piques incessantes. Il a l'air épuisé, en fait.

Je peux comprendre. J'ai beau avoir dormi deux nuits complètes, j'ai toujours l'impression qu'un camion m'est passé dessus. Cependant, sa fatigue semble à la fois plus profonde et plus aiguë que la mienne. Je me demande ce qui se passe dans sa tête. Ce qu'il ressent. S'il ressent quoi que ce soit.

Si quelqu'un m'avait annoncé il y a quatre jours que je m'inquiéterais pour Hudson, je n'y aurais pas cru.

Et si c'était le syndrome de Stockholm ? Malgré tout ce que mon geôlier me fait subir, je ne peux pas m'empêcher d'avoir de la compassion pour lui ?

— Tu ferais mieux de parler de contre-syndrome, non ? C'est tout de même toi qui me gardes enfermé.

Hudson a rouvert les yeux. Son accent britannique et son sourire arrogant sont de retour.

— Moi ? Mais je ne t'ai rien fait. C'est toi qui ne veux pas partir !

— Partir ? s'étouffe-t-il. Évidemment que je veux partir ! C'est toi qui gaspilles tout ton temps à aller en cours, peindre et rouler des pelles à mon frère au lieu de chercher la pierre de sang !

— Excuse-moi d'essayer de vivre ma vie ! Je ne peux pas non plus tout lâcher pour céder à tes caprices !

— Des caprices ?

Sa voix est devenue dangereusement basse.

— C'est la deuxième fois que tu m'accuses de faire un caprice quand j'exprime des inquiétudes légitimes. Je n'ai rien dit la première fois, mais là, ça suffit. Je te préviens. Arrête avec ça.

— Sinon quoi ?

Il se lève et bondit à l'autre bout de la pièce pour placer son visage à quelques centimètres du mien.

— Sinon j'arrêterai de jouer et je passerai aux choses sérieuses. Et crois-moi, ni toi ni ton précieux petit promis n'êtes de taille à affronter ma colère.

— Parce que prendre possession de mon corps et le couvrir de sang, c'est jouer ? je hurle, d'une voix si aiguë qu'elle pourrait faire exploser les vitres. Et faire des commentaires à chaque instant que je passe avec ton frère, c'est jouer ?

Il plisse les paupières.

— Comparé à ce que toi, tu me fais subir ? Ce n'est pas grand-chose.

— Ce que je te fais subir ?

Je lève les bras au ciel.

— Vas-y, je t'en prie. Explique-moi exactement ce que je te fais subir de si affreux ?

— Tu… tu…

Il s'arrête, les poings et les mâchoires serrés.

— Je…

Puis, avec un rugissement, il fait volte-face et frappe le mur de toutes ses forces.

Je sursaute, choquée par l'intensité soudaine de sa fureur. Son poing a laissé un trou dans le mur, juste à côté de ma tête. Comment est-ce possible ? Hudson n'a pas de substance ; il ne peut pas agir sur la matière qui nous entoure. Je baisse les yeux sur mes mains. Est-ce moi qui ai frappé le mur sans m'en rendre compte ?

Mais non, mes mains sont indemnes, mes articulations ne sont même pas un peu rouges. C'est bien Hudson qui a donné le coup de poing.

La panique me gagne lorsque je fais le constat des dégâts qu'il est capable de causer, même sans corps. Même depuis mon esprit.

Son principal pouvoir, c'est la persuasion. Est-il en train de me manipuler sans que je m'en rende compte ? Est-ce pour ça que j'ai parfois mal pour lui ? Que j'ai considéré quelques instants, la veille au soir, qu'il n'était pas totalement mon ennemi ? Peut-être que…

— Arrête, chuchote Hudson, sur un ton plus plaintif que jamais. Arrête, je t'en prie. Au moins pour quelques minutes. S'il te plaît.

46

LES GARGOUILLES AUSSI PEUVENT ÊTRE GLAMOUR

— Arrêter quoi ?

Hudson se détourne, la tête basse.

— Hudson ?

Il secoue lentement la tête sans répondre et se dirige vers la fenêtre pour s'absorber dans la contemplation du paysage enneigé.

— Hudson ? Arrêter quoi ?

Il rit, mais ce n'est pas son rire sarcastique habituel. C'est un rire triste.

— Tu n'en as même pas conscience. Ça veut tout dire.

Je ne sais pas quoi répondre, alors je ne dis rien. Le silence nous entoure, aussi léger et fragile que le papier de soie que ma mère utilisait pour emballer les cadeaux. Plus ça dure, plus je redoute de le briser. Si je le déchire, je risque de détruire du même coup cette étrange trêve qui dure depuis deux jours.

Et si la trêve est finie, qu'arrivera-t-il ensuite ?

Comme d'habitude, c'est Macy qui me sauve. Un quart d'heure avant mon rendez-vous, elle sort en sautillant de la salle de bains, parfaitement apprêtée.

— OK, donne-moi cinq minutes pour trouver mes chaussures et me jeter un petit sort de glamour, et on y va.

— T'as toujours l'air glamour et moi j'ai toujours l'air de ça, je râle en indiquant mon visage.

— Oui mais tes cheveux sont magnifiques. Et t'es super jolie aujourd'hui.

Elle remue ses doigts devant son visage, marmonne une incantation. Soudain, ses cheveux sont brushingués et sa peau paraît plus claire, plus lisse, plus belle.

— Je suis jalouse.

— D'accord, d'accord, d'accord. Viens, je t'en fais un aussi.

— Vraiment ? je dis, le cœur frétillant d'excitation.

— Oui, vraiment. Je t'en aurais fait un plus tôt si j'avais su que ça t'intéressait.

En temps normal, ça ne me tenterait pas (je me contente d'être occasionnellement mignonne). Mais après tout ce qui s'est passé avec Hudson et tout ce qui risque d'arriver quand je le ramènerai dans la même pièce que Jaxon, j'ai besoin d'une armure.

Alors je m'approche de Macy et lève le visage vers elle. (Elle fait une tête de plus que moi. Non, je ne suis pas jalouse.)

— Ferme les yeux, me dit-elle.

Je m'exécute. Et j'attends. J'attends. J'attends encore.

— Y a tant à faire que ça ? je plaisante en rouvrant les yeux.

Macy pousse un soupir agacé.

— Non, tu es magnifique comme tu es. Et tant mieux, parce que ça ne marche pas.

— Comment ça, ça ne marche pas ?

— Ma magie ne fonctionne pas sur toi. Je n'y comprends rien. J'ai essayé trois sorts de plus en plus compliqués, mais rien n'a pris. Ça ne m'a jamais fait ça avant !

— Je suis probablement déjà au maximum de ma beauté, j'ironise.

— Oui, sûrement.

Je lui donne une bourrade.

— Je blaguais !

— Je sais bien, réplique-t-elle avec un clin d'œil. Mais c'est vrai que tu es adorable.

— Je suis *parfois* adorable, je la corrige. Mais glamour, jamais. Même avec tes sorts, faut croire.

Elle lève les yeux au ciel.

— Arrête un peu… J'aimerais surtout comprendre ce qui se passe.

Moi aussi. Je me demande si nous ne sommes pas en train de découvrir une nouvelle caractéristique des gargouilles. « Une créature faite de roche, jamais jolie ne sera », un truc comme ça.

Macy tend la main et murmure quelques mots. Immédiatement, sa paire de ballerines préférée atterrit dans sa main.

— Donc le problème ne vient pas de ma magie. Quoi, alors ?

Je jette un coup d'œil à Hudson dans l'espoir qu'il intervienne. Comme ça fait plusieurs siècles qu'il est vivant, il en sait bien plus que nous. Mais non : lui qui saute d'habitude sur toutes les occasions de me donner une leçon de vie reste obstinément muet.

— Je vais demander à mon père, conclut Macy. D'ici là, tu vas devoir te contenter d'être adorable. Tu t'en remettras ?

Je hausse les épaules.

— J'ai passé ma vie à être à moitié mignonne, je peux bien attendre un jour de plus.

— C'est ça, oui, dit Macy en traversant la pièce pour attraper son téléphone.

C'est là qu'elle remarque le trou laissé par le coup de poing de Hudson.

— Aaaah ! Mon père va péter les plombs !

— Désolée ! Je me suis disputée avec Hudson et...

— Et t'as donné un coup de poing dans le mur ?!

Si Macy écarquillait les yeux un peu plus, ils s'échapperaient de ses orbites.

— Bien sûr que non ! C'est lui qui a donné un coup de poing dans le mur.

Je lève la main pour l'empêcher de poser d'autres questions.

— Et, non, je n'ai aucune idée de la manière dont il s'y est pris. On s'est disputés, il était en colère, il a frappé le mur. Et boum, ça a fait un trou.

— Mais il n'a pas de corps, répond Macy, horrifiée. Est-ce que ça veut dire qu'il a accès à ses pouvoirs ?

— Je ne crois pas.

N'empêche, cette idée m'inquiète. Et s'il m'avait manipulée tout du long sans que je m'en rende compte ?

— Je ne te manipule pas, crache Hudson. Tu ne veux pas arrêter un peu ? À t'écouter, on dirait que je suis le diable en personne.

— Je n'ai jamais dit ça, je rétorque en essayant d'ignorer le sentiment de soulagement qui m'envahit maintenant qu'il m'adresse de nouveau la parole. Mais tu ne peux pas me reprocher d'y penser, vu la situation, non ?

Macy, comprenant que je m'adresse à Hudson, s'éloigne pour ramasser ses affaires.

— Bien sûr que je te le reproche !

Comme chaque fois qu'il s'énerve, son accent britannique fait un retour en force.

— Tout serait différent si j'utilisais mes pouvoirs sur toi ! Déjà, tu serais en train de faire ce que je te demande, plutôt que de résister à chaque pas.

— Je te demande pardon d'être un individu indépendant avec mes propres pensées et opinions. Ça doit t'occasionner bien des désagréments.

— Le désagrément, c'est de te connaître, grogne-t-il.

— Tu n'as qu'à me mordre et me vider de mon sang, si je suis si insupportable. Ah, non, j'oubliais : tu en es incapable.

Son grognement se transforme en rugissement. Il se plante à un mètre de distance, les mains dans les poches, et me fusille du regard.

— Tu vas me pousser à bout un de ces jours, tu le sais, ça ?

— Oh non, tu vas donner un autre coup de poing dans le mur ? (Je le fixe à mon tour.) Ne me menace pas. Je ne suis pas une gamine apeurée qui va t'obéir au doigt et à l'œil. Si c'était ce que tu voulais, tu n'avais qu'à t'installer dans le cerveau d'une petite humaine sans défense.

— Une petite humaine sans défense, répète-t-il, soudain amusé. Tu commences donc à te faire à l'idée d'être une gargouille ?

De fait, mes paroles me surprennent moi-même. Pour ne pas avoir à répondre, je me tourne vers ma cousine.

— Viens, Macy, il faut qu'on y aille. Jaxon va penser que je l'ai encore oublié.

— Je suis prête, répond ma cousine avec un sourire en coin. J'attendais juste que tu en finisses avec Hudson. Tu tirais une de ces têtes…

— Quel genre de tête ? je demande en refermant la porte derrière nous.

— Comme si tu t'apprêtais à exterminer un village entier. Voire une métropole.

— Ça, ça me plaît, intervient Hudson. N'oublie pas de m'inviter au massacre !

— Tu serais là de toute façon, non ?

Je lève les sourcils dans sa direction. À mon soulagement, sa colère est retombée.

— C'était juste une façon de parler, répond-il.

— Ahhh !

Je me moque de lui. Évidemment que je sais que c'était une façon de parler. Pour être exacte, c'était un trait d'ironie.

Hudson se frotte les yeux.

— Parfois, marmonne-t-il, tu m'effraies un peu.

Je ris avant de lui lancer à mon tour un trait d'ironie.

— Et encore, tu n'as rien vu.

Il soupire.

— Je n'en doute pas.

47

LA PIERRE DE SANG

— J'ai une question, je déclare en entrant dans le réfectoire.

— Oui ? répond Macy.

— Est-ce que c'était vraiment évident que je me disputais avec Hudson dans la chambre ? Parce que si les autres élèves le remarquent aussi, ils vont penser que j'ai un problème.

— À mon avis c'est déjà le cas, me taquine-t-elle. Mais tu oublies qu'on se trouve dans un lycée pour créatures magiques. L'année dernière, une sorcière est restée invisible pendant six mois. Ses amis passaient leur temps à parler dans le vide. Les trucs bizarres, c'est notre quotidien. La plupart du temps, personne n'y prête attention.

— Mais moi, tout le monde me regarde. Tout le temps.

— Je t'ai déjà expliqué. Tu sors avec Jaxon : ça signifie que la moitié du lycée te déteste et que l'autre moitié te jalouse. C'est comme ça. Ajoutons à ça ta transformation en gargouille et… Ben, disons juste que ce n'est pas à cause de tes discussions avec Hudson que les gens te dévisagent. Alors, relax, OK ?

Je réfléchis quelques secondes.

— Ouais, d'accord.

Jaxon arrive au réfectoire en même temps que nous, accompagné de la moitié de l'Ordre : Mekhi, que je n'ai pas vu depuis qu'il m'a apporté une veste, Luca et Rafael.

Ils ont tous l'air aussi réjouis que si c'était Noël, ou au moins Halloween.

— Eh bien, il était temps ! s'écrie Mekhi en me serrant contre lui. Ça fait plusieurs jours qu'on harcèle Jaxon pour savoir quand on pourra te voir.

Luca et Rafael m'accueillent avec un peu moins de familiarité (on ne se connaît pas aussi bien) mais tout autant d'enthousiasme.

Jaxon finit par couper court aux embrassades.

— Tu as faim ?

— Super faim, je réponds avec étonnement.

Je suis affamée : soit se battre avec Hudson brûle des calories, soit je dois encore rattraper mon jeûne involontaire des dernières semaines.

J'attrape un plateau et y empile assiette après assiette des œufs, des toasts et des patates sautées. Avec un clin d'œil, Jaxon y ajoute un Grany aux céréales et aux fruits rouges, puis part s'occuper de son propre petit déjeuner. Je me sers ensuite deux tasses de café si grandes que même Macy, l'accro à la caféine, hausse les sourcils. Parfois, il faut ce qu'il faut.

Nous nous installons à table. Jaxon et ses amis boivent dans des verres en métal opaque (probablement pour m'épargner la vue du sang au petit déjeuner) tandis que Macy et moi nous abreuvons de café.

J'ai l'impression que toute la caféine du monde ne suffirait pas pour affronter une nouvelle journée de la vie insensée que je mène en ce moment. Jaxon n'a pas l'air en forme non plus. Son teint est carrément blafard.

— Ça va ? je chuchote en posant ma main sur la sienne.

— Oui, répond-il avec un sourire. Ça faisait quelques jours que je ne m'étais pas nourri, je suis un peu fatigué. Surtout avec le voyage chez la Sangsue.

— Plusieurs jours ? Mais Jaxon, tu ne peux pas faire ça ! Je sais que tu es inquiet pour moi, mais tu ne dois pas te négliger comme ça !

Je me blottis dans ses bras. Une douce chaleur s'installe entre nous. Est-ce le lien de promesse ? La plupart du temps, je le remarque à peine, mais là on ne peut pas le manquer : un fil nous lie, lumineux et tiède.

J'essaie d'en profiter. C'est une sensation délicieuse. Je sens la proximité de Jaxon ; c'est chaud, fort et bienveillant.

Je ne suis pas sûre de comprendre ce qui se passe ensuite. Je ne sais même pas trop s'il est vraiment possible d'agir sur le lien, mais Jaxon a l'air si doux et fatigué que je ne peux pas m'empêcher de me tendre vers lui. Je ferme les yeux, pose une main sur son cœur et je me concentre sur ce qui existe entre nous.

Les joues de Jaxon reprennent des couleurs. Ses yeux paraissent plus alertes. Satisfaite, je m'écarte tout en lui prenant la main. Tandis que je lâche enfin le lien de promesse, Hudson se laisse tomber dans un siège vide et grogne :

— Par pitié, préviens-moi la prochaine fois que tu lui fais des mamours. Que je regarde ailleurs.

Jaxon est mon promis. J'ai le droit de le câliner.

Pour toute réponse, Hudson feule avec une expression si intense qu'elle me fiche des frissons.

— Vous allez vraiment passer l'après-midi à sauter du haut du château ? demande soudain Macy.

Sauter du château ? j'articule silencieusement à Jaxon, qui hausse les épaules, comme pour m'assurer qu'il n'y est pour rien.

— Faut bien qu'on s'entraîne pour Ludares, non ? répond Mekhi. Ça va venir très vite.

— Vous allez participer ? je demande à Jaxon. Je croyais que c'était dangereux…

Toute la tablée se tourne vers moi.

— Et alors ? dit Rafael. C'est notre dernière année à Katmere. Notre dernière chance d'écrabouiller tout le monde ! Évidemment qu'on va participer.

— Et puis il y a danger et *danger*, ajoute Mekhi. Personne n'est jamais mort pendant le tournoi de Ludares.

— Super rassurant, dis-moi ! je m'exclame.

Je cherche du soutien du côté de ma cousine, mais elle a un regard aussi condescendant que les autres. C'est là que je comprends.

— Attends, Macy, ne me dis pas que tu vas participer à une compèt' principalement connue pour sa dangerosité ?

— Non, corrige Luca. Elle va participer à une compèt' principalement connue pour son gigantesque potentiel d'éclate !

— Oh, eh bien, dans ce cas, allez-y. Je ne voudrais pas gâcher la fête.

— Tout à fait ! s'écrie Rafael. Et puis c'est un bon entraînement pour plus tard… si jamais on veut rejoindre le Cercle.

— Comment ça ?

Je me souviens vaguement d'Amka mentionnant que le Ludares était à la base une épreuve destinée à gagner un siège dans le Cercle.

— Il faut gagner un match pour entrer dans le Cercle ? Et si on est nul en sport ?

Jaxon glousse.

— À l'origine, le Ludares était la compétition qui départageait les couples promis les plus puissants. Si tu survivais à l'épreuve, tu gagnais ta place au Cercle.

— T'imagines ? s'enthousiasme Mekhi. Un couple promis face à huit adversaires plus puissants les uns que les autres ! J'aurais adoré voir les parents de Jaxon ou ceux de Flint passer l'Épreuve. Ça devait être *dingue*.

Mouais. Personnellement, ça ne me fait pas envie du tout.

— Seul un couple promis peut entrer au Cercle, alors ?

— Dans les faits, oui, confirme Jaxon. Il faut être au moins deux pour survivre à l'Épreuve.

Il me serre la main.

— Je pense qu'on devrait la passer, un jour. Il faut quelqu'un au Cercle pour faire régner la paix.

— Nous ? Mais pourquoi ? Je croyais que tu ne voulais pas être prince...

Moi en tout cas, je n'ai aucune envie d'être reine. Je préférerais de loin aller étudier aux Beaux-Arts. Même si avec le retard que j'ai accumulé en cours, je risque de devoir attendre un an avant de présenter ma candidature.

— C'est vrai, mais... ça fait longtemps que la Troisième Grande Guerre couve, et Hudson a aggravé la situation.

— C'est ça, c'est moi qui suis responsable du plan de mon père et de son alliance avec les loups-garous, râle Hudson. Abruti.

— Mais comment est-ce qu'on pourrait l'en empêcher ? je demande.

Tout en posant la question, je me répète ce que Hudson vient de dire. Sa version est très différente de tout ce qu'on m'a raconté jusque-là.

— Les gargouilles sont les gardiennes de la paix, intervient Mekhi. Avec les pouvoirs de Jaxon et ta capacité à calmer le jeu, vous pourriez nous aider à retrouver un certain équilibre.

— Ma capacité à quoi ?

— C'est ce que la légende dit, continue Rafael. Les gargouilles ont été créées pour rétablir l'équilibre entre les factions.

— Tout à fait, reprend Jaxon d'un ton sérieux. Quand mes parents abdiqueront, on pourra les remplacer et essayer de pousser le Cercle dans la bonne direction. Éviter une nouvelle guerre.

— J'aimerais bien voir ça, se moque Hudson. Déjà, pour faire abdiquer mon père, il faudra le décapiter puis brûler son corps et sa tête sur deux bûchers séparés. Et encore… Deuxièmement, est-ce qu'il pense sérieusement que siéger au Cercle est la solution à tout ? La vérité que mon idéaliste de petit frère ne veut pas entendre, c'est qu'empêcher une guerre d'avoir lieu, c'est difficile et ça implique de la violence.

Manifestement, il parle d'expérience.

— Et puis, être au Cercle signifie être une cible. Pour ma part, je préférerais éviter de mettre ma promise en danger et de m'inquiéter sans cesse qu'on la tue pour prendre sa place. Mais ça, c'est du Jaxon tout craché : il s'en fiche, de ta sécurité.

— Et si le promis d'un membre du conseil meurt ? je demande. Qui prend sa place ?

— Quand ça arrive, c'est en général dû à un meurtre, m'explique Macy. Même si les vampires sont les seuls d'entre nous à être vraiment immortels, les autres créatures vivent un sacré bout de temps.

— Tu ne dois pas t'inquiéter pour ça, m'assure Jaxon. Personne ne touchera à un seul de tes cheveux une fois que nous dirigerons le Cercle. Ils n'oseraient pas.

Je suis un peu perturbée par tous ces projets que Jaxon a échafaudés pour nous sans me consulter. Et par le fait qu'il s'est donné pour mission de me protéger pendant le reste de ma vie. Bien sûr, c'est normal que les deux membres d'un couple se protègent l'un l'autre, mais je n'ai pas envie d'être son fardeau.

Jaxon s'absorbe dans une discussion sur les différentes stratégies de Ludares avec Mekhi. Je ne peux pas m'empêcher de chercher Hudson du regard. Pense-t-il lui aussi que je suis une chose fragile à protéger ?

— Tu pourrais nous mettre tous K.-O., si tu voulais, souffle-t-il sans me quitter de ses yeux bleus sans fond.

Je ris aux éclats. C'est plus fort que moi. Je ne crois pas du tout à ce qu'il affirme, mais la pression sur ma poitrine s'allège un peu. Si c'est Hudson qui le dit… ce n'est pas rien, quand même ?

— Non, ce n'est pas rien, répond-il avec un sourire.

C'est fou comme il m'a manqué pendant son long silence. Avant que je ne puisse m'appesantir là-dessus, Macy se plaint d'un loup auquel elle aimerait bien donner une leçon. Je me rappelle alors qu'elle n'a pas vraiment répondu à ma question.

— Alors, Macy ? Tu ne vas pas participer, tout de même ?

Son visage s'illumine.

— Bien sûr que si ! J'ai enfin l'âge de m'inscrire et j'ai hâte !

— Bien dit, Mace, lâche Flint en se laissant tomber dans un fauteuil à côté de Hudson, qui se lève pour s'éloigner. Ce tournoi va être incroyable.

Flint tend le poing pour percuter celui de Macy, qui en est si surprise qu'elle manque d'avaler sa langue. Il y a des choses qui ne changent pas.

— Incroyable, renchérit Jaxon avec emphase. C'est quand, la date butoir pour s'inscrire, déjà ?

— Mercredi, répond Flint avant d'ajouter, faussement détaché : Vous avez déjà composé une équipe, Jaxon ?

Jaxon le fixe pendant de longues secondes. Je ne suis pas sûre de comprendre ce qui se passe. Jaxon va de toute façon concourir avec l'Ordre, non ? Puis je me rappelle ce que Hudson m'a expliqué la veille : comme quoi le tournoi a pour objectif d'encourager l'amitié entre les espèces…

— Tu veux qu'on fasse équipe ? demande Jaxon sans parvenir à cacher sa nervosité.

— J'y pensais. Eden et moi réfléchissions à recruter Xavier, mais il nous manque des vampires et quelques sorcières. (Puis il se tourne vers moi.) Et peut-être une gargouille ?

48

QUE LE MEILLEUR GAGNE

— Moi ? je balbutie, les yeux exorbités. Euh… Je ne crois pas que… Est-ce que les gargouilles ont le droit de participer ?

Amka avait mentionné la possibilité que je m'inscrive, mais je pensais que c'était pour me taquiner.

Par pitié, faites que je ne sois pas éligible. Je ne suis pas hyper bonne en sport de base, alors dans un tournoi sportif magique où on risque sa vie… Sans parler du fait que je ne maîtrise pas encore tous mes pouvoirs ! Qu'est-ce que je vais faire, me transformer en pierre sur le terrain ?

— Toutes les première et terminale du lycée ont le droit de participer, m'informe Flint. Donc oui, tu peux t'inscrire. Et ce serait génial d'avoir une gargouille dans l'équipe ! Tu nous montreras ce dont t'es capable.

— Je ne suis capable de rien, je réplique. C'est bien le problème.

— Ça, c'est tout à fait faux, contre Hudson depuis le mur auquel il s'est adossé. Tu as de grands pouvoirs. C'est juste que tu ne les connais pas encore.

— Qu'est-ce que t'en sais ?

Je me tourne vers lui, aussi angoissée que curieuse.

— Est-ce que tu m'as vue faire ? Quand on était ensemble ?

Toute la tablée me dévisage. Je n'y prête plus attention. Ainsi va ma vie, désormais : je pensais avoir posé la question en pensée, mais j'étais si prise par la conversation qu'elle m'a échappé à voix haute.

J'entends vaguement Macy expliquer aux autres que je peux voir Hudson et lui parler. Du coin de l'œil, j'aperçois l'ensemble des membres de l'Ordre se tourner vers Jaxon qui hausse les épaules, résigné. Tant mieux : je dois me concentrer sur ce que Hudson dit et c'est plus facile si les amis de Jaxon ne me dévisagent pas.

— Tu veux dire, est-ce que tu as fait autre chose que de m'enfermer dans la pierre avec toi pendant des semaines ?

Je soupire. Je sais déjà tout ça.

— S'il ne s'agit que de ça, alors je persiste et signe. Je ne servirai à rien dans une équipe de Ludares, si mon seul pouvoir est de me changer en pierre. Au contraire, ça me rendra plus facile à attraper.

Hudson ricane.

— C'est loin d'être tout. Tes ailes ne sont pas là seulement pour décorer. Tu dois apprendre à les utiliser.

Pas faux. Flint m'a proposé des leçons, je devrais accepter. Même si, bon, je n'ai pas l'ombre d'un soupçon de la façon de m'y prendre pour me changer à nouveau en gargouille.

— Je pense que je vais passer mon tour, j'annonce à la cantonade. C'est vrai que ça a l'air cool, mais…

— Ah non, rugit Flint, la fourchette levée. Il faut que tu participes. En plus, d'après ton oncle, le prix de cette année vaut vraiment le coup.

— Tu sais ce que c'est ? s'écrie Macy. Il ne m'a rien dit !

— J'étais dans son bureau pendant un de ses coups de fil hier, c'est pour ça. Apparemment, ce sont les parents de Byron qui s'en occupent.

— Vraiment ? s'étonne Mekhi.

Tout le monde a l'air surpris. Je me remémore ce que Jaxon m'a raconté au sujet de Byron : que sa promise a été assassinée par la meute de Cole. Et qu'il est persuadé que c'est Hudson qui les y a poussés.

Hudson hausse les sourcils.

— Tu vas me faire porter le chapeau de toutes les morts tragiques de l'histoire du monde ? crache-t-il, les mâchoires serrées, avant de s'absorber dans la lecture du menu de demain.

— Arrête de nous faire languir et dis-nous ce que sera le prix, presse Macy, ce qui me ramène à la conversation en cours.

Jaxon s'approche de moi pour se serrer contre mon dos, le menton sur mon épaule.

Je me tourne pour lui sourire, et il me fait un clin d'œil si sexy que je me mets à avoir des pensées totalement inappropriées, surtout quand on sait que Hudson peut m'entendre.

— Je ne vous fais pas languir, proteste Flint. C'est vous qui ne me laissez pas en placer une.

— OK, on se tait, dit Luca. Dis-nous.

— Les parents de Byron vont faire don d'une…

Il frappe la table pour imiter un roulement de tambour.

— Une pierre de sang ! Et pas n'importe laquelle : elle vient de la collection royale. C'est l'une des préférées de la reine. Elle l'a offerte à la famille de Byron après la mort de sa promise.

La Sangsue nous avait promis de nous obtenir une pierre de sang, je me rappelle soudain. Voilà, elle a tenu sa promesse. Jaxon n'a pas l'air surpris. Il connaît bien son ancienne mentor : il devait s'y attendre.

Je comprends mieux pourquoi le tournoi l'intéresse tant, maintenant. C'est la seule façon d'obtenir cet artefact.

Bien.

Je vais participer. Il faut juste que je trouve un moyen de ne pas affaiblir mon équipe et, surtout, de ne pas être la première élève de toute l'histoire de Katmere à mourir lors d'un tournoi de Ludares.

49

LA DREAM-TEAM EN PLEIN CAUCHEMAR

— Attends, Jaxon, appelle Flint tandis que nous sortons de la cafétéria.

Jaxon se retourne pour l'attendre.

— Oui ?

— Je me demandais juste…

Flint s'arrête. Si je ne le connaissais pas mieux que ça, je le croirais en proie à la panique. Il ouvre et referme la bouche sans émettre aucun son, comme un poisson.

— Euh… ça va ? s'inquiète Jaxon en posant une main sur son bras. Ça n'a pas l'air.

— Ça va, ça va.

Il se tourne vers moi un instant. Ça l'aide visiblement à se recentrer.

— Désolé, je réfléchissais à trop de choses à la fois.

Et il me décoche son fameux sourire à trois cents kilowatts.

Je souris en retour. Comment voulez-vous résister ?

— Ça arrive. Qu'est-ce que tu voulais, alors ?

— Oui. Je me demandais si tu voulais t'entraîner pour le tournoi aujourd'hui ? demande-t-il à Jaxon avant de se tourner vers moi. Tu pourrais aussi avoir ta première leçon de vol, la Nouvelle.

— Une leçon de vol ? répète Jaxon.

— Si tu acceptes sans me donner de coup de poing, j'aimerais bien m'envoyer en l'air avec la Nouvelle, explique Flint avec un petit sourire. Et on a toujours le projet à finir pour Damasen.

— T'envoyer en l'air avec Grace ? demande Jaxon, l'air presque amusé. Tu veux dire lui apprendre à ne pas tomber vers une mort certaine ?

— C'est ça. Juré, je ne lui ferai aucun mal.

Il soutient le regard de mon promis, soudain sérieux.

— Mouais, réplique Jaxon. Figure-toi que j'ai du mal à te croire, vu votre histoire récente.

— Arrête, je lui reproche avec un coup de coude. Ne l'écoute pas, j'ajoute pour Flint. J'ai hâte d'apprendre à voler, mais aujourd'hui on a déjà tout un programme.

— Ah ouais ? demande Flint. Du genre ?

— Rien qui ne nécessite une escorte, assène Jaxon.

— Une escorte ? plaisante Flint. T'as déjà pensé que c'était peut-être vous, mon escorte ? Macy, toi et Grace ? Pas vrai, Mace ?

Ma cousine n'a pas l'air loin de se pâmer.

— Ouais, grave, je renchéris. Jaxon ferait un super garde du corps.

Flint s'esclaffe, mais Jaxon me lance un regard vexé. Je hausse les épaules, avant d'expliquer à Flint :

— On va à la bibliothèque pour emprunter des livres sur les pouvoirs des gargouilles et le cimetière des dragons, puis on ira les lire au calme dans la chambre de Jaxon.

— Oh, par pitié, grogne Hudson, avec un fort accent britannique. On n'a pas besoin de M. Souffle de Braise.

Ah ouais ? Tu ne crois pas qu'un dragon pourrait nous aider dans nos recherches sur le cimetière des dragons *?*

— Le cimetière des dragons ? répète Flint. Vous voulez savoir quoi ?

— Tout, je réponds en passant un bras à celui de Flint et l'autre à celui de Jaxon. Tu veux bien nous aider ?

— Avec plaisir, mais vous avez besoin de quoi ?

— On t'expliquera tout à l'heure.

Macy reste derrière à se dandiner.

— Allez, Macy, je l'appelle. On a besoin de tout le monde !

— Super. Laisse-moi juste écrire à Gwen pour reporter notre rendez-vous.

— Ah, zut, j'avais oublié que tu avais autre chose de prévu. Écoute, on peut se débrouiller à trois, si tu veux.

Macy me fait taire d'un regard et envoie quelques messages.

— Trop tard, souffle-t-elle en nous précédant dans la bibliothèque.

Nous rassemblons les documents dont nous avons besoin en un temps record : Amka a tout préparé à la demande de Jaxon, et elle accepte même de nous prêter deux ordinateurs portables. Ils nous permettront d'accéder à toutes les bases de données magiques dont on pourrait avoir besoin.

Flint choisit quelques livres sur les dragons, et Macy fait un aller-retour à la cafétéria pour rapporter de quoi tenir pendant notre marathon de lecture. Même Hudson participe : affalé sur un fauteuil, il me liste des titres de livres qui pourraient aider.

— Pourquoi tu ne nous as pas dit tout ça hier soir ? je lui demande après mon troisième voyage dans la réserve.

— J'étais trop occupé à me retenir de…

— De vomir, je sais. On l'aura compris.

— J'insiste là-dessus parce que c'est mon impression.

— Je veux bien te croire, mais à force de le répéter, tu diminues ton effet. Pour quelqu'un qui n'a pas de corps, tu as vraiment l'estomac fragile.

— Qui est-ce que tu accuses de ne pas avoir de corps ? réplique-t-il en soulevant son tee-shirt, ce qui me laisse coite.

Il a les plus beaux abdos que j'aie jamais vus. Il faudrait être aveugle pour ne pas apprécier.

Satisfait, Hudson rajuste son tee-shirt. D'accord, je n'ai rien dit : il a bien un corps. Un corps de rêve, même.

— T'es prête ? me demande Jaxon, chargé d'une énorme pile de livres.

— Oui. Tu veux que je t'aide à porter ?

— Oh, je vais m'en sortir.

Ce qui est tout à fait vrai. Du point de vue de la musculature, il n'a rien à envier à Hudson.

— Sûrement pas, grommelle Hudson tandis que nous sortons de la bibliothèque.

Il marche à reculons devant nous. J'aimerais tant qu'il trébuche. Ça lui enlèverait un peu de sa superbe. C'est mesquin de ma part, d'accord, mais cet insupportable prétentieux a bien besoin d'être remis à sa place.

— Non, mais vas-y, n'hésite pas, me souffle Hudson à l'oreille. Dis-moi exactement ce que tu ressens.

— Je n'hésite jamais, je rétorque en frissonnant.

Macy nous attend devant la chambre de Jaxon avec un sac de victuailles délicieusement mauvaises pour la santé : des chips, du pop-corn, et même des Oreo.

— J'ai piqué dans la réserve de mon père, nous avoue-t-elle en les déposant sur le bureau de Jaxon.

La dernière fois que j'ai vu la suite de Jaxon, elle était complètement sens dessus dessous. La faute à Lia qui nous avait drogués tous les deux avant de nous traîner dans les tunnels pour nous torturer. Jaxon a profité de ces derniers mois pour tout remettre à sa place. Il a même revu la déco.

Je fais un tour de la pièce tandis que Jaxon répète à Flint et Macy ce que la Sangsue nous a appris au sujet de Hudson et de la façon de le chasser de mon esprit. Flint est passionné par le récit de Jaxon, et il a des tonnes de suggestions à nous faire.

J'en profite pour redécouvrir les lieux.

Jaxon a remplacé les deux fauteuils de lecture par un nouveau siège et un canapé noir gigantesque. Il est probablement suffisamment grand pour qu'on s'allonge à deux dessus. Il a aussi remplacé la table basse qu'il avait réduite en sciure pendant une de ses crises, et la nouvelle a l'air plus solide. Dans le coin, sous la fenêtre qui a explosé et manqué de me tuer, il y a une grande table encadrée par quatre chaises tapissées. De noir. Évidemment, tout est toujours noir chez Jaxon.

À part les livres. Les livres sont colorés, et il y en a partout : dans la bibliothèque, en piles sur le sol… J'adore.

L'esquisse de Klimt qui m'avait tant émue lors de ma première visite est toujours là, accompagnée d'autres tableaux. Cette chambre, c'est le paradis sur terre.

Surtout quand Jaxon s'y trouve.

Étonnamment, Hudson s'abstient de commentaires moqueurs. Il est absorbé par la vision d'un petit cheval en bois posé sur une des étagères de Jaxon. L'objet n'a rien d'extraordinaire, mais c'est évident que Jaxon y tient beaucoup : la surface du bois a été polie par les années à force d'être touchée.

Je suis sur le point de poser une question à Hudson quand il fourre les mains dans ses poches, secoue la tête et s'éloigne.

Je crois l'entendre marmonner quelque chose comme : « Espèce d'idiot », mais c'est si bas que je n'en suis pas sûre.

Qu'à cela ne tienne, je ne suis pas ici pour gérer ses états d'âme.

Je m'avance vers la pile de livres sur la table et en choisis un. *Les Gargouilles, entre mythes inquiétants et dangereuses vérités.* Pourquoi celui-là ? Peut-être parce que l'idée d'être inquiétante n'est pas pour me déplaire. Jusque-là, je me considérais comme la personne la moins dangereuse du monde. En ouvrant le bouquin, je me surprends à imaginer que ce serait cool de faire un peu de grabuge. De dire ce que je pense plutôt que de me censurer, et de faire ce dont j'ai envie plutôt que ce que je dois.

Évidemment, je me rappelle ensuite que ce n'est pas le moment : il y a tant qui repose sur moi… Alors je m'allonge sur le canapé et je me mets à lire. Les autres s'installent chacun dans une partie différente de la pièce.

Flint s'assied à table avec l'un des ordis pour mener son enquête sur le cimetière des dragons : comment y aller, à quelle heure, et surtout comment en sortir vivant puisque apparemment c'est très dangereux. Chouette !

Macy choisit un autre livre sur la magie des gargouilles et se blottit dans un fauteuil avec une grosse poignée de biscuits.

Quant à Jaxon, il attrape l'autre ordinateur et s'installe près de moi sur le canapé pour essayer d'en apprendre plus sur la Bête Invincible.

Je les regarde tour à tour. Mes amis, qui passent leur samedi à faire des recherches pour m'aider au lieu de se reposer.

Hudson pourra me répéter que je suis sentimentale ou naïve, ça ne m'empêchera pas d'avoir des larmes de gratitude aux yeux. Je suis arrivée à Katmere pendant la pire période de ma vie. J'étais désespérée et triste, je voulais juste passer mon bac et disparaître. Au lieu de ça, j'ai trouvé des amis.

Et même si rien ne se passe comme prévu, je ne peux pas imaginer de vivre sans l'enthousiasme de Macy, l'intensité de Jaxon ou même les blagues de Flint. (Concernant ce dernier, je me passerais tout de même de ses tentatives de meurtre.)

La vie est décidément pleine de surprises. Je me croyais traumatisée à jamais par la perte de mes parents mais ici, entourée par mes amis, j'ai l'impression que je pourrai m'en sortir.

J'ai parcouru tant de chemin en quelques mois !

— Hé ! regarde, s'exclame Macy en se redressant. Je crois que j'ai compris pourquoi le glamour ne fonctionne pas sur toi.

— Pourquoi ? Impossible de maquiller la pierre ?

— Mais non, répond-elle en m'indiquant son livre. Ça n'a pas fonctionné parce que la magie n'a pas d'effet sur toi.

50

UN MONSTRE DE PLUS SOUS LE LIT

— La magie n'a pas d'effet sur elle ? demande Flint en refermant son ordinateur avant d'aller lire par-dessus l'épaule de Macy. Vraiment ?

— Ni les sorts, ni le feu des dragons, ni les morsures de vampires ou le chant des sirènes… Les gargouilles ont une résistance naturelle à toutes les formes de magie. C'est un truc de dingue ! C'est pour ça que Marise a eu du mal à te soigner ! On pensait que c'était parce que tu étais humaine, mais en fait c'était sûrement parce que tu étais une gargouille !

— Elle a eu du mal à me soigner ?

Je n'en ai aucun souvenir.

— Oui, c'est vrai, se remémore Jaxon. La première fois, quand elle a dû contrer mon venin, et puis aussi après ce qui s'est passé dans les tunnels. On pensait tous que tu t'en remettrais vite grâce à ses pouvoirs et à la transfusion sanguine, mais elle ne parvenait pas à t'atteindre, même avec toute sa puissance. Le processus a pris bien plus longtemps que si tu étais…

Il cesse de parler, hésitant.

— C'est bon, tu peux le dire, je le presse. Que si j'étais une créature normale.

— Je n'allais pas dire normale, grimace-t-il. J'allais dire une créature plus banale. Nuance.

— Normale, quoi…, je souffle avec un sourire indulgent. Enfin, peu importe. Je sais très bien que je ne suis pas…

Je m'interromps, les joues soudain brûlantes.

— T'es pas quoi ? me relance Macy.

— Mmh…

J'ai du mal à les regarder en face. Le mur de la chambre me paraît soudain fascinant.

— Je sais que je ne suis pas immunisée contre tous les éléments que tu viens de citer.

— Tu n'en sais rien, proteste Macy. On n'a aucune idée de la façon dont l'invocation de Lia aurait fonctionné si Jaxon n'était pas intervenu. Ce qui s'est passé ce soir-là ne prouve pas que la magie a un effet sur toi.

— En tout cas, tu as beaucoup souffert pour rien, gronde Jaxon.

— C'est vrai, renchérit Flint. C'était terrible.

— Ah ouais ? demande Jaxon d'une voix curieusement douce. *Toi*, tu vas jouer la compassion, alors qu'elle a encore les marques de tes serres sur les bras ?

— C'était ça, ces cicatrices ? s'exclame Hudson avec une lueur sauvage dans les yeux qui ne me dit rien qui vaille. C'est *Flint* qui t'a blessée ?

— C'était pour le bien de tous, explique Flint d'un ton suppliant. Ou en tout cas, je le croyais. J'étais persuadé que si Lia parvenait à ramener Hudson, ce serait la fin du monde !

— La fin du monde ? Sans rire ? répète Hudson, incrédule. Vous pensiez réellement que je déclencherais la fin du monde ?

— Tu veux vraiment qu'on parle de ça maintenant ? je m'énerve.

— Oui, je veux qu'on en parle ! J'en ai ma claque d'être pris pour le grand méchant de l'histoire.

— Si t'en as marre, t'as qu'à arrêter de te comporter comme le grand méchant ! Tu ne peux pas tout avoir !

— On s'éloigne du sujet, m'arrête Macy en secouant son livre sous mon nez. Grace, dis-nous pourquoi tu es convaincue que ce livre a tort.

Je n'en ai aucune envie, parce que ça ne regarde que moi, mais je n'ai pas le choix. À mon grand étonnement, Jaxon a l'air aussi perdu que les deux autres... Alors qu'il devrait être parfaitement au courant !

— C'est juste que je sais que je ne suis pas immunisée contre les morsures de vampires, c'est tout, je lâche.

— Comment tu peux savoir ça ? s'écrie Macy. Est-ce que quelqu'un a essayé de te m...

Elle écarquille les yeux.

— Aaaaaah oui, j'ai compris. Bien jouéééé, souffle-t-elle avec une mine approbatrice.

Flint baisse les yeux pour ne plus regarder dans ma direction ou celle de Jaxon, l'air drôlement mal à l'aise.

— Euh, alors peut-être que les informations du livre sont erronées ?

— Évidemment que non, crache Hudson. Ce sont deux sortes de morsures différentes, voilà tout.

— Non, répond Jaxon, sans avoir conscience qu'il répète ce que son frère vient de dire. Quand je te mords, je ne cherche pas à t'injecter mon venin ou te tuer... Je n'utilise pas mes pouvoirs, parce que je ne veux pas te faire de mal dans ces moments-là, loin de là ! J'essaie juste de...

Il rougit, conscient d'en avoir trop révélé, mais c'est trop tard, tout le monde a compris le sens de son explication :

quand il me mord, il n'essaie pas de me faire mal, mais de me donner du plaisir.

Et il y parvient très bien, mais ça ne regarde que nous, et pas Flint qui a l'air très perturbé, ni Macy que cette information enchante. Et surtout pas Hudson, qui vibre d'une fureur glacée.

Macy va vouloir que je lui raconte tous les détails dès qu'on sera seules, ça se lit sur son visage. Qu'est-ce que je vais bien pouvoir lui répondre ? Que quand Jaxon me mord, je...

— Ça suffit, gronde Hudson. Tu n'es pas obligée de te remémorer les détails.

— Y avait pas de détails. C'est quoi, ton problème ?

— Je n'ai pas de problème ! C'est juste que je trouve que ce genre de sujets devrait rester privé !

— Eh bien, moi aussi, mais avec toi, je n'ai pas le choix.

Je croise le regard de Jaxon, qui a les sourcils haussés, comme s'il voulait que je raconte à tout le monde ce que Hudson vient de dire. Je secoue la tête. Franchement, je voudrais qu'on change de sujet, et vite.

Sentant mon embarras, Jaxon dévie la conversation avec une aisance royale. C'est marrant, j'oublie tout le temps son statut de prince, parce qu'il le fait si peu ressentir. Contrairement à Hudson, qui me rappelle tout le temps qu'il vient d'une famille royale et que je ne mérite pas de lui lécher les pompes.

— Pour ma défense, la plupart des gens ne méritent même pas d'être dans la même pièce que moi, ironise Hudson.

Je lève les yeux au ciel.

— Sois prudent, je risque de te prendre au mot.

— C'est le but.

Agacée, je me concentre sur Jaxon, occupé à interroger Macy et Flint sur leurs découvertes de la matinée. J'ai de la chance qu'il soit mon promis. Non seulement il n'essaie pas de s'immiscer dans mes conversations avec Hudson, mais en plus il m'aide à détourner l'attention du fait qu'un vampire centenaire est occupé à pérorer dans ma tête. Nos conversations sont tellement gênantes, parfois, je ne m'imagine pas les répéter à Jaxon. Il n'a pas besoin de connaître tous les détours que fait ma pensée quand son frère me provoque.

Je me rassieds sur le canapé pour reprendre ma lecture. C'est décevant, mais je n'ai rien appris dans ce livre. Aucune « dangereuse vérité », contrairement à ce que promettait le titre. L'information la plus utile, c'est que les gargouilles peuvent mener la garde pendant des mois sans s'arrêter sous leur forme de pierre, sans jamais avoir besoin de manger ou dormir.

Je suis donc un merveilleux nain de jardin. Si je me tenais sur une jambe et qu'on me peignait en rose, je pourrais même passer pour une statue de flamant rose. Géant.

Ce qui me rassure, c'est que Flint n'a rien appris de neuf non plus sur le cimetière des dragons.

— Moi, j'ai lu que les gargouilles peuvent canaliser la magie, ajoute Macy quand Flint a terminé. C'est bizarre : la magie n'a pas d'effet sur elles, mais elles peuvent emprunter celle d'autres créatures pour l'utiliser.

— Comment ça ? je demande, intriguée par l'idée.

Parce que, soyons honnêtes, à part se déguiser en attrape-touriste, se changer en pierre n'est pas super passionnant. Et résister à la magie non plus. Ça aide à la défense, d'accord, mais c'est un pouvoir passif. Je me sens un peu arnaquée.

— Je crois que ça signifie que tu peux profiter de ma puissance si je la partage avec toi, me dit Jaxon.

— Essayons ! s'exclame Macy en sautant sur ses pieds. Je commence !

51

LAISSE LA MAGIE T'EMPORTER

Jaxon secoue la tête, amusé, puis s'installe dans le canapé pour nous observer.

— Super, reprend Macy en me regardant. Je vais t'envoyer un peu de feu. Essaie d'allumer cette bougie.

Elle va m'envoyer un peu de feu ? Mais ce sont ses neurones qui ont cramé ou quoi ?

— Tu ne crois tout de même pas que je suis capable d'allumer une bougie sans briquet ?

— Si, c'est exactement ce que je crois. Tu verras, c'est facile.

Elle tend un bras, paume vers le haut, et se concentre sur l'une des bougies noires posées au sommet de la bibliothèque. Quand elle ferme le poing, la mèche s'enflamme.

— Tu vois ? C'est pas compliqué.

— Pour toi, peut-être. Si moi j'essaie, il ne va rien se passer. Ou pire : je vais mettre le feu à la bibliothèque tout entière. Dans les deux cas, ce serait un échec cuisant.

— Mieux vaut ici qu'au cimetière des dragons, tu ne penses pas ? Allez, vas-y. Tends la main.

— Très bien. Mais ne viens pas te plaindre si je te crame les cheveux.

— Je suis une sorcière. Si mes cheveux s'enflamment, je les ferai repousser. Allez, lève le bras.

Je m'exécute, puis prends une longue inspiration.

— Et maintenant ?

— Essaie de t'ouvrir à moi. Je vais t'envoyer de la magie.

Je secoue la tête.

— Je ne vois pas comment faire.

— Respire.

Elle tend le bras vers le mien, paume vers le bas.

— OK, Grace. Baisse la garde.

Je n'ai aucune idée de ce que ça signifie, mais peu importe. Au pire, j'aurai l'air bête. Tout le monde ici m'a déjà vue dans des situations déplorables.

J'inspire encore une fois et tente d'obéir à Macy. Je tends mon esprit vers le sien, attire sa magie en moi.

— Tu sens quelque chose ? demande-t-elle, les yeux brillant d'une étrange lueur.

Je ne l'ai jamais vue comme ça.

— Non, désolée.

Elle m'adresse un sourire rassurant.

— T'excuse pas. Essaie encore.

C'est ce que je fais, plus fort cette fois, mais rien ne se passe.

— Ce coup-ci, ça va marcher, m'encourage Macy. Tu sens ?

Elle a l'air si sûre d'elle…

— Je ne suis pas certaine, je réponds après quelques secondes d'introspection.

— Non, tu ne sens rien, m'annonce Hudson sans même lever la tête de son livre.

— Comment tu peux savoir ?

— Parce que je suis dans ta tête et que je ne sens rien non plus. Je connais la magie, je sais l'effet qu'elle produit et, tu peux me croire, pour l'instant, tu n'en as pas.

— Évidemment, je gémis. Je suis une gargouille. Je suis destinée à finir ma vie au bout d'une gouttière à cracher dans les égouts.

Tout le monde me dévisage avec pitié. Non, pas tout le monde. Hudson ne s'émeut pas de mon humiliation.

— Hé, ne t'en fais pas, m'assure Jaxon. On peut réessayer une autre fois. Rome ne s'est pas faite en un jour.

Je soupire. Il a peut-être raison. Toutes ces histoires de magie, c'est nouveau pour moi. C'est sans doute normal que je n'y parvienne pas tout de suite.

— Rome ne s'est pas faite en un jour, réplique Hudson en refermant son livre, mais toi tu vas y arriver aujourd'hui.

Il s'étire, souple comme un chat, et lève les mains si haut que son tee-shirt dévoile de nouveau son ventre musclé.

— Tu peux le faire, Grace. T'as juste besoin de quelqu'un d'un peu plus, disons, d'un peu plus expérimenté.

Oubliez la bougie, ce sont mes joues qui s'embrasent.

— Alors, Grace ? me relance Macy.

— Laisse tomber, je souffle. Je ne comprends pas ce que je dois faire.

— Personne n'y comprend jamais rien au début, m'assure Hudson en s'approchant. Tu vas y arriver, je te le promets.

Je me tourne vers lui.

— Tu n'en sais rien.

Il me sourit calmement.

— Si, je sais.

— Et comment tu le sais ?

— Parce que je ne te laisserai pas échouer.

Il m'indique Macy d'un signe du menton.

— Dis-lui de recommencer.

— Hudson dit qu'on devrait essayer encore une fois, je soupire à l'intention de Macy. Mais après, j'arrête.

— D'accord, répond-elle, l'air de ne pas savoir si elle doit saluer son intervention ou pas. C'est parti.

Ses yeux se remettent à scintiller.

— Prête ? me demande Hudson.

Le sourire qui éclot sur son visage déchaîne un tourbillon de papillons dans mon ventre.

— Prête à quoi ?

Il claque des doigts.

— Prête à ça.

52

ALLUMER LE FEU

Je suis prise d'un sentiment curieux. Comme une étincelle de chaleur, de lumière et d'énergie au fond de moi. C'est à la fois étrange et familier.

— Vas-y, me souffle Hudson. Attrape-la.

Alors je tends la main, mon être tout entier ouvert.

Voilà. Je l'ai. L'énergie me traverse et m'éclaire de l'intérieur. Je me sens plus vivante que jamais.

— Tu sens ça ? me demande Macy, surexcitée.

— Oui.

C'est une sensation brillante et légère. De la magie.

— Bien. Tiens-la pendant quelques instants. Sens-la qui se déplace dans ton corps.

Je m'exécute, concentrée sur la chaleur lumineuse qui serpente en moi.

— Et maintenant ? je demande, quand ça devient tellement merveilleux que c'est insoutenable, comme si je risquais de me consumer.

— Concentre-toi sur cette bougie. Imagine qu'elle s'allume. Puis allume-la.

Je fixe la bougie qu'elle indique de toutes mes forces. Je visualise la flamme qui brûle sa mèche. Et je tente de l'allumer.

Rien ne se passe.

— Ne t'en fais pas, dit Macy. Tu y es presque. Essaie encore.

J'essaie encore et encore, en vain.

La flamme en moi vacille, je la sens qui s'éteint. J'ai si peur qu'elle disparaisse que mes mains tremblent, j'ai mal à la poitrine.

Macy perçoit ma détresse.

— Ce n'est pas grave. On peut réessayer plus tard.

— Ne l'écoute pas, m'ordonne Hudson en se plaçant à mes côtés, absorbé comme moi par la bougie.

Je sens son souffle contre ma joue.

— Tu peux le faire, Grace.

— Non, la magie m'échappe.

— Alors retiens-la ! Ne l'envoie pas vers la bougie. Attire-la à toi, concentre-la en une boule d'énergie, et *ensuite* lance-la.

— Mais Macy a dit…

— Peu importe ce que Macy a dit. Tout le monde réagit différemment. Moi, je sens ta puissance. Elle est là, prête à se déchaîner. Utilise-la.

— Je ne peux pas.

— Bien sûr que si.

— Ne t'en fais pas, me dit Jaxon. On va travailler un peu tous les jours et tu finiras par y arriver.

— Ne l'écoute pas, m'intime Hudson. Tu peux y arriver maintenant.

— Non, je…

Hudson m'attrape la main.

— Concentre-toi. Envoie toute ta magie dans cette main.

Il la serre.

— Ici.

Je prends une inspiration aussi profonde que chancelante. Puis une deuxième. À la troisième, je retiens mon souffle et j'essaie. La lumière a dessiné un chemin en moi, comme un fil. Je l'enroule sur lui-même jusqu'à ce qu'il soit juste là, en pelote dans ma poitrine, mon épaule, mon bras. Et puis, enfin, dans ma paume.

— Tu sens ? me demande Hudson.

J'opine. C'est si fort que ça brûle.

— Tu l'as.

— Oui. Je vais y arriver.

— Je sais. Ouvre le poing.

Il détache ses doigts des miens sans lâcher mon bras.

— Vise.

Il me maintient, m'empêche de reculer.

Le menton sur mon épaule, la bouche collée à mon oreille, il murmure :

— Maintenant, lâche tout.

Et la bougie s'allume. Toutes les bougies posées sur la bibliothèque s'embrasent avec elle.

Je l'ai fait.

Oh, mince ! je l'ai fait.

— Waouh, la Nouvelle ! s'écrie Flint. Tu sors ça d'où ?

— Je ne sais pas.

Je me tourne vers Hudson et pendant quelques instants, il reste là, tout proche, son visage à quelques centimètres du mien. On échange un regard brûlant. Jusqu'à ce qu'il recule.

— Tu lui as donné tant de puissance que ça ? demande Jaxon, en regardant tour à tour sa bibliothèque et ma cousine.

— Ça ne venait pas de moi, répond Macy. Je suis à peine capable de faire ça seule, alors en prêtant un peu de mon pouvoir à Grace…

— Alors d'où ça venait ? demande Jaxon. Autant de puissance ne peut pas…

Il comprend en même temps que moi. Voilà pourquoi cette puissance me semblait aussi familière. Elle vit en moi depuis quatre mois.

— Hudson, crache Jaxon, les babines retroussées.

Je fais volte-face pour me confronter à lui, mais il a disparu. Il ne s'est pas seulement éloigné, comme quand il boude. Non, il a vraiment disparu. Et je n'ai aucune idée de la façon dont je vais le rappeler.

53

À LA CONQUÊTE DU MONDE

— Je ne sais pas ce qui s'est passé, je répète à Jaxon pour la millième fois. Il m'a aidée à sentir la magie, à la concentrer et à l'envoyer. Après il a disparu.

— Mais comment peut-il disparaître ? s'énerve-t-il en fourrageant dans ses cheveux. Je croyais qu'il était enfermé dans ta tête !

— C'est le cas, mais parfois, il se réfugie dans une partie de mon esprit à laquelle j'ai difficilement accès.

— Je ne comprends pas comment ça marche, s'inquiète Flint d'une voix qui dérape dans les aigus ; il est aussi nerveux que Jaxon. S'il se déplace comme il veut dans ta tête, comment peux-tu être sûre qu'il n'abîme rien ?

Je suis presque vexée. D'accord, je ne contrôle pas Hudson, mais je trouve que j'ai bien maîtrisé la situation jusque-là.

Puis je me rappelle la mort du grand frère de Flint, celle qu'il impute à Hudson. C'est pour ça qu'il s'est fâché avec Jaxon et que tout est si bizarre entre eux aujourd'hui.

— Il s'arrange pour respecter mon intimité, et moi la sienne, c'est tout. Quand je suis sous la douche, par exemple. Il est toujours dans ma tête, mais juste inaccessible. Il va revenir.

Jaxon paraît pris de nausée.

— Je n'avais pas pensé à tes douches ni à tous les moments où tu te changes !

— Ne t'en fais pas, on a un système.

— Et ça, ça fait partie de ton système ? crie Flint, totalement paniqué. Lui qui fait passer sa magie à travers toi et puis qui disparaît quand il faut affronter les conséquences ?

— Les conséquences ? Quelles conséquences ? Tu n'es ni mon père ni mon prof, il n'y a pas de *conséquences* à cette conversation. Et je ne comprends pas pourquoi tu es si effrayé. Vous vouliez que j'utilise de la magie et j'y suis parvenue, alors maintenant lâchez-moi !

— Ce n'est pas ça que je voulais dire et tu le sais très bien, réplique Flint. Tu vas devoir réparer tout ce qu'il casse à travers toi. Et ça, ce n'est pas juste.

Cette explication m'adoucit un peu. Je me laisse tomber dans le canapé.

— Je n'ai pas toutes les réponses, les gars. Tout ce que je sais, c'est que ça m'arrive de me sentir mal et que dans ces moments-là, j'ai envie d'être seule. Si Hudson veut qu'on le laisse tranquille, il en a le droit.

Moi aussi, j'ai parfois besoin de calme. Moi aussi, j'aimerais qu'on me laisse seule pour pouvoir réfléchir à ce qui s'est passé. On ne peut pas dire que j'aie hâte que Hudson revienne. Son retour ne fera que compliquer la situation.

Flint et Jaxon se détendent un peu mais continuent à darder des regards inquiets dans ma direction. Macy n'a pas dit un mot depuis l'incident. J'apprécie qu'ils se soucient de moi, mais leur vigilance commence à me peser un peu.

Ma cousine doit le sentir, parce qu'elle propose tout à trac :

— Hé, si vous alliez voler ?

— Voler ? je répète, nerveuse à cette seule pensée.

— Oui, voler. Puisque c'est l'un des pouvoirs des gargouilles… Le seul dont on avait connaissance avant de commencer les recherches. Va prendre ta première leçon avec Flint !

— Je ne sais pas, Macy, intervient Jaxon. Grace a déjà eu beaucoup d'émotions aujourd'hui, et…

C'est sa réticence qui me décide. Ça ne va pas lui plaire, mais je ne peux pas le laisser parler à ma place comme ça. Si je cède maintenant, ce sera pire la prochaine fois.

— C'est une super idée ! je m'exclame avec un enthousiasme que je suis loin de ressentir. Mais on ferait mieux de commencer par décider d'un plan.

— Oui, c'est vrai, renchérit Macy. On a plus tant de temps avant que Hudson ne décide de reprendre le contrôle de ton corps.

Elle a raison. Il a déjà assez de pouvoir pour faire un trou dans un mur… Qui sait ce dont il sera capable ensuite ? D'ailleurs, je n'ai pas mentionné cet épisode à Jaxon. J'ai envie de croire que jamais plus son frère ne prendra possession de mon corps malgré moi maintenant qu'on se connaît mieux. D'un autre côté, je sais aussi qu'il est tout à fait possible qu'il me manipule dans l'unique but de sortir de ma tête. Pour l'instant, on s'entend bien parce qu'on a le même objectif. Comment réagirait-il si je changeais d'avis ?

— Je crois qu'on a encore quelques jours avant qu'il ne brise le mur, je dis enfin. Quelques jours, pas plus.

— Alors il faut qu'on s'y mette, répond Flint. Je sais plus ou moins où se trouve le cimetière et comment s'y rendre. Il nous faudrait une carte pour nous repérer à l'intérieur.

— Ça serait utile, ironise Jaxon.

Sans se laisser démonter, Flint esquisse le grand sourire pataud dont il a la spécialité.

— J'ai écrit à ma grand-mère que j'avais besoin d'une carte pour un devoir et elle m'a promis de me renvoyer une photo quand elle serait de retour à sa caverne ce soir.

— Génial ! je m'écrie. Le tournoi de Ludares a lieu mercredi, ce qui nous permettra de récupérer la pierre de sang. On n'a qu'à aller au cimetière jeudi, alors ? Ou ce sera trop tard ?

— On ne peut pas y aller avant, en tout cas, répond Flint. Cet endroit est dangereux. Si l'un d'entre nous se blesse, on risque de perdre le tournoi.

— C'est vrai, acquiesce Macy. Si on perd, on aura aussi perdu la pierre de sang.

— Je crois que ce qui inquiète surtout Flint, c'est de perdre le tournoi, je taquine. Mais oui, d'accord. Il ne faut pas qu'on risque de se blesser avant les épreuves.

— Et après, c'est pas grave ? demande Macy. Parce que, je veux pas jouer les dégonflées, mais qu'est-ce qu'on risque exactement ? Si c'est un doigt cassé, d'accord, mais si on parle de se faire démembrer… je tiens à mes membres, moi !

Jaxon s'esclaffe.

— On tient tous à nos membres !

— Oui, mais maintenant qu'on sait que Grace est une gargouille, c'est moi la plus fragile de la bande. Alors je tiens à préciser : je préférerais garder toutes mes jambes et tous mes bras.

— Bon, alors on est d'accord, dit Flint. D'abord le Ludares, ensuite, un voyage au cimetière des dragons garanti sans démembrement.

— Jeudi, cimetière, renchérit Jaxon. Et si personne ne perd de jambe, on peut prévoir d'aller se battre contre la Bête Invincible vendredi ou samedi, selon le temps dont on aura besoin pour récupérer.

Macy fronce les sourcils.

— On ne sait même pas où elle est. T'as dit que c'était aux alentours du pôle Nord, mais ça reste assez vague ! Je ne tiens pas à me balader au hasard en Arctique.

— En fait, je viens de découvrir qu'elle se trouve sur une île magique au large de la Sibérie.

— Une île magique ? je répète. Sérieusement ?

— Selon la légende, précise Flint.

— Ce n'est pas une légende si c'est avéré, le corrige Jaxon. J'ai fait plusieurs heures de recherches et je suis à peu près sûr de moi. Il faut encore que je fasse quelques vérifications ce soir et demain mais, si j'ai raison, je propose qu'on y aille samedi.

— Donc… Mercredi le tournoi, jeudi le cimetière et la Bête samedi, récite Flint. Ça convient à tout le monde ?

— Pour moi c'est parfait, je souffle, les mains tremblantes.

— Pareil, dit Macy.

Jaxon se contente de hocher la tête.

— Parfait, conclut Flint en se frottant les mains. Bon, on la prend, cette leçon de vol ?

54

PAS BESOIN DE TAPIS VOLANT QUAND TON MEILLEUR AMI EST UN DRAGON

— On a tout de même un problème, je lui dis après avoir couru à ma chambre pour enfiler la tenue adaptée au printemps alaskain. (C'est globalement la même que celle de novembre. Mon coma a au moins eu l'avantage de m'épargner les pires mois d'hiver.) Je ne sais pas comment me transformer. Donc je n'ai pas d'ailes. Et comme je n'ai pas d'ailes, eh ben… je peux pas voler. Mais peut-être qu'on peut quand même bosser sur les photos de M. Damasen ?

J'essaie de masquer la peur qui me saisit à l'idée de voler sur son dos. Ça me paraît encore plus périlleux que de remonter dans le vieux coucou qui m'a amenée jusqu'ici il y a quelques mois.

Il sourit, taquin.

— On n'est pas obligés, si tu n'en as pas envie. Je pensais que ça te changerait les idées. On peut commencer par autre chose, mais sache qu'un jour ou l'autre, tu vas devoir prendre de la hauteur.

J'ai l'estomac qui fait des nœuds. J'ai bien envie de lui dire que non, c'est trop tôt, on essaiera la prochaine fois, mais…

— D'accord, allons-y.

Il me jauge.

— Sûre ?

J'inspire profondément.

— Oui.

— Génial. Tu ne le regretteras pas !

Il fait quelques pas en arrière. Je m'éloigne aussi. Si j'ai appris quelque chose dans ce lycée, c'est qu'on n'est jamais trop prudent.

Et là, il se transforme.

Il tombe à quatre pattes et l'air autour de lui tourbillonne. Tout est flou, je ne distingue pas bien ce qui est en train de se passer.

Je recule encore de quelques pas, ce qui se révèle être une bonne décision : un éclair aveuglant m'explose les pupilles un instant plus tard. Ensuite, une aura scintillante et chamarrée avale mon ami. Quand elle se dissipe, il est là : Flint, l'énorme dragon vert. Et quand je dis énorme, il est titanesque. Et incroyablement beau.

Je n'ai pas eu l'occasion de l'admirer la dernière fois que je l'ai vu parce qu'il était en train d'essayer de me tuer. Aujourd'hui, tandis qu'il se penche vers moi avec un rictus, je le redécouvre. Ça lui va si bien d'être un dragon !

Il est grand, large et musclé, avec de longues cornes élégamment courbées et des écailles disposées harmonieusement sur son visage. Ses yeux ont gardé leur teinte d'ambre chaude mais ses pupilles sont fines et verticales, comme celles d'un serpent. Quant à ses ailes… Elles sont si grandes que plusieurs humains pourraient se réfugier dessous.

Le plus beau, c'est sa robe. J'ai toujours su qu'il était vert, mais je me rends désormais compte que chaque écaille brille d'une nuance différente. L'effet est saisissant : on dirait que Flint est couvert de flammes vertes.

Le dragon s'impatiente et montre les dents pour m'indiquer qu'il faut s'y mettre. D'accord, mais… je commence à comprendre qu'on aurait dû aborder une ou deux questions pratiques quand il était encore humain.

— Bon, tu sais déjà que tu es magnifique, donc je ne me vais pas m'attarder là-dessus, je dis en m'approchant prudemment.

Le compliment fait effet : il cesse de montrer les crocs.

— Mais j'ai tout de même une question.

— Tu sais qu'il ne peut pas parler, hein ? dit Hudson.

Son apparition me fait sursauter. Il est assis sur l'escalier de l'entrée du lycée. Il faut croire qu'il s'est suffisamment reposé.

— Oui, je sais, je réplique, agacée.

— Alors comment veux-tu qu'il te réponde ? En dansant ? En signaux de fumée ?

— Tu veux bien la fermer ? je crache avant de me retourner vers Flint. Je ne suis pas sûre de la manière dont tu vas me répondre, mais essayons.

Le dragon penche la tête sur le côté avec majesté.

— Tu as dit que je pouvais monter sur ton dos, mais…

Du regard, j'embrasse toute sa hauteur.

— Comment veux-tu que j'y grimpe ? Tu es gigantesque ! C'est bien plus dur que de monter sur un cheval !

Pendant quelques secondes, Flint me fusille du regard pour me faire comprendre à quel point c'est vexant d'être comparé à un cheval. Les dragons sont bien plus expressifs que je ne le pensais ! Enfin, il baisse le museau pour le frotter contre mon épaule.

Trop mignon. Quand il n'est pas en train de me poursuivre dans une rage meurtrière, le dragon de Flint est la créature la plus craquante de tous les temps.

— Mais oui, t'es beau, je souffle en lui flattant le museau.

Il pousse un grognement d'aise qui me fait rire.

— Je sais que je n'ai pas le droit de te comparer à un cheval, mais tu te comportes comme un chiot, là.

Pour joindre le geste à la parole, je lui gratouille le sommet de la tête. Et Flint, ce dragon avec ses dents acérées, me sourit.

Je le caresse pendant quelques minutes. Ça me plaît autant que ça l'enchante, je crois. Quand je décide qu'il est tout de même temps qu'on s'y mette, je recule d'un pas.

Le dragon me suit ; il ne veut pas que je m'arrête. Je lui tapote la tête.

— Je pourrais te faire des mamours toute la journée, mais on a un devoir à rendre. Et tu ne m'as toujours pas expliqué comment je suis censée te grimper dessus.

Avec un soupir, Flint s'agenouille devant moi.

— Merci, mais c'est toujours trop haut.

Même ventre au sol, il me domine de deux ou trois mètres. Je ne vois pas comment je pourrais escalader son flanc.

Flint penche la tête sur le côté, puis il lève ses yeux de dragon au ciel, ce qui me vexe encore plus que s'il était sous forme humaine.

Cette fois, quand il me donne un petit coup de tête, je refuse de le caresser.

— Sérieusement Flint, on va faire comment ?

— On pourrait faire fabriquer une selle sur mesure, ironise Hudson.

— Toi, tais-toi, si ce n'est pas pour faire des suggestions utiles.

Flint me donne encore un coup de tête, plus fort cette fois.

— Hé ! je proteste. Attention.

Mais il recommence.

— Flint ! je râle en titubant en arrière. Tu veux bien arrêter ? Tu me fais mal !

Il soupire et baisse la tête. Cette fois, il ne la presse plus contre mes épaules, mais contre mes cuisses.

— Bon, ça suffit ! je m'énerve. Si tu continues, je vais…

C'est là qu'il parvient à fourrer son nez entre mes cuisses. Je hurle.

— En voilà une scène étrange, constate Hudson.

— Ne commence pas, je crache.

J'ai autre chose à faire que d'écouter Hudson : un type qui n'est pas mon petit ami vient de mettre sa tête entre mes jambes !

Sans prêter attention à mes remontrances, Flint me fait basculer d'un coup de tête et je me retrouve assise sur sa nuque. Puis je glisse, comme sur un toboggan, avant de m'écraser la tête la première sur son dos.

55

TU ME DONNES DES AILES

Je reste couchée sur le ventre, les bras serrés sur ses flancs, le temps de reprendre mes repères. Très vite, trop vite, Flint se relève.

— Attends, attends ! je lui crie en me débattant pour trouver une position appropriée.

Pas évident de s'installer sur un dragon en mouvement. Hudson s'étouffe de rire.

Cette fois, quand Flint soupire, ça frise le grondement.

— Pardon, je lui dis en parvenant enfin à m'asseoir dans le bon sens, les jambes de part et d'autre de son dos et les bras autour de son cou.

Il souffle, l'air insatisfait de mon excuse.

— Je te demande pardon, je répète. J'ai compris ce que tu voulais faire maintenant…

Flint arque le cou pour me regarder avec dédain.

— Ça suffit ! Comment voulais-tu que je devine ? Je n'ai jamais monté un dragon ! Je n'en ai même jamais côtoyé, enfin, à part la fois où tu m'as enfoncé tes serres dans l'épaule. Disons qu'on est quittes et commençons la leçon, d'accord ?

Il me gratifie cette fois d'un majestueux hochement de tête.

Quelques secondes plus tard, il tend le cou vers le ciel… et décolle.

Vite, trop vite, nous atteignons la plus haute tour du château.

Je ne peux que fermer les yeux et m'accrocher à lui comme si ma vie en dépendait.

— Putain, grogne Hudson.

Je m'aperçois qu'il est assis derrière moi.

— Qu'est-ce que tu fais là ? Je te croyais tranquille en bas.

— T'as oublié que j'étais dans ta tête ? Je te suis partout.

— Je ne pensais pas que tu choisirais de chevaucher Flint avec moi. Ça ne te ressemble pas.

— Eh bien, je n'ai jamais volé à dos de dragon, répond-il d'un ton rigide. Je croyais que ce serait…

— Quoi, terrifiant ?

Flint fait deux ou trois tonneaux tout en continuant à prendre de la hauteur.

— Non. Je me disais que ce serait cool.

Hudson a le souffle court ; j'ai la gorge serrée.

Heureusement pour tout le monde, je n'étrangle pas tout à fait Flint qui effectue quelques boucles autour du château, et slalome entre les tourelles. Ce n'est pas vraiment une leçon, je m'en rends compte, maintenant que je me suis un peu calmée. Il essaie juste de m'habituer aux sensations. C'est effrayant de voler à flanc de montagne. Néanmoins, au bout de quelques minutes, je parviens à garder les yeux ouverts. Un cri de délice m'échappe même. Le paysage est à couper le souffle : le ciel est d'une pureté de cristal, la neige scintille et le château a l'air tout droit sorti d'un rêve. Ses pierres sombres créent un contraste saisissant avec la neige, et ses tours percent le ciel bleu vif.

Flint courbe le cou pour vérifier que tout va bien. Je m'accroche, pensant qu'il va bientôt atterrir.

Je me trompe : plutôt que de descendre, il monte en chandelle.

— Qu'est-ce que tu fais ? je couine.

Le dragon accélère sans me prêter attention.

Je me tourne vers Hudson pour me plaindre, mais son sourire béat m'arrête. Évidemment, lui n'a pas peur de mourir.

Je m'accroche de toutes mes forces, bras et jambes serrés contre les écailles de mon ami.

Il y a quelques années, j'ai vu un documentaire sur le snowboard hors piste. On y voyait des images de glisse dans les endroits les plus reculés du monde, et quelques scènes avaient lieu ici, au Denali. Les snowboardeurs y montent en hélicoptère pour avoir le privilège de glisser là où personne n'a jamais surfé.

Comme je les comprends, maintenant ! C'est une chance d'être ici.

Une joie sauvage éclate en moi, je me sens gonflée du désir d'embrasser le ciel et la neige, de goûter la liberté.

Flint se met soudain à descendre en piqué. Nous tombons comme des pierres, et la terreur m'envahit de nouveau.

Je n'ai pas le temps de comprendre si ce que j'ai ressenti appartient à ma gargouille. Ma position précaire et mes prières désespérées reprennent le dessus.

Flint ne peut pas résister à l'envie de faire quelques loopings. Je ne sens plus la gravité : la force centrifuge me plaque contre son dos.

Enfin, il ralentit et passe à proximité des différents points d'intérêt architecturaux de la liste de M. Damasen. Je dégaine mon téléphone pour prendre des photos.

Une fois que j'ai terminé, Flint tourne la tête et me regarde avec une expression malicieuse. Ça me met la puce à l'oreille. Je m'accroche à son cou, et le voilà qui remonte en tournoyant sur lui-même.

Au sommet de sa trajectoire, il cesse soudain de battre des ailes.

Un instant, nous restons suspendus, immobiles. Un cri se forme dans ma gorge. Avant même que je ne puisse ouvrir les lèvres, Flint replie ses ailes… et nous plongeons.

Je hurle à la mort, comme si je me trouvais sur la montagne russe la plus terrifiante du monde. Hudson crie aussi. Il s'accroche à moi et me serre contre sa poitrine dans un geste protecteur. Aussitôt, ma sauvagerie refait surface et je ris à gorge déployée.

Nous approchons du sol à vitesse grand V et Flint ne semble pas vouloir ralentir. Mon estomac se serre, mais j'attends de voir.

À la dernière seconde, il déploie ses ailes et nous remontons brusquement au-dessus des toits. Je jubile. Flint se tourne vers moi, les yeux rieurs, et tourne encore quelques fois autour de l'école avant d'atterrir en douceur.

Je descends le long de son cou, les jambes tremblantes.

Un tourbillon de lumière apparaît autour du dragon. L'instant d'après, Flint se tient devant moi habillé des vestiges de son uniforme : son pantalon est déchiré et les boutons de sa chemise ont sauté.

De nouveau, je ris aux éclats, tant à cause de sa tenue que de son sourire malicieux.

— Alors ? me demande-t-il.

— C'était génial !

C'est vrai. Pour la première fois depuis que je suis revenue à la vie, je me sens moi-même, et ça me fait un bien fou. Je voudrais que cet état perdure. J'attrape Flint par le bras.

— Et toi, tu t'es bien amusé ? je lui demande.

— Oui ! Tu es très douée.

— C'est ça, oui. Tu n'as pas arrêté de me faire les gros yeux.

Il recommence.

— Parce que je ne comprenais pas pourquoi tu ne me montais pas dessus.

— C'était mission impossible ! je proteste. Et tu ne m'as pas donné de mode d'emploi.

Je lui tire la langue. Il rit.

— Tu voudras qu'on refasse ça bientôt ?

— Avec plaisir !

Je réfléchis rapidement à mon agenda de la semaine à venir, puis propose :

— Demain matin ? On n'a qu'à réunir notre équipe de Ludares pour un entraînement, et toi tu me montreras comment voler de mes propres ailes.

— J'adore ton enthousiasme, la Nouvelle. On se retrouve sur le terrain à neuf heures ?

— Dix heures. Macy n'est pas du matin.

Il secoue la tête.

— Ah ! là là... c'est toujours pareil avec les sorcières. Tu veux que je te ramène à ta chambre ?

— Ça ira, merci.

Prise d'une impulsion, je l'enlace.

— T'es le meilleur, Flint.

— N'exagérons rien, proteste-t-il avec un sourire teinté de tristesse. En tout cas, j'ai hâte de te voir voler demain. Tu vas me laisser sur place.

— Ça, je demande à voir ! Mais ta confiance me flatte.

Avec un dernier signe de la main, je me dirige vers l'entrée du lycée.

Pourquoi était-il si triste au moment de me dire au revoir ?

56

TAIS-TOI ET DANSE

Je retourne dans ma chambre vers vingt heures, exténuée. Macy tente de me convaincre d'aller traîner avec ses amies sorcières – elles ont prévu de se faire des masques en regardant Netflix – mais je suis bien trop nerveuse pour ça.

Demain, je vais rencontrer toute mon équipe de Ludares. Flint et Macy ont supervisé sa composition. Il *faut* qu'on gagne : sans la pierre de sang, on est fichus.

Mais comment gagner la compétition d'un sport auquel je ne connais rien ? Je n'ai même jamais mis un pied dans le stade de Katmere. Tout ce que je sais du Ludares, c'est que ça ressemble à un jeu de balle au prisonnier et que chaque joueur doit toucher la balle au moins une fois par match.

Or, je me sens incapable de protéger la balle des assauts de l'équipe adverse.

Évidemment, je peux tout à fait me transformer en pierre avec la balle, mais à quoi ça servirait ? Je suis aussi censée pouvoir voler, mais pour ça il faudrait que je me change en gargouille, ce que je ne sais pas encore faire sur commande. Quant à utiliser la magie des autres… J'ai l'impression que mon exploit de cet après-midi doit tout à la puissance inégalée de Hudson.

Pour évacuer mon stress, j'essaie de m'absorber dans un bon livre. Je veux oublier le reste du monde, même le vampire qui partage en ce moment ma tête.

Dix minutes plus tard, je renonce. Je suis encore survoltée après ma leçon de vol.

J'aurais peut-être dû accompagner Macy, finalement. Ça m'aurait empêchée de ressasser mes angoisses. D'un autre côté, j'aurais été obligée de discuter avec des inconnues, ce qui me rend nerveuse aussi. Je ne suis pas douée pour faire la conversation.

En désespoir de cause, je prends une douche. Rien n'y fait : je suis toujours autant montée sur ressorts, même après m'être fait un brushing et avoir rangé toute la chambre.

J'aimerais appeler Jaxon, mais il avait l'air épuisé tout à l'heure. Il s'est probablement couché tôt.

Si seulement je pouvais dormir...

Qu'à cela ne tienne, je rassemble mon linge sale et celui de Macy et me dirige vers la buanderie.

Ça fait trois fois cette semaine que j'entends ma cousine se plaindre qu'elle n'a plus rien à se mettre. Après tout ce qu'elle a fait pour moi, je lui dois bien ça.

Une heure plus tard, tandis que je m'apprête à tout mettre à sécher, Hudson se manifeste en criant :

— Bouh !

J'en lâche mon linge mouillé.

— T'es vraiment stupide, tu sais ? j'assène en ramassant les vêtements.

— Tu dis ça parce que je t'ai manqué, raille-t-il en se perchant sur une machine.

— C'est juste que je préfère te garder à l'œil pour m'assurer que tu n'essaies pas de conquérir le monde.

— Voilà qui éclaircit tout, réplique-t-il avec un sourire qui ne m'inspire pas confiance.

— Qu'est-ce qui te rend si joyeux ?

— Je n'ai pas le droit d'être joyeux, maintenant ?

Je claque la porte du sèche-linge.

— Non. La dernière fois que tu étais joyeux, c'était parce que tu prévoyais d'anéantir la moitié du monde paranormal.

— Les trois quarts. Sois précise.

— Oui, et comment ça s'est terminé, déjà ? je rétorque en lançant le programme de séchage. Je me souviens plus.

— Ben, pas trop mal, vu que j'ai fini ici avec la culotte d'une gargouille super sexy sur le pied.

Il lève la jambe pour me montrer le sous-vêtement en dentelle noire qui pend au bout de son mocassin.

— Comment c'est possible ? je proteste en la lui arrachant.

Quand j'ouvre la main, elle est vide.

Évidemment. Hudson a beau m'apparaître là, assis sur un lave-linge, il n'est pas vraiment présent. Et ma culotte non plus.

— Abracadabra, s'exclame-t-il avec un geste cérémonieux de magicien.

— Tu es ivre ?

— Grace, je vis dans ta tête. Si j'étais bourré, tu le serais aussi.

— Mouais…

Je n'arrive pas à imaginer une autre raison pour laquelle Hudson se comporterait de façon aussi étrange. Étrange et un peu charmante, il faut l'avouer.

— Peut-être que tu commences à m'apprécier, réplique-t-il, les yeux brillants sous l'éclairage des néons de la buanderie.

— À t'apprécier ? Non. Je pense plutôt que tu as besoin d'un calmant.

— Ou peut-être que tu commences à penser que tout ça ne finira pas forcément mal.

Je le dévisage, ébahie.

— Je n'ai aucune idée de ce que tu veux dire par là.

— Ah non ?

— Non, vraiment pas.

Il m'observe fixement pendant quelques secondes, puis se relève et fait un geste circulaire de l'index.

« Good Feelin » de Flo Rida retentit dans la pièce. La musique vient de nulle part.

— Bon, sérieusement, qu'est-ce qui se passe ? je demande en tournant sur moi-même pour essayer de repérer des enceintes. Pourquoi est-ce que tu mets de la musique ?

— Pourquoi pas ? répond-il avant de m'attraper par le poignet et de m'attirer avec une telle force que je m'écrase contre sa poitrine.

— Hudson, qu'est-ce que tu fous ? je m'écrie en le repoussant. C'est quoi, ton problème ?

— Pourquoi est-ce que j'aurais un problème ?

— Parce qu'on se déteste, que cette chanson joyeuse ne te va pas du tout et que je n'ai aucune envie de te faire un câlin.

Il lève les sourcils d'un air supérieur.

— Je n'ai jamais parlé de câlin.

Et il me fait tournoyer sur moi-même. Il veut danser ?

— Hudson ? Qu'est-ce que…

— C'est pas un câlin. C'est une danse. Nous dansons.

— Non. Toi, tu danses. Arrête avant de me démettre l'épaule.

— C'est parce que tu résistes. Allez, danse avec moi.

— Pourquoi ?

— Parce que je te le demande.

De nouveau, il me fait tourner sur moi-même.

— Mais pourquoi ? je l'interroge quand il m'attire à lui. Qu'est-ce qui te prend ?

— Grace ?

Il plonge son regard dans le mien. L'espace d'un instant, je vois au fond de ses yeux un éclat qui me coupe le souffle.

— Oui ?

Il claque des doigts, et la chanson change. Ce n'est plus Flo Rida, mais « Shut Up and Dance » de Walk the Moon.

C'est idiot, et ça ressemble tellement à Hudson, que j'éclate de rire et me mets à suivre ses pas de danse d'un bout à l'autre de la salle.

Une fois la chanson terminée, Hudson me lâche. Nous nous sourions.

Je me demande ce qui se serait passé si quelqu'un avait débarqué pour me trouver en train de tournoyer toute seule dans la buanderie en chantonnant sur une musique que personne d'autre ne peut entendre. Cette personne se serait sûrement dit que c'était juste une excentricité d'humaine… ou de gargouille.

En tout cas, j'ai un peu chaud, mais je me sens bien plus détendue que je ne l'étais il y a dix minutes.

— Comment tu savais que j'adore cette chanson ?

Le sourire de Hudson s'étiole, et ça me serre le cœur.

— Tu ne te souviens vraiment pas du temps qu'on a passé ensemble ?

57

ÇA NE TIENT QU'À UN FIL

— Hein ? Non, je t'ai dit que…

— Laisse tomber, lâche-t-il en secouant la tête. Je ne sais pas ce qui m'a pris.

— Explique-moi ! C'est à ça que ça sert, une conversation.

Il hausse les épaules.

— Oui, peut-être.

— Peut-être ?

J'ai l'impression d'avoir loupé quelque chose. Encore mon amnésie qui me joue des tours ?

L'intensité de son regard me trouble.

— Ce que je veux dire, c'est que j'ai vu ce que je voulais voir cet après-midi.

Je ne comprends toujours rien, alors je reste là à le dévisager en silence. Un frisson remonte le long de ma colonne vertébrale. Si seulement je pouvais recouvrer la mémoire…

Cet après-midi, quand il m'a prêté sa magie, ça ne m'a pas gênée d'être hantée par Hudson. Au contraire, ça m'a plu.

Ça m'a plu ? Je m'ébroue. Non, c'est une idée absurde.

Pour la première fois depuis que je le connais, Hudson paraît vulnérable, ce qui me fait douter. Est-ce que ce que j'ai ressenti cet après-midi n'était vraiment qu'un incident ? Ou était-ce en réalité les vestiges d'une amitié si inimaginable que j'ai fait en sorte de l'oublier ?

— Hudson ?

— Laisse tomber, répète-t-il.

Toute la douceur qui impreignait son visage a disparu. Il est redevenu le Hudson de d'habitude, celui qui m'agace tant. Je ne sais pas si je suis soulagée ou triste. Sans doute les deux.

— Alors, c'est lessive, ce soir ? Je pensais que tu préférerais aller faire des papouilles à ton petit ami.

— C'est pour ça que tu as disparu ? je demande en ouvrant le sèche-linge.

Les vêtements sont encore humides. J'extrais les habits les plus fragiles de la masse pour leur éviter de rétrécir, puis je relance la machine.

— Tu voulais nous laisser de l'intimité ?

— Je suis parti parce que j'avais des choses à faire. Mais n'élude pas la question : pourquoi est-ce que tu fais la lessive ce soir ? Il doit y avoir une raison.

— Non, rien de spécial.

— Tu détestes faire la lessive, donc je ne pense pas que ce soit rien de spécial.

Il attrape mon sweat préféré.

— Accouche ou tu ne reverras jamais ce pull vivant.

— Ce n'est rien, je répète.

Hudson roule mon sweat en boule et fait mine de le jeter à la poubelle.

— Dernière chance, Grace.

— Bon, d'accord. Je suis nerveuse.

Il pose le sweat.

— Nerveuse ? Mais pourquoi ?

— On a notre premier entraînement pour Ludares demain matin. Je suis censée voler et je n'ai aucune idée de la façon de m'y prendre. Je ne sais même pas comment me transformer en gargouille. Les autres utiliseront leur pouvoir et moi je ne serai rien qu'une humaine inutile.

Hudson se marre. J'ai envie de le frapper.

— Super sympa. Tu m'as supplié de te dire ce qui me perturbait, et maintenant tu te moques de moi. T'es vraiment un salaud.

— Je ne me moque pas de toi, voyons, parvient-il à dire entre deux éclats de rire. Enfin, si, je me moque carrément de toi.

— Tu trouves ça drôle, mais si notre équipe échoue, on n'obtiendra pas la pierre de sang. Et si on n'obtient pas la pierre de sang, on n'a aucun moyen de te sortir de ma tête et tu vas être coincé là jusqu'à ma mort. Je ne vois pas ce qui t'amuse.

— Ce qui m'amuse, c'est que je sais que tu vas très bien te débrouiller.

— T'en sais rien.

— Si, je le sais ! Toi aussi, t'en serais convaincue si tu t'interdisais de céder à la panique.

— Je fais que ça ! J'essaie de me concentrer, mais c'est pas évident quand t'es là à réclamer mon attention toutes les cinq minutes. Par ailleurs, je ne me souviens de rien. Je n'ai aucune idée de ce dont je suis capable, alors comment veux-tu que j'aie foi en moi ?

— Moi, je sais ce dont tu es capable. Je suis resté enfermé avec Grace la gargouille pendant plus de cent jours, et je me souviens de tout. Alors écoute-moi : fais confiance à ton instinct, et tout va très bien se passer.

Je n'en crois pas mes oreilles.

— Que veux-tu dire ? je demande après quelques secondes.

— Quatre mois, c'est long, m'explique-t-il, mal à l'aise. On a eu le temps de se poser des questions sur ta nature de gargouille… et de faire quelques découvertes.

Mon cœur s'accélère : je pensais qu'on avait été ennemis pendant tout ce temps coincés ensemble…

Est-ce qu'on a beaucoup discuté ? Est-ce qu'on a ri ensemble ? Est-ce qu'on s'est disputés ? Je vois dans les yeux de Hudson qu'il en garde de bons souvenirs.

— Tu te souviens de tout ? je souffle.

Il semble gêné d'en avoir trop dit.

Tout le monde m'assure que je recouvrerai la mémoire quand je serai prête, mais moi j'ai envie de savoir maintenant.

— Je me souviens que tu étais ravie d'être une gargouille, répond Hudson.

Cette révélation me rend nerveuse.

— Qu'est-ce que j'ai appris ? Qu'est-ce que je sais faire ?

— Tout ce que tu veux, m'assure-t-il. Tu pourrais te transformer ici, si tu voulais. Il y a suffisamment de place.

— Ici ? Et si quelqu'un entre ?

— Personne n'entrera, je te promets que tu es la seule élève de ce lycée à faire sa lessive un samedi soir. Ça la fout mal pour toi, d'ailleurs.

Je le fusille du regard.

— Merci pour le compliment, ça motive.

— Ce n'est pas à moi de te motiver, rétorque-t-il. Je suis ton ennemi, souviens-toi.

— Je m'en souviens. Et quand bien même j'oublierais, tu me le rappelles sans cesse.

Un sourire froid éclot sur son visage.

— Tout à fait. Bon, alors, tu vas faire une tentative ou tu préfères passer la nuit à t'apitoyer sur ton sort ?

Son ton odieux m'exaspère.

— Très bien. Comment je m'y prends ?

— La réponse est en toi.

— Aide-moi au lieu de balancer des platitudes !

Il hésite, semble peser le pour et le contre. C'est l'envie de s'échapper de ma tête qui doit le décider.

— Tu m'as expliqué qu'être une gargouille, c'était ce qui te semblait le plus naturel au monde. Que tu avais du mal à croire que tu avais passé les dix-sept premières années de ton existence à ignorer ta vraie nature. Que maintenant que tu l'avais découverte, tu avais l'impression d'être arrivée à bon port.

Je me répète ces mots, les compare à la confusion qui règne dans ma tête. Ça n'a pas de sens.

— J'ai dit ça ?

— Oui.

Pourtant, être une gargouille me semble tout sauf naturel. Je ferme les yeux et tente de plonger en moi-même.

Je n'y trouve rien, à part le vide qui s'y est installé depuis mon retour.

— C'est sans espoir.

Hudson me prend les mains.

— Réessaie. Détends-toi.

Je me perds dans les flots tumultueux de ses yeux tandis qu'il ajoute :

— Tu ne dois pas apprendre à *être* une gargouille. Tu en es déjà une. C'est une partie de toi que jamais personne ne pourra te retirer.

J'ai l'impression qu'il ne parle pas seulement de moi.

— Mais…

— Non, me coupe-t-il. Ferme les yeux. Inspire profondément, puis expire le plus longtemps possible. Cherche à atteindre ce qui est enfoui au plus profond de toi. Ce que tu caches aux autres.

Des fils m'apparaissent. Ce sont des liens en moi : ils mènent chacun à une partie de mon identité.

Il me suffit de les effleurer pour le comprendre. Le fil orange vif représente mon amour de la lecture. Bleu clair : l'océan. Turquoise pour le rire de ma mère. Rose vif pour Macy. Noir pour Jaxon. Il y a aussi un fil qui commence vert sapin et s'assombrit jusqu'à devenir noir. Notre lien de promesse, je devine, sans savoir d'où je tiens cette certitude. Rouge pour mon sens artistique. Brun pour les balades du samedi matin avec mon père. Ainsi qu'un fil d'un vert émeraude si vif qu'il paraît briller. Je me tends vers celui-là, mais une voix en moi s'élève pour me mettre en garde. Avant que je ne puisse analyser cet avertissement, je me retrouve absorbée par la vision d'un fil bleu céruléen sublime dont je comprends instinctivement qu'il correspond à ma mère. Celui d'un rouge de rouille appartient à mon père. Le bleu aquamarine, c'est La Jolla, mon ancien quartier de San Diego.

Je pourrais continuer. Il y a tant de fils, tant de couleurs ! Je les examine un à un, même ceux que je ne reconnais pas, jusqu'à ce que je trouve un lien platine tout au fond, dissimulé derrière les autres.

C'est celui-là, j'en suis sûre. Celui qui mène à ma gargouille.

Qu'est-ce qui m'arrivera si je tire dessus ? Il n'y a qu'un moyen de le savoir, alors je me focalise sur le fil en retenant mon souffle.

À l'instant où je le touche, quelque chose résonne en moi, comme la magie de Hudson plus tôt dans la journée, en plus profond, plus fort. Un raz de marée. Un tsunami qui fond sur moi.

J'ai envie de reculer, de me mettre à l'abri, mais c'est trop tard. La vague se fracasse et m'emporte.

Ça commence dans mes mains puis s'étend à mes bras : un poids, une rigidité à la fois étrange et familière.

Une fois arrivé à mes épaules, ça se propage à mon torse, mes hanches, mes jambes, mes pieds, ma mâchoire, mes joues… jusqu'au sommet de mon crâne.

Quelque chose brûle dans mon dos. Mes ailes.

Et puis c'est fini. Juste comme ça. Rien n'a changé, et pourtant je suis différente. Me voilà dans la buanderie de Katmere sous la forme d'une gargouille. Je n'ai jamais rien vécu d'aussi étrange.

Je tiens encore le fil de ma transformation au fond de moi. Hudson me suggère de le lâcher.

Même transformée en gargouille, je reste petite. Manifestement, je suis capable de me changer en pierre mais pas de gagner quelques centimètres.

— Tu crois qu'un jour tu cesseras de t'en plaindre ? demande Hudson.

— Jamais ! Pourquoi est-ce que je dois lâcher le fil ?

— Parce que plus longtemps tu le tiens, plus ta transformation s'accomplit. Si tu t'arrêtes maintenant, tu seras encore assez souple et mobile pour marcher et voler.

Il a raison. Je peux marcher. Et danser, et tourner sur moi-même, et sauter si fort que toute la pièce tremble.

Je tente de remuer mes ailes. Ça marche ! Elles battent, je n'ose cependant pas essayer de prendre mon envol. Aucune envie de devoir expliquer à Oncle Finn pourquoi je me suis assommée en détruisant un mur de la buanderie.

Le second problème, c'est que je n'ai aucune idée de la façon dont je dois manœuvrer mes nouveaux appendices. Je n'ai eu qu'un seul cours de physique du vol, et j'en suis ressortie tout aussi ignorante.

La photo que Macy m'a montrée me revient soudain en tête. Je me tâte le crâne. Oui, j'ai des cornes. Quelle horreur ! Au moins, elles sont discrètes.

Le temps que j'aie fini de marcher et de tester mon nouveau corps de gargouille, ma lessive a refroidi dans le séchoir. Elle est toute froissée.

Hudson est affalé dans un coin de la pièce, un sourire sincère flotte sur ses lèvres. Je suis fatiguée. Sans rire, c'est crevant de bouger toute cette pierre !

Malgré tout, je n'ai pas envie de redevenir humaine tout de suite. Je me sens si libre en gargouille ! Je pensais que je me sentirais piégée dans la roche, en réalité, je suis... bien. Réconciliée avec moi-même.

Tout de même, je ne peux pas rester comme ça éternellement. Il est tard, Macy sera probablement bientôt de retour de sa soirée et je ne veux pas qu'elle croie que j'ai refusé son invitation pour aller voir quelqu'un d'autre. En plus, je dois me lever tôt demain et j'aimerais bien dormir afin de ne pas me ridiculiser complètement. Sans compter que Jaxon risque de s'inquiéter si je disparais de nouveau.

— Jaxon chéri te surveille ? me nargue Hudson.

Ça faisait longtemps qu'il n'avait pas lâché une pique.

Je reprends mon apparence humaine avant de lui répondre. En fait, c'est facile : il suffit de tirer sur la ficelle d'or qui correspond à Grace l'humaine et d'y penser très fort. Sur moi, mes vêtements de pierre s'assouplissent, redeviennent du tissu.

— Si Jaxon est si inquiet, c'est parce que la moitié des élèves de ce lycée, ainsi que son frère, ont essayé de me tuer.

Hudson étouffe un bâillement.

— Rectification. C'est lui que je voulais tuer. Tu étais sur mon chemin, c'est tout.

Nous voilà de retour à la case départ. Il m'agace. Je n'y comprends rien : quand il a débarqué avec un grand sourire et m'a fait danser comme si on était les meilleurs amis du monde, qu'est-ce que ça signifiait ? Et pourquoi redevient-il antipathique ?

Enfin, je ne me plains pas. Au moins, cette version de Hudson, je sais la gérer. L'autre, le Hudson gentil, je ne savais pas quoi en faire.

— Tu vois ? ricane-t-il. Ça ne sert à rien d'être gentil.

— T'as raison. Sans compter que ça ne te va pas du tout.

— Arrête ton char. Tout me va, et tu le sais très bien.

Pour souligner cette déclaration, il fait volte-face et marche le long de la pièce comme un top model en plein défilé.

Je m'esclaffe. Hudson fait semblant d'être agacé, mais je vois bien qu'il s'amuse.

— Allons nous coucher.

— C'est une invitation ? réplique-t-il du tac au tac.

Mes joues s'embrasent.

— Je t'invite à me laisser dormir pendant six heures, oui. Rien d'autre.

Sur ces mots, je ramasse mon linge et me dirige vers ma chambre.

— Tant mieux parce que je ne voulais pas avoir à repousser tes avances.

Il sifflote en me suivant dans les escaliers. Je reconnais la mélodie de « Good Feeling », ce qui m'arrache un sourire.

En me glissant sous la couverture quelques minutes plus tard, je souffle :

— Merci pour ton aide.

Il reste silencieux un long moment, puis soupire :

— Ne me remercie pas.

— Pourquoi pas ? je demande en me retournant pour lui faire face.

Son regard indigo est brûlant.

— Parce que tu risques de le regretter.

58

LA VIE À PLEINES DENTS

— Que se passe-t-il quand on embrasse un dragon ? je demande à Jaxon quand il ouvre la porte de sa chambre.

— Euh, on vomit ? répond-il d'une voix ensommeillée.

— Non, on se brûle les lèvres. Tiens, bois.

Je lui tends le thermos de sang que je lui ai rapporté de la cafétéria.

Avec un petit sourire, il pose sa bouche sur la mienne.

— Merci. Tu sais, je préfère embrasser une gargouille que de me brûler les lèvres.

Je me pends à son cou. Un feulement sourd s'échappe de sa gorge. Il se presse contre moi, embrasse ma bouche, lèche ma lèvre inférieure.

— Et Hudson ? chuchote-t-il à mon oreille.

— Il dort encore. C'est pour ça que je suis venue te rejoindre plutôt que de t'attendre en bas.

— Excellente initiative, me félicite-t-il en me plaquant contre le mur.

De sa bouche, il trace un chemin le long de ma mâchoire, puis de mon cou, avant de s'arrêter sur ma gorge.

— Je te retourne le compliment, je murmure plongeant mes doigts dans sa chevelure soyeuse.

— Je suis content que ça te plaise, parce que je ne risque pas de m'arrêter de sitôt, très chère promise.

— Oh ! là là ! mais vous êtes insupportables !

Hudson surgit de nulle part. Il est aussi exténué et hirsute que Jaxon.

— Non mais sérieusement. « Je ne risque pas de m'arrêter de sitôt » ?! Qui parle encore comme ça ? Et puis, ça va, la possessivité ? À cette allure-là, il va finir par te faire tatouer « Propriété exclusive de Jaxon Vega » sur les fesses.

Je m'écarte de Jaxon en grognant :

C'est quoi ton problème, Hudson ?

— Je n'ai pas de problème, crache-t-il en montrant les crocs. Tu me connais, je suis prêt à mordre la vie à pleines dents. Il y a un endroit particulier que tu veux que je vise, d'ailleurs ?

La proposition me fait frissonner, et pas seulement d'effroi. Ma réaction me surprend ; je sursaute et manque de tomber en arrière.

— Ça va ? demande Jaxon en me rattrapant.

— Oui, c'est juste…

Il lève un sourcil.

— Hudson est réveillé ?

— Eh oui… je soupire en me laissant aller contre lui. Je suis désolée.

— Ne t'excuse pas. Pas pour ça, en tout cas.

Il s'efface pour me laisser entrer dans sa chambre.

— Donne-moi une minute pour me brosser les dents et on pourra descendre.

— Ne te presse pas, on a le temps, je lui lance tandis qu'il entre dans sa salle de bains.

Et c'est vrai : j'avais prévu large, pour pouvoir passer un moment seule avec lui… Hudson a tout gâché.

J'aurais peut-être mieux fait de venir tout de suite ici, plutôt que de passer par la cafèt' prendre des boissons, mais

Jaxon avait l'air tellement à plat hier que je tenais à lui apporter à manger.

— À boire, me reprend Hudson en se laissant tomber dans un fauteuil.

Il étend les jambes devant lui, croise les bras et serre les dents, plus agacé que jamais.

Il est exaspérant.

— Quoi, à boire ?

— Jaxon boit du sang, il ne le mange pas.

— Ce serait bien que t'arrêtes d'espionner mes pensées.

— Je n'y peux rien si tu penses si fort que ça se répercute dans tout ton esprit. Impossible de ne rien entendre ! Je préférerais, crois-moi.

— Pourquoi tu es aussi désagréable ? T'as usé tout ton quota de gentillesse hier ?

— Yep. Faudra que t'attendes l'année prochaine si tu veux que je sois de nouveau sympa.

— Plutôt dix ans, non ?

J'attrape mon chocolat chaud et un livre sur la table basse. N'importe quoi pour me distraire des geignements de Hudson.

— Il y a des contes de fées dans la bibliothèque, si tu veux, me suggère-t-il. C'est ton genre, non, les légendes ? Les mensonges ?

— Mais enfin ! C'est quoi, ton problème aujourd'hui ?

Il me fixe pendant de longues secondes, le regard brûlant et les lèvres pincées.

Jaxon choisit ce moment-là pour sortir de la salle de bains, une veste noire à la main.

— Tu as pensé à prendre un manteau ? me demande-t-il en me la tendant. Le terrain est chauffé mais il faut marcher un peu pour y arriver.

Hudson s'éloigne en marmonnant des obscénités. J'ai bien envie de l'attraper par la peau du cou pour l'enguirlander, mais Jaxon m'attend, vêtu d'une combinaison de sport noire et moulante. Il est incroyablement beau… et sexy.

— J'ai pris un manteau, je lui réponds, merci.

— Pas de quoi.

Il attrape un sac à dos dans lequel il fourre des gourdes et des biscuits aux céréales.

— Des biscuits aux céréales ! Tu les as trouvés où ?

— Je les ai commandés la semaine de ton arrivée, au cas où tu voudrais grignoter ici. Ils sont arrivés pendant… Enfin, donc je les ai gardés précieusement pour ton retour.

— Et je suis revenue, je souffle, très touchée par son attention. Merci.

Jaxon lève les yeux au ciel.

— Arrête de me remercier, dit-il en fermant le sac. C'est trois fois rien.

— Ce n'est pas rien, ça compte pour moi.

Il hausse les épaules, mais je vois bien que ça lui fait plaisir.

Dans la lumière du matin, il a l'air plus fatigué que jamais. Ce n'est pas qu'un manque de sommeil. Même s'il donne le change, il est épuisé. Aux bouquins éparpillés dans sa chambre, je devine qu'il a passé énormément de temps dans ses recherches sur la Bête Invincible.

Ça me serre le cœur de constater encore une fois à quel point l'idée que Hudson revienne en pleine possession de ses pouvoirs l'horrifie.

— Prête ? me demande-t-il. Il est bientôt neuf heures.

— Presque, je réponds en l'attrapant par la taille.

En moi-même, je tâtonne à la recherche du lien de promesse qui nous relie.

— Qu'est-ce que tu fais ?

Sans répondre, j'attrape le fil vert et noir et lui envoie de l'énergie.

— Arrête ! s'écrie Jaxon. Tu ne dois pas faire ça !

— Je sais bien. Je veux le faire quand même.

Je tiens fermement le fil entre nous. Je ne le lâcherai pas tant que Jaxon n'aura pas repris des forces.

— Qu'est-ce que tu fais ? s'étouffe Hudson. Tu ne peux pas lui donner toute ton énergie, arrête !

Je souris à Jaxon.

— Je fais ce que je veux. Et je veux prendre soin de toi.

Hudson lève les bras.

— Tu vas le regretter quand tu te feras démolir à l'entraînement.

Sa remarque m'atteint en plein cœur. Je ne m'attendais pas à ce qu'il retourne mes confidences contre moi. Ça m'apprendra à baisser la garde en sa présence, ou à le croire quand il m'assurait que j'étais plus forte que je ne le pensais.

Tant pis, de toute façon il a tort. Maintenant que je sais comment me transformer en gargouille, je n'aurai pas de difficulté à mettre à exécution notre plan.

Étape un, gagner le tournoi de Ludares et obtenir la pierre de sang.

Étape deux, trouver un os dans le cimetière.

Étape trois, vaincre la Bête Invincible et lui arracher le cœur. Si Jaxon nous en croit capables, c'est qu'on l'est.

Étape quatre, se débarrasser de Hudson et le mettre hors d'état de nuire une bonne fois pour toutes.

Comme ça, Jaxon pourra enfin se reposer, et on passera une fin de terminale paisible.

Pour la première fois depuis que j'entends Hudson dans ma tête, je me surprends à sourire. Fastoche. On va s'en sortir.

Main dans la main, le pas léger, Jaxon et moi sortons dans le couloir.

— On est foutus, grommelle Hudson.

59

DEUX VAMPIRES DE TROP

Jaxon et moi sommes les premiers à arriver sur le terrain d'entraînement. Je porte quatre couches de vêtements. J'ai beau être frigorifiée, il insiste pour que j'en retire deux. Selon lui, si je me mets à transpirer, ce sera mille fois pire.

— Alors, on va travailler à quoi aujourd'hui ? je demande en retirant mon manteau et mon pantalon de ski.

— On pourrait explorer tes capacités, propose Jaxon. Et je crois que Flint veut faire un topo sur notre stratégie.

— Il prend ce tournoi très au sérieux, je remarque en commençant à m'étirer. Alors qu'on n'a que quelques jours pour s'entraîner…

— Il a plein de raisons de vouloir gagner, souffle Jaxon avec une expression indéchiffrable. Et le Ludares est vraiment populaire, ici. On attend mars avec impatience toute l'année et les gagnants sont acclamés comme des héros. L'équipe de Flint est arrivée en seconde place l'année dernière. J'imagine qu'il veut rattraper le coup.

Je me plie en deux pour toucher mes pieds.

— C'est gagnant-gagnant, alors. Il aura son triomphe et nous la pierre de sang.

Jaxon grogne son assentiment. Quand je regarde entre mes jambes, je découvre qu'il est occupé à reluquer mes fesses.

— Hé ! concentre-toi sur le tournoi !

— Oui, oui. Remporter le tournoi, obtenir la pierre de sang, vaincre Hudson, marmonne-t-il sans quitter mon arrière-train des yeux.

— Jaxon ! je proteste en me redressant.

En vérité, ça me flatte. D'ailleurs, ce n'est que justice : je me rince l'œil depuis qu'il a enfilé sa combinaison moulante ce matin.

— Pardon, dit-il en posant sa main sur le bas de mon dos. Parfois je me sens tellement chanceux d'être avec toi que je ne parviens plus à penser à autre chose. Il se penche pour m'embrasser sur la joue. Tu es magnifique, Grace. À l'intérieur autant qu'à l'extérieur.

Cette fois, impossible de cacher à quel point il m'émeut.

— Moi aussi, j'ai de la chance.

Je l'attire à moi.

— Heureusement que je t'ai ignoré toutes les fois où tu as essayé de m'éloigner de Katmere.

— Je ne sais pas ce qui m'a pris.

— Moi non plus, je souffle en l'embrassant sur la clavicule. D'un autre côté, ça m'aurait évité les altercations avec Hudson… et Lia. Heureusement que je ne savais pas ce qui m'attendait, sinon j'aurais fui à l'autre bout du monde et on n'aurait pas eu le temps d'apprendre à se connaître.

Ça ne le fait pas rire. Son visage prend cet air torturé que je déteste, celui qu'il a quand il s'en veut pour des événements sur lesquels il n'avait pourtant aucun contrôle.

J'aimerais lui changer les idées mais, le connaissant, ça ne sera pas évident. Plutôt que d'essayer de le rassurer, je m'écarte de lui.

— Attrape-moi si tu peux !

Il lève un sourcil.

— Quoi ?

— J'ai dit : attrape-moi si tu peux, je répète en reculant encore.

— Mais je suis un vampire... Je peux simplement...

Et il se dissout pour réapparaître près de moi et m'attraper dans ses bras.

Je le repousse.

— Pas comme ça.

— Tu vois un autre moyen ?

Je hausse les sourcils.

— Évidemment qu'il y a un autre moyen.

Alors je fais ce que Hudson m'a appris la veille au soir. Je me concentre sur les fils de couleur au fond de moi, et j'attrape celui qui est couleur platine. Je me sens soudain plus lourde.

— Grace, tu...

Jaxon écarquille les yeux en me voyant me transformer en pierre. Je m'arrête avant que la transformation ne soit totale, quand je suis encore souple.

Et ça marche ! Je suis une gargouille, mais je peux toujours bouger. Et parler ! Je suis Grace, version gargouille.

— Waouh, s'écrie Jaxon en s'approchant.

— C'est cool, hein ? Bon, à part les cornes...

— J'aime bien. Elles te donnent un style.

— Un style ? C'est ça, oui.

— Non, sérieusement, elles sont super jolies. Ça te va bien.

— Sans rire ?

Je me sens vulnérable : j'ai vraiment besoin d'entendre que Jaxon aime aussi cette version de moi. Je comprends mieux maintenant pourquoi il était si nerveux que je découvre sa vraie nature.

— Oui, souffle-t-il en effleurant le dos de ma main du bout du doigt. Quand est-ce que tu t'es entraînée à te transformer ? Tu y es parvenue si vite...

— Hier soir. C'est Hudson, qui…

Je me tais : l'expression de Jaxon vient de changer du tout au tout.

— Hudson t'a aidée ?

— Oui, pendant que je faisais la lessive, je balbutie. Ce n'était vraiment rien, j'étais nerveuse pour aujourd'hui, alors il m'a donné quelques conseils sur la transformation. D'après lui, le fonctionnement des gargouilles est très similaire à celui des lycanthropes.

— Attends, tu étais nerveuse à l'idée de t'entraîner avec nous ?

Jaxon serre la mâchoire, furieux contre lui-même.

— Tu aurais dû me le dire. On se serait entraînés rien qu'à deux. Je ne te forcerais jamais à faire quelque chose qui te met mal à l'aise !

— Je sais bien, mais…

— Mais quoi ?

— J'étais gênée, c'est tout ! Tout le monde se comporte comme si c'était hyper facile d'être une créature paranormale. Je me sentais ridicule.

— D'abord, tu n'es pas ridicule. La plupart des gens ont peur de leurs pouvoirs au début. C'est tout à fait normal et je t'aurais rassurée si tu m'en avais parlé. Ce que je ne comprends pas, c'est pourquoi tu étais gênée de te confier à moi mais à l'aise avec Hudson !

— Mais non, Jaxon, c'est pas ça... C'est juste que je voulais que tu me trouves forte.

J'essaie de passer une main dans mes cheveux, mais c'est impossible. Ils sont en pierre.

— Mais tu es forte, Grace ! Tu es incroyablement puissante. Je le sais mieux que personne. Tu m'as sauvé la vie deux fois !

— Ce n'est pas ce que je voulais dire.

— Peut-être, mais… Enfin, pourquoi est-ce que tu ne m'en as pas parlé, plutôt que de te confier à Hudson ?

— Zut, à la fin, Jaxon. Je n'ai pas *choisi* de me confier à Hudson.

— Comment ça, tu n'as pas choisi ?

Lui révéler que son frère sait tout de moi reviendrait à traverser un champ de mines pieds nus. C'est aussi idiot que dangereux, mais j'en ai déjà trop dit, et je ne veux pas lui mentir. D'un autre côté, je n'apprécie pas qu'il me reproche une décision que j'ai prise au sujet de mes propres pouvoirs… Je prends une grande inspiration pour me calmer et je fais de mon mieux pour m'expliquer.

— Hudson entend chacune de mes pensées, qu'elles concernent ma tenue du jour ou mon incompréhension de la physique du vol. Par conséquent, il me savait nerveuse. J'avais peur de ne pas parvenir à me transformer de nouveau en gargouille. Je faisais la lessive pour me changer les idées, j'étais super inquiète.

Incapable de tenir en place, je me mets à faire les cent pas. Jaxon a l'air sur le point d'exploser.

— Donc oui, je reprends, Hudson m'a aidée. Pas parce que je le préfère à toi, mais juste parce qu'il était là.

Un tic nerveux agite la mâchoire de mon promis. Il ne dit rien. Ma colère se mue en tristesse. Cette situation n'est ni la faute de Jaxon ni la mienne.

— Foutu Hudson, je soupire.

— Ne te gêne pas, intervient Hudson en apparaissant sur la pelouse, un exemplaire de *Huis clos* à la main.

60

AMOUR, GLOIRE ET VAMPIRISME

— Non mais tu déconnes ? je hurle à l'apparition de Hudson. C'est maintenant que tu débarques ?

— Je suis là depuis un moment, en fait. Je vous écoutais vous disputer. C'était d'un ennui !

— Je suis vraiment désolée de ne pas te divertir à chaque seconde qui passe !

Il bâille.

Je ne devrais pas céder à la provocation, mais je ne parviens pas à me retenir.

— T'es vraiment horrible, tu sais ? Franchement, je préférerais être couverte de limaces gluantes que de devoir endurer ta présence !

— Je sais, Grace. Change de disque, tu veux ?

— J'y crois pas, intervient Jaxon d'un ton coupant. J'essaie d'avoir une conversation avec toi, et toi tu lui parles à *lui* ?

— Mais je n'ai pas le choix…

— Non, ça suffit ! Arrête de me mentir. Tu es *tournée* vers lui. Je suis désolé qu'il soit à ce point plus intéressant que moi…

— Jaxon…

— Attention, il t'a demandé d'arrêter de mentir, me reproche Hudson. Bon, ne sois pas trop dure avec lui : ce n'est pas sa faute s'il est chiant comme la mort.

— Arrête ça ! Il n'est *pas* chiant !

— On s'y tromperait, pourtant. Bref, je vois que tu as de nouveau réussi ta transformation. Bien vu, d'avoir augmenté la taille des cornes.

— Mes cornes ?

Je mets une main à ma tête.

— Elles sont plus grandes ? Oh, mince ! oui, elles sont énormes !

— Tu sais, ce n'est pas la taille qui compte, raille Hudson. Mon petit frère en sait quelque chose.

— Je suis là, grince Jaxon.

— Je sais, Jaxon, pardon. Ton frère est la personne la plus agaçante de la terre.

— Tu vas finir par me vexer..., me relance ce dernier.

— Putain, mais vivement ! je hurle, avant de me retourner vers Jaxon qui a l'air aussi fâché qu'ébahi.

— C'est comme ça tout le temps ? demande-t-il. Il te houspille toute la journée jusqu'à ce que tu craques ?

— Tout le temps. Du matin au soir et du soir au matin.

— À t'entendre, mon emprise sur toi ne connaît pas de limites, susurre Hudson en battant des paupières.

Malgré sa bravade, j'ai le sentiment qu'il regrette d'être allé si loin. Est-ce possible ? Non, je ne veux pas y croire. Il est probablement déçu que Jaxon se soit radouci.

— Oh. T'as vraiment une mauvaise opinion de moi.

— Pour la dernière fois : ferme-la.

Hudson entrouvre la bouche ; les pointes de ses canines scintillent.

— Si je la fermais, je ne pourrais pas te mordre, souffle-t-il, et je sais que tu en as envie...

— Il n'y a qu'une seule personne au monde qui a le droit de me mordre et ce n'est pas toi.

Toute malice quitte soudain Hudson.

— C'est bon, ne retourne pas le couteau dans la plaie.

Son visage est redevenu totalement inexpressif. Il se couche sur la pelouse et ouvre son bouquin. C'est une manière comme une autre de me signifier la fin de la conversation.

Avant que je ne puisse réfléchir à une dernière réplique qui tue, Jaxon m'enlace.

— Excuse-moi, Grace.

Je me force à me détendre, à me muer de nouveau en humaine. Ça ne sert à rien d'être en colère contre Jaxon. Moi aussi je serais jalouse s'il y avait dans sa tête une fille qui retenait toute son attention, qui savait tout de lui et s'arrangeait pour se mettre entre nous.

Je ravale mon irritation et me laisse aller contre lui.

— Non, c'est moi qui m'excuse. Ça doit être vraiment dur pour toi.

— C'est dur pour nous deux, répond-il en m'embrassant dans le cou. Je ferais bien de m'en souvenir.

— Moi aussi. Je suis désolée de me battre autant avec Hudson. Il m'énerve tant que j'oublie le reste.

— Oui, mon frère peut-être incroyablement agaçant. C'est son plus grand pouvoir.

— C'est ça, oui, grogne Hudson, l'air sincèrement vexé. En réalité, ce n'est même pas dans le top 10.

Par un effort de volonté surhumain, je parviens à l'ignorer.

Jaxon me serre plus fort contre lui.

— Je te promets qu'on se débarrassera bientôt de lui.

— Le plus vite sera le mieux.

Flint et Macy entrent sur le terrain, accompagnés de deux élèves que je ne connais pas. Juste avant de me lâcher, Jaxon chuchote :

— Est-ce que Hudson connaît la couleur de tes sous-vêtements ?

— Ta culotte est noire à pois blancs, répond Hudson sans lever les yeux de son livre.

Je soupire.

— Malheureusement, oui.

Jaxon ne fait pas de commentaires.

— Tu devrais mettre la rouge à fleurs blanches demain, continue Hudson. C'est ma préférée.

Avant que je ne puisse répliquer, Flint me saute dessus pour me prendre dans ses bras et me faire tournoyer dans les airs en scandant mon nom.

Jaxon, jaloux, gronde en montrant les crocs.

Et Hudson l'imite.

Ma vie est un conte de fées.

61

UNE ÉQUIPE MONSTRUEUSE

— Prête à nous montrer ce que tu sais faire ? me demande Flint en me déposant enfin à terre.

— Ce que je sais faire ? je répète en vérifiant que tous mes habits sont bien en place.

Les étreintes de Flint sont *très* enthousiastes.

— Voler, Gracie !

Il bat des bras et se met à courir autour de moi. C'est à la fois mignon et ridicule.

— Ben, j'attends surtout que tu me montres comment faire.

— Ah non, on va le faire ensemble. Toi, moi et Eden.

Il se tourne vers la fille qui l'accompagne et lui fait signe d'approcher.

— Je vous présente Eden Seong, annonce Flint. Une de mes meilleures amies, ainsi qu'une excellente joueuse de Ludares.

— La moindre de mes nombreuses qualités, ajoute Eden.

Je veux bien le croire : même sa voix est cool.

Elle est aussi grande que Macy, avec de longs cheveux noirs qui cascadent dans son dos et une frange qui s'arrête juste au-dessus de ses yeux violets. Violets ? Je m'approche, en me disant que c'est sûrement un effet de la lumière sur des yeux bleus, mais non. Ils sont bien violets !

Elle est tout de blanc vêtue et son débardeur révèle un gigantesque tatouage de dragon qui lui serpente sur les bras. Dragonne, alors. Comme Flint.

Elle a aussi des piercings : dans les oreilles, sur le nez, les sourcils… Ses doigts sont couverts de bagues scintillantes. Sur quelqu'un d'autre, ce serait *too much,* mais chez elle, c'est hyper classe.

Je l'aime déjà. Elle me serre la main.

— T'es une gargouille, c'est trop fou ! Bien joué !

Je me marre.

— Je n'y suis pour rien.

— On ne choisit pas sa nature, c'est vrai, mais on choisit ce qu'on en fait. Et j'admire tes choix.

— Ah ouais ?

— Ouais. Et comme je suis un modèle pour tous, tu ferais bien d'y croire, toi aussi.

Une telle assurance pourrait la faire passer pour imbue d'elle-même mais non, elle est charmante. À la façon d'une rock star. Je comprends pourquoi Flint l'adore.

— C'est vrai, dit Flint en l'attrapant par la taille. Écoute bien Eden, Grace, elle donne d'excellents conseils.

Eden le fusille du regard mais Flint ne la lâche pas. Quand il cherche à lui ébouriffer les cheveux, elle craque et lui fait une clef de bras. Il glapit de douleur et crache quelques rayons de glace, mais elle tient bon.

— C'est bon, t'as fini ?

— Pour l'instant, répond Flint avec un sourire provocateur.

Eden le lâche.

— Eden, donc, reprend Flint. Et ce gaillard (il se tourne vers un mec vêtu d'un jogging bleu marine et d'un tee-shirt gris), c'est Xavier. C'est un loup-garou, mais on lui pardonne.

Xavier lui fait un doigt et se tourne vers moi.

— Enchanté, Grace. J'ai beaucoup entendu parler de toi.

Je ne lui demande pas de préciser ce qu'il veut dire par là. S'il est un loup, je ne suis pas sûre de vouloir savoir ce qu'on lui a raconté à mon sujet.

— Enchantée.

Avec ses grands yeux verts rieurs et son sourire contagieux, il a l'air aussi marrant qu'Eden a l'air cool. Pour couronner le tout, il semble fasciner ma cousine.

— Tout le monde est là ? je demande.

— Mekhi arrive, m'informe Jaxon.

— Et Gwen avait un contrôle de charmes ce matin, ajoute Macy. Elle nous rejoint dès qu'elle a fini.

Je suis ravie de savoir que Mekhi se joindra à nous et d'apprendre que Macy a invité Gwen. C'est de très loin la sorcière la plus sympa que j'ai rencontrée, après ma cousine.

Quatre mois. Ça reste bizarre de penser à tout ce temps écoulé en mon absence.

— Moi aussi, ça me tue que tu ne te souviennes pas, souffle Hudson d'un ton très différent de son sarcasme habituel.

Il a lâché son livre pour examiner Xavier, le loup nouveau venu. Je pourrais le supplier de tout me raconter, mais ce n'est pas vraiment le moment. De toute façon je ne peux pas lui faire confiance, donc à quoi bon ?

— On commence par quoi ? demande Xavier en sautillant sur place.

— Divisons-nous en équipes, pour voir quelle dynamique de groupe s'instaure, propose Flint en sortant un ballon de son sac. Macy, tu veux bien enchanter cette balle ?

Macy sort sa baguette et murmure un sort.

— Qu'est-ce qu'elle fait ? je demande à Jaxon, perdue.

— Le Ludares est un sport magique : plus tu tiens la balle, plus elle chauffe et vibre. Il faut faire la passe toutes les trente secondes sous peine de se brûler méchamment.

— La balle vibre et brûle ?

— Tout juste. C'est pour ça qu'il faut jouer collectif, ajoute Flint. Chaque fois qu'on fait une passe, la balle revient à son état normal. Donc il faut la faire circuler. Si tu joues perso, tu perds d'office. Et tu te blesses.

— Ça a l'air horrible ! je m'écrie.

— C'est le meilleur sport du monde ! s'enthousiasme Xavier. Surtout quand on tombe dans un portail !

— Un portail ?

— Un passage magique qui te transporte ailleurs, explique Jaxon.

— Je sais ce qu'est un portail. Mais quel rapport avec le Ludares ?

— Les portails existent à l'état naturel aux alentours du pôle Nord, m'explique Eden. Là, les profs en créent des artificiels en utilisant l'énergie qui relie les pôles au soleil. Résultat : il y a des portails partout sur le terrain.

— Mais les nôtres ne te transportent pas dans le soleil, me rassure Macy. Juste ailleurs sur le terrain. Le truc, c'est qu'ils sont tous différents et que tu ne sais jamais si tu vas te retrouver plus près du but ou à la case départ.

— Donc si je saute dans un portail ici, je dis en indiquant un bout du terrain, je pourrai me retrouver là-bas ?

— Tout à fait ! Ou bien là-bas, ajoute Eden en pointant une autre direction. Au milieu de l'équipe adverse.

— Géant, j'ironise.

Les autres se marrent.

— Ça va te plaire, me promet Xavier. On peut utiliser autant de magie qu'on veut ! Des fois, ça part totalement en cacahuète.

— Vous vous rappelez il y a deux ans quand Alejandro a transformé toute l'équipe adverse en tortues ? s'esclaffe Eden.

— Jusqu'à ce que son sort cesse de faire effet et que les loups contre-attaquent, complète Xavier, le regard brillant.

— Sacha s'était changée en tortue géante ! Elle a failli bouffer la main de Felicity, se remémore Flint. Ce match était incroyable…

— Et celui où Drew a provoqué un orage qui a foudroyé Foster, ajoute Jaxon.

— Mon père était furax, glousse Macy. Ses cheveux sont restés dressés sur sa tête pendant trois jours.

Une pensée terrifiante me vient.

— Pourquoi est-ce que les dragons ne se contentent pas de carboniser toute l'équipe adverse ?

Puis j'ai une autre idée :

— Et pourquoi est-ce que les vampires ne se dissolvent pas pour atteindre la ligne d'arrivée et gagner en trente secondes ?

Le sourire de Xavier s'élargit.

— Elle réfléchit vite.

Jaxon secoue la tête.

— Il y a des sorts qui t'empêchent d'utiliser ta magie pendant plus de dix secondes. Nos capacités sont bridées. Tant mieux, parce que sinon je gagnerais tout de suite.

Tout le monde s'esclaffe à part Hudson, qui hausse les sourcils :

— Et c'est moi qui suis prétentieux ?

— Comment on gagne, alors ? je les presse. En étant le dernier survivant ?

— Non, c'est pas aussi sadique, ricane Eden.

— Pour gagner, il suffit de passer la balle derrière la ligne de goal de l'équipe adverse, termine Xavier. Une fois suffit. Et c'est tout.

— C'est tout ? Il suffit de courir avec une balle brûlante tout le long du terrain et de passer la ligne d'arrivée ?

— Sans mourir, complète Jaxon. N'oublie pas.

— Plus facile à dire qu'à faire, crois-moi, m'assure Eden. C'est la grande démo magique de l'année : tout le monde lance ses meilleurs sorts pour épater le public.

— Yep, renchérit Flint avec un sourire si large qu'il semble faire tout le tour de sa tête.

— Donc, je récapitule, il y a des portails sur tout le terrain qui peuvent nous emmener n'importe où.

— Yep, confirme Flint. Enfin, pas pour l'instant, mais il y en aura le jour du match.

— Sauf que si on tombe dans un portail juste devant la ligne d'arrivée, on peut complètement perdre notre avantage. C'est diabolique.

— Diabolique, peut-être, mais je ne connais rien de plus chouette à faire avec une balle brûlante ! s'exclame Xavier.

— Je ne te demande même pas ce que tu veux dire par là.

Xavier me fait un clin d'œil. Il est très mignon. Il ne me fait aucun effet, mais Macy n'arrête pas de le regarder. Même les rigolos de service sont craquants dans ce lycée, c'est fou !

— Il y a d'autres règles que je dois connaître ? je demande, juste au moment où Mekhi nous rejoint.

Il me sourit et je lui fais un signe, ravie. J'ai été tellement occupée depuis mon retour que je n'ai pas eu l'occasion de traîner avec lui.

— La balle doit toujours être en mouvement. Si tu restes immobile plus de cinq secondes, même si tu viens de sortir d'un portail et que tu es totalement désorientée, tu dois la passer à l'autre équipe, m'explique Xavier.

— Et chaque joueur doit la toucher au moins une fois durant le match, complète Eden. Sinon…

— Sinon, c'est l'autre équipe qui gagne, j'ai compris.

Flint tape dans ses mains.

— Assez parlé ! On se divise en deux équipes : Jaxon, Grace et moi contre les autres. Quand Gwen arrivera, elle se joindra à nous.

Il se tourne vers moi avec un clin d'œil.

— Prête à prendre ton envol ?

— Mouais…

Néanmoins, je saisis le fil couleur platine au fond de moi et me change en gargouille.

Tout le monde admire les ailes qui viennent de me pousser. Il faut dire qu'elles sont magnifiques.

— Comment est-ce que des ailes en pierre peuvent voler ? demande Xavier.

Flint lui flanque une bourrade.

— Par magie, évidemment.

Je souris. Par magie. J'ai des ailes magiques.

— C'est nous qui lançons le coup d'envoi, décide Eden.

— Pourquoi ? proteste Flint. On n'est que trois, nous.

— Trois, dont Jaxon Vega et une gargouille insensible à la chaleur. Vous avez déjà l'avantage.

— Et moi, je suis quoi ? Le fils du facteur ? s'indigne Flint.

— C'est toi qui l'as dit, persifle Eden.

— Oh, c'est bon, prends-la, ta balle, réplique-t-il en la lui envoyant. Dans cinq minutes, je te la fais bouffer.

— Essaie seulement.

La dragonne ouvre la bouche et crache un éclair droit sur Flint. Elle rate sa cible : la déflagration brûle le bas de son tee-shirt.

Il crie sous nos rires. Toutes les filles présentes en profitent pour mater ses abdos.

Enfin, pas seulement les filles : je remarque que Jaxon regarde très attentivement son meilleur ami enlever son tee-shirt.

— Belle bête, hein ?

— Quoi ?

Jaxon n'a pas l'air de comprendre. J'indique Flint du menton.

— Flint. J'ai bien vu que tu le reluquais. Pas de souci, je comprends.

— Mais je… J'étais pas…

Je pouffe.

Quand le calme revient enfin, je m'approche de Flint :

— Tu ne penses pas que je devrais commencer par essayer de voler ?

62

Ô CRUELLE GRAVITÉ

— Non, t'en fais pas. Tu vas t'en sortir.

— Mais je n'ai jamais volé de ma vie !

— Oui, mais tu m'as vu faire ! C'est facile.

Ses foulées sont si longues que j'ai du mal à rester à sa hauteur pour écouter les idioties qu'il débite.

J'accélère pour le dépasser et plaque ma main sur son torse pour l'arrêter. Jaxon et Hudson m'observent ; ça les amuse.

— T'as fumé ou quoi ? T'es stone, c'est ça ? Je ne sais pas *voler*, Flint. Je n'ai *jamais utilisé mes ailes*. Je ne vais pas décoller juste comme ça avec une balle dans les mains. Donc, prends deux minutes pour m'aider, et ensuite on les écrasera. Sinon, je te préviens, je laisse tout tomber.

Flint affiche un air penaud.

— Pardon, t'as raison… Eden et moi on a un tel esprit de compétition que j'en oublie le reste.

— T'en fais pas. Demande-leur d'attendre quinze minutes, le temps que tu m'apprennes à voler.

Jaxon se marre.

— Je vais m'occuper d'eux, le temps que vous trouviez un moyen de défier la gravité.

Flint le regarde s'éloigner, songeur, puis se tourne vers moi.

— Bon. Voler, c'est facile. Il faut juste que tu penses à…

— Des choses positives ?

Il se marre.

— Non, tu es une gargouille, pas Peter Pan. Il suffit que tu t'imagines voler.

— Que je m'imagine en train de battre des ailes ?

À ma surprise, mes ailes se mettent à remuer.

— Aaah ! je hurle en m'accrochant à lui. T'as vu ça ?

— Évidemment que j'ai vu !

Je me dévisse le cou pour mieux voir mes ailes. Puis je les agite encore. Et encore. Et encore.

— Elles bougent ! Elles bougent pour de vrai !

Flint est plié en deux, mais je m'en fiche. Je suis tellement excitée. Hudson aussi rit de bon cœur.

— Ça te va bien, ces ailes qui battent !

— Hudson, j'ai des ailes ! Des ailes en état de marche !

— En état de vol, tu veux dire !

Je me retourne vers Flint.

— Bon, et maintenant ?

— Tu bats très fort jusqu'à ce que tu décolles.

— Vraiment ?

Il rit tellement qu'il lui faut un moment avant de pouvoir se remettre à parler.

— Non, Grace, je plaisantais.

Je rougis.

— Oh. Bon, dis-moi quoi faire. Pour de vrai, cette fois.

— Tu dois penser à voler. Voler : pas tomber, pas juste bouger tes ailes, pas juste décoller. Imagine-toi en train de planer dans le vent.

Pris d'une idée, il m'attrape par la main.

— Viens, allons dans les gradins.

— Tu te fiches de moi ? Pas question de me jeter du haut des gradins !

— Je ne vais pas te jeter de là-haut, soupire-t-il. Tu n'es pas un oisillon qu'on doit pousser hors du nid.

Hudson ricane, puis se dissout et réapparaît au sommet des tribunes avec un grand sourire.

Une fois en haut, Flint se penche par-dessus la rambarde.

— De toute façon, si tu tombais, Jaxon ou moi te rattraperions. Vraiment, ne t'inquiète pas.

Je lui fais les gros yeux.

— Dit le mec qui voulait que je découvre comment voler en plein match.

— Je reste convaincu que ça fonctionnerait, mais d'accord, prenons une autre méthode.

Sans prévenir, il me soulève et me pose sur la rambarde. Comme je suis toujours changée en gargouille, même lui me trouve lourde : ses biceps se contractent sous l'effort.

Et là, il me lâche. Mon corps en pierre me déséquilibre. Je bats des bras pour ne pas tomber, affolée, et me rattrape tant bien que mal.

— Et maintenant ? je demande.

— Euh, tu sautes ? suggère Flint, pas très sûr de lui.

— C'est une question ou un ordre ?

— Les deux.

— Mais je croyais que tu allais m'apprendre, pas me jeter à l'eau !

— À l'air, tu veux dire ? Une fois que tu seras dans les airs, je t'apprendrai à faire des triples loopings.

— Je crois qu'on n'en est pas là.

— Écoute, je fais de mon mieux, glousse-t-il. Essaie, au moins…

— Essayer quoi, exactement ?

— De sauter, et puis…

— De battre des ailes ?

— Oui, mais sans penser à tes ailes. Pense à…

— À voler, je soupire. Oui, j'ai compris.

Sur le terrain, nos camarades font semblant de s'échauffer tout en m'observant à la dérobée.

Bon. Au pire, je tombe, mais au moins je n'aurai pas de regret. J'inspire profondément et ferme les yeux.

— N'oublie pas de bien imaginer ton vol, me rappelle Flint.

Sa voix me semble soudain bien lointaine. A-t-il reculé pour me laisser la place de décoller ? Ou parce qu'il ne veut pas que je l'entraîne dans ma chute ?

Peu importe, il faut que je me concentre. Je ne pense à rien d'autre qu'à mon vol.

Je vole. Je vole. Je vole. Flint m'a dit de penser à mon vol, alors je pense à mon vol. Je vole, comme un oiseau, comme un avion, comme… Non, mauvaise comparaison. Je vole. Je vol…

Et là, je saute… et tombe comme une pierre. Heureusement, ça fait beaucoup moins mal que si j'étais sous forme humaine.

— T'as pas volé, là, me taquine Hudson sur son perchoir.

— Est-ce que ça va ? me demande Jaxon en trottinant jusqu'à moi. Excuse-moi, j'étais trop loin pour te rattraper.

Je secoue la tête.

— Ne t'en fais pas. La pierre a amorti la chute.

Il rit.

— C'est ça, oui…

Je donne quelques claques à mon pantalon pour le débarrasser des traces d'herbe.

— Je t'assure, je n'ai pas eu mal. Tout va bien.

— Tant mieux.

D'un signe de tête, il indique les gradins.

— Tu veux réessayer ?
— Pas le moins du monde.
Il hausse un sourcil.
— Tu vas le faire quand même ?
Je lève le menton.
— Tout juste.

63

PEUT-ÊTRE QUE MON HUMEUR N'EST PAS ASSEZ LÉGÈRE ?

Jaxon m'aide à me relever.

— Allez, Grace.

J'ai envie de protester, mais à quoi bon ? De toute façon, j'ai besoin de son aide pour traîner mon corps de pierre jusqu'à la rambarde.

Deux minutes plus tard, je m'écrase au sol. Je commence à avoir un peu mal aux fesses.

Trois minutes plus tard, rebelote. Cette fois, c'est mon orgueil qui est blessé.

— Tu es sûre que je ne dois pas faire autre chose ? Penser positif ?

Flint sourit.

— Essaie, mais je ne sais pas si ça aidera.

— En tout cas, penser négatif n'a aucun effet, je grommelle.

Hudson se marre. Flint me rejoint.

— La quatrième fois sera la bonne.

— Essayons une autre méthode, intervient Jaxon en m'entraînant au milieu du terrain.

— Tu veux que je décolle d'ici ? Je ferais pas mieux de partir de plus haut ?

— Tu vas partir de bien plus haut, crois-moi !

Il me prend dans ses bras et nous fait léviter, haut, de plus en plus haut, jusqu'à ce qu'on domine le stade.

— Bon, j'apprécie, mais ce n'est pas vraiment moi qui vole si tu me tiens.

On ne fait que flotter, comme deux dirigeables. Hudson va se ficher de moi.

— Tu ferais mieux de voler, alors, souffle-t-il non loin.

— Allez, c'est parti, déclare Jaxon.

Il me lâche tout en continuant de me soutenir avec son pouvoir de télékinésie. Nous sommes à vingt mètres du sol. C'est haut. D'un autre côté, l'autre méthode n'a rien donné, et jamais Jaxon ne me laisserait tomber, alors…

Alors je ferme les yeux et pense à des trucs positifs. Et au vol. Ça marche un peu mieux : je ne vole toujours pas de moi-même mais je suis parvenue à battre des ailes sans en avoir conscience.

Ce n'est pas désagréable, c'est… bizarre. Au sol, je ne sentais rien de spécial quand je bougeais mes ailes mais ici, c'est différent : elles appuient sur des paquets d'air. La sensation de résistance me surprend.

— Tu me tiens toujours ?

— Absolument, me promet Jaxon sans parvenir à cacher son sourire.

Je bouge les bras comme si je voulais nager la brasse. C'est ridicule, mais je n'arrive pas à m'arrêter. En plus, j'oscille de haut en bas quand je bats des ailes.

Je n'ose même pas imaginer ce que Macy et Flint, en bas, pensent de moi.

— Laissons tomber, je dis à Jaxon au bout de quelques minutes. Je n'y arrive pas.

— Mais si. T'as déjà beaucoup progressé.

— Par rapport à mes chutes de tout à l'heure ? Encore heureux.

— Encore un essai, me presse-t-il. Pour moi. J'ai une idée.

— Une idée ?

— Tu verras. Allez.

— Très bien. Mais après ça, j'arrête. J'en ai marre de me donner en spectacle. Je me contenterai de vous apporter de l'eau et des fruits secs.

Il éclate de rire.

— Je pense que tu te sous-estimes.

— Je ne crois pas…

J'essaie de nouveau de battre des ailes sans mimer la brasse.

Et soudain, j'avance.

— Oh ! je m'écrie… avant de tomber à pic.

Comme promis, Jaxon me rattrape. Je remets mes ailes en mouvement. Et voilà que je fends l'air, battement après battement.

— Ça y est ! je hurle à Jaxon.

— Oui !

— Flint, je vole !

Flint lève le pouce dans ma direction.

— Hudson ! Ça y est ! Je vole !

Il apparaît soudain à côté de moi.

— Tu veux faire la course jusqu'au bout du terrain ?

— Seulement si tu me promets de ne pas me laisser gagner.

— Je ferais jamais ça !

Et je donne un coup d'aile, ravie de constater, encore une fois, que ça me propulse vers l'avant.

— Prête ? me demande Hudson.

J'opine.

— Top départ !

Nous filons dans le ciel. J'ai beau savoir qu'il n'est pas physiquement présent à mes côtés, j'ai vraiment l'impression de voler avec lui. C'est fabuleux.

Nous allons de plus en plus vite et passons la ligne d'arrivée en même temps. Je virevolte sur moi-même, essoufflée, tandis que Hudson fait une culbute vers l'avant.

En bas, tout le monde m'encourage. Je leur fais un signe, puis me retourne vers Hudson. Il a disparu.

— Hudson ?

— *Je suis là,* répond-il dans ma tête. *Tu a été super.*

Je ne sais pas pourquoi, mais je me sens un peu mal.

— Toi aussi.

— *Peut-être...*

Avant qu'il ne puisse ajouter un mot, Jaxon me rattrape pour me serrer dans ses bras.

— C'était incroyable !

Il rayonne.

— C'est vrai ? J'ai du mal à y croire.

— Moi pas. Tu peux tout faire, Grace !

— Dis-moi la vérité. Est-ce que tu m'as aidée avec tes pouvoirs ?

Il rit.

— Non, c'était toi seule.

— Même à la fin ? je demande en repensant à la petite pirouette que j'ai faite.

— Même à la fin. Je voulais voir ce qui se passe quand je ne te retiens pas.

64

PARDON POUR LA CRISE EXISTENTIELLE

Me retenir ? Ça me met mal à l'aise que Jaxon dise ça, lui qui m'a toujours encouragée… Je rumine ces mots pendant le reste de l'entraînement.

Flint et les autres m'apprennent les règles et tactiques du jeu. Enfin, à peu près : ils ont tous des visions différentes de ce sport. Ça promet, ce travail d'équipe.

— Ce qui compte, c'est les portails, me dit Xavier. C'est un risque à prendre, mais ça peut tourner en ta faveur : si tu tombes dans le bon, paf, t'as gagné. Et le public adore ça.

— Le public adore aussi quand tu te retrouves coincé au milieu de l'autre équipe avec la balle qui te carbonise les mains, contre Eden. Non, Grace, l'important c'est de faire des passes. Les portails, ça en met plein les yeux, mais pas autant qu'une passe bien placée.

— Pour l'instant, m'explique Macy en m'accompagnant jusqu'à ma position, ce qu'il faut, c'est qu'on trouve une manière de fonctionner en équipe.

— Pas de pitié, nous ordonne Flint, à Jaxon, Gwen et moi avant le top départ. Au Ludares, la pitié c'est pour les faibles ! Alors écrasons-les !

— Et si je n'ai pas envie de les écraser ? je demande en faisant un clin d'œil à Jaxon dans le dos de Flint.

— Fais-le quand même, m'ordonne Flint. Piétine-les de tes charmantes pattes de gargouille.

Il a beau faire le malin, à la fin de la manche, c'est Eden qui lui fait manger ses semelles, pas l'inverse.

On joue toute la journée – Flint a convaincu les sorcières qui travaillent en cuisine de nous apporter un pique-nique. À la tombée du jour, je suis si fatiguée que je boite un peu, mais je suis aussi capable de voler sur toute la longueur du terrain, balle en main. C'était une journée productive.

Jaxon nous ramène, Macy et moi, à notre chambre vers vingt et une heures. J'hésite à l'inviter pour regarder un film, mais il a l'air éreinté. Manifestement, l'énergie que je lui ai donnée ce matin a été dépensée. Je passe mes bras autour de son cou, l'embrasse sur la joue et lui envoie un petit stimulant en espérant qu'il ne le remarque pas.

Il sursaute.

— Il faut que t'arrêtes de faire ça.

— Mais tu en as clairement besoin…

— Ça ira, chuchote-t-il. C'est pas la première fois de ma vie que j'ai des soucis.

Je devine avec un pincement au cœur qu'il pense à l'époque où il se battait avec Hudson.

— Cette fois, l'issue sera heureuse.

Il ricane.

— On verra.

— Et j'ai besoin que tu sois en forme, je souffle en glissant mes mains dans les poches arrière de son jean.

— Ah ouais ?

Il se penche pour m'embrasser mais juste avant que nos lèvres se touchent, Hudson apparaît en grognant :

— Y a pas moyen de changer de chaîne ?

Avec un sourire désolé, je m'écarte de Jaxon.

— Hudson est parmi nous.

— J'ai vraiment hâte qu'on s'en débarrasse, souffle mon promis d'un ton attristé.

— Moi aussi.

C'est sincère. Je voudrais récupérer mon corps et mon âme. Pourtant, quelque chose dans la voix de Jaxon me gêne et je ne parviens pas à mettre le doigt dessus.

Il se penche de nouveau pour m'embrasser, mais je me dérobe et l'enlace à la place. Il me serre si fort en retour que, pour la première fois depuis longtemps, je me sens parfaitement en sécurité.

Quand je me retourne vers Hudson, il ne parvient pas à cacher sa fureur. Je ne l'ai jamais vu aussi en colère. En colère et… blessé ? Il fusille du regard Jaxon qui se met à chanceler. Est-ce un hasard ?

— Houla, me dit Jaxon. Je suis vraiment crevé.

Quelque chose ne va pas. Quelque chose ne va pas du tout.

— On se retrouve demain matin ?

— Oui, à la cafét ?

— Ça me va. Hé, tu veux bien passer ceci à Hudson pour moi ?

Et il fait un doigt d'honneur.

— Très mature, raille son frère.

— Il a reçu le message cinq sur cinq, j'assure à Jaxon.

— Ah ouais ?

Après un dernier bras d'honneur, Jaxon s'éloigne, le pas un peu plus léger. Hudson fait semblant de jouer du violon.

— Et le grand méchant disparaît enfin…

— Ce n'est pas lui, le grand méchant, c'est toi. Et Jaxon ne va pas disparaître.

— On le saura, soupire Hudson.

— T'irais pas faire une sieste au lieu de me gonfler ?

— Non, j'ai dormi toute la journée afin d'être d'attaque pour notre soirée ensemble. Je suis en pleine forme.

Je comprends soudain pourquoi Jaxon est si fatigué.

— Tu voles de l'énergie à Jaxon ! je m'écrie, horrifiée. Mais comment… ?

Une autre révélation me heurte de plein fouet.

— Ne me dis pas que tu passes par notre lien de promesse !

Hudson lève les mains pour m'apaiser.

— Ce n'est pas ce que tu crois.

Je suis écœurée. J'aurais dû m'en douter. Et dire que je commençais à avoir *confiance* en lui. La tête me tourne.

— Je n'ai pas le choix, insiste-t-il. Je n'ai pas de corps, je ne suis qu'à moitié vivant ! Il faut bien que je trouve de l'énergie quelque part, et je suis relié à votre lien de promesse. Probablement pour pouvoir vous prendre de l'énergie à tous les deux.

— Attends. À moi aussi, tu voles de l'énergie ?

Au moins, il me dit la vérité.

— Oui.

— Depuis le début ?

— Depuis le début. Mais j'en prends plus à Jaxon qu'à toi.

Je secoue la tête pour me remettre les idées en place.

— Tu dis ça comme si ça devait me rassurer. Pourquoi est-ce que tu risques sa santé comme ça ?

— Parce qu'il est plus puissant. Et il n'y a pas de risque : je lui emprunte très peu de force, juste assez pour rester vivant.

— Tu lui empruntes de la force ? Comme Dark Vador ? J'y crois pas... Tu lui fais du mal, et c'est ma faute !

— C'est la faute de personne. Jaxon a plus de puissance que toi, donc je lui en siphonne davantage, c'est tout.

— Ah ouais ? Alors pourquoi est-ce qu'il a trébuché, là tout de suite ? Je sais que c'était toi !

Il soupire.

— J'ai juste pris une petite goulée d'énergie. Toute petite.

— Pas si petite que ça ! Il a failli tomber !

Hudson garde le silence un moment, avant de lâcher :

— Je n'ai peut-être pas pris autant de précautions que d'habitude.

— Je le savais ! je rugis, tremblante de fureur. Comment as-tu osé ?

— Il va s'en remettre, m'assure Hudson d'une voix égale.

— Tu n'en sais rien.

Je suis aussi effrayée que furax. Et s'il arrivait quelque chose à Jaxon à cause de moi ?

— Si. Il peut le supporter. Tu préférerais que je boive toute *ton* énergie ? me demande Hudson. Ou que je ne me nourrisse pas du tout ? Que je me laisse mourir ?

Je n'ai rien à répondre à ça. Mon silence parle pour moi.

— OK, j'ai compris, lâche-t-il, la mine sombre. Dommage qu'on soit liés, hein ? Tous tes problèmes seraient réglés si tu pouvais me laisser mourir.

65

HUIS CLOS, OU L'HISTOIRE DE MA VIE

C'est la première que je considère la mort de Hudson aussi sérieusement, et je ne suis pas sûre de ce que je ressens. Jaxon avait des raisons de vouloir le tuer, des raisons que je comprends totalement. Pourtant, tuer son frère a été la pire épreuve de sa vie.

— Ah, oui. Évidemment. Ayons pitié de *Jaxon.* Ça a dû être si difficile pour lui de m'assassiner, pauvre petit chou.

Ça me met hors de moi. Hudson n'a pas le droit de jouer les victimes.

— Arrête de réécrire l'histoire, je crache. Jaxon n'a pas décidé de te tuer pour le plaisir. Tu as provoqué une guerre ouverte entre les différentes factions juste pour t'amuser et mener à bien un plan débile de suprématie vampire.

— Non, réplique Hudson. Non, non, et non. J'ai fait plein de conneries dans ma vie et je les assume mais là, tu te trompes.

Il se met à marcher de long en large dans ma chambre.

Je n'ai pas l'énergie de réfléchir à ce qu'il vient d'affirmer. Le souvenir de la fatigue de Jaxon cette dernière semaine m'envahit. Tout ça à cause de Hudson et de notre lien de promesse. Je me sens tellement responsable. Je me laisse tomber sur mon lit, prise de vertiges. Il faut que ça cesse.

Mon cœur et ma tête sont sur le point d'exploser. Je ferme les yeux et me tends vers le fil de promesse qui m'est devenu si familier ces derniers jours. Je l'actionne pour envoyer onde après onde de l'énergie à Jaxon, pour oublier le souvenir de ses yeux cernés, de sa peau tirée. Du noir fané de ses yeux.

C'était ma faute. J'étais si concentrée sur mes problèmes que je n'ai pas remarqué que mon promis souffrait à côté de moi. Pire encore, Jaxon savait que Hudson se nourrissait grâce à notre lien. Et il n'a pas protesté.

C'est comme si on me défonçait la poitrine au hachoir. *Il ne voulait pas que je me sente coupable. Ou que j'aie à choisir entre eux deux.*

— Non, arrête.

Mais je ne peux pas m'arrêter.

— Grace ! crie Hudson dans ma tête. Arrête !

— C'est toi qui me dis ça ? Va te faire voir !

— Si tu lui donnes encore de l'énergie, tu vas te vider complètement ! Il faut que tu arrêtes !

Il a raison. J'ai déjà l'impression que je pourrais dormir pendant un an. À contrecœur, je lâche le fil vert et noir.

— Fais gaffe, gronde Hudson. Tu vas finir par te tuer si tu ne fais pas attention. C'est dangereux, ces transferts d'énergie.

Avant que je ne puisse protester, il m'envoie une bouffée de sa propre énergie vitale.

— T'étais pas obligé.

Sa puissance me revigore. Me voilà de nouveau solide.

— Il faut bien que quelqu'un prenne soin de toi. Tu ne le fais jamais toi-même.

— Ce n'est pas vrai !

— C'est l'impression que tu donnes, en tout cas. Et ne parlons pas de mon frère ! Il ne devrait pas te laisser faire ! Ce n'est pas à ça que sert le lien de promesse.

— Ah oui, vraiment ? Le lien de promesse ne sert pas à prendre soin l'un de l'autre ?

— À condition que ce soit réciproque, rétorque Hudson.

Mon téléphone sonne. C'est Jaxon.

Jaxon : Ne fais plus jamais ça, s'il te plaît.

Je vois qu'il continue à écrire, puis s'arrête, puis reprend. Enfin :

Jaxon : Merci.
Moi : Je t'aime. Bonne nuit.

Puis je range mon téléphone.

— Il te remercie, s'offusque Hudson. Oh ! quel promis délicat.

Je lui fais face.

— T'as aucune leçon à donner en la matière. Ta promise est *morte* pour te ramener, je te rappelle.

Ma rage est dévastatrice, nucléaire. Cataclysmique. Pendant quelques instants, je m'imagine en train de déchirer le monde entier.

Et puis tout disparaît. Je réalise alors que ce n'était pas ma fureur, mais celle de Hudson. Sa colère chauffée à blanc.

Quand il reprend enfin la parole, c'est d'une voix aussi calme que terrifiante.

— Premièrement, je n'ai rien demandé à Lia. Tu crois sincèrement que j'ai voulu cette situation ? Être prisonnier dans ta tête et endurer ta relation avec Jaxon ? Deuxièmement, Lia n'était pas ma promise. Et troisièmement, tu ne sais pas de quoi tu parles, alors tais-toi.

Mon cerveau fond de nouveau, pas de colère, cette fois, mais de douleur. Il y a une douleur sous toute cette rage, une douleur si intense qu'elle est difficile à regarder en face.

Et je n'y comprends rien.

Pourtant, contre toute attente, j'aimerais comprendre Hudson. J'aimerais l'aider.

— Hudson ? je l'appelle à travers ce mur de souffrance.

Mais je sais déjà qu'il ne répondra pas. Il est reparti.

66

MON MEILLEUR ENNEMI

Je ne sais plus quoi faire, à part les cent pas dans ma chambre. Hudson risque de ne pas revenir avant un petit moment. Je ferais mieux d'aller me coucher. Je prends une douche dans l'espoir qu'elle me lave de tous ces sentiments contradictoires.

Ça ne fonctionne pas. J'enfile un débardeur et un short de pyjama. Quand je reviens dans la chambre, Macy est là, assise en tailleur sur son lit, ses écouteurs dans les oreilles.

Elle me fait un signe sans lever la tête de son cahier.

Tant mieux : je n'ai pas envie de parler. J'ai eu mon lot d'émotions pour la soirée.

Hudson est de retour, ce qui me rassérène et m'inquiète à la fois.

Il est affalé dans mon fauteuil de bureau. Son livre est ouvert devant lui, mais c'est moi qu'il regarde. Il a l'air aussi secoué que moi.

— Pas passionnant, comme bouquin, si je comprends bien ? je remarque.

Ma question semble le soulager.

— Je l'ai déjà lu. Plusieurs fois. L'existentialisme, c'est si…

— Dépassé ?

— Comment ça, dépassé ? Il faut que je te rappelle la situation dans laquelle je me trouve ?

— Pas faux, je réponds en allant me laver les dents.

Après avoir mis mes habits de la journée au sale, je me laisse tomber sur mon lit. L'entraînement de Ludares était réjouissant, mais entre ça et l'énergie que j'ai envoyée à Jaxon, je suis épuisée.

— Tu t'es bien amusée ? demande Macy en retirant ses écouteurs.

— Trop. Et toi ?

— Tellement ! Je n'arrive pas à croire que je joue avec Jaxon, Flint, Gwen et Mekhi ! On a toutes les chances de gagner !

— On n'a pas le choix, je lui rappelle. Il faut qu'on récupère cette pierre de sang.

— Ne t'en fais pas. On va gagner, il n'y a pas de doute.

Elle s'éclaircit la gorge.

— Bon, et… euh… T'as pensé quoi de…

Elle toussote.

— Euh… de Xavier ?

La perfidie de Hudson doit déteindre sur moi, parce que je réponds :

— Quel Xavier ?

Hudson ricane. Bouche bée, Macy me dévisage pendant dix bonnes secondes.

— Xavier ! Le mec en tee-shirt gris. Avec des yeux verts ! Qui fait des blagues !

— Non, je dis en secouant la tête. Ça ne me dit rien.

— Comment ça, ça ne te dit rien ? On vient de passer la journée en sa compagnie !

— T'es vraiment une mauvaise personne, me fait remarquer Hudson avec un flegme tout britannique.

Je fronce les sourcils.

— Xavier. Xavier, Xavier, Xavier…

— Oui ! couine Macy. Xavier.

— Tu veux dire le gars incroyable au visage magnifique que tu as maté toute la journée ? Celui qui s'est arrangé pour rouler des mécaniques juste sous ton nez ? Je crois que je vois qui c'est, oui…

— Comment tu as pu me faire ça ? s'écrie Macy en me balançant un coussin à la figure.

Je l'évite. Elle m'envoie une peluche, un autre coussin puis une pantoufle.

— T'es cruelle ! J'ai cru que tu ne l'avais vraiment pas remarqué.

— Évidemment que je l'ai remarqué, je m'esclaffe. Il a passé son temps à essayer de t'impressionner.

— Pas du tout, proteste-t-elle timidement. Enfin... tu crois ?

— J'en suis sûre. À un moment, Hudson et moi, on a même cru qu'il allait retirer son tee-shirt pour te montrer ses abdos.

— Ses abdos et le reste, raille Hudson avec un clin d'œil.

— Vraiment ? demande Macy en serrant un oreiller contre elle.

— Grave. Il te faisait du charme, c'est sûr. Et je ne suis pas la seule à l'avoir remarqué. Hudson m'a demandé plusieurs fois si on était bien certains que c'était un loup-garou et pas un homme-paon.

Macy éclate de rire.

— Jaxon, tu veux dire.

— Pardon ?

— C'est Jaxon qui a fait cette blague, non ? Pas Hudson.

— Ah, non, je réponds, un peu embrouillée. C'est Hudson qui vous épiait. C'est lui qui a fait tous ces commentaires.

— Oh.
Elle me regarde bizarrement.
— Je ne savais pas que vous étiez aussi…
— Aussi quoi ?
Elle se racle la gorge.
— Aussi proches.

67

M. DARCY ET MOI

— Proches ? je répète. Mais on n'est pas proches !

— Ah bon ?

— Bien sûr que non !

— Tu me brises le cœur, Grace, marmonne Hudson en changeant de page.

— Chut, j'assène avant de me tourner vers Macy. D'accord, on parle, mais c'est parce qu'il ne la ferme jamais.

— Mais tu tires à balles réelles, aujourd'hui ! s'exclame Hudson en refermant son bouquin.

Il s'avance vers la fenêtre. Pour être franche, j'ai un peu peur de mettre fin à notre alliance précaire. Je n'ai pas suffisamment d'énergie pour affronter de nouveau le prince du sarcasme.

— D'accord, des fois, il me fait rire, je continue. Il sait être charmant. Il est très sagace, il remarque des choses que personne d'autre ne voit. Et oui, parfois, il m'aide, comme quand j'essayais de me transformer en gargouille ou d'allumer les bougies, ou…

Je m'arrête en prenant conscience de ce que je suis en train de dire. Macy semble au-delà du choc et Hudson est devenu très silencieux.

— Ce n'est pas ce que tu crois, j'assure à ma cousine.

— D'accord, opine-t-elle et, à ma surprise, elle va chercher son pyjama sans insister. Je vais aller prendre une douche, j'en ai besoin.

— Tu ne veux pas parler de Xavier, plutôt ?

Son visage s'illumine.

— Il n'y a pas grand-chose à en dire. Mais il t'a plu ?

— Je l'adore ! Et il est parfait pour toi.

— Oui, je pense aussi.

Dès qu'elle referme la porte de la salle de bains, je me repasse notre conversation pour comprendre ce que j'ai bien pu dire qui a tant effrayé Macy. Pourquoi est-ce que ça lui fait si peur que je discute avec Hudson ?

Bon sang ! il vit dans ma tête. Je devrais l'ignorer ?

— Je t'en prie, ne fais pas ça, souffle Hudson posté près de la fenêtre.

Je crois qu'il cherche à ressembler à un héros des sœurs Brontë.

— C'est ça, oui, ricane-t-il. Les héros des sœurs Brontë sont des chiffes molles. Je suis plutôt austenien.

Il lève le menton.

— Un air de M. Darcy, non ?

Il a l'air si ridicule que je ne peux pas m'empêcher de sourire. Il fait mine d'être vexé.

— Ne le dis à personne, je lui confie, mais je n'ai jamais été très fan de Darcy.

— Quoi ? Mais c'est un blasphème ! Au bûcher !

Ses yeux bleus brillent. Je n'y comprends rien.

— Qu'est-ce que tu ne comprends pas ? demande-t-il, soudain sérieux.

— Je ne comprends pas que tu sois si charmant avec moi alors que tu es tellement maléfique. Ça n'a pas de sens.

— Tu ne comprends pas parce que tu ne veux pas comprendre, réplique-t-il. Maléfique ? Sérieusement !

— Ben, comment tu décrirais tes actions passées, toi ?

— Je dirais qu'elles étaient nécessaires.

— Nécessaires ? C'était nécessaire de tuer tous ces gens ?

— Ne me juge pas. Tu ne sais pas de quoi il retourne. Tu n'étais pas là. Je n'en suis pas fier, mais si c'était à refaire, je n'hésiterais pas. Il faut parfois commettre des actes horribles pour empêcher une horreur encore plus grande d'advenir.

— C'est vraiment ce que tu crois ?

— Je ne le crois pas, je le *sais*. Et ce n'est pas parce que toi tu n'y crois pas que j'ai tort. Tu ignores tout de cette histoire.

Il passe une main dans ses cheveux.

— J'aurais dû m'y attendre. Mon petit frère ne sait rien non plus et toi, tu as plus confiance en lui qu'en moi.

— Tu voudrais que je te fasse plus confiance qu'à Jaxon ? Mon promis ?

— Ton promis, aboie-t-il avec un rire amer. Ouais. Évidemment que tu préfères ton *promis*.

— Tu es injuste. Tu fais comme si c'était ta parole contre la sienne, alors que c'est ta parole contre celle de tout le lycée ! Ils étaient si terrifiés à l'idée de ton retour qu'ils ont essayé de me tuer pour empêcher Lia de m'utiliser !

— Les gens ont toujours peur de ce qu'ils ne comprennent pas.

— Mais qu'est-ce que tu veux dire par là, exactement ?

Il se tourne enfin vers moi, et quand nos yeux se croisent, je sens quelque chose de terrible au fond de lui. Une douleur si tenace et un désespoir si profond que j'ai du mal à soutenir son regard.

— Si tu penses que Jaxon est puissant, souffle-t-il, c'est que tu n'as aucune idée de ce qu'est la puissance, Grace. Si tu savais ce dont je suis capable, tu ne me poserais pas toutes ces questions, parce que tu en connaîtrais déjà les réponses.

68

LA VÉRITÉ BLESSE

L'horreur et les ténèbres qui grondent dans sa voix me paralysent.

Je n'ose pas poser d'autres questions. J'ai trop peur des réponses.

Alors je me couche sur mon lit en silence en serrant l'oreiller que Macy m'a balancé un peu plus tôt et j'écoute l'eau couler dans la pièce d'à côté.

Hudson aussi reste silencieux, à scruter l'horizon par la fenêtre.

Le silence entre nous est aussi sombre, glacé et oppressant que le paysage au-dehors.

Je suis sur le point de craquer quand il dit :

— Tu sais, tu étais adorable à cinq ans.

— Comment ça ?

— Il te manquait deux dents de devant et ça te donnait un sourire craquant. La première est tombée toute seule, et tu as perdu la deuxième en te cognant à l'aire de jeux.

— Comment tu sais ça ?

— Tu me l'as raconté.

Je secoue la tête.

— Non, je n'ai jamais raconté ça à personne.

Parce que si je le racontais, je devrais aussi expliquer que la dent qui est sortie ensuite a poussé de travers, et que tout le monde m'appelait Dents-de-castor avant que je porte un appareil dentaire.

— Tu me l'as raconté, pourtant, insiste-t-il. Et en plus, je le vois là. Ça défile dans ta tête.

— Ça défile ?

— Mais oui. Tu portes une robe à pois et tu tournoies dans le salon. Ton petit nœud assorti est ravissant.

C'est pas vrai...

— Tu es dans mes souvenirs ?

— Tout juste.

Il opine, le regard aussi doux que son sourire.

— Tu étais incroyablement mignonne.

— Arrête de fouiner dans mes souvenirs !

— Ils sont là, que veux-tu que je fasse ?

— Ils m'appartiennent ! Ils sont dans ma tête !

— Oui, bah, moi aussi, répond-il en levant les mains. Donc je les vois.

— Sérieusement ?

— Oui. J'adore le déguisement de lapin que tu as reçu pour tes six ans.

— Aaarg, je grogne en me couvrant la tête de mon oreiller.

Je voudrais étouffer sous ce coussin multicolore.

— Tu ne peux pas me faire ça, je souffle en essayant de deviner quel souvenir horrible et humiliant il va mentionner ensuite.

— C'est vrai qu'il y en a de très gênants. L'histoire du poulet en CE2, par exemple.

— C'était un coq, pas un poulet. Et il était enragé, c'était pas ma faute.

— Les poulets n'attrapent pas la rage, se moque Hudson. La rage n'affecte que les mammifères.

— Parce que t'es un spécialiste des gallinacées, maintenant ?

— De renommée mondiale.

— Oh ! tais-toi, je râle en lui jetant mon coussin.

Je rate ma cible, parce que Hudson n'est pas vraiment là, près de la fenêtre. Il est dans ma tête, à se délecter de mes souvenirs. J'attrape un autre oreiller pour y enfoncer mon visage.

— T'es vraiment un emmerdeur, tu sais ça ? Un énorme emmerdeur. Massif. Gigantesque.

— T'as mangé un dico quand t'étais petite ou quoi ? Non, ne réponds pas, je vais retrouver le souvenir. Il ne doit pas être loin de l'épisode où tu as perdu ton bikini à la plage, non ? Tu t'en souviens ? T'avais treize ans et ta mère t'a apporté une serviette en catastrophe.

— Je te hais.

Il sourit.

— Mensonge et calomnie. Tu ne me hais pas du tout.

— Si, j'insiste, butée comme une gamine.

Son sourire disparaît.

— D'accord, d'accord. Mais, tu sais, je ne regarde que les souvenirs que tu as déjà partagés avec moi.

— Impossible. Je ne parle jamais de ma dent, ou de l'épisode du bikini, ou bien de...

Je me reprends avant de lâcher un autre secret par erreur.

— Ou de la fois où tu as vomi sur les chaussures de ton instit de maternelle ? complète-t-il à mi-voix.

— Pourquoi est-ce que je te raconterais tout ça ? Même Macy et Heather n'en savent rien !

— C'est plus à toi de te poser la question, non ? Si tu me détestes tant, pourquoi me dire tout ça ?

Ça, je n'en sais rien. Plutôt que d'y réfléchir, je me retourne sur le matelas pour faire face au mur. Je me sens si démunie.

Le vide qui menace de m'avaler depuis que je me suis réveillée est de retour. Le naufrage de ma vie, tout ce que j'ai perdu… Tout ce qui aurait dû être et ne sera pourtant pas.

Ça me fait si mal.

Hudson ne me dit plus rien. Il s'écarte de la fenêtre et se laisse glisser au sol, le dos contre mon lit.

Je ferme les yeux, et sous mes paupières closes surgit un nouveau souvenir. Deux petits garçons aux cheveux sombres et vêtus de costumes anciens se tiennent dans une grande salle. Ils doivent avoir dix ans. Une longue table occupe l'espace, encadrée par des chaises en bois sculpté.

L'un des deux garçons, celui aux yeux bleus pleins de larmes, est en train de supplier :

— Maman, non ! Ne l'emmenez pas ! Par pitié, ne l'emmenez pas ! Ne l'emmenez pas !

Il répète cette phrase encore et encore. Mon cœur se serre à chaque mot.

— Je *dois* l'emmener, répond la mère d'un ton froid. Cessez donc de pleurer et dites-lui au revoir.

Le garçon aux yeux bleus se dirige vers l'autre, un gamin plus jeune aux yeux noirs et à la mine effrayée. Il le serre dans ses bras puis se dissout à travers la pièce pour prendre quelque chose sur la table, avant de réapparaître près du petit. Je parviens à distinguer ce qu'il tient : un petit cheval en bois sculpté.

Il le donne à l'autre garçon.

— Je l'ai fait pour toi. Il s'appelle Jax, lui aussi. Et… je t'aime fort.

Il jette un œil à sa mère avant d'ajouter :

— Ne m'oublie pas, Jax, d'accord ?

— Bon, ça suffit, interrompt sa mère. Allez finir votre travail. Je vous interrogerai avant le dîner.

Sa mère et le garçon aux yeux sombres quittent la pièce, laissant l'autre garçon seul. Il tombe à genoux, sanglotant comme seul un très jeune enfant sait le faire : avec tout son corps, son cœur, son âme.

Un homme en costume entre à son tour. Il domine le garçon de toute sa taille.

— C'est bien, Hudson. Il faut utiliser cette douleur. Cela vous rendra plus fort.

L'enfant relève la tête. Il y a une telle haine dans son regard que je réprime un frisson. Pendant un instant, tout se fige : l'homme, le garçon et l'air autour d'eux. Et puis tout explose. La table. Les chaises. Le tapis. Tout, sauf l'homme, dont le sourire s'élargit.

— Très bien. Je dirai à votre mère de vous offrir un chiot demain.

Et il tourne les talons, laissant le garçon à genoux sur le parquet.

Il aurait pu détruire son père aussi facilement que les meubles, mais il n'a pas pu se résoudre à devenir ce que son père attendait de lui. Un tueur.

Le souvenir disparaît aussi soudainement qu'il m'est apparu.

— Hudson ! je m'écrie.

— Je n'ai pas beaucoup de souvenirs d'enfance, du moins rares sont ceux qu'une humaine pourrait comprendre. Mais ça me semblait juste de partager quelque chose avec toi, puisque tu m'as tant montré. Enfin, tu l'avais déjà vu, mais…

— J'ai déjà vu ça ? je répète en essuyant mes joues trempées.

Il rit sans joie.

— Tu as déjà tout vu, Grace. Je ne t'ai rien caché.

La douleur de ces mots résonne en moi. Je ne sais pas ce que je dois répondre. Je ne sais même pas si je crois à tout ce qu'il raconte, ni même si j'en ai envie.

— Hudson…

— Tu es épuisée.

Il se redresse pour me caresser les cheveux. Non, mais je rêve ?

— Dors, maintenant…

J'aimerais lui dire tant de choses, mais je ne trouve pas les mots. Alors je lui obéis et ferme les yeux.

Juste avant de sombrer, je parviens à lui chuchoter :

— Je ne veux pas que tu meures, tu sais ?

— Je sais, soupire-t-il.

— Mais je ne peux pas non plus laisser Jaxon mourir. Je ne peux pas.

— Ça aussi, je le sais.

— Ne me force pas à choisir.

Alors que les griffes du sommeil se referment sur moi, j'entends encore :

— Je ne te forcerai jamais à choisir, Grace. Car ce n'est pas moi que tu choisirais...

69

MORDRE OU NE PAS MORDRE

— Grace ! Oh, Grace ! Réveille-toi !

Les cris de Macy ricochent sur les murs de notre chambre. Il fait encore noir.

— Nnnnon, je proteste en enfouissant mon visage dans un coussin. Il est trop tôt.

Je me blottis sous mes couvertures et tente de rattraper mon rêve : il s'agissait d'un petit garçon aux yeux bleus et de son cheval en bois…

Macy me secoue.

— Je suis sérieuse ! Debout !

— Fais-la dégager, grogne Hudson.

Le téléphone de Macy sonne et elle décroche, ce qui me laisse un répit.

Je roule sur mon lit ; Hudson est couché par terre, à côté de moi, le visage sous un de mes coussins rose vif.

— Ne te moque pas, me prévient-il. Je n'ai rien trouvé d'autre.

Je souris.

— Je ne me moque pas. Au contraire, ça te va très bien.

— Fais gaffe, je mords, grommelle-t-il.

— C'est ça, oui. Tu vas me mordre alors que tu es enfermé dans ma tête.

Je crois lui avoir cloué le bec jusqu'à ce que je sente deux canines me griffer doucement la nuque. Elles descendent jusqu'à ma jugulaire et s'y arrêtent quelques secondes.

Une vague de chaleur me traverse, suivie de près par un tsunami glacé – parce que ce n'est *pas* Jaxon.

— Mais qu'est-ce que tu fais ? je m'écrie en le repoussant.

Il s'écarte.

— Je voulais juste te montrer que je peux te mordre quand je veux, même dans ta tête.

— Mais je ne veux pas ! je hurle, le corps encore vibrant de son contact.

— Je sais, répond-il posément. C'est pour ça que je ne l'ai pas fait.

Je porte mes doigts à mon cou. Je n'ai rien, pas une égratignure.

— Ne fais plus jamais ça. Il n'y a que Jaxon qui a le droit de me mordre. Personne d'autre.

Avec un sourire mélancolique, il acquiesce.

— Message reçu cinq sur cinq. Je promets que je ne le ferai plus.

— Tant mieux.

Un peu confuse par la chaleur qui s'attarde sur ma peau, je me palpe encore une fois le cou.

— Merci.

— C'est normal, répond-il, retors. Un jour, c'est toi qui me supplieras de te donner un bon coup de dent.

Je lui balance mon coussin à la tête.

— T'es dégoûtant, tu sais ?

— C'est dégoûtant de te jurer que je ne te toucherai plus sans ta permission ? demande-t-il d'un air innocent. Et moi qui faisais de mon mieux pour me comporter en gentleman…

— Mais c'est qu'il me fait de la lèche, en plus !

À peine ai-je prononcé ces mots que je saisis leur portée. Hudson se penche vers moi, l'œil taquin.

— Pas littéralement ! je rugis.

— D'accord, d'accord, me dit-il avec un regard qui me ferait craquer si je n'étais pas promise à son frère.

Je repousse mes couvertures pour clore cette conversation. Macy vient de raccrocher. Je crois qu'elle m'a dit quelque chose que j'étais trop distraite pour comprendre.

— Désolée, je souffle, un peu alarmée par la pâleur catastrophée de son visage. J'ai pas entendu, je dormais encore à moitié.

— Le Cercle ! m'annonce-t-elle. Ils sont là.

— Le Cercle ?

Je mets un moment à comprendre. Hudson jure.

— Les parents de Jaxon et Hudson, je traduis enfin, horrifiée.

— Oui ! Le roi, la reine et les trois autres couples. Ils sont arrivés à cinq heures ce matin sans avoir prévenu personne et ils ont exigé qu'on les laisse entrer. Mon père est furieux.

— Qu'est-ce qu'ils font là ? je demande en tentant de discipliner mes boucles.

— Officiellement, ils viennent inspecter le lycée, comme ils le font tous les vingt-cinq ans. Ils en profiteront pour assister au tournoi de Ludares.

— Et officieusement ?

— Ils veulent te voir, répondent simultanément Macy et Hudson.

— Moi ? Mais pourquoi ?

Les parents de Jaxon, je peux comprendre. Après tout, je suis promise à leur seul fils survivant. Mais le reste du Cercle ?

Je voudrais protester, mais Hudson me coupe.

— Ça n'a rien à voir avec ton lien de promesse à Jaxon. Tant que ça ne menace pas leur influence, ils s'en fichent. Non, ce qui compte à leurs yeux, c'est que tu es la première gargouille connue depuis un millénaire.

— Mais je suis seule et pas super puissante. En quoi est-ce que je suis une menace ?

— Tu es jeune, m'assure Macy, mais ça ne veut pas dire que tu n'es pas puissante. Tu vas mettre un peu de temps à prendre la mesure de tes pouvoirs. En vérité, les gargouilles les terrifient. C'est pour ça que le Cercle a laissé le roi des vampires les exterminer. Ils ont beau être lâches, ils ne seraient pas en faveur d'un génocide si ça ne servait pas leurs intérêts.

— Oh, Macy, t'es dure ! s'écrie Hudson avant d'ajouter pour mon bénéfice : Mais oui, elle a tout juste.

Ça me fait rire, ce qui surprend Macy.

— Hudson dit que tu as tout juste, j'explique.

— Évidemment que j'ai raison ! Et son père est un connard. Dis-lui ça aussi : tel père, tel fils.

Hudson lève les yeux au ciel mais ne proteste pas. Il se redresse pour s'asseoir contre mon lit et passe une main dans ses cheveux ébouriffés. Il ne porte qu'un pantalon de pyjama en flanelle. Puisqu'il n'a qu'à imaginer des vêtements pour en porter, pourquoi a-t-il choisi d'être torse nu ?

Il me fait un clin d'œil.

— À ton avis ?

Les joues rouges, je me tourne vers Macy.

— D'accord, le Cercle nous fait une visite surprise. Mais pourquoi on se lève aux aurores ?

— Ils ont ordonné la tenue d'une assemblée avant le début des cours. On doit tous être dans l'auditorium à 6 h 30, en uniforme de gala.

— En uniforme de gala ? Tu veux dire, jupe, blazer, cravate ?

— Non, je veux dire en toge.

— En toge ? Mais je n'ai pas de toge !

— C'est bon, j'en ai une à te prêter. Elle est un peu trop courte pour moi, donc tu ne devrais pas te prendre les pieds dedans.

— C'est une toge de cérémonie ? j'insiste, parce que j'ai un peu du mal à imaginer tout le lycée en toge romaine, même si ce serait rigolo.

— Oui, c'est un habit rituel.

— Rituel ? Attends, ne me dis pas qu'il s'agit encore d'un sacrifice humain ?

— Personne ne va te sacrifier, me rassure Macy.

— La dernière fois qu'on m'a promis ça, ça s'est mal terminé.

Macy rit, ce qui était mon but. Je persiste :

— Tu ne peux pas vraiment me reprocher d'être parano. J'ai dû me battre contre une pétasse qui m'avait ligotée à une stèle funéraire. Dans le noir. Après m'avoir droguée !

— Oh ! là, là ! Arrête de jouer les victimes, ironise ma cousine.

J'éclate de rire.

— C'est vrai, j'ai toujours eu du mal à me remettre des tentatives de meurtre.

— J'aimerais tellement que cette salope ait survécu, gronde Macy. Rien que pour pouvoir la tuer une seconde fois.

Elle sort deux toges violet foncé de son armoire et m'en tend une.

— C'est très violet, je lui dis.

— Bien vu.

— Vraiment très, très violet.

— Très juste.

— Je vais avoir l'air ridicule.

Elle sourit.

— Oui, comme tout le lycée, dit-elle avant de disparaître dans la salle de bains.

70

LE DIABLE EN HAUT DE LA MONTAGNE

J'ai vu beaucoup d'auditoriums de lycée dans ma vie, mais aucun ne ressemblait à celui de Katmere. Il est gigantesque, avec plus de dix mètres de hauteur sous plafond et des flèches gothiques partout. Ajoutez à ça d'immenses vitraux représentant des scènes de la vie paranormale, des arches sombres et élégantes et des bas-reliefs. Il ne manque qu'un autel pour le transformer en cathédrale.

À la place, une estrade ronde occupe le centre de la salle, entourée de centaines de fauteuils du même violet profond que nos toges. Les élèves arrivent un par un, tous engoncés dans des étoffes de couleur aubergine.

On se croirait dans une histoire d'Edgar Allan Poe. Je suis sur le point d'en faire la remarque à Hudson, quand je réalise qu'il n'est plus avec moi.

Oncle Finn est en train de régler son micro sur l'estrade : c'est presque drôle de le voir se débattre avec un problème aussi banal dans ce décor de film d'horreur. Derrière lui, huit fauteuils en bois sculpté sont alignés.

— Allons nous asseoir, propose Macy en me montrant le premier rang. Je ne veux rien rater de la catastrophe.

Va pour le premier rang, ça me permettra d'observer les parents de Hudson et Jaxon.

— *Non !*

Le cri de Hudson résonne dans ma tête, si paniqué que je m'arrête net et regarde autour de moi, à la recherche de la menace qui l'a tant effrayé.

Je ne repère rien d'anormal – enfin, à part un groupe de sorcières qui s'amusent à faire léviter une balle.

Qu'est-ce qu'il y a ? je demande, le cœur battant.

— *Ne t'assieds pas devant. Ne t'approche pas d'eux !*

Qui ça, eux ?

— *Les parents. Crois-moi, ils n'attendent qu'une occasion de pouvoir t'examiner.*

Ça ne me semble pas si bizarre, étant donné les circonstances. Moi aussi, je suis curieuse.

J'allonge la foulée pour rattraper Macy.

— *Grace ! J'ai dit non.*

Je rêve ou tu viens de me donner un ordre ?

— *Tu ne peux pas leur faire confiance. Ne t'approche pas !*

Mais il y a plein de monde ici ! Que veux-tu qu'ils me fassent ?

Je fais coucou de la main à Gwen, qui s'installe au premier rang près de Macy. Je suis encore à sept ou huit rangées de la scène.

— *Ils feront tout ce qu'ils veulent. C'est ce que j'essaie de te dire. Mon père dirige le Cercle parce qu'il a systématiquement massacré tous ceux qui lui créaient des problèmes depuis deux mille ans ! Tu penses vraiment qu'il hésiterait à s'en prendre à toi ?*

Au milieu d'une assemblée scolaire ? Devant tout le lycée, les profs et mon oncle ? Je ne crois pas, non. Respire, et laisse-moi tranquille.

Je fais encore quelques pas, puis me fige. Pas de ma propre volonté, mes jambes refusent de bouger.

La panique me saisit, puis je comprends.

Hudson, je te l'interdis ! Je te préviens, arrête tout de suite, ou bien…

— *Grace, je t'en prie, écoute-moi,* me supplie-t-il.

Non, non, non et non ! Lâche mon corps, d'abord. Qu'est-ce qui te prend ?

— *Je veux juste que tu m'écoutes un instant.*

Et moi je veux que tu me lâches. Je te jure que si tu ne m'obéis pas tout de suite, je te tuerai à l'instant où tu t'échapperas de ma tête. Je te poignarderai en plein dans ton petit cœur tout sec.

Hudson nous force à aller vers le côté de la salle en évitant les élèves qui affluent en sens inverse. C'est vraiment l'une des pires expériences de ma vie, de perdre le contrôle comme ça. Je n'ai jamais été aussi en colère.

Une fois que je me suis dissimulée dans un coin de la salle, Hudson me relâche.

J'ai eu si peur.

Quand il se tourne vers moi, ma peur se change en une fureur noire.

— Je suis désolé, dit-il.

— Va crever.

— D'accord. Mais d'abord, écoute-moi une minute.

Il est sérieux ?

— Je ne t'écouterai plus *jamais* !

Mon cœur bat aussi vite que si j'avais sprinté dans l'escalier, et j'ai la tête qui tourne. Alors Hudson est déjà parvenu à abattre le mur que j'avais érigé chez la Sangsue ? Comment peut-il être si puissant ? Ça fait moins d'une semaine !

Est-ce moi qui suis trop faible ?

Il me regarde d'un air suppliant.

— Je veux seulement t'aider, Grace…

— M'aider, je crache, si furieuse que je dois me retenir de ne pas lui arracher le visage avec mes ongles. En abusant de ma confiance ? En me privant de mon libre arbitre ? C'est comme ça que tu m'aides ?

— Ce n'est pas…

— Si, c'est exactement ça ! j'explose.

Il écarquille les yeux, désespéré, et je me sens presque mal pour lui. Presque. Mais non, pas question de me laisser attendrir par quelqu'un qui a si peu de respect pour moi.

Plutôt que d'aller rejoindre Macy, je lui envoie un message pour lui dire que j'arriverai plus tard.

Je dois d'abord régler cette histoire.

71

COMME UNE POSSÉDÉE

— Je suis désolé, insiste Hudson, saisissant enfin l'ampleur de ma colère. Je ne voulais pas te forcer.

— Pourtant, c'est exactement ce que tu as fait !

La rage que j'accumule depuis des semaines me rattrape et elle est tout entière dirigée contre lui. Parce qu'il le mérite, mais aussi parce que je n'en peux plus de me retenir.

— Depuis que je suis arrivée au lycée, plus personne ne me laisse aucun choix dans la manière dont je gère ma vie !

— Pardon…

— Non, tu te tais et tu m'écoutes, j'ordonne en pointant un doigt vers lui. Tu ne peux pas me faire subir ce que tu viens de me faire subir et t'en sortir sans conséquences. Ça fait une semaine que tu me casses les oreilles, maintenant c'est ton tour de m'entendre.

J'inspire avant de reprendre.

— En fait, j'ai perdu tout contrôle sur ma vie avant même d'arriver ici. Et c'était déjà à cause de toi : ta petite copine psychopathe t'aimait si fort qu'elle a *tué* mes parents. Pour me forcer à venir ici et à me promettre à Jaxon afin de pouvoir te ramener. Je sais que ça fait rire tout le monde que je sois parano, ha ha ! Grace le sacrifice humain, mais essaie d'adopter mon point de vue cinq secondes. J'étais une fille tout ce qu'il y a de plus normale de San Diego et d'un coup je me retrouve au fin fond de l'Alaska, ligotée à un autel, tout ça pour qu'une horrible pétasse puisse ramener son affreux petit copain à la vie !

Hudson écarte un peu plus les yeux à chaque mot. Il a l'air dévasté, mais je m'en fiche : moi aussi, je suis dévastée.

— Et même avant que Lia ne m'attaque, la vie n'était pas toute rose ! Tout le lycée essayait de me tuer seulement parce qu'ils avaient peur de toi. Donc, me voilà promise à un vampire. Un *vampire* ! Alors que je ne connaissais même pas leur existence ! Ça, c'est la meilleure partie de mon histoire, parce que ton frère est merveilleux et attentionné et qu'on s'aime. Super. Mais je ne peux même pas en profiter : à peine s'est-on remis de l'attaque de Lia que tu débarques de nulle part pour l'assassiner. Donc je m'interpose pour lui sauver la vie et je me retrouve enfermée avec toi pendant quatre mois. Quatre mois dont, tiens-toi bien, je ne garde aucun souvenir !

Mes cheveux me tombent sur les yeux. Je me tais le temps de remettre mes boucles désordonnées en place. Décidément, rien dans ma vie n'est sous contrôle.

— Et puis tu décides de prendre possession de mon corps pour essayer de tuer quelqu'un et voler un artefact précieux, et je me réveille couverte *du sang de quelqu'un d'autre.*

J'enfonce un index accusateur dans sa poitrine. Jamais je ne lui pardonnerai ça. Il faut qu'il le sache.

— Tu vis dans ma tête sans permission et quand j'ai le culot de ne pas m'asseoir là où tu voudrais, tu prends possession de mon corps ! Mais pour qui tu te prends ? Tu dis que c'est pour me protéger, mais j'ai du mal à te croire… parce que tout ce qui m'est arrivé d'horrible ces cinq derniers mois me ramène à toi ! Donc non, je ne vais pas t'écouter. C'est à *toi* de m'écouter, pour une fois.

Hudson est pâle comme la mort. Moi aussi, maintenant que ma colère retombe un peu. Je n'ai jamais hurlé comme ça de ma vie. Ça ne me plaît pas. Je sais bien que ça ne sert à rien, et en plus ça m'a donné mal à la tête.

D'un autre côté, il fallait bien que je me défende, sinon il aurait continué à me marcher dessus.

— Je n'ai pas...

Il hésite.

— Je ne voulais pas...

Il s'arrête de nouveau, réfléchit un peu.

— Pardon. Je sais que ce n'est pas grand-chose mais je te demande pardon. Je suis désolé.

— Laisse tomber. Ce qui compte c'est que tu ne me fasses plus jamais ça. *Jamais.*

Il rouvre la bouche mais je tourne la tête. L'assemblée va bientôt commencer et je n'ai ni le temps ni l'envie d'écouter ses excuses...

Je tourne les talons et me dirige vers le fond de l'auditorium. Finalement, je m'assieds au troisième rang en partant du fond, entre deux énormes garçons dragons. D'ici, j'entends tout et j'ai une bonne vue mais je suis difficile à repérer.

Je sors mon téléphone et envoie un message à Jaxon pour lui dire que je suis au fond et que j'ai mal à la tête, que je sortirai donc peut-être avant la fin.

Ce n'est même pas un mensonge : j'ai vraiment la migraine. Et surtout, je ne veux pas qu'il vienne me chercher. Je veux passer inaperçue.

— Merci, souffle Hudson en se glissant à mes côtés.

Je ne réponds pas : je n'ai plus rien à lui dire.

J'attends la suite, mais il ne dit plus un mot. Peut-être que je l'ai sous-estimé et qu'il est capable d'apprendre.

Jaxon répond : il veut savoir si j'ai besoin de quoi que ce soit. Je dis que non. Il m'explique qu'il est en coulisses – le roi et la reine ont exigé qu'il les accompagne.

Tant mieux, c'est plus facile de rester anonyme s'il se tient loin de moi.

Le roi, la reine et le reste du Cercle entrent sur scène et s'installent. J'ai les mains moites. Je ne suis pas prête à pardonner à Hudson, mais je me sens soulagée d'être loin de ses parents. Tous deux scrutent la salle en s'asseyant.

Qui cherchent-ils ? Plus leurs regards fouillent le public, plus je suis sûre que c'est moi qu'ils veulent repérer. Après avoir vécu le souvenir de Hudson hier soir, je ne tiens pas du tout à les rencontrer. Du moins, pas dans l'immédiat.

72

BIENVENUE EN ENFER

Tandis que je réfléchis à ce que je dois répondre à Jaxon, Oncle Finn allume son micro. Pendant quelques minutes, il évoque le tournoi de Ludares, nous rappelle le règlement, présente les équipes (il y en aura douze) et annonce la composition des poules de qualifications.

Quand il arrive au sujet de la récompense qui attend les gagnants, il se tourne vers les membres du Cercle, assis derrière lui sur leurs trônes.

— Pour annoncer le prix qui sera offert à l'équipe victorieuse, nous accueillons le roi Cyrus et la reine Delilah, ainsi que les autres membres du Cercle. Merci de les applaudir.

Il se met à taper dans ses mains, suivi par le reste de l'assemblée. Ce sont des applaudissements polis. C'est la première fois que je vois les élèves manquer à ce point d'enthousiasme.

Il faut croire que le Cercle ne déchaîne pas les foules. Ça agace beaucoup Cyrus, même s'il s'efforce de ne pas le montrer. Ses yeux s'étrécissent tandis qu'il jauge l'assemblée avant de s'avancer avec la reine vers les micros. Je me recroqueville sur mon siège.

La reine se présente avec un accent britannique mélodieux et un sourire qui pourrait presque passer pour sincère. Je sens qu'autour de moi les gens se détendent et se penchent en avant, comme s'ils avaient peur de rater le moindre mot qui s'échappe de ses lèvres rouge carmin.

Elle a les mêmes yeux noirs et le même teint pâle que Jaxon. Son visage est anguleux, et j'y retrouve les pommettes hautes et le menton décidé qui me plaisent tant chez les frères Vega. Ainsi que la même sveltesse et la même tignasse sombre – ici coiffée en une longue tresse et surmontée d'une couronne en or.

Sa beauté est saisissante. Manifestement, ses fils tiennent d'elle, même si les yeux de Hudson sont bleus. Comme eux, elle respire la royauté. Elle est née pour régner : elle est capable de convaincre chaque spectateur qu'elle s'adresse spécialement à lui. Quel talent !

Dommage que ça ne marche pas sur moi.

Parce que je ne peux pas oublier que c'est elle qui a marqué Jaxon de cette affreuse cicatrice. C'est elle qui l'a arraché à Hudson, leur laissant à peine le temps de se dire au revoir.

C'est également elle qui est à présent occupée à sourire à la foule, à faire des clins d'œil, à remercier personnellement certains élèves et à plaisanter.

Ça me rappelle les tableaux d'Andy Warhol, ceux où il peignait la même image en quatre versions, chacune dans des couleurs différentes. Quelle version de la reine est la vraie ?

Ce qui est sûr, c'est que je vais garder mes distances.

Une fois qu'elle a fini de remercier la terre entière, je me remets à l'écouter.

— Cette année, le premier prix du tournoi de Ludares ne sera pas le trophée ni la récompense pécuniaire dont vous avez l'habitude.

Faites que ce soit bien la pierre de sang, je prie intérieurement. *Faites que les parents de Byron n'aient pas changé d'avis. Faites que ce soit bien la pierre de sang.*

Elle sourit à l'assistance.

— Nous avons décidé de proposer quelque chose de différent, explique-t-elle, enjôleuse. Après tout, ce n'est pas une année comme les autres. Nous avons un heureux événement à fêter.

Mon ventre se serre. Je crois savoir à quoi elle fait allusion.

— Je parle bien sûr de la découverte d'une gargouille parmi nous ! La première depuis un millénaire !

Je me recroqueville un peu plus sur mon siège.

— Le Cercle et moi-même sommes ravis de souhaiter la bienvenue à Grace Foster.

Elle fait mine d'applaudir. Le public la suit mollement. Ce qui me va, soyons honnêtes.

Une fois que le silence retombe, elle reprend :

— Parlons maintenant du prix.

Elle se retourne pour prendre une boîte et en sortir une énorme géode d'un rouge profond. Elle brille : la lueur vient-elle de la pierre ou des projecteurs pointés sur elle ?

— Cette année, l'équipe qui remportera le tournoi gagnera cette magnifique pierre de sang généreusement cédée par la famille Lord. Elle est d'une grande rareté : elle appartenait à l'origine à notre famille royale, et elle a été offerte aux Lord il y a quelques siècles.

Le public explose de joie. Les élèves et les profs tapent du pied et hurlent, ce qui ravit la reine. Le roi se penche pour lui prendre le micro.

Il est presque aussi grand que Jaxon et Hudson et tout aussi musclé dans son costume trois pièces. La ressemblance s'arrête là. D'accord, c'est de lui que Hudson tient ses yeux cobalt, mais les siens sont chauds et pleins d'intelligence, d'humour et de vie, tandis que ceux de Cyrus sont sournois et calculateurs.

Il est aussi charismatique que sa femme même si, contrairement à elle, il ne fait pas d'effort particulier pour séduire le public. Je vois clair dans son jeu. Cyrus est un horrible narcissique pour qui seul son prestige et son influence comptent. Un homme qui n'hésiterait pas à transformer son propre fils en arme pour asseoir sa puissance.

Si Delilah me fascine, Cyrus me dégoûte.

Je jette un œil inquiet à Hudson : son visage est vide d'émotion. Il pourrait tout aussi bien être devant une émission de téléachat.

Je reporte alors mon attention sur Cyrus. Tout en le fixant, je pose ma main sur l'accoudoir, près de celle de Hudson. Nos petits doigts se frôlent.

— Quelle incroyable récompense, s'écrie Cyrus en arpentant la scène.

Il a un accent sophistiqué. Soudain, il s'arrête et fait un geste de la main qui semble inviter tout le public à le rejoindre.

— Vous le savez tous : une pierre de sang est un artefact magique rare et puissant. Mais ce que vous ignorez, c'est que celle-ci a une importance particulière.

L'assemblée retient son souffle. Cyrus adresse un clin d'œil à Delilah avant de reprendre.

— Comme ma superbe femme vous l'expliquait, elle provient de notre collection personnelle. Et c'est une récompense inestimable, car…

Il s'arrête avec un sourire indulgent pour permettre au public d'applaudir.

— Car cette pierre de sang est la plus puissante de toutes !

Soudain accablé, il se penche pour murmurer :

— Notre fils aîné est mort il y a un an. Hudson avait bien des défauts, mais il était notre joie, à sa mère et à moi. C'était aussi le plus puissant vampire de l'histoire du monde.

Il sourit tristement, mais je ne me laisse pas avoir. J'ai vu le Cyrus des souvenirs de Hudson : je sais qu'il n'est pas fier de son fils. Il est fier de l'avoir créé.

— Je me rappelle en particulier une de ses plaisanteries : il a un jour utilisé son pouvoir de persuasion sur nos cuisiniers pour les convaincre de remplacer mon sang du soir par de la limonade.

Le public s'esclaffe. À côté de moi, Hudson reste immobile. J'ai l'intuition que Cyrus ne nous raconte pas toute l'histoire.

— Ça ne l'a pas beaucoup amusé, j'imagine, je souffle.

Hudson ricane.

— Il m'a privé de nourriture pendant un mois.

— Il t'a affamé pendant un mois ?

Il hausse les épaules.

— On est immortels, je ne risquais rien. C'était juste désagréable.

Sans réfléchir, je pose ma main sur la sienne. Il sursaute et la retire, puis croise les bras sur sa poitrine.

Pendant ce temps, Cyrus continue :

— Nous avons toujours su que Hudson était spécial. À sa naissance, nous avons donc stocké son sang dans une pierre – celle-là même que vous voyez ici.

On entend quelques cris de joie, mais certains élèves se font tout petits, comme s'ils avaient peur d'attirer l'attention du roi ou de son fils décédé. Cyrus semble apprécier la terreur qu'il inspire autant que l'adoration. Il veut attirer l'attention, qu'elle soit bonne ou mauvaise.

— Ça nous a semblé le meilleur moyen de marquer l'occasion et de souhaiter la bienvenue à la nouvelle membre de notre communauté : la première gargouille depuis des siècles ! La promise de mon fils et la nièce de notre bien-aimé directeur. Quelle chance nous avons ! J'ai hâte de rencontrer la jeune Grace.

Hudson se redresse, crispé.

— Baisse-toi. Utilise ta cape pour te cacher le visage. Je ne veux pas qu'il te voie.

— Si je me cache le visage, j'attirerai son attention. Détends-toi, c'est presque fini.

Sur scène, Cyrus appelle Nuri et Aidan Montgomery, les parents de Flint. Viennent ensuite les sorciers Imogen et Linden Choi, suivis par Angela et Willow Martinez, les loups-garous.

Je détaille les quatre couples de promis sur scène.

— C'est la règle ? Seuls des couples de promis peuvent entrer dans le Cercle ? je demande à Hudson.

— Ce n'est pas une obligation à proprement parler, mais l'épreuve d'entrée est impossible à réussir en solo. Et seul ton promis a le droit de t'aider, donc…

— Donc il n'y a que des couples de promis qui siègent.

— C'est ça. Si l'un meurt, son promis siège encore un an, le temps qu'un autre couple passe l'Épreuve.

J'ai d'autres questions mais Cyrus déclare l'assemblée terminée. Hudson me presse de sortir de là au plus vite. Il en fait pas un peu trop, là ?

— Merci à tous, dit Cyrus. Passez une excellente journée. Grace Foster, vous voulez bien nous rejoindre ? Nous serions ravis de vous rencontrer.

Hudson jure. Je m'immobilise.

— Qu'est-ce qu'on fait ?

— Lève-toi, sors et ne regarde pas en arrière, m'ordonne-t-il.

— Tu es sûr ?

— Tout à fait sûr. Hors de question que tu sois seule dans un auditorium vide avec mon père.

J'obéis et me dirige droit vers la sortie. Juste au moment de passer la porte, je me retourne une dernière fois vers Cyrus.

Nos regards se heurtent. Je sens qu'il me reconnaît.

Plutôt que d'être furieux de voir que je lui désobéis, il penche la tête, comme s'il acceptait ma décision. Ça m'effraie encore plus. C'est une stratégie, je le sais.

Pour la première fois, je me dis que Hudson a peut-être raison. Je ne sais pas à qui j'ai affaire.

73

VIVRE ET AIMER

Pendant deux jours, je jongle entre les cours et les entraînements tout en évitant le roi et la reine et en passant le peu de temps qui me reste avec Jaxon. Il est aussi inquiet que Hudson à l'idée que je rencontre ses parents, en particulier sa mère.

Moi, ce qui m'affole, c'est que chaque frère semble avoir été traumatisé par un parent différent. Ces gens doivent vraiment être monstrueux pour terrifier à ce point leurs fils pourtant peu impressionnables.

Jaxon a réussi à maintenir ses parents à distance en prétextant un programme d'entraînement chargé (ce qui n'est pas vraiment un mensonge), mais que se passera-t-il une fois le tournoi terminé ?

Le jour J arrive enfin. C'est une journée magnifique mais fraîche. Je me réveille tôt, trop nerveuse pour me rendormir. Macy dort encore. On doit se présenter au stade à dix heures, mais il est hors de question que je poireaute trois heures dans ma chambre.

Hudson n'est pas là ; il m'a dit plus tôt qu'il avait quelque chose à faire et qu'il reviendrait dans quelques heures. Je lui ai demandé comment il pouvait se rendre quelque part alors qu'il est coincé dans ma tête, mais il a disparu avant que s'achève ma question. Dommage, sa présence me distrairait.

Je m'habille, laisse un mot à Macy, prend un yaourt et une barre de céréales, puis me dirige vers le stade.

Je ne sais pas trop ce que j'y ferai. Sans doute que je me contenterai de voler et marcher sur la piste, histoire de m'échauffer. Quand je passe l'entrée de l'arène, je découvre qu'une bonne dizaine de joueurs sont déjà là. Flint est parmi eux.

Faut croire que je ne suis pas la seule à être stressée.

Il me tourne le dos, mais je le reconnais à sa coupe afro et au maillot coloré que Macy nous a fabriqué. Notre équipe a les plus beaux maillots du lycée : ils sont maculés d'un kaléidoscope de couleurs qui rappelle les tableaux de Kandinsky.

Je m'avance sur le terrain. Ce stade est magnifique. Comme le reste du lycée, il est de style gothique : les gradins sont en pierre noire, couverts par des arches aux motifs élaborés. À part ça, il me rappelle le Colysée : trois étages de gradins surmontés par des loges VIP, le tout traversé par des allées magnifiques. C'est de loin le stade le plus impressionnant dans lequel j'ai jamais mis les pieds.

Il est décoré pour l'occasion : en plus des drapeaux et fanions aux couleurs de Katmere, il y a des banderoles pour chaque équipe.

Je me souviens que Macy avait parlé de nous confectionner une banderole, mais elle a fait bien plus que ça. Grâce à elle, il y a des centaines de drapeaux à nos couleurs dans tout le stade. Ça me galvanise. Je suis si fière de mon équipe !

Flint est occupé à s'étirer. Je m'approche discrètement pour le surprendre, mais il se retourne avec un sourire.

— Salut, toi.

— Pas évident de surprendre un dragon, on dirait ?

— « J'ai l'ouïe plus fine que celle d'un dragon », comme disent les gens.

— Personne ne dit ça.

— Ah non ? Ben, ils devraient.

Il boit une rasade d'eau à sa gourde.

— Qu'est-ce que tu fais là si tôt ?

— La même chose que toi, je pense.

Il lève un sourcil.

— Tu essaies de vaincre tes vieux démons ?

Je ris.

— Je suis venue m'entraîner en dernière minute.

Il reste de marbre ; je comprends qu'il parlait sérieusement.

— Ça va ? je lui demande en posant une main sur son épaule.

— Oui, tout va bien, m'assure-t-il avec un sourire qui n'atteint pas ses yeux.

— Qu'est-ce qui se passe ? j'insiste en déposant mon sac pour m'asseoir sur un banc au bord du terrain. T'es nerveux pour le tournoi ?

Si même lui, le grand optimiste, a des doutes… La panique me gagne.

— Si tu es anxieux, c'est qu'on va mourir dans d'atroces souffrances. Comment j'ai pu croire qu'on pouvait gagner ? Je suis une gargouille depuis cinq secondes, je ne sais rien faire, je ne sers à rien !

Je me redresse, les yeux écarquillés.

— Peut-être que je peux laisser ma place ? Me casser une jambe pour me disqualifier ? T'as une idée de remplaçant ?

— Grace…

— Peut-être que si vous n'êtes que sept, ils ajusteront vos handicaps ? Si Jaxon pouvait utiliser plus de puissance…

Ou peut-être que je peux m'arranger pour me provoquer une réaction allergique ? Je n'ai jamais digéré les fruits de mer…

— Grace ! me coupe Flint. J'ai rencontré quelqu'un.

Je cligne des yeux. Je ne m'attendais pas du tout à ça.

— Donc tu ne penses pas que je suis un poids mort qui va nous faire perdre ?

Il glousse.

— Non, pas du tout.

D'accord, mais alors pourquoi est-il aussi sombre ?

— Tu as rencontré quelqu'un. C'est plutôt une bonne nouvelle, non ?

— Ouais, dit-il en regardant ailleurs.

— Comment est-ce qu'elle s'appelle ? Enfin, tu n'es pas obligé de me le dire si tu ne veux pas, mais…

Il lâche un rire douloureux.

— Je suis gay, Grace. Je pensais que tu avais compris.

— Oh !

Je me sens nulle de ne pas l'avoir deviné. C'était pourtant évident : toutes ces filles qui se jettent à son cou, et lui qui n'est jamais intéressé… Quelle amie en carton je fais !

Je sais que Jaxon est parfois jaloux quand je traîne avec Flint, ce que j'ai toujours trouvé ridicule. Il n'y a aucune tension entre nous. D'accord, il a flirté avec moi une fois, à la bibliothèque, mais j'ai bien senti que c'était forcé.

Flint me dévisage. Il attend ma réaction.

— C'est génial, je m'écrie en le prenant dans mes bras.

Il se raidit.

— Attends. Comment ça, c'est génial ?

— Regarde-toi, tu es intelligent, drôle, sublime !

Il rit mais ses yeux sont humides, ce qui me fend le cœur.

— Oh, Flint, ne pleure pas. Pas de larmes. Ce n'est pas triste d'être gay. Tu sais ça, non ? Tu es qui tu es et tu aimes qui tu veux. En plus, ce serait trop cool qu'il y ait un couple de dragons gay au Cercle. Ça ferait chier les loups-garous.

Il se frictionne le visage d'une main.

— Oh ! là, là ! Grace…

Enfin, il me rend mon étreinte. Nous restons dans les bras l'un de l'autre un long moment.

— Tu es la première personne à qui j'en parle… Je ne m'attendais pas à cette réaction.

— Quoi ? Tu ne pensais pas que j'allais cracher sur les loups-garous ? Pourtant c'est tous des connards, enfin, à part Xavier…

Il rit franchement maintenant. Tant mieux, c'était l'effet recherché.

— Je t'aime.

Je lève un sourcil.

— En toute amitié, ajoute-t-il.

— Bon, mais c'est une super nouvelle que tu aies rencontré quelqu'un ! Je ne comprends pas où est le problème ? C'est génial de trouver son promis, non ?

Il soupire.

— Pendant presque toute ma vie, j'ai été amoureux du même gars. Mais lui n'a jamais été disponible émotionnellement. Et maintenant… disons qu'il l'est encore moins.

Je commence à comprendre où il veut en venir.

— Donc tu laisses tomber ?

— Oui, il est temps. Je me disais que s'il baissait la garde juste un peu, il comprendrait qu'on est destinés à être ensemble. J'étais tellement sûr qu'on était promis l'un à l'autre mais… j'avais tort.

— Attends, le lien de promesse ne rassemble pas forcément les âmes sœurs ?

— On ne sait pas vraiment comment ça marche. On sait juste que la magie est consciente. Enfin, d'une certaine manière. Par exemple, elle ne va pas engager des gens trop jeunes, ou qui ne se sont jamais rencontrés. Il faut se toucher pour que le lien se mette en place.

Il m'adresse un sourire rusé.

— D'ailleurs, bonne nouvelle : on n'est pas limité à un seul promis. On peut en avoir plusieurs dans sa vie. C'est même arrivé que le lien de promesse lie plus de deux personnes !

Il hausse un sourcil, et j'éclate de rire.

— Plus on est de fous…

— Exactement.

— Donc tu vas t'ouvrir à la possibilité de trouver un autre promis, c'est ça ? C'est une excellente idée.

Il opine.

— J'ai rencontré un mec super, et il mérite mieux qu'un dragon amoureux transi de quelqu'un d'autre. Mais bon, c'est dur… J'ai peur de perdre une partie de moi-même, tu comprends ? J'ai aimé ce garçon tellement longtemps… Même si ce n'était pas réciproque, c'était une constante dans ma vie.

Sa voix se brise, et ses yeux se mouillent de nouveau. Son chagrin est une plaie ouverte. J'ai envie de botter le cul à ce mec qui n'a pas compris à quel point Flint était merveilleux.

— Il ne te mérite pas, je souffle en passant un bras autour de la taille de Flint.

— Peut-être.

— Je pense que tu as raison de te focaliser sur la personne qui te voit réellement.

— Désolé, marmonne-t-il. Je ne pleure pas, j'ai juste une poussière dans l'œil. Je ne voulais pas te perturber avant le tournoi mais le garçon, celui à qui je plais, a demandé s'il pouvait venir nous voir et… Enfin, j'avais besoin d'en parler.

Il s'arrête en repérant quelqu'un plus loin. Avant même de tourner la tête, je devine de qui il s'agit.

Jaxon. Évidemment.

Je ferais peut-être mieux de m'écarter du grand dragon sexy avant qu'il ne pique une crise de jalousie. Je me tourne vers Flint mais il ne me regarde plus.

Et là, je comprends tout.

Très vite, l'éternel sourire de Flint est de retour, mais c'est trop tard. Je ne sais pas comment j'ai fait pour ne pas comprendre les trois choses suivantes. Un, ce sourire est une armure. Deux, l'armure ne se craquelle que dans les moments où Flint n'en peut vraiment plus, en la présence d'un garçon en particulier. Et trois… Je ravale la boule dans ma gorge. Et trois, le gars indisponible, celui pour qui il laisse tomber tout espoir, celui qu'il a aimé toute sa vie…

C'est Jaxon.

74

UNE FOLIE D'UN NOUVEAU GENRE

Cette idée résonne encore dans ma tête quand je m'avance vers mon promis. Le stade s'est rempli pendant que je parlais à Flint et le fracas du public m'assourdit. Le tournoi va bientôt commencer : les équipes sont occupées à s'échauffer et à s'inscrire.

— Il y a seize équipes, finalement, annonce Jaxon dans la file d'inscription, donc huit matchs en première qualification. Ensuite, chaque équipe gagnante en défie une autre, et ça continue comme ça jusqu'à ce qu'on gagne ou qu'on soit éliminés.

— Donc si on veut récupérer la pierre de sang, on doit gagner tous nos matchs ?

Dur dur de se concentrer : j'en suis toujours à Flint et à son chagrin d'amour. Un chagrin que j'ai provoqué. Ça me fait mal de le savoir, et encore plus de devoir le cacher à Jaxon.

Il me sourit.

— Exactement. Facile, non ?

— Pfff…

Je suis si nerveuse que j'en ai mal au ventre.

Jaxon me serre contre lui en riant, ce qui n'arrange rien : du coin de l'œil, je vois que Flint nous observe. Quand il s'aperçoit que je l'ai repéré, il se détourne.

Jaxon discute maintenant avec Mekhi et Luca, qui joue dans une autre équipe. Je flanque une bourrade à Flint.

— Ça va ?

— Très bien, m'assure-t-il, et je décide de le croire.

Au bout de la file se trouve Oncle Finn. Avec un grand sourire, il nous tend à chacun un bracelet. Macy m'a expliqué leur fonctionnement hier soir : ils sont enchantés de manière à nous protéger de toute blessure grave. Je m'assure que le mien est bien attaché.

Oncle Finn nous souhaite bonne chance. Il a beau dire la même chose à chaque équipe, c'est évident qu'il croise les doigts pour nous. Macy lui colle un autocollant à nos couleurs sur chaque joue.

Jaxon tend une boîte noire à Flint.

— C'est au capitaine de tirer le numéro.

— On n'a pas de capitaine, répond Flint.

Jaxon le regarde comme si une deuxième tête venait de lui pousser.

— Ben si. C'est toi, le capitaine. Tire un numéro.

Flint, ému, tire une boule de la boîte. Numéro 11.

— Ça correspond à quoi ? je demande.

Jaxon m'indique un tableau flottant à hauteur du milieu de terrain.

— Notre premier match est contre l'équipe 4, annonce-t-il avec un large sourire.

— Contre Liam et Rafael, se réjouit Mekhi. On va les ratatiner.

Leur équipe est tout de noir vêtue. Les deux vampires nous défient du regard.

— Tu vas tomber de haut, Vega ! crie Liam.

— Ouuuuh, j'ai peur !

— Quelle bande de gamins, maugrée Hudson en retenant un sourire.

— Il faut que tu mettes un badge à nos couleurs, je suggère. Pour nous encourager.

— Ou bien un autocollant ?

Il tourne la tête, et je m'aperçois qu'il s'en est déjà collé un sur la joue.

— Ça te va bien.

— Tout me va bien.

— Et maintenant ? je demande à mon équipe.

— Trouvons-nous une place à l'ombre pour regarder les matchs, suggère Eden. On joue en quatrième. Je suis impatiente.

— De leur botter le cul, complète Xavier.

— Évidemment ! je renchéris en tendant mon poing pour taper celui de Xavier, qui se met à courir pour prendre la tête du groupe, près de Macy.

Nous nous installons et je sors la barre de céréales de mon sac. Macy me fait signe de la ranger.

— Si tu attends une minute, il y aura mieux.

C'est alors que plusieurs sorcières de la cantine débarquent sur le terrain avec des chariots de provisions.

— Des hot dogs ? je demande.

Macy rit.

— Presque.

Quand une sorcière arrive à notre hauteur, je découvre qu'elle vend des gaufres. Des gaufres qui ont la forme du château de Katmere, couvertes de crème fouettée et de fraises. Ça a l'air délicieux.

Flint en achète une bonne quinzaine pour le groupe.

La sorcière qui passe ensuite nous propose de la limonade maison, et Xavier lui en prend plusieurs litres. Nous mangeons de bon appétit.

Le premier match va commencer. Cyrus, en costume sur mesure et catogan, sautille sur le terrain pour nous souhaiter la bienvenue. Il passe ensuite les règles en revue, au cas où on aurait besoin d'un rappel.

Chaque joueur doit toucher la comète (c'est ainsi qu'on appelle le ballon) au moins une fois dans le match. Tout est permis, même métamorphoser l'équipe adverse en tortues (rire de l'assemblée), mais les effets magiques ne dureront jamais plus de dix secondes.

La seule exception concerne le pouvoir de vol, qu'on a le droit d'utiliser pendant vingt secondes. Manifestement, les équipes dotées de créatures volantes sont avantagées. Je souris à Flint.

Après avoir lancé un sort, il faut attendre trente secondes avant d'en lancer un autre. On doit donc s'arranger pour utiliser ses pouvoirs au bon moment.

Les bracelets que l'on porte protègent des blessures sérieuses mais pas de la douleur : les sorts, morsures et autres brûlures feront un mal de chien même si elles ne laissent pas de séquelles.

Enfin, bien sûr, tout joueur en danger mortel sera magiquement sorti du terrain et disqualifié – pour sa propre protection.

Le jeu lui-même me paraît assez simple. Il faut amener la comète au-delà de la ligne de but tout en empêchant l'équipe adverse de faire pareil.

Une fois qu'il a fini de réexpliquer les règles, Cyrus pérore un long moment au sujet de la coopération entre les espèces. Heureusement, Hudson est là pour me distraire avec ses commentaires sardoniques. Il est assis juste derrière moi, affalé sur son siège, lunettes de soleil sur le nez.

Les insultes qu'il lance à son père sont si bien trouvées que je regrette d'être la seule à en profiter. D'un autre côté, si quelqu'un d'autre l'entendait traiter le roi de vieille limace stupide, on se ferait sûrement virer du tournoi.

Cyrus appelle enfin les deux premières équipes sur le terrain et présente chaque joueur en écorchant leurs noms.

Je décide de soutenir l'équipe 2, dans laquelle jouent Luca et Byron. Cyrus ouvre un coffre puis tend le micro à Nuri, la mère de Flint, chargée de la mise en jeu. Elle est habillée bien plus simplement que Cyrus : jean et col roulé noir. Il a l'air idiot en comparaison.

Nuri ramasse la comète, une balle noire et violette. Le stade entier hurle son excitation. Ça dure plus de deux minutes et puis, enfin, Nuri s'avance au milieu du terrain et monte sur une estrade. Elle tend la balle vers le public, comme si elle voulait la lui offrir, comme si elle défiait chacun de venir la lui prendre, et les acclamations deviennent carrément assourdissantes. Les élèves tapent du pied si fort qu'on dirait que le stade va s'effondrer. C'est grisant.

Je me laisse entraîner par l'excitation générale, sans vraiment comprendre ce qui la provoque.

Hudson ricane.

— *Ne me dis pas que tu as oublié que, plus on la tient, plus la comète chauffe et vibre ?*

J'écarquille les yeux. Ça fait au moins cinq minutes que Nuri tient la balle. Jaxon m'a dit que son record perso était de deux minutes et qu'il avait eu si mal qu'il avait cru mourir.

— *La mère de Flint est impressionnante*, ajoute Hudson.

À côté de moi, Flint est fier comme un coq.

Satisfaite de son effet, Nuri lève la balle au-dessus de sa tête. Le silence tombe sur l'assemblée.

Les deux équipes sont alignées face à face, Rafael se tient au centre de la sienne, avec une fille à la peau noire nommée Kali. Je ne la connais pas bien, mais il me semble que c'est une sorcière. En face d'eux, deux sorciers : Cam, l'ex de Macy, et James, son copain gênant.

— Ce sont les deux joueurs au centre de chaque équipe qui vont se disputer la balle, m'explique Hudson.

— C'est à qui l'attrape en premier, comme au basket ? je lui demande, un peu inquiète. On ne s'est pas entraînés pour ça.

— Pas tout à fait. Tu vas voir.

Un coup de sifflet retentit, et Nuri lance la balle aussi haut que sa force de dragon le lui permet. La balle s'élève en chandelle. Personne ne bouge. Mais à l'instant où elle retombe, tout explose.

Rafael bondit de toute sa puissance de vampire tandis que Kali balance des boules de feu vers James et Cam, qui sont déjà hors de portée. James est en train d'invoquer un cyclone, tandis que Cam a créé une bourrasque qui attire la balle vers lui.

Je n'ai jamais rien vu de tel. C'est un million de fois plus excitant que du basket !

Rafael manque la balle de peu. Elle retombe droit vers James, qui saute pour l'attraper. Au dernier moment, Kali lui envoie un coup de vent et passe la balle à une fille de son équipe.

La fille court pendant dix secondes, puis disparaît.

— Où est-elle ? je marmonne en me penchant par-dessus la rambarde.

— Tu verras, réponds Hudson, ce qui ne m'aide pas du tout.

Jaxon crie des encouragements.

La fille réapparaît quelques instants plus tard du côté opposé du terrain. Pas du tout là où elle doit aller pour gagner le point.

— Putain de portail, râle Xavier. Et en plus, ses équipiers sont super loin !

Mais Luca se dissout et apparaît justement près de sa coéquipière. Elle lui lance la comète. Luca réapparaît près d'une dragonne de l'équipe de Cam qui n'attendait que ça.

Elle lui crache du feu, Luca bondit pour éviter le jet… et tombe dans un autre portail.

Cette fois, il se retrouve au centre du terrain. La balle est si chaude qu'elle rayonne. Il l'envoie à Rafael, qui la manque de peu. Un loup de l'équipe adverse la lui chipe.

— C'est incroyable ! je crie.

Toute mon équipe se tourne vers moi en souriant.

— Et encore, t'as rien vu, m'informe Hudson. Ce n'est que le début.

Rafael et un vampire de l'autre équipe se heurtent à toute vitesse. Sous la violence du choc, ils disparaissent dans un tourbillon de membres et de dents. Quelques secondes plus tard, Rafael se relève, victorieux. Ballon en main, il plonge dans un autre portail.

Après vingt minutes de match, Kali parvient enfin à passer la ligne de but.

Le public explose. Je m'affale contre mon siège, épuisée par toutes ces émotions.

— Je n'ai jamais rien vu d'aussi intense, je dis à Jaxon.

Il se marre.

— Attends un peu, souffle-t-il en m'embrassant sur les lèvres.

— Attendre quoi ? Le match est fini.

— Attends notre match, répond Eden. Si tu penses qu'en regarder un est intense, tu vas voir ce que tu vas voir quand on jouera.

Elle a raison. Je me demande ce que ça fait, de se jeter dans la bataille.

— C'est comme si tu étais prise dans une tornade, m'explique Hudson. Tout va super lentement et super vite à la fois. Et toi, t'attends de voir quelle partie de la tempête tu vas te prendre en pleine tête.

Un frisson d'adrénaline me traverse.

— Et ?

— Quoi, et ?

— À quoi est-ce que je dois faire attention ?

— Aux dragons, crache-t-il d'un air dégoûté. C'est toujours les dragons qui sont les plus retors.

75

TU ME VOIS, TU ME VOIS PLUS

Une heure après, c'est enfin notre tour. Je suis sur le point d'exploser.

— Merde ! me lance Hudson tandis que nous descendons les gradins.

Les professeurs remettent le terrain en état et changent les points d'arrivée des différents portails.

— Pardon ? Je m'apprête à jouer le match le plus important de ma vie, et toi tu me traites de merde ?

Il se marre.

— C'est pour te souhaiter bonne chance !

— Sois plus clair la prochaine fois…

— Tu ne connais vraiment pas cette expression ? T'as quatre-vingt-dix ans ou quoi ?

— Et toi ? Plus de trois cents, non ?

— Ça veut rien dire. L'âge, c'est juste un chiffre…

— C'est bien ce que je disais.

— Ne sois pas si nerveuse, me souffle Jaxon en me serrant la main si fort qu'il manque de me la casser.

— Y a pas que moi qui suis nerveuse, apparemment…

Il sourit.

— J'ai juste hâte. Je suis tellement content de pouvoir participer cette année ! Ça va être génial.

Mon cœur se fend à l'idée que c'est la première fois qu'il s'autorise à jouer. Je me souviens du Jaxon que j'ai rencontré à mon arrivée à Katmere, celui qui refusait de se passionner pour quoi que ce soit de peur de déclencher une nouvelle guerre inter-espèces.

En tant que capitaine, Flint fait le tour de l'équipe pour encourager ses troupes.

— Vous allez tout déchirer, nous dit-il. Jaxon, n'hésite pas à secouer l'équipe adverse, littéralement, s'il le faut, et toi…

Il me fixe, l'air si sérieux que j'ai du mal à me retenir de rire.

— Et toi, vole autant que tu peux. Tu es notre arme secrète. Les autres équipes n'ont que deux créatures volantes, et nous, trois. Voire quatre, si on compte Jaxon.

— C'est ça, comptons donc le dirigeable, raille Hudson.

Arrête, je lui ordonne en ravalant mon éclat de rire.

— C'est dommage que le stade soit couvert, insiste-t-il. Parce que sinon, avec un peu de chance, il aurait pu se faire emporter vers d'autres cieux.

Bon, ça suffit. Faut que je sois attentive maintenant.

— D'accord, d'accord… Allez, merde, Grace !

Je m'esclaffe. Le nœud dans mon estomac se desserre un peu.

Cette fois, c'est le père de Flint, Aiden, qui monte sur le terrain pour lancer le match. Il est bien plus sérieux que le reste des membres du Cercle (mais pas autant que Cyrus). Pas de sourires d'encouragement de sa part, il se contente d'attendre que l'équipe 4 s'aligne devant nous. Liam est au centre avec un dragon que je ne connais pas. Caden, si j'en crois les taquineries amicales que lui lance Flint. Entre ça et le fait que Rafael et Liam jouent dans l'équipe adverse, je pense que tout le monde sera fair-play.

Ce que j'aime chez mes amis, c'est qu'ils ne traînent pas avec des imbéciles : c'est une qualité. Flint et Gwen se placent au centre, Jaxon à côté de Gwen et moi à côté de Jaxon. Xavier complète la rangée tandis qu'Aiden sort une nouvelle comète de sa boîte.

J'essuie mes mains moites sur mon pantalon – je ne voudrais pas que la balle m'échappe. Xavier repère mon geste et sourit.

— T'en fais pas, petite gargouille. Jaxon et moi, on te protégera.

Il se redresse, la tête haute et le torse bombé, prêt à en découdre.

— C'est moi qui vais te protéger, mon p'tit loup, je réplique en lui filant une claque dans le dos.

Surpris mais pas fâché, il rejette la tête en arrière pour pousser un hurlement.

Les loups d'en face hurlent à leur tour. Ils sont moins impressionnants que Xavier.

Aiden lance la comète. Tout se fige. La tête penchée en arrière, nous regardons la balle qui monte, monte, monte... Quand elle atteint enfin son apogée, tout le monde se déchaîne.

Flint décolle en flèche, à moitié métamorphosé. Le dragon d'en face fait pareil, et Rafael saute pour retenir Flint de sa force surhumaine.

Flint gronde et crache un jet de flammes vers l'autre dragon pour le ralentir, tout en donnant des coups de pied à Rafael. Heureusement, celui-ci lâche dix secondes avant la fin de la période de vol autorisée de Flint, qui parvient donc à l'envoyer bouler de l'autre côté du terrain.

— Mais c'est terrifiant ! je m'exclame.

— Non, c'est génial, répond Xavier.

Au milieu d'une mêlée, Gwen lance un sort qui arrache la balle des mains du dragon adverse. Elle l'attrape et se met à courir.

— Allez, Grace ! crie Jaxon, et nous nous élançons à ses côtés.

Je n'ai aucune idée de ce que je dois faire ensuite, mais je crois que ça fait partie du jeu. Gwen se jette dans un portail, et on ne sait pas où elle va réapparaître. Il faut savoir improviser.

Là ! Je la repère à plusieurs dizaines de mètres. La balle brille d'une lueur rouge ; elle va devoir s'en débarrasser bientôt.

Eden le comprend en même temps que moi. Elle plonge et récupère la balle dans ses serres. Quand ses trente secondes sont écoulées, elle la passe à Flint, qui fonce.

Mais l'une des sorcières adverses lance un sort qui colle ses ailes à son corps. Il chute. Macy lance un contre-sort puis attrape la balle et se précipite vers la ligne de but.

Rafael se dissout pour la rattraper. Je retiens mon souffle : elle n'a aucune chance de le semer !

Jaxon se dissout à son tour. Elle lui lance la balle et il file vers la ligne de but. Rafael sort de nulle part pour le percuter si fort que le choc les catapulte tous les deux… et Jaxon lâche la balle.

Flint, Eden et les deux dragons adverses se précipitent pour la rattraper. Ils vont se heurter, eux aussi. J'ai peut-être une chance de récupérer le ballon dans la mêlée.

Je me transforme en gargouille et décolle. Depuis les gradins, Hudson hurle des encouragements que je ne distingue pas. Les quatre dragons se rapprochent du ballon. J'ai moins de vingt secondes pour atteindre la comète et redescendre.

Flint et Eden disparaissent soudain dans des portails cachés. Il n'y a plus que moi qui suis en course. J'accélère. Et chipe la balle au nez et à la barbe des deux dragons adverses.

L'un d'eux m'érafle l'aile de ses crocs, mais je ne sens rien : je suis en pierre. Ça ne fait que me déséquilibrer un peu.

Je pourrais filer droit vers le but, mais je sais bien que je n'arriverai pas à semer deux dragons. Alors je descends en piqué et lâche la balle dans les mains de Xavier.

Il fonce mais les vampires le rattrapent, alors il se dirige vers Jaxon et lui fait la passe.

Rafael plonge, Jaxon feinte… et franchit la ligne de but.

Le match a duré moins de deux minutes.

Quand j'atterris, Macy m'enlace en criant :

— Et d'un ! Plus que trois.

— Plus que trois, je répète en souriant de toutes mes dents.

76

HÉROS OU ZÉROS ?

Le reste de la journée s'écoule dans un tourbillon d'anxiété et d'adrénaline.

Notre match suivant dure plus de trente-cinq minutes et manque de nous détruire. Le troisième est encore pire. Nous en sortons néanmoins victorieux. Des gradins, nous regardons, aussi dégoûtés qu'impuissants, l'équipe 12 battre la 3 après un match de trois quarts d'heure. Nous affronterons donc l'équipe de Cole en finale.

— Putain, gronde Xavier, la bave aux lèvres, tandis que ce dernier fait un tour de terrain triomphal.

La moitié du stade l'acclame. Je me joins à la seconde, qui le hue.

Même si Xavier est un loup et Cole son chef de meute, les deux garçons ne s'apprécient guère.

Je le comprends : Cole est un salaud fini (et encore, je pèse mes mots). D'un autre côté, Hudson et moi lui avons piqué une canine. Il a de quoi m'en vouloir, à moi et à tous ceux qui sont de mon côté, je sens qu'il ne va pas y aller de main morte.

— C'est un con, confirme Hudson. Les loups auraient dû le défier il y a longtemps.

— Je pense que Xavier s'en chargera avant la fin de l'année.

Hudson sourit.

— Je savais bien que ce loup m'était sympathique.

— Dis-toi qu'il va être tellement humilié aujourd'hui qu'il en oubliera tout le reste, je souffle à Xavier.

— Tu veux dire qu'il oubliera la fois où Jaxon l'a quasi vidé devant toute l'école ? répond-il avec un éclat sauvage dans les yeux. Ou la fois ou quelqu'un d'autre l'a bu en pleine nuit ? Ou bien…

— Oui.

— Merveilleux.

Il joint les mains.

— Je vous en supplie, cher univers, laissez-moi être le loup qui lui écrasera la gorge d'un coup de coude dans la mêlée.

— Ton coude ? Pourquoi pas ton pied ?

Il s'esclaffe.

— J'aime ton style, Grace.

— C'est clair, intervient Eden en me serrant l'épaule. Une fille qui a convaincu à la fois Jaxon et Hudson de se tenir à carreau a tout mon respect.

Je secoue la tête.

— Précise ce que tu entends par : « à carreau ».

— Hé là, s'écrie Jaxon. De quoi vous parlez, exactement ?

— On se demandait qui me cause le plus de soucis entre toi et ton frère.

— Mon frère, répondent Hudson et Jaxon simultanément.

Je me marre.

— C'est bien ce que je dis.

On a une pause de quinze minutes pour laisser le temps à l'autre équipe de récupérer.

— Tu sais, Xavier, déclare Flint, si tu as besoin de lever le pied pendant ce match pour ne pas énerver ton chef de meute, on comprendra.

— Euh, je ne crois pas, non, grommelle Macy. Cole a une sacrée équipe derrière lui. On a besoin de tout le monde.

— Lever le pied ? s'offusque Xavier. Tu me prends pour qui ?

— Pour quelqu'un qui doit vivre avec sa meute pendant encore un an. On s'en sortira.

— Hors de question, s'énerve Xavier. Je lui rétamerai la gueule, si j'en ai l'occasion.

Flint lève les mains.

— D'accord, très bien. C'était juste pour te rendre service.

— Ouais, ben, garde-les, tes services, maugrée Xavier en s'éloignant.

Je le suis.

— Hé, tu sais que Flint ne voulait pas te vexer, hein ?

— Je ne suis pas un traître, Grace. Je n'ai pas fait tout ce chemin avec vous pour vous laisser tomber au dernier moment.

— Je sais bien.

Macy nous rejoint et s'assied près de Xavier.

— Je te trouve drôlement courageux avec Cole, lui assure-t-elle.

Il se rengorge de fierté.

Je les laisse pour aller retrouver Jaxon, puis nous nous avançons sur le terrain. Cette fois, c'est Cyrus en personne qui nous escortera. Évidemment. Pas question qu'il laisse la finale à quelqu'un d'autre.

Depuis son arrivée sur le campus, je l'évite. Ce sera donc notre première rencontre. Je ne peux pas dire que j'ai hâte.

Franchement, je préférerais encore me faire arracher une dent sans anesthésie.

Il sourit en voyant son fils. Un sourire dépourvu de chaleur qui me donne la chair de poule.

Je prends ma place entre Xavier et Macy en essayant de ne pas penser à lui ni aux enjeux de ce dernier match. Mon estomac fait des loopings.

Pour nos adversaires et pour le public, ce n'est qu'un match comme les autres, mais pour moi… Je cherche à attirer l'attention de Jaxon. En vain : il est trop occupé à défier l'équipe adverse du regard.

— *Ça ira*, me souffle Hudson. *Vole de toutes tes forces, et ça ira.*

Je passe en revue l'équipe de Cole, composée sans surprise des plus grands salauds de l'école. Jaxon commence à montrer des signes de fatigue. Il s'est bien débrouillé aujourd'hui, mais c'est clair que le lien avec Hudson lui pèse.

J'ai comme l'impression qu'ils vont me botter le cul.

— *Il y a pire cul à botter*, réplique Hudson d'un air malicieux.

C'est ça, tes conseils de grand sage ?

— *Je ne suis pas assez vieux pour être un grand sage.*

Le sourire dans sa voix s'étiole.

— *De toute façon, il y a d'autres pierres de sang dans le monde. Celle-ci est la plus facile d'accès, mais pas la seule. Donc, peu importe l'issue de ce match, ça ira, OK ?*

Mon estomac atterrit en douceur.

Merci.

— *Bon. Maintenant, va démolir ce clébard pour moi, tu veux bien ?*

Je grince des dents.

Je vais faire de mon mieux.

J'inspire profondément et recentre mon attention sur l'équipe adverse. J'ai déjà moins mal au ventre. Hudson a raison : peu importe ce qui arrive, on va s'en sortir.

— Prêts ? demande Flint.

Nous opinons.

— Parfait. Allons donc détruire cette meute de connards et leur chef.

Le coup d'envoi est donné.

Cyrus est aussi fort que ses fils : la balle qu'il lance monte si haut qu'elle touche presque le toit du stade. Sitôt qu'elle entame sa descente, un vampire, un dragon, un loup-garou et une sorcière s'élancent.

Flint crache un jet de glace droit sur Cole et sa coéquipière, une sorcière nommée Jacqueline. Cette dernière est touchée mais Cole bondit pour échapper au jet et plonge vers la balle. Jaxon est déjà dessus : d'un coup de télékinésie, il shoote dans la comète. Malheureusement, il y va trop fort et le ballon s'échappe en tournoyant.

Le public gronde de frustration. J'envoie un petit peu d'énergie à Jaxon via notre lien de promesse, et je le sens qui se marre en réponse. Ce n'était pas une erreur mais une stratégie : Flint, à moitié transformé, attend dans les airs pour récupérer la comète.

Il l'attrape. En hurlant de rage, Cole se transforme en loup. Flint fait un piqué vers la ligne de but. Il lui reste vingt secondes de vol autorisé, probablement assez pour traverser le terrain, mais la balle est déjà incandescente. Sa douleur est manifeste. Il la passe à Eden, qui est sur ses talons.

Elle rattrape la balle avec un immense sourire. Je retiens mon souffle. Nous sommes si proches du but ! Ça ne peut tout de même pas être si facile ?

Sorti de nulle part, l'un des coéquipiers vampires de Cole saute et intercepte la comète.

Flint hurle en voyant le vampire atterrir et se dissoudre vers l'autre ligne de goal. Moi aussi, je m'affole. Comment allons-nous le rattraper ? C'est là que Mekhi émerge d'un portail à quelques mètres seulement de l'arrivée et le plaque au sol.

Ouais !

Je suis si excitée que j'applaudis en regardant les deux vampires se heurter avec un fracas digne d'un carambolage. La foule pousse des cris d'effroi, mais Mekhi se relève comme si de rien n'était, balle en main, et saute dans un autre portail.

Celui-ci l'amène en milieu de terrain, et déjà la balle le brûle. En grimaçant, il scrute les alentours : où sont Flint et Jaxon ? Ils ont tous les deux pris des portails qui les ont éloignés.

Xavier le rattrape, suivi de Cole, et s'empare de la comète avant de faire un salto avant et de plonger dans un nouveau portail.

— Il est où ? Il est où ? crie Macy en le cherchant des yeux.

Quelques secondes s'écoulent et je commence à avoir peur. S'il ressort loin de nous, on est foutus.

Au bout de vingt-sept secondes (j'ai les yeux rivés sur l'horloge), Xavier réapparaît. Il n'a plus que trois secondes pour se débarrasser de la balle. Et il est à quelques mètres de moi.

Zut.

Il me fait la passe. Je suis si nerveuse que je la lâche presque. Le public rugit ; je l'entends à peine. Cole fonce dans ma direction.

Zut. Zut, zut, zut.

Ça fait plusieurs heures qu'on joue et je commence à fatiguer. Je devrais me transformer et vite, mais j'hésite. Je n'ai plus de forces.

Au moment où Cole bondit sur moi, je me change en gargouille et décolle. Cole m'attrape par le pied. Il est trop fort pour que je l'envoie bouler.

Je vole donc avec un loup-garou accroché à ma cheville. Ce qui ne me dérangerait pas tant que ça si la balle ne s'était pas mise à vibrer. Je vais être obligée d'atterrir en vitesse.

Heureusement, Eden vole vers moi de toute la force de ses ailes violettes. La balle vibre si fort que j'ai un peu peur de perdre un doigt, mais je tiens bon : on doit gagner ce match.

Alors je prends la seule décision possible : je lève mon pied libre et l'abat en plein dans le visage de Cole.

Il hurle de douleur et me lâche enfin pour s'écraser au sol, huit mètres plus bas. Je me retourne et envoie la balle à Eden.

Avec un rugissement, elle s'en saisit avant de débouler vers la ligne d'arrivée. La foule scande son nom, elle y est presque… mais une sorcière adverse lui lance un sort qui la déséquilibre.

Oh, non !

La peur m'étrangle. Eden va-t-elle se blesser ? Elle tombe vraiment de haut, même pour un dragon… Jaxon intervient juste à temps avec sa télékinésie pour amortir sa chute. Avant que nous arrivions à sa hauteur, un loup-garou de l'équipe adverse lui arrache la balle.

Macy et moi courons pour lui bloquer le passage, mais il saute dans un portail. À mon étonnement, Macy se lance à sa suite.

Vingt-cinq secondes plus tard, quand ils émergent, il s'est évanoui et c'est elle qui a la balle. La comète chauffe à blanc. Macy l'envoie à Xavier, qui la plaque contre sa poitrine et court.

Le seul problème, c'est qu'ils sont du mauvais côté du terrain. Pour arriver à l'autre bout, ils vont devoir feinter toute l'équipe de Cole.

Xavier fait une belle course, esquivant les jets de feu, les sorts et même une morsure de vampire. Mekhi et Jaxon se battent contre une sorcière et un dragon pour pouvoir se dissoudre et le rejoindre.

Gwen et moi suivons Xavier, mais Cole le plaque au sol avant que nous ne puissions l'atteindre. Xavier ne se laisse pas faire : il cache la balle sous son tee-shirt pour la protéger. Elle doit être brûlante. Elle vibre si fort que je l'entends de l'autre côté du terrain.

Cole s'apprête à lui donner un énorme coup de griffe sur le bras. Je me raidis : même protégé par le sort, ça va être douloureux. À la dernière seconde, d'un mouvement du poignet, Cole dévie son coup.

Ce n'était pas son bras qu'il visait, mais le bracelet magique qui le protège des blessures graves. Il l'a coupé net. Le bijou tombe au sol. Les yeux écarquillés, Xavier observe Cole qui s'apprête à le frapper de nouveau, à la gorge cette fois. Mon cœur trébuche. Je ne suis pas assez proche pour le secourir. Gwen non plus. Aucun d'entre nous ne peut intervenir.

Le stade entier est debout pour mieux voir les griffes de Cole s'abattre sur le cou de Xavier. Il va le tuer. Il va le tuer, c'est sûr...

Un énorme rugissement monte des gradins. Je cligne des yeux. Xavier est vivant ! Xavier est vivant et Cole est... un petit poulet blanc. En caquetant de fureur, le gallinacé frappe la gorge de Xavier mais ne parvient qu'à le caresser de ses douces plumes.

Mon regard croise celui de Macy, qui vient de sortir d'un portail. Elle est pâle, visiblement furieuse, mais surtout très satisfaite d'avoir humilié Cole après sa tentative de triche.

Je n'ai pas le temps de savourer l'image de Cole transformé en cocotte. Le sort ne va pas durer éternellement. Xavier saute sur ses pieds, la comète brûlante toujours en main. Le public hurle et tape du pied.

Xavier repère Eden et lui fait la passe. Elle plonge pour rattraper la balle puis remonte en chandelle. Mais l'équipe de Cole ne lâche rien : une des sorcières lance un éclair sur Eden, qui tombe… en laissant s'échapper la comète.

Je saute en l'air pour m'en saisir. Je ne suis pas la seule : un dragon me suit. Je fais de mon mieux pour le distancer. Jaxon m'envoie une bouffée d'énergie via le lien de promesse. Mon cœur bat à tout rompre : je dois gagner cette course.

J'ai beau voler plus vite que jamais, c'est le dragon qui arrive en premier.

Mais bon, à quoi ça sert d'être une gargouille si on ne se change jamais en pierre ? En priant pour que mon plan fonctionne, j'attrape son aile et achève ma métamorphose… Le dragon se change avec moi ! Ses ailes sont totalement insuffisantes pour soulever un immense dragon fait de roche… Nous tombons comme les deux pierres que nous sommes.

Je lui arrache la balle des mains et me retransforme juste avant de heurter le sol. Enfin libérée de mon étau de roche, il me crache du feu, mais je ne sens rien. Ciao, bébé : d'un salto arrière, je plonge dans un portail.

Qu'est-ce que c'est que ce truc ? J'ai l'impression d'être écartelée : chaque partie de mon corps est étirée comme de la pâte à modeler. Ça ne fait pas mal mais c'est vraiment étrange, et j'ai du mal à garder la balle en main.

Cela dit, hors de question que j'émerge sans la comète, alors je m'accroche envers et contre tout. On est si proches de la victoire.

D'un coup, le portail me recrache au grand jour. Je trébuche et m'étale, mais j'ai toujours la balle. C'est tout ce qui compte.

Je roule sur le ventre pour trouver quelqu'un à qui faire la passe. Jaxon atterrit devant moi avec un clin d'œil. Il me prend la comète et se dissout vers le goal… de l'autre côté du terrain.

Encore.

Ce que ces portails sont pénibles !

Je cours à sa suite. Je ne sais pas si je peux encore me rendre utile. Je dois attendre trente secondes avant de pouvoir voler de nouveau.

Cole et l'autre loup-garou me dépassent à quatre pattes. Je me jette sur le côté pour percuter Cole.

Il gronde comme un chien enragé et me mord la main. Ça ne me fait pas mal, mais voilà qu'il refuse de me lâcher et me traîne derrière lui.

Ce n'est pas tout à fait ce que j'espérais accomplir. Faute de mieux, je tends l'autre main et tire de toutes mes forces sur sa queue.

Il hurle comme un bébé en colère, ce qui le force à me relâcher juste le temps que je m'échappe. J'ai atteint mon but : c'est moi qui retiens toute son attention, plus la balle.

Sous sa forme de loup, lui aussi, Xavier s'interpose, les babines retroussées.

Cole nous tourne alors le dos pour rattraper Jaxon, comme s'il venait de se souvenir de la balle, mais je ne suis pas dupe, et Xavier non plus. La réalité, c'était qu'il avait peur de Xavier. Et ça, ça va le poursuivre au-delà du match.

Jaxon est presque à la ligne de but. Dieu merci, parce que je n'en peux plus.

Avant qu'il ne puisse marquer le point, un vampire se jette devant lui et lui bloque le passage. Jaxon est projeté en arrière.

Il recouvre son équilibre avec une volée de jurons. La balle doit être brûlante. Heureusement, Gwen n'est pas loin et vient à sa rescousse. Elle court vers le but, un dragon sur ses talons. Pour le repousser, elle invoque une puissante bourrasque qui envahit le terrain et projette son poursuivant contre une sorcière adverse.

Un vampire sort alors de nulle part pour tacler Gwen. Ils basculent dans un portail et disparaissent pendant dix secondes qui s'éternisent. Enfin, Gwen est de retour, chancelante, manifestement secouée. Elle y est presque. La balle dans sa main rayonne de chaleur et elle se tient les côtes.

Je fonce vers elle pour saisir la comète et avec toutes les forces et la volonté qui me restent, je file vers la ligne de but. Cole hurle dans mon dos, mais je ne me retourne pas. Je suis obnubilée par la ligne d'arrivée. C'est notre dernière chance. Je ne dois pas la gâcher.

Du coin de l'œil, j'aperçois les deux dragons de l'équipe adverse débouler à ma suite. Ils bondissent vers moi. Juste avant l'impact, je me change en pierre et tombe à pic, les laissant se heurter en plein vol au-dessus de ma tête.

Je ne les vois même plus, parce que je touche au but. Je tire sur le fil doré, celui qui me rend humaine et, légère comme une plume, je vole droit vers le goal avant que mes vingt secondes ne prennent fin.

77

DES PLANS SUR LA COMÈTE

— On a gagné ! beugle Flint pour la centième fois depuis qu'on a quitté le stade.

Nous sommes dans la tour de Jaxon. Le dragon dépose un pack de canettes de limonade sur la table basse.

— Yeeees, confirme Xavier, et les deux se donnent mutuellement des claques dans le dos. On l'a à peine vu, le grand méchant Cole.

— Vous avez vu sa tête à la fin ? renchérit Eden, affalée sur le canapé. Il était tellement dégoûté. Il a beau avoir triché comme un sagouin, il a perdu.

— Dans quel univers un loup vaincrait-il un dragon ? ricane Flint.

— Et moi, je suis quoi ? râle Xavier.

— En vrai, je ne suis pas sûr. Un dragon-garou ? Un loup-dragou ?

— Disons un dragon-loup.

— Ça me va, commente Eden en tendant les mains vers Macy, de retour de la cafétéria, les bras chargés d'une impressionnante pile de pizzas.

— Comment va Gwen ? je demande.

— Sa copine m'a écrit : on lui a donné des antidouleurs et elle s'est endormie à l'infirmerie. Elle devrait s'en remettre d'ici à quelques jours. (Elle dépose les pizzas devant nous.) Vous parliez de quoi ?

— Xavier est plus dragon que loup, donc on a décidé qu'il était un dragon-loup, reprend Flint en attrapant un carton de pizza pour lui tout seul. Lui, c'est pas un connard comme tous les autres lycanthropes, non ?

— Très juste, je souffle.

Toute gargouille que je suis, je n'ai pas le métabolisme nécessaire à la digestion d'une pizza entière, alors je me contente de deux tranches au pepperoni.

— Tous les loups ne sont pas des connards, répond Xavier en attrapant une pizza entière. Juste ceux de Katmere.

— Ça, tu l'as dit, grogne Mekhi.

— C'est le chef de meute qui donne le ton, confirme Jaxon. Tu devrais le défier, Xavier. C'est Cole qui corrompt tous les autres.

— Il l'a déjà pas mal défié aujourd'hui sur le terrain, s'esclaffe Flint. Il gloussait déjà de peur avant que Macy ne le transforme en poulet.

— On les a tous défiés aujourd'hui, ajoute Eden en enfournant un gros morceau de pizza. Tous sans exception !

— Mais sérieusement, c'est Macy qui a eu la meilleure action du match. Non seulement elle a sauvé Xavier, mais la vision de Cole en poulet… c'était… c'était…

Mekhi rit si fort qu'il en a les larmes aux yeux.

— Et Grace qui a traversé le terrain avec l'autre crétin suspendu à sa cheville ! Merveilleux.

— Ouais, j'ironise, j'ai eu la peur de ma vie, c'était hilarant.

— Vu de l'extérieur, c'était génial, m'assure Jaxon avec un sourire qui me donne des papillons dans le ventre.

— Et quand tu as transformé Seraphina en pierre ? continue Eden. C'était fou.

— Et t'as vu quand j'ai…

Flint énumère ses exploits.

— Est-ce que tous les dragons sont aussi vantards ? je murmure à Jaxon.

— Ce n'est que le début. Il risque de continuer pendant des heures.

— Je t'entends, tu sais ? lui signale Flint, vexé.

— Tant mieux, répond Jaxon.

Soudain je me rappelle ce que Flint m'a dit ce matin.

— Qui veut boire quelque chose ? je demande pour faire diversion.

Eden et Flint réclament de la limonade, Macy, de l'eau pétillante.

Je vais chercher les boissons. J'ai besoin d'une minute à moi pour rassembler mes pensées.

Flint n'est sans doute pas conscient que j'ai deviné l'identité du garçon qui lui a brisé le cœur. Tout de même, je lui en veux un peu de me l'avoir révélée. Jaxon est mon promis ! Évidemment que je me sens coupable de blesser Flint par l'entremise de notre relation… Surtout qu'ils se connaissent depuis longtemps !

Je suis arrivée comme une fleur, et j'ai tout gâché pour lui. Mais que veut-il que j'y fasse ? Que j'abandonne mon promis ? Même si je le voulais, j'en serais incapable. Je ne peux rien faire d'autre que le regarder souffrir.

C'est terrible. J'aimerais tant pouvoir l'aider.

— Tu ne peux rien faire pour lui, me souffle Hudson d'un ton étonnamment sérieux.

Où était-il pendant le match ? Peut-être qu'il s'est fait discret pour que je puisse me concentrer ? Il a l'air épuisé : les yeux cernés et les joues creuses, il s'affale contre le mur.

Ça me serre le cœur. En comparaison, Jaxon, en train de rire avec Mekhi, a l'air en pleine forme. C'est là que je comprends : ce n'était pas Jaxon qui me donnait de son énergie sur le terrain, mais Hudson.

J'ai envie de lui en parler, mais son expression m'en dissuade.

Je pose les boissons et m'assieds à côté de lui. J'ai envie de lui envoyer un peu de ma force, mais je sais qu'il n'acceptera pas. Je poursuis donc la conversation.

— J'aimerais tant arranger la situation… Il y a forcément quelque chose à faire.

— Flint sait très bien qu'il est trop tard, Grace. Il a commencé son deuil. Laisse-le.

Son ton est plein de sous-entendus, et je me demande à quoi il fait référence. Lia ? Sa promise, morte pour le ramener à la vie ?

— Je te l'ai déjà dit, intervient Hudson d'une voix coupante. Lia n'était pas ma promise. Mais tu as raison, Flint aurait mieux fait de ne pas te mêler à tout ce bordel.

— Il a des sentiments, c'est normal, je chuchote pour que personne ne m'entende. Il n'y peut rien.

Hudson a l'air bizarre. Je ne vais pas insister. J'ai eu mon compte d'intrigues amoureuses pour la journée.

— Quand on a des sentiments, c'est souvent le bordel, me corrige Hudson avec son accent britannique prétentieux.

— C'est pour ça que tu refuses de ressentir quoi que ce soit ? Parce que c'est trop le bordel ?

Un long silence. Puis :

— J'ai des tonnes de sentiments, Grace. D'accord, c'est principalement de la haine, mais ça compte quand même.

Je soupire.

— Tu ne changeras jamais, hein ?

— J'espère bien. Tu ferais mieux d'apporter leurs boissons à tes copains.

— Hé, Grace, besoin d'aide ? me demande Flint, impatient.

— J'arrive, je réponds, avant d'attraper un Dr Pepper pour moi et de ramener les canettes à la table.

— Demain aura lieu la cérémonie de remise des prix durant laquelle nous recevrons la pierre de sang, annonce Macy une fois que j'ai repris place près de Jaxon. Maintenant, il faut qu'on récupère l'os de dragon. On pourrait y aller demain avant la cérémonie ?

— Gwen ne sera pas remise à temps, proteste Mekhi. Elle est encore à l'infirmerie.

— La pauvre, je souffle. Son bras était dans un sale état.

— Ouaip.

— Elle va râler de ne pas pouvoir nous accompagner au cimetière, m'accorde Macy, mais on n'a pas le choix.

— Attends un peu, la coupe Eden en regardant Flint. C'est pour ça que tu me posais toutes ces questions sur le cimetière ? Pourquoi est-ce que vous avez besoin d'un os de dragon ?

J'hésite à répondre mais après tout, elle nous a aidés à gagner la pierre de sang. Elle a le droit de savoir.

Jaxon semble partager mon avis.

— On a besoin de la pierre de sang pour un sort très important, explique-t-il. Et ce n'est pas le seul artefact qu'il nous faut. On doit aussi trouver un os de dragon.

— Un os de dragon du cimetière ? s'écrie Eden en se tournant vers Flint. Tu les emmènes au cimetière ?

— Je n'ai pas le choix, répond ce dernier. Je ne peux pas les laisser y aller seuls, c'est trop dangereux. Ils en mourraient.

— On en mourrait ? couine Macy. Comment ça ?

— C'est un endroit périlleux pour les non-dragons, répond Eden. Et même pour les dragons.

— Comme Flint disait, on n'a pas le choix, reprend Jaxon sombrement.

Il expose ma situation actuelle à tout le groupe.

— Donc, dit Xavier en me regardant dans les yeux, Hudson te possède ?

Il m'attrape doucement par le menton et me fait dodeliner de la tête.

— Est-ce qu'il essaie de me secouer ? demande Hudson. Ou juste de se perdre dans le bleu de mes yeux ?

— Il est dans son esprit, intervient Jaxon en l'arrêtant avant qu'il ne me fasse mal. Et pour l'en chasser, on doit trouver les cinq artefacts.

— Est-ce qu'on veut vraiment le sortir de là ? s'interroge Mekhi. Je veux dire, la dernière fois qu'il était parmi nous, ça n'a rien donné de super.

— Ce n'est pas super pour Grace en ce moment non plus, rétorque Jaxon d'un ton coupant.

Tout le monde se rassied, intimidé : Jaxon reste le prince des ténèbres. Il en impose.

— Il a pris possession de son corps plus d'une fois, reprend-il. Il entend la moindre de ses pensées et il a accès à notre lien de promesse. Donc oui, il faut l'extraire de là, et vite.

— Effectivement, renchérit Xavier d'un air horrifié.

— Je suis avec vous, déclare Eden.

— Comment ça ?

— Je vous accompagne au cimetière, et à tout ce que vous devrez faire ensuite.

— Ouais, moi aussi, ajoute Xavier. Je vais pas le laisser prendre possession de ton corps comme ça ! Quel mec odieux…

— Facile de critiquer, marmonne Hudson.

— Moi aussi, dit Mekhi. Tu sais que je suis toujours là pour toi, Jaxon. Et pour toi, Grace.

— Mon père va péter les plombs s'il apprend que trois élèves supplémentaires sont partie prenante dans cette histoire, nous informe Macy. Je lui ai parlé de la situation. Il a accepté de faire diversion auprès du Cercle durant notre expédition au cimetière, mais ça ne lui plaît pas du tout qu'on y aille seuls.

— Et il a raison, je renchéris en regardant nos trois nouvelles recrues. C'est dangereux.

— Euh, oui, je suis au courant, balance Eden. Dans la vie, on n'a pas toujours le choix, et là, on doit chasser un psychopathe de la tête d'une gargouille.

— Amen, dit Flint en levant son verre.

— Parfois, il faut abandonner toute prudence, renchérit Jaxon avec un grand sourire.

— Tout juste, s'esclaffe Flint.

Ça doit être une *private joke* entre eux deux.

— Donc on y va demain matin ?

— Parée, annonce Eden.

Tout le monde opine.

— Attendez, on ne sait même pas où il est, ce cimetière, hein ? je demande.

— Si, me répond Flint. Eden et moi en avons parlé avec nos grands-mères, et elles nous ont renseignés.

— La bonne nouvelle, ajoute Eden, c'est que ce n'est pas très loin. La mauvaise, c'est que d'après Grand-maman, on n'a presque aucune chance de s'en sortir vivants.

78

TOMBER SUR UN OS

— Aucune chance, bredouille Macy, les yeux écarquillés. Sérieusement ?

— Te bile pas, Mace, la rassure Xavier. Je pense qu'on est de taille à affronter des squelettes de dragons.

— C'est plus compliqué que ça, soupire Flint.

— Mais on peut le faire, ajoute Eden. On en est capables, j'en suis persuadée.

— Ça ne peut pas être pire que de tuer une Bête Invincible, je souffle.

— J'adore ton optimisme, remarque Mekhi. Allez, moi je dis : on fonce.

— Rendez-vous demain matin à cinq heures, confirme Jaxon en se tournant vers Eden et Flint. On se retrouve où ?

— Dans les tunnels.

Mon ventre se tord.

— Ça me va, dit Xavier en commençant à jeter les boîtes de pizza et les canettes de soda vides.

Nous lui donnons un coup de main, puis nous séparons pour la nuit. Le tournoi nous a épuisés, et personne n'a envie de faire long feu. Personne, à part moi… Hudson est endormi, et j'aimerais passer un peu de temps avec mon promis sans me faire interrompre toutes les dix secondes par son frère.

Par délicatesse, j'attends le départ de Flint avant d'aller m'asseoir près de Jaxon. Je saisis sa main et la presse contre ma bouche. Il m'entoure de ses bras et soupire d'aise.

— C'est si bon de t'avoir contre moi…

Je lève la tête vers lui et il dépose un léger baiser sur mes lèvres. C'est agréable, mais ce n'est pas ce que je voulais.

Je me redresse pour l'embrasser pleinement. Il se dérobe.

Est-ce qu'il me taquine ? Je ne sais pas trop sur quel pied danser.

Comme il me sourit avec chaleur, je décide de prendre les choses en main.

— Allez viens, on va admirer « l'aurore boréale ».

J'ai décidé que ce serait notre code pour dire : « Allez viens, on va se bécoter jusqu'à plus soif. » Il ne pige pas tout de suite.

— Tu veux sortir regarder les étoiles ? Là, maintenant ?

Je tape du pied, comme une gamine butée.

— Oui, maintenant !

— Euh, d'accord ?

Il m'entraîne vers le parapet devant sa fenêtre. Je l'attrape par le pull et l'attire vers moi pour plaquer ma bouche sur la sienne.

— Oh, souffle-t-il en comprenant enfin. *Oh,* dit-il encore en me soulevant dans ses bras pour me porter jusqu'à son lit.

Il s'étend sur son matelas, et moi sur lui. Assise sur ses hanches, je l'embrasse dans le cou. Son corps est parfait. Solide, et fort, et parfait.

Jaxon bascule la tête en arrière pour découvrir plus de peau tout en me malaxant les hanches.

— Attends, s'exclame-t-il soudain. Et Hudson ?

— Il dort.

Je passe mes mains sous sa chemise pour toucher la peau chaude de son ventre. Il gronde et me renverse sous lui.

— Tu aurais dû le dire plus tôt.

— J'ai essayé. L'aurore boréale, tu vois ?

— L'aurore boréale ? Attends, c'était un sous-entendu ?

Je fais la moue. Il s'esclaffe.

— Je n'aurais jamais deviné tout seul. L'aurore boréale ! C'est subtil…

— Je ne comprends pas pourquoi on est encore en train de parler au lieu de s'embrasser.

— T'as raison…

D'un geste de la main, il fait ouvrir les rideaux, révélant une auréole boréale.

Et puis il m'embrasse. C'est si bon. Si parfait. Sa bouche sur la mienne. Ses cheveux qui me chatouillent la joue. Ses mains sous mon sweat, sur ma peau.

J'entremêle mes jambes aux siennes. Lorsque ses lèvres se posent sur ma clavicule, je tourne la tête pour lui offrir les veines de mon cou et ses dents m'éraflent la peau.

Tout mon corps s'électrise. Ça m'a tellement manqué. Il va mordre. Il va me mordre. Et…

L'alarme de mon téléphone déchire le silence, stridente.

— Qu'est-ce que c'est ? maugrée Jaxon en s'écartant.

— Zut, j'étais censée appeler Heather.

Je me rassieds pour éteindre la sonnerie.

— Attends, je lui écris que j'aurai un peu de retard…

— *Ne me dis pas que c'est déjà le matin*, râle Hudson.

— Et Hudson est réveillé. Merde. Merde !

Je me laisse tomber sur le lit, découragée. Jaxon se couche à côté de moi.

— Il a toujours eu le sommeil léger. Depuis qu'on est gosses.

— *Ouais, parce que je ne savais jamais quand mon père allait entrer dans la chambre pour essayer de tuer l'un d'entre nous.*

Hudson a l'air de mauvaise humeur. Peut-être qu'il devine ce qu'on était en train de faire en son absence ?

— C'est terrible, je chuchote à son intention.

Je ne pensais pas que mon opinion sur Cyrus et Delilah pouvait encore baisser.

— Qu'est-ce qu'il y a ? me demande Jaxon en roulant sur le côté pour mieux voir mon visage. T'es nerveuse pour demain ?

Je saute sur le prétexte, histoire de ne pas trahir la confidence de Hudson.

— Ouais. Tu crois que ce sera aussi terrible que la grand-mère d'Eden le prétend ?

— Ne t'en fais pas. Je te protégerai.

— Ce n'est pas le problème, je réplique, un peu agacée. On demande à beaucoup de gens de risquer leur vie pour m'aider. Je ne veux pas que quelqu'un se blesse.

— Je peux protéger tout le monde. C'est mon rôle.

— Mais je ne veux *pas* qu'on me protège. Je veux me battre *à tes côtés,* pas me cacher derrière toi.

Mon téléphone sonne. C'est Heather.

— Qu'est-ce qu'il y a ? demande Jaxon.

Plutôt que de répondre, je lui montre mon portable.

— Je dois prendre cet appel. Ça fait très longtemps qu'on ne s'est pas parlé.

Distraitement, je lui embrasse le front.

— À demain.

Et je sors.

— *Je dois dire, Grace, que tu ne cesses jamais de m'étonner.*

79

TU TOMBES À PIC

Le lendemain matin, je descends l'escalier quatre à quatre derrière Macy tout en écrivant à Heather.

Moi : C'était trop bien de pouvoir ENFIN te parler hier

Moi : J'arrive toujours pas à croire que tes parents t'aient offert un billet d'avion pour l'Alaska !!! TROP hâte de te voir

Elle m'a tant manqué ! Je n'avais pas envie de raccrocher hier soir. Je m'attendais à devoir la supplier de me pardonner mon silence de quatre mois, mais en fait elle ne m'en voulait pas du tout.

Elle m'a même annoncé qu'elle viendrait me rendre visite aux vacances de printemps… enfin, si je survis jusque-là. Et si je trouve un moyen de lui annoncer que les créatures paranormales existent et que je suis une gargouille. Hors de question de le lui cacher : je ne veux pas la traiter comme on m'a traitée à mon arrivée ici.

Heather : Moi aussi !! Au fait, les maths en première heure, ça craint

— On y est, souffle Macy tandis qu'on débarque dans le donjon qu'Eden nous a indiqué hier.

L'idée que le cimetière des dragons se trouve ici, juste sous le lycée, me flanque la chair de poule. Cela dit, j'aurais dû m'y attendre. Les tunnels sont bourrés d'ossements et leurs murs, sertis de pierres précieuses : ce n'est pas très dur de deviner que Katmere est historiquement lié à la faction des dragons. J'en ai d'ailleurs trouvé confirmation dans un bouquin déniché à la bibliothèque.

Avant d'être un lycée, Katmere était... une caverne de dragons. Et pas n'importe laquelle : celle de la famille dominante qui a pris le parti de Cyrus durant la Seconde Grande Guerre. Après leur défaite, ils ont dû céder Katmere pour le transformer en lycée encourageant la coopération inter-espèces, un endroit où les jeunes de toutes les factions se mélangeraient.

J'ai demandé à Flint ce qu'il était advenu de cette famille. D'après lui, la plupart de ses membres sont morts durant la guerre, et les autres se sont éparpillés.

Ce monde magique est si plein de tragédies... Et tout ça pour quoi ? Pour savoir quelle faction dominera les autres ? Rien qu'une question de pouvoir et d'influence ?

— Non, pas seulement, intervient Hudson.

Je m'approche : il est occupé à caresser les pierres précieuses du mur. Il est grognon depuis notre réveil, mais il a intérêt à arrêter de geindre et à ne pas me déconcentrer quand je serai au cimetière. Quand il me provoque, je monte aussitôt dans les tours. Un peu comme une voiture de course qui passerait de zéro à cent kilomètres-heure en trois secondes.

— Tu veux parler d'une Bugatti Chiron ? Parce que c'est la seule voiture capable d'une telle performance.

— C'est toi qui me fais Chiron.

Il grogne.

— Mais t'as avalé un clown, dis donc !

— Je fais ce que je peux, je rétorque en rejoignant le groupe.

Jaxon et Flint passent en revue les différents obstacles auxquels nous pourrions être confrontés, tandis que Macy vérifie qu'elle a bien toutes ses potions dans sa ceinture à poches. Eden et Xavier se lancent des paris pour savoir qui ramènera l'os le plus gros.

Mes amis. Ma famille choisie. Je suis tellement fière d'eux.

— Pourquoi tu portes une banane ? demande Xavier à Macy.

— C'est mon équipement à potions.

— C'est la classe, en tout cas, raille-t-il.

Tout le monde rit aux éclats. Sauf Hudson qui doit encore bouder.

— Tu sais qu'on risque notre vie pour toi, hein ? je râle.

— C'est ça, oui. Vous risquez vos vies pour m'empêcher de siphonner toute l'énergie de Jaxon.

Je secoue la tête.

— Moi, je le fais aussi pour toi.

Ça la lui coupe. Il me fixe pendant de longues secondes. Puis il se détourne en secouant la tête, passe une main dans ses cheveux. Encore une fois, il refuse de parler de ce qui compte pour lui. À la place, il lâche :

— Je vais préparer ma tenue de cheerleader, alors.

Et voilà. Zéro à cent en trois secondes.

— D'accord, je crache. Tu sais quoi, vivement que tu dégages, parce que j'en ai vraiment ma claque de t'entendre pleurnicher.

C'est vrai à la fin ! On est sur le point de risquer notre vie. Ça le tuerait de dire merci ?

Jaxon s'avance dans la première cellule et fait signe à tout le monde de le suivre. Il s'apprête à taper le code sur le boîtier d'accès aux tunnels, quand Flint l'arrête d'une main sur l'épaule.

— Le cimetière n'est pas par là.

— Ah bon ? dit Macy. Tu n'as pas dit qu'il fallait passer par les tunnels ?

— Si, sourit Eden, mais pas ces tunnels-là.

Flint nous entraîne au fond de la cellule, vers un mur serti d'émeraudes, de rubis et de saphirs disposés en cercles. Il les touche dans un certain ordre, comme s'il tapait un code, et un tunnel rond s'ouvre.

— Qui se lance ?

— Pas tous à la fois, plaisante Macy.

Tout le monde rit, mais personne ne se porte volontaire.

— J'irai, moi, dit Flint, les yeux brillants. On leur dit ce qu'il y a de l'autre côté, Eden ? Ou on leur laisse la surprise ?

Eden lève les yeux au ciel.

— Je préfère leur dire. Je ne tiens pas à me faire mordre dans la panique. (Elle se tourne vers nous.) Ces tunnels ont été conçus pour des dragons. Et les dragons, comme vous le savez, peuvent voler. Donc, le tunnel va vous larguer dans le vide. Grace et Jaxon, ça ira pour vous, évidemment. Les autres, laissez trente secondes entre chaque saut, comme ça Flint et moi, on vous rattrapera.

Puis elle plonge dans le tunnel, les pieds devant.

— J'adore ce passage ! s'exclame Flint en s'élançant à son tour.

Les autres et moi restons là à nous entre-regarder. On est vraiment censés se jeter dans le vide ?

Jaxon me prend la main.

— Hé, ne t'en fais pas. Je te rattraperai.

Avant que je puisse lui répliquer que j'ai des ailes et que je me « rattraperai » toute seule, merci bien, Xavier intervient :

— Mec, elle sait voler. Tu ferais mieux de me rattraper moi ! Je ne tiens pas à me faire lacérer par des serres de dragon.

Tout le monde pouffe et abonde dans son sens : il vaut mieux que ce soit Jaxon qui rattrape les gens. Ce dernier opine, puis plonge. Je m'attends à entendre un cri, mais non… rien.

Puisque je suis la dernière qui reste à savoir voler, je prends une inspiration et m'avance vers le trou. Ça a l'air très raide et très profond… Mon cœur s'affole.

— T'en fais pas, me souffle Hudson avec un sourire provocant. *Jaxon* te rattrapera.

Cela suffit à me motiver. Tout en le fusillant du regard, je lève le menton et saute.

80

IL PLEUT DES GARGOUILLES

La chute est longue. J'ai beau faire de mon mieux pour me contenir, je finis par hurler. Sous moi, la pierre est lisse comme un toboggan et je prends de la vitesse à chaque virage. Ça me rappelle le parc aquatique que je fréquentais à San Diego… en tout cas jusqu'à ce que les parois se dérobent et que le tunnel me recrache dans le vide.

Je tombe dans un trou noir.

Mes poumons se ratatinent de terreur. Malgré tout, je parviens à déployer mes ailes et à stopper ma chute. Je perçois l'écho de mes battements d'ailes ; la caverne ne doit pas être très grande. L'air est humide et j'entends de l'eau ruisseler.

Flint et Eden ne sont pas loin : je les sens, mais je ne les vois pas. Je suis parcourue d'un frisson. J'ai la nette sensation de ne pas être la bienvenue ici. Une voix en moi me supplie de sortir de là, et j'ai très envie de lui obéir.

J'aperçois Jaxon debout dans un coin. Il m'attrape et me serre contre lui sans quitter le trou du tunnel des yeux. Mekhi, Xavier et Macy déboulent tour à tour ; il les rattrape par télékinésie.

Mekhi se moque de Xavier : à ce qu'il paraît, ce dernier a hurlé comme une goule. Eden et Flint atterrissent à nos côtés.

— Quoi, personne ne nous fait confiance pour les rattraper ? plaisante Flint. La vache ! je ne me lasserai jamais de ce tunnel.

— Attends, je croyais que tu n'étais jamais allé au cimetière, je proteste. Comment tu peux connaître cet endroit ?

— Le cimetière n'est pas loin de la salle où on garde nos provisions.

— Vos provisions ?

— Notre trésor, explique-t-il en haussant les sourcils.

— Ah, ces dragons, souffle Jaxon avec un sourire.

— Bon, reprend Flint. On y est presque. Suivez-nous.

Eden emboîte le pas à Flint. L'un après l'autre, nous les suivons dans le noir complet. Manifestement, les gargouilles ne sont pas nyctalopes, alors je dégaine mon smartphone et en allume la lampe.

— Poule mouillée, ricane Hudson.

Il peut dire ce qu'il veut, je préfère voir où je pose les pieds. Il ricane sans faire d'autres commentaires.

Nous parcourons des tunnels labyrinthiques pendant un bon quart d'heure. Au moment où je commence à penser qu'on s'est perdus, Flint s'écrie :

— On y est !

Eden et lui bifurquent… et disparaissent.

81

MA SORCIÈRE BIEN-AIMÉE

Jaxon et moi nous précipitons, mais seul un mur solide se tient là où étaient les dragons. Nous le palpons dans l'espoir de trouver un interrupteur qui déclencherait l'ouverture d'un passage secret, quand ma main heurte soudain un corps chaud.

Je bondis de frayeur.

— Que… ?

C'est Flint.

— Mais qu'est-ce que vous faites ? demande-t-il en sortant du mur. Allez, venez !

— C'est juste qu'on n'est pas des passe-murailles, mec, répond Xavier en frappant le mur du plat de la main.

— Ah, zut, j'avais pas pensé à ça. Eden ! Apparemment, il n'y a que les dragons qui peuvent passer !

Eden traverse le mur à son tour. C'est incroyable.

— Ah. Zut. Grand-maman n'avait pas mentionné ça. Peut-être qu'elle n'est pas au courant. Bon, quelqu'un a une idée ?

— Je vais essayer quelque chose, annonce Jaxon. Reculez.

Il se campe sur ses jambes comme s'il s'apprêtait à déplacer un meuble lourd. Son regard est concentré sur le mur.

— Ouh, ça, je veux voir, se réjouit Hudson en approchant. Mon petit frère va bouger la roche… à l'intérieur d'un tunnel.

Ce n'est que quand le sol se met à trembler et qu'une pluie de graviers nous tombe dessus que je saisis le sens de ses mots.

— Stop ! s'écrie Macy et, heureusement, Jaxon lui obéit. C'est dangereux d'abattre ce mur. Il a beau être une illusion pour les dragons, il est réel pour nous. Si tu le bouges, j'ai bien peur que tout s'effondre !

— Comment veux-tu qu'on le traverse, alors ? demande Xavier.

— Bon, réfléchissons, raille Hudson en s'adossant au mur en question. Peut-être que vous pourriez vous débarrasser de ce mur magique en faisant un peu de… magie ? Si seulement vous aviez une sorcière sous la main…

Je lui tire la langue avant de me tourner vers ma cousine.

— Macy, tu crois que tu pourrais abattre ce mur par magie ?

Elle réfléchit quelques secondes, les paupières plissées.

— Oui… Je crois que je peux.

Elle fourrage dans son sac à dos.

— Tu veux bien m'aider ? demande-t-elle en me tendant huit bougies.

Nous les disposons en cercle.

— OK, tout le monde à l'intérieur.

Quand nous sommes tous à l'intérieur du pentacle, elle lance son sort. Les bougies s'allument toutes en même temps. Une fois que leurs flammes sont suffisamment élevées, Macy tend sa baguette vers le mur et invoque les éléments. Une douce brise se lève dans le tunnel. Macy se met à chanter une incantation. Le vent forcit, et une brume d'eau se dépose sur notre peau.

Macy chante plus fort. Sous nos pieds, la terre tremble. Macy ouvre les bras.

— Grandes et petites illusions, montrez-nous la voie.

Le vent hurle désormais. Nous nous accrochons les uns aux autres pour ne pas flancher. Les flammes des bougies sont si hautes qu'elles lèchent le plafond.

— *Bien joué, Macy*, souffle Hudson avec admiration.

Macy pointe alors sa baguette vers le plafond et récite une formule. Je distingue les mots « chaleur », « purifie » et « brûlure ».

Tout à coup, un éclair s'abat sur sa baguette. Je hurle. Mais ma cousine ne sursaute même pas. Sans bouger, elle laisse sa baguette absorber l'énergie puis, d'un minuscule mouvement du poignet, elle la balance sur le mur.

La roche gronde et crisse mais pendant un instant, il me semble que le sort va échouer, que la magie ancestrale des dragons va tenir. Et puis, une pierre tombe. Une autre. Le mur tout entier s'effrite et d'énormes morceaux de roche roulent vers nous.

Flint et Eden se protègent la tête, mais grâce à la magie de Macy, l'avalanche s'arrête au bord du pentacle. Pas une pierre, pas un galet, pas un gravier ne parvient à passer sa barrière protectrice. Enfin, l'éclair se dissipe et tout se calme. Le mur a disparu.

À la place se trouve l'entrée d'une caverne géante qui scintille de mille feux.

82

VOLE OU CRÈVE

Macy défait le cercle en murmurant une formule de gratitude aux éléments. Nous passons à travers l'entrée qu'elle vient de créer.

— Qu'est-ce que c'est que cet endroit ? s'exclame Xavier.

Nous admirons la caverne avec un mélange de fascination et d'horreur.

— Le rêve éveillé de Salvador Dalí ? propose Jaxon en m'étreignant.

— Ça y ressemble. Mais je vous préviens, si on croise une horloge fondue, je me barre.

Nous nous tenons dans une alcôve surplombant une caverne d'au moins cent mètres de long. Il fait trop noir pour voir le fond, mais il y a juste assez de lumière pour nous permettre de distinguer les pointes de roche acérées qui tapissent les parois.

— OK, je préférerais ne pas tomber là-dedans, dit Mekhi en se penchant au-dessus du vide.

— Pareil, souffle Macy.

Je m'avance près du bord. Au centre de la caverne scintille une sorte d'île entourée de douves, recouverte d'un gigantesque tas d'ossements blancs.

J'aurais dû m'y attendre. Après tout, il s'agit du *cimetière* des dragons. En plus d'être énormes, les os luisent dans la nuit, donnant à l'île un aspect de réacteur nucléaire.

C'est aussi sublime que terrifiant.

— Le cimetière est là-bas, nous indique bien inutilement Flint.

— Moi, tout me va tant qu'il n'y a pas de rats, dit Macy en s'avançant vers le bord de l'alcôve pour se pencher sur les abysses. Alors dites-moi qu'il n'y a pas de rats.

— S'il y avait des rats, ils seraient tombés au fond de ce trou il y a longtemps... Et couic !

Xavier mime l'empalement, en tirant la langue.

— Merci pour la démonstration, ricane Hudson.

— Le mime était vraiment nécessaire ? râle Eden.

— Moi, je trouve que ça ajoute du charme à la situation, s'esclaffe Mekhi avant de ramasser un caillou et de le lancer droit devant lui de toutes ses forces.

Son projectile parcourt à peine le tiers de la distance avant de tomber, tomber, tomber...

Nous attendons patiemment un impact qui ne vient pas. Cet endroit n'a pas de fond.

— Tu sais ce que je pense ? s'exclame Xavier en balançant une claque sur l'épaule de Flint.

— Que tu préférerais ne pas tomber là-dedans ?

— De toute évidence. Mais non, je me disais que c'était au tour des dragons de prendre enfin leurs responsabilités.

— Comment ça, « enfin » ? proteste Eden. Tu veux dire « comme toujours », non ?

Flint tape son poing contre le sien, puis ils se transforment tous deux dans une brume colorée.

Nous allons donc traverser la fosse à dos de dragons. Le seul souci, c'est que maintenant qu'il y a deux énormes reptiles sur cette petite plateforme, on est vraiment très serrés. J'ai même un peu peur que le poids combiné des deux dragons la fasse céder.

— Qui monte sur qui ? je demande en m'avançant vers Eden.

Je n'ai rien contre Flint, seulement Eden me paraît plus mesurée et prudente, comme monture.

Un son aigu s'élève soudain de l'île, si perçant qu'il me flanque des frissons. Une bourrasque nous heurte de plein fouet et Macy chancelle près du bord.

Je plonge pour la rattraper, mais Xavier me devance. Il l'attrape par la taille et la serre contre lui. Très sensuel. À voir l'expression de ma cousine, elle n'est pas loin de défaillir.

— Qu'est-ce que c'était ? demande Mekhi en détaillant le ravin.

— Du vent de dragon, répondent simultanément Jaxon et Hudson.

Tandis que Jaxon m'aide à monter sur le dos d'Eden, la bourrasque nous secoue de nouveau. Je dois m'accrocher de toutes mes forces à son cou pour ne pas tomber.

— C'est une tornade, ce truc ! s'exclame Xavier. On ne va jamais parvenir à traverser avec tout ce vent.

Flint renifle, vexé.

— Te fâche pas, c'est juste qu'il y a pas mal de distance.

Jaxon grimpe derrière moi, accompagné de Mekhi.

— Je pense que ça ira, je dis. Les bourrasques reviennent à intervalles réguliers. Il faut juste gérer le timing.

— Exactement, renchérit Macy, juchée sur Flint. Il faut qu'on parte juste après la prochaine.

— Oui, confirme Jaxon. Et j'ai un plan de secours au cas où.

— Ah ouais ? Tu veux bien nous en dire plus ?

Avant qu'il ne puisse répondre, le vent de dragon est de retour.

— Trop tard, crie Macy en s'accrochant à Flint.

À l'instant où le vent se tait, les deux dragons bondissent.

C'est terrifiant. Macy hurle. Je ferais pareil si je n'avais pas la gorge serrée par la panique.

Cette expérience est de loin la plus effrayante depuis mon arrivée à Katmere. Nous volons pendant de longues secondes. Parviendra-t-on à destination avant la prochaine bourrasque ?

Flint et Eden accélèrent.

Ma gorge se desserre suffisamment pour laisser échapper un jappement. Le vent hurle à notre poursuite. Flint et Eden font un tonneau pour l'éviter, et il siffle en passant au-dessus de nous. Il doit aller à deux cents kilomètres-heure, au moins.

Macy hurle de nouveau, accompagnée cette fois de Xavier. Nous avons quelques secondes avant que la bourrasque ne refasse le tour complet de la caverne. Eden tend le cou et fonce.

Trop tard. Eden tente un nouveau tonneau, mais cette fois ça ne marche pas. La bourrasque gonfle son aile gauche et la déséquilibre. On est foutus.

Non, d'un simple geste de la main, Jaxon arrête le vent avant qu'il ne puisse nous toucher. Il le retient juste assez longtemps pour qu'Eden retrouve l'équilibre et se pose sur l'île.

Elle atterrit avec un raclement strident. Je reprends enfin mon souffle.

Flint atterrit à côté de nous.

Nous glissons sur la terre ferme et y restons prostrés.

83

BIENVENUE CHEZ NOUS

Il nous faut quelques secondes pour trouver le courage de nous lever. Je suis terrifiée. D'après la grand-mère d'Eden, personne ne sort jamais vivant du cimetière, et c'est une dragonne, donc ce ne sont pas les bourrasques de tout à l'heure qui l'effraient. Non, le réel danger est à venir.

Jaxon m'aide à me relever et m'éloigne du bord de la fosse. Le reste du groupe à notre suite, nous pénétrons dans le cimetière.

Je pousse une exclamation d'effroi.

— Non, souffle Hudson, au diapason.

J'observe l'énorme caverne dans laquelle nous venons d'entrer.

— Ce sont tous des os de dragons ?

Il y en a des tas et des tas. Des colonnes de côtes de dix mètres de haut, comme un monument à la mémoire de ces bêtes légendaires. Des tibias brisés aussi longs que des camions. Des crânes fracassés de la taille de jeeps. Des os… Des os, partout.

— Ouais, répond Flint d'un ton sombre.

Du coin de l'œil, je m'aperçois qu'il pleure. C'est discret mais indéniable : des larmes coulent sur ses joues.

Eden est dans le même état.

— Je ne m'attendais pas à ce qu'il y en ait autant, je dis en attrapant la main de Flint. C'est…

C'est beau, terrible, terrifiant.

— C'est chez nous, murmure Eden. Chez nous.

— Les dragons sont rappelés ici quand ils meurent, c'est ça ? l'interroge Mekhi. Tous les dragons du monde entier ?

— Tous, confirme Flint. Mes grands-parents, mes arrière-grands-parents, mon frère… Ils sont tous ici.

J'ai soudain très honte. On a passé tout ce temps à préparer notre expédition pour récupérer un os, et pas une seule fois je n'ai considéré le fait que nous allions *profaner une tombe*. Que cet os a appartenu à quelqu'un. La sœur de quelqu'un, le père de quelqu'un, l'enfant de quelqu'un…

— Ma mère est ici aussi, nous dit Eden d'un ton respectueux. Elle est morte il y a quelques années. J'étais au lycée. Je ne pensais pas que je viendrais un jour… Que j'aurais un jour l'occasion de lui dire au revoir…

Ses derniers mots sont brouillés par la douleur.

Je la comprends, je la comprends tellement… J'étais dévastée quand mes parents sont morts – je le suis toujours. Mais moi, au moins, j'ai pu leur dire au revoir lors des obsèques. Et je peux aller me recueillir sur leurs tombes.

— Je suis désolé, Grace, m'assure Hudson. (Pour une fois il n'y a pas de sarcasme ni de sous-entendus dans sa voix, non, rien que de la franchise.) Je suis désolé que Lia t'ait infligé tout ça pour me ramener. Je suis tellement désolé qu'elle t'ait blessée ainsi.

Zut. C'est moi qui pleure, maintenant. Que voulez-vous que je réponde à ça ?

— Évidemment que tu me détestes, murmure Hudson. Je me déteste moi-même.

— Ce n'est pas ta faute, je souffle avec sincérité, même si ça me fait mal de l'admettre.

Peu importe ce qu'il a commis, peu importe ses raisons, je sais que Hudson n'avait pas l'intention de me blesser. Il ne voulait pas que mes parents meurent à sa place.

Rien de tout ça n'était sa faute.

Nos regards se rencontrent, et c'est comme si le mur qui séparait nos esprits jusque-là avait disparu. Je ressens tout ce qu'il ressent. L'angoisse. La culpabilité. La haine de soi. Tout.

Son désespoir est si prégnant que j'ai du mal à respirer. Et puis, d'un coup, tout disparaît. Le mur est de nouveau en place. Je reprends ma respiration.

Et je réalise que ma colère à l'encontre de Lia a disparu, elle aussi.

Merci.

Hudson ne répond pas. Il n'y a rien à ajouter. Il a déjà tout dit en s'ouvrant à moi.

— On entre ? propose doucement Xavier.

— Ouais, répond Flint en s'essuyant les joues. Plus vite on en finit, plus vite on pourra rentrer chez nous.

84

C'EST L'HISTOIRE DE DEUX VAMPIRES, UNE SORCIÈRE, UN LOUP-GAROU ET UNE GARGOUILLE QUI ENTRENT DANS UN CIMETIÈRE…

— On commence par où ? demande Mekhi.

Ça ne ressemble pas du tout à un cimetière humain. Il y a des esquilles d'os partout, même sur le sentier. Les squelettes sont mélangés.

— Il faut qu'on trouve un os entier, nous informe Jaxon. Ce qui s'annonce pas évident, vu l'état de ceux-ci.

Mekhi soupire.

— Non seulement il faut qu'on en trouve un, mais il faut aussi qu'il soit suffisamment petit pour qu'on puisse le rapporter au lycée, or la plupart sont énormes ! Et je sais qu'on est très forts et que Jaxon peut en porter avec sa télékinésie, mais il faut aussi qu'on le stocke une fois de retour. La plupart de ces morceaux d'os sont trop grands pour entrer dans nos chambres !

Il a raison. Les crânes font plus de deux mètres de haut et les côtes, jambes et vertèbres sont encore plus imposantes.

— Sans compter que je n'ai aucune envie de voler à dos de dragon avec un chargement pareil, ajoute Macy. Écoutez, je pourrais travailler sur un portail magique pour nous ramener au lycée pendant que vous cherchez un os ? J'ai fait les étapes préliminaires avant de partir, il faut juste que j'arrive à connecter le portail en place là-bas avec celui que je créerai ici.

Je hausse les sourcils.

— Attends, si tu pouvais créer un portail, pourquoi tu ne nous en as pas fait un pour venir ici ?

— Non, je ne peux nous transporter que vers un endroit où je suis déjà ancrée. Et comme je n'étais jamais venue ici… Mais dans ce sens-ci, ça ira. Allez trouver un os avant qu'il nous arrive un truc affreux.

— Je crois qu'on a fait le pire, sourit Xavier. Sérieusement, ça a l'air bien plus facile qu'on ne l'imaginait. Qu'est-ce qu'une pile de vieux os peut bien nous infliger ?

Tout le monde se tourne vers lui.

— Mais t'es fou, s'écrie Flint, scandalisé. Ne dis pas ça ! Tu vas nous porter malheur !

— Vous vous inquiétez trop. Faites-moi confiance : mon loup intérieur ne flaire rien de suspect. Tout ira bien. Allons chercher un os.

— Un os de queue ? suggère Flint. Au bout, ils sont petits.

— Bonne idée, approuve Macy.

Nous regardons autour de nous à la recherche d'une queue. À nouveau, je suis découragée par la quantité d'ossements devant nous et par leur désordre.

— On ferait mieux de se séparer, décide Jaxon.

Je suis d'accord : on avancera plus vite.

— Macy et moi irons par là, annonce Xavier en indiquant l'entrée de la caverne où ma cousine est déjà occupée à tracer un pentacle.

— OK, Flint et moi irons à gauche, dit Eden en l'entraînant par là.

— D'accord. Jaxon et Grace, vous prenez le troisième quart de l'île ? demande Mekhi. Je prends le dernier.

— Oh, et si j'allais plutôt avec Hudson ? j'interviens. Comme ça, Jaxon peut aller avec toi.

Devant la stupeur généralisée, j'ajoute :

— Hudson est là, avec moi, qu'on le veuille ou non. Autant qu'il soit utile.

Jaxon aimerait manifestement protester, mais nos discussions de ces derniers jours ont porté leurs fruits : il finit par céder.

— T'as raison, dit-il en se tournant vers Mekhi. Allons-y.

Ils se dissolvent.

Nous nous mettons à fouiller les tas d'os. Tous sauf Hudson, occupé à me dévisager.

— Quoi ?

Il secoue la tête.

— Quoi ? j'insiste. Qu'est-ce que t'as ?

— Tu sais que je ne vois que ce que tu vois, hein ? Je ne suis pas vraiment là.

Mince. Le moment que nous avons partagé tout à l'heure m'a paru si réel, si tangible, que j'avais oublié qu'il n'était pas là. Pas vraiment, en tout cas. Je jette un œil à Jaxon. Qu'est-ce qu'il a bien pu en penser ?

Je suis sur le point de l'appeler pour lui dire que j'ai fait une erreur quand Hudson s'écrie :

— J'en ai un !

Il m'indique la côte sur laquelle nous nous tenons. Elle est grosse comme une maison. Jamais je ne parviendrai à la soulever, même avec de l'aide.

— Super. Bon choix, je raille sans parvenir à cacher mon sourire. Tu te portes volontaire pour la porter ?

— Pas question. Je ne suis que l'inspecteur des travaux finis.

— C'est bien ce que je me disais. Allez viens, on va trouver un os que Flint ou Jaxon seront capables de transporter.

Je regarde Jaxon de loin et décide de lui raconter, une fois de retour au lycée, ce qui s'est passé entre Hudson et moi. Il sera sûrement heureux d'apprendre que je suis enfin apaisée par rapport à ce qu'il est advenu de mes parents.

Je me tourne vers Hudson. Ça fait des mois que je ne me suis pas sentie aussi légère.

— Allez, petit malin. Le premier qui trouve un os a gagné. Et vite, parce que je ne tiens pas à être là quand une tornade de sauterelles s'abattra sur nous.

Parce que, peu importe ce que Xavier le loup a flairé, je sais que la grand-mère d'Eden disait vrai : la voix en moi me supplie de quitter cet endroit le plus rapidement possible.

85

DES OS ET DE LA POUSSIÈRE

Enfin concentrée, je me mets à fouiller les tas d'os. Il faut qu'on trouve rapidement. On a beau s'être faufilés assez facilement hors du campus, je ne suis pas sûre qu'il en sera de même au retour. Surtout avec le Cercle dans les parages.

— Ça ressemble à quoi, un os de queue de dragon ? je demande.

— Aucune idée, répond Hudson. On s'en fiche, en fait, l'idée, c'est de trouver un os intact, peu importe lequel, et de l'amener à la sortie. S'il est petit et transportable, tant mieux, mais on se débrouillera dans tous les cas.

— Bien vu.

Bientôt, nous nous organisons pour chercher plus efficacement. On trace une zone de cinq mètres de côté dont je fais rapidement le tour. Ensuite, on la ratisse en partant des côtés opposés, jusqu'à ce qu'on se rencontre au centre. Si on n'a rien trouvé, on passe au carré suivant.

— T'as dit quelque chose dans les tunnels, quand je pensais aux premiers dragons, je déclare. Je me disais que le chemin jusqu'au pouvoir était pavé de cadavres, et tu m'as répondu que ce n'était pas forcément une question de pouvoir. Mais moi, je connais ton père… Enfin, je veux dire que j'ai vu son vrai visage dans tes souvenirs. Pour lui, il n'y a que le pouvoir qui compte, c'est évident.

Hudson soupire.

— Ce n'est pas que j'aie envie de le défendre, mais il faut que tu comprennes que sa quête de pouvoir n'a pas pour unique but de nourrir son ego. Ses troupes ne lui obéissent pas seulement pour ses beaux yeux. Son projet tient la route.

Je ne comprends pas bien ce qu'il essaie de me dire. Alors il est d'accord avec Cyrus ? Vraiment ?

— Que les vampires de naissance sont une race supérieure et méritent de dominer le reste du monde ? C'est *ça*, son projet qui tient la route ?

— Pas du tout. Il est injuste que les créatures paranormales soient forcées de vivre dans l'ombre de peur que les humains nous découvrent et tentent de nous détruire.

Je cligne des paupières.

— D'accord, mais ta race se *nourrit* d'humains. Ils ont le droit de se protéger, non ?

— Elle t'a plu, la pizza d'hier soir, Grace ? Celle au pepperoni ?

Le sous-entendu est clair.

— Ça me met mal à l'aise qu'on tue des animaux pour ma conso personnelle, mais ça n'a rien à voir avec le fait de manger des humains.

— Et chasser le cerf pour contrôler la densité de sa population, t'en penses quoi ?

— C'est différent !

Un sourire provocant accueille ma réaction.

— Ah oui. Parce que les humains n'ont aucun problème de surpopulation. J'oubliais.

— Mais… mais…

Je ne trouve rien à redire. Peut-être qu'il a un peu (un tout petit peu) raison ?

— C'est une question d'équilibre, conclut-il en fourrant ses mains dans ses poches. Tu ne crois pas que le Créateur avait un projet pour nous aussi ? Quand il nous a créés ? Qu'on n'est pas juste une mauvaise plaisanterie de sa part ?

Ses yeux bleu profond capturent les miens. Je manque d'y sombrer. Il me parle de lui, et pas seulement de son père. Est-ce réellement ce qu'il pense ? Qu'il est une erreur de la nature ? Il y a tant de douleur dans son regard... D'un clignement de paupière, tout disparaît.

— Peu importe ce que tu en penses, Grace, beaucoup de monde s'accorde avec mon père là-dessus. Ça fait des millénaires que les créatures paranormales se sentent persécutées, et Cyrus apporte de l'eau à leur moulin : il dit aux vampires que les humains sont à blâmer pour leurs malheurs, que les gargouilles les empêchent d'avancer, que leurs plus proches voisins sont leurs pires ennemis. J'ai beau haïr mon père, je ne peux pas en vouloir à ceux qui le suivent. Il leur promet un monde meilleur pour leurs enfants. Tu ne le suivrais pas, toi ? Même si ça impliquait de faire couler des rivières de sang ?

Je ne réponds pas. Hudson lâche un rire sans joie.

— Ce n'est pas parce que mon père n'en a rien à cirer de ses propres enfants qu'il ne croit pas à un monde meilleur pour ceux des autres. Il aime être traité en héros, en sauveur. L'adoration, ça lui parle encore plus que le pouvoir.

— C'est pour ça que tu as commis toutes ces horreurs, alors ? Parce que ton père t'a manipulé jusqu'à ce que tu croies en la même chose que lui ?

— Tu me crois vraiment si faible ?

— Tu ne peux pas réécrire l'histoire comme tu l'entends, Hudson. Jaxon avait de vraies raisons de te tuer. Tu allais exterminer les vampires issus de morsures ! Tu étais prêt à commettre un génocide !

Il me fusille du regard.

— Je te l'ai déjà dit : j'ai commis plein d'actes regrettables dans ma vie, mais je n'ai rien à voir avec un quelconque génocide. J'ai écrasé les vampires issus de morsures parce qu'ils étaient les alliés de mon père, c'est tout. Mon père était en train de lever une armée ! Ils lui avaient juré fidélité et ils étaient prêts à tout pour sortir les créatures paranormales de l'ombre, y compris tuer ceux qui s'y opposeraient. Si on a évité une Troisième Grande Guerre, c'est en partie grâce à moi. Certes, j'ai dû prendre une décision terrible, mais c'était pour empêcher un mal plus grand encore. Je refuse que tu me parles de génocide. Ne fais pas comme mon frère. Ne me juge pas sans connaître les deux versions de cette histoire.

Sa voix est véhémente et indignée. Le pire, c'est que ça sonne juste.

Je ne sais que croire. Ou plutôt qui croire. Jamais Jaxon n'aurait tué son frère s'il avait pu l'éviter. D'un autre côté, Hudson vit dans ma tête depuis des jours, et je commence à repérer quand il me ment.

Or sa dernière diatribe était sincère.

Comment réconcilier cette version des faits avec celle de Jaxon ? Est-ce que je fais suffisamment confiance à Hudson pour lui permettre de revenir à la vie, doté de tous ses pouvoirs ?

Il rit méchamment. Les mains sur les hanches, le regard plein de colère, il me domine de toute sa taille.

— Tu adores mettre les gens dans des catégories bien propres, hein, Grace ? Les bons contre les mauvais ? Tu ne crois pas qu'il est temps de grandir un peu ?

Il secoue la tête, puis reporte son attention vers une pile que j'ai déjà inspectée. Je m'apprête à rétorquer que je suis assez grande, merci bien, et que je commence à croire à son histoire, lorsque son cri de triomphe m'interrompt.

— J'en ai un !

Il me montre un os de la taille de son bras.

— Génial !

J'examine l'os pour vérifier qu'il est entier et transportable.

— Parfait. Allons chercher les autres et sortons de là.

Je ramasse l'os et m'avance vers Mekhi et Jaxon quand un grondement retentit derrière moi.

— C'était quoi ? je demande en faisant volte-face.

Au point où on en est, rien ne me surprendrait, pas même une armée de fées déterminées à nous mettre au bûcher.

— Je ne sais pas, répond Hudson. Reste derrière moi.

C'est stupide : il n'a pas de corps. Consciente de son sentiment d'impuissance, je ne fais pas de remarque.

Tandis que nous nous dirigeons vers la sortie, un autre craquement résonne dans mon dos. Les os s'entrechoquent en rythme. On dirait presque de la musique. De la musique sacrément angoissante.

Hudson et moi échangeons un regard affolé. Une troisième pile d'os se met à vibrer.

— Il faut qu'on sorte de là !

Un énorme tibia tombe du plafond devant nous. Il éclate au moment de l'impact, projetant des esquilles dans tous les sens. Un éclat m'entaille la joue.

— Merde ! hurle Flint de l'autre côté de la caverne. Je crois qu'un dragon vient de mourir ! Le cimetière rappelle ses os !

— Ah oui ? Tu crois ? beugle Xavier en attrapant Macy par la main pour l'entraîner vers l'endroit où elle a invoqué un portail.

Un autre tibia tombe à moins d'un mètre d'eux.

— Il faut qu'on dégage ! ordonne Flint. Tout de suite !

— Mais on n'a pas d'os ! proteste Eden.

— Si ! je dis en lui montrant notre trouvaille.

— Alors barrons-nous ! rugit Xavier.

— Je suis d'accord avec le loup ! crie Mekhi en se dissolvant vers l'entrée.

Une vertèbre nous tombe droit dessus. Jaxon lève la main et l'envoie bouler par télékinésie. Les ossements pleuvent de plus en plus dru. Il les dévie tous. Macy et Xavier sont déjà hors de la caverne, Flint et Eden presque à la sortie.

Une vertèbre fond sur Flint. Jaxon la retient, ce qui détourne son attention pendant une seconde. Quand l'os suivant tombe sur moi, une énorme côte, il n'est pas en mesure de l'arrêter.

Au dernier moment, il plonge sur moi et m'envoie rouler dans un tas d'ossements. La côte s'écrase sur lui. Jaxon perd conscience.

86

LA GRÂCE MÊME SOUS PRESSION

— Jaxon, je hurle en courant vers lui.

Je remarque à peine les esquilles qui me coupent les bras et les jambes.

— Oh ! non, Jaxon !

— Attention ! me prévient Hudson.

Je bondis juste à temps pour éviter de mourir écrasée sous un crâne. Plutôt que de m'aplatir, celui-ci explose en un million d'éclats pointus. Je lève les bras pour protéger mon visage… et lâche l'os que je tenais.

— Vite, vite, me dit Hudson quand la voie est de nouveau libre.

Je sprinte jusqu'à son frère, évitant un os, heureusement pas très grand, qui arrive en sens inverse. Je me prépare au choc, mais il éclate avant de me heurter.

Il y a des esquilles partout.

Un os explose encore, près de Jaxon cette fois.

Je ne comprends plus rien à ce qui se passe, et je m'en fiche. Tant mieux si les os éclatent : c'est toujours mieux que de finir écrasés.

Je tombe à genoux près de Jaxon et tire de toutes mes forces sur la côte qui le maintient au sol. En vain, elle est trop lourde, et je suis trop faible.

— Jaxon ! crie Flint en courant vers nous.

Mekhi le devance de quelques secondes. Ils soulèvent l'os comme s'il ne pesait rien. Dessous, Jaxon est toujours inconscient, une énorme bosse à l'arrière de sa tête. Les vampires peuvent-ils avoir des commotions cérébrales ?

Autour de nous, c'est toujours le chaos : on se croirait en pleine Seconde Guerre mondiale, en train de courir sous des attaques au mortier.

J'entends les projectiles siffler sans parvenir à repérer à temps leur provenance.

Dans un documentaire que j'ai vu à ce sujet, les soldats expliquaient qu'ils couraient dans une direction au hasard, sans jamais savoir si chaque foulée serait la dernière.

Même entre les mains de Lia, je n'ai jamais rien vécu d'aussi terrifiant.

Il continue de pleuvoir des os. Des fragments acérés volent dans tous les sens. Mekhi, Flint et moi sommes couverts de coupures.

Aucun os ne nous est encore tombé dessus, mais ce n'est qu'une question de temps.

— Tu peux le porter ? je demande à Mekhi en indiquant Jaxon. Te dissoudre avec lui pour sortir de la caverne ?

— Ouais.

Mekhi attrape Jaxon et l'emmène vers la sortie du cimetière. Flint et moi nous métamorphosons et prenons notre envol.

— *Plus vite, Grace !* gronde Hudson.

Je fais ce que je peux !

— *Ce n'est pas suffisant ! Tu vas mourir si tu n'accélères pas !*

Je sais !

Flint se place au-dessus de moi pour me couvrir, ce qui m'énerve au plus haut point. J'accélère, galvanisée par la colère. J'ai un goût métallique dans la bouche. Mon instinct de survie est une créature griffue qui me ravage l'intérieur de la poitrine.

Pourtant je ne peux rien faire de plus que ce que je fais déjà. À part peut-être prier. Alors je me laisse aller, et je vole.

Flint et moi fonçons vers la sortie. Lorsque nous l'atteignons enfin, nous nous effondrons.

Je peux à peine respirer. Mon cœur bat si fort que j'ai l'impression qu'il va s'évader de ma cage thoracique. Les autres sont dans le même état que moi.

Soudain, Jaxon se réveille. Je rampe jusqu'à lui.

— Est-ce que ça va ? je demande, en repoussant les cheveux qui lui tombent dans les yeux.

Il s'ébroue pour s'éclaircir les idées.

— Ouais, je crois.

Il se redresse, affolé.

— Et toi ? Ça va ? Est-ce que tout le monde va bien ? Qu'est-ce qui s'est passé ?

— T'as reçu un os de la taille d'un bungalow sur la tronche, plaisante Mekhi.

— Je me suis *évanoui* ? En pleine action ? Mais comment j'ai pu vous faire ça ?

— Euh, tu ne nous as rien fait, tu étais blessé, je réponds. Ça arrive à tout le monde.

— Pas à moi. J'étais censé vous protéger.

— On se protège les uns les autres.

Après tout, il est entouré de six créatures paranormales toutes habituées à se débrouiller seules.

— C'est pas que t'es pas exceptionnel, je lui assure. C'est qu'on l'est tous.

— Bien dit, renchérit Eden.

— Et tant mieux, complète Xavier. Parce qu'on recommence demain.

— Quoi ? s'étrangle Macy. Sérieusement ?

— On n'a pas trouvé d'os ? grogne Jaxon.

— Zut, non, j'en avais un, mais je l'ai lâché !

Est-ce que c'était quand je suis tombée ? Ou quand j'ai dû éviter une énorme côte qui volait vers moi ?

— Je suis désolé, les gars, chuchote Jaxon, honteux. Je vous ai traînés ici pour rien.

— Déjà, tu ne nous as pas traînés, rétorque Flint. On t'a suivi volontairement. Et deuxièmement…

Avec un grand sourire, il sort un petit os de sa poche. Il est minuscule, de la taille d'un crayon.

— Un orteil, ça compte ?

— Bien sûr que oui ! s'exclame Eden, ravie. Tu as réussi, Flint !

— *On* a réussi, tu veux dire, la corrige-t-il en rangeant soigneusement son trésor.

Il aide Jaxon à se relever.

— Bon, ajoute-t-il, si on y allait avant qu'une autre catastrophe nous tombe dessus ?

Macy pouffe.

— Allons-y. Heureusement, j'ai réussi à invoquer un portail vers le lycée.

Elle sort un grimoire de son sac.

— Il nous déposera directement à l'étage des chambres. Je ne sais pas vous, mais moi je ne suis pas en état de remonter à dos de dragon tout de suite.

— Je pourrais t'embrasser, souffle Xavier.

Ma cousine pique un fard.

87

TOUT JUSTE

Je suis réveillée quelques heures plus tard par Macy qui danse dans la chambre, ses écouteurs dans les oreilles. Elle a eu son lot d'égratignures et de plaies. Malgré tout, elle a l'air heureuse. Comme je la comprends !

Après notre aventure terrifiante, je suis tellement reconnaissante d'être en vie ! Je jette un coup d'œil au réveille-matin : on a dormi quatre heures. Repoussant ma fatigue, je lui propose de mettre sa musique sur haut-parleur et me joins à elle.

Nous nous déhanchons en riant. Nous sommes en vie ! Et nous avons trouvé un os de dragon !

Nous avons donc rassemblé les quatre artefacts nécessaires pour chasser Hudson de ma tête. Il nous reste à vaincre la Bête Invincible, mais nous touchons au but. Il faut fêter ça.

— Ne te réjouis pas trop vite, grommelle Hudson. La Bête Invincible va tous vous tuer.

— Chut, je lui dis en m'écroulant sur mon lit à ses côtés, hors d'haleine. Ne me gâche pas la matinée.

Macy s'allonge elle aussi sur son lit.

— Moi, je te gâche la matinée ? gronde Hudson d'un ton lugubre.

Je ne suis pas dupe.

— Tu es heureux.
— Je te demande pardon ? répond-il du tac au tac.
— Tu es heureux, je répète, aussi surprise que lui. Je le sens.
Il renifle sans répliquer. Mon sourire s'élargit encore. Si Hudson est heureux, c'est vraiment que tout va bien.
— Xavier m'a tenu la main hier soir, souffle Macy en souriant au plafond.
— Quoi ? Quand ça ?
— Quand on rentrait du cimetière.
— Je n'ai rien vu ! Comment j'ai pu rater ça ?
— Parce que tu étais la première à passer le portail avec Flint et Jaxon. Xavier et moi sommes restés en arrière, et…
Elle s'arrête avec une expression rêveuse.
— … à mi-chemin, il a entendu un bruit et m'a retenue par la main. Il ne l'a plus lâchée.
— C'est génial ! Il te plaît ?
— Trop, souffle-t-elle en serrant un oreiller contre sa poitrine. J'ai des papillons dans le ventre quand je pense à lui. Pas parce qu'il est populaire, mais parce que c'est lui. Je l'aime pour ce qu'il est.
— Oh, c'est super ! C'est comme moi avec Jaxon !
— Vraiment ?
— Oui ! Je me fiche qu'il soit prince vampire. Ce qui compte, c'est lui, Jaxon.
— C'est toi qui me gâches la matinée, là, râle Hudson.
— Oh, tu ne veux pas arrêter de me bouffer le nez ?
— Pas question. Je suis sûr que ta chair est délicieuse.
— Va te faire foutre.
— Quoiqu'un peu acide, peut-être, reprend Hudson avec une pointe d'amusement.
— Tu te casserais les dents, je bougonne. Je suis une gargouille, ne l'oublie pas.

— Je n'oublie jamais rien à ton sujet, Grace.

Son ton est si intense que je ne peux pas m'empêcher de me tourner vers lui pour lui demander… Lui demander quoi, au juste ?

Macy brise la tension.

— Bon. On a cours dans une demi-heure, et je dois encore jeter mon charme de glamour.

Je lui souris. Pour la première fois depuis des semaines, je me sens détendue. En tout cas, jusqu'à ce qu'elle ajoute :

— Tu te souviens qu'on a une assemblée, hein ?

— Une assemblée ? je répète en fouillant mon armoire à la recherche de ma jupe d'uniforme.

— La cérémonie de récompense du tournoi. Celle où on doit récupérer la pierre de sang. T'as déjà oublié ? Le roi vampire sera là, c'est tout un protocole…

Ma bonne humeur s'envole, suivie de près par celle de Hudson.

88

C'EST PAS MOI, C'EST MON SUBCONSCIENT

Quelques heures plus tard, je me dirige vers mon cours d'arts plastiques. J'ai tellement hâte de me remettre à la peinture ! J'ai beau n'avoir aucune idée de ce que représentera le tableau auquel je travaille, il m'appelle. Ça, et le fait qu'il faut absolument que je le termine si je veux qu'il compte pour ma note de fin de semestre.

Avant de commencer, comme d'habitude, j'organise mon matériel : les petits pinceaux devant, les gros derrière, et toutes les couleurs de l'arc-en-ciel bien alignées devant moi.

C'est parti.

Jusque-là, je ne m'occupais que du fond mais, aujourd'hui, j'ai une image en tête. Je ne sais ni d'où elle vient, ni même si c'est quelque chose que j'ai déjà vu. Je me contente de la peindre.

Je mélange mes couleurs, nuance par nuance, et combine des touches de bleu, gris, noir et blanc. Je peins à petits coups de pinceau… jusqu'à ce que ça prenne forme.

Je reste là des heures après que le cours est terminé, jusqu'à ce que mes mains, mes biceps et mes épaules me fassent souffrir. Malgré tout, je continue à peindre, couche après couche.

Hudson se réveille de sa sieste. Je m'attends à ce qu'il fasse un commentaire sur la nuance de noir que j'ai choisie, mais non.

Il m'observe d'un air étrange… étrangement doux, en fait.

Lorsque j'estime avoir enfin restitué l'image que j'avais en tête, je ferme les yeux.

Quand je les rouvre, Hudson me dévisage.

— Alors, tu te souviens ? me demande-t-il d'un ton hésitant qui ne lui ressemble pas.

Je contemple le tableau, l'estomac noué. Est-ce que je me suis enfin souvenue de quelque chose, inconsciemment ?

— Pourquoi ? Ça t'évoque quelque chose ?

— Mais c'est impossible ! proteste Hudson. Tu ne pourrais pas peindre ça de manière si précise si tu ne te souvenais vraiment de rien.

— Je le sens. Je le sens en moi, je ne sais pas comment le dire autrement. Depuis que je suis revenue à moi, je vois cet endroit. Je *devais* le peindre.

Nous gardons le silence pendant de longues secondes. Enfin, Hudson incline la tête.

— C'est parfait.

— Tu sais où c'est ?

— Oui.

Ma respiration trébuche dans ma poitrine, dans ma gorge. Enfin, je vais savoir. Enfin, je vais avoir accès à un souvenir. Un seul, c'est mieux que rien.

Les secondes s'égrènent en silence. Je finis par craquer.

— Tu ne vas pas me raconter ?

Encore un silence, celui-ci plus long que le dernier.

— C'est mon antre, finit-il par souffler, et ces mots contiennent toute une vie.

89

HEUREUSE CELLE QUI PLIE SANS SE BRISER

— Détends-toi, me dit Jaxon cet après-midi-là en me voyant arranger mon uniforme pour la centième fois. Tu t'inquiètes trop.

Je ne peux pas. J'ai mal au ventre depuis que Macy m'a parlé de cette assemblée ce matin. Quand Hudson m'a informée que je venais de peindre son antre de mémoire, ça n'a fait qu'aggraver les choses.

— Tu ne t'inquiètes pas assez, justement, contre Hudson. Tu pourrais peut-être te faire porter pâle ?

Le téléphone de Jaxon sonne. C'est sa mère. Il s'isole dans sa chambre pour répondre.

— C'est lui qui s'inquiète trop, je réplique une fois qu'il est parti.

— T'es sûre ? Parce qu'il y aura au moins deux personnes dans l'assemblée qui veulent ta mort. (Il marque une pause.) Après réflexion, il y en a sûrement plus de deux.

— Dommage pour eux, parce que je n'ai aucune intention de mourir aujourd'hui. Ni même demain.

— Ça, on verra.

— Un peu d'optimisme, mec !

J'ai parlé trop fort : Jaxon sort de sa chambre, alerté.

— Quoi ?
— Pas toi, ton frère.
— Oh.

Il fait un pas en arrière, surpris. Comme s'il avait oublié que son frère existait. Ou qu'il ne parvenait pas à croire que je leur parle à tous les deux en même temps.

— Qu'est-ce qu'il raconte ?

— Il dit que c'est une mauvaise idée d'aller à cette assemblée. Mais il avait dit la même chose la dernière fois, or ça s'est bien passé. Et puis, il faut qu'on récupère la pierre de sang.

— Vous êtes une équipe de huit, rétorque Hudson. L'un des sept autres pourrait y aller à ta place.

— Hors de question. Cyrus penserait que j'ai peur de lui.

— Tu devrais, justement. Et même si ce n'est pas le cas, tu ferais mieux de faire semblant pour pas l'énerver.

— Il est énervé quoi que je fasse ! Alors à quoi bon ?

— Encore une bonne raison de ne pas y aller ! s'exclame Hudson.

— Et si t'allais emmerder quelqu'un d'autre, un moment ? Ah non, j'oubliais, tu ne peux pas. Et c'est pour ça qu'on a besoin de la pierre.

Il lève un sourcil.

— T'as déjà fait cette blague. Elle ne s'améliore pas avec le temps, tu sais ?

— Ouais, ben…

— Désolé d'interrompre cette incroyable conversation, coupe Jaxon d'une voix si glaciale qu'elle me flanque des frissons, mais je me disais que tu pourrais me parler à moi plutôt qu'à mon frère ? On est chez moi, après tout.

Ben voyons ! C'est tout ce qui me manquait. Me disputer simultanément avec les deux frères Vega.

— Je ne serais pas obligé de m'énerver si tu faisais un peu plus attention, râle Hudson. Tu ne prends pas ta sécurité au sérieux.

Je n'ai pas besoin de ta protection, je rétorque dans ma tête.

— Il me semble que si.

— Sérieusement ! s'écrie Jaxon. Tu ne peux pas arrêter de lui parler deux minutes ? J'essaie d'avoir une conversation avec toi, là !

— Si, si bien sûr, je soupire. Excuse-moi. De quoi tu voulais parler ?

— Il a toujours été aussi geignard avec toi ? demande Hudson. Je ne comprends pas comment tu fais pour le supporter.

— Arrête, j'ordonne en lui tournant le dos.

Ça ne le décourage pas. Il se place à côté de Jaxon, de façon à ce que je leur fasse face à tous les deux.

— Je veux juste t'aider, Grace. Jaxon est un gamin pourri gâté, je le sais mieux que personne.

Il n'est pas pourri gâté, je rugis avant de comprendre que j'ai mordu à l'hameçon. Hudson me provoquait délibérément. *T'es vraiment un salopard, tu sais ?*

— Oui. Et j'en suis fier.

Ouais, ben…

— Alors, conclut Jaxon nerveusement. Qu'est-ce que t'en penses ?

— De quoi ? je réponds sans réfléchir.

— Tu ne m'as pas écouté ? rugit-il d'un air meurtrier. Tu n'as rien entendu de ce que je viens de dire ?

— Si, si, c'est juste…

Il pousse un soupir outré.

— Je disais : il y a un autre moyen de chasser Hudson que le sort aux cinq artefacts.

— Ah bon ?

Je lui attrape la main.

— Je t'écoute.

— Je te préviens, c'est radical…

— Plus radical que de se battre contre une Bête Invincible ? Tu aurais dû m'en parler plus tôt. On a déjà les quatre objets nécessaires…

— Cinq, gronde Jaxon. Il nous en faut cinq. Hors de question de ramener Hudson sans le priver de ses pouvoirs.

Je me remémore les paroles de la Sangsue. Tout ce mal que tout le monde impute à ce garçon. Tout le monde sauf lui. Chaque fois que je commence à me dire qu'il n'est pas si mauvais, je me force à me rappeler l'horreur que c'était quand il a pris contrôle de mon corps à la dernière assemblée.

— Tu as raison. Alors, c'est quoi, cette méthode alternative ?

Jaxon a l'air nauséeux.

— Quoi ? j'insiste, effrayée.

— On pourrait briser notre lien de promesse.

Ces mots me font l'effet d'une bombe nucléaire. Rien ne m'a jamais autant secouée, pas même la mort de mes parents.

— Bordel, il me hait à ce point-là ? chuchote Hudson.

Il me faut un moment pour reprendre ma respiration. J'en profite pour répondre à Hudson.

Ben, il t'a tout de même tué, donc…

— Tuer quelqu'un, dans notre monde, c'est très courant. Briser un lien de promesse, c'est totalement inouï. Déjà, c'est impossible. Crois-moi, si ça l'était, ma mère aurait divorcé depuis longtemps. Jaxon doit avoir accès à une magie vraiment puissante.

Je pose une main sur mon ventre pour contenir mon tremblement. Comment Jaxon peut-il l'envisager ?

— Donc… Donc tu ne veux plus être mon promis ?

— Bien sûr que si ! proteste-t-il en attrapant mes mains. C'est ce que je veux le plus au monde.

— Alors pourquoi…

Mes oreilles sifflent.

— Je pensais que les liens de promesse étaient impossibles à rompre.

— C'est ce que je pensais aussi. Mais j'ai demandé à la Sangsue, et…

— Tu lui as demandé ? Quand ça ? Quand on y était ?

Ça fait si mal.

— Quand elle m'a endormie ? Enfermée dans cette cage ?

— Non, bien sûr que non. Bien avant.

De mieux en mieux.

— Quand ça, avant ? On s'est connus seulement une semaine avant que je ne disparaisse pendant quatre mois. Quand est-ce que tu le lui as demandé, exactement ? Et pourquoi ?

— Juste après notre incident avec la fenêtre… Quand j'ai failli te tuer. Ça me paraissait une tellement mauvaise idée d'être promis à une humaine. C'était si dangereux pour toi ! Alors je lui ai demandé comment briser le lien pour te protéger.

Hudson reste silencieux, pour une fois. Le traître.

Je n'arrive toujours pas à croire que Jaxon ait tant attendu avant de me parler du lien de promesse entre nous. D'accord, je comprends pourquoi c'était impossible le premier jour. Mais après la bataille de boules de neige ? Ou quand on a commencé à sortir ensemble ? Il aurait dû tout me dire.

Et c'est encore plus difficile d'imaginer qu'il allait briser le lien sans me demander son avis. Qu'il était prêt à faire quelque chose de si terrible sans même savoir ce que j'en pensais.

Et maintenant, après tout ce qu'on a vécu ensemble, il l'envisage de nouveau ? Juste parce qu'il en a marre que Hudson vive dans ma tête ? Alors qu'une autre possibilité laisserait le lien entre nous intact ?

— Et elle t'a donné un sort ? je chuchote enfin.

Il y a tant à dire que je ne sais pas par où commencer.

— Oui.

— Et tu l'as pris ?

Ma poitrine me fait mal.

— J'avais peur, Grace. Je venais tout juste de te blesser grièvement. Je ne voulais pas te faire du mal.

— Me faire du mal ? Et là, qu'est-ce que tu me fais, à ton avis ?

Je regarde autour de moi.

— Où est le sort ? Où est-ce que tu le caches ?

— Je l'ai jeté.

— Quoi ?

Je m'attendais à tout sauf à ça.

— Je l'ai jeté le jour même. J'étais incapable de nous faire ça. Pas sans avoir essayé d'être avec toi. Pas sans ta permission.

Et tout d'un coup la douleur s'apaise. Elle ne disparaît pas, mais elle se calme.

— Je ne veux pas briser le lien de promesse, Jaxon.

— Ce serait une manière de l'affamer. Sans le lien pour se nourrir d'énergie, il mourrait et tu survivrais. C'est le fait qu'il se nourrisse sur notre lien qui nous affaiblit tant.

— Et je devrais le regarder agoniser ? Alors que je viens tout juste de perdre mon promis ?

— Tu ne me perdrais pas. Je resterais à tes côtés.

— Mais tu ne serais plus mon promis.

Je le regarde avec toute la douceur dont je suis capable.

— C'est vraiment ce que tu veux ?

— Bien sûr que non ! s'écrie-t-il.

— Tant mieux. N'en parlons plus.

— Grace…

J'aimerais tant me jeter à son cou, le serrer contre moi, mais j'en suis incapable. Ça fait encore trop mal.

— Plus jamais !

— Je suis désolé, souffle-t-il en m'attirant contre lui. Je voulais te faciliter la vie.

— Eh bien, je ne veux pas.

Je ne peux pas m'empêcher de me demander s'il est tout à fait sincère. S'il voulait seulement me rendre la vie plus facile.

— Je suis désolé, répète-t-il.

Je ne sais pas si c'est suffisant, mais c'est un début.

— D'accord, je dis, même si je lui en veux encore.

On n'a pas le temps. L'assemblée va commencer.

Il faut que je respire. Peut-être que la trahison me fera moins mal.

Tandis que nous nous dirigeons vers l'amphithéâtre, je réalise que ça fait plusieurs minutes que Hudson n'a pas dit un mot.

90

À FEU ET À (PIERRE DE) SANG

Quand nous arrivons à la cérémonie, je ne suis toujours pas calmée. Je voudrais me convaincre que tout ira bien – avec Jaxon, la cérémonie et la Bête Invincible. Mais je n'y arrive pas. Jaxon était prêt à rompre le lien entre nous !

Tout me paraît faux désormais, et le silence de Hudson n'arrange rien.

Il m'adresse enfin la parole à l'approche de l'auditorium.

— Il faut que je te répète combien de fois que mon père a tué toutes les gargouilles ? Au vu et au su de tout le monde, et il tuait aussi ceux qui osaient protester. Tu penses qu'il a peur d'une gamine dans ton genre ?

Je me tourne vers lui.

— Ce sont ses mots, pas les miens, ajoute-t-il précipitamment. C'est ce qu'il pense, en tout cas.

— Ridicule, je marmonne en observant Jaxon qui discute avec Mekhi.

— Oui. Il est ridicule. Diabolique, monstrueux et ridicule. Garde bien ça en tête.

Il se tait ensuite, ainsi que Jaxon, Mekhi et moi. Nous descendons l'escalier quatre à quatre. Le reste de l'équipe nous attend à l'entrée de l'auditorium, dans une atmosphère plus joyeuse que mon état d'esprit. Le roi ne veut pas les tuer, *eux*.

— Tu es ravissante, Grace, me dit Flint en tendant son poing pour toucher le mien.

— Toi aussi, je réponds.

Tous les garçons ont enfilé leur blazer d'uniforme, bien plus seyants que les robes de cérémonie violettes.

— Tout le monde est chaud ? demande Mekhi en offrant son bras à Eden.

Elle semble surprise… Avec ses bottes militaires et son attitude badass, j'imagine qu'elle n'a pas l'habitude que les mecs jouent les gentlemen avec elle.

Elle accepte néanmoins en souriant largement :

— Parée !

Xavier tend son bras à Macy, qui le prend en gloussant comme une écolière.

— Il ne reste plus que toi et moi, lance Flint à Gwen avec une grimace amusante.

Elle le jauge, mi-figue mi-raisin, avant de lui saisir prudemment le bras. Elle a l'air d'aller bien mieux même si les parties visibles de sa peau sont couvertes d'éraflures.

Jaxon passe sa main dans mes boucles.

— Tout va bien se passer, je te le promets. Je ne laisserai rien t'arriver.

— Je sais, je dis en prenant sa main.

En réalité, ses mots de tout à l'heure me hantent. Il me protège de tous ceux qui pourraient me faire du mal… sauf lui.

À son contact, je sens à quel point il est épuisé. Je lui ai envoyé de l'énergie en rentrant du cimetière, et ça l'a momentanément requinqué, mais il est de nouveau à plat. Il faut qu'on récupère le dernier artefact. Nous n'avons plus beaucoup de temps.

— Tu veux te débarrasser de moi, c'est ça ? commente Hudson.

Je veux surtout que ton frère revienne à la normale, je rétorque.

— À la *normale* ? Mais Jaxon n'est jamais normal, tu n'as pas remarqué ?

Dixit le mec qui vit dans ma tête. Désolée de te dire ça, mais c'est pas lui le plus bizarre de vous deux.

Il s'apprête à répliquer, mais se tait quand nous entrons dans l'auditorium. La salle est déjà bien pleine. Tout le monde se tourne pour nous regarder arriver.

Un tapis violet (violet !) a été déroulé pour nous mener à la scène. Nous le suivons. Je me sens ridicule.

Oncle Finn nous attend, occupé à régler un micro, et adresse un clin d'œil à Macy.

Il y a cependant quelque chose de sérieux dans son regard. Si sérieux que je m'inquiète un peu.

— Trop tard pour s'enfuir, j'imagine ?

Je ne plaisante qu'à moitié. Jaxon serre ma main.

— Je t'avais dit de ne pas venir, siffle Hudson.

Jaxon lui-même semble considérer la fuite comme une option valable, surtout au moment où les portes s'ouvrent en grand, laissant entrer le Cercle au complet.

Cyrus monte sur le podium, si imbu de lui-même que ce serait drôle en d'autres circonstances. Il se prend pour Mick Jagger ou quoi ? Il est très élégant dans son costume noir à fines rayures assorti à une cravate noir et violet. Mais ses yeux brillants de méchanceté cassent son effet.

Dès que les autres membres du Cercle sont assis, il s'adresse à l'assemblée.

— Merci à tout le lycée de Katmere. Vous nous avez offert le plus beau tournoi de Ludares que j'aie jamais vu.

C'était un honneur de pouvoir présider à un concours si exaltant !

Le public est parfaitement silencieux. Je ne sais pas ce qui m'inquiète le plus : les mines sérieuses de mes camarades ou le son des verrous que les gardes viennent de fermer ?

Je ravale mon envie de fuir et me force à sourire. Le roi se tourne vers l'auditoire.

— Nous sommes ici rassemblés pour féliciter l'équipe gagnante. Quels merveilleux matchs ils ont joués ! La façon dont Grace a esquivé ces deux dragons… c'était incroyable. Et quand elle en a transformé un en pierre, c'était captivant.

À ma grande surprise, le public applaudit avec un enthousiasme certain.

— Alors, sans plus attendre, accueillons-les sur scène pour recevoir leur prix : une pierre de sang issue de notre royale collection.

Delilah se tient à côté de son mari. Tout de blanc vêtue, elle est si belle que ça me donne le frisson. Ses lèvres carmin forment un sourire parfait. Presque authentique.

Cyrus nous fait signe d'avancer.

— J'invite les gagnants du tournoi à me rejoindre sur scène.

Mes camarades et moi-même hésitons un instant, mais Jaxon prend la tête du groupe d'un pas décidé et nous le suivons.

— Saluez, je vous prie, nous ordonne Cyrus une fois que nous sommes tous montés.

Nous nous exécutons. Le public applaudit.

Il passe notre équipe en revue, appelant le nom de chacun. Je suis la dernière.

— Grace, souffle-t-il en me tendant la boîte qui contient la pierre.

Il me détaille de haut en bas ; son regard me répugne. Il n'est pas lubrique, il est concupiscent. Comme s'il voulait me posséder comme un objet. Une arme dont il pourrait se servir.

— Je suis ravi de te rencontrer, dit-il en ouvrant les bras. La promise de mon fils. Une gargouille. Jamais, même dans mes rêves les plus fous, je n'aurais pu imaginer…

— C'est incroyable, renchérit Delilah.

— Nous avons été très impressionnés par ta performance au tournoi, ajoute son mari.

— C'était un travail d'équipe, je réponds.

Delilah lève un sourcil.

— Oui, mais tu étais leur botte secrète, déclare Cyrus en direction du public. Nous t'avons tous admirée, n'est-ce pas ?

Des vivats s'élèvent.

— Nous savons maintenant ce dont tu es capable !

Les acclamations gagnent en volume.

— Mais nous savons aussi à quel point tu es fragile et vulnérable, conclut-il. Un simple loup-garou est parvenu à te traîner sur la moitié du terrain. Et tu as manqué de mourir entre deux dragons. Toi, Grace, la première gargouille depuis plus d'un millénaire.

Qu'est-ce qu'il raconte ? je souffle à Hudson tandis que son père continue à lister tous les malheurs qui me sont arrivés depuis la mort de mes parents.

— Rien de bon, grince Hudson.

Quand Cyrus s'arrête enfin, la salle entière retient son souffle. Il fait signe à sa femme.

— Nous feras-tu l'honneur d'annoncer la bonne nouvelle, Delilah ?

Le sourire de la reine me glace. Je me demande combien de temps avant que son masque ne se fissure elle pourra l'afficher.

Elle saisit le micro.

— C'est avec un grand plaisir que je vous fais part de la décision du Cercle.

Elle me fait face, et je ne sais pas qui de Hudson ou de moi est le plus nerveux. Moi, sans doute. Le sourire de la reine s'élargit. Mon cœur bat si fort que j'ai du mal à entendre ce qu'elle dit ensuite.

— Le roi Cyrus et moi-même allons ramener Grace avec nous pour l'héberger à la cour vampire.

91

DRAME FAMILIAL

— Non ! hurle Hudson.

L'idée semble le paralyser.

— Ne t'en fais pas, Grace, je ne les laisserai pas faire, souffle Jaxon en resserrant sa main autour de la mienne.

Je l'entends à peine. Je suis sous le choc, j'ai les mains moites, et mon cœur bat si vite qu'il produit un bourdonnement continu dans ma tête.

— C'était une décision difficile, ajoute Cyrus. Le Cercle était divisé : quatre voix pour et quatre voix contre. Comme de coutume, c'est mon vote qui a fait pencher la balance. Nous allons ramener Grace avec nous à Londres afin de lui apprendre à se défendre. Elle y restera jusqu'à ce qu'elle n'ait plus besoin de protection.

Des applaudissements polis s'élèvent.

— Je sais que vous vous souciez d'elle autant que moi et je suis ravi d'avoir votre approbation. Grace et le nouvel espoir qu'elle représente pour notre monde doivent être sauvegardés à tout prix.

— Vous ne pouvez pas faire ça ! gronde Jaxon.

Cyrus se détourne du micro pour feuler :

— Silence, mon garçon. Tu ne sais pas ce que tu risques.

— Je m'en fiche, reprend Jaxon, tandis que je lui broie la main pour l'obliger à se taire.

Dans ma tête, Hudson me crie de l'arrêter, qu'il a un autre plan.

Cyrus interprète le silence de Jaxon comme son assentiment et reprend son discours. Je n'écoute plus.

— Attends, je chuchote à mon promis. Hudson a une idée, laisse-moi l'écouter une minute.

— Hudson ? répète Jaxon, incrédule. C'est à lui que tu t'en remets ? Le petit chouchou de mes parents ?!

— Ça n'a rien à voir.

— Dis à Cyrus que tu mets le Cercle au défi, me coupe Hudson.

Au défi ?

— Fais-le avant la fin de l'assemblée ! Tu n'as plus beaucoup de temps !

— Attendez ! je crie.

Cyrus se tourne vers moi, furieux.

J'inspire profondément. Puis-je réellement avoir confiance en Hudson ?

— Tu n'as pas le choix, bougonne-t-il.

Il a raison. Je hausse la voix pour annoncer :

— Je mets le Cercle au défi !

Un silence total s'installe dans l'auditoire.

Qu'est-ce que j'ai fait ?

— De ton mieux, réplique Hudson. Tu as fait de ton mieux.

Il fixe son père avec un sourire machiavélique.

— Au défi ? répète Cyrus avec un regard meurtrier.

Sa réaction m'encourage.

— Oui. Je mets le Cercle au défi.

Les membres du Cercle échangent des regards surpris.

— De quel droit ? me demande Cyrus.

Hudson, de quel droit ?

— C'est ton droit en tant que gargouille. Les gargouilles avaient un siège au Cercle avant leur extermination. Mais n'utilise pas ce mot-là, ou tu vas l'énerver encore plus.

Quoi ? Tu veux que je siège au Cercle ? Mais je n'en ai aucune envie !

— C'est ça ou vivre jusqu'à la fin de tes jours dans le donjon de mes parents. J'y ai passé beaucoup de temps et, crois-moi, ça n'a rien d'agréable.

— De quel droit ? répète Cyrus avec un sourire arrogant.

Voyant que je ne réponds pas, il se tourne vers le public.

— La demande est ref…

— C'est mon droit en tant que gargouille ! je m'écrie. Les gargouilles ont toujours eu un siège au Cercle, et comme je suis la seule gargouille au monde…

Du coin de l'œil, j'aperçois les parents de Flint qui approuvent. Même Delilah a l'air de comprendre.

— Sais-tu au moins à quoi tu t'engages ?

— Oui, je dois…

— Passer une épreuve, complète Hudson.

— … passer une épreuve !

Oh, merde. Je viens de me rappeler : l'épreuve en question est la source d'inspiration du Ludares. Autrement dit, le tournoi que je viens de gagner, en mille fois pire. Dans quoi est-ce que je me suis fourrée ?

— Personne ne passe l'épreuve en solo, tonne Cyrus. Seuls les couples de promis peuvent relever le défi.

— C'est moi, son promis, intervient Jaxon. Et je la suis. Nous vous mettons au défi, tous les deux.

Cyrus a l'air au bord de l'explosion. Il pourrait nous tuer tous les deux, là, sur scène, devant tout le monde.

— Ils en ont le droit, intervient Imogen, l'une des sorcières du Cercle.

Son promis acquiesce :

— Je suis d'accord.

— Nous aussi, dit Nuri en se levant, suivie de son mari.

Ça ne fait que quatre voix, je dis à Hudson. *On n'a pas la majorité.*

— Tu n'as pas besoin de la majorité. La loi te donne raison.

— La loi me donne raison, je déclare en soutenant le regard de Cyrus. Vous n'avez pas le droit de contester ou de soumettre ma décision à un vote.

Cyrus réfléchit quelques instants.

— Très bien, finit-il par lâcher. Ton défi est accepté. L'Épreuve aura lieu dans deux jours, à l'aube, dans l'arène de Ludares.

— Dis-lui qu'il te faut plus de temps ! s'insurge Hudson. Tu ne seras pas prête dans deux jours.

— Il me faut plus de temps !

— Non, assène Cyrus d'un ton arrogant. Le Cercle a déjà passé trop de temps loin de la Cour. C'est deux jours ou rien, Grace.

— Alors on se verra dans l'arène, je réplique.

— Entendu.

Nous descendons de scène. Le public semble aussi partagé que moi : certains applaudissent, d'autres discutent entre eux ou nous ignorent carrément, ce qui me va très bien.

— Pffiouu, dit Hudson. On s'en est sortis.

— On est mal, hein ? je demande.

Hudson et Jaxon me répondent en même temps.

— Ça, c'est sûr.

92

JE NE PEUX PAS VOUS PROMETTRE DE NE PAS VOMIR

— Qu’est-ce que je viens de faire ? je souffle en quittant l’auditorium.

Telle une bête sauvage, la panique me ravage les poumons à coups de griffes.

— Qu’est-ce que je viens de faire ? je répète en me dirigeant vers la chambre de Jaxon.

— Tout va bien, répond Hudson.

— Tu vas être mise à l’épreuve, explique Jaxon. Comme tous ceux qui défient le Cercle de leur offrir un siège. Et tu passeras l’Épreuve avec ton promis, comme tout le monde l’a fait avant toi. (Il se mord la lèvre.) C’est vraiment dangereux. Mortellement dangereux. Personne n’a réussi à s’emparer d’un siège depuis plus de mille ans, et ce n’est pas faute d’avoir essayé de vaincre Cyrus.

— Sans blague, je maugrée. Tout dans ton monde est dangereux.

— C’est aussi ton monde, me rappelle Hudson d’un ton étonnamment doux.

Ce qui ne fait qu’ajouter à mon affolement. La situation doit être vraiment désespérée.

— Mieux vaut le diriger que t’y faire écraser, ajoute Hudson.

— Toi, ferme-la ! je crie. C'est ta faute si on est dans le pétrin !

— Moi ? s'écrie Jaxon. Mais j'essaie de t'aider !

Je pourrais lui expliquer que je parle à Hudson, mais en fait, je suis aussi en colère contre lui.

— En proposant de mourir avec moi ? Je n'appelle pas ça m'aider !

— Ah oui, t'aurais préféré que je te laisse te défendre seule ? On est promis. Ça a une signification, c'est pas juste un mot !

— Ça a une signification quand ça t'arrange, je rétorque.

C'est bas, mais la conversation qu'on a eue plus tôt me fait encore mal.

— Du calme, intervient Macy. C'est la merde, c'est sûr. Mais on a trop à faire en deux jours pour perdre du temps à se bouffer le nez. On ferait mieux de décider d'un plan.

— Cyrus a déjà décidé du plan pour nous, je soupire. L'idée, c'est que je finisse morte ou enfermée.

— On ne va pas le laisser faire, rugit Xavier, les mains sur les hanches.

— Commencez par m'expliquer en quoi consiste l'Épreuve, exactement. Je sais que c'est ce qui a inspiré le Ludares, mais à part ça…

— C'est comme le Ludares, mais sans règles et sans bracelet de sûreté. Tous les coups sont permis et on se bat jusqu'à la mort, m'explique Jaxon. Les deux promis face à une équipe de huit champions sélectionnés par le Cercle.

— Donc, du Ludares sous stéroïdes ? je répète, horrifiée. D'accord. On a deux jours pour que je m'entraîne à l'Épreuve. Génial. Qui a des idées ?

Ma question est sarcastique, mais si j'en juge leurs expressions concentrées, mes compagnons y réfléchissent pour de vrai. J'ai les meilleurs amis du monde.

— Je pense qu'on ferait mieux de commencer par te débarrasser de Hudson, propose Flint. Sinon, il va continuer à vous voler de l'énergie durant l'Épreuve.

— Il a raison, renchérit Macy.

— Donc il faut qu'on trouve la Bête Invincible, complète Jaxon. On ne peut pas le ramener tant qu'on n'a pas récupéré la pierre de cœur qu'elle garde.

— Il veut vraiment mourir ou quoi ? maugrée Hudson. Vous n'avez pas besoin de la pierre de cœur. Vous avez juste besoin de me sortir d'ici pour que j'arrête de vous bouffer de l'énergie. Vous possédez les quatre artefacts nécessaires !

— Tu n'as pas voix au chapitre, je lui réplique.

Il lève les yeux au ciel.

— Ben oui, pourquoi écouter celui qui sera le plus affecté par votre décision ?

Aaargh. J'ai déjà suffisamment de problèmes, sans Hudson qui joue les martyrs.

— Je joue les martyrs ? rugit-il. Tu te fiches de moi ? Je viens d'empêcher mes parents de t'enfermer au fond de leur donjon !

Je soupire.

— Désolée, j'oubliais que tu pouvais m'entendre.

— Hé, Grace, dernière nouvelle : je suis dans ta tête. J'entends tout. Toutes tes pensées désobligeantes. Toutes tes peurs. Je comprends ton affolement. Et je comprends que tu ne me fasses pas confiance, avec tout ce qu'on t'a raconté. Mais tu veux bien m'écouter une seconde ? Je te jure que je veux t'aider. C'est ce que je me tue à faire depuis mon retour.

J'aimerais y croire. J'aimerais tant y croire que ça me surprend un peu. Mais non, j'ai trop peur. Je me suis déjà fait avoir par le passé.

— Je ne suis pas Lia, m'assure-t-il. Je ne lui ai pas demandé de faire ce qu'elle a fait. Jamais je ne t'aurais infligé tout ça. Si seulement je ne lui avais pas dit que…

— Dit quoi ? je l'interromps.

Il prend un air plein de remords qui ne lui ressemble pas.

— J'ai fait une erreur, m'explique-t-il. Quelques jours avant ma mort, pour la taquiner, j'ai dit qu'elle m'aimerait toujours. C'était une blague, mais… (Il secoue la tête.) Je n'ai pas le droit de faire ce genre de blagues, parce que mes pouvoirs les transforment en ordres. C'est devenu vrai. J'avais oublié que j'en étais capable, et puis…

Il lève les mains.

Je démêle lentement la signification de ces mots. Peut-être Lia n'était-elle pas aussi mauvaise que je le pense. Peut-être était-elle simplement sous l'emprise de Hudson. C'est difficile à admettre après tout ce qu'elle m'a fait subir, mais je me promets d'y réfléchir plus tard, quand j'aurai plus de temps.

— J'essaie d'arranger les choses, m'assure Hudson. Je t'assure, Grace, que je ne veux pas te blesser. Ni toi ni personne d'autre. Alors fais-moi confiance : si tu pars affronter la Bête, tu vas mourir. Peut-être pas à cause de la Bête, mais sûrement à cause de ton état de fatigue quand tu passeras l'Épreuve.

Son ton est désespéré. Malgré tout, malgré moi, je crois ce qu'il me dit. Je l'ai toujours cru.

— Non, je dis au reste du groupe. Nous avons les quatre artefacts nécessaires pour libérer Hudson. On pourrait le faire tout de suite. Ça nous laisserait deux jours pour nous reposer et nous entraîner, et ça me donnera une chance de survivre. C'est la meilleure option.

— Il en est hors de question, répond Jaxon, d'une voix dure et froide comme la glace.

93

TRAHISON

— La meilleure option ? répète Flint, les dents serrées. Pour qui exactement ? Pas nous, en tout cas.

— Il a raison, renchérit Eden. On ne peut pas ramener Hudson avec ses pouvoirs.

— Je comprends que vous ayez peur…

— On n'a pas peur, me coupe Macy. On est pragmatiques. Hudson a commis des horreurs. Jaxon et le reste de l'Ordre ont dû se battre jusqu'à la mort pour le mettre hors d'état de nuire. Hors de question de tenter le diable encore une fois. On risquerait la vie de bien trop de monde.

— Et nos vies, alors ? je proteste. Se battre contre la Bête Invincible, c'est dangereux. Il pourrait aussi y avoir des morts…

— Oui, mais ça vaut le coup, murmure Xavier.

— Ça vaut le coup de mourir ? je répète, incrédule. Sérieux ?

— Tu sais combien de personnes Hudson a tuées ? me demande Mekhi. Combien de loups et de vampires issus de morsures sont morts par sa faute ? Parce qu'il était convaincu que les vampires de naissance étaient la race supérieure ? Non, on ne peut pas le laisser revenir. Son pouvoir de persuasion est trop dangereux.

— Ce n'est pas ce qui s'est passé, me dit Hudson d'une voix pressante. Je t'ai expliqué, Grace…

Le souvenir de la scène avec son père me revient en tête. *Pourquoi est-ce qu'ils parlent tous de ton pouvoir de persuasion et pas du fait que tu peux détruire de la matière par la seule force de ton esprit, comme dans le souvenir avec ton père ? C'est encore plus effrayant, pourtant…*

— Parce qu'ils ne sont pas au courant, soupire Hudson. Personne ne le sait. Enfin, à part mes parents ; et mon père pense qu'il a rendu ce don inutilisable.

Comment ça ?

— Il m'entraînait en menaçant tout ce que j'aimais. Au bout d'un moment, il n'est plus rien resté à menacer.

Son ton égal rend la déclaration pire encore. Je me laisse tomber sur le fauteuil et murmure :

— Donc il croit que ce pouvoir s'est atrophié ? Parce qu'il ne pouvait plus te forcer à l'utiliser ?

— C'est pour ça qu'il m'a autorisé à quitter la cour vampire et à m'inscrire à Katmere. Je ne lui étais plus d'aucune utilité.

Mon cœur se brise pour le petit garçon du souvenir autant que pour le grand gaillard devant moi. Néanmoins, je n'ai pas le temps de me laisser aller. Il faut que je convainque les autres que Hudson n'est pas la menace qu'ils croient.

— Vous êtes sûrs de connaître toute l'histoire ? je plaide. Est-ce que vous savez pourquoi, exactement, il a commis ce dont vous l'accusez ? Peut-être qu'il avait une bonne raison…

— Une bonne raison de tuer ? demande Jaxon, les yeux étrécis. Grace, tu ne peux pas le laisser t'influencer. Tu sais qu'il est dangereux !

— En vérité, je n'en sais rien.

— Et si on le ramenait et qu'il en profitait pour relancer sa croisade ? demande Gwen. On serait tous coupables.

— C'est ça, j'ai un plan pour dominer le monde, maugrée Hudson. Ils me prennent pour qui ? Un méchant de James Bond ?

Sans me laisser décourager, je fixe mes amis tour à tour. Je n'ai plus beaucoup de temps pour les convaincre.

— Cyrus était en train de lever une armée de vampires issus de morsures pour provoquer une nouvelle guerre. Hudson a essayé de l'en empêcher. Je ne dis pas que je suis d'accord avec la méthode, mais je le crois quand il affirme que ses intentions étaient bonnes. Il s'est contenté de semer la zizanie parmi les alliés de son père.

Flint n'aurait pas l'air plus choqué s'il venait de se faire renverser par un camion.

— Tu reproches les crimes de Hudson à *mon frère* ?

Il me domine de toute sa taille de dragon. Je ne l'ai jamais vu aussi en colère.

— Tu penses vraiment que *ma famille* était de mèche avec son monstre de père ?

— Son frère l'était, en tout cas, répond Hudson. Il était colérique et il en avait marre de se cacher des humains.

— Ce n'est pas ce que je dis, je souffle pour apaiser Flint. Mais je pense que l'histoire est plus compliquée que vous le pensez, c'est tout. Moi, en tout cas, je crois Hudson. Ça ne vous fait pas douter un petit peu ?

— Tu ne sais pas ce que tu dis, intervient Jaxon.

— Je te demande *pardon* ?

— Hudson est dans ta tête, il te manipule…

— Tu me crois vraiment aussi influençable ? Incapable de contrôler mon propre esprit ?

— Tu es humaine…

— Je ne suis pas seulement humaine ! je réplique. Pas plus que le reste d'entre vous ! Alors pourquoi refuses-tu de m'écouter ?

— Parce que tu n'étais pas là !

Si Jaxon semble agacé, je suis au-delà de l'exaspération. Et il a l'air de s'en moquer.

— Tu n'as pas vécu ce qu'on a vécu, Grace.

— Peut-être, mais vous non plus n'avez pas vécu ce que j'ai vécu. Hudson est dans ma tête vingt-quatre heures sur vingt-quatre depuis plus d'une semaine. Je le connais, maintenant. Tu ne me crois pas capable d'identifier un psychopathe ?

— Peu importe que tu le croies innocent, assène Flint. C'est trop risqué. On ne sait pas à quoi il utilisera ses pouvoirs.

— Et ça nous donne le droit de le museler à tout jamais ? Je pense qu'il mérite une seconde chance.

— Peu importe ce que tu penses, conclut Jaxon. On est à sept contre une.

Je dévisage mes camarades tour à tour. Personne ne me soutient.

J'inspire profondément pour me calmer.

Ce n'est pas une grande surprise. Si j'avais le même vécu qu'eux, je réagirais probablement pareil face à la petite nouvelle qui veut libérer le monstre psychopathe qui hante leurs cauchemars. Pourtant, ça me brise le cœur que Macy et Jaxon fassent front contre moi.

— Alors tu ne vas pas m'écouter, hein ? je chuchote, les larmes aux yeux. Moi, ta promise ?

Il prend mes mains et les presse sur son cœur.

— Je t'aime, Grace. Tu le sais.

Sa voix est rauque et douloureuse.

— Mais je ne peux pas te céder là-dessus. Tu peux me demander tout ce que tu veux sauf ça.

Je croise son regard humide. Il continue :

— Je ne peux pas privilégier ce que je veux, ni même ce que ma promise veut, par rapport aux besoins de la majorité. Ma responsabilité est de protéger le plus de monde possible. Comment peux-tu me demander de choisir entre toi et eux ?

— Mais je sais que j'ai raison…

Je me tourne vers nos amis.

— Vous ne me croyez pas, mais j'ai raison. Hudson ne fera plus de mal à personne.

— Et si tu te trompais ? demande Xavier.

— Je ne me trompe pas.

Je me tourne vers Jaxon pour balancer mon dernier argument :

— Et si je refuse de monter sur le dos de Flint pour aller vers l'île arctique où vit la Bête Invincible ?

Jaxon ravale sa salive.

— Alors on ira sans toi. C'est trop important.

La douleur m'envahit et menace de m'étouffer. Il n'y a aucun moyen de résoudre ce dilemme, aucun compromis possible. Alors que c'est une question de vie ou de mort.

Ou justement *parce que* c'est une question de vie ou de mort.

Des larmes coulent sur mes joues.

Mon pauvre prince.

Pauvre, pauvre garçon.

Aux visages fermés qui m'entourent, je comprends que je suis bien seule. Je ne les convaincrai pas. Et si je refuse de les accompagner, je n'accomplirai rien, à part les mettre en danger face à la Bête Invincible.

Et ça, je n'en ai pas le droit. J'ai envie de hurler.

C'est là que j'entends Hudson, tout au fond de mon esprit.

— *Ne t'en fais pas. Quoi que tu décides, ça ira.*

Non, ça n'ira pas.

— *Tant que tu cesses de pleurer, si, ça ira. Tu ne peux pas changer la situation. Il n'y a rien que tu puisses faire. Quoi qu'il arrive ensuite, ce ne sera pas ta faute.*

Mais ce n'est pas juste ! Comment est-ce qu'ils peuvent t'infliger ça ?

Un rire triste résonne en moi.

— *La vie est injuste. Tu le sais mieux que personne.*

Je suis désolée, je lui dis en m'essuyant les joues.

— *Pourquoi ? Ce n'est pas ta faute.*

Il a raison mais ce n'est pas pour autant que je respire mieux. Au contraire, je me sens encore plus mal. Je m'approche de Jaxon et prends son visage entre mes mains pour qu'il sache que je comprends. Il porte le poids du monde sur ses épaules. Je ne veux pas ajouter à son fardeau.

— D'accord, je souffle. J'irai avec vous. Mais tu dois me promettre quelque chose.

— Tout ce que tu veux.

— Si on parvient à récupérer la pierre de cœur, si on survit, alors je veux que l'on ait cette discussion une nouvelle fois avant de l'utiliser. Laisse-moi encore une chance de te convaincre.

— Tu peux avoir autant de chances que tu le souhaites. Je ne changerai pas d'avis, mais je t'écouterai toujours.

94

LE VERRE PLUS QU'À MOITIÉ VIDE

— J'ai deux nouvelles à vous annoncer : une mauvaise et une horrible. Vous préférez laquelle en premier ? demande Xavier le soir suivant.

Nous sommes tous rassemblés dans la suite de Jaxon. Xavier a la mine sombre, ça tranche avec son habituelle humeur taquine.

— C'est quoi, cette question ? râle Macy. Dis-nous ce qui ne va pas, c'est tout.

— OK, donc la mauvaise en premier. J'ai fait le tour du campus pour voir où en était la sécurité. Impossible de sortir ce soir.

— Comment ça ? s'écrie Jaxon. Mais on doit trouver la pierre de cœur, sinon on ne pourra pas chasser Hudson de l'esprit de Grace !

— Je sais. C'est pour ça que j'ai dit que c'était une mauvaise nouvelle.

— Il y a forcément un moyen, proteste Flint. Par les tunnels…

— J'en viens, le coupe Xavier. Ils sont barrés et il y a des sentinelles armées partout.

— Armées ? je reprends. Armées de quoi ?

— De magie, répond Jaxon. Elles n'ont besoin de rien d'autre.

— Peut-être par les airs, alors ? propose Macy. Les dragons et Grace peuvent décoller d'une tour…

— Les tours sont gardées aussi.

Xavier s'affale contre un mur, découragé.

— On est foutus.

— On n'est pas foutus, contre Flint. Trouvons une autre idée.

— C'est ce à quoi on est en train de réfléchir, Dragonneau, rétorque Mekhi. T'as des suggestions ou tu vas te contenter de geindre ?

— Et toi, t'as quelque chose à proposer, espèce de tique ? J'essayais de remonter le moral des troupes.

— On n'a pas besoin de ça, alors ferme-la si tu n'as rien à dire. On n'a pas le temps pour des broutilles.

Flint place sa main en pavillon sur son oreille.

— J'ai pas très bien entendu, c'était quoi, ton plan ?

— Et c'est quoi, l'autre mauvaise nouvelle ? je demande, autant pour avoir la réponse que pour les empêcher de se fâcher pour de bon.

— Eh bien, reprend Xavier, j'ai entendu dire que le Cercle voulait recruter des champions parmi les guerriers les plus puissants du monde, or Foster a protesté. Il a dit que si le Cercle acceptait un défi, alors il ferait bien de le relever en personne.

J'en ai l'estomac retourné.

— On va se battre contre le Cercle ? Mais c'est pire que terrible, comme nouvelle…

Xavier sourit.

— Non, ce n'est pas ça, la nouvelle. Le roi redoute de se battre contre son fils, et je le comprends, donc il a insisté pour prendre des champions. Ton oncle a fini par accepter, à une condition : que ce soient des élèves de Katmere.

OK, ce n'est pas joyeux, je n'ai pas envie de me battre contre d'autres ados, mais c'est moins horrible que de se battre contre les parents de Jaxon. Ou la mère de Flint, qui est effrayante.

— Qui a été choisi ? l'interroge sombrement Jaxon.

— Cole a sauté sur l'occasion, tu t'en doutes.

Encore lui. Je ne comprends pas pourquoi il m'en veut autant. Pourtant, je ne lui ai jamais fait de mal, du moins pas intentionnellement. Je n'ai pas pour habitude de maudire les gens, mais je commence à regretter de ne pas avoir laissé Jaxon en finir avec lui quand il en avait l'occasion.

Mon promis a d'ailleurs l'air aussi dégoûté que moi.

— Qui d'autre ?

— Marc et Quinn, parmi les loups. Et...

— Ça fait trois loups, l'interrompt Mekhi. Pourquoi est-ce qu'il a le droit d'avoir trois loups ?

— Parce que aucun vampire n'a envie de rejoindre une équipe dont l'objectif est de séparer Jaxon Vega de sa promise.

Macy tripote son pull.

— Et les sorciers ?

— De ce que je sais, ce sera Simone et Cam, au moins. Ensuite, on ne sait pas qui des dragons ou des sorcières aura droit à un troisième joueur. Il y a plein de rumeurs.

— Je le savais, s'énerve Macy en renversant une pile de livres par magie. Le traître ! Un de ces jours, je l'attraperai, et je lui flanquerai des poux et de l'acné et... et la peste bubonique ! Quel salaud...

— Les dragons sont tout aussi affreux, continue Xavier. Les deux noms dont je suis sûr sont Joaquin et Delphina.

— Delphina ? répète Flint d'un ton hésitant.

Je suis à *ça* de vomir. Je ne connais pas cette fille, mais si elle fiche la frousse à Flint, je préférerais ne jamais la rencontrer.

— C'est joyeux, ce soir, ironise Eden. Revenons à ce qui nous occupe en priorité. Comment est-ce qu'on va sortir d'ici si toutes les issues sont gardées ?

— Aucune idée, dit Xavier.

— Alors à quoi ça sert d'aller au lycée dans un château magique si on ne peut pas en sortir ? je souffle, désespérée.

— Le château n'est pas magique, dit Jaxon d'une voix apaisante. Techniquement, seuls ses habitants sont…

Macy bondit sur ses pieds.

— Ce n'est pas tout à fait vrai ! Les gars, je crois que je sais quoi faire !

95

DEUXIÈME ÉTOILE À DROITE ET PUIS TOUT DROIT JUSQU'EN SIBÉRIE

— On y est presque ! nous assure Macy.

Nous la suivons en file indienne. Flint, Jaxon et Xavier parlent fort et se balancent des vannes pour donner le change, comme si c'était normal que nous arpentions les couloirs tous ensemble à onze heures du soir, chargés de nos sacs à dos.

Bel effort de leur part, cependant je ne crois pas que ça suffira. Si un membre du Cercle nous repère, il saura tout de suite qu'il y a anguille sous roche.

Tout ça me donne mal au ventre. J'ai peur de me faire attraper, peur de faire face à la Bête Invincible, aussi. Mais c'est surtout le silence de Hudson qui m'angoisse. Il doit être dans un état encore pire que le mien. Il n'y a que deux issues à notre situation : soit nous mourrons, soit nous le libérerons tout en lui retirant la moitié de lui-même. Je préfère ne pas trop y penser.

Je dois bien cacher mes émotions, parce que ni Jaxon ni Macy n'ont l'air inquiets pour moi.

— Bon, c'est là, dit ma cousine en s'arrêtant devant la porte jaune qu'elle m'a déjà montrée.

Après quelques gestes compliqués de la main, elle murmure un sort et nous entrons.

C'est aussi cool que dans mon souvenir, avec des stickers, des bijoux partout et des bougies parfumées qui éclairent le chemin. Malgré nos ennuis actuels, tout le monde pousse des exclamations admiratives.

— Et tu n'as jamais révélé ce passage secret à personne ? demande Eden en examinant un sticker. Il est génial !

— J'espère que je pourrai revenir ici après qu'on aura chassé le Cercle du lycée, souffle Xavier avec un clin d'œil à ma cousine.

— Ça manque d'autocollants de dragon, remarque Eden tandis que nous nous enfonçons dans le tunnel.

Tout à coup, Xavier se penche et lèche la joue de Macy. Elle sursaute en poussant un cri perçant. Tout le monde regarde le loup, médusé.

Il hausse les épaules et indique un sticker devant lui.

— Je ne fais que suivre les instructions.

Le sticker affiche : « Envie de goûter à la magie ? Léchez une sorcière ».

Je pouffe, imitée par Macy et Eden. Xavier est tout fier, je ne sais pas si c'est parce qu'il a réussi à nous détendre, ou simplement parce qu'il est parvenu à lécher Macy sans recevoir son poing dans la figure.

Nous poursuivons gaiement notre progression dans le tunnel jusqu'à un cul-de-sac où se trouve une échelle sous une trappe placée en hauteur dans le mur.

— Ça donne sur le planétarium, explique Macy avant d'y grimper.

Elle pousse la trappe et disparaît. Xavier bondit à sa suite. Une fois hors de vue, il jappe de surprise.

Ceux qui restent se regardent. Qui sera le suivant ? On est prêts à se battre contre une Bête Invincible, mais pas forcément à se jeter dans le vide.

Eden lève les yeux au ciel. Avec un soupir, elle gravit les barreaux et se laisse tomber les pieds devant, dans le tunnel.

On entend une sorte de choc amorti, suivi d'un petit cri.

— Elle a dû atterrir sur Xavier, remarque Mekhi.

— Ça doit être ça.

Jaxon refuse d'y aller avant moi, donc je me dévoue. Les pieds devant, comme Eden, je me laisse glisser dans l'obscurité.

— Attention ! je crie en me lâchant.

Ouf ! mes pieds heurtent le bois plutôt qu'un loup-garou. Il fait si sombre que je ne vois pas à deux centimètres devant moi. Je rampe précipitamment pour m'écarter de la trappe, puis j'appelle ma cousine.

— Ici ! répond-elle.

J'active la lampe de mon téléphone et le braque sur son visage. Son rouge à lèvres est tout étalé. On dirait bien que Xavier a profité du noir pour lui lécher le reste du visage.

Je lui fais signe de s'essuyer. Jaxon atterrit sans un bruit dans mon dos, léger comme un chat. Flint le suit de près en poussant des cris de joie, comme s'il était à Disneyland. Mekhi ferme la marche. Nous voilà tous arrivés. Nous éteignons nos lampes et explorons l'espace à tâtons pour trouver un interrupteur.

C'est Xavier qui le trouve. Le dôme au-dessus de nous s'éclaire d'un coup. Toutes les constellations s'illuminent et se mettent à tourner autour de nos têtes. C'est un si beau spectacle à partager entre amis…

Ça me rappelle la soirée de mon premier baiser avec Jaxon, quand il m'a emmenée admirer la pluie d'étoiles filantes. Je lui lance un regard. Il me renvoie un doux sourire : apparemment, je ne suis pas la seule à m'en souvenir.

— D'accord, c'est cool, mais pourquoi on est au planétarium, Macy ? demande Flint.

Elle lui sourit.

— Eh bien, je me suis récemment entraînée à bâtir des portails avec M. Badar, le prof d'astronomie. Il en a construit un ici pour nous montrer comment les diriger hors du campus.

Elle ouvre les bras.

— Et il l'a laissé pour qu'on puisse l'étudier en son absence !

— Bien joué, Macy ! rugit Flint en lui tapant dans la main.

— Le seul truc, c'est que les portails bougent en fonction de la rotation de la terre, donc il a pu se déplacer un peu. La dernière fois que je suis venue, il était de ce côté…

Je fais quelques pas en arrière pour mieux voir l'endroit qu'elle nous indique. Et puis, soudain, je hurle. Parce que, pour la seconde fois en moins d'une semaine, je sens que je tombe… et tombe… et tombe…

96

MONTRER LES CROCS

J'ai beau me débattre dans le vide pour me préparer à l'atterrissage, je heurte le sol la tête la première.

Sonnée, je rampe pour m'éloigner de la bouche du portail avant que quelqu'un d'autre ne me tombe dessus. À peine suis-je parvenue à reprendre mon souffle que Jaxon atterrit gracieusement à ma suite. Frimeur.

— Ça va ? me demande-t-il.

J'opine en luttant pour inspirer.

— Un de ces jours, je hoquette, il faudra que tu m'apprennes à prendre un portail sans risquer ma vie.

Il se marre.

— Promis.

Quelques secondes plus tard, le portail recrache Macy, qui atterrit sur ses pieds, elle aussi.

Je regarde autour de nous : nous sommes dans la forêt de pins qui borde les chalets. Il fait trop sombre pour en distinguer plus.

Une fois que tout le monde est là, Flint et Eden se changent en dragons. Je suis occupée à grimper sur Flint quand, tout à coup, une vingtaine de gardes du Cercle nous entourent. Certains sont déjà sous leur forme de loups ou de dragons. Les autres, vampires comme sorciers, se tiennent bien droits et menaçants.

— Vous feriez bien de nous suivre, déclare celui qui semble le plus haut gradé, un vampire.

Jaxon le défie du regard.

— Tu sais très bien qu'on ne va pas te suivre, Simon.

Il connaît son nom ? Ça me surprend, et puis je me rappelle qu'il s'agit là de la garde de son père.

— Le roi a donné des ordres très clairs : tous les élèves tentant de quitter le campus doivent être arrêtés.

— Mon père n'a pas autorité pour imposer ça et tu le sais. Ce n'est pas le Cercle qui dirige cette école.

Jaxon avance encore d'un pas, faisant bouclier de son corps entre nous et les gardes. Entre *moi* et les gardes.

— Oui, mais moi je suis à ses ordres et je les exécuterai. Il a pensé que ta promise et toi tenteriez de vous enfuir avant l'Épreuve. Il a eu raison…

« Bande de lâches », sous-entend son ton méprisant.

— Nous ne sommes pas en train de nous enfuir, réplique Jaxon. Nous nous entraînons pour l'épreuve de demain, c'est tout.

— Eh bien, je suis sûr que le roi sera compréhensif si vous le lui expliquez en personne, rétorque Simon. Tout de suite.

Sa voix est rude, mais c'est la malveillance dans ses yeux qui me fait frissonner. On dirait bien que ça fait un moment qu'il attend une occasion pour faire du mal à Jaxon et qu'il n'est pas près de la laisser s'échapper. De deux choses l'une : soit on se laisse traîner devant le roi, soit on se bat. Aucune des deux solutions ne m'enchante. On n'a pas le temps. En plus, si on fait trop de bruit, le reste de la garde rappliquera.

— *Transforme-toi*, me presse Hudson. *Si vous vous battez, tu seras trop fragile sous ta forme humaine.*

Si je me change maintenant, on perd l'effet de surprise. Ça met Jaxon et les autres en danger.

— *Jaxon et les autres se débrouilleront. Transforme-toi maintenant, avant qu'il ne soit trop tard.*

Mes camarades et moi avons évoqué la possibilité d'être arrêtés avant de quitter le domaine de Katmere. Jaxon tenait à ce qu'on le laisse faire diversion pour prendre la fuite, mais maintenant qu'on est au pied du mur, je me sens incapable de le faire. À voir les expressions des autres, notamment celle de Mekhi, je ne suis pas la seule. Nous n'irons nulle part sans Jaxon.

Alors je suis le conseil de Hudson. J'attrape le fil couleur platine au fond de moi. Je ne resserre pas encore mes doigts dessus, mais je m'y prépare.

— *Transforme-toi tout de suite !* crie Hudson. *Tu ne connais pas mon père. Tu ne sais pas ce dont il est capable !*

Moins fort ! Je n'entends rien si tu hurles. Laisse-moi réfléchir une seconde.

— Simon, tu sais très bien que si on se bat, ça va mal finir pour ta bande et toi, menace Jaxon. Tu as le choix : soit tu poursuis ta ronde comme si de rien n'était, soit vous vous faites rétamer. Les deux me vont. Prenez donc une minute pour y réfléchir et revenez vers moi, OK ?

Quelques gardes rient, puis se taisent quand Jaxon les fusille de ses yeux de glace.

Je pense d'abord qu'ils vont reculer. Certains semblent hésiter, d'autres évitent le regard de Jaxon. Quelques sorciers lèvent carrément les mains en l'air, loin de leur baguette.

Et puis, il y a un bruit que je ne parviens pas à identifier – un craquement de brindille ? quelque chose qui bouge dans l'ombre gigantesque de Flint ? un mouvement de

Jaxon ? Tout ce que je sais, c'est que l'un des gardes bondit sur Mekhi, se transformant en loup-garou en plein vol.

Jaxon me pousse vers Flint pour qu'il me protège et se jette entre Mekhi et le garde. Malheureusement, il est déjà trop tard : le garde plonge ses crocs dans la gorge de Mekhi, à la recherche de sa jugulaire.

97

MORDRE LA POUSSIÈRE

Sous les hurlements de Macy, Jaxon arrache le loup du cou de Mekhi. Autour, le monde entier se déchaîne. Mekhi tombe à genoux, les mains plaquées sur sa plaie qui saigne abondamment.

Je veux courir vers lui mais Flint m'a entourée de sa queue pour me retenir. Il crache du feu sur les gardes qui s'approchent.

J'attrape le fil de platine et me transforme pour lui échapper.

— Va vers Mekhi, m'ordonne Hudson. On peut encore le sauver, mais on n'a pas beaucoup de temps.

Sans hésiter, je m'élance dans les airs.

Flint ne me retient plus ; il fait sans doute confiance à Grace la gargouille. Je m'élève au-dessus de la mêlée.

En bas, c'est le chaos. Plusieurs arbres ont été déracinés, d'autres sont en flammes. Il y a du sang partout, des combattants s'affrontent au corps à corps, et certains sont étendus sans connaissance.

D'après ce que je vois, Mekhi est le seul de mes camarades à être blessé. J'atterris à ses côtés et le recouvre de mes ailes pour le protéger de la bataille qui fait rage.

Du coin de l'œil j'aperçois Jaxon qui se débat pour nous rejoindre, mais les gardes l'en empêchent. Ils ne le blessent pas, il est bien trop puissant pour ça, mais ils parviennent à le ralentir. Or, chaque seconde perdue peut coûter la vie à Mekhi.

— Non, m'assure Hudson. C'est bon. On s'occupe de lui.

— Comment ? je demande en comprimant la plaie pour ralentir l'hémorragie.

Je ferais n'importe quoi pour l'aider. En suis-je seulement capable ? Il a déjà perdu tant de sang… Je sais qu'il n'est pas humain, mais tout de même. Il n'en a plus pour longtemps.

— Arrache-toi un morceau de pierre, me dit Hudson.

— Un morceau de pierre ? je répète en baissant les yeux sur mon corps fait de roche. Mais comment ?

Mekhi gémit et s'accroche à moi. Au début, j'attribue ça à la douleur, et puis je remarque qu'il secoue la tête, pour me dire non. Non, non, non.

— Si, je réponds. Tu vas mourir, sinon…

Trop faible pour parler, il continue à faire non de la tête.

— Je ne comprends pas, je souffle à Hudson, au bord des larmes. Pourquoi refuse-t-il ?

— Parce que tu es la promise de Jaxon, m'explique sombrement Hudson. Il sait que tu seras reine un jour. Amie ou pas, il ne veut pas que tu sacrifies une partie de toi pour lui. C'est une question de protocole.

— Merde pour le protocole, je crache en brisant le bout d'une de mes cornes.

De toute façon, je les hais, ces cornes.

Mekhi écarquille les yeux. Je me penche sur lui.

— Je ne dirai rien. Ce sera notre secret. Maintenant, tais-toi et laisse-moi m'occuper de toi. (Je me tourne vers Hudson.) Dis-moi quoi faire.

— Prends la pierre entre tes mains, je ferai le reste.

Je m'exécute. Au bout de quelques instants, une chaleur étrange se répand de mes épaules jusqu'au bout de mes doigts.

— Voilà, c'est assez, me souffle Hudson.

Dans mes mains se trouve maintenant une fine poussière de pierre.

— Recouvre la plaie de cette poudre, puis place ta main dessus jusqu'à ce qu'elle durcisse.

J'obéis, priant de toutes mes forces pour que je ne sois pas en train de condamner Mekhi.

— Tiens bien sa gorge, me dit Hudson quand j'ai versé tout le sable. Ne la lâche pas tant que je n'ai rien dit.

Autour de moi s'élèvent les bruits terrifiants de la bataille, le choc des corps qui se heurtent, le rugissement des dragons, le hurlement des loups… J'aimerais regarder, m'assurer que mes amis s'en sortent.

Mais je ne peux pas : Mekhi a besoin de moi. Je ne l'ai jamais vu aussi apeuré. Je me penche à son oreille pour lui murmurer des choses gentilles et absurdes, des petits riens qui nous lient : je lui dis que j'aime ses boucles, que je trouve qu'il ferait un beau couple avec Eden s'il le voulait, et j'évoque l'importance que son amitié a pour moi. Je lui parle de mes films de vampires préférés, je lui raconte comme c'est bizarre d'être une gargouille.

Après quelques minutes aussi longues que des heures, je sens la chaleur quitter mes mains. Mekhi reprend une longue inspiration.

— C'est bon, m'annonce Hudson avec de la fierté dans la voix. Tu as réussi.

— J'ai réussi ?

— Oui, retire ta main.

J'obéis. Plus la moindre trace de blessure. Rien que de la pierre lisse.

— D'après ce que j'ai lu, ça ne tiendra pas éternellement, explique Hudson tandis que j'aide Mekhi à se rasseoir, mais ça devrait suffire jusqu'à ce qu'il arrive à l'infirmerie.

Je souris en répétant tout ça à Mekhi, puis le serre contre moi.

Il secoue la tête.

— Non, non, je n'irai pas à l'infirmerie ! Il faut que je sois avec vous pour combattre la Bête Invincible. Le plan…

— Peu importe le plan, je réplique. Cours à l'infirmerie.

Jaxon arrive enfin à nos côtés. Il a du sang et des bleus partout, à part ça il est indemne.

— Vas-y, confirme-t-il.

Les autres se rassemblent autour de nous. C'est seulement là que je comprends qu'on a gagné la bataille. Les gardes sont étendus au sol, blessés ou inconscients, tandis que mes amis sont tous debout, à part Mekhi.

— Il faut qu'on y aille, nous presse Eden. Ils ne resteront pas au sol longtemps et ils ont probablement déjà appelé des renforts.

Son nez saigne. Elle l'essuie d'un revers de main.

— Mais il faut aussi qu'on amène Mekhi à l'infirmerie, je contre. On ne peut pas le laisser seul.

— Vous n'avez pas le temps, souffle ce dernier. Ils vont revenir. Je les entends.

— Moi aussi ! renchérit Xavier. Il faut qu'on y aille, Grace.

Je me tourne vers Jaxon. Il ne va sûrement pas laisser son meilleur ami seul alors qu'il est blessé ? Il secoue pourtant la tête.

— Il faut qu'on file. C'est maintenant ou jamais.

Alors jamais, j'ai envie de répondre, mais je ne peux pas. On est si proches du but.

— Tu m'as déjà soigné, Grace, lâche Mekhi. Je suis assez en forme pour me dissoudre. Allez-y.

Et il disparaît dans la forêt.

— Oui, partons d'ici, grogne Flint en se retransformant en dragon.

Je me change en humaine. Jaxon m'attrape et me jette sur le dos de Flint, puis bondit à ma suite.

À côté, Xavier et Macy grimpent sur Eden.

Exténués et endoloris, nous nous mettons en quête de la Bête Invincible.

Ça s'annonce mal.

98

VOL DE NUIT

— On a un problème, je souffle à Jaxon après dix minutes de vol.

— Je sais.

Nous restons silencieux plusieurs minutes.

— On peut en parler ? j'insiste.

Je ne veux pas être relou, mais il faut vraiment qu'on revoie notre plan maintenant qu'on a un combattant en moins. Les pouvoirs d'hypnose de Mekhi nous auraient été précieux… Or, il est hors jeu…

— *Ou alors vous pourriez faire demi-tour*, souffle Hudson du fond de mon esprit.

Arrête de dire ça. Tu sais bien qu'il dira non, alors tais-toi si tu n'as rien d'autre à proposer. Boude comme tu faisais tout à l'heure.

— *Je ne boudais pas !*

Après quelques secondes, il se corrige :

— *D'accord, je boudais, mais je suis calmé maintenant.*

Heureuse de l'entendre. Alors, tu as des suggestions sur la façon de vaincre la Bête Invincible, maintenant qu'on n'est plus que six ?

— *Tu veux dire, à part faire demi-tour ?*

Oui.

— Eh bien, je ne pense pas qu'il faille combattre la Bête Invincible.

Je t'ai déjà dit qu'on ne ferait pas demi-tour.

— Je ne parle pas de faire demi-tour, mais juste d'essayer d'avoir une conversation avec la Bête avant de l'attaquer et de mourir.

Tu ne sais pas si on va mourir.

— Oh si, vous allez mourir d'une mort affreuse. Tu penses vraiment que six lycéens, aussi puissants soient-ils, vont venir à bout d'un monstre que personne n'a vaincu depuis deux millénaires ?

Un rire sans joie éclate dans ma tête.

Que veux-tu qu'on fasse d'autre ? On a besoin de la pierre de cœur qu'il protège. Comment veux-tu qu'on la récupère sans le tuer ?

— Honnêtement, je n'en sais rien. Tout ce que je sais c'est que si vous lui sautez tout de suite dessus, vous allez l'énerver.

Et si on y va les mains en l'air, il ne va pas en profiter pour nous zigouiller, peut-être ?

— Je ne sais pas. Les monstres ne sont pas toujours ce qu'ils paraissent.

J'en sais quelque chose. Et je sais aussi qu'il ne parle pas seulement de la Bête.

La sonnerie de mon téléphone me coupe dans ma réflexion. C'est Macy : apparemment, Xavier et elle sont en train d'avoir la même conversation que Hudson et moi. Celle que Jaxon semble déterminé à éviter.

Macy : Vous avez des idées ?
Moi : Aucune
Macy : Nous non plus

— *Moi j'ai un paquet d'idées ! N'importe quoi plutôt que de suivre mon frère tous crocs dehors pour agresser une bête littéralement invincible.*

Attention, Hudson, si tu continues à lever les yeux au ciel comme ça, tu vas rester coincé.

Il ricane. J'insiste :

Ma mère dirait que tu es têtu comme une mule.

— *Ah ouais ? Eh bien, la mienne dirait que tu es dangereuse.*

Je me remémore ma rencontre avec la reine vampire.

Je ne crois pas qu'elle se sente très menacée par moi.

— *Détrompe-toi. Tu terrifies mes parents. Ils ne seraient jamais venus jusqu'ici sinon.*

Macy m'écrit de nouveau.

Macy : X dit qu'il nous faut un autre plan
Moi : Sans blague
Macy : Comment est-ce qu'on va entrer dans la grotte ?
Macy : Comment est-ce qu'on va distraire la Bête si Mekhi n'est pas là pour l'hypnotiser ?
Moi : Je lui joue du banjo et toi tu fais la danse du ventre ?
Macy : Sois sérieuse deux minutes
Macy : JAMAIS je ne danserais la danse du ventre

Manifestement j'agace autant Macy que Hudson, ce soir. Ça me fait rire. À côté de moi, Jaxon se décide enfin.

— On va lui tendre un piège.

— Un piège ? je répète. Comme un piège à ours ?

— Non, un truc un peu moins barbare. Je pense que c'est notre meilleure chance. On ne peut pas l'attaquer sur son propre terrain, ce serait lui laisser l'avantage.

— Et elle sera prête à tout pour défendre son territoire.

— Exactement. Bon, on n'a ni le temps ni les moyens de l'attirer hors de son île, mais on peut l'attirer hors de sa grotte.

J'entends presque les rouages tourner dans son cerveau. Je me sens mal d'avoir consulté Hudson alors qu'il était occupé à réfléchir. Je devrais lui faire confiance : ma sécurité et celle des autres ont toujours été sa priorité.

— Avec Mekhi, on aurait pu l'attaquer directement. Il l'aurait hypnotisé, ce qui aurait amélioré nos chances. Mais là… c'est trop risqué.

Il se tourne vers moi.

— T'en penses quoi ?

— *On dirait bien qu'il fait usage de son intelligence !* raille Hudson. *Je suis impressionné.*

Je l'ignore. Les deux vampires les plus puissants de l'histoire réfléchissent au même problème. Ils devraient trouver une solution, non ?

— Je pense que c'est un début, je dis en transmettant l'idée à Macy par texto. Comment tu proposes de le piéger ?

— *Commencez par ne pas mourir*, intervient Hudson, excédé.

Je soupire. Il faut reconnaître que ce n'est pas une mauvaise suggestion.

99

LE SOUFFLE COURT

Nous arrivons enfin sur l'île, qui ressemble plutôt à un volcan à moitié immergé. Apparemment le monstre vit dans le cratère… Cratère qui est le seul endroit suffisamment vaste pour que les dragons y atterrissent. Autant sauter directement dans la cage aux lions.

Flint et Eden font plusieurs fois le tour de l'île mais à part la dense forêt qui occupe le centre du cratère, on ne voit rien de cette hauteur. La Bête Invincible se cache.

J'ai soudain une pensée inquiétante.

— Est-ce que l'une de vos sources mentionnait la taille de la Bête ? Est-ce qu'on devrait être capables de la voir du ciel ?

Jaxon se penche en arrière pour me répondre.

— Les versions divergent. Selon certaines, la Bête est haute comme un petit immeuble.

— Alors pourquoi est-ce qu'on ne la voit pas ?

Nous descendons dans le cratère. Il n'y a que des arbres et des rochers en vue. Je suis de plus en plus inquiète.

— Allez, atterrissons, crie Jaxon à l'intention de Flint.

J'aimerais le supplier de nouveau de renoncer à la pierre de cœur, mais Jaxon me serre contre lui en soufflant :

— Tout va bien se passer.

J'ai tant envie d'y croire.

Quand nous atterrissons enfin, il est trois heures du matin passées. Tout est calme. D'habitude, ça me plaît d'être la seule debout au milieu de la nuit mais là, au large de la Sibérie, dans l'antre de la Bête Invincible, le silence me paraît sinistre. Dès l'instant où Flint pose les pattes sur le sol de l'île, je sens que quelque chose ne va pas. C'est comme si l'île me parlait.

Je décide d'ignorer la voix en moi qui me supplie de faire demi-tour. Ce même instinct n'était pas enchanté de ma visite au cimetière non plus, et pourtant ça s'est bien terminé. De toute façon, mes amis ne changeront pas d'avis. Nous sommes déjà allés trop loin. Je m'écarte de Flint pour le laisser se métamorphoser en humain.

À une dizaine de mètres, Hudson fait les cent pas le long de l'orée de la forêt pour sonder ses profondeurs. C'est idiot : si je n'y vois rien, lui non plus. Enfin, j'imagine qu'il a besoin de s'occuper l'esprit.

Xavier, Macy et Eden nous rejoignent et, éclairés par la lumière de Macy, nous fouillons le cratère à la recherche de l'antre de la Bête. Difficile de lui tendre un piège sans savoir où elle se trouve.

L'île est probablement enchantée : on est en mars, il devrait donc faire moins de cinq degrés, or plus on s'approche du centre du cratère, plus le climat devient tropical. Je transpire dans mon manteau.

Oui, c'est bien de la magie. Au centre d'une clairière, nous découvrons une cascade et des sources d'eau chaude qui émettent une faible lueur. On y voit comme en plein jour. Ça sent l'hibiscus et les broméliacées. Les arbres sont hauts et verts, avec de grandes feuilles qui n'ont rien à faire si proches du cercle Arctique.

— Elle vit ici, dit Jaxon en s'approchant de l'eau.

— Comment tu le sais ?

— Où préférerais-tu vivre, toi ? Au bord de l'île dans l'obscurité et le froid ? Ou ici, à la lueur de ces sources chaudes ?

Il fait un signe du menton.

— Il y a une caverne de l'autre côté de la cascade.

Je sonde la chute d'eau.

— Qu'est-ce qu'on fait, maintenant ?

— On s'éloigne, chuchote Xavier. Et on réfléchit.

— Il nous faut un appât, suggère Eden tandis que nous nous retirons dans la forêt sombre.

Allez-vous-en, me souffle la voix en moi. *Partez !*

— Je veux bien jouer les appâts, propose Xavier. On construit un piège, puis j'irai dans la caverne pour l'attirer dehors.

— Mais on ne sait même pas à quoi elle ressemble, proteste Macy. Peut-être qu'elle est plus rapide qu'un loup ? Ou qu'elle a d'énormes tentacules auxquels tu ne pourras pas échapper ?

Ses exemples semblent plausibles.

— Il faut qu'on l'éloigne le temps de récupérer la pierre de cœur, c'est tout, lui rappelle Xavier.

— C'est ça, votre plan génial ? marmonne Hudson. Attraper une bête sur laquelle vous n'avez aucune information ? Comment mettre au point un piège alors que vous n'avez aucune idée de sa taille, de sa puissance ou de ses pouvoirs ?

Il n'a pas tort. Je me tourne vers le groupe.

— Est-ce qu'on a au moins une idée de son aspect ? Sa taille ? Sa puissance ? Son type de magie ? Comment voulez-vous qu'on mette un piège au point sans la connaître ?

— Le piège doit être magique, de toute façon, dit Macy. Tout le monde acquiesce.

— Oui, mais quel genre de magie ? demande Eden. Un sort ? Lequel ?

— Je pourrais rôtir le monstre, propose Flint avec un grand sourire.

— Tu risquerais d'abîmer la pierre de cœur s'il la porte sur lui, remarque Macy. Non, le piège ne peut pas être aussi violent.

— Attends, tu es en train de nous dire qu'on ne peut pas être violents avec la Bête Invincible ? demande Flint, incrédule.

— Je propose une solution douce, comme l'endormir. J'ai un sort pour ça. Je pense que ça fonctionnerait.

— Tu *penses* que ça fonctionnerait ? répète Eden, dubitative.

— Je ne peux rien garantir sans connaître la nature exacte de la Bête, mais ça devrait marcher.

— Et si ça ne marche pas ? je demande timidement.

Je ne veux pas la vexer, mais je tiens tout de même à ce qu'on imagine un plan B.

— Alors Flint la congèlera. J'en ai parlé avec Xavier : ça me paraît la meilleure idée, déclare Jaxon. Ça n'abîmera pas la pierre s'il la porte, et ça nous laissera une ou deux minutes de répit. Mieux vaut agir que réagir.

Hudson ricane.

— Et c'est mon frère qui dit ça ! J'en mangerais mon chapeau.

Tu ne portes jamais de chapeau, je lui rappelle. Il m'adresse un clin d'œil.

— Dis donc, tu fais bien attention à mes habitudes vestimentaires !

Je sais qu'il dit ça juste pour me distraire, mais ça me fait néanmoins rougir.

T'es insupportable.

— Bon, on s'installe où ? demande Xavier en inspectant les alentours. Si elle sort en courant de sa grotte, elle prendra ce chemin, non ?

Le sentier qu'il indique est une suite de pierres émergées qui traversent le lac de la cascade jusqu'à la rive.

— Jusqu'où faut-il l'éloigner, vous pensez ?

— Pas trop loin, dit Eden. Il faut qu'on soit à couvert, derrière les arbres.

— Oui, je renchéris en essayant de me rappeler mes parties de paintball de quand j'étais gamine. Mon père m'avait appris à monter des guets-apens. Maintenant que j'y pense, peut-être qu'il se disait que ça me serait utile un jour dans le monde paranormal.

— Flint pourrait se cacher là, je dis en indiquant une corniche dans la paroi du cratère. Ce n'est pas trop loin ?

Il estime la distance.

— Non, ça ira.

— Bien. Macy devra se tenir plus près.

— Plus près comment ? gronde Xavier, que l'idée n'enchante pas.

— Aussi proche que nécessaire, répond-elle fermement. Si la Bête arrive par là, je devrais pouvoir l'atteindre de cet arbre.

Elle indique un grand conifère situé à une dizaine de mètres de l'eau.

Je suis mitigée, moi aussi. Si la Bête peut sauter, elle pourrait l'atteindre en quelques secondes.

— Ça ira, insiste Macy.

— Peut-être qu'on devrait…

— J'y vais, décide-t-elle en trottinant vers l'arbre. À vaincre sans péril, on triomphe sans gloire, non ?

— Je préférerais ne pas te mettre en péril, justement !

— Fais-moi confiance, Grace. Je m'en sortirai.

J'ai beau savoir qu'elle a raison, j'ai du mal à la regarder grimper à l'arbre.

— Eden pourrait se placer en second couteau, suggère Jaxon une fois que Flint s'est mis en position.

— Je ne sais pas si ça aidera beaucoup, répond-elle. Mon pouvoir, c'est la foudre. Je l'électrocuterais, c'est peut-être risqué pour la pierre ?

— C'est pour ça qu'on ne t'utilisera qu'en dernier recours.

— Ça me va. Je me mets où ?

— Plutôt vers la colline, je propose. Au ras du sol. Comme ça, si Macy et Flint échouent, tu peux la surprendre par-derrière.

— Ici ?

Elle indique une petite alcôve au pied de la colline.

— Non, c'est trop près.

Elle sourit.

— Ne t'en fais pas pour moi.

— C'est pas ça, mais...

— Vraiment. Débrouille-toi juste pour ne pas te faire bouffer.

— D'accord, je dis, un peu nauséeuse. Faisons comme ça.

Quand tous trois sont en position, Jaxon se tourne vers Xavier et moi.

— Vous êtes prêts ?

Pour me donner du courage, je me change en gargouille. Il est temps d'y aller.

100

LE MASSACRE

Xavier, Jaxon et moi entrons d'une démarche faussement assurée dans la caverne.

— Vous pensez qu'elle ressemble à quoi ? demande Xavier en passant devant la source d'eau chaude.

— C'est plus sa position qui m'inquiète, murmure Jaxon en sondant le fond de la grotte.

Heureusement que l'eau qui coule luit, sinon on serait sur le point de se battre dans le noir.

Stop ! La voix en moi crie plus fort à chacun de mes pas.

C'est terrifiant. Est-ce que ma gargouille pressent un danger dont j'ignore l'existence ? Son affolement croît au fur et à mesure qu'on avance.

Contrairement à la voix, Hudson garde le silence. Il n'insiste plus pour qu'on batte en retraite. S'est-il retiré au fin fond de mon esprit ? Non, je le sens encore qui rôde en moi, tous ses sens en alerte. Lui aussi cherche à repérer le monstre à travers mes yeux. Même s'il ne l'admettra jamais, il fait tout son possible pour nous aider, Jaxon et moi.

C'est le paradoxe de Hudson : il a commis des actes si terribles que son propre frère a dû le tuer. Mais maintenant qu'il est de retour, il veut nous aider dans une bataille à laquelle il était pourtant opposé.

— J'y suis toujours opposé, souffle-t-il.

Pour une fois, c'est dit sans sarcasme. Non, il semble triste, comme s'il s'était résigné.

Un fracas soudain nous arrête.

— C'était quoi ? je m'écrie en plissant les yeux pour tenter de voir derrière la chute d'eau.

— On aurait dit des chaînes, répond Xavier avec son ouïe de loup.

— Des chaînes ? Pourquoi des chaînes ?

Jaxon secoue la tête.

— Je n'en sais rien.

La voix en moi hurle toujours.

Va-t'en, va-t'en, va-t'en !

Je m'arrête pour contenir ma peur. C'est trop tard. On est si proches du but ! Il faut qu'on y aille.

Nous échangeons un regard déterminé avant d'entrer dans la caverne, où le fracas augmente.

Je suis terrifiée à l'idée de ce qui nous attend dans l'ombre. Le monstre se bat-il à coups de chaînes ? J'ai aussi très peur de ce que je suis censée accomplir : je n'ai jamais rien tué de ma vie, rien du tout, pas même des insectes. Je les jette dehors s'ils me gênent. Alors, l'idée d'exterminer cette créature qui ne m'a rien fait, juste pour lui prendre la pierre de cœur… ça ne me plaît pas.

Mais qu'est-ce que je peux faire d'autre ? Laisser mes amis seuls ? Hors de question.

Nous entrons dans la caverne, le cœur battant et les mains moites. À l'intérieur, au vacarme ambiant s'ajoutent des grondements sourds. Le sol est couvert de fragments d'os. Je me penche pour mieux voir : oui, ce sont bien des os humains.

Nos prédécesseurs, j'imagine.

Jaxon nous arrête d'un geste pour passer en premier. Les chaînes s'agitent, puis plus rien. Même les grognements se sont tus.

Jaxon avance encore d'un pas. Xavier et moi le suivons. J'allume la lampe de mon téléphone. Xavier et Jaxon m'imitent.

Nous inspectons les lieux, mais il n'y a rien à voir. Je ne sais pas à quoi je m'attendais. Pas à cette crevasse pierreuse pleine d'ossements humains en tout cas.

— Où est la Bête ? je chuchote.

Il n'y a nulle part dans la caverne où un monstre pourrait se cacher. S'est-il retiré plus profondément ? Il ne semble pas y avoir d'autre salle que celle-ci et ses murs tachés de sang.

Enfin, nous repérons les chaînes. Elles sont énormes, ancrées au plafond et dans le fond de la cave.

— Je ne comprends pas, marmonne Xavier. Le bruit venait d'ici. Où est le monstre ?

Encore un grondement. Nous faisons volte-face et sondons l'obscurité de nos faisceaux lumineux.

Va-t'en, dit encore la voix en moi.

Je ne peux pas, je réponds. *C'est trop tard. Bien trop tard !*

Les chaînes recommencent à tinter, soulignées par un nouveau grondement. Puis le mur lui-même se met à bouger.

101

TOUT ÇA, C'EST DANS LA TÊTE

— Qu'est-ce que c'est que ce truc ? s'exclame Xavier en trébuchant en arrière.

Le mur a pris vie. Il pousse un long rugissement avant de se jeter sur nous. Ses chaînes crissent.

Jaxon me pousse derrière lui et envoie toute son énergie télékinétique à la créature. Ça la ralentit, mais pour quelques instants seulement.

Le monstre atterrit à quatre pattes devant nous.

Je peux enfin le détailler. Il est gigantesque et entièrement fait de pierre, de rocs brisés et pointus. À certains endroits, son corps est recouvert de mousse.

Ses yeux brillent d'une lueur rouge et ses crocs sont acérés. Il ouvre une gueule suffisamment grande pour nous avaler tous les trois. Pas à pas, il s'approche.

Jaxon attaque de nouveau de toutes ses forces mais ne parvient qu'à l'énerver. Le monstre lui flanque un coup de patte qui l'envoie valser contre une paroi de la caverne.

— Jaxon !

J'attrape Xavier et décolle pour esquiver le second coup qui vient sur nous.

Je l'évite tout juste mais le plafond est trop bas pour que je puisse me mettre totalement hors de portée. L'attaque suivante nous projette contre la paroi.

Nous la heurtons si fort que je manque de me casser les dents. Dans ma tête, Hudson me hurle de me relever. *Bouge, bouge, bouge !*

C'est ce que je fais, évitant de justesse l'énorme poing qui s'abat là où j'étais étendue un instant auparavant.

— Xavier !

Il s'est transformé en loup et saute par-dessus la Bête pour rejoindre Jaxon qui s'est relevé, lui aussi.

Le monstre les charge en hurlant. À cet instant, je remarque que les chaînes qu'il traîne ne sont pas des armes. Non, ce sont des entraves qui le retiennent au mur.

— Cours ! je crie à Jaxon. Si tu sors de la caverne, il ne pourra plus t'atteindre.

Il ne m'écoute pas. Car Jaxon Vega ne va pas s'enfuir en laissant sa promise aux mains d'un monstre.

Plutôt que de lui envoyer une nouvelle boule d'énergie à la gueule, il change de cible. Un intense séisme secoue la caverne. Le sol sous nos pieds se cabre, des pierres et des os pleuvent du plafond.

Hurlant de douleur, la Bête s'empare de Jaxon. Ça y est, tout est fini. Elle va le réduire en poussière, là, sous mes yeux.

Mais non, elle ne l'écrase pas. Elle se contente de le jeter si fort qu'il vole hors de la cave. Je ne le vois plus.

— *Va-t'en, Grace !* beugle Hudson. *Va-t'en maintenant, tant qu'il est distrait !*

Non. La seule raison pour laquelle le monstre est distrait, c'est qu'il est concentré sur Xavier. Je ne peux pas l'abandonner.

— Eh là ! je hurle de toutes mes forces. Par ici !

Il m'ignore et reste concentré sur Xavier, qui a grimpé sur une corniche dans l'espoir de parvenir à bondir par-dessus notre assaillant.

Or il est évident qu'il n'y parviendra pas. Il n'y a aucune issue : où qu'il aille, le monstre l'attrapera.

Pas mourir, pas mourir, pas mourir, répète la gargouille dans ma tête. Je voudrais hurler : entre Hudson qui me beugle de fuir, la panique et Jaxon qui m'envoie de l'énergie par le lien de promesse, ma tête est déjà bien assez occupée comme ça, et tout ce que cette fichue gargouille trouve à faire, c'est me recommander de ne pas mourir ?

Je ne peux pas laisser Xavier. Il ne me reste donc qu'une possibilité : je m'élève dans les airs et pique droit sur la tête de la Bête Invincible. Si je parviens à la déconcentrer ne serait-ce qu'une seconde, Xavier aura le temps de s'enfuir.

Non, non, non, non, répète ma gargouille tandis que je fonce. Au début, le monstre m'ignore, mais quand je lui flanque un coup de pied dans l'œil, il se tourne enfin vers moi en mugissant.

— Va-t'en, Xavier ! Sors de là ! je crie.

Le plan, c'était de l'attirer hors de la caverne. Si Xavier me laisse le champ libre, je crois que je parviendrai à l'entraîner à ma poursuite. Pourvu que ses chaînes soient suffisamment longues, sans quoi Macy ne pourra pas l'endormir.

Je file, histoire de laisser une chance à Xavier de s'échapper. À peine ai-je parcouru la moitié de la caverne que la Bête m'attrape dans son poing en pierre et m'envoie bouler vers Xavier. Je rebondis sur la paroi et m'écrase au sol.

Xavier n'est pas parti. À la place, il a sauté au bas de son perchoir dans sa forme humaine et s'est dirigé vers l'endroit où les énormes chaînes de métal sont fixées à la pierre.

Le monstre tente une seconde fois de m'attraper, mais Xavier le retient par sa chaîne qu'il tire de toute sa force de loup-garou.

Ça le surprend suffisamment pour qu'il se retourne vers lui.

Le monstre tire sur sa chaîne si fort que Xavier s'écroule par terre. Il me cherche ensuite des yeux et hurle de dépit en constatant que je ne me trouve pas à l'endroit où il m'a laissée. À cet instant, Eden, Flint, Macy et Jaxon entrent dans la caverne. Ils ont dû changer de tactique.

Eden et Flint se sont transformés en dragons. Les reptiles sont énormes, mais face à la Bête, ils ressemblent à des moineaux.

Eden envoie un éclair droit sur le monstre qui beugle de rage. À son tour, Flint lui envoie un jet de glace si puissant que la caverne tout entière gèle, mais le monstre semble à peine s'en rendre compte. Il continue à se battre et à nous lancer des rochers à la tête.

Partir, partir, partir ! Pas mourir, pas mourir, pas mourir ! répète en boucle la gargouille en moi, si fort que j'ai du mal à me concentrer sur autre chose. Du moins jusqu'à ce qu'une vive douleur traverse mon lien de promesse.

— Jaxon, je hurle en me retournant juste à temps pour le voir tomber à genoux.

Il a le teint gris et les yeux vitreux.

Il est à bout, je le vois. Je le sens.

Je plonge vers lui pour le protéger avant que la Bête ne le repère. Il a utilisé tant d'énergie aujourd'hui... contre les gardes au lycée, contre le monstre, pour m'aider à mieux résister... Entre tout ça et ce que Hudson lui prend, il ne lui reste rien.

Je l'atteins au moment où le monstre fait tomber Eden. Elle s'écrase au sol si fort qu'elle ne parvient pas à se relever. Je constate avec horreur qu'une de ses ailes est cassée.

Je protège Jaxon comme je peux tandis qu'autour de moi mes amis se battent pour une cause perdue. Nous sommes en pièces et notre adversaire n'est même pas essoufflé.

Flint, sous sa forme humaine, crache du feu en boitant.

Macy va bien, heureusement, mais aucun des sorts qu'elle jette n'a d'effet.

Et Xavier… Xavier boite, lui aussi, mais pas autant que Flint. Il est en train de contourner la Bête pour la surprendre par-derrière. Je sais déjà que ça ne fonctionnera pas.

— Il faut que tu mettes fin à tout ça ! me supplie Hudson, complètement affolé. Il faut que tu leur dises d'arrêter, Grace. Personne d'autre n'aura le courage de le faire.

— Comment veux-tu que je nous sorte de là ? Même si je leur ordonne de battre en retraite, même s'ils m'écoutaient, la Bête ne va pas nous laisser partir.

— Parle-lui, réponds simplement Hudson.

— Parler ? À qui ?

— À la Bête Invincible. Tu ne l'entends pas ? Elle te parle depuis le début. Il faut que tu lui répondes.

— Personne ne me parle !

— Je l'entends, moi. Je sais que tu l'entends aussi. Cette voix en toi qui te dit de partir, de ne pas mourir, c'est elle.

— Non, ce n'est pas elle. C'est ma gargouille.

— Je t'assure que non. Tu dois me croire.

— Mais…

— Grace ! explose-t-il en tombant à genoux, les larmes aux yeux. J'ai foiré plein de trucs, d'accord ? Je le sais. Tu le sais ! Mais là, je ne me trompe pas. C'est sa voix, c'est elle qui te parle et tu peux lui répondre. Tu peux mettre fin à tout ça. Pour une fois, écoute-moi ! Écoute-moi comme tu le faisais quand on était ensemble !

Il hurle de toutes ses forces. J'aimerais tant le croire, mais… Et s'il se trompait ?

— Non ! je crie en voyant le monstre se tourner vers Macy.

Je plonge pour me jeter entre eux, mais j'ai beau voler à tire-d'aile, je n'arriverai pas à temps.

Xavier s'interpose une fraction de seconde avant moi. D'un coup d'épaule, il écarte Macy et encaisse le coup à sa place.

Un craquement lugubre emplit la caverne. Xavier tombe au sol, le corps complètement désarticulé. Le monstre l'attrape par une jambe pour le soulever. Je bondis pour l'arrêter et, enfin, j'obéis à Hudson.

J'écarte les bras et je hurle de toute mon âme :

— NON !

102

C'EST NOUS, LES MONSTRES

La Bête Invincible sursaute comme si je l'avais frappée. Elle trébuche et tombe au sol. Son hurlement est si intense qu'il fait trembler les parois.

Sous son cri, j'entends la voix en moi qui me supplie : *Pas faire mal, pas faire mal.* Hudson avait raison. Cette voix qui est apparue en moi à mon arrivée à Katmere, cette voix qui me met en garde contre le danger, cette voix que je croyais être une manifestation de ma gargouille était en réalité celle de la Bête Invincible.

Comment est-ce possible ? Peu importe. Là, tout de suite, je dois sauver mes amis.

Je sèche mes larmes du dos de la main et regarde le monstre de pierre en face.

J'observe sa peau rugueuse. La pierre lisse sous les chaînes qui la menottent. L'unique corne brisée qui orne sa tête.

J'aurais dû comprendre plus tôt. Voilà pourquoi la magie de Macy n'avait aucun effet sur lui, tout comme la télékinésie de Jaxon, les éclairs d'Eden ou la glace de Flint. Ce n'est pas parce que ce monstre est tout-puissant. Non, c'est simplement que, comme moi, il est résistant à la magie.

Il n'est pas invincible. C'est une gargouille, la seule à vivre encore, à part moi, enchaînée au fond de cette grotte depuis plus d'un millénaire.

Je regarde en face cette pauvre gargouille, ce monstre misérable. Je porte une main à mes cornes. Elles ont grandi en taille chaque fois que mes pouvoirs gagnaient en puissance. À combien de batailles ce colosse de pierre a-t-il dû survivre pour être aussi grand ?

Une infinité, sûrement.

Oh ! qu'ai-je fait ? Qu'avons-nous fait ?

Pardon, je lui dis. *Pardon, pardon, pardon.*

Est-ce à mon frère gargouille que je dis ça ? Ou à Xavier ? Ou à Hudson ? Aux trois, peut-être. C'est parce que j'ai refusé d'écouter Hudson qu'on en est là. Parce que j'ai refusé de croire qu'il n'était pas tout noir, qu'on ne pouvait pas classer le monde dans des cases, monstre ou héros.

Et maintenant, il est trop tard.

Derrière moi, Macy pousse un hurlement de douleur. Elle tombe à genoux devant Xavier.

En sanglotant, elle le prend dans ses bras et le berce contre elle.

— Non, s'écrie Flint. Non ! Non !

Eden a repris forme humaine. Des larmes ruissellent sur son visage, et Jaxon… Je n'ai jamais vu Jaxon aussi brisé.

Pardon, pardon, pardon, dit la voix en moi. *Méchant loup. Je devais la sauver. La protéger !*

De qui parle-t-il ? Peu importe. Xavier est mort. Xavier est mort et c'est tout ce qui compte. Xavier est mort sous les coups de cette pauvre, misérable créature qui ne lui voulait aucun mal. Tout ça parce que je n'ai pas écouté. Parce que je n'ai pas voulu voir.

Écrasée de douleur et de chagrin, je m'effondre au sol. Mon menton heurte la pierre mais je le sens à peine. Xavier est juste là avec ses yeux grands ouverts qui ne verront plus rien.

Il y a seulement deux minutes, il était vivant.

C'est ma faute. Tout est ma faute. Si seulement j'avais écouté Hudson...

Eden tombe à genoux à côté de Macy et la serre contre elle. C'est moi qui devrais consoler ma cousine, moi qui devrais essayer de réparer l'irréparable, mais je ne parviens pas à bouger. Je ne parviens pas à penser.

À peine à respirer.

— Il faut en finir, me souffle Hudson. Tu dois sauver ceux qui restent.

— Je ne sais même pas comment on pourrait rentrer.

Ni Eden ni Flint ne sont suffisamment vaillants pour nous ramener à Katmere.

Or l'Épreuve est dans moins de quatre heures. Je ne peux pas être en retard. Le roi et la reine seraient capables de torturer mes amis pour me punir.

— Je suis désolée, Macy, je m'étrangle en rampant jusqu'à elle pour embrasser son front.

— Je suis désolée, je répète à Hudson en me relevant péniblement.

Je suis tellement, tellement désolée, je dis à cette gargouille millénaire en posant ma main sur sa peau en pierre.

Au début, la créature tente de s'écarter en rugissant, mais très vite elle s'adoucit et m'observe de ses yeux qui ont tant vu.

Qui t'a fait ça ? je lui demande en caressant le fer qui lui entrave la cheville. *Qui t'a enfermée ici ? Qui t'a forcée à devenir la Bête Invincible ?*

Elle gémit en entendant ce nom. Je la comprends. Ça fait des siècles qu'elle attend au fond de cette grotte, avec pour seules distractions les attaques des rares créatures magiques qui osent s'aventurer ici pour lui voler la pierre de cœur qu'elle protège.

Ça défie l'entendement.

Je ne peux pas mourir, me dit-elle. *Je dois la sauver. La libérer. Je ne peux pas mourir.*

Qui ça ? je réponds. *Peut-être que je peux t'aider.*

Pourquoi me ferait-elle confiance, en même temps ? Je ne sais pas, mais je dois essayer. Après tout ce que le monde lui a infligé, je lui dois au moins ça.

Je me retourne pour contempler mes amis. Ils sont sous le choc, ensanglantés et pétrifiés. À eux aussi, je dois beaucoup.

La Bête, pardon, la gargouille ne répond pas tout de suite. Comment lui en vouloir ? Mais ensuite, doucement, si doucement que je ne le remarque pas au début, elle lève les bras pour me présenter ses fers.

Bien sûr.

On va te libérer, je promets.

Je me retourne vers mes amis, mes amis brisés et dévastés, à qui je dois demander un énième service.

— Je suis tellement désolée… Mais j'ai encore besoin de votre aide.

Flint nous regarde tour à tour, la gargouille et moi. Je devine ses pensées : pourquoi aiderait-il le monstre qui vient de tuer son ami ?

— Parce que ce n'est pas sa faute, je chuchote avant qu'il n'ait pu poser la question. C'est nous qui l'avons attaquée. Depuis plus de mille ans, tous ceux qui entrent dans cette grotte l'attaquent alors qu'elle n'est qu'une simple gargouille, comme moi.

Tout le monde cligne des yeux en silence. C'est Macy qui se décide la première. Elle se relève, du mascara plein le visage, et vise la gargouille de sa baguette. Je lève la main, inquiète… Mais non, c'est inutile. Rien, jamais, ne me surprendra autant que ma cousine et son cœur féroce.

Elle chuchote un sort et envoie un éclair de foudre droit sur une des chaînes qui retiennent la gargouille.

103

COMME DES SOMNAMBULES

La chaîne ne se rompt pas, alors elle tire encore. Et encore. Et encore.

Le métal crisse et vibre mais ne se brise pas.

Très vite, Flint joint ses forces à celles de Macy et lance des jets de glace. Rien à faire.

Enfin, Jaxon se lève en chancelant, le teint gris. De toutes ses forces, au bord de l'évanouissement, il tente de faire bouger le mur auquel les chaînes sont accrochées.

En vain.

Alors je me tourne vers la Bête Invincible, la gargouille qui ne mérite rien de ce que mes amis et moi lui avons infligé. Le monstre baisse la tête, et mon cœur se brise une nouvelle fois. Il savait que nous n'y arriverions pas.

Je suis désolée, je répète. *On ne peut pas encore te libérer. Je te promets qu'on reviendra. On trouvera un moyen.*

Il me jauge pendant quelques secondes. Plus le temps passe, plus ses yeux rouges me paraissent humains.

Pourquoi ? demande-t-il.

Pourquoi est-ce qu'on reviendra ? Mais pour te libérer.

Non. Pourquoi venir ici ?

Oh.

Je baisse les yeux. Nous voulions voler à cette créature ce qu'elle a de plus précieux au monde alors qu'elle a déjà tant souffert. J'ai si honte.

Nous avions besoin de ton trésor. De la pierre de cœur. Pardon. On voulait te la prendre. On avait tort. Je suis tellement, tellement désolée.

Pierre de cœur ? répète-t-il. Il penche la tête sur le côté, comme s'il n'était pas sûr de comprendre.

Oui, la pierre de cœur, je confirme.

La poitrine du monstre de pierre se met à luire d'une lumière rouge sombre. Il tapote son torse.

Vous voulez la pierre de cœur ?

Oh non... La pierre de cœur n'est pas un simple bijou qu'il protège, c'est son *cœur.* Son cœur de pierre. Et après tout ce qu'on lui a infligé, il est prêt à nous l'offrir.

Je ravale un sanglot. Qui a pu le condamner à un sort aussi cruel ?

La gargouille indique encore son torse.

Pierre de cœur ?

Non, je bredouille. *Non, il faut que tu la gardes. Merci.*

On a déjà fait tant de mal autour de nous. On a perdu Xavier. Hors de question de tuer en plus cette créature innocente.

— Grace, me souffle Jaxon en s'appuyant au mur pour tenir debout. Grace, il faut que tu la lui prennes.

— Non, je réponds en m'inclinant devant mon frère gargouille. Non, je ne vais pas le tuer.

— Grace ! Tu vas le regretter.

— Je regrette déjà beaucoup de choses, mais je suis sûre de ma décision, je réplique sans le regarder.

Je pose ma tête contre la pierre de la gargouille et me retransforme en humaine.

Merci, mon ami. Pour tout. Je te promets que je reviendrai.

Quand je m'écarte enfin de la gargouille, Jaxon a soulevé le corps de Xavier et le transporte hors de la caverne. Macy soutient Flint. Eden les suit de près. Son épaule droite est dans un sale état.

Je cours pour les rattraper. Juste avant de sortir de la caverne, je me retourne pour faire un dernier signe à la gargouille. Elle me répond.

Le temps nous est compté. Nous retournons dans la clairière où nous avons atterri. L'épreuve aura lieu dans trois heures et ni Jaxon ni moi ne sommes prêts. Les dragons nous assurent que tout va bien, qu'ils peuvent voler sans problème, mais j'ai du mal à les croire : le tibia de Flint a percé la chair de sa jambe et Eden, avec son aile cassée, n'est clairement pas capable de soutenir notre poids.

Macy continue à marcher le long de l'eau et nous la suivons, aussi perdus qu'effrayés. Enfin, elle fait asseoir Flint sur le sable et se met à genoux pour fouiller dans son sac à dos, en sortir une poignée de cristaux et son livre de sorts.

Jaxon couche le corps de Xavier un peu plus loin avant de s'effondrer à son tour. Eden tombe à genoux entre eux. Elle a beau faire de son mieux pour le cacher, ses yeux brillent de douleur quand ils se posent sur le cadavre de Xavier.

Moi-même, j'ai si mal que je parviens à peine à respirer. Je ne peux même pas regarder mes amis en face tant je me sens coupable.

— Je suis désolée de vous avoir entraînés là-dedans. De vous avoir mis en danger à cause de mes problèmes.

Je jette un œil au corps brisé de Xavier et manque de m'étouffer de chagrin.

— Je ne peux rien faire pour ramener Xavier à la vie. J'échangerais ma place contre la sienne, si je pouvais, mais…

— Ce n'est pas ta faute, m'assure Jaxon d'une voix rauque, les yeux pleins de douleur et de fatigue. C'est moi qui ai insisté pour venir. Je ne t'ai pas écoutée. J'aurais dû… J'aurais pu…

— Ça suffit, tous les deux, nous interrompt Macy en essuyant ses larmes. On a tous pris cette décision en connaissance de cause ! Contrairement à Grace, nous avons tous grandi avec les histoires de la Bête Invincible. Et on a décidé de venir quand même.

Elle s'éclaircit la gorge.

— On a volé jusqu'ici et on a attaqué cette pauvre créature parce qu'on pensait prévenir un mal encore plus grand. On pensait prendre la bonne décision, alors que tous les signes nous indiquaient qu'on avait tort. Et ça, c'est notre faute à tous. Depuis notre naissance, on joue avec la magie. On lance des sorts, on se métamorphose, on fait trembler la terre. Il serait temps de se rappeler que les pouvoirs dont on jouit ont des conséquences.

Elle regarde encore Xavier, l'air au bord de l'implosion, puis se redresse et plonge ses yeux tour à tour dans les nôtres.

— C'est nous qui avons perdu l'esprit. Malgré tout ce qu'on nous a appris sur ce monde, on a choisi de venir ici pour décider du destin de Hudson. Alors que Grace nous a suppliés de n'en rien faire. C'est notre faute, et on va devoir vivre le restant de nos vies avec ce sentiment.

Elle se racle la gorge.

— Pour Xavier, pour cette pauvre gargouille, et même pour les gens qu'on a laissés au lycée, pour toutes les créatures magiques qui ne comprennent pas encore à quel point le Cercle les a trahis… Pour eux tous, tirons les leçons de notre erreur. Ça ne réparera rien, ça ne ramènera pas Xavier, mais ça empêchera d'autres morts.

Elle me pointe du doigt.

— Et ça, ça veut dire qu'on doit t'amener à l'Épreuve quoi qu'il en coûte, et que tu dois prendre ta place au sein du Cercle pour essayer d'arranger la situation. Arrêtez de vous apitoyer sur vous-mêmes. Arrêtez de vous noyer dans votre culpabilité et aidez-moi à vous ramener tous à Katmere avant qu'il ne soit trop tard.

Pendant un long moment, personne n'ose bouger. On est hypnotisés par le discours de Macy, par sa volonté, par son courage.

Elle lève un sourcil.

— Vous n'allez pas me laisser tout faire toute seule, quand même ?

104

MÊME LA MORT NE NOUS ARRÊTE PAS

— Bien sûr que non, dit Flint en se redressant sur sa jambe cassée.

C'est douloureux à regarder. Jaxon lui pose une main sur l'épaule et chuchote quelque chose que je n'entends pas. Flint accepte de se rasseoir.

— De quoi as-tu besoin ? je demande en m'accroupissant près de Macy dans le sable.

— Donne un cristal à chaque personne et dis-leur de faire face respectivement au nord, au sud, à l'est et à l'ouest, répond-elle en m'indiquant les directions.

Elle parcourt les instructions dans son livre de sorts, puis le range dans son sac.

— Et dépose un cinquième cristal sur la poitrine de Xavier.

Je m'exécute. Après avoir soufflé une courte prière, le cœur serré, je dépose un cristal sur son tee-shirt Guns'N'Roses.

Puis je retourne aider Macy. Jaxon me devance.

— Qu'est-ce qu'on peut faire ? demande-t-il en s'approchant.

Il boite. Je lui attrape la main pour lui envoyer un peu d'énergie. Il se dégage.

— Arrête. Tu ne peux pas te le permettre. Économise-toi.

— Ouais, ben, je ne peux pas non plus me permettre de laisser mon promis s'évanouir juste avant l'Épreuve. Donc laisse-moi faire, et on verra au lycée comment on s'arrange pour la suite.

Il cesse de protester. Je lui envoie encore un peu d'énergie. Pas assez pour vraiment m'affaiblir, mais suffisamment pour lui redonner des couleurs.

— Tiens-toi là où Grace t'a placé, lui indique Macy avant de faire face à l'océan.

— Et maintenant ?

— Je vais tenter un sort dont Gwen m'a parlé pendant que je me préparais pour ce soir. Je ne l'ai jamais lancé, donc soit il nous ramènera au lycée… soit il nous désintégrera tous en un million de rayons de lumière. (Elle soupire.) On verra bien.

J'écarquille les yeux. Elle me passe un cristal.

— Prends ça et assure-toi que tout le monde est bien à sa place.

Je m'exécute et serre le cristal dans mon poing. Elle sort son athamé de sa poche et pointe sa lame vers le ciel. De l'autre main, elle attrape la mienne.

— Prêts ? demande-t-elle à la cantonade.

— À me faire désintégrer en un million de rayons de lumière ? répond Flint. Yep !

— Je te reconnais bien là, réplique Macy. C'est parti.

Avec une grâce digne d'une danseuse, Macy pointe la dague de son athamé droit vers l'aurore boréale qui danse au-dessus de nos têtes pour lui imprimer de petits mouvements circulaires.

Au début, il ne se passe rien, mais petit à petit, le cristal dans ma main commence à palpiter. Je regarde autour de moi : c'est pareil chez les autres. Les cristaux pulsent et brillent de plus en plus fort. Puis ils se mettent à vibrer.

Macy reste concentrée sur le ciel. Je lève mon cristal pour le lui montrer, mais elle secoue la tête. Je me remets en position.

Les cristaux sont de plus en plus chauds, de plus en plus lumineux, et les gestes de Macy de plus en plus grands, si grands qu'ils semblent nous encercler, nous absorber dans sa magie, dans l'énergie qu'elle emprunte au ciel.

Tout à coup, elle gémit et le cristal dans ma main devient brûlant. Je m'y accroche malgré la douleur mais ça devient très vite intolérable. Je suis forcée d'ouvrir les doigts. Le cristal se met à léviter juste au-dessus de ma paume, puis de plus en plus haut. Ceux de mes camarades font pareil : ils s'alignent en arc de cercle entre l'athamé et le ciel. Alors, un éclair les foudroie. Les cristaux dévient l'énergie droit dans la lame.

Je hurle : c'est si chaud, si intense… Macy reste immobile. Elle maintient la lame droite pendant que toute l'énergie de l'éclair s'y déverse. Quand la puissance ressort de l'arme, elle forme un grand cercle lumineux qui nous englobe tous.

De l'eau, du sable, du vent et de la lumière tournoient autour de nous, nous coupant du reste du monde.

Macy vibre, elle aussi. Son corps entier brille de toute la force des éléments. Ses vêtements sont trempés et collent à sa peau luisante, ses cheveux sont dressés sur sa tête. Elle m'attrape la main et je sens son énergie couler en moi.

C'est si puissant que c'en est presque douloureux. Je manque de lâcher, mais Macy a besoin de moi : c'est trop d'énergie pour elle seule. Elle a besoin de ma gargouille pour l'absorber.

Alors je resserre ma prise et laisse le tout se déverser en moi. Quand un second éclair s'abat sur nous, je ne sursaute même pas.

Les secondes passent. Nous sommes balayés par un torrent d'énergie. Un instant plus tard, un éclair éblouissant illumine le ciel entier, et le cratère autour de nous disparaît.

Tout disparaît. Il n'y a plus rien. Même plus de nous. Il ne reste que la lumière, l'énergie et l'air en lesquels nous sommes métamorphosés.

105

SANS GRÂCE

Nous heurtons le sol en hurlant. Les particules de lumière se réarrangent pour reformer nos corps. C'est douloureux et étrange mais ça ne dure que quelques secondes. Je lutte pour reprendre mon souffle.

— Quelle heure est-il ?

Autour de moi, mes amis sont recroquevillés dans la neige. Certains gémissent. Je sors mon téléphone de ma poche. Plus de batterie.

Des lambeaux de nuages roses s'étirent dans le ciel. C'est l'aube, je devine, en proie à la panique. *Ne me dites pas qu'on est revenus de si loin pour échouer à cause d'un simple retard ? On ne peut pas être en retard !*

— Il est 6 h 50, gémit Flint en s'asseyant.

— 6 h 50, je répète. Le soleil se lève à 8 h 20. Il nous reste une heure et demie.

Mes camarades demeurent prostrés, comme si l'urgence de la situation leur échappait.

— Quatre-vingt-dix minutes ! je crie en tournant sur moi-même pour comprendre où, dans le lycée, nous avons atterri.

Macy se remet sur pied, l'air aussi patraque que moi.

— D'accord, d'accord… Le stade est par là. Il faut qu'on sorte de ce bosquet.

— Allez ! j'exhorte en secouant Jaxon.

Il a vraiment l'air mal en point. Flint boitille jusqu'à moi pour m'aider à le soutenir. Maintenant qu'on est à la lumière du jour, je peux voir l'état de sa jambe.

— Rassieds-toi, je lui ordonne. Tu ne peux pas marcher. Attends ici, on enverra des gens pour t'aider.

— Je reste aussi, propose Eden. Avec lui et Xavier.

C'est là que je m'aperçois que le corps de Xavier n'est nulle part.

— On l'a laissé ! je m'écrie avec horreur. On l'a laissé là-bas !

— Non, souffle Macy.

— Il n'est pas là ! s'exclame Eden en vérifiant derrière les arbres les plus proches. Où est-il ? Oh ! non…

— Il est devenu de la lumière, explique Macy d'une voix blanche. Nous avons pu nous reformer parce que nous sommes encore vivants, mais pas lui. Il s'est désintégré. Il est mort. (Elle se met à sangloter.) Il est vraiment mort.

J'ai tellement envie de la prendre dans mes bras pour pleurer avec elle…

— Je suis désolée, Macy… Mais il faut qu'on y aille. Je dois y aller, et j'ai besoin de toi.

Elle s'essuie les yeux.

— Je sais. Pardon. Allons-y.

— C'est moi qui te demande pardon, intervient Jaxon d'une voix rauque.

Ma cousine hoche la tête sans répondre. Que voulez-vous qu'elle dise ?

Eden et Flint nous souhaitent bon courage et nous partons tous les trois, chancelants.

Au moins, Macy avait raison : à la sortie du bosquet, nous apercevons l'arène.

Je vérifie l'heure sur le téléphone de Jaxon. Il nous reste quatre-vingt-cinq minutes pour y arriver. Ça ne nous laisse pas un grand répit, mais au moins on sera à l'heure. C'est tout ce qui compte.

— C'est tout droit, nous indique Macy. Je vais aller trouver de l'aide, envoyer Marise ou quelqu'un d'autre chercher Flint. Je vais aussi essayer de rapporter du sang pour Jaxon. Je vous retrouve dès que possible.

Je n'ai plus assez d'énergie pour répondre, je hoche la tête et continue à avancer vers le stade, le bras de Jaxon sur mes épaules. Je suis épuisée. Tous mes os me font mal.

Je voudrais m'asseoir. Rentrer chez moi. Partir loin d'ici.

— *Hé, ça va aller,* me dit Hudson, d'une voix aussi rauque que celle de son frère. *Tu y es presque, une fois arrivés vous pourrez reprendre des forces avec Jaxon.*

— Des forces ? je réponds. Quelles forces ? Il ne nous reste plus rien.

J'inspire profondément et essaie de me convaincre qu'il a raison. Quoi qu'il arrive, ce sera bientôt terminé.

Tandis que nous grimpons la dernière colline qui s'élève entre l'arène et nous, Jaxon souffle :

— Il faut qu'on trouve un meilleur plan. Pour l'Épreuve.

— Je ne sais pas… On avait dit qu'on utiliserait les portails le plus possible, mais tu n'es plus en état.

— Tu sais, j'avais prévu d'attraper la balle et d'aller marquer tout de suite sans la lâcher. Nuri a réussi à tenir la comète pendant presque cinq minutes. Je pense que je peux en faire autant, et comme ça tu ne devras pas…

— Participer ? je complète. Contribuer à l'effort ? Me défendre ?

Mon sang ne fait qu'un tour

— Quoi ? demande Jaxon.

— Tu ne veux pas que je relève le défi que j'ai moi-même lancé, c'est ça ?

— *Houla, Grace est fâchée*, commente Hudson sans que je lui prête attention.

— Ce n'est pas ce que je voulais dire, proteste Jaxon.

— Ah bon, tu es sûr ? Tu t'attendais à ce que je fasse quoi dans l'arène, exactement ? Que je sorte mes accessoires de pom-pom girl pour t'encourager pendant que tu fais tout le boulot ?

— Ne le prends pas comme ça...

— D'accord, je rétorque en m'arrêtant de marcher. Comment je dois le prendre, alors ?

Il passe une main dans ses cheveux.

— Je veux juste faire attention à toi. Te protéger. Je suis le plus puissant, c'est comme ça. Je veux juste veiller sur ma copine.

Je hausse les sourcils.

— Ta copine, la petite humaine ?

— C'est quoi, le problème ? Je me soucie de toi, c'est tout.

— Ce ne serait pas un problème si tu parvenais à te mesurer, je réponds. Mais chez toi, c'est carrément maladif. Tu me surprotèges tout le temps, et j'en ai marre.

— Tu en as marre ? reprend-il, franchement énervé. Comment ça, tu en as marre ?

— J'en ai marre que tu penses que je suis plus faible que toi.

— Mais tu *es* plus faible que moi ! rugit-il. C'est un fait.

Je lui flanque une bourrade qui le déstabilise.

— Vraiment ? je grince. Parce que là, on dirait bien que c'est toi qui as besoin de moi, et pas l'inverse.

Ses yeux virent au noir.

— Tu te moques de moi parce que je suis épuisé, c'est ça ? Après tout ce que j'ai fait pour toi dans la caverne !

J'inspire profondément pour me calmer. J'ai envie de hurler. Il ne comprend rien. Ça commence à m'inquiéter : si Jaxon est incapable de me comprendre, quel espoir nous reste-t-il ?

— Non, je me moque de toi parce que tu ne piges pas qu'on doit tous les deux prendre soin l'un de l'autre. Que, parfois, j'ai besoin d'aide…

— Je sais…

— Oui, je sais que tu sais. Tu me le rappelles souvent. Que je suis plus faible que toi. Que mes opinions n'ont pas d'importance.

— Je n'ai jamais dit ça, dit-il en boitant pour s'approcher de moi. Je te demande tout le temps ce que tu penses.

— C'est faux. Tu ne me demandes jamais ce que je pense. Tu me dis ce que tu penses, j'essaie de te répondre, et au final tu fais comme tu as décidé. Tu ne m'écoutes pas et tu me caches des choses pour ne pas m'inquiéter. Tu cherches à résoudre tous mes problèmes à ma place parce que tu me prends pour une frêle petite humaine incapable de prendre soin d'elle-même.

— Je t'ai perdue pendant quatre mois, alors je te protège, c'est tout, gronde-t-il.

— Tu ne m'as pas perdue. Je t'ai sauvé, je lui rappelle. Je t'ai sauvé la vie.

— En sacrifiant la tienne, réplique-t-il d'un ton douloureux. Mets-toi un peu à ma place. Imagine ce que ça m'a fait d'être là dans ce couloir avec une statue de toi dans les bras. Tu étais totalement hors de portée, par ma faute. Je ne t'avais pas suffisamment protégée. Et Lia… Tout ce qu'elle t'a fait subir juste parce que j'ai été assez bête pour boire son thé ! Ensuite, te savoir bloquée pendant quatre mois avec mon frère parce que je n'ai pas réussi à te...

— À me sauver ? C'est bien ce que je dis. Ce n'est pas ta responsabilité de me sauver. Ou alors il faut que ce soit réciproque. Tu ne me laisses jamais faire, parce que dans ta tête je suis toujours la petite nouvelle humaine qui débarque à Katmere.

— Mais tu es humaine...

— Non ! je hurle. Je ne suis pas humaine. Pas seulement, en tout cas. Je suis une gargouille, et je sais faire plein de choses. Je pourrais te transformer en pierre, si je voulais. Je peux voler aussi haut que toi. Et je suis endurante.

— Je sais tout ça.

— Vraiment ? Tu dis que tu m'aimes, et je te crois, mais je ne pense pas que tu me considères comme ton égale. Si c'était le cas, tu m'aurais écoutée quand je t'ai dit que c'était une mauvaise idée d'affronter la Bête Invincible.

— Tu es injuste. Je continue de penser que laisser Hudson revenir à la vie en possession de ses pouvoirs serait un désastre.

— Xavier est mort, Jaxon ! Il est mort par notre faute ! Comment veux-tu que je continue à vivre en sachant ça ? Comment veux-tu que je me pardonne de ne pas avoir protesté plus fort ? De ne pas t'avoir forcé à m'écouter ?

— Il faut que tu comprennes, répond-il d'une voix éraillée. C'est une tragédie... La mort de Xavier est une tragédie, mais certaines causes valent le coup qu'on meure pour elles.

J'entends ce qu'il dit. Certes, je n'ai pas été témoin des actes de Hudson, et je n'étais pas là quand Jaxon a pris la décision de tuer son frère.

C'est là que je comprends.

C'est *ça*, la raison pour laquelle Jaxon ne peut pas me croire quand je lui dis que Hudson n'est peut-être pas si mauvais. Il ne peut pas envisager de s'être trompé. Parce que s'il s'est trompé, s'il a tué son frère pour rien, alors… Cette pensée lui est intolérable.

Mais on ne peut pas continuer comme ça, à prendre autant de risques pour protéger le monde de la menace Hudson, surtout quand ces risques blessent des gens ou les tuent.

— Il va falloir que tu me fasses confiance, je dis à Jaxon. Que tu me croies. Je ne vois pas autrement comment on peut avancer. Tu es mon promis et je t'aime, mais je ne peux pas passer le restant de ma vie à me battre pour te convaincre de m'écouter.

Au fond de moi, Hudson est silencieux. Je le comprends. Moi-même, j'ai du mal à croire à ce que j'ose dire. Pourtant, je sais que j'ai raison.

— Comment ça ? demande Jaxon d'un ton inquiet. Qu'est-ce que tu veux dire, exactement ?

— Il faut que tu acceptes le compromis, je déclare. Que tu me traites en égale. Que tu m'écoutes et que tu me fasses confiance, même si c'est dur pour toi. Parce que moi, je le fais pour toi. Alors, si tu n'es même pas capable d'essayer… je ne sais pas ce qu'il adviendra de nous.

Il se tait un moment. Il ne me déclare pas son amour, il ne me fait pas de promesses insensées, et je lui en suis reconnaissante. Ça veut dire qu'il réfléchit. Qu'il m'a entendue.

Enfin, il répond :

— Je vais essayer, Grace. Je te le promets. Mais ça fait si longtemps que je ne fais plus confiance à personne que ça n'ira pas de soi. Je risque de ne pas y arriver du premier coup, de me planter. D'essayer encore de te protéger quand tu n'en as pas envie, et tu devras l'accepter parfois. Je ne changerai pas d'un seul coup.

— Je sais, je souffle en le prenant dans mes bras, les larmes aux yeux. On fera de notre mieux, tous les deux, d'accord ? Et on verra où ça nous mène.

Il appuie son front contre le mien.

— Pour l'instant ça nous mène au stade, où on va se faire casser la gueule.

— Ouais, je rigole, mais au moins on se fera casser la gueule ensemble.

Il me fixe de ses yeux brûlants.

— Oui. C'est tout ce qui compte.

106

MÊME LES CŒURS DE PIERRE PEUVENT SE BRISER

Nous clopinons vers le portail en bois sculpté qui mène à l'arène. Soudain, Cole bondit de derrière un arbre et nous barre le chemin en applaudissant lentement.

— Qu'est-ce que tu veux, Cole ? gronde Jaxon.

Il n'a plus assez de forces pour avoir l'air réellement menaçant, ce qui ravit le loup-garou au plus haut point.

— Voir si tu vas vraiment oser venir, Vega. On dirait que oui. Je ne sais pas si c'est courageux de ta part ou très stupide. Regarde-toi, sérieux.

Il s'esclaffe.

— Je me sens presque mal pour toi.

C'est de la provoc, mais je ne peux pas m'empêcher d'y répondre.

— Pourquoi tu te sentirais mal ?

Tout en me regardant droit dans les yeux, il sort une feuille de papier de sa poche. Le papier a été déchiré en lambeaux et recollé avec du scotch.

— Oh, pour ça.

— Non ! crie Jaxon en tentant d'arracher la feuille à Cole.

Mais des loups sortent de partout. Deux d'entre eux m'attrapent, deux autres se saisissent de Jaxon et les trois derniers se placent entre Cole et nous.

— Tu es trop arrogant, Jaxon. Tu pensais vraiment que déchirer ce sort puissant suffirait à l'annuler ? En plus tu l'as jeté devant tout le monde !

Le sourire du chef de meute est plein de malveillance et de jalousie.

— Tu imagines que tu es si craint que personne ne s'en prendra jamais à toi ni à ta promise ?

Il se met à réciter une suite de mots insensés. Ça pourrait aussi bien être un poème qu'un sort. Je suis si fatiguée que je n'arrive pas à suivre. Quand Cole termine, c'est comme si mon âme se déchirait en deux. Je tombe à genoux et m'effondre, la tête dans la neige. Rien ne m'a jamais fait aussi mal de ma vie.

Faites que ça s'arrête, par pitié, faites que ça s'arrête.

Je parviens à peine à respirer. À penser. À être. Je suis trop faible pour me relever. J'ai si mal.

À côté de moi, Jaxon hurle. J'utilise mes dernières forces pour me tourner vers lui. Il se contorsionne de douleur sur le sol, le dos arqué, les jambes secouées de spasmes.

— Jax… j'appelle, tendant la main vers lui.

Mais il est trop loin, et moi trop éreintée pour l'atteindre. Les ténèbres m'envahissent. Je tente alors de joindre Jaxon par notre lien de promesse et… et je hurle à mon tour.

Le lien a disparu.

107

LE COUP DE GRÂCE

Le temps passe. Combien de temps ? Je n'en sais rien. Assez pour que Cole et sa meute de loups sadiques s'en aillent. Assez pour que l'aube finisse d'envahir le ciel. Assez pour que je réalise ce qui vient de se passer.

La douleur se calme enfin. Ça devrait être une bonne chose, pourtant je ne parviens pas à m'en réjouir. Elle était mon dernier lien avec Jaxon.

Sans elle, il n'y a plus que du vide. Je ne me suis jamais sentie aussi mal de ma vie. Je ne savais même pas que c'était possible. Quand mes parents sont morts, j'étais engourdie. En colère. Perdue. Triste. Là, je me sens creuse. Anéantie.

Le temps passe, les secondes se changent en minutes… Des minutes que je ne peux pas me permettre de laisser filer.

Je devrais être dans l'arène avec Jaxon.

On devrait être sur le terrain pour défier Cyrus et son emprise sur le Cercle.

Or je ne suis même pas capable me lever.

Jaxon est recroquevillé près de moi, le visage dans ses mains, comme pour se protéger. Pourtant, on n'a plus rien à craindre. Le pire est arrivé. Cole nous a infligé le coup fatal, et on ne l'a même pas vu venir.

Au moins, je sais que j'ai touché le fond. Cyrus peut bien me jeter dans un donjon ou me torturer, ça ne pourra pas être pire.

J'inspire profondément et avale un peu de neige. Je me tourne sur le côté pour tousser. Puis je ne bouge plus.

Le soleil se lève, parant le ciel d'une myriade de couleurs. Ensuite apparaissent des nuages gris, zébrés par moments d'un éclair. Du tonnerre résonne au loin.

— Grace ? m'appelle Jaxon d'une voix emplie de douleur.

— Oui ?

— Tu ne peux pas y aller.

— Quoi ?

— L'arène. Tu ne peux pas y aller sans moi.

— Je sais.

Il me tend la main. J'ai envie de la prendre. Mais non : il est trop loin, et de toute façon ça ne changera rien. Se toucher ne nous rendra pas ce que nous avons perdu.

— Je suis sérieux, Grace. Si tu vas te battre seule, ils te tueront. Ou pire : ils te ramèneront à Londres et te détruiront à petit feu.

Ne voit-il pas que je suis déjà détruite ? Déjà brisée ?

Mes parents sont morts.

Je suis amnésique.

Mon lien de promesse est rompu.

Pourquoi irais-je me battre ? Il ne me reste plus rien à défendre.

Des nuages noirs s'amassent au-dessus de nous, assombrissant encore le ciel. De la grêle nous picote la peau.

J'ai froid et je suis si fatiguée. Je ferme les yeux, laisse mon esprit m'échapper, ma respiration ralentir. Une voix au fond de ma tête me dit que ce n'est pas grave, que je peux rester là. Me fermer au monde. M'abandonner à la roche.

Je ne me souviens pas des derniers mois. Peut-être que si je me transforme en pierre suffisamment longtemps, j'oublierai aussi ce qui vient de se passer.

J'inspire une dernière fois.

108

POM-POM BOY

— Grace ! Grace ! Tu m'entends ? Grace, réponds ! Est-ce que tu m'entends ? T'as pas intérêt à me refaire ça. Je suis sérieux ! Lève-toi ! Merde, lève-toi !

— Chut…

Je ne sais même pas à qui je parle. Il y a une voix dans ma tête qui refuse de se taire. Elle m'empêche de me reposer. J'essaie de m'endormir, mais elle continue à pérorer.

— Ah, te voilà ! Grace, s'il te plaît, reviens. Ne te change pas en pierre. Grace ? Grace ? Je te jure, si tu ne te réveilles pas, je vais te…

— Quoi ? je croasse, agacée.

— Debout ! Il faut que tu entres dans l'arène. Tout de suite !

J'ouvre un œil sur son regard bleu.

— Hudson. J'aurais dû m'en douter. Va-t'en.

— Je ne m'en irai pas.

Son accent britannique vibre d'indignation.

— Je vais te sauver.

— Je ne veux pas être sauvée.

— Depuis quand je me soucie de ce que tu veux ou pas ?

— Pas faux.

— J'ai toujours raison ! s'énerve-t-il. Sauf qu'en général tu me détestes trop pour m'écouter.

— C'est vrai : en ce moment, je te déteste beaucoup trop pour ça.

Malgré tout, je me rassieds dans la neige.

— Très bien. Hais-moi autant que tu veux, mais lève-toi et bouge tes fesses jusqu'à l'arène avant que ton absence ne soit qualifiée de forfait.

— Je n'ai plus de promis.

Il pousse un long soupir.

— Je sais que ton lien avec Jaxon est brisé.

— Brisé ? Il a été arraché par Cole, oui !

Il se laisse tomber à côté de moi dans la neige. Il porte un pantalon Armani noir et une chemise bordeaux parfaitement repassée.

— Pourquoi tu es si élégant ? je demande, agacée.

— Pardon ?

— Il grêle et t'es même pas mouillé. On dirait que tu sors d'un défilé de mode !

— Parce que je ne suis pas en train de gémir en me roulant par terre.

— T'as le chic pour faire des remarques à la con.

— Je sais. J'ai un don pour ça.

— Ce serait plus une malédiction.

— Tous les dons sont parfois des malédictions, tu ne crois pas ? C'est pour ça qu'on en est là, non ?

Je n'ai aucune idée de ce qu'il veut dire par là et après l'avoir dévisagé pendant de longues secondes, je renonce à comprendre. Ma seule découverte, c'est que ses yeux très bleus sont parsemés d'éclats très verts.

— Grace, tu me regardes bizarrement.

— J'essayais de comprendre le sens de ta remarque sur les malédictions. Tu veux dire, au niveau existentiel, ou bien… ?

— Mais non, pas au niveau existentiel ! aboie-t-il. Ce que je veux dire, c'est que tu ferais mieux de lever ton cul de la neige et d'entrer dans l'arène.

— Je t'ai déjà dit : je n'ai plus de promis.

— Et qu'est-ce que ça change ?

— Je ne peux pas me battre sans mon promis.

— Bien sûr que si. Les règles n'en font pas une obligation, mais une possibilité.

— Je suis incapable de tenir la balle plus de trente secondes, alors sans personne pour faire la passe…

— Tu trouveras une solution.

Il se penche sur moi pour rajuster mon manteau et épousseter la neige sur mes manches. J'attends qu'il en dise plus, mais il se tait.

— Que veux-tu que je fasse ? j'explose finalement. Que j'y aille et que je lance la balle en l'air jusqu'à ce que Cole m'éventre ?

— Tu es Grace Foster, la première gargouille née en un millénaire. Ce que je propose, c'est que tu entres dans l'arène et fasses exactement ce que tu veux. Ma seule demande, c'est que tu n'oublies pas de rétamer la gueule de Cole.

— Et comment ? Je ne peux rien faire à part le transformer en pierre.

— C'est un bon début. Tu le changes en statue puis tu l'attaques avec un marteau-piqueur.

— Impossible.

— Au contraire ! Qui a sauvé Jaxon de Lia ? Qui a marqué le point décisif du tournoi de Ludares ? Qui a compris de quoi il retournait chez la Bête Invincible ? Qui a canalisé suffisamment d'énergie pour éclairer tout New York et ramener ses amis ici ? Toi. C'est toujours toi. On se fiche que tu ne sois pas un vampire, un dragon ou un loup-garou.

Tout ce qu'il faut, c'est que tu te relèves et que tu entres dans cette arène avec ta tête de gargouille bien haute.

— Mais c'est duuuur, je gémis.

— Ouais, dit-il en se relevant. La vie est dure. Alors soit tu te lèves et tu affrontes la réalité, soit tu laisses tomber. En tout cas, décide-toi !

— J'avais décidé de laisser tomber, c'est toi qui m'en empêches.

— Exact. Parce que je tiens à la gargouille la plus sexy du monde.

— Je suis aussi la seule gargouille femelle, je remarque.

Il écarquille les yeux.

— La question, c'est de savoir ce que tu vas faire de ton incroyable puissance.

Je soupire.

— Apparemment, je vais entrer dans l'arène, m'en prendre plein la face, et essayer de gagner quand même. Et surtout, je vais écraser une balle brûlante sur la truffe de Cole.

— Excellent plan, dit-il en m'emboîtant le pas.

— Merci, je souffle.

Sans lui, je serais encore par terre à essayer de me transformer en statue.

— De rien, répond-il malicieusement. Ma gargouille d'amour.

— Je te préviens, si tu m'appelles encore comme ça, je t'étrangle.

— Faudrait déjà que tu m'attrapes.

— Tu vis dans ma tête, ça ne sera pas difficile. Dans tous les cas, j'y parviendrai.

— Ah ouais ? Et pourquoi ça ?

— Parce que je suis une gargouille, mec. Alors accroche-toi.

109

OÙ VONT LES PROMESSES BRISÉES ?

J'examine Jaxon avant de m'éloigner. Il a l'air aussi esquinté que moi. Comme lui n'est pas équipé d'un squatteur spirituel insupportable pour le forcer à se relever, il est toujours roulé en boule dans la neige.

— Jaxon ?

Pas de réponse. Il ne me regarde même pas, ce qui ne lui ressemble pas du tout.

Je pose une main sur son épaule et prononce son prénom plusieurs fois. Enfin, il ouvre les yeux, et je devine le vide qui le hante. C'est le même que le mien.

Il parvient tout de même à me sourire. Je lui prends la main.

— Comment tu te sens ?

Je l'aide à se redresser.

— Et toi, Grace, ça va ?

La réponse honnête, c'est : *Non, ça ne va pas. Et je ne sais pas si ça ira mieux un jour.*

Mais je ne peux pas dire ça alors qu'il me reste tant à faire.

— Ouais, ça va.

À son sourire triste, je devine qu'il n'est pas dupe. Il serre ma main dans la sienne.

— Je suis désolé, chuchote-t-il. Tellement désolé. Tout est ma faute.

— Mais non…

— Si, Grace. J'ai jeté le sort n'importe où, sans penser qu'on le trouverait…

— Ce n'est pas ta faute. Si c'est la faute de quelqu'un, c'est celle de Cole. Ou de ton père, je ne sais pas. Tout ce que je sais, c'est que ça ne sert à rien de t'en vouloir.

— N'y va pas, m'implore-t-il en me serrant le bras. Tu ne peux pas passer l'Épreuve seule. Tu vas perdre.

— Probablement. Mais je n'ai pas le choix.

— Tu pourrais déclarer forfait.

— Et puis quoi ? Vivre prisonnière dans le donjon de tes parents ?

— Ça vaut mieux que la mort. Je ne pourrais pas te sauver de la mort.

— Je pense que tes parents s'arrangeront pour que tu ne puisses pas me sauver de leur donjon non plus.

Je caresse doucement la cicatrice sur sa joue.

— Tu n'en sais rien, gémit-il, désespéré. Tu ne sais pas de quoi l'avenir est fait.

— Toi non plus.

Je recoiffe ses mèches, les écarte de son visage.

— Ne t'en fais pas. Je vais me débrouiller.

— Grace…

Il voudrait se lever mais il n'y parvient pas.

— Ne t'en fais pas, je répète en l'installant contre la paroi de l'arène, face à la forêt. Repose-toi. Macy va arriver avec du sang et du renfort. Elle va revenir vite.

— Je n'ai pas besoin que Macy s'occupe de moi.

Il essaie de nouveau de se relever, sans succès. Son visage est marqué par la fatigue.

Quand il rouvre enfin les yeux, il doit battre des paupières pour retenir ses larmes. Ma gorge se serre.

— J'aimerais tant pouvoir t'aider, chuchote-t-il.

— Je sais.

Et c'est vrai. Promis ou pas, Jaxon ferait tout pour me soutenir.

Mais le temps presse. Hudson s'impatiente : je dois me concentrer sur l'affrontement qui m'attend.

Impossible : c'est peut-être la dernière fois que je vois Jaxon. Je prends son visage entre mes mains, mes doigts enfouis dans ses cheveux trop longs, et l'embrasse. Encore et encore : sur ses paupières, sa cicatrice, sa bouche crispée de douleur.

— Je t'aime, je lui dis.

Par habitude, je tente de tirer sur notre lien… qui n'est plus là.

En moi, il y a ce vide. Et ça fait si mal.

— Je t'aime aussi, répond-il d'un ton triste. Promesse ou pas.

Il me prend dans ses bras et me serre contre lui. C'est aussi douloureux que réconfortant. Le visage dans le creux de son cou, j'inspire profondément. Peu importe ce qui se passera durant l'Épreuve, je veux me souvenir de cet instant, de son odeur, pour toujours.

Des sirènes retentissent à l'intérieur du stade. Plus que sept minutes avant le début de l'Épreuve.

— Je dois y aller, je souffle à Jaxon.

Mon Jaxon.

Doucement, prudemment, il me lâche.

— Fais attention, d'accord ? Je t'en supplie, fais attention à toi.

— Je ferai de mon mieux.

Je me relève un peu chancelante. Jaxon tend la main pour me soutenir, mais je suis déjà hors de portée. Il ne peut plus rien pour moi. À partir de maintenant, je ne dois compter que sur moi-même.

Je lui adresse un dernier sourire.

— À bientôt.

— J'espère, répond-il, inquiet.

110

HUDSON ENTRE EN PISTE

Il y a un long couloir à traverser pour atteindre le terrain. Hudson m'exhorte à me dépêcher. Je fais de mon mieux, mais ce n'est pas évident de courir quand on a mal partout.

Au milieu du couloir, je m'arrête net.

— Attends un peu…

— On n'a pas le temps ! s'impatiente-t-il. Il faut que tu ailles sur le terrain.

— Non. Je dois faire quelque chose d'important avant.

J'ouvre la poche de mon sac à dos et en sors la pochette que j'y avais cachée. Je savais que c'était risqué d'emporter tout ça avec moi chez la Bête Invincible, mais j'avais peur d'être blessée, ou pire. Si ça arrivait, je voulais avoir un moyen de sortir Hudson de ma tête.

Pour qu'il n'ait pas à mourir avec moi.

Finalement, ce n'est pas moi qui suis morte. Toute ma vie (heureusement, elle risque de ne plus être très longue), je me rappellerai Xavier, le deuil et ma culpabilité. Je ne veux plus jamais mettre quelqu'un que j'aime en danger : il faut donc que je m'occupe de Hudson.

J'ouvre la pochette et attrape les quatre artefacts.

Hudson écarquille les yeux.

— Non, non, non, tu ne peux pas faire ça maintenant, dit-il en reculant si vite qu'il manque de trébucher. Il y a plus important.

— Je risque de mourir.

Ces mots le font taire. Il reste là, à m'implorer en silence de ne pas dire tout haut ce qu'on pense tous les deux.

— On peut blaguer autant qu'on veut sur le fait que je vais rétamer Cole, mais on sait que l'issue de l'Épreuve pourrait être fatale. Il faut que je te libère maintenant. La Sangsue m'a expliqué comment faire. Tu veux bien m'aider ?

— Il ne faut pas que tu t'inquiètes pour ça, Grace. Reste concentrée. En plus, si je suis dans ta tête, je pourrai t'aider pendant l'épreuve. Je vais…

— Mourir avec moi, je l'interromps en secouant la tête. Non. Que tu le veuilles ou non, je vais te sortir de mon esprit. Tu peux m'y aider, ou risquer de devenir le premier fantôme de Katmere si je m'embrouille dans le rituel.

— D'abord, je ne serais pas le premier fantôme de Katmere. Et en plus, ce n'est pas comme ça qu'on devient un fantôme.

— Qu'en sais-tu ? je demande, les sourcils haussés.

— Ben, j'étais mort… Enfin, à peu près.

— À peu près ? Comment ça ?

— Je t'expliquerai une fois que tu auras cassé la gueule à Cole. Ça te motivera pour revenir en une seule pièce.

Je le connais assez pour savoir que c'est une stratégie de négociation, mais je ne me laisserai pas attendrir.

Je m'accroupis et place les quatre artefacts comme indiqué par la Sangsue : la pierre de sang au nord, l'os de dragon au sud, la canine de loup à l'ouest et l'athamé des sorcières à l'est. Le tout forme un cercle assez grand pour accueillir deux personnes.

Hudson m'observe, la mine sombre.

J'allume la bougie que Macy m'a donnée pour l'occasion et la dépose hors du cercle.

Je ne suis pas une sorcière. Je n'ai pas de magie en moi, contrairement à ma cousine, mais c'est à ça que servent les artefacts. Leur magie est si puissante que ça va fonctionner.

Ça *doit* fonctionner.

Pitié.

Les yeux fermés, je prends une grande inspiration avant d'entrer dans le cercle. Je sens tout de suite l'effet du sort. Je ne sais pas comment le décrire, mais quelque chose *d'énorme* se trame.

L'air semble soudain chargé d'électricité. Mes poils se hérissent sur tout le corps, la peau me picote, je me sens oppressée, ma respiration est laborieuse… Vais-je m'évanouir ?

— Sors de là ! m'ordonne Hudson, paniqué. Sors du cercle !

C'est trop tard. Je ne peux plus bouger. Autour de moi, le courant électrique qui m'encercle est de plus en plus chaud, de plus en plus puissant. Sous mes pieds, le sol se met à trembler.

J'entends des cris dans l'arène et réalise que tout le stade s'est mis à vibrer.

J'en trébuche de surprise et manque de sortir du cercle. D'une décharge, le courant électrique me rattrape.

L'univers se déchaîne autour de moi, j'ai les jambes en coton…

— Jaxon ? j'appelle.

Pas de réponse. C'est forcément lui, non ? Je ne connais personne d'autre qui a le pouvoir de faire trembler la terre.

Pourtant, le couloir est vide.

Je suis seule.

Une cloche sonne de nouveau : il ne reste que cinq minutes avant le début du match. C'est maintenant ou jamais. Je baisse les yeux sur le cercle et pousse un cri de surprise : les quatre artefacts lévitent autour de moi.

Encore une secousse. Est-ce que ça y est ? Non, Hudson est toujours dans ma tête, occupé à me faire des reproches et à me traiter de tous les noms.

La Sangsue m'a assuré que je saurais quoi faire le moment venu, mais je commence à en douter. Peut-être que le moment n'est pas encore venu ?

Les artefacts tourbillonnent autour de moi. Je n'ai toujours aucune idée de ce que je dois faire.

Enfin, la pierre de sang s'arrête devant moi, brillant de sa lueur rouge. Elle envoie des reflets sanglants partout : c'est beau et terrifiant à la fois.

Elle est si proche que je pourrais la toucher. La prendre dans ma main. La protéger.

Et là, je comprends que la Sangsue avait raison. Je sais exactement quoi faire.

J'attrape la pierre et referme ma main dessus. Ses arêtes acérées m'entaillent la paume.

Je pousse un cri en voyant mon sang couler. Me suis-je trompée ?

Avant que je ne puisse lâcher la pierre, les trois objets restants se remettent à tourner autour de moi, si rapidement que je les vois à peine.

— Grace ! hurle Hudson. Ne lâche pas ! Tiens bon !

Je me cramponne, mais le monde entier a l'air décidé à m'envoyer valdinguer. Tout tourne, le sol se cabre sous mes pieds, des bourrasques de vent me bousculent et des éclairs me traversent la peau.

Je suis prise dans une tempête que j'ai moi-même déclenchée.

Malgré tout, je garde la main serrée sur la pierre. Des gouttes de sang s'envolent et rejoignent la tornade.

Une voix en moi m'interdit de lâcher. *Courage, Grace*, me dit-elle. *Encore un peu.* Est-ce la Bête Invincible ou une autre entité plus ancienne ?

C'est alors que tout s'arrête. Le vent, le séisme, la tornade, tout se calme instantanément. J'ouvre la main : la pierre de sang est brisée.

C'est là que je sens une seconde rupture en moi. C'est différent de ce que j'ai vécu avec Jaxon. Ce n'est pas mon âme qui se déchire, mais plutôt une pièce qui retrouve enfin sa place.

Je suis d'abord incapable de bouger, de respirer, de penser… Et puis je comprends que tout est fini, vraiment fini. Je lâche les débris de la pierre.

À nouveau, je me sens vide.

Hudson est parti.

111

LA MAGIE EN MOI

Disparue, la voix sarcastique qui résonnait dans ma tête. Disparue, la présence qui m'épiait. Il n'y a plus que mes pensées qui s'entrechoquent.

— Hudson ?

Il est là. Il se tient devant moi.

Il porte le même costume Armani. La même chemise bordeaux.

Il a toujours les mêmes cheveux châtains coiffés avec soin.

Les mêmes yeux bleus lumineux.

Seule son expression est différente ; à la place de son sempiternel rictus sardonique, je découvre un petit sourire incertain.

Oh, et il sent bon. Comment a-t-il pu vivre dans ma tête tout ce temps sans que je sache qu'il sentait si bon ?

Il sent le gingembre, le bois de santal et l'ambre tiède. Et la confiance en soi. À plein nez.

— Salut, Grace, dit-il en me faisant le salut militaire avec deux doigts qui m'agaçait tant quand il était dans ma tête.

— Hudson. Tu… ?

Je m'arrête, parce que maintenant que je l'ai enfin face à moi, je ne sais pas quoi lui dire.

Il est si réel.

— Écoute-moi bien, Grace. Il ne nous reste pas beaucoup de temps.

Il jette un coup d'œil derrière lui, vers le stade où les cris se sont enfin calmés. Le roi s'adresse à la foule à travers les haut-parleurs et les enjoint à rejoindre leurs places dans le calme ; l'Épreuve va commencer dans deux minutes, annonce-t-il, si Grace Foster ose se montrer.

— Je dois y aller.

— Je sais, répond-il. C'est pour ça que je veux que tu m'écoutes. Je t'ai laissé mes pouvoirs pour que tu…

— Tu m'as laissé tes pouvoirs ?

— Je les récupérerai mais je te les laisse pour l'instant. N'oublie pas que tu canalises la magie. Je peux te prêter la mienne.

— Tu me la prêtes ? Mais qu'est-ce que ça veut dire ?

Son sourire sardonique est de retour, agrémenté d'une étincelle de tendresse.

— Ça veut dire que je suis mortel.

— Quoi ? je m'écrie avec horreur. Mais non ! Tu as dit que ça te détruirait ! On avait décidé de…

— Peu importe. Ne t'en fais pas pour moi. Je connais mes parents : tu ne pourras jamais t'en sortir seule. Ils ont tout prévu en imaginant que Jaxon serait avec toi, donc…

Il secoue la tête.

— Tu n'as pas le choix. Tu dois utiliser mes pouvoirs.

— Mais c'est trop risqué pour toi !

Il hausse les épaules.

— Ne t'en fais pas pour moi, ils m'ont déjà infligé bien pire… Mon père surtout.

Cette énième mention des horreurs endurées par les frères Vega me fait mal au cœur.

— Non, reprends-les, j'insiste en tendant la main. S'ils découvrent que tu es là et que tu es mortel…

— Ils n'en sauront rien, réplique-t-il, son impatience soulignée par son accent britannique. Et tu es en bien plus grand danger que moi. Tu vas avoir besoin de toute l'aide possible. J'ai caché mes pouvoirs tout au fond de toi… Le Cercle ne les trouvera pas, à moins de fouiller tous tes souvenirs.

Je n'y comprends rien.

— Tu les as cachés dans mes souvenirs ?

— Quand tu as fait le sort qui m'a ramené à la vie, j'ai choisi de les laisser dans un de tes souvenirs d'enfance. Mon préféré. Tu es petite et tes parents t'apprennent à faire du vélo. Tu te souviens ? Tu es tombée et tu t'es éraflé le genou, mais ton père t'a dit que tout allait bien. Que vous essayeriez encore le lendemain.

Oui, je m'en souviens. C'est aussi un de mes souvenirs préférés. J'y pense chaque fois que je suis face à une épreuve… et chaque fois que mes parents me manquent.

— Mais Maman m'a dit que je pouvais le faire. Que j'en étais capable.

— Oui, et elle t'a souri avec tellement d'amour, tellement de confiance…

— Que j'ai ramassé mon vélo, enlevé les graviers que j'avais sur les genoux, et que je suis rentrée à la maison en pédalant.

— Elle a couru à côté de toi sur tout le chemin, juste au cas où.

Ses yeux sont si doux.

— Mais tu n'as eu besoin d'aide qu'une seule fois.

— Ouais, il y avait un petit trou dans le macadam qui m'a déséquilibrée. Elle a attrapé la selle pour me stabiliser.

— J'ai caché mes pouvoirs dans son sourire, Grace. Pour que tu saches que je crois en toi, moi aussi. Tu peux le faire. Ce n'est pas parce que je ne suis pas sur ce terrain avec toi que tu ne peux pas compter sur moi.

Je n'ai aucune idée de ce que je pourrais lui répondre. Personne n'en a jamais fait autant pour moi.

— Hudson…

— Tu dois y aller, me coupe-t-il. Souviens-toi que ma magie est là si tu en as besoin. Mais fais gaffe : tu n'es pas aussi résistante et forte physiquement que moi, donc tu ne pourras l'utiliser qu'une seule fois. Choisis bien ton moment. Compris ?

Non, pas vraiment.

— Ouais.

— Alors va montrer à mon père ce dont une gargouille est capable.

112

LA VENGEANCE EST UN PLAT QUI SE MANGE LÀ, MAINTENANT

En entrant sur le terrain, je plonge en moi pour séparer les différents fils de couleur de mes pouvoirs. Quand j'étais en équipe, ça ne me faisait rien de me transformer devant tout le monde. Aujourd'hui, je suis seule et le stade entier me regarde…

Peu importe, je n'ai pas le choix. Je me transforme. Je les laisse mater la nouvelle créature magique.

Ce n'est qu'une humiliation de plus parmi toutes celles que j'ai dû endurer ces derniers mois. Je refuse de me laisscr attcindrc. Il y a plus urgcnt. Comment vais-je m'y prendre pour affronter l'Épreuve sans Jaxon à mes côtés ? Ni Hudson dans ma tête ?

C'était tellement plus facile quand ils étaient à mes côtés. L'autorité naturelle de Jaxon rendait le regard des autres plus léger. Et Hudson se fiche tellement de ce que les gens pensent que c'était facile d'en rire avec lui.

Aujourd'hui je suis seule face à un stade entier de personnes qui veulent me voir échouer.

Je compte bien les décevoir.

La tête haute, je m'avance jusqu'au centre du terrain. Le roi m'attend en compagnie de l'équipe de Cole. Détail charmant : les lignes du terrain ont été peintes en rouge sang. Et ce n'est pas le seul changement destiné à me déstabiliser. Pendant le tournoi, l'ambiance était joyeuse, avec des fanions partout et des marchands de gaufres dans les gradins. Aujourd'hui, c'est tout l'inverse : le ciel est bouché et le stade, plein d'ombres noires. Je ne sais pas comment il s'y prend, mais je suis sûre que Cyrus y est pour quelque chose.

Des bourrasques glacées me giflent de tous les côtés. Je suis si fatiguée. Comment voulez-vous que je sorte victorieuse de cette épreuve ? Le désir de fuir est si fort qu'il m'envahit. J'ai du mal à le dominer. Il grandit en moi, tant et si bien que j'ai du mal à respirer. Est-ce ma propre peur ou un maléfice que Cyrus m'a lancé ?

C'est cette idée qui me donne la force de résister. Hors de question de laisser le roi jouer avec mes émotions.

Je dois tenir tête au Cercle. Pour moi, mais aussi pour tous ceux qu'ils essaieraient de réduire au silence ensuite. Si je les laisse m'écraser, à qui s'attaqueront-ils après moi ? Qui d'autre le roi a-t-il prévu d'enfermer dans son donjon ?

Non, si je dois mourir aujourd'hui, ce sera au combat. Je m'en fais la promesse.

Je m'arrête devant le roi et le Cercle derrière lui.

Cyrus harangue le public, faisant mine de ne pas avoir remarqué mon arrivée. Il est encore plus terrifiant de près.

— C'est gentil de nous faire l'honneur de ta présence, Grace, ironise-t-il. On avait presque renoncé à tout espoir.

— Pardon, j'ai été retenue, je réplique en fusillant Cole du regard.

Aligné près du roi avec son équipe, il arbore une expression triomphante. Je soutiens son regard. Je ne vais pas lui donner la satisfaction de savoir à quel point il m'a blessée, à quel point il m'a déchirée.

Cyrus me dévisage avec une inquiétude feinte.

— Ça va, Grace ? Tu as l'air d'avoir eu une matinée difficile.

— Je vais très bien.

Les yeux de Cyrus s'emplissent d'une émotion que je ne parviens pas à identifier : de la surprise ? de la rage ? de l'agacement ?

— Bienvenue à tous, que vous soyez élèves ou professeurs de Katmere. Nous nous réunissons pour une occasion exceptionnelle : l'une des vôtres met le Cercle au défi. Et ce n'est pas n'importe quelle élève : non, il s'agit de la première élève gargouille que Katmere ait jamais comptée. Ce jour est à marquer d'une pierre blanche !

Tout le monde l'acclame. Je crois distinguer quelques voix mauvaises parmi les cris. Des gens qui veulent ma chute... Pourtant, n'est-ce pas le même public qui nous encourageait, mon équipe et moi, lors du tournoi ? Mes amis me manquent tellement.

Jaxon, Flint et Eden sont blessés et attendent que Macy revienne avec de l'aide.

Mekhi et Gwen sont à l'infirmerie.

Même Oncle Finn est impuissant. Il ne peut que m'applaudir.

Et Hudson se cache pour se protéger maintenant qu'il est mortel. Je ne peux pas lui en vouloir : sans la menace de passer ma vie enfermée dans un donjon, je ferais comme lui.

Le roi ouvre les bras et prend une voix de M. Loyal.

— Tout le Cercle est impatient de voir les prouesses de Grace. Vous vous demandez sûrement comment nous en sommes arrivés là. Comment une simple lycéenne, nouvelle venue qui plus est, a pu décrocher cette opportunité ? Où trouve-t-elle l'audace de s'imaginer qu'elle pourrait gouverner ?

Un silence gênant tombe sur le public. Tous les élèves me dévisagent. Les professeurs aussi. Quelque chose cloche. Il y a autre chose à l'œuvre ici.

Jaxon n'est plus mon promis. L'équipe de Cole doit être au courant, ainsi que le Cercle, puisque Cyrus ne s'est pas inquiété de me voir arriver seule. A-t-il eu le temps d'en informer le stade ? Peu probable.

Alors que se passe-t-il ? Pourquoi le public me hait-il à ce point ? Pourquoi se sont-ils tous retournés contre moi ? Qu'est-ce que Cyrus leur a fait ?

— Cette question est bien légitime, reprend-il. Elle préoccupe également le Cercle.

Un ricanement inquiétant lui échappe. Ce mec est flippant ! J'ai du mal à croire qu'il soit de la même famille que Hudson et Jaxon.

— Cependant, même si la situation est étrange, nous devons respecter les règles. Et il est écrit que tout membre d'une faction non représentée au sein du Cercle a le droit d'affronter l'Épreuve pour obtenir un siège. Nous voilà donc réunis, en ce matin gris, pour offrir cette chance à Grace Foster…

Il rit de nouveau.

— En temps normal, les membres du Cercle l'affronteraient eux-mêmes, ou bien ils choisiraient des champions parmi leurs armées. Votre directeur Finn Foster m'a cependant très justement fait remarquer que nous étions sur le terrain du lycée et que les règles de l'établissement prévalaient donc. De ce fait, plutôt que de nous battre nous-mêmes ou d'envoyer nos généraux, nous avons choisi nos champions parmi les élèves.

Les équipiers de Cole font signe à la foule qui les acclame.

— Et comme ce ne sont que des élèves, les mêmes protections magiques qui ont cours pendant le tournoi de Ludares ont été installées. Pour tout le monde. Sauf pour Grace, bien sûr.

Il m'adresse un sourire carnassier, que je lui renvoie.

Contrairement à ce qu'il semblait espérer, cette nouvelle me soulage : au moins je n'ai plus à m'inquiéter de tuer qui que ce soit. Je peux attaquer de toutes mes forces.

Surpris par ma réaction, Cyrus fronce les sourcils. Il se reprend très vite :

— Pour prévenir toute tricherie et nous assurer que personne n'interviendra durant l'Épreuve, Imogen et Linden ont isolé le terrain. Ainsi, vous pourrez encourager les joueurs, mais sans utiliser votre magie pour leur porter assistance.

Il jauge ma réaction. Je suis plutôt soulagée : cela signifie que l'équipe adverse ne pourra pas se faire aider de manière illicite. De toute façon, mon seul soutien est Oncle Finn, et lui ne tricherait pas.

J'offre un sourire magnanime à Cyrus et au stade entier. Le roi continue à se faire mousser. Je comprends enfin pourquoi Jaxon était si inquiet : ce n'est pas qu'il ne croit pas en moi, juste qu'il sait que jamais son père ne me laisserait une chance de triompher.

Mon cœur bat la chamade. Tout, absolument tout, a été prévu pour que je meure ici. Ça ne fait qu'augmenter ma détermination. Je vaincrai.

— Et finalement, termine Cyrus, pour prouver l'impartialité du Cercle, Grace aura la balle en premier, ce qui lui confère un avantage certain.

Nuri s'avance alors, la balle en main. À ma surprise, elle me fait un clin d'œil : une once de lumière dans ce stade si sombre.

Cyrus lève les bras :

— Que l'Épreuve commence !

113

UN MATCH D'ENFER

Je ne m'attendais pas à ce que Cyrus me laisse l'avantage. C'est la panique. Je n'ai aucune idée de ce que je dois faire. Jaxon et moi aurions fait des passes, mais seule…

Je m'attendais à ce que l'autre équipe commence, ce qui m'aurait permis de les observer et de repérer les points d'arrivée de quelques-uns des portails.

Là, il me reste quinze secondes avant de recevoir la balle, puis trente pour m'en débarrasser, sous peine qu'elle se mette à vibrer suffisamment fort pour fendre mon corps de pierre. Maintenant que j'y pense, c'est ce que vise Cyrus. Avoir la balle en premier est un cadeau empoisonné.

Tandis que Nuri s'avance vers moi, j'envisage puis rejette une quinzaine de stratégies différentes. Je pourrais utiliser le don de persuasion de Hudson ? Non, l'autre équipe est déjà trop bien répartie sur le terrain. Je n'aurai pas le temps de les persuader tous en une fois. Je pourrais utiliser son pouvoir de désintégration et les transformer en poussière ? Non. Je ne peux pas m'y résoudre, même si je sais maintenant que ça ne les tuerait pas. Hudson a caché ce pouvoir pendant si longtemps, je n'ai pas le droit de le dévoiler à sa place.

De toute façon, il est trop tard : le coup de sifflet retentit, Nuri me lance la balle.

Je l'attrape et me mets à courir. Puis je prends conscience, pas pour la première fois, que même si ma forme de gargouille m'offre des avantages certains, elle est aussi plus lente et moins maniable que mon corps d'humaine. Alors, je me retransforme en humaine et plonge dans un portail, évitant de justesse Cole et Marc.

Ce portail est très différent de ceux que j'ai connus durant le tournoi. Plutôt que de m'étirer à l'infini, j'ai une sensation de picotement sur tout le corps. Ça devient vite intolérable.

La balle me brûle les mains, et ce portail est si long…

Tout de même, il ne peut pas dépasser les trente secondes réglementaires, si ? J'ai du mal à réfléchir, tant la douleur s'intensifie.

D'un autre côté, ce n'est rien comparé à la culpabilité de la mort de Xavier ou celle de ne pas avoir cru Hudson plus tôt. Rien comparé à la perte de Jaxon.

Je peux le supporter. Il faut que je m'accroche.

Enfin, je retrouve la surface.

Je suis désorientée. Pendant que j'étais dans le portail, l'arène a été plongée dans l'obscurité.

Je n'y vois rien. J'entends seulement les cris du public. Pourtant, les projecteurs sont allumés.

Est-ce que je m'imagine des choses ? Non, je vois encore autour de moi, mais mon champ de vision s'arrête à quelques mètres.

Encore un coup de Cyrus pour donner l'avantage à mes adversaires : les loups, les vampires et les dragons voient parfaitement dans la nuit. Moi, je ne peux que plisser les yeux et avancer à tâtons.

Le portail m'a déposée à une vingtaine de mètres de ma ligne de but. Il m'en reste donc cent trente à parcourir pour gagner. La comète est brûlante. Je n'ai qu'une possibilité : je la jette haut dans les airs, puis décolle à sa poursuite.

Les loups et les sorcières ne pourront pas m'attraper, et les dragons sont de l'autre côté du terrain, en défense, donc ça marche. Je rattrape la balle en plein vol et fonce vers le goal. Je vois mieux dans la nuit avec mes yeux de gargouille.

Les dragons me foncent droit dessus. Même si leur magie n'a pas d'effet sur moi, ils peuvent me heurter et me faire tomber. Il faut que je redescende : si je chute de si haut, je vais éclater en mille morceaux, toute gargouille que je suis.

Un des dragons se place sous moi pour me couper la route. Le chrono en bout de terrain m'indique qu'il me reste environ quinze secondes avant de devoir absolument me débarrasser de la comète. Il faut que je trouve une solution. Tout de suite.

Je suis si désespérée que j'hésite à céder la balle à mes adversaires, mais je ne peux pas m'y résoudre. Au dernier moment, tandis que les dragons tentent de me prendre en étau, je remonte en chandelle.

Comme ils se lancent à ma poursuite, je les laisse m'approcher au plus près. Je compte sur le fait qu'ils sont plus lourds que moi, donc moins vifs.

À l'instant où ils se jettent sur moi, quand la balle est devenue intenable, je la lâche.

La foule pousse des exclamations de surprise. Avec un salto avant, je plonge à sa suite.

Les dragons hurlent de rage et m'envoient des jets de flammes et de glace. Je les remarque à peine.

Au sol, une sorcière nommée Violette tente d'attirer la balle avec un sort. Je rattrape la comète sous son nez et fonce vers la ligne de but. Dans mon dos, les dragons se rapprochent.

Ils sont plus rapides que moi. J'ai beau être immunisée contre leurs pouvoirs, je sens tout de même la chaleur du souffle incandescent de Joaquin. S'ils s'approchent encore, ils n'auront même plus besoin d'utiliser leur magie. Il leur suffira de m'attraper par la cheville et de m'envoyer valser dans les airs.

Sauf si... Oui : je pique dans un portail.

Par pitié, faites que ce ne soit pas aussi douloureux que dans le dernier que j'ai emprunté.

Mes prières sont exaucées. Il n'est pas aussi douloureux : il est pire.

Tout d'abord, je me retrouve tête en bas à tournoyer en apesanteur. Chaque fois que je heurte la paroi, elle m'envoie un coup de jus. C'est terrible.

D'après les cris que j'entends derrière moi, l'un des deux dragons m'a suivie. Manque de bol : il est si volumineux qu'il touche les parois en permanence et se fait électrocuter sans cesse. J'ai du mal à compatir.

Où va-t-on atterrir ? Et surtout, comment le faire sans lâcher la comète vrombissante ? Je commence à en avoir marre : j'ai huit créatures paranormales aux trousses, pourquoi est-ce que je dois en plus gérer une balle qui essaie de me réduire en morceaux ? Flint et Jaxon ont beau adorer le Ludares, moi je trouve que c'est le pire sport au monde.

J'atterris enfin dans l'obscurité la plus totale. Pire encore : je crois que je suis tombée *sur* quelqu'un.

Qui est-ce ? L'un des loups-garous ? Je me débats pour me dégager mais, non, les voix qui crient sous moi sont humaines. Et multiples.

Je regarde autour de moi pour retrouver mes repères et réalise que je ne suis même plus *sur le terrain.* Ce portail à la con m'a lâchée dans le public. Ce qui signifie… Oh, non.

On va se faire écraser par le dragon lancé à ma poursuite.

— Bougez-vous ! je hurle. Tout de suite !

Puis je décolle en espérant que mes camarades m'écoutent et qu'ils s'en sortent. Joaquin émerge du portail et atterrit sur le public. Des hurlements retentissent.

Delphina le suit de près en crachant de la glace. À eux deux, ils parviennent à raser une rangée entière des gradins… et les spectateurs qui y étaient assis. Cyrus rugit ; plusieurs professeurs et membres du Cercle se précipitent pour arranger la situation.

Après m'être assurée qu'il n'y a pas de blessés sérieux, je profite du chaos pour lancer la balle en l'air, histoire de remettre le compteur à zéro, puis je la rattrape et file de l'autre côté du terrain avec toute mon énergie. J'ai trente secondes pour m'approcher le plus possible et trouver un moyen de lancer la balle sans qu'on me la pique.

Je plonge sous les loges VIP qui me bloquent le passage. Tant que les dragons sont pris dans la mêlée, j'ai une chance d'y arriver.

Encore dix mètres ! Plus rien ne compte autour de moi, ni les joueurs adverses, ni les blessés. Je dois atteindre cette ligne avant que la balle ne se mette à vibrer assez fort pour m'arracher une main.

Je reprends de la hauteur. Trop tard. Quinn sort de nulle part et me plaque au sol.

Je n'ai pas mal – je suis en pierre –, mais ça ne change rien au fait que je suis immobilisée par un loup enragé.

Je n'ai pas l'intention de lui céder la comète. De ma main libre, je lui envoie mon poing dans la truffe.

Il hurle et saute en arrière, du sang plein le museau. Je saisis cette opportunité pour rouler sur moi-même et m'échapper. Je ne suis plus qu'à quelques mètres, j'y suis presque, presque ! Maintenant que j'ai repris ma forme humaine, la comète me brûle méchamment mais je n'ai plus que quelques secondes à tenir.

C'est là que Cam (le traître !) me lance un sort. Des vignes poussent sous moi et s'enroulent autour de mes jambes. De nouveau, je suis plaquée au sol, la balle contre moi.

Je la sens qui me brûle la peau à travers mon tee-shirt, provoquant d'horribles cloques… La douleur est trop forte. Je dois lâcher. Je lâche. Simone rattrape la balle et se met à courir vers ma ligne de but.

114

LES LIMITES DE LA MÉTHODE COUÉ

Je me transforme en gargouille. Bonne pioche : ma métamorphose rompt les vignes qui m'enserrent. Simone a tellement d'avance… Vais-je réussir à la rattraper avant qu'elle ne fasse la passe ?

Je décolle. Est-ce le moment de faire usage des pouvoirs de Hudson ? Non, il m'a prévenue : je ne pourrai m'en servir qu'une fois. Après, je serai éreintée. Il faut que je les garde pour m'assurer la victoire.

Cependant, si je ne rattrape pas Simone maintenant, il sera trop tard pour les utiliser. J'accélère. Joaquin se jette sur moi, toutes serres dehors. Sans me laisser intimider, je fonce droit sur lui.

Il y a six mois, si quelqu'un m'avait dit que je jouerais à « Qui se dégonfle en premier ? » avec un dragon, je l'aurais enjoint à arrêter de fumer la moquette. Mais à Katmere tout peut changer très vite.

Comme un boulet de canon, comme un chevalier en plein tournoi, je me précipite vers ce dragon de une tonne.

Hors de question de reculer. Je dois le vaincre, gagner ce duel et remporter le match.

Derrière Joaquin, Simone a passé la balle à Cam qui court comme un dératé vers le goal. Je n'ai aucune idée de l'emplacement du second dragon ou des autres joueurs.

Je dois rattraper Cam et, pour ça, me débarrasser du dragon qui se dresse sur mon chemin.

Je n'ai pas dévié de ma trajectoire. L'impact est imminent. Le public doit se dire que j'ai perdu l'esprit, que je vais mourir là, dans les airs, et peut-être ont-ils raison, mais je n'ai plus le choix. Je serre les dents et me prépare au choc.

Si je perds ce match, ma mort est assurée, alors autant se battre. J'accélère, encore et encore. Joaquin aussi. À sa façon de voler, la gueule enflammée et les griffes en avant, je devine qu'il est convaincu que je vais me dégonfler à la dernière minute.

Il a tort.

Au dernier moment, je dévie très légèrement à droite, tends les bras, rabats mes ailes… et perce un énorme trou au centre de son aile.

Joaquin tombe comme une pierre en hurlant de douleur. Marise le soignera.

Moi, si je me laisse enfermer, ce sera pour toujours.

Si je laisse le Cercle gagner cette partie, les conséquences seront éternelles.

Joaquin disparaît juste avant de heurter le sol, transporté magiquement à l'infirmerie.

La foule pousse des exclamations : encouragements ou huées ? Je n'ai pas le temps de me poser la question.

Après un tonneau, je plonge vers Cam juste avant qu'il ne passe la ligne de goal. Hors de question de laisser ce saligaud d'ex de Macy gagner.

Cole est là aussi, bien décidé à me barrer la route. Malheureusement pour lui, je n'ai pas l'intention de me laisser intimider par un clebs mégalo. Je bondis sur Cam et le fais trébucher d'un coup de pied dans le mollet.

Il gémit et lâche la balle. Je la rattrape au vol et redécolle d'un salto arrière. Avec un dragon H.S., j'ai une chance de gagner.

Avant que je ne puisse m'élever de plus de quelques mètres, Cole bondit et m'attrape par la taille.

Je me débats de toute ma force de gargouille mais il refuse de lâcher. Nous basculons dans un nouveau portail.

Celui-ci est si étroit et rapide que mes ailes s'effritent à force de racler contre les parois. J'ai peur de ne plus pouvoir voler si j'en perds une trop grande surface (d'après ce que j'ai lu à la bibliothèque, les gargouilles peuvent se régénérer, mais pas instantanément) alors je me retransforme en humaine.

Ça n'arrange pas la situation : je suis toujours coincée avec Cole. Je m'accroche désespérément à la comète tandis qu'il me retient de toutes ses forces. Je m'ébroue, les bras tendus devant moi, pour rattraper la balle qui m'échappe. Cole m'attrape par la ceinture et m'attire à lui.

Quand je suis suffisamment proche, il met ses mains autour de mon cou. Et il serre.

115

C'EST BIEN MÉRITÉ

Je cède à la panique. Cole ne veut pas seulement gagner le match ou m'empêcher de siéger au Cercle. Non, ce qui le motive, c'est de la haine pure. Tout ce qu'il souhaite, c'est me faire du mal.

Ça le rend encore plus dangereux.

Lève-toi, m'ordonne la voix de la Bête Invincible. *Débarrasse-toi de lui, ou il te tuera.*

Je griffe Cole avec mes ongles pour desserrer son étreinte, mais il est bien plus fort que moi.

Je me contorsionne, me cabre et rue pour me débarrasser de lui, afin de le déstabiliser. Rien n'y fait.

Le portail nous recrache sur le terrain. Nous heurtons le sol, fort, et il rugit de douleur. J'essaie de profiter de son inattention pour me retransformer.

Je dois juste tirer sur le fil platine, et j'aurai gagné. Cole a beau être fort, il n'est pas capable d'étrangler une statue. Malheureusement, je n'ai pas assez d'énergie pour parvenir à me changer en gargouille.

Quand la balle émerge à son tour du portail, Cole se la prend en pleine figure mais ne sursaute même pas.

Lève-toi ! m'ordonne de nouveau la Bête Invincible.

J'essaie ! je réplique. *Vraiment, j'essaie…*

Je n'ai plus d'air, j'arrive à peine à réfléchir. Autour de moi tout devient gris.

Dans un état second, je note que Cam a pris la balle. Il court vers la ligne de but. J'ai perdu le match.

Cole resserre sa prise autour de mon cou. C'est idiot de s'inquiéter de l'issue du match, en fait. Je vais mourir.

Même pour atteindre les pouvoirs de Hudson enfouis en moi, c'est trop tard : impossible de se concentrer sans oxygène.

— Grace ! crie Hudson de l'autre côté du terrain. Lève-toi ! Éloigne-toi de lui !

J'aimerais vraiment, mais je n'y arrive pas. Tout est noir, l'obscurité m'entoure, m'avale, et je disparais, je disp…

Je tourne la tête pour voir Hudson une dernière fois. Ils sont tous là, sur la ligne de touche : Macy, Jaxon, Hudson.

Macy se tient devant la tribune du Cercle. Elle leur crie quelque chose.

Jaxon a beau avoir l'air à moitié mort, son regard crie au meurtre. Il m'envoie toute son énergie pour que je puisse renverser Cole. Les enchantements de protection du terrain la font rebondir. Au lieu de m'atteindre, elle secoue les gradins.

Et Hudson… Hudson est concentré sur moi. Il me fixe intensément.

— Débarrasse-toi de ce branleur, Grace !

Je ne sais pas si c'est son accent ou sa voix, mais j'ai soudain l'impression qu'il est de retour dans ma tête, occupé à me provoquer pour que je me relève, à m'assurer que je suis plus forte que je ne crois. Alors, encore une fois, je me tends vers le fil de platine. Je l'attrape et tire dessus.

Avec ce qui me reste d'énergie, je transforme mon genou en roche… et l'envoie en plein dans l'entrejambe de Cole.

Il couine comme un chiot blessé et s'écarte en boitant. Il m'a lâchée. Je peux enfin respirer.

Je me redresse pour inspirer le plus profondément possible. Il faut que je me relève, que je me remette à courir…

Mais non, il est déjà trop tard.

Cam a pris la balle il y a une éternité.

Le match est terminé.

116

DIGNE DES DARWIN AWARDS

Je cligne des yeux. Ma vision s'éclaircit et je constate que non, Cam n'a pas bougé. En fait, toute l'équipe est là à nous observer. Ces salauds se régalaient du spectacle de ma mise à mort. Hébétés, ils l'observent maintenant se tortiller en se tenant l'entrejambe.

Je saute sur l'occasion. Avec l'énergie du désespoir, je me métamorphose et file vers Cam. Avant même que je ne puisse le frapper de mon pied en pierre, il lâche la balle et se protège les parties intimes.

Je visais son menton, mais peu importe. J'attrape la balle.

Jusque-là, j'étais sur la défensive. Cette fois je pars à l'attaque. C'est probablement ma dernière chance. Pas question de leur laisser une nouvelle occasion de m'agresser. Il est temps que les plus gargouilles d'entre nous mettent les points sur les i.

Ma gorge est si irritée que j'ai du mal à respirer. Pour ne rien arranger, Delphina, sous sa forme de dragonne bleue géante, vole sur mes talons en me balançant d'énormes morceaux de glace. J'ai beau être immunisée contre la magie, je souffre des chocs. Mes jambes sont en pierre, or la pierre peut se briser.

Je zigzague comme une folle pour esquiver, ce qui n'est pas évident avec cette satanée comète vibrante dans les mains. Cela dit, rien de tel qu'une expérience de mort imminente pour me motiver, alors je pioche dans mes souvenirs de leçons de snowboard et tente quelques figures. Vu les exclamations du public, j'ai de beaux restes.

Un énorme bloc de glace siffle en passant à deux centimètres de ma tête. Heureusement qu'il m'a ratée : mort par glaçon, ce serait ridicule.

En fait, je n'avais pas conscience à quel point je me sentais seule avant de voir Jaxon, Hudson et Macy m'acclamer depuis la touche. Même s'ils ne peuvent pas intervenir en ma faveur, ça fait du bien de les savoir là. Grâce à eux, j'ai trouvé mon second souffle.

Je file, file, file vers le but, mais je n'y parviendrai pas avant de devoir remettre de nouveau la balle à zéro. La lancer et la rattraper ne fonctionnera pas dans ma situation. Delphina n'attend que ça. À la place, je fais un piqué vers Simone et Violet.

Et je lâche la balle dans les mains de cette dernière.

Comme prévu, elle pousse un cri et se met à courir, tandis que Simone déclenche une tornade. Désorientée et hors d'haleine, je me retrouve prise dans le tourbillon.

Il en faudra plus pour m'arrêter. D'ailleurs, ça pourrait même tourner à mon avantage. Je suis Violet de près et attends qu'elle fasse la passe à l'un de ses coéquipiers – soit Cam, soit Quinn : ils sont les seuls à sa portée.

Tandis que le moment où elle devra lâcher la balle approche, je ralentis pour lui faire croire qu'elle m'a semée. La tornade de Simone me rattrape ; je la traverse en apnée.

Dès que Violet fait la passe à Quinn, je fonce. Je vais récupérer cette comète, et j'en profiterai pour lui faire avaler cette satanée tornade.

Surpris, Quinn lâche le ballon à la première bourrasque. Je le rattrape et me précipite dans le premier portail venu, les laissant aux prises avec le vent.

Enfin, j'inspire... et hurle de découragement. Je suis tombée dans le portail du premier match, celui qui étire tout ! Il n'est pas aussi affreux que celui qui vous transperce d'aiguilles, mais tout de même, ça n'arrange pas mes affaires. Quand j'en émerge, Marc n'est plus qu'à quelques pas, et je lis dans ses yeux la rage de venger son chef de meute.

Il me saute dessus et mord le bras qui tient la balle. Je ne sens rien (je répète : je suis en pierre) mais le son de ses crocs raclant ma peau me met hors de moi. Quand il essaie de me traîner sur le terrain, je décide de lui balancer un poing dans la gueule. Il geint mais ne lâche pas.

Plus énervée que jamais, je le frappe de toutes mes forces. Au troisième coup, il me lâche enfin. Je me relève d'une roulade alors qu'il s'apprête déjà à renouveler son attaque.

Je suis épuisée. Je ne parviendrai pas à le repousser une fois de plus. Je ne peux pas continuer ainsi, à me battre encore et encore pour récupérer la balle. Ce jeu est déjà rude quand on y joue en équipe, alors à huit contre une...

Mes transformations me prennent trop d'énergie, sans parler des séquelles de l'étranglement de Cole. Une seule conclusion possible : plus le temps passe, plus je fatigue, et moins j'ai de chances de gagner ce match. Or, je ne peux pas perdre.

Marc est de nouveau sur moi. Je protège la balle et tourne sur moi-même pour lui flanquer un coup de pied en plein visage. (Silencieusement, je remercie Heather de m'avoir forcée à la suivre en cours de kickboxing.)

Marc couine mais ne renonce pas (les loups garous ont la tête dure) alors je le frappe encore plus fort. Lorsque j'arme ma jambe une troisième fois, il disparaît d'un coup. Prise de nausée, je réalise que j'ai failli le tuer.

Enfin, c'est le moindre de mes problèmes. Avec tout ça, la balle s'est mise à vibrer atrocement fort. Et pour couronner le tout, Cole se rue vers moi.

117

IL PLEUT DES DRAGONS

Je suis tentée de le laisser s'approcher afin de lui régler son compte une fois pour toutes, mais il y a plus urgent : je dois relancer la balle.

Je l'envoie aussi haut que j'en suis capable et m'élance à sa poursuite. Cole bondit pour me rattraper. Je suis déjà hors de sa portée ; ses pattes m'effleurent le talon.

Delphina s'envole à ma poursuite, l'air d'aussi mauvaise humeur que moi.

Elle atteint la balle en premier et, d'un puissant coup de queue, l'envoie de l'autre côté du terrain.

Je file pour la rattraper, slalomant entre les blocs de glace qu'elle m'envoie.

Un énorme glaçon me heurte à la hanche. Je tournoie sur moi-même, déséquilibrée. Je vais m'écraser par terre. Mon cerveau exténué me crie de me redresser, de continuer, mais la gravité a raison de moi. Plutôt que de résister à ma spirale désespérée, je la laisse m'entraîner.

À raison, parce que ça change tout : en suivant le mouvement, je parviens à rétablir ma course. Voilà que je fonce droit vers Cam, de retour sur le terrain avec du coton dans les narines et la balle en main.

L'équipe adverse change alors de stratégie : plutôt que de m'envoyer un sort pour m'arrêter, une des sorcières ensorcelle Cam… qui devient invisible.

Comment voulez-vous que je le rattrape dans ces conditions ?

Certes, dans quelques secondes, il va devoir passer la balle à quelqu'un et elle réapparaîtra, mais invisible ou non, il s'approche de la ligne de but.

Soudain, une idée me vient. Haut dans les airs, je cherche des yeux les débris de la glace que Delphina m'a balancée. Il y en a des centaines de morceaux, et je vais tous les utiliser.

Une des rares choses sur lesquelles tous les bouquins qu'Amka m'a prêtés s'accordent, c'est que les gargouilles ont le pouvoir d'agir sur l'eau. C'est pour ça qu'on les représente souvent en train d'en cracher.

Je me concentre et tente d'attirer l'eau. De la même façon que j'utilisais le lien de promesse de Jaxon pour lui envoyer de l'énergie. Je laisse la puissance gonfler en moi, se rassembler, se concentrer. Une fois que je la sens qui me brûle les mains, je ferme les poings et appelle la glace. Elle fond en volant à ma rencontre.

C'est incroyable : tous ces blocs qui se liquéfient ! Un mur d'eau traverse le terrain. Je n'ai jamais assisté à rien de pareil. Le public hurle d'excitation.

J'aimerais voir les réactions de Hudson, de Jaxon et de Macy mais je n'ose pas me détourner, de peur de perdre ma concentration.

Je rassemble l'eau puis la jette dans la direction dans laquelle Cam est parti.

Bingo ! Sa silhouette mise en évidence, je le repère : il est à environ quarante mètres du goal.

Je file à sa suite et forme une gigantesque vague qui s'écrase sur lui, Violet et Quinn. Quand elle est retombée, je la transforme en un tourbillon qui les emporte.

Dans la mêlée, Cam réapparaît. Sans la balle. Où est-elle ? Je plisse les yeux. Où est la comète ?

Je la repère enfin dans l'œil du tourbillon. Je comptais laisser la fureur des flots se calmer, mais je n'ai plus le choix. Si je laisse un seul instant de liberté aux joueurs adverses, je suis fichue.

Un rapide coup d'œil confirme ce que je craignais : Cole et Simone ont eux aussi repéré la balle, tandis que Delphina fait un piqué pour me bloquer le passage. Maintenir le tourbillon d'eau mobilise presque toute mon énergie. Au prix d'un effort surhumain, je parviens à fondre sur la balle et à la saisir avant Cole. Méga bonus : j'ai tout juste le temps de lui balancer un coup de talon dans le ventre en redécollant.

Moi qui me croyais non violente, j'apprécie beaucoup de pouvoir mettre la pâtée à cette bande patibulaire. Ce n'est qu'une juste revanche pour tout ce qu'ils m'ont fait subir. Il faut qu'ils comprennent que je ne suis plus une petite créature sans défense. Et que je n'ai pas besoin de Jaxon pour me protéger.

Les yeux rivés sur la ligne d'arrivée, je fonce. Cette fois, je vais y arriver. Je vole avec toute l'énergie qui me reste. J'y suis presque.

Pour économiser ma magie, je fais retomber le tourbillon d'eau qui maintenait Violet, Quinn et Cam prisonniers. Je ne suis plus qu'à quelques mètres du but et eux, loin derrière. En bas, Cole me regarde voler, impuissant.

Je vais y arriver. Je vais vraiment y arriver !

C'est à cet instant que je saisis mon erreur. J'ai oublié Delphina. Et elle est beaucoup plus proche que je ne le pensais.

Elle me heurte de plein fouet. Je tombe.

Pire encore, j'entends mon aile en pierre craquer sous le choc.

118

PAS TOUCHE À MES AILES

Je ne lâche pas la balle. Pas parce que je m'y accroche, mais parce que mon corps tout entier se contracte de douleur.

Je tombe à pic.

J'ai beau ne pas la voir, j'ai si mal que j'en suis sûre : mon aile est fendue. Je ne peux plus voler droit. En fait, je ne peux plus voler du tout et j'ai peur que mon aile se brise quand je heurterai le sol.

Je tente de ralentir ma chute en me laissant porter par des courants. Au moment où je touche terre, ça fait plus de trente secondes que je tiens la balle, et elle vibre si fort que je vais devoir la lâcher. Encore.

Comment Nuri s'y est-elle prise pour la tenir pendant cinq minutes ?

Je l'envoie en l'air et prie pour pouvoir souffler un peu. Je ne peux plus voler, alors si Delphina l'attrape, je suis fichue. En fait, je suis probablement fichue quoi qu'il arrive : Cole court vers moi si vite qu'on le croirait poursuivi par tous les chiens de l'enfer.

Étonnamment, Delphina ne me vole pas la balle. Aux cercles qu'elle trace en vol, je devine que le choc l'a secouée, elle aussi. Dommage pour elle, et tant mieux pour moi : ça me laisse un répit.

De retour dans ma forme humaine, j'attrape la balle et détale, Cole sur les talons, ainsi que Quinn, Violet et Cam, sortis du tourbillon.

Je serre les dents sans ralentir. Les trente secondes réglementaires passent vite, trop vite. La comète est si chaude qu'on dirait que ma peau fond. Tant pis. C'est ma dernière chance. J'ai mal jusqu'à la moelle.

Malgré la douleur, je cours.

À dix mètres du goal, je jette un œil derrière moi. Six créatures paranormales furieuses me poursuivent à toute berzingue. Même Delphina semble s'être remise du choc.

Je suis si proche. Si proche !

Et Cole me poursuit.

Je devrais me retransformer en gargouille au cas où il décide de m'attaquer de nouveau, mais si je fais ça, je sentirai la douleur à mon aile. Ça pourrait me ralentir, or une seconde d'hésitation lui suffirait pour me rattraper.

En revanche, j'ai lu dans un livre que se transformer permet à certaines créatures de guérir leur corps. Il y a donc une infime chance que l'opération me donne l'avantage.

Je décide de prendre ce risque.

Ça marche ! Mon aile est guérie. Je pourrais m'effondrer de soulagement, mais ce n'est pas le moment. À la place, je décolle.

Je vole. Je ne suis plus qu'à cinq mètres du goal.

119

LA GRÂCE DE LA GARGOUILLE

C'est là que quelque chose me coupe le dos. La douleur est insoutenable.

Des griffes acérées se referment sur mon bras et me projettent au sol. Mon corps de pierre s'écrase sur le terrain. J'ai toujours la comète dans les bras et la tête tournée vers le goal. Je suis si proche… J'en pleurerais.

Même si je parvenais à bouger malgré la douleur, Violet fait pousser des vignes qui me ligotent les bras et les jambes. Contre moi, la comète vrombit si fort que j'ai du mal à réfléchir.

Le public proteste en hurlant… ou peut-être encouragent-ils mes adversaires à me tuer ? Je ne sais pas.

Simone tente de m'arracher la balle en grognant. Je tiens bon. Cole éclate d'un rire mauvais.

— Laisse-la. Ça fait quarante-cinq secondes qu'elle la tient, elle va bien finir par la lâcher… ou mourir.

L'éclat maléfique dans ses yeux est de plus en plus intense.

— Ça doit être affreux, non, Grace ? Tu ferais mieux d'abandonner.

— Va te faire foutre, je crache.

Il sourit.

— J'espérais que tu dirais ça, réplique-t-il avant de me balancer un coup de poing dans la figure.

Comme si c'était le signal, le reste de l'équipe me saute dessus. Quinn, sous forme humaine, attrape mon bras libre et tire si fort que j'ai l'impression qu'il va rompre.

Delphina m'envoie sa queue dans le visage. Du sang m'envahit la bouche. Je ne savais même pas qu'une gargouille pouvait saigner.

Cam me flanque un coup de pied dans les côtes.

— Vengeance !

Cole s'avance vers l'un des poteaux de but et l'arrache du sol.

Il va me frapper. Il faut que je me protège ; il est suffisamment fort pour briser la pierre dont je suis faite.

Je suis piégée, attaquée de toutes parts. Où se trouve le souvenir de ma mère dans lequel sont cachés les pouvoirs de Hudson ? Impossible de me concentrer alors qu'ils sont en train de me battre et que la comète vibre si fort que je la sens jusque dans mes atomes.

Ma vision s'assombrit. Cette fois, c'est vraiment la fin, personne ne me sauvera, je ne me sauverai pas, et je vais mourir.

Malgré tout, je ne regrette pas d'être venue à Katmere. Grâce à ce lycée, j'ai trouvé Jaxon. Et Hudson. Et Macy, Flint, Eden, Mekhi, Gwen, Oncle Finn… Et même ce pauvre, pauvre Xavier. Mes amis. Ma famille.

Mon seul regret, c'est que mes parents n'aient pas pu assister à la vie que je me suis construite ici. Ils auraient aimé mes amis autant que moi, j'en suis sûre. Mon père aurait apprécié l'instinct protecteur de Jaxon et le sens de l'humour de Flint. Ma mère aurait adoré les saillies ironiques de Macy et la façon dont Hudson m'encourage à me défendre.

Ma mère. Je me rappelle son rire, son sourire, je m'en souviens si bien que je pourrais presque tendre la main et le toucher.

Mes genoux me font mal. Je les ai éraflés en tombant sur le macadam. Il y a du sang sur mes chaussettes roses. En pleurs, je demande à mon père pourquoi il ne m'a pas rattrapée avant la chute. Je vois bien que ça lui brise le cœur de ne pas avoir été là pour moi. Il me caresse les cheveux en m'assurant qu'il est désolé, que tout va bien, qu'on réessaiera plus tard. Il soulève mon vélo pour le rapporter à la maison. Je suis si triste.

Je n'ai pas appris à faire du vélo aujourd'hui. Je suis tombée. Je n'ai pas été assez forte. J'ai échoué. Ce sentiment d'avoir déçu mes parents, de m'être déçue moi-même, me pique plus que la douleur aux genoux.

Je lève la tête pour voir ce que ma mère en pense : elle me sourit, les yeux brillants d'amour.

— Tu vas y arriver, ma chérie.

Elle me prend la main. D'un signe de tête, elle indique à mon père de me rendre mon vélo.

— Allez, lève-toi, Grace. Lève-toi.

Son sourire est si plein d'amour, de confiance, d'espoir et de chaleur que je le sens exploser en moi, me donner toute sa force. Toute sa puissance. Tant de puissance. Une puissance qui ne demande qu'à être utilisée.

Et c'est là que je comprends ce qui m'arrive.

La puissance qui m'allume de l'intérieur n'est pas à moi.

C'est celle de Hudson.

Elle est colossale.

120

IL ÉTAIT UNE FOIS… AAAAAAHHHH !!!

Comment Hudson a-t-il deviné que j'aurais besoin de ce souvenir-là à ce moment précis ? Ce n'est pas seulement ses pouvoirs qui me rassérènent, mais aussi le souvenir de ma mère. Elle me faisait confiance.

Hudson me comprend. Après tout ce temps passé dans ma tête, il me comprend vraiment.

Je sens le sol trembler sous ma joue. Jaxon essaie de toutes ses forces de passer à travers les barrières magiques pour me sauver. Au loin, Macy hurle des sorts qui rebondissent sur le charme de protection. Si Flint était là, lui aussi ferait tout son possible pour abattre les barrières qui me séparent de lui.

Mais cette fois, je n'ai pas besoin qu'ils me sauvent. Grâce à Hudson, je vais m'en sortir. Il m'a donné la force de me défendre seule. Il a abandonné l'essence de son être juste pour moi. Une fille qui a passé deux semaines à le haïr. Qui était prête à le priver de ses pouvoirs, ceux-là même qu'il m'a offerts.

J'inspire profondément et laisse la magie s'emparer de moi. Waouh ! Je savais qu'il était puissant, mais à ce point ?

J'arrive à peine à le concevoir. Comment peut-on vivre avec ça ? En se sachant capable d'obtenir et de détruire tout ce qu'on veut ?

Jaxon s'est trompé. C'est la seule explication. Si Hudson avait vraiment voulu commettre un génocide, il n'aurait pas perdu son temps à utiliser son don de persuasion. Il lui aurait suffi d'une seule pensée pour transformer ses ennemis en poussière.

Si Jaxon est parvenu à tuer Hudson, je réalise soudain, ce n'est que parce que Hudson l'a laissé faire. Car s'il avait voulu se défendre… eh bien, Jaxon ne serait plus.

En ricanant, Cole s'accroupit près de moi, son poteau dans les mains.

Il est tellement pathétique. Comment a-t-il pu être choisi comme chef de meute ?

— J'ai hâte d'en finir avec toi, grince-t-il. Tu n'as rien à faire ici. Foster ne veut pas se l'avouer mais moi je vois clair. Je vais rendre service à tout le monde en nous débarrassant de toi une fois pour toutes. (Il se penche à mon oreille.) Et puis je m'occuperai de Jaxon et de Hudson. C'est le bon moment, tu ne crois pas ? Ils sont si faibles… En fait, le retour de Hudson m'arrange : ça me donne l'occasion de le tuer de mes propres mains pour le punir de ses actions de l'année dernière.

Il fait signe aux autres de s'écarter et lève le poteau pour me porter le coup fatal.

Le sifflet de Nuri retentit, mais Cole n'y prête aucune attention. Je sens la puissance de Hudson gronder en moi. Je ne laisserai pas Cole toucher un seul cheveu des frères Vega.

Pas après tout ce qu'ils ont fait pour moi.

Pas après tout ce qu'on a partagé.

— Ils pourraient te détruire d'une simple pensée, je siffle. Mais ils n'auront pas à se donner cette peine : je m'en occupe.

D'une seule pensée, je dissous les vignes qui m'enserrent les membres. La comète toujours en main, je me relève. La magie de Hudson se répand dans ma gargouille, devient de plus en plus intense, et touche à quelque chose de profondément enfoui en moi, une force que je ne peux pas encore nommer.

Le sourire de Cole vacille.

Il ne s'attendait pas à ce que la petite humaine lui résiste.

Une expression de peur se dessine sur son visage. Les trois sorcières accourent à sa rescousse, baguettes levées.

Mais je suis une gargouille, et leurs sorts n'ont aucun effet sur moi. Delphina me crache un souffle glacé si puissant qu'il devrait faire éclater ma pierre, mais non. J'avance encore d'un pas. En baissant les yeux, je vois que mon pied n'est plus mon pied. Ou du moins, qu'il n'a plus la taille de mon pied.

Chacun de ces sorts m'a renforcée. Je suis maintenant plus grande et plus forte. Ma roche est impénétrable.

C'est *ça*, le pouvoir de Hudson ? C'est *ça*, ce dont il est capable ?

Au fond de moi, une voix me murmure que non. Que personne n'a jamais été témoin de l'amplitude de ses pouvoirs.

Delphina m'envoie une boule de glace. Violet, Cam et Simone me font face, aussi déterminés que terrifiés. Ils invoquent de longs rubans rouges qui m'enserrent et me ligotent les bras.

C'est tout ce dont ils sont capables ? Des rubans ? Jamais une chose aussi fragile ne me retiendra. Je les déchire en un million de confettis.

Cole et Quinn bondissent alors sur moi. Les loups grondent et crachent en essayant d'enfoncer leurs griffes dans la pierre. D'un geste de la main, je les envoie dans les cordes. Ils heurtent le sol en couinant, les os brisés.

En sanglotant, ils reprennent forme humaine. C'est leur faute. S'ils m'avaient laissée tranquille, je les aurais épargnés.

Je me tourne vers le reste de l'équipe pour voir si je dois les affronter eux aussi, mais ils se contentent de me contempler, terrorisés.

Seule Delphina fait une dernière tentative pour m'arrêter, fonçant en piqué, ses serres pointées droit sur mon cœur. D'une seule pensée, je l'écarte et elle disparaît.

Je ne suis plus qu'à quelques pas du goal. À chaque foulée, je rapetisse. Au moment de passer la ligne, j'ai repris ma taille d'origine.

J'attends quelques instants avant de traverser, levant haut la balle vers le public, comme j'ai vu Nuri le faire. Je les défie de la tenir aussi longtemps que moi – ça doit bien faire dix minutes, maintenant.

Ensuite, je redeviens humaine. Au moment de passer la ligne rouge sang, je veux être Grace, juste Grace.

Celle qui est parvenue à vaincre Cole, le Cercle et le roi.

Je me sens si bien.

Quand je passe enfin la ligne d'arrivée, la foule explose de joie. Je ne peux pas m'empêcher de provoquer le roi une dernière fois en lui tendant la comète. Nuri incline respectueusement la tête. Je lui fais un clin d'œil, puis laisse tomber la balle.

Les pouvoirs de Hudson m'ont éreintée. Les haut-parleurs annoncent que j'ai gagné. Je tombe à genoux.

Je n'en peux plus. J'ai gagné, et je n'en peux plus.

121

MERCI, PUBLIC !

C'est fini ! C'est enfin fini !

Autour de moi, tout se déchaîne. J'aimerais me relever, demander des nouvelles de mes amis, de toutes les victimes collatérales des batailles qui m'ont menée jusqu'ici, mais je suis trop épuisée.

La foule hurle et tape si fort du pied qu'on dirait que le stade va s'effondrer. Les élèves crient de joie, les profs applaudissent. Certains membres du Cercle arborent même un air admiratif.

Ça fait bizarre. Il y a moins d'une heure, tout le monde pariait sur ma défaite. Ils étaient convaincus que je n'avais pas ma place sur le terrain… Maintenant ils m'acclament.

Tout ça parce que j'ai réussi l'Épreuve.

Pourtant, je n'ai pas changé. Je suis toujours Grace, la fille mi-humaine mi-gargouille. Mais les gens de Katmere ont décidé que je faisais partie de leur monde.

J'aimerais néanmoins m'en éloigner le plus rapidement possible et ne jamais revenir.

Il n'y a que huit personnes ici qui comptent pour moi. Tous les autres peuvent aller en enfer.

La tête sur le sol, je me force à respirer.

Il faut que je me lève, il le faut. Dès que mes jambes me le permettront. Avant que je ne puisse reprendre mes esprits, Cyrus baisse les parois magiques qui protégeaient le stade et s'avance vers moi.

Je ne peux tout de même pas l'accueillir couchée à plat ventre. Alors je pousse sur mes mains et, un peu chancelante, je me remets debout.

Son regard est empli de rage. Va-t-il hurler ?

Non, il se contrôle trop bien pour ça.

Je suis de plus en plus mal à l'aise. Il ressemble tant à ses fils : en un peu plus rude, un peu plus vieux. Il a la même autorité naturelle. C'est au fond de ses yeux que je saisis la différence. Un éclat inquiétant que ne possède aucun des frères Vega.

Je recule de quelques pas puis, comprenant que c'est exactement son but, je m'arrête et relève la tête pour soutenir son regard. Un petit sourire se dessine sur son visage. Sans piper mot, il me détaille de mes chaussures boueuses jusqu'à mon visage rouge d'épuisement.

D'un coup, l'arène tout entière se met à trembler. Le sol gronde sous mes pieds pendant plusieurs secondes.

— Alors, tu y es parvenue, constate Cyrus avec une moue gourmande.

— Oui, je réponds simplement.

Tout en moi me hurle de fuir.

— Et maintenant, je m'en vais, j'ajoute.

Je le contourne pour aller aux vestiaires mais il me rattrape par le bras.

Le stade se remet à trembler. Sur la ligne de touche, Jaxon et Hudson ont l'air aussi inquiets l'un que l'autre. Le séisme est causé par Jaxon, je devine. Il essaie désespérément d'atteindre son père.

Le sol gronde encore, mais Cyrus ne perd pas l'équilibre. Il resserre sa prise sur mon bras. Je me crispe.

— Tu ne penses quand même pas que je vais te laisser partir ?

— Je pense que vous n'avez pas le choix.

Il me tient fermement et je suis trop fatiguée pour résister.

— Tu crois que je ne t'ai pas vue tricher ?

— Vous n'avez rien vu, je réplique.

— C'est moi qui ai conçu cette Épreuve. Il est impossible que tu l'aies affrontée seule.

Ses ongles s'enfoncent dans ma chair. Sans réagir à la douleur, je lui rends son sourire.

— Vous avez donc conçu l'épreuve la plus difficile de l'histoire pour une simple fille à moitié humaine qui ne connaît l'étendue de ses pouvoirs que depuis deux semaines ? Ça ne vous semble pas un peu extrême ?

— Tu prétends donc que tu n'as pas triché ?

— Et vous ?

Techniquement, peut-être que c'était de la triche d'utiliser les pouvoirs de Hudson. Après tout, seul mon promis était censé pouvoir m'aider.

Cela dit, ce n'est rien comparé à tout ce qu'ils ont fait pour s'assurer que je meure. Ils ont rompu mon lien de promesse quelques minutes à peine avant que je n'entre sur le terrain !

Ils m'ont arrachée à mon promis pour ce match et pour le reste de ma vie.

Ils m'ont brisée… et ils ont brisé Jaxon.

Et c'est moi qu'on accuse de triche ? Non, je ne me laisserai pas faire.

— Tu crois vraiment qu'on va laisser une gamine comme toi siéger au Cercle ? crache Cyrus, le visage tordu de dégoût. Tant que je serai roi, aucune gargouille ne siégera. Pas après ce qu'elles m'ont fait.

Je ne sais pas à quoi il fait référence, et je m'en fiche.

— Mais j'en ai rien à foutre du Cercle ! Alors faites vos valises et rentrez chez vous, OK ? Personne ne veut de vous à Katmere !

— Ce n'est pas à toi de me dire où aller.

Il tourne autour de moi comme un vautour. Il va exploser, je le sens.

Je pose la main sur le fil platine.

— Tu n'as pas d'ordres à me donner, continue le roi.

— Et vous non plus !

D'une voix glacée, il souffle :

— Nous ne pouvons pas gagner tous les deux, Grace. L'un de nous doit perdre.

Je devrais me réjouir de l'agacer à ce point, mais je n'y arrive pas. Malgré mon épuisement, je tire sur le fil. Mais non, je suis trop faible pour me transformer. Même ma gargouille n'en peut plus.

Cyrus fond sur moi. D'un coup de dents, il enfonce ses canines dans ma carotide.

122

ET SOUDAIN, PLUS RIEN

Le sol tremble si fort qu'on dirait qu'il va s'ouvrir. Je hurle.

Impossible de m'arrêter. La douleur est incommensurable. Ça n'a rien à voir avec les morsures de Jaxon.

— Arrêtez ! je crie en repoussant désespérément Cyrus.

Mon corps est secoué de spasmes, mes jambes se dérobent sous moi, mon propre sang me brûle les veines.

Ça fait si mal. *Si mal.*

Les larmes aux yeux, je me débats. Et là, enfin, Cyrus me lâche. Pourtant, la douleur, au lieu de se calmer, empire.

C'est là que je comprends : Cyrus n'a pas bu mon sang. Non, il s'est contenté de me mordre. Il m'a injecté son venin.

Les bras écartés, il se tourne vers le public et annonce :

— De son propre aveu, notre petite gargouille a triché. Vous en êtes tous témoins. Et la sanction en cas de triche pendant l'Épreuve, c'est la mort !

Il tend la main vers les gradins.

— Comment ose-t-elle violer ainsi nos traditions et nos règles ? Elle n'est pas des nôtres, et ne le sera jamais !

À ces mots, il se retourne vers moi. Un son affreux, comme un déchirement, résonne autour de nous. La terre cesse de trembler, et la foule redouble de cris.

Mes genoux lâchent.

Juste avant que je ne m'effondre, Hudson surgit de nulle part et me rattrape.

Cyrus est déjà parti, comme si je n'étais plus rien à ses yeux. Est-ce qu'un jour quelqu'un d'autre osera défier ce monstre pour l'empêcher de régner sans partage sur le monde entier ? Comment ai-je pu penser que je pourrais le vaincre ?

Hudson me soulève dans ses bras, le visage ravagé par la peur.

— Grace ! Grace, accroche-toi !

Il n'a plus rien de sa superbe habituelle. Pour la première fois de ma vie, je le vois tel qu'il est.

Et ça me plaît. Il me plaît. Dommage qu'il soit en train de pleurer.

Je lève une main pour essuyer ses larmes.

— Tout va bien, je souffle, même si je sais que c'est faux. Ne pleure pas.

En réalité, je crois que je n'en ai plus pour longtemps.

C'est dommage. J'avais hâte de faire la connaissance de Hudson, maintenant qu'il n'est plus dans ma tête.

Je cherche Jaxon et Macy du regard. Ils sont au milieu du terrain. Jaxon boite. J'aimerais tant pouvoir le serrer dans mes bras une dernière fois.

J'ai froid. Maintenant qu'il n'y a plus de dôme protecteur autour du stade, une pluie glacée nous tombe dessus. Je sens le venin de Cyrus se répandre en moi.

— Grace, regarde-moi, dit Hudson d'une voix blanche. Il faut que tu me regardes.

Je m'exécute. Chaque respiration est un supplice. Combien de temps faudra-t-il au venin pour me tuer ?

— Il faut que tu te battes, chuchote-t-il. On peut te soigner, j'en suis sûr. Mais tu dois t'accrocher.

— La morsure éternelle, je souffle.

Pour lui rappeler que je suis consciente de ce qui m'arrive. Et que je sais qu'il ment. Personne ne s'est jamais remis de la morsure de Cyrus – pas même une gargouille.

— On s'en fout, de la morsure éternelle, réplique-t-il. Je ne vais pas te laisser mourir.

Malgré moi, je lâche un misérable rire.

— Je ne pense pas que ce soit en ton pouvoir de…

— Tu n'as aucune idée de ce qui est en mon pouvoir.

— Je dois te les rendre, d'ailleurs. Avant de…

Une nouvelle vague de douleur s'abat sur moi. Je manque de m'évanouir. J'entends à peine Hudson crier, me supplier de… je ne sais pas trop. Il ne veut pas que je… meure ? Oui, ça doit être ça.

Dans tous les cas, je ne peux pas mourir sans lui rendre ce qu'il m'a prêté.

Quand la douleur se calme un peu, je pose une main sur sa joue et cherche en moi le fil bleu brillant qu'il m'a laissé. Il est au-dessus de tous les autres, comme s'il m'attendait.

Avec mes dernières forces, je tire dessus et rends ses pouvoirs à Hudson.

Il y a tant de puissance… J'ai senti la force de Jaxon à travers notre lien de promesse. Elle est immense, mais celle de Hudson… Celle de Hudson est si étendue qu'elle paraît infinie.

L'échange prend du temps. À chaque seconde qui passe, les yeux de Hudson brillent un peu plus fort. Ses lèvres bougent mais je n'entends pas ce qu'il dit.

Enfin, je suis vide. Tout ce qui restait de lui en moi a disparu.

Je vais mourir seule.

— Je suis désolée, je lui dis, les larmes sur mon visage se mêlant à la pluie. Je suis désolée, j'aurais dû…

— Toi, rugit Cyrus avec une fureur à peine contenue en découvrant son fils ressuscité. Toi ! Qu'est-ce que tu fais là ?

Quelqu'un a dû le prévenir du retour de Hudson et il est venu le constater par lui-même.

— Qu'est-ce que ça peut te faire ? réplique son fils. Dans tous les cas, avec ou sans moi, tu vas payer pour ce que tu as fait.

— Elle a triché. Les règles sont claires : seul son promis avait le droit de l'aider et elle n'avait plus de promis, Cole s'en est occupé !

J'en sursaute de rage. Alors Cyrus savait ce que Cole avait prévu ? Est-ce lui qui en a donné l'ordre ?

Je voudrais lui crier que ce qu'il a commis est atroce, mais je n'en ai plus la force. Je parviens à peine à suivre la conversation. De toute façon, quelle importance ? Je suis coupée de Jaxon. Que Cyrus en soit responsable ou non n'y change rien.

Hudson fusille Cyrus de son regard enflammé.

— Tu connais les règles, fils, crache son père. Elle a triché.

— Elle n'a pas triché, rétorque Hudson. Je vais la guérir. Un jour, c'est elle qui dirigera le Cercle.

Le roi semble de plus en plus mal à l'aise.

— Ce serait déclarer la guerre à ta propre race, Hudson ! Aucune gargouille ne régnera plus jamais sur le Cercle.

— Non, ça, c'est le mensonge que tu as voulu nous faire avaler, réplique Hudson. Mais ne t'en fais pas, tu seras en trop mauvais état pour le voir arriver.

— En trop mauvais état ? Je…

Hudson le fait taire d'un geste.

Cyrus pousse un cri de bête agonisante… et disparaît sous mes yeux.

123

QUAND TOUT S'EFFONDRE

— Qu'as-tu fait ? je souffle en laissant rouler ma tête contre le torse de Hudson.

Le corps de Cyrus vient d'imploser. Malgré cette vision terrifiante, ma fatigue est telle que mes yeux se ferment, je ne peux pas lutter.

— Ne t'en fais pas, m'assure Hudson. Ses os vont se reformer d'ici à quelques semaines.

Il écarte les cheveux de mon visage.

— Ne t'endors surtout pas.

— J'ai une morsure, pas une commotion cérébrale, je proteste faiblement.

— Très drôle.

Macy et Jaxon arrivent enfin à notre hauteur.

— Laisse-moi la porter, réclame ce dernier tandis que Hudson le regarde à peine.

À grandes enjambées, il sort du stade.

— Faites en sorte que personne ne nous suive, ordonne-t-il.

Je ne sais pas si Jaxon lui obéit, en tout cas le silence retombe autour de nous. Est-ce parce que nous sommes seuls ou à cause du poison qui engourdit mes capacités cognitives ?

— Tiens bon, Grace, sanglote Macy. On va te guérir, je te le promets. Il y a forcément un sort qui peut t'aider. Mon père est en train de consulter toutes les sorcières et les vampires du staff, ils vont trouver…

Elle s'arrête, incapable de dire à voix haute ce que tout le monde a compris. Aucun sort ne peut me sauver. Cyrus est trop puissant et sa morsure, irrévocable. Rien ne me guérira.

— Tout va bien, je lui assure. Ça va aller.

Hudson nous entraîne vers la sortie du stade.

— Où est-ce que tu l'emmènes ? demande Jaxon.

— J'ai une idée, lâche Hudson, les dents serrées. C'est risqué, mais c'est mieux que d'attendre qu'elle meure sans rien faire.

Tout le monde tressaille à ces mots. Alors oui, je vais mourir. Je suis contente que quelqu'un l'admette enfin.

— C'est quoi, ton idée ? glapit Macy.

Hudson ne l'écoute déjà plus, concentré sur la fureur qui l'anime. Son visage est impassible, mais je sens sa colère à la façon dont il me tient contre lui. À sa mâchoire serrée. Aux battements trop rapides de son cœur.

Je voudrais le rassurer mais un élancement me fait taire. Je me cambre dans ses bras et presse mes poings contre ma bouche pour me retenir de hurler.

Tandis que nous sortons enfin du stade, un grand fracas s'élève dans notre dos. Macy sursaute, aussi pâle que la neige alentour. Derrière nous, le bâtiment est en train de s'effondrer dans un fracas de bois, de pierre et de métal brisé.

— Qu'est-ce qui se passe ? demande Macy. Jaxon, qu'est-ce que tu fais ?

Pâle comme la mort, celui-ci secoue la tête.

— Ce n'est pas moi.

Tu n'as aucune idée de ce qu'est la puissance, Grace. Ces mots de Hudson me reviennent en tête. Maintenant que je lui ai rendu ses pouvoirs, et que j'ai senti moi-même leur amplitude, je sais ce dont il est capable.

Il peut réduire les os de son père en poussière d'un geste de la main.

Il peut détruire un stade entier d'une simple pensée.

Il peut faire ce qu'il veut, où il veut, quand il veut.

Jaxon en prend conscience en même temps que moi. Il comprend donc que son frère disait vrai : s'il avait voulu commettre un génocide il y a deux ans, Jaxon n'aurait pas pu l'en empêcher. Hudson aurait pu commettre un massacre d'un seul claquement de doigts.

C'est *ça*, le genre de puissance qu'il contrôle.

Et maintenant, son frère le sait.

La foule se déverse hors du stade en hurlant tandis que la structure s'effondre. Des sièges volent dans tous les sens, des morceaux de toit sont arrachés, la roche des murs s'effrite. Tout implose en minuscules particules de poussière qui tombent doucement au sol.

Je sais ce que Hudson est en train de faire. Je sens sa fureur se déverser. Il voudrait démolir l'arène où le public s'est assis pour se repaître du spectacle de ma mise à mort. Et pourtant, il ne leur fait aucun mal. Il leur fait peur, rien de plus.

Quelle maîtrise de soi ! Je ne peux pas m'empêcher de sourire. C'est ce que son père voulait lui retirer, le contrôle de ses capacités, mais Hudson lui a résisté. Cyrus l'aurait compris, s'il n'avait pas été aussi aveugle. Ce jour-là, dans son souvenir, quand Hudson s'est énervé sur son père, il a tout détruit dans la pièce… sauf son père.

— J'étais mort… À peu près.

À peu près ? Comment ça ?

Tout ce que j'ai cru ces dernières semaines était faux.

Hudson n'est pas le méchant de l'histoire. Il me l'a dit, mais je n'ai pas écouté.

— Pourquoi tu ne m'as pas expliqué ? je demande tandis qu'il s'avance vers la forêt dans laquelle nous avons atterri il y a moins de deux heures.

Rien n'a changé ici, et pourtant tout est différent. Ma douleur est telle que je ne la sens même plus. Une sorte de calme lugubre m'envahit. Je ne vois plus que Hudson. Ces derniers instants qu'on partage. Ces derniers mots qu'on échange. Et je veux qu'il sache que je le vois. Que je le comprends.

— T'expliquer quoi ? De rester loin de mon père ? J'ai essayé…

Je ravale la boule dans ma gorge.

— Non. Pourquoi est-ce que tu ne m'as pas expliqué à quel point tu es quelqu'un de bien ?

Ses yeux bleus étonnés plongent dans les miens. Il ralentit. Macy et Jaxon lui demandent ce qui se passe, mais il ne répond pas. Il ne dit rien, et moi non plus.

— On en parlera plus tard, lâche-t-il enfin.

— Il n'y aura pas de plus tard, et tu le sais très bien.

Il commence à protester avant de se raviser. Des explosions retentissent non loin. Je me détourne de son regard bleu pour constater que les arbres autour de nous éclatent un à un et forment un nuage de sciure.

— Hudson, qu'est-ce que tu fais ?

Il secoue la tête tout en continuant à détruire la forêt.

— Calme-toi, je chuchote. Tu ne peux rien y faire.

Un bosquet d'arbres explose encore. Hudson s'arrête au centre de la clairière qu'il vient de créer.

Il sourit, mais ses yeux sont sérieux, leur bleu éclatant grisé par l'émotion.

— Ta confiance m'honore, Grace.

— Ce n'est pas que je ne crois pas en toi ! C'est juste que je sens le venin qui se propage. Tu n'as pas le pouvoir de me guérir.

Il serre la mâchoire.

— Tu n'as aucune idée de mes pouvoirs.

Ce n'est pas dit méchamment, je le sais maintenant.

— Peut-être, mais…

Une nouvelle onde de douleur me traverse. Je gémis. On n'a plus beaucoup de temps.

— Tu ne sais rien, me répète-t-il durement, les yeux pleins de tempête. Mais tu vas apprendre.

124

CE N'EST QU'UN AU REVOIR…

— Donne-la-moi, répète Jaxon pour la troisième ou quatrième fois.

Hudson l'ignore. Il est concentré sur moi et cherche à deviner si je veux aller dans les bras de Jaxon.

Si c'était le cas, il s'effacerait. Il suffirait d'un mot de ma part pour qu'il nous laisse.

Je devrais vouloir être dans les bras de Jaxon. Il y a quelques heures encore, il était mon promis.

Pourtant, je ne dis rien. Je n'arrive pas à savoir ce que je veux.

La douleur m'écrase. Je crie.

— Ne résiste pas, m'intime Hudson. Laisse la douleur te traverser. Ce sera plus facile.

C'est comme si de la lave me coulait dans les veines. Avec d'infinies précautions, il me dépose dans les bras de Jaxon. J'ai l'impression d'être de retour chez moi.

Malgré sa fatigue, Jaxon me reçoit sans faillir et me serre contre lui. Il s'éloigne un peu et s'assied par terre pour me bercer.

— Tout va bien, souffle-t-il en caressant mes boucles. Tout va bien aller, je te le promets.

Contrairement à Hudson, il a compris que je n'en ai plus pour longtemps. Ça le désespère, mais il l'accepte.

Non loin, son frère forme un trou dans la terre. La neige autour s'évapore, le sol hurle, crisse et s'ouvre devant lui.

— Qu'est-ce que tu fais ? s'inquiète Macy. Je pensais que tu allais aider Grace…

Hudson l'arrête d'un signe de main. Elle se fige, terrifiée. Je sais qu'il ne toucherait pas à un seul de ses cheveux, mais elle vient de le voir pulvériser un stade et une forêt entière en moins de dix minutes. Elle n'est pas rassurée, forcément.

La terre glacée explose. Sans ciller, Hudson creuse de plus en plus profond. Il atteint une couche de granit qu'il coupe comme si c'était du beurre.

— Qu'est-ce qu'il fait ? murmure Macy.

— Je n'en ai aucune idée, répond Jaxon.

Je n'en sais rien non plus, si ce n'est qu'il essaie par tous les moyens de me sauver la vie. Je n'ose pas espérer que ça marche. Je me tourne vers Jaxon qui a l'air aussi traumatisé que moi. Ça me fait mal de le voir comme ça. De savoir qu'on sera bientôt séparés.

Je me force à sourire.

— Hé, tu me racontes la blague du pirate ?

— La blague du pirate ? demande-t-il, les yeux toujours rivés sur son frère.

— Tu sais très bien de quoi je parle, j'insiste en essayant d'ignorer la douleur.

— La blague du pirate ? Celle que je te racontais dans le couloir ? demande Jaxon, incrédule. Tu veux que je te la raconte maintenant ?

— Oui, tu ne m'as pas raconté la fin. Je crois que c'est le moment ou jamais.

Ses yeux sombres s'emplissent de larmes.

— Ne dis pas ça…

— Allez, s'il te plaît.

Je ne peux pas supporter la douleur dans son expression. Je veux consoler ce garçon qui a déjà tant souffert.

— Non, grogne-t-il en plissant les yeux. Si tu veux entendre la chute, tu n'as qu'à survivre. Je te la raconterai la semaine prochaine, quand tu iras mieux.

Encore un spasme de douleur, accompagné cette fois de frissons. Je me sens glisser, mais je résiste. Encore quelques minutes avec Jaxon.

— J'aimerais bien, je souffle, mais je ne crois pas que ce soit possible.

— Ne dis pas ça, t'as pas le droit ! T'as pas le droit de parler de ta mort comme si c'était pas plus grave que la perte de ta brosse à dents.

— Je t'aime, je chuchote en essuyant une larme.

C'est la vérité. Je l'aime. Pas de la même façon qu'au début, quand j'ai débarqué à Katmere. D'une façon neuve. Plus forte.

— Alors ne me quitte pas.

Cette supplique vient du plus profond de son être, c'est la prière d'un petit garçon qui a déjà tant perdu. Malheureusement, je ne peux pas exaucer son souhait.

Tout ce que je peux faire, c'est lui demander :

— Tu sais comment on dit au revoir en Italie ?

Il me fixe intensément. Va-t-il seulement me répondre ?

— Je ne sais pas, Grace.

Évidemment. Il est nul en devinettes. S'il accepte de jouer, c'est pour me faire plaisir. Avec le sourire le plus joyeux dont je suis capable, je lance :

— Pasta la vista !

Il rit, puis son rire se mue en sanglots et il niche son visage dans le creux de mon cou. Ses larmes chaudes inondent ma peau.

J'attire sa bouche à la mienne et l'embrasse.

— Je t'aime, souffle-t-il contre mes lèvres.

Derrière nous, Hudson arrête enfin son chantier et s'approche.

— Il est temps, dit Macy, le visage couvert de larmes, en prenant ma main. Ça va bien se passer. Je te le promets.

Hudson s'accroupit pour me prendre des bras de Jaxon. Tandis qu'il me soulève, je vois enfin ce qu'il fabriquait.

L'horreur me comprime la poitrine. Une tombe. Il a creusé un trou dans la terre gelée, dans le granit, pour me faire une tombe.

— Mais…

125

RETOUR À LA TERRE

— Non, je supplie, à moitié folle de panique. Hudson, je t'en prie, non…

— Mais qu'est-ce que tu fais ? s'écrie Jaxon en sautant sur ses pieds. Lâche-la !

Sans cesser de me regarder, Hudson crée une énorme fissure dans la terre pour nous séparer de Jaxon et Macy.

— Tu me fais confiance ?

— Bien sûr, mais…

— Tu me fais vraiment confiance ? insiste-t-il.

Derrière ses mots, je perçois tout ce qu'il ne m'a jamais dit, tout ce qu'il aurait voulu me dire.

— Ne l'écoute pas, Grace ! crie Jaxon. Tu ne peux pas lui faire confiance !

— Oui, je souffle.

— Oui ? répète Hudson, une lueur déterminée dans les yeux.

— Oui, je te fais confiance.

C'est peut-être la décision la plus idiote de ma fin de vie, mais je lui fais confiance.

— Tu te souviens du soir qu'on a passé à la bibliothèque ?

— Lequel ?

— Celui où Jaxon chéri t'a apporté des tacos.

Son expression dégoûtée me fait sourire.

— Ah oui, la soirée où tu t'es comporté comme un imbécile ? Je m'en souviens très bien.

— Tu ne sais plus ce que tu dis, soupire-t-il. Dans ton état, c'est normal. Je te pardonne.

— Ouf ! je pensais que tu t'apprêtais à m'enterrer vivante pour te venger.

— Oublie le trou deux minutes, tu veux bien ?

— Facile à dire.

Une quinte de toux me secoue. Hudson attend qu'elle soit passée pour m'expliquer :

— J'ai fait une découverte dans la bibliothèque ce soir-là. Et puis, quand on a trouvé la Bête Invincible…

Je me remets à tousser, ce qui l'interrompt. Je manque de m'étouffer.

— On n'a pas le temps pour les explications, conclut-il.

— Sans rire, je gémis, la gorge en feu.

Si je plaisante, ça lui facilitera la tâche. Il ne veut pas m'enterrer vivante mais, pour une raison que j'ignore, il est convaincu de ne pas avoir le choix.

Il me dépose délicatement dans la tombe qu'il m'a creusée. Quelle horreur. Je ferme les yeux et essaie d'imaginer que rien de tout ça n'est en train d'arriver. Et pourtant…

Hudson fait signe à Jaxon et Macy de s'approcher.

— Enterre-la, ordonne Hudson.

— Non, refuse Jaxon. Pas question de l'enterrer vivante.

— Enterre-la, insiste son frère. Tout de suite. Ou tu vas le regretter, je te le promets.

Macy écarquille les yeux de peur. J'aimerais tant la rassurer. Jaxon cède ; il utilise ses pouvoirs de télékinésie pour me couvrir, doucement et méthodiquement, de galets et de petits cailloux.

Il commence par mes pieds, mes jambes, puis mes hanches, mon torse et mes bras.

J'ai froid, si froid, mais je me bats pour tenir encore un peu. Pour pouvoir les contempler quelques instants de plus, tous les trois. Ma famille.

Macy sanglote. Jaxon ne me quitte pas des yeux. Hudson, accroupi au bord de la fosse, me caresse les cheveux.

Je les regarde jusqu'au bout. Jusqu'à ce que les pierres me recouvrent le visage.

Ensuite, enfin, je ferme les yeux et laisse la roche m'avaler.

0

GRACE LA MAGNIFIQUE

Hudson

Je suis terrifié.

J'ai du mal à l'admettre. Si on me posait la question, je nierais farouchement. Pourtant, oui, en regardant Grace se couler dans la terre, je suis terrifié.

Nous l'enterrons sous une pluie glacée.

Ce n'était pas comme ça que c'était censé se passer. Quand on a élaboré le plan de revenir à la vie ensemble, je croyais qu'on avait pensé à tout. Je savais que ce ne serait pas évident, mais de là à ce que ce soit aussi difficile...

Si j'avais su, j'aurais trouvé un autre moyen. Je serais resté enfermé dans la roche avec elle pour toujours, s'il le fallait.

Je passe une main dans mes cheveux en contemplant le paysage dévasté autour de moi. Je reviendrai au printemps pour planter des arbres. Ça plaira à Grace.

— Si ça ne fonctionne pas, je te détruirai, me crache Jaxon en finissant de la recouvrir.

Il est prêt à se battre, c'est clair, mais je ne vais pas répondre à la provocation. Ce n'est pas le moment de me laisser entraîner dans ses gamineries. Je me contente de répondre sincèrement.

— Si ça ne fonctionne pas, je me détruirai tout seul.

Comment voulez-vous que je vive sans Grace, si elle ne sort pas de sa tombe ?

— Je n'arrive pas à y croire, sanglote Macy.

Jaxon me fusille du regard.

— Moi non plus.

Je lui rends son œillade.

— On n'en serait pas là si tu avais tué ce loup quand tu en avais l'occasion.

Je suis prêt à supporter beaucoup de vacheries de la part de mon petit frère, mais je ne veux pas endosser la responsabilité de ce qu'il aurait pu éviter.

— Tu crois vraiment que tuer Cole aurait changé quoi que ce soit à la situation ?

Je ne sais pas. Peut-être que rien n'aurait empêché ça, à part envelopper Grace dans de la ouate et l'éloigner le plus possible de mon père. Et encore, même comme ça, il l'aurait sans doute retrouvée. Cyrus en a après elle depuis qu'il a découvert qu'elle était une gargouille.

Macy brise le silence.

— Qu'est-ce qu'on fait maintenant ?

Ses larmes se sont enfin taries. Elle contemple la tombe d'un air éteint.

— On attend, souffle Jaxon. Il n'y a rien d'autre à faire.

C'est vrai.

— Combien de temps ? demande Macy en se dandinant nerveusement.

— Je n'en sais rien.

Tant que Grace sort guérie de ce trou, j'attendrai aussi longtemps qu'il le faudra.

— Tu ne sais rien de rien, s'énerve Jaxon. Pourquoi est-ce qu'il a fallu que tu reviennes, merde ? On était bien sans toi…

— Vous étiez *bien* ? Tu veux dire quand tout le monde pensait que j'étais mort et que tu te complaisais dans le désespoir ? Que tu te pourrissais la vie ?

— Je me pourrissais la vie ? J'essayais de me remettre de ce que je t'avais fait et de ce que Maman…

Il s'arrête. Malgré la pénombre ambiante, sa cicatrice est bien visible.

Je sais que je devrais me sentir mal, mais je n'y arrive pas. Comparée à la mienne, sa vie était facile. Il n'a pas idée.

— Oh, Maman ne t'aimait pas suffisamment ? je raille. Pauvre Jaxon chéri. Ça doit être si dur.

— J'aurais dû mieux te tuer, gronde-t-il en me jaugeant comme s'il essayait d'estimer la taille de mon futur cercueil.

— Ouais, t'aurais dû, je confirme. Faut croire que t'as la mauvaise habitude de tout rater. Peut-être que ça te plaît que tout le monde te plaigne ?

— Va te faire foutre ! Je n'ai pas besoin qu'on me plaigne !

— Euh, les gars, intervient Macy, mais nous l'entendons à peine.

Cette dispute couve depuis longtemps et ce n'est pas une sorcière de seize ans qui va l'empêcher d'éclater.

— Bien sûr que si, je reprends. Quand on était ensemble, Grace n'arrêtait pas de me dire à quel point elle se sentait mal pour toi. J'ai essayé de la convaincre que ce n'était pas la peine, mais tu sais à quel point notre chérie a le cœur tendre.

— *Ma* chérie, me reprend Jaxon. *Ma* promise, avec ou sans lien !

Ses mots me blessent comme autant de coups. J'ai vécu un enfer ces deux dernières semaines, et maintenant il la joue possessif alors qu'il l'a si mal protégée ?

— Ta chérie ? Ta promise ? Tu as si bien pris soin d'elle que votre lien est rompu !

Il serre les poings.

— T'es un sacré connard, tu sais ?

— Et toi, un gamin pathétique incapable de protéger qui que ce soit.

— Tu veux vraiment qu'on aille par là ? Tu veux qu'on parle de la personne contre qui je protégeais Grace le semestre dernier ? C'était qui, déjà ? Ah, oui, je me souviens : ton ex psychopathe qui voulait l'utiliser comme sacrifice humain pour te ramener.

La culpabilité m'envahit. Il a raison. Tout est ma faute. Pas parce que j'ai tout provoqué, mais parce que je n'ai pas su l'empêcher.

Lia est morte, Grace enterrée, et Jaxon...

— Les garçons ! s'écrie Macy encore une fois. Regardez !

La pluie a cessé. Jaxon et moi nous tournons vers la tombe juste à temps pour observer le corps de Grace absorber une des pierres posées sur sa poitrine.

— Qu'est-ce qui se passe ? demande Jaxon, d'une voix incrédule.

— Je ne suis pas sûre, répond Macy. Mais c'est la troisième pierre qui disparaît.

— Vraiment ?

Un autre caillou tremblote avant de se fondre dans sa chair.

Nous oublions notre dispute et observons Grace absorber chaque pierre, chaque roc, chaque gravier que Jaxon a posé sur elle.

Quand c'est fini, quand elle a consommé tout le granit, nous attendons un signe, une inspiration, une preuve qu'elle est en vie.

Une preuve que ma tentative désespérée a porté ses fruits.

Mais rien ne se passe. Jaxon jure. Je suis sur le point d'abandonner quand Grace ouvre les yeux. Je dois me retenir de ne pas sangloter de joie.

— Mon Dieu, hurle Macy en se couvrant la bouche. Grace ! Grace, est-ce que ça va ?

Elle ne répond pas. Jaxon s'accroupit à son côté. Elle lui sourit.

— Tu vas bien ? demande-t-il.

Je n'ai jamais entendu mon frère aussi heureux.

— Je…

Sa voix se brise ; elle tousse.

Macy fouille dans son sac à dos pour leur tendre une gourde. Jaxon l'ouvre, puis aide Grace à se redresser pour boire.

— Comment tu te sens ? je demande en m'accroupissant de l'autre côté.

— Pas trop mal, dit-elle en toussotant encore un peu. Vraiment pas mal. Je crois que… Je crois que ça va.

Elle inspire profondément et cette fois, elle ne tousse plus.

— Tu te souviens de ce qui t'est arrivé ? la presse Macy.

Grace réfléchit un instant.

— Oui.

Mes mains tremblent. Je les cache dans mes poches.

— J'ai réussi l'Épreuve et Cyrus m'a mordue. Vous m'avez amenée ici…

Elle se tourne vers moi.

— Merci, Hudson. Merci infiniment.

Je suis déçu. Elle ne se souvient que de ce qui s'est passé aujourd'hui, et non des quatre mois qu'on a vécus ensemble dans la pierre. Tant pis, c'est sûrement mieux comme ça.

— Ne me remercie pas.

Elle m'attrape le bras et sourit. Voilà que je tremble.

— Pourquoi pas ? demande-t-elle, rayonnante.

Une demi-douzaine de répliques cinglantes me viennent, mais je les ravale.

— C'est bien ce que je disais, me taquine-t-elle. Allez, admets que tu m'as sauvée. Je te promets que ça ne ternira pas ta mauvaise réputation.

— Je ne veux pas que tu me sois reconnaissante, je proteste en secouant la tête. J'ai juste…

— Bon, inutile d'argumenter avec toi, me coupe-t-elle. C'est ridicule.

— D'accord. T'as mieux à faire, de toute façon.

Me briser le cœur une nouvelle fois, par exemple.

Retourner à Katmere. Prendre sa place au Cercle.

C'est nécessaire, c'est important. Et extrêmement dangereux.

Grace a survécu à mon père, ce qui fait d'elle une cible encore plus alléchante. Il va finir par guérir. À son retour, il sera encore plus furieux et apeuré qu'avant.

Donc, il est déjà trop tard.

La guerre que j'ai essayé d'empêcher, celle que mon frère et d'autres m'ont mise sur le dos… elle aura lieu.

Qu'on le veuille ou non.

Les loups se lèveront contre nous. La dernière fois, il a fallu une armée de gargouilles pour les arrêter. Aujourd'hui nous n'en avons qu'une seule de notre côté, ainsi que quelques vampires renégats, les sorcières et les dragons.

Ça s'annonce mal.

Jaxon se penche pour aider Grace à sortir de son trou. Quand il la prend dans ses bras, je vois rouge. Avant même qu'il ne l'embrasse, je suis à bout. Je reviens sur toutes mes bonnes résolutions.

Les poings serrés, je montre les crocs. Ce n'est pas comme ça que je voulais que Grace l'apprenne, mais les mots m'échappent sans que je puisse les retenir.

— Jaxon, tu veux bien enlever tes sales pattes de ma promise ?

FIN DU DEUXIÈME LIVRE

Mais ce n'est pas tout !

Continuez votre lecture : deux chapitres exclusifs du point de vue de Hudson vous attendent.

Rien ne sera plus jamais pareil…

LE PIRE DES RÉVEILS

Hudson

On a un problème.

Je ne sais pas encore lequel, mais on a un problème, ça, j'en suis sûr.

— Grace ?

J'espère qu'elle me fera ce sourire qu'elle me réserve, ce doux sourire mi-exaspéré, mi-amusé.

Mais non.

Son expression est vide, et ça m'effraie.

Quelque chose ne va pas.

— Grace ? je répète un peu plus fort.

Je n'ai jamais eu à me battre pour attirer son attention quand on n'était que tous les deux dans une autre dimension. Il n'y avait pas de bruit ambiant pour couvrir ma voix, de tempêtes de neige, de conversations absurdes de lycéens ou de chansons des Rolling Stones diffusées dans les couloirs par un directeur qui se croit cool.

C'était juste nous. J'étais partant pour suivre le plan de Grace et revenir parce que quand je suis avec elle, je deviens un grand optimiste. Mais je ne m'attendais pas à ce que ça commence comme ça.

Elle ne me répond toujours pas. Elle descend les escaliers comme si de rien n'était, comme si elle n'avait pas disparu pendant quatre mois.

Je ne comprends pas.

— Grace !

Cette fois, je hurle et m'enfonce dans la partie de son cerveau qu'elle ne peut pas ignorer.

Elle trébuche et manque de tomber dans l'escalier. Je la rattrape en prenant le contrôle de son corps pendant une seconde. Je sais qu'on s'est mis d'accord pour que je ne le fasse que quand c'est nécessaire, mais… L'empêcher de chuter dans l'escalier, c'est nécessaire, non ?

Une fois qu'elle a recouvré l'équilibre, elle regarde autour d'elle, comme si elle cherchait celui qui l'a appelée.

Alors elle m'entend !

— Grace ! Grace, tu m'entends ?

Elle sursaute et fouille les alentours du regard. Il est à peine huit heures, les couloirs sont envahis d'élèves se préparant à aller en cours. Personne ne l'a remarquée.

— Grace, je suis là.

Après un dernier regard au palier au-dessus d'elle, elle secoue la tête et marmonne :

— Reprends-toi.

Puis elle descend les marches restantes et bifurque dans un couloir.

Zut. Je croyais qu'on avait tout prévu ! Ce qui m'inquiète encore plus, c'est qu'elle n'a pas l'air perturbée. D'accord, elle ne m'entend pas, soit. Mais pourquoi est-ce qu'elle ne se demande pas où je suis passé ?

Je fouille dans ses pensées pour essayer de comprendre. C'est quand elle rejoint la cohue dans le couloir que la vérité me heurte en pleine face : elle n'a aucun souvenir de moi.

Non, je dois me tromper. Je m'affole pour rien, forcément.

Grace n'a pas pu m'oublier. Elle n'a pas pu *nous* oublier.

Un vampire aux cheveux bouclés s'approche ; si je me souviens bien, c'est un ami de mon frère.

— Grace ? demande-t-il, l'air d'avoir vu un fantôme.

Je m'attends encore à ce que Grace le rassure, qu'elle lui dise qu'elle va bien même si elle a disparu un temps. Mais non, elle lui sourit et dit :

— Ah, te voilà ! J'avais peur de devoir lire *Hamlet* toute seule aujourd'hui.

On est dans la merde. Non seulement elle m'a oublié moi, mais elle a *tout* oublié.

Est-ce que le fait de se retransformer en humaine l'a blessée d'une manière ou d'une autre ? Cette pensée me torture… Et en plus, je n'ai aucun moyen de communiquer, que ce soit avec elle ou avec quelqu'un d'autre. Aucun moyen d'alerter quelqu'un de l'état de Grace.

— *Hamlet* ? répète le vampire, aussi inquiet que confus.

— *Hamlet*, ouais. Tu sais, la pièce qu'on étudie en cours de littérature ?

Grace se dandine, mal à l'aise.

— On n'était pas censés jouer une scène aujourd'hui ?

Ça me fait mal de la voir comme ça. J'essaie de la calmer à l'intérieur de sa tête, mais je ne suis pas sûr que ça marche. En plus, comment voulez-vous que je la rassure alors que je suis moi-même en train de péter les plombs ?

— Mais ce n'est plus *Hamlet* qu'on…

Il s'interrompt au milieu de sa phrase pour écrire un message. Je crois savoir à qui.

— Hé, ça va ? demande Grace en s'approchant. T'as pas l'air en forme.

— *Moi*, j'ai pas l'air en forme ?

Un rire sans joie lui échappe.

— Grace, tu…

— Mademoiselle Foster ?

Un prof s'approche d'eux.

— Mademoiselle Foster ? Est-ce que ça va ?

— Je vais bien, répond-elle.

C'est un mensonge. Je sens les émotions tourbillonner en elle : peur, étonnement, agacement, inquiétude… La crise d'angoisse n'est pas loin.

Elle inspire profondément avant d'ajouter :

— J'espère juste arriver en cours avant la sonnerie.

Je passe une main rassurante dans son dos et chuchote :

— Tout va bien, ne t'en fais pas.

Je sais qu'elle ne m'entend pas, mais peut-être qu'elle me sent un peu, parce que son corps se détend.

— Il faut qu'on aille trouver votre oncle, déclare le prof, un loup-garou.

Et il entraîne Grace dans le couloir. Le vampire bondit en arrière pour les laisser passer, ce qui m'agace. Enfin, peu importe. Ce qui m'inquiète réellement, c'est que Grace est de plus en plus anxieuse.

Son cœur bat la chamade, un goût de métal lui envahit la bouche et sa respiration devient désordonnée.

— Je suis là, je souffle. Je suis avec toi.

Cette fois, plutôt que de l'aider, ça semble l'affoler encore plus.

— S'il vous plaît, est-ce que vous pouvez m'expliquer ce qui se passe ? supplie-t-elle.

La cohue s'écarte sur leur chemin, et je sens à quel point Grace déteste ça, la manière dont tout le monde la traite depuis qu'elle sort avec mon frère.

Attendez, elle sort avec mon frère ? Oui, c'est bien ce qu'elle a pensé. Elle sort avec mon frère, *conjugué au présent.*

Merde. Merde, putain. Qu'est-ce que je suis censé faire de ça ?

— Vous ne savez pas ? demande le prof.

— Grace ! s'écrie soudain un dragon avant de bondir à leur rencontre. Oh mon Dieu, Grace ! T'es revenue !

Je le reconnais : Flint Montgomery. Il ne manquait plus que lui...

Il ressemble tant à son frère que ça me fait mal. Ça fait presque deux ans (dix-neuf mois, en fait) que Damien est mort, et je n'ai toujours pas digéré la trahison de mon meilleur ami.

— Ce n'est pas le moment, monsieur Montgomery, le réprimande le professeur (d'après Grace, il s'appelle M. Badar).

Et il claque des dents dans sa direction. Je ne pensais pas que je serais un jour aussi reconnaissant envers un loup. C'est déjà suffisamment difficile de gérer ce désastre, mais si en plus je dois affronter les blessures de mon passé...

— Attends, Grace, proteste Flint en tendant le bras vers elle, mais M. Badar s'interpose.

— J'ai dit non, Flint, gronde-t-il. Allez en cours !

Flint a l'air sacrément énervé. Les dragons sont comme les vampires : ils n'aiment pas se faire dicter leur conduite par les loups. Il montre ses crocs qui brillent à la lueur des lustres. Mais finalement, il renonce à intervenir et les laisse passer...

Plusieurs élèves dans le couloir font un pas vers Grace, mais le grondement sourd du prof les retient. Tant mieux parce que Grace est de plus en plus tendue. Un public ne ferait qu'aggraver la situation.

Le pire, c'est que rien de ce que je fais ne semble la rasséréner.

Ce n'est pas la première fois que ça arrive. J'ai déjà été témoin de plusieurs de ses crises quand on était enfermés ensemble. Au début, elle les gérait seule, mais petit à petit, elle m'a laissé l'aider. Pas avec mes pouvoirs (de toute façon, ils ne fonctionnent pas sur elle) mais avec ma présence. Ma voix. Ma proximité. Je suis tellement habitué à pouvoir la toucher et à ce qu'elle me touche aussi... Voilà que j'en suis incapable, alors qu'elle a tant besoin de moi !

— On y est presque, Grace, dit le prof.

— Où ça ? demande Grace d'une voix aiguë.

Elle réfléchit à toute vitesse. Comment réagira-t-elle quand elle comprendra enfin ce qui se passe ?

J'ai peur que cette découverte l'ancre encore plus dans ce monde... et l'éloigne de moi.

Je ne comprends pas comment notre plan a pu foirer. On y avait tellement réfléchi !

Tandis que nous nous engouffrons dans un nouveau couloir, Grace cherche son téléphone dans sa poche. Pour appeler Jaxon.

Elle ne pense qu'à Jaxon, pas du tout à moi.

Je ne comprends pas.

Je sais que le lien de promesse est censément incassable, mais le leur s'est évanoui au bout du premier mois qu'on a passé ensemble. Avant même qu'on ne devienne amis. Bien avant qu'on ne commence à avoir des sentiments l'un pour l'autre.

On en a conclu que c'était parce qu'on était piégés ensemble. Après tout, le lien de promesse disparaît avec le promis quand il meurt. Notre situation n'était pas si différente.

Quand on a découvert qu'il y avait un moyen de revenir, on s'est dit qu'on n'avait pas le choix : on le devait à Jaxon.

Sauf que maintenant qu'elle est de retour, leur lien de promesse a réapparu, plus fort que jamais.

Elle pense à lui. Les souvenirs explosent comme des flashs dans son esprit. Des sourires. Des caresses. Des baisers. Elle se perd dans sa mémoire et ça me déchire le cœur.

Comment voulez-vous que je ne sois pas en colère ? La fille que j'aime se pâme pour un autre garçon. Et pas n'importe lequel : Jaxon, mon petit frère.

Je ne m'attendais pas à avoir aussi mal.

La douleur m'emporte comme une lame de fond. Je m'y noie. Je m'y perds.

Si j'avais un corps, je tomberais à genoux. Mais je suis désincarné, et je ne peux que rester là, impuissant, à l'écouter se réjouir de retrouver bientôt Jaxon.

— Mais enfin qu'est-ce qui se passe ? s'énerve-t-elle.

— Foster vous expliquera, répond le prof.

En entendant cette réponse, le malaise de Grace se mue en panique. Peu importe ma douleur, je ne peux pas supporter la sienne. Je me tends vers elle et lui envoie toute l'énergie dont je suis capable.

Ce n'est pas beaucoup, pas autant que ce que je voudrais donner, mais je la sens qui se détend.

— Une minute, dit la secrétaire quand ils entrent dans le bureau de Foster. Je suis à vous dans un…

Ses yeux se posent sur Grace et s'écarquillent. Elle saute de sa chaise et se met à crier comme si elle était devant un bataillon de fantômes.

— Finn, venez ! Tout de suite !

Elle enlace Grace.

— Je suis tellement heureuse de te voir ! Tellement, tellement heureuse !

Grace l'étreint à son tour, mais je sens qu'elle ne comprend rien à la situation.

— Je suis contente de vous voir aussi, finit-elle par lâcher.

— Finn ! crie de nouveau la secrétaire. Finn, c'est…

La porte du directeur s'ouvre à la volée.

— Gladys, je vous ai déjà dit d'utiliser l'intercom…

Il s'arrête net en découvrant sa nièce.

— Salut, souffle Grace en lui faisant un petit signe de la main. Désolée de te déranger.

Son oncle continue à la dévisager, sous le choc. Grace hausse les épaules.

Je l'ai totalement perdue… avant même de l'avoir réellement trouvée.

Nos plans partent en fumée. Qu'est-ce qu'on dit déjà ? Il vaut mieux avoir aimé et perdu que de n'avoir jamais aimé ?

Moi, je vous assure que ce sont des bêtises.

QU'ILS AILLENT BIEN SE FAIRE CUIRE LE CUL

Hudson

Deux ans plus tôt

Qui faut-il soudoyer pour se faire casser la gueule, ici ?

Un poing s'écrase sur mon visage. En temps normal, je l'esquiverais sans même utiliser mes pouvoirs, mais on n'est pas en temps normal. Alors, je me retiens de lever les yeux au ciel et reçois le coup en pleine mâchoire.

J'aimerais vous dire que je vois des étoiles ou que ma bouche est en sang, mais la triste vérité est que ma propre mère me bat plus fort que ça.

Enfin, la fin justifie les moyens, alors je fais de mon mieux pour mimer la douleur, puis je tends ma joue vers l'uppercut qui vient de la gauche.

Ce coup-ci pique un peu : la bague de l'assaillant me coupe la joue. Ça le fait marrer. Il lève le poing pour me frapper encore.

Son rire plein d'orgueil me met hors de moi. Il est si fier de me passer à tabac qu'il ne remarque même pas que je dois me retenir de bâiller.

Je fais semblant de ne pas voir le pied que l'autre gars m'envoie dans le plexus solaire. Je tombe à genoux, laissant les coups pleuvoir sur mes épaules, ma nuque, mon menton.

Du coin de l'œil, j'aperçois mon père adossé au mur, les bras croisés et l'expression dégoûtée. Le loup-garou qui se tient près de lui a l'air encore plus méprisant, peut-être parce que l'un des salauds qui m'attaquent est son fils. Il me semble qu'il s'appelle Cole.

Le gars en question me balance un coup de pied dans le crâne et s'esclaffe. Plutôt que de le tuer, je me recroqueville sur moi-même. Je veux les satisfaire au plus vite, histoire de pouvoir passer à la prochaine étape de mon plan.

Je plonge en avant et heurte le sol. Du sang jaillit de mon menton.

Mon père s'avance, je pense qu'il en a vu assez. Mais plutôt que d'arrêter le combat, maintenant qu'il a prouvé à tout le monde à quel point j'étais indigne, il fait signe à mes trois assaillants de continuer. Ils se jettent sur moi. Cette fois c'est sérieux : des poings, des pieds, des coudes et des genoux me pilonnent.

Je ne me défends toujours pas. Ça fait longtemps que je travaille à ce plan, trop longtemps pour tout gâcher à cause du sadisme de mon père.

Ça continue encore et encore. Ma tête bourdonne. J'ai mal partout, maintenant, une douleur lancinante qui n'ira que s'aggravant. Autour de moi, ça se calme. Mes assaillants sont essoufflés, leurs coups faiblissent. Même mon père en a marre. Tant mieux, c'était le but.

Finalement, il lève la main pour les rappeler, et les coups cessent. En s'éloignant, le loup-garou me piétine la main. Mes os craquent sous sa semelle.

C'est la première blessure de la journée qui me gêne réellement.

Sans un regard, mon père sort de la pièce, le chef de meute et les trois combattants sur ses talons. Quand la porte se referme, je sais que j'ai atteint mon but.

Je reste au sol, au cas où… et aussi parce que ma tête résonne comme la basse d'une chanson d'Aerosmith. Quand je suis raisonnablement sûr que le roi ne reviendra pas, je me relève.

Je crois que ça a marché : je crois que Cyrus a enfin renoncé à moi, mais avec lui on ne sait jamais. Ce n'est pas le vampire le plus intelligent qui soit, mais il a un sacré instinct de survie. Et il est obstiné, ce qui le rend dangereux.

Je palpe mon corps, examine mes blessures. Aux palpitations de mon crâne, je me diagnostique une commotion cérébrale. Mon épaule est démise. Ma mâchoire contusionnée. Je dois avoir quelques côtes fracturées, et le reste du corps couvert de bleus.

Vraiment, le pire dans tout ça, à part ma fierté meurtrie, c'est ma main cassée. Le coup de botte de ce foutu loup m'a salement arrangé.

Je jette un coup d'œil à mon téléphone et découvre qu'il s'est brisé dans la mêlée. Merde. J'en avais besoin, pourtant.

Dans l'immédiat, il faut que je m'occupe de ma main et de mon épaule. Je heurte le mur d'un coup d'épaule pour me remettre l'articulation en place, puis je pétris ma main quelques minutes. Ensuite, je retourne dans ma chambre. J'ai un rendez-vous que je ne peux pas manquer.

Waters est déjà là quand j'arrive. Il ne me reproche pas mon retard, mais son reniflement dédaigneux est éloquent.

— Ce sera notre dernière séance, je lui annonce.

Son expression change. De la prudence ? du regret ? de l'espoir ?

— Est-ce que ça va ? me demande-t-il en installant un bloc en bois devant la fenêtre.

Je m'avance en silence. Pas question de lui répondre. Il pousse un soupir.

— Je suis fier de toi.

Personne ne m'a jamais dit ça. Pendant quelques secondes, j'ai la bouche trop sèche pour répondre. Puis, enfin :

— Vous n'êtes pas obligé de dire ça.

— Je sais, dit-il en alignant des outils sur le bloc. Mais je suis fier de toi quand même. C'est comme ça, la fierté.

— Je n'y connais rien.

J'attrape la scie de ma main martyrisée. En serrant les dents, je réalise que ça ne marchera pas.

La colère m'emplit. Je sais que c'est idiot de pester parce que je ne parviens pas à tenir une scie après la raclée que j'ai subie, mais gâcher ma dernière leçon me déçoit plus que je ne saurais le dire.

— Je ne pense pas que tu pourras sculpter aujourd'hui, constate Waters.

— Si, j'y arriverai, je réponds. J'ai seulement besoin d'un autre outil.

Mais quel que soit l'outil que j'utilise, le couteau à bois, le burin ou les ciseaux, je n'arrive à rien.

Finalement, j'abandonne et me tourne vers la fenêtre.

— Vous pouvez y aller, je déclare à mon tuteur.

Un silence accueille mes mots, suivi d'un profond soupir.

— Tout va bien se passer, mon garçon.

Il pose une main sur mon épaule. C'est la première fois depuis toutes ces années qu'il me touche.

— Au cas où je ne te verrais plus, je voulais te dire le privilège que c'était de te faire cours…

— Vous n'êtes pas obligé de dire ça non plus, je le coupe, le cœur battant.

— Je ne suis obligé à rien, rétorque-t-il. Mais je choisis de le faire. (Il inspire profondément.) J'ai toujours eu peur de ce que tu deviendrais, mon garçon. L'environnement dans lequel tu as grandi…

— Je sais. Je suis irrécupérable.

— Non, ce n'est pas ce que je voulais dire.

— Vous n'avez pas besoin de le dire. Je sais ce que je suis.

— Vraiment ?

D'un geste de la main, je réduis le canapé posé au centre de la pièce en poussière.

— Je suis une abomination. Une erreur.

— Tu es ce que tu choisis d'être.

— Si seulement, je souffle en ramassant le morceau de bois de ma main valide. Je sais ce que je suis. Je sais d'où je viens.

— C'est bien ce que je dis, mon cher. Tes origines ne te déterminent pas.

Il me jauge des pieds à la tête.

— Ce que tu viens de t'infliger le prouve.

— Ce n'était rien.

— C'était tout sauf rien. Ne te dévalue pas en prétendant l'inverse.

Il examine le morceau de bois que je tiens.

— Tes origines et ce que tu as subi ne sont qu'une fraction de ce que tu es, de ce que tu peux devenir. Ta vraie identité s'exprime à travers tes choix.

— Je viens de vous montrer ce qui était en moi, je dis en indiquant les restes du canapé d'un geste du menton.

— Non, tu m'as montré ce dont tu étais capable. Ce n'est pas du tout la même chose.

Il me prend l'objet des mains et le repose sur le plan de travail.

— Tu es capable de plus que la destruction.

— Vous vous trompez.

— Non, je ne me trompe pas, souffle-t-il en indiquant le morceau de bois. Allez, essaie.

— Ma main…

— Tu n'as pas besoin de ta main.

Je ne comprends pas tout de suite. Quand je saisis enfin, j'ai envie de rire. De lui dire qu'il est fou. Mais la vérité, c'est que j'aimerais qu'il ait raison. J'aimerais bien être capable d'autre chose que de tout détruire. Même si c'est cette capacité de destruction qui me permettra d'arrêter mon père. C'est à cause d'elle que j'ai prétendu être faible tout à l'heure : s'il avait la moindre idée de ma réelle puissance, il ne me laisserait jamais aller à Katmere.

Il me garderait enfermé pour toujours.

— Je n'en suis pas capable, je chuchote en fixant le morceau de bois.

— Ton problème, c'est que tu associes ton don à la mort, alors qu'il peut aussi engendrer la beauté.

J'ai une boule dans la gorge.

— Vous ne savez pas ce que vous dites.

Au lieu de se vexer, il se radoucit.

— Sculpter, c'est enlever de la matière. La beauté se cache déjà dans le matériau, tu dois juste la libérer.

Mes mains tremblent. J'aimerais tant que ce soit vrai.

— N'aie pas peur de la destruction, mon garçon. Imagine ce que le bois pourrait être et puis laisse-toi aller.

— Si je me laisse aller, je détruirai tout.

— Non. Si tu te laisses aller, tu trouveras ce dont tu as besoin.

Je n'y crois pas. Je ne *peux pas* y croire. Pourtant, ses yeux verts m'indiquent qu'il ne me laissera pas partir tant que je n'aurai pas essayé. À moins peut-être que je ne détruise tout le château.

Non, ça gâcherait mon plan, et ça, c'est hors de question. Je ne peux pas faire ça à Jax ou au monde.

Alors je cède. Je fais comme il dit. J'imagine la forme que je veux donner au bois, puis je laisse un petit filet de mon pouvoir couler. Ça ne marchera pas.

Eh si, ça marche. Enfin… presque.

Le bois superflu se désintègre en sciure et ce qui reste… Ce qui reste est une copie conforme du cheval en bois que j'ai offert à mon frère il y a des années. Je l'examine de plus près : il y a quelques différences quand même.

Mais je l'ai fait. Alors, peut-être… Peut-être que c'est vrai ? Que je ne suis pas seulement bon à détruire ?

— Très bien, me félicite Waters en ramassant son sac. Vraiment très bien.

Je ravale la boule dans ma gorge.

— Et maintenant ? Qu'est-ce que je fais ?

— Ce que tu veux, répond-il en rangeant ses affaires.

Il referme son sac.

— Ce que tu peux.

Il me tapote le bras.

— Ce que tu dois. Tout repose sur toi, désormais.

Alors je m'entraîne. Pendant des heures et des heures. Jusqu'à ce que je puisse fabriquer une réplique parfaite du cheval, de la tête à la queue.

Nous examinons le résultat final. J'ai toujours su ce que je devais faire. Désormais je sais aussi pourquoi je dois le faire.

Je ne vais pas à Katmere seulement pour déjouer le plan de mon père. J'y vais pour en ôter ce qui est laid et faux, et révéler la beauté cachée de ce lycée.

REMERCIEMENTS

Il est impossible d'écrire un livre si gros et compliqué toute seule. J'aimerais donc commencer par remercier les deux femmes qui ont rendu ce travail possible : Liz Pelletier et Emily Sylvan Kim.

Liz, j'ai l'impression qu'on a fait la guerre ensemble. Je ne peux dire qu'une seule chose : merci, merci, merci. Merci de nous avoir poussés, ce texte et moi, hors de notre zone de confort, merci pour ta détermination inflexible, et merci pour les efforts herculéens que tu as déployés pour qu'on le termine à temps. Nous sommes une équipe géniale et je t'apprécie plus que je ne saurais le dire.

Emily, je ne sais même pas par où commencer. Tu m'as suivie sur mes soixante-quatre livres et je te suis incroyablement reconnaissante. Merci pour ton enthousiasme, ton soutien, ton amitié et toutes les soirées. Sincèrement, tu es la meilleure agente et amie du monde.

Stacy Cantor Abrams, pendant que je bossais sur ce bouquin, j'ai réalisé que c'était le dixième anniversaire de mon premier roman ado. Dix ans qu'on travaille ensemble ! J'ai tant de chance que tu aies acheté *Tempest* il y a toutes ces années. Tu m'as beaucoup appris. Je suis heureuse de te compter parmi mes amis et que tu sois mon éditrice.

À toute l'équipe d'Entangled et de Macmillan qui a travaillé au succès de la série *Assoiffés*, merci, merci, merci. Merci à Bree Archer et Elizabeth Turner pour ces magnifiques couvertures, à Jessica Turner pour ce marketing incroyable, à Meredith Johnson pour son aide précieuse, à Toni Kerr pour sa flexibilité et son attention, à Curtis Svehlak d'avoir fait des miracles côté production et d'avoir composé avec mes retards, à Katie Clapsadl d'avoir répondu à toutes mes questions, à Riki Cleveland d'être si fabuleuse, à Heather Riccio pour son enthousiasme et son aide, à Jaime Bode d'avoir si bien défendu cette série ainsi qu'à Nancy Cantor, Greta Cunselman et Jessica Meigs pour l'attention qu'elles ont portée à chaque page de cette histoire.

Merci à Eden Kim pour sa lecture et de m'avoir inspiré l'un de mes personnages préférés au monde.

Merci à Sherry Thomas pour son amitié et ses messages quotidiens. C'était l'un de mes seuls réconforts pendant les moments difficiles. J'ai tellement de chance de t'avoir pour meilleure amie !

Merci à Megan Beatie pour son aide précieuse et son enthousiasme concernant le lancement d'*Assoiffés*. Tu es la meilleure.

Merci à Stephanie Marquez, pour tout : ton aide, ton soutien, ton amour, ton enthousiasme et tes encouragements. Merci de m'avoir aidée à rester sereine et d'avoir chouchouté ma mère et les garçons les jours où je ne pouvais pas quitter mon clavier, merci de prendre soin de moi et merci de me supporter avec tant de grâce quand le manque de sommeil me rend ronchon.

Merci à mes trois fils que j'aime de tout mon cœur, de toute mon âme. Merci d'être compréhensifs les soirs où je dois m'enfermer dans ma chambre et bosser au lieu d'être avec vous, merci de m'aider quand j'en ai besoin, merci de m'avoir soutenue pendant les années difficiles, et merci d'être les meilleurs enfants du monde.

Enfin, merci aux fans de Jaxon, de Grace et du reste de la troupe. Merci, merci, merci pour votre enthousiasme. Vos messages, e-mails et posts sur les réseaux sociaux me sont précieux. Merci d'avoir choisi de faire ce voyage avec nous. J'espère que vous avez autant aimé *Assoiffés* que je me suis amusée à l'écrire.

Je vous aime. Xoxoxoxo

Ouvrage composé par
PCA – 44400 REZÉ

Imprimé en France
par Normandie Roto Impression s.a.s.
61250 Lonrai
N° d'impression : 2205160
S31612/04

FSC
www.fsc.org
MIXTE
Papier issu de sources responsables
FSC® C003309

L'éditeur de cet ouvrage s'engage dans une démarche de certification FSC® qui contribue à la préservation des forêts pour les générations futures.

Pour en savoir plus :
www.editis.com/engagement-rse/

PKJ • www.pocketjeunesse.fr
POCKET JEUNESSE

92, avenue de France – 75013 Paris